文春文庫

血脈

上

佐藤愛子

文藝春秋

血脈　上巻／目次

第一部

血脈

上

第一部

第一章　予　兆

一

服部坂《はっとりざか》を風が吹き上ってくる。

風に向って八郎《はちろう》は坂を降りて行く。

頭の上をどんどん雲が流れる。坂下に広がる小日向《こひなた》の町は、忙《せわ》しく光ったり翳《かげ》ったりしている。

ゴーッという音が向うからきて空を横切っていったと思うと、遠くの方でヒュウーと消えた。風が「もすそ」を引き摺《ず》っている音だ、と八郎は思う。八郎は「もすそ」という言葉を憶えたばかりだった。「もすそ」は「裳裾」と書く。裳裾を引いて風は走る。してみると風は女だ、と八郎は思う。

風は裾の短い絣《かすり》の着物を引き剝《は》がそうとするように吹き上げてくる。それを辛うじて押えている黒い三尺帯に、八郎はキャッチャーミットを括《くく》りつけている。右手にはバットを持っている。八郎は坂を降りながら、風に向ってバットを構えて振った。

「佐藤先生のとこの坊《ボン》やないですか？」

坂を上って来た男が立ち止っていった。風の中で黒っぽい羽織と着物が痩せた身体に巻きついて、波に揉まれる昆布のように揺れていた。

「そうだよ」

そのまま通り過ぎようとすると、

「やっぱりィ……」

大仰に頷《うなず》いて、

「お父さん、おうち？」

馴れ馴れしくいった。

「知らねえ」

素気《そっけ》なくいってからふと視線を感じて目を向けると、男の後ろに女がいた。紫と薄い鼠色《ねずみいろ》の同じ柄の（それは確か矢絣という柄だと伯母さんがいっていた）羽織と着物を着て、臙脂《えんじ》のショールを顎の下でしっかり搔き合せていた。

大きな庇髪《ひさしがみ》が風に乱されるのを気にするように、俯《うつむ》き加減に頭を傾けて、上目遣いにじっと八郎を見ていた。黒く光る、愛想のカケラもない大きな目だった。

「道、間違えてしもうてね。俥宿《くるまやど》の前を右へ曲るのを忘れて、真直に行《い》てしもたもんやから」

大阪弁の男はいわでものことをいい、

「お父さん、ご機嫌どうやろ？」

「知らねえよ」

いい捨てて通り過ぎた。

坂はその先で二股に分れる。左へ行かないで右へ行くんだよ、といおうかと思ったがやめた。ふり返ると、思った通り、二股を左へ上って行く男と、その後ろからとぼとぼとついていく女の後ろ姿が風に煽《あお》られていた。


それが横田シナと佐藤八郎の最初の出会いである。

大正四年秋の、強風の吹くその日、横田シナはそんなふうに登場した。気乗りのしなさそうな、美しいけれども陰気な顔を俯けて、意志のない、ただおとなしいだけの女のように黙りこくって、小石川区茗荷谷《みょうがだに》の八郎の父、佐藤洽六《こうろく》の家に向って坂を上って行ったのだ。

それが佐藤家の混乱の端緒である。もしもその日、横田シナが三浦敏夫に連れられて来なかったら、佐藤家はそれなりの安泰をつづけたことだろう。たとえ佐藤家の平和が他の家では滅多に見られない特殊なものであったとしても。

いうまでもなく当の横田シナは（そして彼女を引っぱって来た三浦敏夫も）これから自分たちが果すことになる佐藤家での役割りを知らなかった。彼女は女優になりたいというただ一つのことを胸に、三浦に引っぱられてやって来た。これから自分はどうなっていくのか、本当に女優になれるのか、想像もつかぬままに半ば怯気《おじけ》づき、半ば期待を持って佐藤洽六の門の前に佇《たたず》んだのであった。

佐藤洽六は雅号を紅緑《こうろく》といい、新聞に小説を書かせれば当代人気随一といわれている大衆小説家である。彼が新聞に小説を書けば購読部数が伸び、その小説を劇化すれば必ず当る。小説を書くようになる前は、彼は松竹新派の脚本を書いていた。その前は子規《しき》門下の俳人で、その前は新聞記者だった。藩閥政府に反発して改進党の陣笠だった時代もあり、一攫千金を夢見て事業を始め、詐欺師呼ばわりされたり、中国革命に加担し警視庁につけ狙われたこともある。そして今は小説を書く傍《かたわ》ら「新日本劇」という小劇団の顧問として羽振《はぶり》がいい。

紅緑については毀誉《きよ》褒貶《ほうへん》、さまざまの評価があるが、自らは〝野人〟を標榜《ひょうぼう》して他人の思惑など気にせず、思うままの生活をしてきた。五、六年前は子供の飴代にもこと欠く暮しをしていたが、その時でも居候《いそうろう》や女中を置いていた。小説を書き始めてからは少からぬ金が入るようになったが、入れば入るで入った以上の生活をするので、家の中は常に火の車である。佐藤家にはいったい何人の人間が暮しているのか、当の洽六にもわからぬほどで、妻のハルに四人の子供、その上に夫と死に別れた洽六の姉が二人の娘を連れて世話になっており、それらに加えて二人の女中、常に人数の定まらぬ書生や居候が玄関脇の六畳にうじゃうじゃといて、時をかまわずやって来ては飯を食い、勝手に泊っていく客の出入も激しい。

この邸《やしき》は四百坪もあって、家は階下九間に二階二間の大きなものである。しかし家が広いから居候を置いているのではなく、居候が多いために広い家が必要になったというのが実情である。

「佐藤紅緑という男は頼ってくる者はどんな者でも受け容《い》れる面倒見のいい男だという。東京に出て紅緑を頼ろう」

三浦敏夫はそういって、横田シナを大阪から連れ出したのであった。

横田シナは結婚というものを嫌い、人生に目標を定めて独りで自由に生きていきたいと考えて、女優を志した女である。二十《はたち》の時、神戸に聚楽館《しゅうらくかん》という劇場が出来、附属の女優養成所が作られることを知って第一期生に応募した。その時の神戸新聞の養成所第一期生紹介記事は彼女のことをこう書いている。

「クッキリとした丸顔の大廂髪に白いリボンのハイカラもにくからず、木綿糸縞のごく質素な着物に鼠色銘仙の羽織という飾らぬ拵《こしら》えで、ちょっとどこか貞奴《さだやっこ》の面影を偲《しの》ばすような、やや険しいヒステリカルな瞳を伏せてつつましやかにうつむいている。ノーブルな、どことなく凄いような面持の、これで表情さえ巧みになればまず難のない女優だが、まだ娘離れのせぬせいか恥かしげな色を見せ、その口は堅く閉ざされて開かないけれど、どこやら決心の色が閃《ひらめ》いて、岩に齧《かじ》りついてもこの素志を通さねばという健気《けなげ》な意気が見えていた。記者はその寡黙な、沈着な、そして純な乙女ぶりに望みを繋《つな》ぎたい」

実際、シナは「岩に齧りついてもこの素志を通し」たいと思っている女だった。そのこと以外には着るものも食べるものも、金にも男にも関心がなかった。養成所では模範生といわれ、卒業後の公演では常に主役か準主役を取っていた。だが一年後に聚楽館は経営困難のために映画館に変り、役者たちは解散したのである。

シナが同じ役者仲間の三浦敏夫を受け容れたのは、一口にいってしまうと「面倒くさくなった」からだった。それまでシナは身持ちの堅い女という評判だったが、身持ちを堅くしていることがだんだん面倒くさくなってきた。女優と見れば男は簡単にいい寄ってくる。

「ふん、また、こいつもか」

と思いながら、上手にいなす術《すべ》のあれこれを知らず、またそれも面倒くさくなって三浦を受け容れた。三浦は気のいい献身的な男だったから、べつに邪魔ではなかった。シナの頭にあることはただ一つ、舞台女優として成功したいということだけだったから、男などどうでもよかったのである。

東京へ行こう、大阪にいてもしようがない、と三浦にいわれ、シナはその気になった。しかし「新日本劇」に入ることには気持は進まなかった。新日本劇は新派系の芝居をする劇団である。それはいうならば義理人情や善玉悪玉の単純芝居である。二年前、シナが女優養成所に入った年、島村抱月《ほうげつ》が新しい演劇を提唱して松井須磨子と結成した芸術座は、シナを刺激しつづけていたのだ。須磨子の演じた「人形の家」は平塚らいてうら青鞜社《せいとうしゃ》の女性解放運動に拍車をかけたといわれている。それこそシナの理想の演劇なのである。

「どうせ東京へ行くんなら芸術座へ入りたい」

そういうシナを三浦はなだめていった。

「とにかく、いっぺん東京へ行ってみよ。芸術座に入るにせよ、何にせよ、佐藤紅緑を足がかりにしたらええがな」

そうして横田シナは気が進まぬままに佐藤紅緑の門をくぐったのであった。


気がつくと、八郎の母の部屋にあの女がいた。だがいつからそこにいるようになっていたのかわからない。

八郎の母は寒くなると赤ン坊のワタルを連れて茅《ち》ヶ崎《さき》へ保養に出かける。女学校が冬休みに入ったら姉も行く。二つ下の弟のチャカも行くといっている。だが、オレは行かねえよ、と八郎はいっていた。

「あんなところ、つまんねえや」

海と、砂浜と、松と、渚に打ち寄せられている藻屑、腐った蜜柑の皮、サイダー瓶、そして風と波の音。そんなことといわないでお行き、とおそわ伯母さんがいった。

「お行き」「お行き」とみんながいう。八郎がいないとみんなはほっとするのだ。八郎はそれを知っている。だから、

「行かねえったら行かねえよ」

といった。

あの女がなぜ母さんの部屋にいるのだろう？

しかし八郎にはどうでもいいことだから、誰にも訊ねない。知らなくても困ることは何もないのだ。

ある日、八郎は玄関脇の六畳にあの男がいることに気がついた。六畳は書生と居候でいっぱいだ。書生と居候の区別は八郎にはわからないが。あの男は書生なのか？　居候なのか？

「うちは金持かい？」

と伯母さんに訊《き》いたら、

「冗談おいいでないよ」

と伯母さんはいった。伯母さんの二人の娘、ユウちゃんとシュウちゃんは二人とも女子大へ行っている。女子大は女の大学だ。今どき女で大学へ行くひとなんて、そうザラにはいないんだ。はなやがそういっていた。質草の心配しながら姪を女子大へ行かせる方も行かせる方なら、行く方も行く方だ、って。

あの女は台所つづきの板の間で、みんなと一緒にご飯を食べていた。みんなといっても、八郎の家族は別だ。家族は板の間の右手の茶の間で、みんなよりも先に食べる。家族がすませてからみんなが食べるわけは、きっと残ったおかずをみんなに廻すためだ。殊に父さんの残りものは上等だから、みんなはそれを待っている。

八郎はみんなの食事風景を見物するのが好きだ。大飯を食うのは誰か、誰が一番厚かましくうまいもの（つまり父さんの残した刺身やカレイの塩焼）に手を出すか。見ているうちにまた食べたくなってきて、男たちの後ろから手を出して摘み食いをする。その時、誰が無頓着で誰がいやァな顔をするか、八郎は知っている。

あの女は肩をすぼめ、俯いて飯粒を口に運んでいた。

「さあ、横田さん、遠慮しないでお代りを……」

はなやが手を出すとモジモジして、いえ、もう……という。「もう結構」の「結構」が口の中に消えている。

「そんなこといわないで、もう少し……。ね？　もう一口食べてちょうだいよ」

いえ、ほんとに、もう……。「いえ」と「もう」の間に今度は「ほんとに」が入ったが、「結構です」はやっぱり口の中だ。

「遠慮せんといただきなさい」

向い側からあの男が口を出した。

「この人、恥かしがりで」

男はいった。

「人の見てるとこで飯食うのも恥かしいちゅうんやから」

女はむっとしたように目を伏せている。女は怒ったのか？　切長の目尻がきゅッと上っている。

「それでもって女優になるの、ふしぎな人だな」

ガヤガヤとみんなはしゃべり出す。女優の素質とは何かということについて。普段、話をさせるとうまくて面白いのに、芝居となるとからきしダメなのがいる、と元安《もとやす》サカラッキョがいっている。（元安にサカラッキョという渾名《あだな》をつけたのは父だ）要するに問題はアタマだよ。理解力だよ。しかし、バカが結構名優になってるぜ。だからだな、何をもって悧口《りこう》とし何をバカとするかだ……。

女は茶碗と箸を持ったまま、じっと俯いている。まるで裁判を受けている犯人みたいに。女は我慢している。早くみんなが自分のことを忘れてくれるようにと待っているのだ。晩飯の最中に昼間の悪戯《いたずら》の話題が出た時の、あの気持ときっと同じだ。八郎はしげしげと女を眺める。女は怒っているんだ、と思う。だが誰も（あの男も）女が怒っていることに気がついていない。

あの女の部屋（本当は母の部屋だが）から妙に甲高い裏声が聞えてくることに八郎は気がついた。唐紙《からかみ》の外に立って耳を澄ますと、

「いけすかないったらありゃしない」

と女がいっていた。

「あたい、岡惚れしちゃったわ」

ともいっている。同じ言葉を何度も何度もくり返している。

「岡惚れしちゃったわ」

八郎はあの女の妙なイントネーションを真似していった。その声はあの女にも聞えた筈だが、女は八郎と会っても笑いもせず何もいわずに知らん顔をしている。

女の声は二階からも聞えてくる。

その時は自分の部屋でいっている時よりも、もっと大きく高く不自然に張った声だ。八郎は梯子段《はしごだん》の真中へんに腰を下ろしてそれを聞いた。

「しばらくでしたわね。どうかなすって？　まあ、お敷きなさいまし。丁度いいところへいらしたわね。坊やの本復祝いなのよ」

「おさまたげをしました」

父さんの声がいった。

「来る筈じゃなかったけれども、少し用があったから来ました。なあに簡単な用事です。返すものを返して、受け取るものを受け取りさえすればいいんですから」

「何をおっしゃるの。今日はおめでたいんだから、むずかしいことはいいっこなしよ」

「いいっこなしよ」のところを女は何度もいわされている。

「関東の女は全体に調子が高いんだよ。だから明るい。『あーら、いやだァ……』こういう調子だ。軽いでしょう？　ところが関西は全体に低いね。関東の娘が『あらまあ、どうして？』というところを、関西の娘は『なんでですのん？　なんで？』という。関東じゃそんなのは病人ですよ」

なんでですのん……なんでエ……なんでエ……といいながら八郎は家の中を部屋から部屋へとぐるぐる廻り、玄関にあった大人の下駄を突っかけて表へ出て行った。

「なんでですのん？」

といいながら小石を拾うと、帯に挟んでいたパチンコを取って、止めてあった自転車の荷台の箱から覗いている兎《うさぎ》の耳を狙って撃った。

するとと向うからチャカがやってきたので、パチンコをチャカに向けた。

「やい、手を上げろ！」

「なんでィ」

チャカは細いつり目をつり上げる。

「手を上げろ！　さもないと撃ち殺すぞ！」

「なんでィ」

チャカはバカだ。いつも同じことしかいえない。「なんでィ」と「この野郎」と「こんチクショウ」と「ハリ倒すぞ」と。にくまれ口なんか上手でもちっともえらくないわ、と喜美子《きみこ》姉さんはいうけれど、にくまれ口がうまいってことは、アタマのいい証拠なんだ。八郎がつける渾名を聞くと父さんはいつもいう。

「この子は頭がいい！　オレにそっくりだ！」

八郎はチャカに向って、

「丁《てい》、丁、丁、丁……」

わざとへっぴり腰になってからかった。チャカの通信簿の半分は丁だ。あとは丙《へい》と、乙《おつ》が一つだ。

これがチャカをやっつける最高の武器だ。チャカは口惜《くや》し泣きに泣いて追いかけてくる。

「丁、丁、丁……」

叫んで逃げる。野球で鍛えているから足は速い。チャカは追うのをやめて、泣きながら家へ帰って行った。

八郎はぶらぶら坂を降りていく。

なんかもっと面白いことはないかなァ……。

そう思いながら前を行く女の丸髷《まるまげ》を目がけてパチンコを構えてみる。

佐藤洽六四十二歳、妻ハル三十九歳。夫婦の間には十七歳の長女喜美子、十三歳の長男八郎、十一歳の次男節《たかし》、三男三歳の弥《わたる》の四人の子供がいるほかに、生後一年足らずで死んだ二人の女の子と五歳で死んだ女の子二人がいた。洽六はハルに合計八人の子供を産ませた上に、いねという芸者上りの妾を囲い、そこには八歳の幸男《ゆきお》、六歳の与四男《よしお》の二人の男児がいた。もっともその二人のうち、上の幸男は洽六の種ではない。だが洽六はついでだからといって幸男も自分の子供として認知したのである。

いねのほかに洽六は市川にも女義太夫を囲っていた。そのほかいねの妹芸者、三味線弾き、芝居茶屋の女中、寄席のお茶子など、手当り次第に関係をつけていて、二十歳の時に女千人斬りを目ざしたが、実際に何人斬ったか、手帖にでもつけておけばよかったといっている。

ハルは痩せて小さく、骨ばっていて、目が深く窪んでいるので出入の男たちは「火喰い鳥」という渾名をつけていた。あの火喰い鳥を先生はよく抱く気がするねえと感心したのは、昔、俳句の弟子であった佐藤惣之助《そうのすけ》である。飢えたる者食を選ばずということがあるが、先生が飢えているわけがない。要するに飢えていなくても食を選ばないんだ、とまた皆は感心した。いや、先生といえども食を選んでいるのだ。しかしうまいものを食うために、下宿の麦飯を我慢して食うってこともあるじゃないか。下宿のおかみの機嫌とりに、という者がいれば、だがそれにしてもそれをやってのけられるのは凄いことだ、あの精力はナミの日本人ではないよ、とほとほと感服する者もいる。

洽六は朝六時半には起きて、冬でも双肌《もろはだ》脱ぎになって庭で弓を引く。書生を相手に竹刀《しない》打をする日もある。八郎が野球をやるようになってからは野球に熱中して、毎朝、地下足袋にユニホームという格好で町を走り、帰ってくると居候の高梨を相手にキャッチボールを小一時間やる。

朝食の後は小説を書き、昼寝を少ししてから外出をしたり引きもきらぬ客の応対をする。喜多流の謡《うたい》をやり義太夫も習っている。そしてその合間に家の者を怒鳴っている。洽六が家にいる間は、つむじ風が家の中を吹きまくっているようだった。風呂は沸いたか、飯はまだか、味噌汁がぬるいじゃないか、なぜ何をさせてもそう遅いんだ、なぜ子供を泣かせるんだ、返事の声が小さい、なんだそのツラは……としまいには顔の造作までが文句の種になるのである。機嫌がよければよいで、悪ければ悪いで騒がしい。つむじ風のように出て行き、つむじ風のように帰ってくる。その旋風に乗って八郎と節は喧嘩をした。悪態をつき、つかみ合い、殴り合いして揚句の果《はて》は泣き喚《わめ》く。それを制する女たちの金切声。赤ン坊の弥が怯《おび》えて泣く。

この家の障子に満足なのは一枚もなかった。玄関の履物は客のものであれ、家のものであれ、子供たちは勝手に履いて出て行く。構わずに泥足で踏んづけ蹴散らされる。客の中には履物を懐中に入れて座敷に上る者もいる。玄関先では八郎の投げる癇癪玉《かんしゃくだま》が破裂する。

「うるさいッ！　何だッ！」

という洽六の怒鳴り声が落雷のように二階から落ちてきたと思うと、ダ、ダ、ダダーッと階段が割れそうな音が駈け降りてくる。それにつかまるまいと子供らは家中を逃げ廻る。洽六は常に真剣勝負という男だから、子供が相手でもとことん追い廻し、ついにつかまえて拳固を固めて殴りつける。

「うるさいって怒りながら、自分が一番うるさくしている」

ハルは頭痛膏の上を揉みながら、誰にいうともなく呟《つぶや》くだけであった。

まったくこの頃の佐藤家は、沸騰しているごった煮の鍋の中のようなものだった。だがそれでもこの家の子供たちは幸福だったのである。それは不幸を考える暇もないような毎日だった。ごった煮の鍋の中身が、沸騰しながらそれなりに調和しているように、佐藤家では下働きの女中から居候まで、みんな嵐の日々に馴れてそれなりに居心地よく、ものを考える暇もなく（感じる暇さえなく）日は飛ぶように過ぎていたのである。

三浦敏夫と横田シナがそんな佐藤家の居候になったのは、あの風の日から十日と経たぬうちである。大阪から出て来てすぐに借りたのは布団屋の二階だったが、収入の当《あて》がなく、持ち金だけで暮さなければならない二人の生活が行き詰ることは目に見えていた。役者で居候の一人である元安サカラッキョは三浦の古い知り合いで、この家へ三浦とシナを紹介した張本人である。その元安の心配《こころくばり》で二人は佐藤家へ寄食することになったのだった。

「寒い間、奥さんが茅ヶ崎に行ってはるさかい、その間だけおらしてもろて、その間《ま》に次のこと考えたらええ。長い間やない、正月まで、僅《わず》かひと月くらいやがな」

三浦は渋るシナにそういった。新日本劇を頼るに当って三浦はシナに約束させられていたことがある。それは三浦とシナは兄妹だという建前を守るという約束である。

「ぼくかて辛いがな。いつまでも妹や兄やというてるのんは。早う二人で暮したいがな」

と三浦はいった。なぜ兄妹ということにしなければいけないのか、その理由は三浦にはわからない。シナはそのわけをただ、

「そやかて、恥かしいもん」

といっただけだった。

毎日が縁日の雑踏のような、いやそれよりも酷《ひど》い、まるで喧嘩場のような佐藤家に入るかと思うとシナはいやでいやでたまらなかった。だが女優として成功するための足がかりを作ればいいと三浦にいわれると、漸《ようや》くその気になった。新日本劇には看板女優がまだいない。今のところ村田エイ子がスターで渡瀬淳子が準スターというところだが、それとてもほかにろくな女優がいないためにそうなっているだけのことで、一枚看板になる女優がほしいというのは、新日本劇の年来の課題だったのである。

「けど、わたしはなにも新日本劇の看板女優になりたいとは思てへんし」

シナはぶすっとしていった。シナの目標はあくまで翻訳劇にあるのだ。

「わかってるがな。わかってるがな。けど、とにもかくにもやね、まず、新日本劇で勉強することや。新日本劇の舞台踏んで、名前上げたら、どこへでも行きたいとこに行け

るがな。黙ってても向うから誘いにきよるがな。それからの話や。松井須磨子になるのんは」

三浦は一所懸命にシナを説得した。今ですら兄妹ということにしてほしいなどといっているシナが、もしもスターになっていった時にはどんなことをいい出すかわからない、という不安は三浦には湧いてこないのである。三浦はシナの夢を果してやりたいという思いでいっぱいだった。シナの夢はとりも直さず三浦の夢である。そしてその夢に近づくためには洽六に気に入られることが一番だった。だから三浦は洽六が「おい、誰か」というと書生部屋の誰よりも先に、

「ハイッ」

と答えて出て行った。洽六のさほど面白くない冗談に、まっ先に笑うのも三浦だった。そうして三浦は何も知らずに自分で自分を悲劇の淵へ追いやるという、殆《ほとん》ど宿命的ともいうべき役割りを務めるために佐藤洽六の書生部屋に入ったのだった。

「けどな、先生は女に手が早いいうさかい、気ィつけえな」

三浦の心配はそれだけだった。するとシナは軽蔑するように、

「ふン」

といってばかばかしそうに横を向く。三浦はその「ふン」で安心した。シナは常々、

「男みたいなもん」

と口癖のようにいっている。男になんぼソノ気があっても、女に気がなかったらどないもならんもんや、と三浦は思っていた。しかし女のその無関心が、ある種の男を惹《ひ》き

つけ、狂気にしていく強力な磁力を持っていることにまで三浦は思い至らなかった。そしてそれはまたシナ自身も知らないことだったのである。

退屈を覚えると八郎はこっそり、あの女の部屋に入った。

庭を背にして置いてある鏡台は母のものだ。だが、その前に敷いてあるメリンスの牡丹に唐獅子の座布団は母のものではない。

鏡台の脇の小机の上の朱塗りの丸盆に湯呑茶碗（湯呑茶碗は蓋つきで、狆《ちん》が手毬にじゃれている模様だ）と急須と丸い罐が二つ置いてある。一つの罐には煎茶が、もう一つには殻つきの落花生が入っている。それを八郎は知っている。茶罐の色は緑色で、落花生の方は黒だ。八郎は部屋に入ると黒い方の罐を開けて、出窓に跨《また》がって落花生を食べた。

二階から父さんの声が聞えてくる。

あの女の声は聞えない。

父さんは大声で笑っているが、女の笑い声は聞えない。

父さんの大声は機嫌がいい時に出る声だ。

八郎は出窓の外に落花生の殻を剝《む》いては捨てた。

「だからね、いろいろな声が出せるということは、いろいろな心になれるということでしょう。わかるかな。ぼくはあなたにひとつ注文があるんだが、あなたは多分、正直な女性でしょう。必要以上に正直すぎるといってもいいかもしれない。しかし、正直だが、どこか自由じゃないんだな。どこかで自分を抑制してるでしょう？　ちがいますか？」

八郎は懐《ふところ》に落花生を入れると出窓の前の楠《くす》の枝を伝って屋根に登った。屋根に登ると庭も近所の家も足の下に沈んで、何だか偉くなったような気持になる。谷を隔てて向い側の台湾学校に明るい陽が当って、冬のはじめなのに、まるで一足とびに春がきたような日だ。父さんの声がすぐ近くに聞えた。

「――いろいろな人間のいろいろな気持になれるということは、感性が柔軟でなくちゃいけないということですよ。理屈で人を理解しようとしてはいけないんだな……ぼくのいうことがわかるだろうか？」

「はあ……」

あの女の声だ。

「わかりますけど……でも……やっぱし、わかりません」

「アッハッハッハア」

と父さんは笑った。一番機嫌のいい時の笑い方だ。

「まったく、あなたは正直だ……」

父さんの声にはまだ笑いが残っている。

「どうしたらいいでしょう？　先生」

「小説を沢山お読みなさい。日本のものだけでなく、モーパッサン、ゾラ、トルストイ、ツルゲェネフ、バルザック、ドストエフスキイ……ありとあらゆるものをお読みなさい。ぼくの書棚から自由に持って行っていいですよ。それからどんどん芝居を見る。新旧問わずに見ることです。そうだ、落語もいい。寄席へいらっしゃい。大阪訛《なまり》をとる勉強にもなる」

「はあ……」

「そしてね、経験を豊富にして自分をもっと解放することだな。閉じ籠《こも》っているところから外へ出ていらっしゃい」

「はあ……けど」

「けど……何です？」

父さんはまた高く笑った。

「それそれ、それがいけないんだ。いいたいことをいう前に、まるで牛のようにあなたは反芻《はんすう》する。その癖をおやめなさい。こんなことといったらいけないんじゃないかとか、恥かしいとか、人にどう思われるとか、そんな考えを捨てることですな。思ったことを思った通りに表現する。松井須磨子という女優はそういう女ですよ。べつに器量がいいわけじゃなし、頭もよくない。ただ彼女は常に自由なんだ。自分を解放している。それが須磨子の成功の原因なんだな」

「はあ……」

低い沈んだ返事。

「大丈夫。横田くんは須磨子を凌《しの》ぐ女優になれる。ぼくが今いったことを心掛ければ。アッハッハッハア……」

落花生を食べ終って八郎は屋根を降りた。そうして父の、

「アッハッハッハア」

を真似ながら、跣《はだし》のまま庭から表へ出て行った。
二、三日して八郎はまたあの女の部屋に入った。黒い罐を開けると落花生が補充してあった。八郎はひと摑《つか》み懐に入れてまた屋根に登った。
「そんな」

というあの女の声が聞え、八郎は息を殺した。なぜ、息を殺さなければならないのかわからなかったが、ひとりでに息が止り、聞き耳を立てていた。

突然湯呑茶碗が倒れる音がした。ジュウ、ブワアーと灰神楽《はいかぐら》の気配が立ちのぼった。あの女が小さな悲鳴を上げて立ち上り、襖《ふすま》を開けて階段を駈け降りて行く。間もなくどやどやと足音がして、はなやの声がいった。

「あらまあ、あらまあ、たーいへん」

「オレが袖を引っかけたんだ」

父さんの声が聞えた。はなやが拭いたりはたいたりする音が聞えてきた。暫《しば》くすると静かになり、

「すみません」

というあの女の低い声が聞えた。父さんの声は聞えなかった。

何日か経って、また八郎はあの女の部屋を覗いた。あの女はメリンスの座布団を出窓の前に寄せて、広げた新聞の上で落花生を剝いていた。

女はふり返って八郎を見ると、黙ったまま剝き上った落花生を手に載せてさし出した。

八郎は部屋の中に入って行った。落花生を受け取って口に入れながら出窓に跨った。

女は落花生を剝いてはさし出す。

八郎は受けとっては食べる。

女は片肘を膝に載せた前かがみの格好で、まるで考えごとに耽《ふけ》っているように豆を剝きつづける。

いったい、いつまで剝くつもりなのか。八郎がそこにいることを忘れたように何もいわずに剝いている。

八郎は豆を食べながら歌った。

「ハコネの山は天下のケン

カンコクカンもものならず」

それから八郎は出窓から降りて、剝いてある豆をひと摑み摑み取った。

「こんだけおくれよ、ね？」

女は顔を上げ、八郎を見て頷いた。

「もっと沢山、持っていってもよろしいのよ」

「よろしいのよ」に関西訛があった。それが八郎と女が口を利いた最初である。

「これ、夜までとっとくんだい」

八郎はぶっきらぼうにいった。

「これをバターで炒めて、塩ふっておくんだい。夜になったらハラ減るだろ？」

女の目の中に微笑が浮き上ってきた。

「そのとき、チャカに一銭で売ってやるんだ」

瞠《みは》った目の中の微笑がひろがった。

「その一銭で食パンのミミ、買ってくるんだ。それにバターつけてカリカリに焼くんだ。うめえぞオ」

微笑はひろがって、大きな目の少しきつい輪廓がやわらかく変化した。

「それをチャカに二銭で売る――」

女は笑った。八郎をじっと見て、さもおかしそうにクックッ笑った。何がそんなにおかしいのか八郎にはわからないが、

――この女が笑った……。

と八郎は思った。


春日町《かすがちょう》から伝通院《でんづういん》に向って富坂《とみさか》を上って行くと、右手の高台は下富坂、中富坂、上富坂の三つの町に分れる。一番上が伝通院のある上富坂町、次の横丁を入ると中富坂町があって、目の下に春日町の商店街が開けている。

真田《さなだ》いねのことを「富坂」と呼ぶのは、その中富坂に住んでいるからで、そこが洽六がいねのために借りた妾宅《しょうたく》である。家は四間ばかりの小ぢんまりした平屋だが、庭は比較的広い。庭の先は崖になっているので、遠くまで下町が見渡せる。

真田いねと洽六の仲は、いねが芸者をしていた頃に始まって、もう八年になる。いね

は色の浅黒いやせぎすのイキな女で、洽六よりも八つ年下の三十四歳である。芸者時代は「たけくらべ」などを暗誦して文学芸者といわれ、話題が豊富で話術が巧みなので人気があった。気っぷがいいので洽六とウマが合う。洽六がソノ道の猛者《もさ》なら、いねもそれに負けない好者《すきもの》で、だから、二人はいうなら金庫の鍵穴と鍵のように、二つとない相棒同士として固く結ばれているのだと周囲の者たちはいっている。

洽六はハルにはいわないことをいねにはいう。相談ごともいねにはする。いねは呑み込みがよく、太っ腹で何ごとにも話が早い。ハルはやきもちやきだが、いねは洽六の浮気沙汰を知っても平気で、

「先生、末広のお茶子を口説いたんですって？　いやですねえ。あんなホッペタの赧《あか》い子、どこがいいんです？」

とからかうだけだ。洽六の女出入りのたびにやきもちをやいて口を利かなくなるハルも、いねの存在だけはもう諦めていて、洽六が富坂へ行くのを黙認しているのである。

洽六は問わず語りに、横田シナのことをいねに話した。新日本劇は看板女優に困っていたが、漸くいい女優を見つけ、これから育てようと思っている。関西で多少舞台の経験はあるらしいが、まだ一人前ではない。言葉に大阪訛があって歯切れが悪い。垢ぬけしていない。しかしあの女は育てようによっては須磨子を凌ぐ大物になるだろう。

「で、器量はいいんですか？」

「うん、悪くない。不器用だが頭も悪くない。じっくり考えて呑み込んでいく方だな。とにかく一所懸命なのがいいんだよ。しゃれっ気もなければ男に目もくれない。芝居一

筋だ」

「おやおや」

いねはからかうようにいった。

「先生でも駄目？」

世話好きのいねは何度も横田シナの話を聞いているうちに、「一度、連れていらっしゃいな」といわずにはいられなくなる。その女に好奇心も湧く。

「そうだなあ。ここで江戸前の女を見せるのも悪くないな。勉強になるだろう。いろんな女が出入してるから」

「そうですよ。下町のおちゃっぴいならいくらでもいるわ。言葉を憶えるのなら出歩かなくちゃ。茗荷谷にいて先生相手に台詞《せりふ》の勉強したってしようがないでしょう。大阪訛はとれても東北訛を憶えたら却《かえ》って困りましょう」

「何をいうか」

いねは快活に笑う。こういう会話はハルが相手では交せない。

「先生、自分の劇団の女優にだけは手を出しちゃいけませんよ。よござんすか」

そういっていねは笑っていた。

新日本劇はその年の秋に東京座で紅緑原作の「鳩の家」をかけた後、次の興行はまだ決っていなかったのだが、ここへきて来年の二月に甲府から名古屋にかけての巡業の話が入ってきた。条件の点で洽六は二の足を踏んでいたのだが、その一方で横田シナの実力をこの巡業で験《ため》してみようかという考えも浮かんでいる。しかしその案は団員や座長格の川村花菱《かりょう》の反発を食うだろうことは想像がつく。それを押し切るかどうかは、横田シナの精進にかかっているのだ。

　横田シナがいねの家に出入するようになったのは、そんないきさつからである。シナは洽六にいわれていねの所へ行き、寄席や芝居に連れ出された。いねは袋物屋、呉服屋、小間物屋、おしるこ屋、小料理屋と、目まぐるしいばかりに連れ歩き、

「この人はあたしの妹分なの、よろしくね。でも勘ちがいしないでちょうだい。色里の人じゃあないの。今に一流の女優になる人なんだから」

　とシナを立てた。いねはおとなしくいうなりになるシナが気に入ったのである。

「横田さんと歩くと人がみんなふり返るんですよ。晴れがましくってねえ」

　と洽六に報告した。

「まったく、なんていい女なの……。なんにもしないで、こうして坐ってるだけで色気がこぼれてるんだもの……」

　惚れ惚れとシナを眺める。東京弁のイントネーションを憶えるにはお湯屋が一番いいのよ、といってシナを銭湯に誘い、そのあとで洽六にいった。

「横田さんの裸って、それはもう、まっ白。お餅のようっていうのかしら、雪のようっていうのかしら……小説家ならうまいことというんでしょうけどねえ。そりゃあもう、シミひとつないの。あたしは自分がこんなに黒いから、よけいそう思うのかもしれないけれど、お湯屋でもみんな見てますよ。するとねえ、あの人、恥かしがって、ろくに洗わないで出ちまうんですよ」

そんな言葉が男を刺激することを知らないわけではないが、それでも思ったことは口に出さずにはいられない性分である。

「うちの先生はねえ。二十だか二十五だかの時に女千人斬りの悲願を立てたんですってさ」

いねはシナにもあけすけな話をした。

「先生はお道具がご自慢なのよ。それだけじゃなくて、アッチもねえ、そりゃあ強いの。それもご自慢でねえ……」

「はあ」

としかシナは答えられない。

「驚いてるの？　そんなことに驚いてちゃ幕内になんかいられやしないわ」

「そうでしょうか……」

「そうよう。芝居者ってそりゃあしようがないのが揃ってるのよ。男も女もすれっからし。暇さえあればお花ひいてるか、猥談してるか、女の品定めしてるか、口説《くど》いてるか……。今の今まで悪口いってた女を、五分後には口説いてるんだから……驚いた？　でもこういうことも勉強のうちよ。覚えておいたほうがいいわ」

いねはすっかりシナに心を許していた。シナが気に入っているだけでなく、洽六の役に立ちたいと思っていた。驚いても驚かなくても「はあ」「はあ」としかいえないこの従順で不器用な若い女のために、やがて煮え湯を飲まされる時が来るかもしれないとは、この時、いねは夢にも思わなかったのである。

二

もしも元安豊《ゆたか》の口から、三浦敏夫と横田シナは兄妹ではないらしいということを聞かなかったならば、洽六のシナへの気持はまた違ったものになっていたかもしれない。

はじめてシナが三浦の後ろから書斎に入ってきた時、一目で洽六はシナに惹き寄せられるのを感じていた。しかしその時は女としての魅力のほかに、女優としての可能性を評価する余裕があったといえる。だが元安がやってきて、

「この前の土曜日、三浦と横田くんと三人で神楽坂《かぐらざか》を歩いたんです。ところが横田くんとぼくが並ぶと、三浦の奴がその間に割り込んでくるんです。験しにまた並んでみるとまた割り込んでくる。どうもねえ、ありゃあ兄妹じゃないですよ……」

といった時、洽六の胸には突然、怒りとも口惜しさともつかぬ強烈な渦巻が噴き上ったのだった。

「ありそうなことだな」

辛うじてそういってみせたが、その後、暫く洽六は虚《うつ》ろになった。

——三浦敏夫……あんな奴の女だったのか……。

殆ど侮辱を受けたような気持だった。失望と怒りという形をとって欲望が頭を擡《もた》げたのはその時からである。シナを女優として大成させたいという気持と、男としての欲望と、どちらが多いのか洽六にはもうわからなくなっていた。シナの不器用な台詞まわし、

関西訛、無表情に洽六は手古摺《てこず》った。横田シナという女はいったい何を考えているのか、それもわからない。三浦を愛しているのか、いないのか。兄妹だということにしようといい出したのはシナの方にちがいない。いかにも彼女のいいそうなことだとは思うが、なぜそういうことをいったのかがわからない。彼女にはどんなことが喜びで、何が悲しみなのかも摑めない。こんなに正体のわからない女に洽六は初めて出会ったのである。

しかし彼女は軽薄な女ではなかった。沈着で深くものごとを考える女だった。あるいは彼女の反応の遅さはよく考えるための遅さかもしれない。簡単にわかったつもりにならないところが、大物になるゆえんかもしれない。洽六はああ思いこう思いして、摑みどころのない彼女に引きずられていったのである。

洽六の頭からはシナのことが離れなくなった。階下のハルの部屋にシナがいるということだけで洽六の心は乱れた。朝も夜もこの家にいる限り、神経は階下に集中している。あの日、元安の言葉によって惹き起された異様な渦は、日ましに強く激しくなって殆どめまいを覚えるほどである。

――あんな男の女だったのか！

日に幾度となくそう思った。三浦への嫉妬は憎悪になった。二人がこの家へ来てからもう二か月になる。二人はどこかで逢引をしているにちがいない。三浦があの部屋へ忍んで行っているのかもしれない。そう思い到ると洽六は有無をいわせず三浦を引き据えて面罵し、思うさま殴りつけたくなる。シナの声がして、玄関を出て行く下駄の音が聞えると反射的に疑惑が閃《ひらめ》いた。

——どこかで三浦と会うんじゃないか？

洽六は立ち上り、階段を駈け降りる。

「三浦くん……いるかね、三浦くん」

「はーい」

玄関脇の部屋から間の抜けた返事が聞えてくると洽六の緊張はみるみる解けて、その場に坐り込んでしまいたくなるほどだ。

「なんですか？」

目鼻立ちは整っていて色白で品も悪くないのだが、いかにも気魄《きはく》のない、生れてからまだ一度も悩んだり考えたりしたことがないというような顔が唐紙を開けて出てくる。

「君、すまないが……」

洽六はとっさに用事を考える。

「丸善《まるぜん》まで行って……」

何かの本を買ってこさせるつもりだったが、今この男を外へ出せば、万が一、どこかでシナと会わぬとも限らないという心配から、

「ああ、もういい……思い出したよ。福士《ふくし》が買ったのを届けてくることになっていた。いいよ、いい……」

「そうですか。けど、どうせ暇ですから、行ってきますけど」

「いいよ、いい」

ポカンと立っている三浦を尻目に急いで二階へ上った。

るのである。
──ああの男！　何という面《つら》だ！
そう思うと今しがた鎮《しず》まった胸の底から、またしても沸々と毒の泡が立ちのぼってく
るのである。
三浦も憎いがシナも憎い。
いまだどんな男も愛さず、寄せつけず、世間を知らず、愛の悩みも肉体の喜びも知ら
ないと思っていたあの女が既に何もかも知っていたのだと思うと、洽六は煮えたぎる鍋
の中にほうり込まれたような気がした。嫉妬が欲情を膨張させた。富坂のいねとのどん
な狂態も、この欲望をなだめることが出来ない。
もう間もなくハルが帰ってくる──。
そう思うとじっとしていられなくなった。ハルが帰ってきたら、横田シナがこの家に
住む部屋がなくなるのである。その時はシナはどこかへ出て行くつもりをしている。出
て行けば当然三浦とひとつ家に住む──。
「──何とかしなければ」
洽六はいらいらと声に出していった。仕事が手につかなくなった。原稿は一行も書け
ない。この現状を打破するにはただ一つのことしかない。それを決行するだけだった。
あと数日で正月が来るという日の深更、原稿用紙を広げた机に向って万年筆を握った
まま、一字も書けずに凝然《ぎょうぜん》と数刻を過していた洽六は、ふいに立ち上って階段を降りた。
家中が寝鎮まっている廊下を通り、シナの寝ている部屋の前に立った。声もかけずに唐
紙を開けた。家の者の誰かが起きるかもしれないという心配はもはや頭のどこにもなか

った。暗い部屋に向って、

「横田くん」

一言静かに呼んだ。部屋に入って後ろ手に唐紙を閉めた。出窓の上の欄間《らんま》から射し込む星明りの中で、シナが身じろぎして起き上る気配がした。

「横田くん、ぼくは頭が割れそうだ……」

シナは黙っている。慌てた気配もなく、心配そうでもなく布団の上に坐っている。

「眠っていたの？　起きていた？」

洽六の言葉に、

「はい……いいえ」

低くいつもの曖昧さで答えた。

「ぼくは眠れない……頭が割れそうに痛くて……ぼくは」

洽六はシナに近づいた。

「このままじゃあ、ぼくは気が狂う……」

そういうと洽六はシナの上にかぶさっていった。

気がつくと、あの女がいなくなっていた。

どこへ行ってしまったのか、誰かに訊いたらわかるだろうけれど、特に知りたいとも思わないから八郎は訊かない。いなくなったものはいなくなればいい。いろんな人間がこの家へ来ては、そのうちどこかへ去って行くことに八郎は馴れてしまった。

あの男は書生部屋にいる。あの男とあの女は兄妹だと誰かがいっていたが、兄貴だけが残ったんだな、と思った。

正月がくるので、家の中はまるでとげ抜き地蔵の縁日みたいにガヤガヤしている。男たちは尻はしょりをして、汚いモモヒキの脚を出して、手拭いで頭を縛ったり口を蔽《おお》ったりして煤払《すすはら》いを始めた。おそわ伯母さんは窓ガラスのヒビワレに梅型の紙を貼ったり、障子の貼り替えをしたり、ご飯を食べる間もタスキがけをしたままだ。

お餅は買うよりもうちで搗《つ》いた方が安上りだ。伯母さんはそういっている。なにしろこの家ときたら、大所帯の上に、遠慮も何もあったもんじゃない、動けなくなるまで食う奴がいるからねえとノロセがいった。居候三杯目にはそっと出し、なんてこの家では通用しないのよ、とはなやがいうと、まったくだ、とノロセは賛成した。ノロセは大飯喰いではないが酒呑みだ。

「ノロセさん、大飯喰いと酒呑みと、どっちが上だい？」

と訊くとノロセは忙しそうなふりをして向うへ行ってしまった。

ノロセは書生なのか、居候なのか、よくわからない。自分ではここの家の三太夫だといっている。きっとはじめは居候だったのが書生になり、あんまり長くなったので三太夫になったのだろう。

酒屋が四斗樽を届けてきた。父さんは酒を飲まないが、飲んでも飲まなくても正月だから四斗樽だ。

門の外には門松が立った。三本の青竹の先が怖ろしいようにななめにサッと切れていて、あれでハラを刺したらすげえだろうなアと思う。竹の下に松。その足もとをキリキリと白縄が巻いている。

「オレン家《ち》の門松だい。見ろよ!」

とチャカは友達に自慢している。自分に自慢出来るものが何もないものだから、門松を自慢している。情けない奴だな、お前は、というと、

「およし。晦日《みそか》に喧嘩は許さないよ!」

と伯母さんがいった。

正月がくるので、母さんが茅ヶ崎から帰ってくる。あの女のメリンスの牡丹の花がとんでいる座布団があったところに、懐かしい母さんの座布団が置いてある。それには色んな色の古毛糸を継ぎ足して作ったカバーが掛っている。あの女の座布団はどこへ行ったんだろう? 八郎は母の部屋の押入れを開けたが、メリンスの座布団はどこにもなかった。

大晦日の夕方、母さんとワタルとおすずと喜美子姉さんが帰ってきた。母さんはすぐ炬燵《こたつ》に入った。

「八郎も節《たかし》もいい子していたかえ」

にこにこしていった。母さんはお客さんみたいだ。明日は正月だといっても何もしないで炬燵で「主婦之友」を見ている。にこにこしたのは家に入ってきた時だけで、晩ご飯の時は疲れたといって茶の間には出てこなかった。

「先生がいないからご機嫌が悪いのさ」

と居候のコンチャンがいった。

いつの間に帰ってきたのか、元旦には父さんがいた。奥の座敷で「おめでとう」をいった。父さんは袴《はかま》を穿き上機嫌で、「やあ、おめでとう、やあ、おめでとう」とみんなに答えていた。母さんは父さんの隣りにちんまりと坐って、「皆、今年も病気をしないで元気に過せるといいね」といった。

伯母さんはタスキを外して、折目のついた着物を着て、よその人のようだった。喜美子姉さんと優子姉さんと修子姉さんはきれいな晴着を着てすましておちょぼ口でおとそを飲んだ。なにも正月だからって、おちょぼ口になることはねえだろう、といいたかったが、正月だからと思ってやめた。

八郎はお重の中の栗きんとんと卵焼きばかり食べた。チャカが真似をするので喧嘩になった。

「そんなにきんとんばっかり食うなよ」

というと、

「自分だって食ってるじゃないか」

といったので、

「オレは全甲だぞ」

といってやると、

「なんでィ」

といって元気がなくなった。

「お願いだから、正月そうそう喧嘩しないでおくれ」

と母さんが泣き出しそうな顔をした。父さんは何もいわなかった。父さんが癇癪を起さないのは珍しい。きっと正月だからだ。

二日は朝から雨だった。雨の中を年賀の客が次々に来た。毎年、正月二日は新年宴会の日と決っている。

「どうかお前たち、今日一日おとなしくしておくれ。何もしないでいたら五銭ずつあげるからね」

と伯母さんがいった。

姉たちはすご六をし、母さんは炬燵でそれを見ていた。すご六に飽きると福笑いをしていた。福笑いなんて、何が面白いんだろう。目がサカサマになったり、口が顎の下に出たからってキャアキャア笑える気持がわからない。あの連中は正月は笑うものだと思っているんだ。正月だから喧嘩をしてはいけない、正月に泣くと一年中、泣くことになるんだよ、と真面目な顔をしていう。

雨が降っているので表へ行けない。それで八郎は退屈して身体がムズムズしてきた。二階から父さんの大声やどっと笑う声や歌や手拍子が聞えてくる。書生部屋の連中は袴を穿いて総出で酒や料理を運んでいる。

八郎は家の中をうろうろと歩き廻った。動物園の熊か虎になったような気持だった。玄関の方へ行こうとすると、伯母さんが、

と、

「五銭だよ、五銭」

といった。仕方なく廊下でチャカを相手にメンコをしていると、

「おや、横田さん」

という声が玄関の方でした。

「あけましておめでとうございます」

八郎は久しぶりにあの女の声を聞いた。おめでとうございます、のあと、何かムニャムニャと口の中でいっている。八郎が広瀬中佐で乃木将軍をひっくり返したとき、廊下の角に横田さんが出てきた。横田さんはいつかの紫と鼠色の矢絣のおついを着ていた。これが横田さんのイッチョウラなんだな。横田さんは八郎を見て、にィと笑った。

「おめでとう」

といったので、八郎も少しテレながら、

「おめでとう」

といった。横田さんはそのまま二階へ上っていった。滅多に笑わない横田さんがにィと笑ったのは、正月だからだ、と思った。

正月はみんながいつもと違う人になる。

八郎は口から出まかせの歌を歌った。

「正月はめでたいよー

正月はうれしいよー

なぜかというとねー

みんないい人になるからだよー」

三が日は過ぎた。

八郎は三時《おやっ》のあべ川餅を食べながら、父と母が喧嘩をするのを見ていた。正月三が日くらいは家にいて下さいよ、と母さんがいっている。父さんは二日の夜、新年宴会に来た連中と一緒に夜中に出かけたまま、今日の昼すぎに帰ってきた。母さんの窪んだ目が朝からつり上っていたのはそのためだ。父さんが帰ってくるまで母さんはノロセを相手に小さな声でグチャグチャと父さんの悪口をいいつづけていた。わたしのことをみんなでやきもちやきだといってるそうだけど、こんなあつかいをされて黙っていられると思って？　いや、誰もそんなことをいってませんよ。奥さんは辛抱強い方だとみんな褒めてます。富坂のことだって、ちゃんと認めておられるんだし、なかなかこうは出来ません……。

グチャグチャいうのをやめてくれ。子供の身にもなってくれ。梅雨どきの雨漏りみたいに、絶間なく愚痴をこぼす小さな声を聞いていると、八郎はいらいらしてくる。いや、まったくです、おっしゃる通りです、といっているノロセのハゲ頭を目がけて、新聞紙を嚙んで丸めたやつを弾にしてパチンコで撃った。ペチャッと頭に当った。

「イタッ！」

とノロセが手をやる。そんなもの、痛いわけねえじゃないか。

「およし。そんなことおやめ」

母さんはそういうだけだから、次は消しゴムを弾にした。ノロセの頭に当ってはね返った。ノロセは笑って当ったところを撫でている。

「いけません。およしなさい……」

と母さんはいう。どうしてそんな小さな声で叱るのだ、と八郎はまたいらいらする。か細い声で泣くようにいわれると、父さんに怒鳴られるよりもイヤな気持だ。なぜもっと一所懸命に怒らないんだ。八郎は暴れたくなる。

そんなところへ父さんが帰ってきて、グチャグチャはノロセから父さんの方に向いた。父さんは黙って煙草を吸っている。片っぽの眉毛がピクピク動いて、母さんのグチャグチャを聞いている。

八郎は玄関へ走って行って、金屏風《きんびょうぶ》の前に飾ってある花台の上の、銅の花器に活けた松と葉牡丹と菊を引き抜いて投げた。はなやが見つけて金切声を上げ、書生部屋からどやどやと男たちが出てきた。それを見ると、もう暴れるのをやめるわけにはいかない。兇暴な力が腹の底から突き上げてきて、何もかも叩き壊したくなった。バットを取りに子供部屋に走って行き、打つ構えで戻ってきた。暴れるのは人の見ているところじゃないと暴れ甲斐がない。バットを見てはなやがまた悲鳴を上げた。居候のコンチャンがバットを取り上げにきた。コンチャンは中腰になって両手を前に突き出し、指を熊手のように曲げて歯をくいしばって隙を狙っている。どこからかチャカが現れて、後ろから箒《ほうき》でもって脚もとを掻っ払った。八郎はひっくり返る。バットが飛んだ。す早くコンチャンが拾った。八郎はチャカを追いかける。チャカは逃げる。廊下から部屋へ、部屋から廊下へ、ぐるぐる走り廻った。二人で父さんと母さんのまわりをぐるぐる廻った。

「うるさいっ！」

雷が落ちた。そしてそのまま父さんはまた外へ出て行ってしまった。

「どうしてお前たちは、そうなの」

顳顬《こめかみ》を押えて母さんがいった。聞えないくらいの小さな声だった。その小さな声が八郎を兇暴にする。暴れ廻る手足を押えることが出来ない。

誰か押えてくれ。だが誰も押えられない。仕方なく八郎は暴れる。


茅ヶ崎からハルが帰ってくるので、押し詰ってからシナは、富坂のいねの家に寄食することになった。そのことをいい出したのはいねである。

そうしてくれるか、と洽六はほっとしたようにいった。妾の家に身体の関係をつけてしまった女を預けることに後ろめたさはあったが、それよりもいねの所に預けておけば、三浦が近寄るのを防げるという魂胆が勝った。

「おいねが暫くの間、うちへ来ていればいいというんだが、どうだろう。気が進まなければ無理に行くことはないんだよ」

そういうとシナは少し考えた後で、

「そうさせていただきます。厚かましいようですけど……」

と答えた。いねの所へ行けば、いくら洽六でもこの間のように手籠《てごめ》同然に関係を強いるわけにはいかないだろう。二人の間はあの一夜の気の迷いとしてすませてしまえる。あるいは洽六自身もそう考えたのかもしれないと推量して、シナは承知したのだった。

洽六はいねに、三浦という男が来ても絶対にシナには会わせないようにと頼んでいた。

「三浦は兄だといっているが本当はそうじゃないんだ。神戸時代からの男だよ」

「あらまあ……。じゃあ横田さんは別れたいのね、その男と」

「まあそうだ。手紙なんかも注意してくれ」

「合点、承知のすけ」

陽気におどけて胸を叩いてみせたのは、シナを気に入っているし、洽六の役に立つことが嬉しいからである。手をつけた女を妾のところへ寄食させるとは、さすがのいねも思い及ばなかったのだ。

シナは正月をいねの家で迎えた。いねの所には男の子が二人と小女が一人いる。上の子供は小学校一年で行儀がよく学校の成績もいい、いねの自慢の長男で、下は六つで畳の上に絵草子を広げては一日中、眺めているようなおとなしい子供である。

「かんかんからすのまっくろじいは、お山のお山のてっぺんへ、とんがり杉の枝を伐りにいきました……」

この子は記憶力が抜群で、それはきっとうちの先生に似たんだわ、といねはいっている。

「おめでとうございます」

「おめでとうございます」

兄弟は畳に手をついて、きちんと挨拶をした。いねは子供のしつけを厳しくしているのである。茗荷谷の子供たちとは何という違いだろうとシナは感心した。

「今日はお父さんがいらっしゃるから、きちんとご挨拶するんだよ。二人ともお行儀をよくしてね」

元日の朝、いねは子供たちにそういったが、洽六は現れなかった。

二日、シナは茗荷谷へ年賀に行き、新年の宴席を手伝った後、最後の客にまじって茗荷谷の家を出た。朝からの雨が漸く上って、冷え込みは強いが風のない穏やかな夜半である。富坂まで歩いて行くつもりでぶらぶら歩き出すと、後ろから洽六が来て、横田くん、富坂まで送ろう、といった。

曲り角の俥宿を起して人力俥を頼み、シナを乗せた。これからおいねさんのところへ行くんだなと皆、思っている。シナもそう思っていたが、俥は途中で方向を変えて着いたのは神楽坂の待合だった。

シナが富坂へ帰ったのは翌三日の昼頃である。いねは何も疑わずに、シナの崩れた廂髪を直しながらいった。

「大丈夫よ。誰にもいわないから……」

いねは、シナが三浦と一夜を明かしたのだと推量したのである。

その午後、洽六は富坂へやってきた。ハルと諍《いさか》いをした後の興奮の色を切れの長い細い目に残して、それが癖のせっかちな下駄の音を立てて玄関を入ってきた。

「あらまあ、お早いお越し……」

いいながらいねはいそいそと鏡台かけを撥《は》ねて丸髷のあんばいをたしかめ、茶の間の長火鉢の前にあぐらをかいた洽六に、改まって新年の挨拶をした。

「ああ、おめでとう……うん、ああ……」

いねの挨拶を受けるのも上の空で、洽六はシナはどうしているかと気を散らしている。数時間前に別れたばかりの女がもう気にかかる。

「横田くんはどうした？」

そういわずにはいられない。洽六が脱いだ袴をたたみにきた小女が、横田さんは与四《よし》男《お》ちゃんを連れて凧《たこ》揚げを見に行きました、と答えた。

「あらまあ、いつの間に？」

いねは洽六を見て、

「気を利かせたつもりなのかしら」

と笑った。

その夜、洽六はいねに三味線を弾かせ、小唄を歌わせた。自分も下手な義太夫を唸ったり、いねに端《は》唄《うた》を教わったりした。それから三人で花札をひいた。いねは賭ごとが好きでまた強い。洽六はうまくはないが好きな方である。シナはこの家でハチハチを覚えたばかりだった。勝負ごとは好きでも嫌いでもないのだが花札は絵が面白いので札を合せるのは楽しかった。

花札の散らばる座布団を真中に、三人は三角に坐っている。いねは熱中してくると片膝を立て、洽六はあぐら、シナは正座している。三人の目は一斉に真中の座布団の上の花札に注がれ、相手の手の内、札順、札の拾い方、捨て方、思うことはひとつである。シナは三角の一端に身を置いて、その構図を夢のように感じていた。いつの間にか、誰かに運ばれて、気がつくとこんな所にいた。それがシナ自身の意志だったかというと、決してそうではなかった。目の前に花札が配られてくると手に取って揃えてしまうように、シナは気が進んでいないのにここまで来てしまった自分を思う。

大阪から出て来たことも、洽六の家に寄食したことも、三浦を裏切って洽六のものになり、そしてここに来ていることも、どれひとつシナが意志をもって選んだことではなかった。こんなことは本意ではないと思い思いしながら、シナは流され運ばれてここまで来ている。

洽六を頂点に三角形を作る二人の女。世間の目はこれを醜い光景と見るだろう。シナはぼんやりとそのことを思った。それから、いつものように、「けれどわたしのせいではない」と胸に呟《つぶや》いた。

明け方、花札に倦《う》み疲れて三人は床に就いた。洽六といねの寝部屋は茶の間につづく座敷である。シナは台所脇の四畳半を小女と共有し、子供たちは一番奥の部屋に寝ている。よく寝入っている小女の脇の木綿布団にシナが横になった時、廊下を隔てた座敷から鼻にかかったいねの声が聞えてきた。

「大丈夫。聞えないようにしますよう……」

耳を澄まさなくても座敷の気配は伝わってくる。故意か、無意識か、いねは乱れていく自分を抑えようとしていない。あえて聞こうともせず、聞くまいともせず、シナは枕に頭を置いて暗闇を見ていた。シナの唇の両脇に、小バカにしたような笑い皺が寄った。シナは洽六を軽蔑したのである。

甲府から名古屋にかけての二月の巡業の話が決った新日本劇では、松の内を過ぎて急遽メンバーの変更が発表された。公演の演し物《だ》は東京座公演で当った「鳩の家」である。その時に準主役をやった渡瀬淳子は休み、その代りとして横田シナがふり当てられた。聚楽館女優養成所で演劇の素養を積み、多少の関西での舞台経験があるとはいえ、横田シナは海のものとも山のものともわからぬ無名女優に近い存在である。だがこの旅公演に当ってあえてシナを起用したのは、劇団の女優陣が貧困なためである――。

劇団員は川村花菱からそのような幹部の意図を説明された。これは横田シナ一人のためではない、新日本劇全体の浮沈を賭けているのである、と。

シナもまた洽六から、そういう意図を告げられた。だがシナは、

「はあ」

といって、口籠《くちごも》って、目を伏せただけである。

「これはいうなら、あなたの試金石だよ。うまくいけば次は東京の一流の小屋で本格的に売り出すつもりだからね」

「はあ……でも……」

シナはそういって口を噤《つぐ》む。

「でも?……何だね?」

「……わたし、それではあんまり……」

「あんまり？　何だ？」

洽六は焦《じ》れて眉をピクピク慄《ふる》わせた。シナを喜ばせたい一心で、劇団幹部の思惑を無視し、川村花菱を説得してやっとここまで漕ぎつけたことである。しかしシナは嬉しそうな顔も見せず、不服そうに俯いたまま、

「あんまり、露骨で……おかしいと思われないでしょうか？」

こみ上げてきた失望のために、洽六は言葉を失った。

もしも洽六とこんな仲になっているのでなかったら、この起用はどんなに嬉しいかしれない——シナはそう思っているのだった。女優としての実力が認められたのではなく、洽六の愛欲の対象になったためにこんなに早く役を貰ったのだ。

——わたしはなにも、役を貰いたくて先生とこうなったのではない……。

シナはそういいたかったのである。シナは何かを望んで洽六に身を委《まか》せたわけではなかった。シナはただ、洽六の激しさに引きずられて負けただけだった。シナが唯一目ざしているものは確かに女優としての成功だった。しかし洽六を受け容れたことによって女優の道が開けることに、シナはむしろ侮辱を覚えるのである。

佐藤洽六の狂気と苦悩は実にこの時から始まったといってもいいだろう。不服そうに目を伏せて困惑の表情を見せている女に洽六はとまどい、失望した。失望が怒りになるのにそう時間はかからなかった。だが洽六はそれを抑えた。シナという女のわけのわからなさが、洽六の怒りを不発にしたのである。

「誰もそんなこと、思やしないさ」

洽六は激昂を抑えて、シナをなだめにかかった。

「君は自分の実力を知らなさすぎるんだよ。もっと自信を持っていいんだよ」

しかしシナは自分に実力がないなどとは思っていなかった。シナは自信を持っていた。男の力を借りなくても今に一人立ち出来る自分だ、と確信していたのである。

甲府行きのメンバーの中に三浦敏夫の名はなかった。稽古の時、彼は乳母の役をやらされて、控え目で穏やかな性格が案外役に嵌《はま》ったと演出の川村花菱から褒められていたのだ。だが出発の前になって突然、彼は役を降ろされたのである。

巡業には洽六が同行することになった。劇団の顧問が巡業について歩くことなど、今までに一度もなかったことである。洽六が来れば宿屋にしても役者たちと同じ安宿というわけにはいかない。俥代、食事、すべてに金がかかるのである。だが洽六は平気でいった。

「横田くんはぼくと同じ宿だよ」

「鳩の家」の主役「篤子」は村田エイ子で、シナは準主役の「環《たまき》」の役である。その環の役が稽古が進むに従って次第に変更され、見せ場の多いいい役になっていくのに役者たちは気がついた。

「ぼくたちは賭けたんだよ。ぼくは全身全霊をもって君に賭けたんだ。君はこの公演に賭ければいいじゃないか。それ以外に何も考えることはないよ。他人がどう思うかなんぞを考え出したら何のために生きているかわからないじゃないか」

洽六は座員の取沙汰を耳にして浮かぬ顔をしているシナにそういった。

甲府への出発の朝、シナは倅で富坂の家を出、集合場所である甲武線の飯田町駅へ向った。朝から粉雪がちらつく、風はないが底冷えの厳しい朝だった。シナがビロードのコートにショールで口もとを包むようにして駅へ入って行くと、

「シナやん」

突然後ろから声をかけられた。ふり返ると絣の着物に毛糸の襟巻で顔を包んだ三浦が立っていた。

「見送りに来てん――」

三浦は馴れ馴れしい、懐かしそうな微笑を浮かべて近づいてきた。

「よかったなあ、環の役、もろてんなあ」

三浦はいった。

「うまいことやりや。この公演にあんたの運がかかってるのやさかいにな」

それから三浦は持っていた木綿の風呂敷包みをさし出した。

「これ、羽織下や。真綿で作ってあるさかい、羽織の下に着たら目立たへんしぬくいで。そう思《おも》て買うてきたんや」

シナは黙ったまま、手をさし出してそれを受け取った。

「甲府は寒いところやよって、気イつけてな」

三浦の白い面長の、いつも楽天的に見える顔にはどこにも変ったところがなかった。一行から除外されたことにがっかりしている様子もなく、洽六とシナとの関係に気づい

ている気配も見えなかった。

「ほな、気イつけて。元気に行《い》てきなさい」

と三浦はいった。

「さいなら」

この時、三浦の耳にも座員の取沙汰は入っていたのである。三浦はすべてを知っていた。だがそれでも三浦は何も知らない顔をして、シナから離れようとは思わなかったのである。自分の置かれている立場の惨《みじ》めさを三浦は思わなかった。シナが東京にいる限り、自分も東京にいつづけようと心に決めていた。たとえシナと治六がどうなろうと、シナを手放すつもりはなかった。三浦の考えていることはそれだけだったのである。


馬糞を踏んだら背が高くなる。ザルをかぶると背が伸びなくなる、と伯母さんがいったので、八郎は荷馬車がやってくるのを待っていて、ボタボタボタッと一気に落ちて湯気が上っているホヤホヤのやつを跣《はだし》で踏んづけた。ホヤホヤの馬糞はほかほかとあったかくて、頃合いに柔らかくて気持よくグニュッと土踏まずの下でつぶれる。

べつに背が高くなりたいと思って踏むわけではない。道を行くおとなや子供が驚いて見るのが面白いだけだった。気のせいか荷馬車の馬の糞よりも、陸軍佐官の馬の糞の方が色艶がよくて踏み応えがある。

どうだ、口惜しかったら踏んでみろ！

そんな気持だ。人が出来ないことをしてみせると気持がスーッとする。ざまアみろ！

出来るならいっそ、馬糞を食べてしまいたいくらいだ。

馬糞だらけの足で「ただいまア」と入って行ったら、女どもは悲鳴を上げた。

「そんなことして、ひょろひょろの電信柱になったらどうするつもりだい」

伯母さんがいったので、八郎はご飯の時、ザルをかぶって食べた。

「呆れたねえ」

この子はまア、なんて子だろう、というのが伯母さんの口癖だ。なんたってこの子は洽六の血を引いてるよ、というのも口癖になっている。

洽六の血を引いてるといわれると、八郎はそれで悪戯《いたずら》も乱暴もみんな許された気持になる。

「洽六ときたら」と伯母さんは始める。それは父さんの悪口だが、伯母さんはその話をする時、楽しいお伽話でもするような顔になる。

——何しろ十一の時だよ、お城の天守閣に登ってそこから下へ向って小便をしたのは……と始まる。学校から帰ってくる時はいつも喧嘩して血だらけで帰ってきたこと。下駄なんか幾つ買ってもすぐなくしてしまう。叱られるものだからそのうち、下駄を懐《ふところ》に入れて跣で歩くようになったこと。下駄を履く時といったら学校の門の前だけ。とにかく佐藤の伜《せがれ》が当り前に歩いているところを見たことがないと町の人みんながいっていた。いつも喧嘩してるか、着物の胸をはだけて、袴を引きずって、草履《ぞうり》を手に履いて走ってるか、町の人はそれを見ていったものだ。『また佐藤の伜が喧嘩に行く』——。中学校が火事になった時、誰よりも先に一番に走っていったので、あの悪たれ童子《わらし》でも学校だけは大事に思ってるんだねといっていたら、何のことはない、もっとよく燃えるように羽織を脱いで火を煽っていた……。

伯母さんはそこいらへんで、言葉を切って溜息をつき、まったく困った悪たれ童子だったんだから……といって首をふり、もうやめるのかと思うとまたつづける。数学が大っ嫌いで、数学の教科書を開くと頭痛が始まるといって、教科書に毒本と書いたカバーをかけたこと。大きくなったら支那へ渡って匪賊《ひぞく》になるんだといっていたこと。

目をつむると浮かんでくるのは血だらけか泥んこ姿ばっかりだよ、と伯母さんはまた溜息をつく。たまに静かにしていると、何か悪いことをしようと企んでいるんだろうって、みんな心配したもんだよ。とにかく窮屈なのが我慢出来ないんだから。五つ六つの頃から着物の襟をきちんと合せると頭痛がするからいやだといって、寒いさ中も胸の中が見えるような着かたをしてね。帯で身体を縛るのもいやでグズグズに締めて、その上シャツのボタンをかけるのも嫌ったんだよ。一番上と二番目は何といってもかけたことがなかった。足袋を履くとコハゼで足首を締めつけるからいやだといって履かないし、学校の先生は窮屈なことを強いるから嫌いだったんだろう。おじいさんは、厳しい人だった。だからおじいさんともうまくいってなかった。

彼、資性恬淡《てんたん》、寡欲正義を思うの念切にしていやしくも人の私利私曲を許さず、一切の風潮を罵倒してあえて顧慮するところなかりき。伯母さんはいつもそこへくると真面目な顔になってすらすらと暗誦してみせる。それは郷土史の中に書いてあるおじいさんについての文章だ。瘦身長軀眼光炯々《けいけい》として人を射る。ひとたび怒る時は猛獣も仆《たお》れたという坂上田村麻呂《さかのうえのたむらまろ》を思わせたってね。おじいさんは朝から晩まで怒ってる人だったけど、その半分は洽六のことだった。近所じゃ感心してね、よくまあ飽きもせずに怒る方も、怒られてもちっとも直さない方も、両方ともたいしたもんだっていったものだよ。

「じゃあボクの方がよっぽどマシだね」

八郎がいうと伯母さんは「まったく佐藤の家は……」と呟いて肩で溜息をついた。佐藤の家には先祖代々、荒ぶる血が流れているのだ。先祖を調べたらきっと、代々同じような人が出ているにちがいない、というのがいつも伯母さんの長い話の締めくくりだ。

「じゃあボクが悪いことをしても、ボクが悪いんじゃないね。先祖が悪いんだ。オイラのせいじゃないアぃッと……」

そういうと伯母さんは、

「だからそのことをよく弁《わきま》えて、荒ぶる血を鎮めるように修業しなくてはいけないんだよ」

伯母さんはいつもクソ真面目だが、そういう時はいっそう真面目な、殆ど怒っているような顔になった。

二月に入ると父さんは十日ほど旅に出るという。八郎はワセダ中学を受験することに決めた。

「父さん、ぼく、ワセダ中学へ行くよ」

というと父さんは、それがいい、それがいい、あすこは野球部があるからな、といった。

「父さん、紀元節の日は試合だよ」

というと父さんは「そうか」といい、「よし、それまでには帰ってくる」といったが、その日に間に合うように帰ってこなかった。茗荷谷《みょうがだに》クラブは父さんの作った野球チームなのに。

父さんはセカンドを守って九番を打ち、その上総監督だ。茗荷谷クラブの試合に父さんが顔を出さなかったことは一度もなかったのに。酒屋のご用聞きも原稿を取りにきた記者も、無理やり野球をやらされて下手クソだといって叱られていた。父さんがいると審判を怒鳴りつけてくれるので、負ける試合も勝つことが出来るのだ。

父さんがいないと野球をやっても面白くない。この前父さんははじめて三塁打を打ったが、少しも嬉しそうな顔をしないで、あのピッチャーはオレの眼光を怖れて打たせた、ああいう奴は出世せん、といって怒っていた。三振をとるととったでまた怒る。打たせれば打たしたと怒る。どうしてあの男はすぐあんなに興奮するんだろう、とみんないっている。だが八郎はそんな父さんが好きだった。父さんがいると試合に活気が出て、チームが興奮状態に陥る。その気分が何ともいえない。わくわくする。

「父さん、紀元節には帰ってきてよね、ね、ね、ね」

八郎は何度も父さんにいったが父さんは「うん、うん」といっていながら帰ってきたのは二月も半ばを過ぎてからだった。

「父さん、七対八でうちが勝ったよ」

といったが、そうかそうかといっただけだった。

父さんは野球をしなくなった。

それから前みたいに怒らなくなった。

八郎はそう感じた。父の顳顬《こめかみ》に青い太い筋が浮き上るのは父が怒鳴り出す前兆だが、見ていると浮き出た青筋は苦しそうに怒張したまま、濃い眉は黒々とうねったまま、父さんはビクともせず、銅像みたいに固まってしまっている。

「父さん、この頃、怒らないね、どうして？」

と訊いたら父さんはびっくりしたように八郎を見つめた。見つめたまま何もいわず、暫くして、そうかい？　そうかなア、じゃあ怒ろうか、といった。気が抜けてる声だった。

何を考えているのか、この頃父さんはボーッとしている。


甲府から名古屋への巡業の首尾はまずまずというところだった。どの町でも客の入りはよかった。佐藤紅緑の新聞小説「鳩の家」の人気に負うところがあったにしても、横田シナはひとまず試験に合格したのである。

巡業から帰ってくると、シナのために西五軒町《にしごけんちょう》に小ぢんまりした家が借りてあった。洽六が野呂瀬《のろせ》に命じて捜させておいたもので、ひと通りの家具も整っている。シナはこの家に入ったことによって、洽六の「世話を受ける女」になったのであった。

それはシナには不本意なことだった。シナは巡業から帰ったら富坂の家を出て、どこかに安い貸し間でも見つけるつもりをしていたのである。舞台に立てれば若干の収入がある。質素に暮せば一人暮しが出来ると考えていたのだ。だがそんな考えを口にする間もなく、シナは飯田町駅から人力俥で西五軒町の家へ連れて行かれてしまった。巡業の間、シナの付き人だったチエ子という若い娘が当分の間家事をやることも決っている。

「君が心配することは何もないんだよ。君は芝居のことだけ考えていればいいんだよ」

と洽六はいった。

四月には愈々《いよいよ》東京の本郷座に打って出ることに決った。演《だ》し物は「虎公《とらこう》」だ。「虎公」は読売新聞に連載されて人気が沸騰した小説だから、それを芝居にすれば客を呼べることは確実である。シナには主人公、お八重の役が用意されている。

「村田エイ子や渡瀬淳子は面白くないかもしれないが、仕方がないさ。どんな世界でも実力のある者が勝つんだからね」

洽六にそういわれると、シナは自分の置かれた立場の苦々《にがにが》しさを嚙みしめながら、
仕方ない……。

と思うのだった。ここまできてしまった今は、このまま進むしかないのだった。世間はシナのことを策謀家だといっていた。あの女は第二の松井須磨子を狙って佐藤紅緑を籠絡《ろうらく》した。須磨子が島村抱月の愛人になったことで成功したように、紅緑を捉《とら》えて野心を遂げようとしている。富坂の妾はともかく洽六に惚れている。しかし横田シナは惚れ

てなんかいない。あの女には野心しかないのだと。

そんな取沙汰は当然シナの耳に入ってきた。シナの胸は煮えくり返った。

――わたしは一度でも役がほしい、役を下さいと先生にいったことなんかなかった。お金がほしいとも家を借りてちょうだいともいったことはない。渡瀬淳子を押しのけて、甲府巡業に出たいといったこともない。わたしは何もいっていない……。

しかしその思いはただ、陰気くさい膨《ふく》れっ面《つら》になっただけである。

「わたしは先生のいう通りになってるだけなのに……」

シナが口に出して呟くことはそれだけだった。しかしシナは何もいわないことによって、その膨れっ面で治六を苦しめた。治六は元安を呼んでシナの蔭口を叩いている者は誰だと詰問し、そういう奴は即刻クビだと怒鳴った。そうして治六が怒鳴ると、その分シナの悪口に勢《いきおい》がつくことに治六は気づかなかった。

治六は夢中だった。シナを喜ばせることで治六の頭はいっぱいだった。シナに成功してほしいのは、そうなればシナが幸福になるからである。シナの喜ぶ顔を見るためならどんなことでもするつもりだった。人を殺せといわれればそうしたかもしれない。彼が新聞小説に熱を入れるのはシナのためだった。小説を書きながらそれをシナが演じる時のことを考えている。それで女主人公を偶像化する。女主人公は清純で素直で、ふりかかる悲劇によっていやが上にも清らかになる。それは治六の理想の女だったのだ。

舞台稽古が始まるとシナはすべてを忘れた。稽古場の隅に三浦がいて、目を輝かせてシナの演技に見入っていることも、その三浦を治六が苦々しげに横目で見ていることも、他の役者たちの思惑や目交《めまぜ》にも気がつかなかった。

舞台稽古でのシナの評判は悪くなかった。見にきた演劇記者も好意的だった。シナの美貌が話題になった。何も芝居をしなくても、登場しただけで視線を集める女優であると下馬評に書いた記者もいた。

こういう女優にしみったれた役をやらせると、折角の素材を腐らせてしまうんだよ。多少、演技は未熟でも主役を与えなければ駄目だ。これは生れもっての柄というものでね。そもそもが主演女優に生れついている女優は、そのように育てなければね、などと洽六が上機嫌なのを、シナは目を伏せて聞いていた。その胸の奥でシナは、しかしこの芝居は嘘だらけじゃないのか、と思っているのだった。

「『虎公』は東京座に於《お》いて新日本劇一派を始めとし全国各地の大小劇場に上演され、空前の大好評を博した『鳩の家』の続篇ともいうべき大長篇小説なるが、本篇は只好評を博せるのみに非ず、著者が最近に得たる芸術的収穫中、第一位を占むべき苦心の傑作なり。

小説を読む事を厳禁せる良家の家庭も此の書に限り喜んで子女に愛読せしめたり。都下数十の女学校と婦人団体亦《また》此の書を歓迎せり。

本篇は単に劣等なる涙を誘うの所謂《いわゆる》家庭小説に非ず。此の書は人生を如何《いか》に幸福にすべきやに苦心せる著者の熱烈なる愛の叫びなり」

「虎公」についてのそんな広告記事を読むと、シナは自分が間違っているのだろうか、と反省したりする。しかしはっきりしていることは、シナがやりたいのはこんな芝居ではないということだった。こんな清純な美しい心の女がこの世にいるものか。清らかに、正しく生きているのに、これでもかこれでもかと降りかかってくる悲劇。お客は涙を絞るだろうが、シナは心から泣けない。もっと本当の人間、人間性の真実を抉《えぐ》り出すような芝居がしたいという気持は、洽六の芝居をすればするほど強まっていく。いうまでもなく洽六はそんなシナの思いを知らなかった。いや、知っていても念頭に置かなかった。洽六の頭にあることは、シナを喜ばせたいというただ一つのことだけである。洽六はシナの胸の、まるで底なしの沼のように暗い奥の方にあるものを摑みたかった。それを捉えるためにもシナを喜ばせたかった。洽六はシナを把握しようとして、その閉ざした心に引きずられた。引きずられているとは知らずに引きずられて、己れを見失っていった。そしてシナの方は洽六の強引さに引きずられていると思い、そう思いながら洽六を引きずっていたのである。

三月、八郎は小日向台町尋常小学校を卒業した。卒業式には伯母さんが来た。これまでも学校の行事に父さんや母さんが来たことはなかったから、卒業式に来なくても何とも思わない。

八郎は早稲田中学に入学出来た。

入学式には伯母さんが来た。伯母さんの小さな廂髪《ひさしがみ》は、ほかの母さんたちがみんな若いせいか、へんに目立った。

「伯母さん、この次、学校へくる時は白粉《おしろい》つけてきてくれよ」

そういうと伯母さんは小さな顔をクシャクシャにして笑った。

父さんは入学祝いに万年筆を買ってくれた。廻すと鉛筆の芯が出てくるシャープペンシルも一緒だ。腕時計も買ってもらった。ここんとこ父さんはやけに気前がいい。あれがほしいというとノロセにいいつけて何でもすぐに買ってくれる。ピアノがほしいと喜美子姉さんがいったら、ピアノか、よし、といった。

だが父さんは滅多に家にいない。四月の本郷座でお忙しいんだよ、と母さんがいっていた。

八郎は中学の野球部員としてユニホームを渡された。海老茶のＷＡＳＥＤＡのローマ字を人さし指でなぞっていると、今までに感じたことのなかった真面目な、新しい気持が湧いてくる。「希望に満ちた」とか「希望溢れる」という言葉はこんな気持のことなんだと思った。ユニホームを家中の者に見せた。父さんはいないから、父さんには見せられない。父さんは？　というといつも誰かが「お出かけよ」という。

「おい、チャカ。これは何と読むか知ってるかい。ワ・セ・ダだ。どうだ、羨ましいだろう。読めねえだろ。丁ばっかりじゃ中学へは入れねえよ」

そういってポカンとチャカの頭を叩いてやった。チャカが怒って腹いせに赤ン坊のワタルを蹴ったのでワタルが泣いた。ワタルはこの頃、チャカを見ると泣きベソをかく。

「どうしてお前たちは……」

母さんの例のが始まった。

「およし。お願いだから静かにしておくれ」

そのか細い声を聞くとうんざりする。四月なのに母さんはまだ炬燵に入っている。八郎はいらいらしてくる。

「ハラ減ったよう。なんかおくれよう」

と母さんの背中に乗りかかってゆさぶった。

「はなやにいってお汁粉をあたためておもらい。昨日、作ったのがまだ残ってる筈よ」

はなやは「チャカ坊ちゃんが食べておしまいになりました」といった。

「母さーん……チャカが食べちゃったんだよう。どうしてくれるんだよう……ハラが減って死にそうだよう……」

べつに腹は減っていない。何が原因で怒りたい気持になっているのか、よくわからないが、だんだん腹が立ってきた。

「じゃあ、おむすびでも作っておもらい。おかかを入れたの好きだろう？」

母さんはずっと前はよくドーナツを作ってくれたものだ。仙台にいた頃、シュナイダーさんというイギリス人に教わったんだ。

「ドーナツ作っておくれよう、シュナイダーさんのビスケット焼いておくれよう」

ビスケットの焼ける匂い、ドーナツを揚げる香ばしい匂いが懐かしい。母さんはお菓子を作るのがうまい。料理もやれば上手なのに（「ハルの取柄は料理がうまいことだけだ」といつだったか父さんがいっていた）何もしなくなった。

顳顬に片手を当てて暗い尖った目で怨めしそうに八郎を見る。まるで母さんの身体が弱いのは、八郎のせいみたいに。

「およし。お願いだから静かにしておくれ」

裏声で母さんの真似をした。母さんが何もいわないのでもう一度いった。急に暴れてやりたくなってきた。

「この野郎！」

と喚いて足もとの茶盆を蹴った。

「およし。八郎……いい子だから静かにして」

八郎はもっと暴れたくなる。これでもかこれでもか、と暴れる。伯母さんはなぜ止めにこないんだ。いい加減に暴れるのをやめたいが、母さんが怒らないからやめられない。そんなんじゃやめられないじゃないか……。

八郎は狂ったように暴れて、自分で自分がどうにもならなくなって泣く。


学校の帰り八郎は「富坂」へ行ってみようと思いついた。

「富坂」はメカケの家だ。

メカケは「妾」と書く。

「妾。目ヲ掛クル意。正妻ノ外ニ蓄フル妻。ヲンナメ、ツバメ、カケメ、テカケ、オモヒモノ、側室」

大言海を調べたらそう書いてあった。

富坂のメカケは父さんのメカケだ。メカケと父さんは何をするか。八郎にはほぼわかっている。いいことするのさ、とノロセがいった。楽しいことだよ、キモチよくてたまんねえことだよ、とコンチャンがいった。いっぺんこれやったら、ハッチャンなんぞは病みつきになるな、といった。だいたいのことはわかっている。父さんと母さんもソレをやってるんだ。母さんとソレをやった上に、父さんは富坂でもやってるんだ。ソレをやると子供が生れる。富坂にもソレをやった証拠の子供がいる。

「富坂の上の子はよく出来るらしいんだ」

書生部屋でいっていた。

「しかし上の子は先生のタネじゃないんだろ」

「前の旦那のだ。しかし先生は太っ腹だよなァ、私生児じゃ可哀そうだからって認知してやったんだから」

タネって何だい、と伯母さんに訊いた。

「旦那のタネじゃないってどういうことだい？」

「何をいってるんだろう。この子供はまあ」

伯母さんはそういって、どこかへ行ってしまった。だが八郎はタネが何だか知っている。あの白いドロドロの中にタネがあるんだ。山下のケンゾーと飛ばしっこしたあの中に、タネがある。独りで出して調べてみたが、見つからなかった。きっと、オレがまだ子供だからタネは育ってないんだろう。

オレは父さんのタネから出来た子供だ。富坂にいる上の子供はオレと同じタネじゃないらしいが、そのタネが「よく出来る子」になったのは面白くなかった。下のタネはどうだろう？　下のタネもよく出来る子になったらもっと面白くない、と八郎は思う。

富坂は茗荷谷と同じように坂の町だ。電車道の向うへ渡って伝通院《でんづういん》へ向って歩いて行った。富坂はそこから春日町へ向って下り坂になっていく左手の町だ。横道へ入ると板塀や生垣やレンガ塀の家が並んでいる。二階家もあるし平屋もある。電車の音が通り過ぎたあとは、人通りのないしーんと静かな住宅街だ。山茶花《さざんか》が板塀の上に咲いていて、ブチ猫が塀の上からこっちを見ている。八郎は小石を拾って投げた。猫はヒラリと塀の内側に消え、石が塀を越えて植込みにカサリと落ちる音が聞えた。小石を拾っては投げ、拾っては投げた。はじめると止らなくなる。手当り次第投げた。

「こらァッ」

後ろで太い男の声がした。

「何やってる。危いじゃないか……」

ふり返ると黒い二重廻しを着て、ラッコの帽子をかぶり、太いステッキを突いたじいさんが睨《にら》んでいた。

「なんだい」

八郎はいった。

「文句あるかい」

凄味を利かせたがじいさんは取り合わず、

「道はさっさと真直に歩くものだ」

そういって、手本を示そうとするように、さっさっと通り過ぎて行った。

八郎は坂を上ったり下ったり、同じところをぐるぐる歩いた。それから伝通院の境内《けいだい》に入って石段に腰を下ろした。もしも父さんが通りかかったら、父さん、メカケのところへ行くのかい、といってやろうと思っていた。桜の花びらが芝居みたいに八郎のまわりで舞っている。八郎は少し悲しくなる。何が悲しいのか、わけはよくわからないがなんだか涙が出るような出ないような。桜って寂しい花なんだなァと八郎は思う。

春木町本郷座に幟《のぼり》が立った。定紋は八槌車《やつち》に三笠万里子《みかさまりこ》の名が藍に白く染め抜かれている。洽六は横田シナのために三笠万里子という名を考えたのである。「虎公」は初日から立見が出るほどの大入である。新聞の劇評もよかった。それが佐藤紅緑への遠慮から出たものであったとしても、これで三笠万里子は女優の道を順調にすべり出したといえた。

その公演の中日《なかび》、三浦敏夫は大阪へ向う汽車の三等車にいた。彼は洽六から五十円の金を貰って、東京から生れ故郷の大阪へ帰って行くのである。彼は本郷座公演の数日前に座長の川村花菱からクビをいい渡されていた。劇団を整理するというのがその理由である。その時、三浦は素直にそれを承知した。才能のない者がただ好きだというだけで芝居の世界にいるのは、本人の将来のためによくないといわれると、仕方がない、オレは下手やさかい、と思うしかなかったのだ。

クビになった三浦は茗荷谷の洽六の家を出た。しかし彼は人から借りた金で、茗荷谷へ行く前に、シナと二人で暮していた東五軒町の布団屋の二階へ戻った。そうして彼は本郷座の楽屋に出入しては、シナの鏡台前に座布団を運び込んだり、茶道具や化粧前を整えたりした。洽六は苦り切った顔を見せたが、三浦は平気でシナの世話をやきつづける。クビにしただけでは三浦をシナから遠ざけることは出来ない。改めて洽六はそれを知らされた。かくなる上は三浦にはっきりと因果を含めて大阪へ帰すしかないと洽六は考えた。野呂瀬がその命令を受けて三浦に談判に行った。

「けど、なんでぼくが三笠さんに近寄ったらいけませんねん。ぼくかて先生とのこと知ったからには、今更、あの人とどうこうするつもりはありませんがな。あの人の今度のことかて心から喜んで、成功してほしいと思てます。そやからぼくに出来ること、何でもして応援してるんです。それだけですがな。それ以上のこと、何もしてません。それがなんでいかんのですか」

しかし洽六はそれだけのことでも許すことが出来なかった。三浦という男は何という鈍感で図々しい奴なんだ、と洽六は激昂して罵《のの》った。そして何も出来ずに帰ってきた野呂瀬を頭ごなしに怒鳴りつけた。

「しかし先生、三笠さんだってもう、あの男を相手にする気持はないでしょう。ほっとけばそのうち、三浦の方でも自然に気持がほかへ向きますよ」

野呂瀬はそういって、いっそう洽六を興奮させた。シナは人の真情に対して極めて冷淡な女であることを洽六は知っている。シナにとって大事なことは舞台に立つことと自尊心だけで、それが傷つけられたりさえしなければ、あとのことはどうだっていいという投げやりなところがある。自分から男を招くことはなくても、三浦が執拗にいい寄れば、面倒くさくなって許してしまわないとも限らない。シナはそんな女だ。そんなことも知らないで、したり顔に状況分析をしてみせる野呂瀬が洽六は許せない。洽六は三浦がシナのまわりを当然のような顔をしてうろうろするだけでも、金蠅が飛び廻っているような耐え難い不快を覚える。その不愉快を洽六はもうこれ以上、我慢出来ないのである。

野呂瀬は洽六に叱られて、三十円の金を用意してまた説得に出かけた。だが三浦はいった。

「ぼくはもう新日本劇の人間やないんですから、どうしようとぼくの勝手やないですか」

野呂瀬は三十円を五十円に値上げした。汽車賃は別途にする。弁当もつける。とにもかくにもひとまず、一応は大阪へ行ってくれと懇願した。

「困ったなあ……。けどなんでぼくが大阪へ行かないけませんねん。ぼくが何をしました？　誰にも何も悪いことしてないやないですか」

確かに三浦は何もしていなかった。だがしていなくても、彼はシナの近くにいた。今となってはたとえ彼がシナの楽屋へは顔を出しませんと約束をしたとしても、彼がこの東京の地にいるということだけで洽六は安心することが出来ないのである。

「そんなムチャな……そんな話、ムチャクチャやがな……」

そういいながら、仕方なく三浦はあまりに執拗な野呂瀬の懇願に負けて、五十円を受け取ったのだった。

早速、野呂瀬は翌日の汽車の手配をした。ぐずぐずしていて逃げられては困るのである。朝早く布団屋まで迎えに行き、弁当を買って三浦を東京駅へ見送った。いいかね、汽車に乗るところまで見届け給えよ、と洽六にいわれた通り、三浦の乗った汽車がプラットホームを出外れて、煙を残して消えて行った後もまだ、いつまでも見送っていた。

その日、東京は朝から静かな春雨が降っていた。シナは楽屋の鏡台の前で、チエ子に襟白粉《えりおしろい》を塗らせながら、雨樋《あまどい》を伝う静かな雨音を聞いていた。この雨で上野の桜もおしまいね、と呟いた。三浦が大阪に向っていることなど、シナは何も知らなかった。

そんなふうにして三浦は、宿命が彼に与えた役割りを果して、シナの前から去って行ったのだった。その後、三浦がどうなったのか、誰も知らない。誰の耳にも三浦に関するどんな噂も聞えてこなかった。こうして三浦はシナと洽六を結びつけ、何も知らずに佐藤家の崩壊の端緒を作って、彼の宿命の中に消えたのである。


本郷座にはあの女がいる。三笠万里子という名前で主役をやっている。

八郎は学校をずる休みして、本郷座の前まで行ってみた。本郷座の前には三笠万里子の幟が春風にはためいていた。

桜の花びらが、はためいている幟にまといつくように舞っていた。砂埃《すなぼこり》が立つので、襟に本郷座と染め抜いた法被《はっぴ》を着た男衆が水を打っていた。

あの女の大きな似顔が掲げられていた。それを八郎は見上げた。眉が煙ったようにぼうッと太いのだけは似ているが、ほかは少しも似ていない。ほんものの方がずっときれいだ、と思った。

この女が父さんのメカケになったのか、と思った。

三

母さんはカキみたいになった。

カキは「牡蠣」と書く。八郎は大言海を引いて、それを憶えた。

母さんは煮詰った牡蠣だ。どて鍋の汁の中に、黄黒くなって縮まってしまった牡蠣だ。

「母さんは牡蠣だ、牡蠣みたいだ」

そういったが、母さんは「そうかえ」と上の空だった。

母さんはなぜ牡蠣になったのか。おそわ伯母さんは、

「ツワリなんだよ」

といった。

ノロセとコンチャンは、奥さんは「ユウキ」みたいになった、といっている。ユウキは「幽鬼」と書く。いつか絵草子の地獄絵で見たアレだ。腕と脚が金火箸みたいに細く長くて、浮き出た肋骨の下にぷっくり腹がつき出ている。目がギョロリとばかでかくて額が抜け上り、耳の上と頭の後ろに僅かな髪の毛がぼーっと伸びている。

母さんは食べないからそんなになってしまったのだ。ご飯のたびに伯母さんがいっている。

「おハルさん、気持をしっかり持たなくちゃ駄目。食べたくないからといって食べないでいたんじゃあますます弱っちまう。食べたくなくても努力して食べるとか、食べられそうなものを考えるとか、少しは自分でいい方へもっていこうとしなくちゃ……」

食べることだけじゃないんだよ。あの人はなんだってああなんだから。自分でもってどうかしようって気持がぜんぜんないんだから。まるで流しそうめんみたいな人だわ。黙って流れてて、誰かの箸が引っかからなければそのままどこまでも流れていく気だから……。

伯母さんは蔭でつづきをやっている。

「あれじゃあ洽六だっていやになっちまうわ。まったく、家の中が陰気でしょうがない」

「でもツワリだから仕方ないわ」

喜美子姉さんは母さんを庇《かば》う。

「子供を五人も六人も産んで、今更ツワリだなんて、おかしいよ」

「そんなことといったって、気分が悪ければしようがないわ」

「気の持ちようよ」

伯母さんはしつこい。

赤ン坊は秋に生れることになっている。伯母さんはそれを怒っているのだ。

「どういうんだろう。仲が悪いのに子供だけは次から次から産むんだから……」

いいかけたらいつまでもブツブツいうのが伯母さんの癖だ。

「秋に生れるとしたら仕込んだのは一月か二月だろう」

書生部屋でも加藤のコンチャンと高梨のリンさんがいっていた。

「横田さんとデキたころだろう」

「だから却《かえ》って精を出したんだ」

「罪造りだなあ」

と岡田のボヤテキが真面目にいい、コンチャンとリンさんはどっと笑った。

あの女は黙っておとなしそうな顔をしているけれども、ハラの黒い功利的な女なのだと伯母さんはいった。すっかり鼻毛をよまれましたね、とはなやがいった。ほんとにいい人だと思ってあたし、好きだったんだけど。黙ってる人って怖いねえ、何を考えてるかわからないから。男だってそうだわ。黙ってる男は人物に見えますもの。洽六は調子がよすぎるのよ。だからすぐハラの中を見すかされてしまう……。

八郎は大きな声でいった。

「ディス　イズ　ア　ドッグ。ディス　イズ　ア　キャット」

そんな話は聞きたくない。

「イット　イズ　ア　ペン……」

チャカがやってきたのでいった。

「ホワット　イズ　ユアー　ネイム？」

「なんでィ」

答えられないのでチャカは唸《うな》る。チャカは兵児帯《へこおび》に父さんの使い古しのオノトを挿している。ペン先の金がすり減って、二つに割れて書けなくなったから父さんがくれたのだ。チャカはそいつを自慢にして、友達に見せびらかしている。

「ホワット　タイム　イズ　イット　ナウ？」

「なんでィ」

チャカは細い目をつり上げ、鼻の孔を膨らませ、口をモグモグさせている。

「アー　ユー　ア　フーリッシュマン？」

「イエース」

ヤケクソでチャカは答える。八郎はでんぐり返って笑った。チャカは怒って殴りかかってきた。「フーリッシュマン　フーリッシュマン」とからかって逃げた。チャカは「フーリッシュマン」が何なのか知らないが、真赤になって追いかけてくる。

父さんはどこにいるんだ！

家中の者が父さんの悪口をいっていた。父さんがいないことよりも、八郎はそれを聞く方がイヤだ。聞きたくないのに耳に入ってくる。寄るとさわると家中が父さんとあの女の悪口をいっている。

あんな人間じゃなかった、洽六は気が狂ったんだ、狂わせられたんだ、と伯母さんがいうと、いいえ、昔からよ、と母さんがいった。母さんは何も食べないのに、父さんの悪口をいう時だけ元気になる。

だいたい、節《たかし》が生れたときだってあの人は家にいなかったのよ、伯母さんは知らないでしょうけど、と始まると八郎はうんざりする。喜久井町、市ヶ谷河原町、牛込薬王寺《うしごめやくおうじ》町《まち》……貧乏に追いかけられて、とうとう音羽《おとわ》九丁目のドブ川のそばの六軒長屋まで落ちていったんだろ。父さんは大阪に新しく出来た新聞社から招かれているといって出て行ったきり、出かけたのは寒い頃だったのに、帰ってきたのは六月だったんだろ。新聞社へ行ったけれど、気に入らないことがあったといって俳句仲間のところを泊り歩いて俳句を作ってたんだろ。

気分がすぐれないのなら、そんなにしゃべらなければいい。その話はもうみんな知ってるんだ。いってみろといわれたら、母さんの代りに全部しゃべれるくらいだ。なのに伯母さんははじめて聞くような顔をして、ふーん、ふん、ふん、まあねえ、まったくねえ、しようがないねえ、と頷いている。

母さんは父さんのいない間に節を産んだ。その上家賃を滞らせたというので、薬王寺町の家を出なければならなくなった。

「節をおんぶして、喜美ちゃんと八郎の手を引いて、音羽の長屋へ越した時の情けなさといったら……」

八郎は母さんの声色で話を先取りする。

「そのうち、亀田とおぬいが駆落ちして、蚊帳《かや》を持っていってしまったのよ……」

亀田は書生だ。ぬいは女中だ。そんなに貧乏していても書生と女中を置いているんだからねえ、まったく、とここで伯母さんが台詞《せりふ》を入れる。母さんは父さんに電報を打った。

「カメタニゲタ、ゲジョモ」

その電報に「カヤモッテ」と書かなかったのかい、母さん、と八郎は茶々を入れるが、母さんは何もいわず幽霊のように、何かを思い出そうとするように、うなだれている。

八郎がしゃべるのをやめると、また始める。

「そんなことになったというのも、高須賀《たかすが》淳平さんから、磐城《いわき》の久慈《くじ》海岸は石炭の層で出来ている、そこを掘り起せば大儲け出来るって話を持ち込まれて、すっかりその気になってしまったものだから……。その儲けで新聞社を興そうとか、馬賊に資本を貸して支那に内乱を起させようとか……。本気でもう夢中。あちこちからお金を借りまわって一力《いちりき》のお兄さんのところまで行ったんだから。そのうちにいろんな山師が次から次からやってきて、そのお金でお酒を飲んだり、勝手に俥を呼んで乗り廻したり……俥屋の勘定だけで伯母さん、月に百円にもなったんですよ……」母さんはここでいつもひと息入れる。年中この話をしているので、講釈師みたいに、息を入れるところが自然と決まったのだ。

「真山《まやま》（青果《せいか》）さんがこの家をこんなにメチャメチャにしたのは高須賀だといって、戸山ヶ原で決闘することになったんだけど。あれは丁度二百三高地が落ちた頃よ。とっても寒い夜。高須賀さんって痔がひどく悪い人だったの。あんまり寒いので痔が出てきて、それで決闘はとりやめになったんだけど……」

母さんの愚痴話の中で八郎が好きなのはこの件《くだり》だけだ。だが母さんはこんな面白い話を笑いもせずにいう。聞く方の伯母さんもニコリともせずに神妙に頷《うなず》いている。二人は折角《せっかく》の面白い話を台なしにしている。

同じ話でも父さんが話すとこうなる。

「オレが表から帰ってくると女中が、真山さんと高須賀さんが戸山ヶ原へ毛布《ケット》を敷きに行きました、というんだな。わけがわからぬままに戸山ヶ原へ行くと、凍《い》てつくような月が出ていて二つの影が向き合っているのが見えた。一つは細く長く、一つは小さく丸い。すると小さい方がいった。『ちょっと待て。小生はウンコをやらかしたい』高須賀には草原を見るとウンコをしたくなるという妙な癖があってね。クソをする間、ちょっと待ってくれといった。ところが高須賀は痔モチでね。寒さで痔が出たんだよ。草の蔭に入ったたままいつまで経っても出て来ないものだから、真山が『おーい』と呼ぶと『おーい、うーん』と返事がくる。『おーい、まだか』『まだだ、うーん』『おーい』『うーん』『おーい』『うーん、アイタ、タ、タ』」

ここでみんなは笑い出す。

「それでどうなったんです、決闘は？」

「真山がバカバカしくなってね、やめよう、といって歩き出すと、高須賀はしゃがんだまま唸りながら、『こらッ、卑怯者、うーん……逃げる気か。うーん……負け犬め！』……」

父さんの口にかかると、泣いた話も笑い話になってしまう、と母さんや伯母さんはいうが、話は何でも面白い方がいい。

父さんは人を愉快にさせるのが好きなんだ。母さんは人を悲しませるのが好きだ。だが人を悲しませて、何が楽しいんだろう。

「音羽の長屋は地面が低いものだから、大雨が降るとすぐ江戸川が溢れて出水騒ぎになったの。だからお家賃は安かったんだけど、夏はドブ川に蚊が湧いて、いくら窓を閉めておいても隙間から押し寄せてくるの。思い出すだけでもゾッとするわ。蚊帳は亀田が持って行ってしまったし、蚊いぶしをする薪もないし、仕方ないから飯台の脚を削って火鉢にくべていたんだけれど、飯台の脚がだんだん細くなってきて……」

うるせえ！

もういい！

もうわかった！

父さんは悪人だ！

悪人ならさっさと牢屋へ入れればいいじゃないか！

父さんの悪口をいう母さんが嫌いだ。

母さんに悪口をいわれる父さんも嫌いだ。

いきなりそのへんのものを手当り次第投げつけたくなってきて、八郎は暴れた。

「まったく、八郎は今まで機嫌よくしていたと思ったら、いきなりこうなるんだから……」

伯母さんが歎き、母さんは、

「父さんの血を引いてるのよ」

と溜息をついた。

あの女は「魔性の女」だと書生部屋でいっていた。どこが魔性かというと、第一にあの女は黙りこくってしゃべらない。あれがクセモノのクセモノたるところさ、とリンさんの声がいっていた。

しゃべらないのが魔モノだとしたら、この家はおしゃべりが揃っているから魔モノはいないことになる。でも母さんはどうなんだ？　母さんは普段は黙っているけれど、愚痴をこぼす時だけはよくしゃべるから、魔モノではないのだろう。

あの女は人の悪口もいわない。愚痴もこぼさない。それだけ聞くと立派な人間だといえるような気がする。だが自分の心を隠して、決して人に見せないところが、魔性たるゆえんさ、とコンチャンが教えてくれた。

父さんはあの女の魔性に囚《とら》われたのだ。

眉毛がぼーっと煙ったように太くて、目が大きく黒く、どこか憂鬱そうに光っているあの女の顔を、八郎は瞼《まぶた》に浮かべた。

あの女の魔性ってどんなものなんだろう？

父さんがそれほど夢中になっているものは何なんだ？

そのことを考えると八郎は身体が熱くなってくる。

その魔性とやらに、八郎も囚われてみたくなる。

どうすればシナが機嫌のいい顔をしてくれるか、洽六の頭を占めていることは今はただそれだけである。

西五軒町のささやかな仕舞屋《しもたや》に聚楽館時代に親友だった看護婦上りの黒田民子を呼び寄せて家事一切を委せ、シナは洽六の訪れを待つだけの生活になっていた。人中へ出ることを嫌うシナは、することもなく、朝から縁側寄りの座敷の柱に凭《もた》れて、陰気な顔を猫の額ほどの庭に向けて、まだそれほど暑くもないのにいつも団扇《うちわ》を使っている。洽六が入っていくと懶《もの》うげにふり仰いで、「いらっしゃい」という。低い声だ。洽六の訪れを待っているふうではなく、そうかといっていやがっているわけでもなかった。億劫《おっくう》そうに立ち上ると、茶の間にしている四畳半の長火鉢の前に座を移す。洽六によってここに連れてこられたこの運命を仕方なく無抵抗に受け入れているという様子である。しかしその無表情の下に、ゆるやかだが執拗に渦を巻いている憂鬱が洽六には見るまいとしても見えた。

四月の本郷座のまずまずの成功の後、新日本劇は五月、大阪の浪花座をふり出しに神戸、岡山、広島と廻った。大阪、神戸は入りがよかったものの、岡山あたりから目に見えて客脚が落ちた。新日本劇は役者の魅力よりも洽六の新聞小説の人気で客を呼んでいたのだが、岡山、広島あたりへ行くと洽六の新聞小説の読者は殆どいない。そのため客の入りもない。最後の名古屋では散々の不入りで座長格の武田正憲が若手の役者を連れて姿を晦《くら》まし、ついに新日本劇は解散したのである。

仕方なく東京へ帰った時からシナの憂鬱は始まっている。

「少しは茗荷谷にいてあげて下さいな」

シナは目を伏せ低い声でいう。

「オレがいるのがいやなのかい」

「そんな……」

例によって語尾を曖昧に口の中に含み、

「わたしはただ……」

「何だね？」

「わたしにも、わたしの立場というものがありますもの……」

立場とは何だ。こみ上げる失望は忽《たちま》ち怒りに変るが、その怒りを洽六はシナにぶつけるわけにはいかない。それをぶつければ事態はますます悪化することがわかっているからである。

「――わたしのこと世間では三号って呼んでるんですって」

そういう時、シナの唇の両端が下り、そこを嘲《あざけ》るような皺が包む。訴えるわけでもなければ愚痴でもなく、まるで他人のことをいうような冷たいいい方の中に、自嘲を装った洽六への非難が籠っている。

――わたしはなりとうてこうなってるわけやないのに。

その皺はそういっている。

――そんなにいわれてまでこうしてたいとは思わへん。

皺はそうもいっている。

――先生がついていなかったら女優が出来ないというわけやなし……。

怒りを抑えるために洽六はたてつづけにタバコをふかす。パッパと煙を吐いては捨て、次のタバコに火をつける。みるみる火鉢の中には長いままの吸殻が立ち並ぶ。シナは黙りこくってそれを見つめている。一旦沈黙するとシナは殻を閉ざした貝になってしまう。陽性の洽六にはシナの沈黙は何にも勝る責苦だ。

洽六は生れてはじめて、我慢というものをした。自分が耐えているこの苦痛を訴えれば、シナはこういうに決っていた。

「わたしのためにそんな苦労をかけてるのだったら、いっそ別れた方がいいんじゃないかしら……」

佐藤家の内証は火の車だった。茗荷谷の八人の家族、書生に居候。富坂のいね一家の生活。それに加えてシナの暮しが洽六一人の肩に懸っているのである。そのうち秋がくれば子供が一人増える。寒さがくれば質屋の蔵から家族の冬物を出さなければならない。そんな中で喜美子がほしがっているピアノを洽六は買った。喜美子は微熱がつづいて医者はなるべくなら女学校を休んだ方がいいといっている。だが学校の好きな喜美子は休むのはいやだといって泣く。

「それなら俥で送り迎えをさせろ！」

洽六はそういい捨てて茗荷谷を出てきた。ピアノの支払いの上に俥屋の月末の支払いがいくらくらいになるか、その金額は頭にない。

洽六は毎日この家へ来ていた。ここへ来ても愛する女が自分の辛さを理解してくれるという慰めが得られるわけではなかった。それでも洽六は一日に一度はシナの顔を見なければいられない。シナの機嫌が悪ければ直るまで帰ることが出来ず、機嫌がよければよいで楽しくて帰れない。

茗荷谷からはハルにいいつけられた野呂瀬が三日にあげず迎えにきた。ハルは身重の妻の本能で、夫のシナへの傾斜に、今までの浮気沙汰にはなかった危険を感じ取ったのである。ただでさえ痩せて小柄なハルは、そこだけ瑞々《みずみず》しくはり切ってつき出た腹に片手を預けて、野呂瀬にかきくどいた。産月《うみづき》が近づくにつれて額が抜け上ってきて、暗い眼窩《がんか》の奥に涙の溜った小さな目が、まるですべては野呂瀬の責任だとでもいうかのようにいらいらと光って野呂瀬を凝視する。その顔を見ると、野呂瀬は怒鳴りつけられるのを覚悟して西五軒町へ向わずにはいられない。おそるおそる格子戸を開けて、

「いらっしゃいますか」――

という声は既に怒鳴られることを思って力が抜けている。

「何だ、野呂瀬か……」

奥からの声は予想通り怒気を含んで、

「上れ！」

「はい」

覚悟を決めて下駄を脱ぐ。用件をいうまでもなく、お互いに承知の上であるから、野呂瀬は黙って洽六の前に膝を揃える。洽六は苦虫を嚙みつぶしたような顔を横に向け、気忙《きぜわ》しくタバコをふかし、無言である。

「すみません」

何もいわぬうちから野呂瀬は謝った。

「八郎さんがひどく暴れて、お書斎の端渓《たんけい》の硯《すずり》を庭に向って投げつけて割ってしまいまして……それから弥《わたる》さんの下痢が止らないのでもしかしたら赤痢じゃないかと奥さんがご心配で……」

顔を庭の方に向けたまま、怒鳴るきっかけを待っていた洽六は、

「何だ、君はそんなことをいいにわざわざやって来たのかね……」

とはじめて野呂瀬に強い視線を当てる。

「いや、一番の問題は喜美子さんのことでして……昨日、血が混った痰が出ました。今朝も少し……」

洽六の眉がピクピク動く。二人の女児を赤子のうちに死なせた洽六には、喜美子は大切なただ一人の女の子である。女の子の好きな洽六はどの子よりも喜美子を溺愛し、喜美子もまた母親よりも父が好きである。こうして愛する女のところへ来ていても、洽六の胸は残してきた病弱の喜美子を思って痛みつづけていることを野呂瀬は知っている。洽六眉をピクピクさせたまま、何もいわない洽六に、おっかなびっくりだが、追い討ちをかけるように野呂瀬はいった。

「喜美子さんは心細いんでしょうか。お父さんはまだ？　お父さんはまだ？　ってしょっちゅういわれるもので……」

「医者は何といっている？」

「とにかく滋養のあるものを食べて静養するのが一番だと……」

「そんなことは医者でなくてもわかってる。ヤブ医者め。ほかにもっといい医者はいないのか」

「しかし、香月先生は喜美子さんが小学校の頃からのかかりつけの先生ですから、替えるわけにはいかないと奥さんがおっしゃっています。それに何といっても親切な先生ですし」

「あの髭を見ろ。チョビ髭なんか生やしてる医者にろくなやつはいない。おまけに縁《ふち》なしメガネなんかかけおって」

席を外していたシナが、隣室からいった。

「先生、お帰りになったら？　ねえ、お帰りになって下さいよ。喜美ちゃんが悪いのに帰らないと……ねえ、わたしが帰さないように思われるじゃありませんか」

そのシナの言葉で、揺らいでいた気持が忽ちこわばる。洽六は野呂瀬を睨みつけ、

「おハルは何をしているんだ！　母親が気をつけてやらないから、弥が下痢をしたり、喜美子の病気もよくならないんだ。だいたいあの女は頭を使うということがない。怖ろしいほど鈍感だ。八郎の中耳炎の時もそうだよ。子供が泳ぎに行くといったら、どんな母親でも耳の中に綿を詰めることを教えるものだよ。それもしないで、しかも耳ダレを出しているのに気もつかない。見ろ。手遅れになったじゃないか。子供の病気は母親の責任だ」

シナは冷やかに口を噤《つぐ》んでいる。なにもこんなところで妻を悪しざまにいわなくても、

と思っている。妻を咎《とが》める資格が自分にあると思っていることが不思議だとシナは思う。思う。もしも洽六がシナの思惑を考えて妻を罵ってみせているとしたら、片腹痛い、とシナは思う。

「ちょっとだけでも顔を見せて下されば」

シナの言葉に力づけられたように野呂瀬はいった。

「なにしろ喜美子さんはお父さんっ子ですから……」

洽六はしぶしぶ腰を上げ、

「それじゃあ喜美子の顔だけ見てこようか」

弁解がましくいうのを聞くと、シナは冷たい顔になって頷く。洽六が茗荷谷へ行くのはかまわない。だが、弁解がましいのがシナには面白くない。

シナは洽六を愛していない。

洽六はそれを知っていた。知っているために尚のことシナに囚われた。シナが笑えば洽六は幸福を感じる。しかしそれを知っているのにシナは滅多に笑わない。シナから愛されないことに洽六は耐えることが出来る。だがシナが不幸な顔をしていることには耐えられなかった。シナの眉に懸っている暗い雲を霽《は》らすためならどんな無理なことでも彼はしたかった。

だが厄介なことにシナという女は、着物にも宝石にも安逸にも価値を置いていなかった。金は食べるだけあればいいと思っていた。誰の庇護も求めず、自分一人で貧しさに耐えて生きていくことを苦痛に思わずにやれる女だった。そんなシナに幸福を与えることの難しさに洽六は苦しんだ。

洽六はいねと別れることを考えた。いねとは仲違いをしたわけではない。九年もつづいた仲で気心も知れていて、それなりに相和してきたといえた。いねには何の罪もない。面倒を見たシナから裏切られるような結果になっても、洽六に向って怨み言をいったこともなかった。それはいねの気質でもあり、彼女の誇《ほこり》からでもあった。しかし洽六はシナを「三号」から引き上げるために、まずいねから整理を始めることを決心したのである。

野呂瀬が別れ話の使者に立った。野呂瀬から話を切り出されたいねは、やや険のある切長の目に皮肉な微笑を見せていった。

「よござんす。わかりましたよ。それならそうしましょう」

一呼吸置いて、いねはいった。

「先生にいっといて下さいな。そんなに一所懸命になっても、今にきっと三笠さんに捨てられますよ、って、あたしがそういってたっていっといて下さいな」

五百円の手切金でいねは洽六との縁を切った。その春、三浦敏夫が五十円の金を与えられて大阪へ消えて行ったように、いねもまた洽六との間に積み上げてきた九年間の愛情を断たれて、二人の子供と共に去って行った。

洽六がいねと手を切ったことを聞いた時、シナはただ、

「そうですか」

といっただけだった。洽六がいねと手を切ったからといって、シナの立場がよくなる

というものではないとシナは思ったのだ。三号が二号になっただけだった。面白半分の世間の取沙汰がまたひとつ増え、シナがいっそう悪女にされるだけのことだった。シナが満足する顔を見たかった洽六は、また新しい失望に耐えなければならなかった。

父さんが暴れた。

八郎が学校から帰ってくると、家の中は嵐が通ったあとのようになっていた。母さんの部屋へ行ったが、母さんは庭の方に身体を向けたままじっと動かなかった。

「ただいま」

といったが黙ってふり返りもしない。

「母さん、ただいま」

ともう一度いったが、蚊の鳴くような声が何かいっただけだった。

——母さん、どうしたんだよう……母さんたら母さん……。

そういおうと思ったがやめた。後ろからどっと飛びついて、前によくやったように力まかせに揺さぶって、思いっきりゲンコで背中を叩きたかったが、やめた。

「なんでエ」

そういって足もとの箱枕を思いっきり蹴って、部屋を出た。

座敷へ行くと加藤のコンチャンが外れた唐紙を敷居に嵌めていた。唐紙の枠が歪んでしまったのでうまく嵌らない。茶の間へ行くとはなやがひっくり返った火鉢の灰を、茶殻にまぶして手箒で塵取りに取っていた。

「怖かったんですよう」

八郎を見てはなやはいった。

「先生が台所へ走って来られたと思ったら、出刃庖丁を取って、福士さんに突き出して、さあ、オレを殺せって……」

「はなや」

伯母さんがどこからともなく出て来た。

「そこはわたしがするから、お前は向うへお行き」

伯母さんは塩を持ってきて畳の上に撒いて、黙ったまま畳の目に入った灰をトントンと叩き出している。

「父さんは？」

と訊くと、見向きもせずに、

「お二階」

とだけいった。

八郎は階段の下に立って上を見上げた。高い急な階段だ。黒光りがしている。上から仄明《ほのあか》りが射してきている。二階は人がいないみたいに静かだ。怖ろしいように静かだ。

「父さん」

と呼んでみたが返事はない。伯母さんのところに戻って、

「父さん、いないじゃないか」

といった。

「そんな筈はないよ」

突っけんどんに伯母さんは答え、灰と塩で山になった塵取りを持って台所へ行ってしまった。

父さんは死んでるんじゃないのか？

もう一度、階段の下から「父さん」と呼んでみた。

出刃庖丁で殺せといったんだ。誰も殺さなかったから、自分で自分を殺したんじゃないのか？

心臓がドキンドキンと打ちはじめた。怖ろしくて階段を上れない。

「伯母さん！……伯母さん……」

と呼んだ。

伯母さん！

台所へ走っていった。どこへ行ったのか、伯母さんの姿はない。

「伯母さーん……伯母さーん……伯母さんたらァ……」

どこにいるんだよう……いても立ってもいられなくて地団太を踏んで絶叫した。無人の世界にたった一人、八郎は投げ出されていた。家の中は大勢の人間がいる筈なのに、シーンとしている。夢か？　夢じゃない。ちゃんと生きてる。抓《つね》ると痛い。生身のオレだ。

「チャカ！」

と叫んだ。

「チャカ、こいよ！　チャカ……」

誰か出てこい。早く出てこないと、オレも暴れるぞ。いいか、暴れるぞ。暴れたくないけれど、暴れるぞ。暴れてもいいのか。

その時ひょっこり、岡田のボヤテキが現れた。割れた花瓶のカケラを団扇《うちわ》の上に載せてのそのそと向うから歩いてきた。

「岡田ァ……」

ほっとした。これで暴れなくてすむ。涙が溢れそうになった。岡田のボヤテキが今日ほど懐かしいことはなかった。

「やっぱり、先生はハッチャンの父さんだけあるなァ」

ボヤテキは暢気《のんき》にいった。

「先生のは二百二十日だ。ハッチャンの嵐とは規模が違うなァ」

ボヤテキの声が暢気なのが八郎には嬉しかった。

父さんが暴れたのはあの女のことが原因だった。

「だから福士さんが行かなければよかったのよ」

伯母さんとノロセがひそひそ話していた。

「福士さんて人は、ほんとに余計なことをするわ。洽六の気性をわかっていたら、こんな騒ぎになることくらい、わかりそうなものじゃないの」

「しかし福士さんとしては考えに考えた揚句のことでしょう。福士さんなりに何とかしなくちゃと思ったんでしょう」

「福士さんがヘタに何か考えるとロクなことにならないわ。結局、火に油を注いだじゃないの」

「三笠さんがあっさり承知したものだから……。三笠さんが四の五のいえば、先生だってこうはならなかったんでしょうがね」

「あのひとって、ほんとに憎らしい。『わたしはべつに、どうだっていいんです』っていったんだって。『先生さえ承知すればいつでも別れますから、承知させて下さいな』って。なんて冷たい女だろう」

「別れ金の話は出したんですか？　福士さんは」

「冗談じゃありませんよ、っていったんだって。わたしをそんな女だと思っていらっしゃるのって。その時だけ気色ばんだっていう。ほんとに憎らしい……」

「あのひとならいうでしょうなあ……」

八郎は立ち聞きするのをやめて門の外に出た。今は暴れたいという気分ではなかった。ぼーっとして門柱に凭《もた》れて道の向うを見ていると、チャカがやってきた。よれよれの兵児《へこ》帯《おび》に、父さんのオノトをいつものように挿しこんで、バナナを食べながら近づいてきた。

「知ってるかい？」

遠くからそういって、細い目を光らせて、生き生きしている。小鼻をふくらませていった。

「父さんが福士さんを殴ったんだ。伯母さんが止めに入ったらね、ふっ飛んで縁側から転げ落ちたんだ。すごかったぞォ……」

「そのバナナ、どうしたんだい」

「佐久間さんのところへ行って、父さんが暴れてるって泣いたら、おばあさんがくれた。行ってみな。まだ三本あったよ」

「いらねえや、そんなもの」

捨て鉢にいったが、急に悲しくなった。いつも喧嘩をしている弟が、なぜか懐かしく身近に感じられた。平気でバナナを食べているチャカ。何も感じないチャカ。チャカはバカだから何も知らない。この家はいつもゴタゴタしている家だから、チャカはそれに馴れて何が起っても感じないのだ。チャカは口の横にハタケを作っている。安ものの手焼煎餅みたいにまだらに日焼けした平べったい丸顔の、その暢気な感じがたまらなくいとしく悲しい。

「兄ちゃん、この皮どっかに置いとこうか。誰かがすべって転ぶように。どこがいい？」

「知らねえやい……」

突っけんどんにいって背中を向けた。

「ねえ、どこがいい？」

「知らねえよう……」

これ以上しつこくすると殴るぞ、ホントに殴るぞ、そう思いながら鼻の奥がヒリヒリクシャクシャするのを我慢していた。

校長先生はバンザイをバンジャイという。「ぜんぜん」を「じぇんじぇん」という。「天皇陛下バンジャーイ、大日本帝国バンジャーイ、早稲田中学バンジャーイ」

校長の声色をやると、皆が喝采した。学校への道すがら、どうやって組中を笑わせようかと考えながら行く。学校の門をくぐると、うちのことはきれいに忘れてしまうから学校はいい。

皆が嫌いな漢文教師のエントツは催眠術をかけるのが好きだ。エントツに授業をさせないためには、催眠術について質問するに限るのだ。そんなら佐藤、ひとつお前にかけてやろうとエントツはいう。そうなればしめたものだ。組中の目が八郎を見つめているから、どうしても何かしてみせなければならない。

エントツはここは海だ、大海原だ、君はボートを漕いでいる、という。八郎がボートを漕ぐ真似を始めると、あっ、ボートが転覆した、とエントツはいった。君は泳ぐ。抜手を切って泳ぐ。今度は平泳ぎだ。背泳ぎだ。あっ、大波がきた。君は溺れる……エントツは八郎がかかったフリをしているのか、本当にかかったのか、考えないらしい。のりにのって次々と忙しく状況を変化させる。君は溺れ死んでしまったよ。魂が天へ昇って行って、君は蝶々になった。ひらひら飛んでいる揚羽だ……。

八郎は笑いに包まれている。八郎の手ぶり身ぶりについて、次から次から笑いが湧いてくる。見渡す限り菜の花畠だ。君は花から花へと飛び廻る。菜の花に止って蜜を吸う……。八郎はエントツの長いズボンの裾にしゃがんだ。膝のあたりを摑んでブルブルと痙攣《けいれん》してみせながら、次に何をするかを考える。君はもう蝶々じゃないよ。君は蛇になった……。八郎は身体をくねらせながら腕を伸ばし、エントツの股間のものをグイと摑んだ。笑いが弾けた。教室が割れそうに揺れる。その爆笑が八郎を陶酔させる。

暑くなったので体操をさぼって八郎は、二宮のカッパと右京ヶ原のポンド池で泳いだ。翌日は女子大下で泳いだ。その翌日は関口の大滝で泳いだ。八郎は小学生の時に厩橋《うまやばし》の水練場で小堀流泳法を教わっている。自己流の泳ぎしか出来ないカッパはそれで八郎を尊敬している。講談本の知識で、「甲賀流水遁《すいとん》の術」というのをでたらめにやってみせるとカッパはひどく感心した。

二人ともサルマタが濡れては学校へ行けないので、素裸で泳いでいる。

「おい、潜水艦だぞ、見ろ」

背泳の形で水に沈み、水面につき出した一物を見せてやって以来、カッパは八郎に一目置いている。

学校の帰り、八郎はよく相良《さがら》のモッチンの家へ寄る。モッチンは大隈伯爵の親類の中の、一番ダメな親類のハシクレなので、大隈伯の屋敷の中に住んでいる。広い庭園に温室があって、そこに入るとムッとして怪しい臭いが淀んでいた。こいつはデンドロビウムっていうんだ、こっちはポインセチアだ、とモッチンは聞いたこともない、見たこともなかった花を見せてくれた。花だけじゃない。絵も見せてくれた。その絵は春画。枕絵、笑い絵ともいう。(八郎は大言海でそれを引いた)

春画の殿さまは英語教師のヒゲ杓子に似ている。殿さまの下敷きになっている腰元は眉をひそめて苦しそうだ。二人の頭の上に書いてある台詞を読もうとして、モッチンと二人で苦労した。台詞はくずし字でとても小さく、しかも古いものなので文字が薄れている。

「アレェくく」

だけ読めたが後はダメだった。モッチンが虫メガネを持ってきたが、それでもダメだった。モッチンは汗びっしょりになって、

「ヒゲ杓子の奴もサイとこんなことしてんのか」

といった。ヒゲ杓子は女房のことを「妻《さい》」という。

八郎とモッチンは春画を見てでかくなったヤツを見せっこした。

「八郎のはすげえなァ。でっけえなァ」

モッチンはしげしげと眺めてほとほと感心する。だが絵の中のモノのでかさにはかなわない。八郎とモッチンはデンドロビウムの花を目がけて飛ばしっこをした。モッチンの鼻の頭から、汗がポタポタとアレの上にしたたっていた。

四

福士幸次郎《ふくしこうじろう》が洽六の家に寄寓するようになったのは、明治四十一年、洽六が音羽九丁目のドブ川の傍の棟割長屋から、茗荷谷に移ろうとしていた頃のことだった。

それは洽六が高須賀淳平の口車に乗って久慈海岸の石炭採掘事業に失敗した後、貧乏のどん底を十句三十銭で俳句の添削指導の通信教授をして凌いでいた時代から、二年余り経った春である。

その二年余りの間に洽六は「俠艶録《きょうえんろく》」と題する新派の脚本を書いて成功し、劇作家として脚光を浴びていた。当時彼は読売新聞の演芸欄に演劇記者として劇評を書いていたが、そのうち、この程度のものならオレでも書ける、といって一晩で「俠艶録」を書いた。それは女優と名家の息子の悲恋を柱にひそかにその女優を想っているあんまの切ない恋心を描いたものである。それが新派で上演されると忽ち人気が沸騰し、余勢を駆って小説を書くと、それも評価されて自然主義文学の担い手の一人と見なされるようになっていた。長い年月、捌《は》け口を見つけかねて鬱勃《うつぼつ》としていたエネルギーがやっと場所を得てどっと噴出してきたという趣だった。彼はまさに得意の絶頂であった。暑くなると褌《ふんどし》ひとつで暮していた（着物は質屋の蔵に入ったままなので）棟割長屋の住人が、鼻下に髭を蓄え、ぞろりとお召の上下を着流すようになっていたのである。洽六が夏御召《おめし》に絽《ろ》縮緬《ちりめん》の羽織を着て、白足袋を履いて人力俥でやって来たのを見て、夏目漱石は彼一流の皮肉な調子でいった。

「俺も一生に一度ぐらい、出来ればああいうことをしてみたいものだ」

洽六三十五歳、幸次郎二十歳。共に弘前《ひろさき》の出身である。幸次郎は弘前の中学を（教師と衝突して）退学し、上京すると暁星《ぎょうせい》フランス語専修学校でフランス語を学び、短歌を作ることから早稲田大学の学生だった秋田雨雀《うじやく》と知り合った。洽六家に出入していた雨雀は洽六が創作活動のための助手を捜していることを知って幸次郎を紹介したのである。

幸次郎はフランス語を学んだことから、洽六のためにフランスの小説を読み、その梗概を翻訳して創作の手助けをした。短歌と俳句もたしなんでいたので、洽六が選者を引き受けていた新聞の投稿句の下選《したよ》りも出来た。口述筆記もした。極めて真面目で淳朴な青年だったから、洽六に気に入られて芝居の本読みや稽古場にも連れて行かれた。洽六は彼を他の書生や居候とは区別して、彼を呼ぶ時は必ず「福士君」と君をつけて呼んだ。

郷里の後輩だということばかりでなく、洽六は幸次郎が好きだった。幸次郎の純真さや生真面目さや、そのための不器用さは洽六にはないものだった。幸次郎は屡々《しばしば》常識では考えられないような失敗を招いたが、洽六は怒りながらもその失敗を愛したのである。

しかし約一年経った時、突然幸次郎は洽六に置手紙を残して姿を消した。

「人生に生きるべき意義を失い、一切に絶望し、一切を虚無と見流《みな》し、詩作も無意味と感じた」

後年、幸次郎はそう記述している。彼は茗荷谷の暮しの中で、ある日「自由詩社」のパンフレットを読んで詩に興味を抱き、その時から俳句も短歌も捨てて詩作を始めていたのだが詩作にも絶望して彼は洽六の家を去り、放浪の旅に出た。後に彼はそのことを「自然主義文学の影響を受けたことによる魂の彷徨《ほうこう》だった」と書いている。

だが、幸次郎の絶望の中には、ただならぬ洽六一家の暮しぶりへの失望があったにちがいない。幸次郎は十三歳で父親と死別したが、貧しい中にも兄の民蔵《たみぞう》と母はるの素朴で濃《こま》やかな情愛に包まれ、人の裏面や悪意やあからさまな感情の露出を知らずに育った。彼は優しく、美しいものを愛する感じ易い魂の持主だった。その彼がこの家で見たものは、かつて見たことも聞いたこともなかった醜怪さだった。陽気さと下品。赤裸な笑いと泣き喚く声。怒鳴り声。人として口に出すのを憚《はばか》らねばならぬようなことが大声にしゃべり散らされ、平気で傷つけたり傷つけられたり、我儘《わがまま》は許容され、抑制は無視される。あえて美点を挙げるとしたら、見栄をはらずありのままに正直に生きているということくらいだった。

幸次郎は性欲の衝動にも原罪を思って苦しむような青年だった。ある夜彼は欲望に負けて町をさまよい、遊廓へ入るか入るまいかに悩んだ揚句に、明け方近くなって友人の加藤武雄の家の前まで来た。門を叩こうとして夜更《よふけ》であることを思い、とりあえず塀に上ってそこに跨《また》がった。跨ったまま更に悩み、考えた。考えているうちに巡査の靴音が聞えてきて泥棒と間違えられそうになったので、ついに加藤の名を呼んだ。

「加藤くーん、加藤くーん、すまないが起きてくれないか……」

加藤が玄関を開けると、塀の上に幸次郎がいた。そんなところで何をしているのかというと、彼はいった。

「内側へ下りるべきか、外側へ下りるべきか。大いに懊悩《おうのう》しているところだ。どうか加藤君、どちらにするべきか教えてくれ給え」

幸次郎は逸話の多い男である。その大方は彼の生真面目さが惹き起す現実とのズレがもとであった。彼は冗談がわからなかったし、わかっても嫌いだった。

彼は絶えず考えに耽っていたので、そのため風呂を焚くと、風呂の湯が沸騰してもまだ焚いていた。庭に穴を掘ると、穴の中にその長身が隠れてしまってもまだ掘っていた。洽六を除いて、この家の者たちには、彼はただの愚か者としか見えなかった。彼らの軽蔑に幸次郎はどう対処すればいいのかわからない。

郷土の輝かしい先輩として、漠然とだが抱いていた洽六への敬意が、日を追って崩れていくのを彼はどうすることも出来なかった。洽六の生き方に対する懐疑が頭を擡《もた》げてきた。そんな自分を反省し、信頼を失っていく自分を責めたが、答は何も出てこない。信じるものも、仰ぐべきものもなくなった。希望はどこにもなかった。

いったい人間が生きることの意味は何なのか、どう生きるのがよいのか。なぜ美しく生きられないのか。彼が考えつづけているそのことは、佐藤家の誰にも（洽六にも）わからなかったのである。

それは穏やかに晴れた日のつづく十二月だった。幸次郎は庭隅に花壇の堆肥を作るための穴を掘っていたが、ふと顔を上げると穴の外にシャベルを投げ出した。自分が何をしようとしているのかもよく考えず、彼は穴から出て歩きはじめた。作業用の汚れたズボンに手拭いで頬かぶりをし、ゴム長靴を履いたまま、門を出て行った。あてがあるわけではなかったが、彼の足は真直に歩き出していた。床屋の角を曲り、俥屋を左に折れて、風のない暖かな昼下りの光の中、彼は服部坂を下って行った。

そのまま甲府まで歩き、甲府から長野県に入って伊那《いな》から飯田に出た。そこから木曾山脈を横断して中仙道を名古屋へ下った。名古屋の波止場で築港作業をしている労務者の群と行き合い、その仲間に入って働いた。しかし間もなく彼は脚気《かつけ》を患って重症となり、夏の終り、垢にまみれ、よれよれの単衣《ひとえ》を着た格好で神田末広町の兄民蔵の家に辿りついたのだった。

梨の花が真つ白に咲いたのに、
今日もまた降る雪まじりの雨。
濁り水は早口に鍛冶屋の樋へをどり込み、
まつ裸な柳は手放しで青い若葉をぬらしてゐる。

ここの息子はポカンさん、
とんてんかんと泣く相鎚に、
苺《いちご》の初生《はつなり》が食べたいと、
鉄碪台《かなしきだい》をたたくとさ、
手をあつあつとほてらして叩くとさ。

ああ、夢ならばさめておくれ、
ポカンさん、
この世のなかに多いものは、
秘蔵息子のやもめ暮らし。

時計の針のさきのやうに、
気の狂《ふ》れやすい生娘暮らし。

この年月の暑寒《あつささむさ》の往来に、
わたしの胸は凋《しぼ》んだ花の皺ばかり、
わたしの胸はとりとまりない時候はづれな食気ばかり。

民蔵の家で幸次郎は、もの悲しい虚無的な気持でポカンさんに自分を重ね合せた。放浪の果《はて》に得たものはなかった。自分の無力をつくづく知っただけだった。何を目ざしてどう生きればいいのかわからなかった。考えの果はいつも自分はなんて愚鈍な人間なのだろうという思いに辿りつく。

ああ私はどこへゆく？
ただ一人打萎《うちしお》れて歩むプラットフォオム。
鎖《とざ》した歎きは何時《いつ》までもほどけず、
ただ一人打萎れて歩むプラットフォオム。

その頃、洽六は何の懐疑も悩みも持たず、驀進《ばくしん》する急行列車のように元気よく、毎日のようにやってくる来客の応対をし、得意の絶頂の高笑いを広い家の中に響かせていた。

演劇界では在来の芝居に対抗して坪内逍遥《しょうよう》と島村抱月が「文芸協会」を作り、その第一回公演に「ハムレット」が上演された頃である。洽六は客を相手に松井須磨子のオフィリヤを嘲笑し、小山内薫《おさないかおる》の「自由劇場」の「ボルクマン」の台詞の生硬さを罵倒し、歌舞伎の大時代な型の芝居を歎き、新派調の家庭悲劇の単純さを馬鹿にした。寄るとさわると理想の演劇とは何かという議論が戦わされた。演劇の理想を実現しようとして雨後の筍のように小さな劇団が生れては潰れている時代である。

「歌舞伎も新劇も新派も、人間というものを忘れているよ。人間がいるからドラマが生れるんだ。しかし今の芝居はどれもドラマがあってそこに人間が嵌め込まれているんじゃないか。悲劇がやってきて人間が動かされるんじゃないんだよ。人間が悲劇を呼ぶのさ。作るのさ。すべて人間、この不可解なものがもとなんだ。それを忘れちゃあいけない」

しかし洽六のその理想は、二年と経たぬうちに「客を呼ぶため」に善玉悪玉が作り出す型に嵌った悲劇に落ちてしまったのである。

幸次郎が再び洽六の前に現れた時、彼は「発生」という詩を書いていた。幸次郎は二十四歳、明治は去って大正が来た年の秋である。

「発　生」

女よ、爾《なんじ》の罪は赦《ゆる》されたり。

——馬太伝《マタイ》——

僕は別な空気をすふ、
別な力を感ずる。
僕自身はもう草だ、
新しい発生だ。
突きあたりつきあたり、
そして突き破り、突き破り、
吾等の行く先きの魂をつかみたい。
途轍《とてつ》もない世界の果てに、
真実な産声を上げて、
底力ある目玉をでんぐりかへしたい。

苦しんだ末に彼は、人道主義の中に救いを見つけた。彼を蔽《おお》っていた虚無の殻は少しずつ破れ、一筋の光明が射し込んできて、今まで知らなかった世界への道が見えてきた。

「実にふしぎでした。今まで見えなかったものが見えてきた。生きているということは素晴しいことだということに、はっと気がついたんです。これを私は奇蹟だと思います。微妙な、しかし強い力がこの福士の中に隠れていたことを知りました。それから、人は誰もみな、その力を持っているということも思いました。美しいものも醜いものも、これからはそっくりそのまま受け容れられると思います。容認するということは、これは当り前にいうと愛ですが、私は力だと思います。かつての福士は力が足りませんでした……」

洽六は幸次郎の虚無の正体がわからなかったから、俄《にわ》かに饒舌になった幸次郎に気圧《けお》された。幸次郎は前とは違う幸次郎、明るく強い確信を持った男になって再び洽六のもとに来たのである。幸次郎が戦っていた懊悩が何であったかを理解しないままに、洽六はとにかく幸次郎の血色のいい頬、元気な高い声が喜ばしかった。再び幸次郎が彼のもとに来るようになったことが嬉しかった。

「私は太陽の子である」

私は太陽の子である、
未だ燃えるだけ燃えたことのない太陽の子である。

今口火をつけられてゐる、
そろそろ燻《くす》ぶりかけてゐる。

ああこの煙りが焔《ほのお》になる、
私はまつぴるまのあかるい幻想にせめられて止まないのだ。

明るい白光《びやつこう》の原つぱである、
ひかり充ちた都会のまんなかである、
嶺にはづかしさうに純白な雪が輝く山脈である。

私はこの幻想にせめられて
今煤ぶりつつあるのだ、
黒いむせぼつたい重い煙りを吐きつつあるのだ。

ああひかりある世界よ、
ひかりある空中よ、

ああひかりある人間よ、
総身眼のごとき人よ、
総身象牙彫のごとき人よ、
怜悧《りこう》で健康で力あふるる人よ。
私は暗い水ぼつたいじめじめした所から産声をあげたけれども
私は太陽の子である、

燃える事を憧れてやまない太陽の子である。

幸次郎の自作の朗誦は洽六には退屈だった。その詩も感激が先立って、洗練がない。

「なんだい、面白くないな」

洽六はつけつけといった。しかし幸次郎にとってそれは彷徨の末に漸く摑んだ歓喜だったから、彼は洽六に向ってただ愉快そうに高笑いしただけだった。

二学期から席順が変った。

八郎の席は前から三列目になった。

成績順に、ビリから前の方に坐ることになったのだ。

モッチンは二列目で、カッパと並んでいる。最前列のトップは長期欠席の有馬だから、いつも空席だ。

「オレ、ビリケツから数えた方が早いくらいだぞ」

八郎はいった。

「そんなこと自慢にならないわ」

と喜美子姉さんがいった。

「野球のやりすぎだよ」

伯母さんがいった。

「二学期は野球を少し控えれば成績なんかすぐに上るよ。ハッチャンは頭がいいんだから」

母さんは何もいわない。

「よう、母さん……オレ、前から三列目になっちゃったんだ……」

「そうかえ」

母さんはそういっただけだ。

「いいのかよう、母さん……オレの成績、ビリの方なんだぞ」

「困ったねえ」

母さんは顳顬《こめかみ》に梅干を貼りながら気のない声でいった。

「勉強おし」

チャカが聞きつけて、わざわざ訊きにきた。

「兄ちゃん、学校の成績、ビリになったのかい」

「うるさいッ」

といって頭を殴ってやった。

「ビリじゃないやい……」

小学校の時は一年から六年まで、ずーっと一番だった。一番なのに級長にならなかったのは操行だけ丙だったからだ。だが父さんは、

「操行丙か。アッハッハッハア……」

と笑っただけだった。

席順が前から三列目になったことを、早く父さんにいいたかった。父さんがアッハッハアと笑えばこの気持は霽《は》れるのだ。

父さんはどこへ行ってるんだ。いつになったら帰るんだ。誰も何もいわない。訊いてはいけないといわれているわけじゃないが、訊くのがイヤだ。

「おい、父さんはちっとも帰ってこないなあ……どこへ行ってるんだろう？」

それとなくチャカにいってみた。そうすればチャカが伯母さんか母さんに訊き出すかと思ったのだ。だけどチャカは、

「いねえ方が叱られないからいいよ」

といった。

やっと父さんが帰ってきた。

「久しぶりだね、父さん」

と八郎はいった。どこへ行ってたの、とは訊かない。前なら何とも思わずに訊けたことが訊けなくなっている。

「どうだい、学校は？」

父さんは機嫌よくいった。

「面白い友達がいるかね？」

勉強しているか、勉強しろよ、と父さんがいったことは一度もない。（モッチンの親父はお早うといっても、ただいまといっても、おやすみといっても、いつも「勉強しろ

よ」しかいわないというが）

「父さん、ぼく、席順、前から三列目だよ」

「そうか、丁度いい場所だな。先生に近すぎもせず遠すぎもしないのがいい」

「あのね、一学期の成績の悪い奴から順番に前に坐るんだよ。モッチンはぼくの前だ。前から二列目」

「アッハッハッハア」

と父さんは天井に向って高笑いを吹き上げる。

「モッチンが二列目か。最前列は誰だい」

「身体が弱くて長期欠席の奴」

アッハッハアと父さんは嬉しそうだ。なぜこんなことを面白がるのかわからないが、胸に詰っていたものがスーッと溶けて消えた。父さんは「炭酸胸スカシ」みたいだ。

「野球はどうだ、やってるかい？」

「うん。グラウンドは穴八幡《あなはちまん》の下の広っぱなんだよ。藪の中に小川が流れてるもんだからね、ボールが飛んだら一年生が網で掬《すく》うの。だからオレたち、いつも虫取網を持ってるんだ。面白くないよ。ちゃんとした野球をやりたいよ」

アッハッハアと父さんは天井を向き、

「何ごとも修行だ。今度からは網で空中受け止めの術を体得することだな」

父さんがいると家の中は灯が点《とも》ったようになる。車に心棒が入って動き出す。

「お父さん、ハッチャンは床屋のセッターをつかまえて、バリカンで毛を刈っちまったのよ」

喜美子姉さんが告げ口をしたら、父さんはいった。

「あのセッターの毛がなくなると、床屋のかみさんに似てやしないかい？」

父さんが帰ってきてもむっつりしていた母さんが、ほんのポッチリ笑った。


だが父さんはまたいなくなってしまった。夜遅く八郎が眠ってから帰ってきて、朝、八郎が学校へ行く時はまだ寝ていることがよくあったから、もしかしたら二階にいるのかもしれないとこっそり見に行ったが、父さんの書きもの机の上には原稿用紙も万年筆もなかった。インキ壺と文鎮があるだけだった。

父さんがいないので、家の中はだらけてゼンマイの切れた時計みたいになった。山奥の沼の底みたいになった。

喜美子ちゃんは結核じゃないのかね、と加藤のコンチャンとはなやがいっていた。八郎は厠《かわや》にしゃがんでその話を聞いた。厠の外でコンチャンが薪を割り、はなやが庇《ひさし》の下にそれを積み上げている。

「加藤さん、わたし、この頃考えてるんだけど、この家ってよくないのよね。奥さんはあんなふうだし、先生もあんなになっちゃってるし、喜美子さんまで結核だとしたら」

「うん、子供たちもみな、普通じゃないしね」

「知ってる？　加藤さん。この家、前から近所で幽霊屋敷っていわれてたんだって」

「知ってるよ。なんでも浅草の方で人殺しのあったそば屋の、その建物をそっくりここへ移したっていうんだろ？」

「女中がお客に出刃でやられたんだって？　柱に血が染み込んでいるのを洗って使ってるんだってね。いやだわねえ。考えてみるとろくなことないんだもの……。先生は知ってるのかしら？」

「知ってるさ。これだけの家で家賃が三十五円なんて、べらぼうに安いだろう。幽霊屋敷だから安いんだって、先生は自慢してたもの」

八郎は怱々《そうそう》に厠を出て、はなやのところへ行った。

「はなや、この家、幽霊屋敷だってほんとかい？」

「あら、聞いてたんですか。どこで？」

「ねえ、ホントなの？」

「ホントなら怖いかい？」

コンチャンがいったので、

「怖くないやい」

といった。

「ホントならいっぺん会ってみたいと思ってさ」

「そうか。じゃあ暗くなったら便所へ行って窓の外を見てごらん。月がある夜なら立ってるよ。八つ手の後ろでじーっと窓の方を見てるから」

「ウソだい！」

「ウソなもんか。ウソだと思うなら今夜見てごらん、窓を開けておくから」

「ウソだい……ウソだい……欺《だま》そうたってそうはいかねえよ……」

いい捨てて家の中に入った。急に家の中が広く、薄暗くなったような気がした。

「チャカ……チャカ……」

大声で呼んだ。

「チャカ……どこだ、チャカったらァ……」

母さんの部屋を覗いた。

「母さん、チャカは？」

「知らないけど……」

か細い声だった。脇息に凭《もた》れて庭の方を向いたまま、少し横顔を見せている。ぱさぱさに髪は乱れて、くたびれた単衣物に細帯を巻きつけた後ろ姿はゾッとするほど瘦せている。もしかしたら、この母さんは幽霊じゃないのか？　母さんは死んで幽霊が母さんになっている。だから父さんはあの女のところへ行って帰ってこないんじゃないのか？

八郎は部屋を走り出た。必死でチャカを捜した。味方はチャカしかいない。いつになく家の中が静かなのが不気味だった。階段の下へ行って、

「父さーん！」

と呼んだ。父さんはいないのだから返事をするわけがない。だが八郎は声を限りに、

「父さーん……父さーん」

と呼んだ。寂しくて怖くてじっとしていられなくなった。

「チャカ！　チャカ！　どこにいるんだ。出てこいよ、チャカ！」

気が狂ったように呼んだ。

「何だい、兄ちゃん」

いきなり後ろで声がした。チャカが顔ほどもある煎餅を持って立っていた。顎に疥《はたけ》の出来ている褐色の平べったい顔が、暢気そうに「何だい？」というのを聞くと、ほっとして、

「お前……」

といい、それからなぜチャカを呼んだのかわからなくなってしまった。

「その煎餅、どうしたんだ」

「もらったんだよ。川西さんのおばさんに。毛糸巻くの手伝ったらお礼にくれたんだ」

チャカは煎餅を後ろへ隠した。

「やらないよ」

「いらねえや、そんなもの……」

煎餅どころではない。

「チャカ、知ってるかい。ここの家、幽霊屋敷なんだぞ。知らねえだろ」

「ウソだい」

「ウソじゃない。この家はな、もと浅草の方のそば屋だったんだ。人殺しがあって柱に血が染み込んでるのを、そのまま持ってきて使ってるんだ」

「どの柱だい？」

「そんなことわかりゃしないよ。とにかく幽霊が出るらしいんだ」

「誰が見たの？」

チャカは煎餅をしげしげと眺め、どこから食べようかと迷っている。

「お前、怖くないのかい」

「だっていっぺんも見たことないんだもん」

「月夜の晩、便所の窓の外を見たことあるかい？」

「ないよ、いつも閉ってるもん」

「開けてみろ、立ってるんだ。八つ手の向うに」

「ほんとかい？」

チャカは目を瞠《みは》って八郎を見つめたまま煎餅を齧《かじ》っている。

「よし、須藤に教えてやろう……」

そういうとあっという間に走って行ってしまった。

昼間なのに庭は小暗い。小暗いのは夏の間植木屋の手が入らなかった楠や山桃や梅や鼠モチが繁り放題に繁っているからだ。へちま棚のへちまの葉が黄色く枯れて、汚らしく重なり合っている中からだらりと実が下っている。

何ともいえない寂しさが、じわじわと締めつけてきた。呼吸が苦しい。見えない壁がとり囲んでいる。いても立ってもいられない。どうしたらいいのかわからない。わっと泣けばらくになるのだろうが、涙も出ない。

「父さんの、バカヤロウ……」

いおうとしたが、声が出なかった。

幸次郎は奥座敷の縁側寄りに、長い胴を二つに折り曲げ、膝に肘を突いた両手で頭を抱え込んでいた。それは幸次郎が懊悩している時の、いつか癖になった格好である。

洽六は九人目の赤ン坊を産んだハルの枕許に、腕組みをしたまま動かない。彼は信州から帰ったばかりだった。シナのために作った日本座と一緒に彼は信州の巡業に出ていた。その留守中に、ハルは出産したのである。

幸次郎の懇請で洽六はそこに坐っていた。シナと離れてここにいることがどんなに苦痛であるかを幸次郎は知っている。しかし幸次郎はそれを承知で洽六に懇願した。ハルの額は怖ろしいまでに抜け上がり、眉は薄くなり、その下に落ち窪んだ眼が、乾いた貝のように頑なに閉じている。そのハルには洽六の優しい犒《ねぎら》いがどうしても必要なのである。

「どうか……先生……。奥さんになにか……」

口もとまで出かかっている言葉を幸次郎は怺《こら》えた。一言でいい、ハルに犒いの言葉をかけてほしいと思うが、黙然と腕を組んだまま身じろぎもしない洽六を見ると、その余計な自分の一言が事態を悪化させるかもしれないという不安が湧いていい兼ねる。

――先生、我慢して下さい。どうか、我慢して下さい……。

胸の中で祈るようにそうくり返すばかりである。

「何か食べたいものはないかい？　食べたくなくてもなるべく努力して食べた方がいい

よ」

幸次郎の願いが通じたのか、とってつけたようではあるが、ふと洽六がいった。幸次郎はほっとして顔を上げ、有難うございます、先生、と礼をいいたい気持でいっぱいになる。先生が折角そういってくれたのだから、ハルの方も眼を開けて何かしら答えてくれればいいが、と願うがハルは微動もしない。

言葉には出さないが洽六の中にはハルへの同情と呵責《かしやく》が渦巻いている。それを幸次郎は知っている。それと同時に洽六が今、渾身の力で抑えているシナへの恋情もわかっている。

——おハルはオレの我儘勝手を辛抱して、結婚以来九人の子供を産んだんだ。ぼくはおハルを可哀そうだと思うよ。欠点はあっても、悪いのはぼくの方だよ。しかしいくらそのことを思っても、すまないと思うだけで愛することは出来ないんだよ、福士君。わかるかね。同情と愛とは別ものなんだよ。

洽六は仙台の河北《かほく》新報に主筆として勤めていた時、社主の一力《いちりき》健治郎から妻の妹を貰わないかといわれて、よく考えもせずに承知した。洽六が二十三歳でハルが十九歳の時である。ハルはあの男のところへ嫁げといわれたから嫁いだ。洽六は貰えといわれて貰った。二人とも結婚について、その程度の考えしか持っていなかった。愛情なんてものは一緒に生活すれば自然に生れ育つものだと思っていた。

だがいつまで経っても、愛情は醸成されなかった。才気煥発の洽六にはハルはあまりに愚鈍だった。お嬢さん育ちとはいうものの家事能力があまりにもなさすぎた。経済観念はゼロで、金があれば黙って使い、なくなると途方に暮れて洽六に訴えるだけだった。夫婦の間に会話はなく、あるのは性交渉だけになった。性交渉はハルの孤独をなだめた。それによってハルは洽六と繋り、僅かに心のやすらぎを得ていたのだ。

洽六は幸次郎に述懐した。

「どんなに貧乏していてもうちには女中が必要だった。おハルが何も出来ない女だからだよ。客が来ても人前には出られない。お茶も出せない。掃除も満足に出来ない。女中がいなければ子供だって育てられないんだから」

四人の女の子が幼児のうちに死亡したのは、おハルのせいだと洽六は思い決めている。八郎が三つの時、煮え立った味噌汁の鍋の鉉《つる》に足を引っかけて腰から下を大火傷《やけど》した。腰から尻にかけての肉が落ち、治るまでに一年半もかかった。それもおハルの落度だと洽六は思い決めている。

「しかし先生。奥さまはそんな方かもしれませんが、その代り先生は自由奔放にしたいことをしてこられたじゃありませんか。奥さまは誰にも出来ない辛抱をしてこられました」

「そうだ、確かにぼくはおハルに辛抱させてきたよ。だがぼくの方もおハルに辛抱した。お互いに無意味な辛抱だった。いくら辛抱しても何も生れてこなかったんだ。この辛抱はどちらかが死ぬまでつづく辛抱なんだよ、君……」

洽六はいった。

「誰かおハルを引き受けて幸せにしてくれる男はいないものだろうか。もしいたら、その男に頭を下げて頼みたい。そのためにぼくに出来ることがあれば何でもする。ぼくは今、心からそう思うよ……」

幸次郎は言葉を失い、「先生、そんな」といったきり後がつづかない。

「ぼくに出来るものならおハルの苦しみを取り除いてやりたい。心からそう思うよ。君たちにはどう見えているか知らんが、ぼくは心からおハルの幸せを願ってるんだ」

「それならば先生」

「しかしそうしてやりたいが、出来ないんだ……。ぼくには不可能なんだよ……」

洽六は頭を抱え、絞りだすような声でいった。

「——君はぼくのこの気持を勝手ないい分だと思うかね？」

「思いません……わかります……福士にはわかります」

「いってくれ。ぼくは大悪人かね？」

「先生は大悪人じゃありません。先生は……正直なだけです……」

頭を垂れている幸次郎の耳に洽六の歔欷《きょき》が聞えた。


ハルの枕許にくくりつけられたように坐った洽六の上に、八日の日が経った。九日目、演出家の倉橋仙太郎が茗荷谷へ洽六を訪ねてきた。倉橋はシナの聚楽館時代からの友人である。倉橋は洽六に会うと、何もいわずに封筒をさし出した。シナからの手紙だった。手紙を読む洽六の手がブルブル慄え出し、みるみる顔面に朱が注ぐ。その洽六に倉橋はいった。

「三笠さんも苦しんでいるんです。本当に苦しんで痩せてしまっています。ぼくは呼ばれて相談を受けたんですが……それでぼくはいいました。あなたがそんなに苦しんで、考えて、そうして決心したことなら……それならぼくは賛成すると……それで三笠さんはその手紙を書いて……」

いきなり治六は立ち上った。

「倬だ！　倬を呼んでくれ！」

と叫んだ。

「先生、まあ、坐って下さい。それではぼくがここへ来た意味がありません……」

思わず立ち上って阻止しようとする倉橋の手を治六は払った。

「何をしてるんだ、早く、倬だ。福士君、一緒に来てくれ……」

倉橋は声をふり絞った。

「駄目です、先生。西五軒町にはあの人はもういません！」

一瞬治六はふり返って倉橋を睨みすえた。

「いったい、あの女はこのオレを……」

絞り出すようにいって、駆けつけた幸次郎の腕の中に彼は卒倒した。

どこで見たのか知らない、

わたしは遠い旅でそれを見た。

寒《かん》ざらしの風が地をドッと吹いてゆく。

低い雲は野天《のてん》を覆つてゐる。
その時火のつくやうな赤ん坊の泣き声が聞え、
さんばら髪の女が窓から顔を出した。

ああ眼を真赤に泣きはらしたその形相、
手にぶらさげたその赤児《あかご》、
赤児は寒い風に吹きつけられて、
ひいひい泣く。
女は金切り声をふりあげて、ぴしやぴしや尻をひつ叩《ぱた》く。
死んでしまへとひつ叩く。
風に露《む》かれて裸の赤児は、
身も世も消えよとよよと泣く。

雪降り真中《まなか》に雪も降らない此の寒国《かんごく》の
見る眼も寒い朝景色、
暗い下界の地に添乳《そえぢ》して、
氷の胸をはだけた天、
冬はおどろに荒れ狂ふ。

ああ野中の端《はじ》の一軒家、
涙も凍るこの寒空に、
風は悲鳴をあげて行く棟のうへ、
ああこの残酷はどこから来る、
ああこの残酷はどこから来る、
またしてもがうと吹く風、
またしてもよよと泣く声。

苦しんでいるのは洽六だけではなかった。幸次郎もまた苦しんでいた。幸次郎の目にうつるこの家の残酷は彼我の区別なく幸次郎の胸を抉《えぐ》るのである。人は洽六を狂気の男だといった。彼が放つ毒の焔は、近づく人間を悉《ことごと》く灼《や》き尽す。愛する者まで灼き尽す。そして洽六もまた我と我が火焔に灼かれて苦悶しているのだった。

幸次郎はそんな洽六が憐れでならず、嫉妬がますます夫を遠ざけることになるのに、それに身を委せるハルも憐れだった。そして何も知らずに嵐の中に踏んばって、わるさをしている子供たちも可哀そうでならない。

誰が悪いと責めたところで、何の足しにもならないのだった。吹きすさぶ烈風の中に、我を忘れて叫喚しているこの一家の者たち。その怖ろしい赤裸な姿、これが生きようとする力なのか？　これが人間というものを凝縮した鏡なのか？

幸次郎は嵐の中の彼らを両腕に抱え込んで、何ものとも知れぬ力に向って一緒に祈りたかった。そうして佐藤家に群れたすべての人が去って行った後も、幸次郎はひとり治六のもとに踏み止まったのである。

赤ン坊の名前は久《ひさし》という。ヒサシなんて面倒くさいからキュウにしよう、と八郎はいった。

キュウはワタルが使っていたションベン臭い布団に寝ている。ミョウミョウと仔猫みたいに泣いている。それがだんだん狂ったヤギみたいになってくる。

「やかましいッ」

八郎が怒鳴るとチャカも、

「やかましいッ」

と怒鳴る。

いくら泣いたって誰も何もしてくれやしねえんだぞ。

キュウを見ていると踏んづけてやりたくなる。

「おい、チャカ、見ろ」

片っぽの足の裏をキュウの顔の上に持ってきて、ぶらぶら動かした。

「踏んづけてやろうか？」

チャカは八郎の真似をしてキュウの胸の上に足を上げ、

「踏んづけてやろうか？」

と真似をする。

「踏んづけてやろうか？」

「踏んづけてやろうか？」

といい合った。

「お前、先にやれよ」

「兄ちゃん、やれよ」

八郎の汚い足の下で、キュウは眠っている。瞼の間からポッチリ涙がはみ出ている。

「いいか？　やるぞ」

「うん、やろう」

チャカは何を考えているのか八郎にはわからない。平気で「やろう」といっている。

「いいか？　いいか？　ほんとにやるぞ？」

チャカはいった。

「一緒にやろう。イッチニのサンで」

こいつは本気なのか、本気のフリをしているのかよくわからない。チャカはバカだから、フリなんか出来ない。バカだから平気でホントにやる気だ。後に退けない。どうなるんだ、どうすればいいんだ。足の先が勝手にゆらゆら揺れはじめた。立っている方の膝が、急にガクッと折れ曲りそうだ。

「お前たち、なにしてるの！」

伯母さんの金切声が飛んできて、八郎は横に突き飛ばされた。転がりながら、ほっとしながら、「なんでィ」といった。キュウがびっくりして泣き出した。

「冗談がホントになるってことがあるんだよ。ほんとにまあ、なんて子供たちだろう。今度こんなことすると、ただじゃおかないからね」

チャカが伯母さんに向ってへっぴり腰の尻をつき出し、ポンポンポンと三つ叩いて逃げていった。

ワタルは三つなのにまだろくに歩けない。ワタルは福助だ。歩くとすぐに転ぶ。歩けないのはおでこが大きくて重いからだ。

「こらーッ、ワタル！」

というと、下からじっと見上げて「うー」と唸るところは、酒屋の中風のじいさんにそっくりだ。いつも縁側に坐らされている。学校に行く前に坐っていた場所に、帰ってきてもまだ坐っている。通りすがりに頭を叩くと、

「エーン」

と泣く。面白いので何度もやった。チャカも真似をして叩く。ワタルは、

「エーン」

と泣く。エーンと泣くが、すぐ泣きやむ。

ワタルは年中、黒い上っぱりを着せられている。これは毛繻子《けじゅす》といって、コウモリ傘を作る生地だ、とはなやがいっていた。ワタルは洟《はなみず》や涎《よだれ》を垂らすので、それを着せられているのだ。これなら丈夫でいいといって伯母さんは喜んで縫っていた。丸い襟はワタルの細い首まわりにきっちり喰い込んでいる。上っぱりの胸の前は食物の汁や涎や涙で

いつもテカテカ光っている。袖口のところにゴムが入っているので、ワタルの細い手首にはゴムの跡が赤くついている。

ワタルはのろまな声で「オカダァ」と呼んだ。岡田はワタルの子守役だ。いつもぼーっとしているので、「岡田のボヤテキ」と呼ばれている。ボヤテキのくせにご飯だけは一人前以上食べるんだから、もう……とはなやがいっていたが、八郎はボヤテキだから一人前以上食べるのさ、と思っている。

ワタルが縁側で、

「オカダのボヤテキィ……」

と呼んだ。岡田の低めた声が、

「岡田さんといいなさい」

と叱っていた。

ああ、イヤだ。何もかも。

この家は腐っていくリンゴみたいだ。ほっとけばどんどん腐っていく。

喜美子姉さんはいつも熱を出している。

母さんは朝から頭痛がしている。

「いったいお正月はどうする気なのかしら」

福士さんの顔を見るとそういっている。福士さんは黙って膝に両腕を突っぱらせて目をかたく閉じている。

「ねえ、どうなるのかしら、お正月は」

母さんはしつこい。

「暮の支払いはどうなるの？」

うるせえ。福士さんにいったってしようがないじゃないか。チャカに、

「正月、父さんはうちにいると思うかい？」

といったら、

「知らねえ」

といいながら後ろ手に何か隠した。台所から小銭をくすねたことはわかっている。だがそれを取り上げる気が今日はしない。

「父さんはもう帰って来ないかもしれないんだぞ」

といったが、

「ふーん。どうしてだい？」

といって向うへ行ってしまった。

つまらないのでワタルの黒い毛繻子の上っぱりの、テカテカ光っている胸のところにサイダー瓶の王冠で勲章をつけてやった。

「どうだ、ワタル。勲章だぞ、いいだろう」

といったが、ワタルは怨めしそうな目でジィーッと八郎を見ただけだ。

シナは今更のように、自分がどうあがいても脱けられない道に踏み入ってしまったこ

とを知った。西五軒町の家を黒田民子と一緒に出て、とりあえず借りた借家を野呂瀬に見つけられたと思ったら、逃げる間もなく洽六が現れた。ガラガラピシャンと格子戸が開いて洽六のつり上って充血した目が射るように自分を見つめているのを見た時、作ったばかりの砂の城に浪が打ち寄せ、忽ち崩れて跡形もなくもとの砂浜に戻ってしまう時の、その砂になったような空しい虚脱感に襲われた。

洽六は何もいわずに懐から短刀を出して畳に置いた。短刀でシナを殺すというのではない。これで自分が死ぬという威《おど》しだ。

それがいつもの洽六の手だ。いつものもの、とシナは思う。そう思いながらも、しかしこの男は我を忘れると本当に短刀で自分の心臓を突きかねない。その怖れが胸底に蟠《わだかま》っている。ただの威しが本気になる――。そこが洽六の怖いところなのだ。

シナは再び洽六のもとに戻り、失意にうちのめされながら洽六にかき抱かれた。

「芝居をやろう。太夫元《たゆうもと》を捜そう」

譫言《うわごと》のようにシナの耳もとでくり返した。それが愛の口説《くぜつ》の代りだった。「愛している」という言葉はシナを居心地悪くさせるだけであることを、漸く洽六は理解したのである。

十一月、日本座の大阪中座の公演が決った。目下大阪朝日新聞に連載中の「裾野」をまだ連載中にもかかわらず脚色して上演する。それならば小説の結末を知りたい読者が集まるだろうということで、漸く中座が乗ったのである。

大阪公演の次は九州の巡業が決った。シナの目は黒々と大きく瞠《みは》られ、久しぶりで輝いている。西五軒町の家に役者が集ってきて本読みが始まり、立稽古に入った。狭い家の中に活気が漲《みなぎ》る。活気はシナの幸福から発散されている。その幸福の余波を受けてみんなが情熱的で陽気な愛すべき人間になっている。

洽六は安心し、落着いた。滅多に見られなかったシナの笑顔は洽六に幸福を運んでくる。この幸福を逃がさないためには、万難を排して日本座を持続させなければならないと改めて決心するのである。

シナの幸福を完成させるために洽六はハルとの離婚を考えた。西下《さいか》の日が近づくにつれ、その決心は固まっていった。東京を離れて旅に出る今こそ、ハルと別れるチャンスだった。

洽六は幸次郎を呼んでその決心を打ち明けた。自分の口から切り出せばハルを逆上させるばかりだから、君に説得してもらいたいのだといった。ハルは幸次郎を信頼している。野呂瀬とハルは仲がいいが、野呂瀬は気が弱いからこういう役は向かない。

幸次郎は黙って俯いて洽六のいうことを聞いていた。洽六が話し終ってもいつまでも苦しそうに黙っている。返事を促されて漸くいった。

「子供さん達はどうなるんですか……」

洽六がたじろぐのを感じて、幸次郎は俄かに雄弁になった。

「喜美子さんは胸を病み、久ちゃんは生れたばかりです。奥さまは病弱、その上はなやさんは今年いっぱいで暇を取りたい気持のようです。それだけじゃありません。先生がここで離婚なされば、世間から人格を問われることになりましょう。これから先のお仕事にも差支えが生じます。先生、いけません。それだけはいけません。考えれば考えるほど怖ろしいことです。してはならないことです」

幸次郎は畳に両手を突いた。

「福士、一生のお願いです。どうか先生、お辛いでしょうが思い止まって下さい……」

幸次郎はいった。

「福士は先生にこれ以上、苦しんでほしくないんです……」

腕組みをしたまま凝然と聞いていた洽六は、幸次郎の言葉が終ると、一言いった。

「ぼくはともかく、大阪へ行くよ」

暫く沈黙した後で洽六はいった。

「大阪の後は九州だ。その後、正月は名古屋の末広座が入っている。いずれにしても当分ぼくは帰らない。それを君からおハルに伝えてくれ給え」

相談ではない、これは結論だというように幸次郎を凝視した。

「それはお伝えしましょう。しかし、あくまで、当分お帰りになれないということだけを申しましょう。離婚の件はもう一度、旅先で十分お考えになって下さい」

そうはいったがもう絶対に洽六の決心は翻《ひるがえ》らないことを幸次郎は知っていた。


父さんの向う側をチャカが歩いていた。

八郎はこっち側にいた。

三人で月を見ながら、服部坂を降りていった。

服部坂の真正面に月が懸っていた。半弦の月というやつだ。そこにうっすら、一筋の黒い雲が流れている。小日向の町は家並が光ったり、翳ったり、水底に沈んだ町みたいに見えたりする。

「八郎は大きくなったら何になるんだい？」

と父さんがいった。

「ぼくはえらい人になるよ」

「えらい人って何だ。陸軍大将か」

「そんなんじゃないやい。父さんみたいになりたい」

「父さんみたいか……。父さんはえらいかい？」

「だって威張ってるもの。父さんは負けたことがないだろう？」

父さんは笑った。

「節《たかし》はどうだ」

「ぼくはカネモチになりたい」

「どんなカネモチだ。カネモチにもいろいろあるぞ」

「働かなくてもいいカネモチだ。庭にオモチャや菓子が生《な》る木とか金が生る木を持てればいいな」

「金が生る木は勉強して、働いて、植えるもんだろ。はじめっからそんなものがあるのは面白くない」

「面白いよう」

「面白くないんだ」

「面白いよ。面白いよなあ、兄ちゃん」

チャカは浮き浮きしている。楽しいなあ、と八郎は思う。父さんと手をつなぐのは久しぶりだ。話をするのも久しぶりだ。父さんの手のひらは女みたいに柔らかい。掌丘《しょうきゅう》というところが父さんみたいに桃色に盛り上っているのは、えらくなる手相なんだよ、とずっと以前、母さんがいっていたことを思い出した。

「八郎は頭がいい。節は丈夫で勇気がある。父さんはお前たちがおとなになるのが楽しみだよ。二人ともどんな人間になっていくんだろうなあ。父さんの子供だから、きっと何か大きなことをするよ」

「父さん、わかるの？」

「わかるさ。父さんには何だってわかるのさ」

父さんとこうして真面目な話をしながら歩くのははじめてのような気がした。わくわくするような幸福感が八郎の胸いっぱいに膨らんでいる。

「八郎はカッとなると自分を抑えられなくなるだろう？　父さんも子供の時からそうだったからよくわかるんだよ。それをこれから修行することだ。父さんも一所懸命修行したが、なかなかむつかしい。八郎は悧口だから、それさえ修行すれば立派な人になれるよ」

「わかった。修行するよ」

父さんのしみじみした口調が嬉しかった。

「節は努力だ。節は勇敢だからその上に努力が加われば百人力だ。通信簿が悪いのは、努力が足りないんだよ。努力さえすれば節も立派な男になる。まず朝、眠くても起きる努力だ。いやでも宿題をする努力だ。そこから始めていけば、努力することがだんだん楽しくなっていくよ」

チャカはきっぱりした大きな声でいった。

「うん、ぼく、努力するよ」

「そうか」

父さんも嬉しそうだった。それから父さんはいった。

「父さんは明日から大阪へ行く。暫くの間、家へ帰れないんだよ。だが父さんはどこにいてもお前たちのことを心の目で見ているからね。二人で力を合せて弥《わたる》や久《ひさし》を守っておくれ。喜美子も母さんも身体が弱いから気をつけてやっておくれ。喧嘩はしてもいいが、芯のところでは仲のいい兄弟でいてくれ」

父さんはいった。

「いいかい？　わかったかい？」

父さんはいった。

「父さんはお前たち二人を信頼しているよ」

わかった、という印に八郎は強く父さんの手を握った。

八郎は父さんが帰ってきたら一番に訊こうと思っていたことを思い出した。

「父さん、ぼくらの家、幽霊屋敷だってほんとう？」

父さんはこともなげにいった。

「ああ、そういう噂があるようだな」

「幽霊出たことあるの？」

「誰も見た者はいやしないさ。出たところでどうせ、そば屋の幽霊だ。おかめかきつねだろう」

父さんのこんなところが好きだ。こんなふうにいわれると、怖いものは何もなくなる。

「おかめの幽霊って見てみてえな」

といってみた。

父さんは立ち止った。

服部坂を降りきってしまうと、月は新しい雲の流れの中に隠れてしまった。父さんは立ち止った。

「さあ、もういい、ここからお帰り」

握っていた手を放していった。

「さあお行き。ここで見ているからね」

父さんは八郎の頭に手を置いた。

「八郎、頼むよ。お前は長男だからね」

胸の底から熱い勇気が湧き上ってくるのを感じた。それは幸福感とひとつになって八郎を涙ぐましい気持にさせた。

「チャカ、行こう」

元気よくいうと、

「うん、行こう」

チャカも元気いっぱいにいった。

父さん、さよなら……といえばいいのか、行ってらっしゃい、というのか、一瞬迷ったが、八郎の口は、

「行ってらっしゃい」

といっていた。

「父さん、行ってらっしゃい」

チャカもそういった。

父さんは頷いて、

「お行き」

といった。

気がつくと八郎とチャカはしっかり手をつなぎ合っていた。つないだ手からチャカの心が流れてきて、八郎の心とひとつになった。

「チャカ、がんばろうな」

「うん、がんばろうな」

握り合った手を大きく振って服部坂を上っていった。後ろで父さんが見ていると思うと、二人の足どりはひとりでに活発になった。

五

茗荷谷の書生部屋は静かになった。元安豊をはじめ、役者の居候たちは日本座の巡業に加わって出発し、残った書生の何人かは洽六がいなくなったのを機にどこへ行くともなく出て行った。今は岡田のボヤテキと、出て行くにも行く当《あて》のない二人の書生がいるだけで、はなやも間もなく暇をとることになっていた。野呂瀬は結婚して世帯を持ち、人力俥で女子大へ通っていたそわの長女優子は岩手の素封家に嫁いで行った。秋が深まって行くにつれて家屋の古さが目立ってきて、主《あるじ》の抜けた寂寞《せきばく》がこの家を蔽っている。

「先生は今頃は九州のどのあたり？」

幸次郎を見るたびにハルは同じことを訊ねる。

「福士さんのところに便りはあって？」

「はい」

幸次郎は畏《かしこ》まって答えるが、言葉がつづかない。大阪中座を打ち上げた後、日本座は引きつづき九州巡業に出ている。今頃は熊本あたりにいる筈だった。だがその一行の中に洽六とシナはいない。中座の公演中にシナは異常出血を見て、妊娠をしていることが判明した。流産の気配を応急処置で止め、医師がつきっきりで中座だけはどうにか打ち上げたが、九州巡業は断念せざるを得なくなった。日本座は今、シナの代役に久松喜代子を立てて九州を廻っている。洽六とシナは大阪南の高津黒門筋で仮住いに入った。シナは来年の六月に出産の予定である。

何も知らないハルは、九州の打ち上げはいつかと訊く。

「は、九州の打ち上げは、あれは……」

幸次郎は当惑した時の癖で、正座すると長さの目立つ痩せた腿《もも》をやたらに撫で廻しながら、

「うーん」

と考え込み、

「地方巡業というものは、そのう……何やかやと……」

いいかけて、気を変えたように、

「九州といえども、もはや……」

といって、何をいおうとしたのかわからなくなり、額に手を当てて途方に暮れる。

「暮にはお帰りになるんでしょうね？　いくらなんでも」

膝に突っぱった両腕に力が入る。両肩の間に垂れていた頭を上げ、漸く決心して、

「奥さま」

といった。

「あるいは、先生は……年内にお帰りになることは……これは、あくまで、福士の推量でありますが……無理かと……」

「無理？　どうして？……そういってきてるんですか？　先生から」

「いや、はっきりそうといってこられてるわけじゃありませんが……」

「何なの、福士さん。はっきりおっしゃいよ」

「はい……ただそのう、福士はです、福士はこの際、先生が暫くの間、家を離れて、どこかで一人になって、静かにお考えになる時間が必要ではないかと、そう考えております。こういう時は、お互いに心を鎮めて、冷静に客観的に全体を見渡すことが必要ではないかと……」

ハルの凝視を避けようとして、幸次郎は顎を上げて天井を睨んだ。

「はっきり申し上げると、この際、事態をよりよい方へ運ぶために、冷却期間というものを設けた方がよろしいと思うんでありまして、これはあくまで福士個人の考えでありますけれども、あるいは洽六先生ご自身もそのようにお考えになっておられるかもしれませんでして、つまりお互いに感情が波立っていると話の筋道が見えなくなってしまいます。何ごとにも平静ということが大切です……」

再び幸次郎は自分がいおうとしていることがわからなくなり、突然絶句して、困惑の極みとなる。

洽六からはハルとの離婚話を早くつけよとせっついてきている。来年、シナが産む子供のためにもどうしても離婚しなければならないと洽六はいってくる。生れてくる子供に父親が必要だという気持はわかる。しかし、それならば真田いねが産んだ与四男はどうなるのか。これから、父親がいなくなる喜美子や八郎や節や弥や久のことはどう考えるのか。幸次郎はその疑問を率直に手紙に書くが、洽六の手紙はそれを黙殺して、ただ一方的に離婚話をつけられない幸次郎の怠慢を責めてくるのである。

「奥さま。福士、衷心より申し上げるのでありますが、このあたりでひとつ、生活の立て直しを図られてはいかがでしょう。洽六先生に落着いて仕事をしていただくために、負担を軽くしてさしあげたい。書生や女中の数を減らし、家も小さいところに移り、出費を抑えましょう。先生は金のために濫作をしておられます。何よりもまず、この濫作をやめて、落着いた生活に入っていただきたい。生活が落着いて質素になれば、ご自分がどんな状態に陥っているかが先生の目にも見えてまいりましょう。奥さまの方も、こう申し上げてはいかがかと思いますが、今までのように人委《まか》せの暮し方ではなく、ご自分が先頭に立って家事をとりしきり、子供さんたちを教育しようとする姿勢をおとりになれば、事態も変ってまいりましょう。先生も奥さまも、ここが大事な転機のように思われます。思いきって、暫くの間、別れ別れにお住みになって、今後のことを静かにお考えになる時ではないでしょうか」

幸次郎の話の半分も、ハルの耳には入らない。ハルの頭の中は怨みと不安でいっぱいになっていて、それらは僅かでも隙があればどっと流れ出ようと押し寄せてきている泥土のようである。幸次郎がひと息入れるのを見るとすかさず、

「先生は普通じゃない……狂った血が流れてるんだわ」

ハルの声は透き通ってきれいなソプラノだ。子供たちのためにアニー・ローリーやマイ・ボニーなどを歌う声が聞えてくると、書生たちは、

「歌だけ聞いてるとどんな佳人かと思うんだがなあ」

といい合ったものだ。

今、産後の窶《やつ》れがまだ取れぬままに、深い眼窩の奥で本来丸い目を猛禽類《もうきん》のように尖らせたハルが、声だけはあどけないような透明なソプラノで、

「仙台の一力《いちりき》の家じゃあ、洽六は日本人じゃない。ダッタン人だといってるのよ！」

というのを聞くと、幸次郎は気の毒を通り越して無惨を感じる。

「じゃあ福士さんは当分、先生は帰ってこないっていうの？」

「はあ……当分は……。ですから、奥さまも、別居なさるという心づもりをお持ち下さった方が」

「当分っていつまで？」

ハルはふと素直になった。

「いつまで別居すればいいのか、それをはっきりしてくれなければ……別居して、それっきりになってしまうんじゃ、承服出来ないわ」

「ごもっともです」

幸次郎は肩を落す。それ以上いえることは幸次郎にはもう何もないのだった。

「先生
お手紙拝見しました。それとなく奥様に当分、別居せざるを得ざるべきこと、小生や野呂瀬君の手にて、奥様はじめ皆さんをお世話すべきことを申上置き候事とて、もはや先生のお言葉次第にて、一家移転の上、静かに暮す心組み、奥様にも、出来申候。
前述の先生のお言葉とは、先生が奥様にお手紙を下さる事に候。奥様も先生よりお

言葉なき限りは、如何に小生らより申したりとてお動きなさらず候。先生から直《じ》かに手紙でも来て、一年なり二年なり帰京せぬからという確たる事でもいって下されば、そのようにするのだが、ということを申され居候。

この言葉をおくみ取りの上、今回の先生の出京が、先生自身のものとしてやむにやまれぬものなるを説明なされ、もっと小さい家に住み、一家を切りつめて生活し、子を育ててくれよ。自分は今後真面目に勉強して、今後の一生の新しい運命を立派に切り開く考えなり。失敗の終局か、成功の終局か、とにかくその終局のことを握りたる暁には、今まで通りの不真面目なるものにてなく（然り、小生はそう考え居り候、先生は奥様を心底から憐れまなければならなかったのです。併《しか》し先生にはそれが見えませんでした。あったとしても間隙《かんげき》がありました）真面目に、真に心と心の面接する機を得んという程度にて、やわらかに申下され度候。

先生のお手紙の内容まで立入るは如何《いかが》かと存じ候えども、これは奥様にどれくらいまでのことを申してよろしいやら、その程度をお伝えするためにて候。同時に又、この趣意の手紙は先生の目下のご胸中をいつわるものにても無之《これなき》事と存候。離れたりとて奥様は先生の最も親しき友中の友にてござ候。永久に離れて終るべき事は人間としてむしろ先生の幸福といわんより不幸にて候べしと存じ候。なお三笠さんもむしろその方を喜ばるべしと存じ候。とにかく先日のお手紙にてこれだけの事を申し上げる程度まで漕ぎつけ申候。奥様に対してあの手紙はかねて来《らい》、小生の幾度となく、先生は当分長いこと帰りません、ということに裏書きする如き結果となりしにて候。――

この永く帰らぬという事を切り出し候にも、どれ位苦慮を要せしか御案じお願申上候……」

幸次郎は不器用に、くどくどと情況を報告した。後のことは一切、君に委せると簡単にいって洽六は大阪へ行ってしまったが、（そして承知しました、と幸次郎も簡単に引き受けたものの）幸次郎の性格はこういう話を一方的に押し切ってしまうのには向いていないのである。

「——小生のやり方、ただ緩慢の一語にて候。知っているものを知らざるふりする辛さを心の中に含みて、平然として処し居申居候。先生のなさるべき事もこれにあるべきかと存候。急激は断じて悪しく候。奥様は強い事を申しながらも、私も思いきった事をするかもしれぬと申居られ候事もあり、右お含みの上、ひとえにお願申上候……」

幸次郎の手紙はいつも洽六を怒らせた。読み終えた手紙をそのままほうり出し、

「何をやらせてもダメな奴だ……」

吐き出すようにいって、鼻の奥を性急にクンクンいわせる。少年時代から腹が立つと洽六は鼻の奥が詰るのである。君には相手を説得しようという情熱が欠けている、と洽六は手紙で説教した。君はそのための強い意志を持っていない。こういうことは一気呵成に押していかなければ、いちいち相手の気持になっていては成功しないのだ。なぜはっきり、愛のない者が夫婦でいることの無意味を説かないのだ。ハルが頑張れば頑張る

ほど洽六のハルへの気持は悪化する。今は愛のなくなったこと、ハルを不幸にすることの呵責や同情が洽六にはある。しかしこのままでいくとその最後の僅かな愛すらも憎しみに変ってしまうだろうと、なぜそうハッキリいわないのだ……。

洽六は自分の身勝手を忘れて、不満をあらわにした。

「君はぼくがそれをいえばいいと思っているのだろう。しかし考えてみ給え。ぼくの口から聞かされることと、君の口から聞くのと、どっちがハルにとって残酷だろうか？」

洽六とシナの仮住居《かりずまい》は大阪南・高津黒門筋の賑わいから逸《そ》れたところの、同じような板塀が四、五軒並んでいる一角である。上三間、下三間の二階家で、十坪余りの庭に突き出した厠を隠すように植えられた数本の孟宗竹の葉が、冬に向って頻《しき》りに枯れ落ちていた。二階の廊下に立つと広い冬空の南西の方向に遠く住吉神社の高灯籠が見える。

過去をどこまでさかのぼっても、洽六がこんな静かな時間の中に身を置いたことは一度もなかった。愛するシナはいつも彼の傍にいる。家事は黒田民子がとりしきり、シナの付き人のチエ子が使い走りをする。子供たちの喧嘩の声も廊下を走り廻る音も物の壊れる音、赤ン坊の泣き声、何もない。夕暮になると豆腐屋が鈴を鳴らして通って行く。やがて塒《ねぐら》に帰る烏の呼び交す声が聞えてきて、住吉神社の高灯籠に静かに灯が入る。

それは、一見して幸福と呼んでもいいような落着いた平和な日々のようだったが、洽六の気持は片時も休まらなかった。彼の前には問題が山積していた。ひとつは妊娠を知って以来、不機嫌を剝き出しにしているシナであり、シナの妊娠によっていっそう離婚を急がねばならなくなったことであり、それに伴う子供たちの身のふり方、そのための金の必要。その一方で九州巡業を終えて帰ってくる日本座の座員たちの去就問題があった。

「何も心配することはないよ。希望はなくなってやしないんだ。六月に子供を産んだら、秋まで身体を休めながら芝居の準備をする。そして十月を舞台復帰の月としよう。あせることはないよ。これは決して挫折なんかじゃないんだからね」

何よりもまずしなければならないことはシナを元気づけることだったから、洽六は胸の中に詰っている幾つもの気がかりを押し退けて無理に朗らかな声を出すのである。

「さて、演《だ》し物は何がいいかなあ。『裾野』はケチがついたし、かといって今更『虎公』でもないし……。いっそ、松井須磨子の向うを張ってハムレットでも演《や》るか？」

と笑ってみせる。翻訳劇を学生芝居と称して嫌っている洽六がそういうのは、黙りこくっているシナを元気づけ、口を開かせるためである。

「ハムレットは元安だな。日疋重亮《ひびきじゅうすけ》は墓掘りと王の二役か」

シナの唇の両脇に微かに嘲るような皺が寄り、低い声が、

「サカラッキョのハムレットにシラミの将軍の王？」

と呟く。日疋重亮は日本座に欠くことのできない芸達者の脇役だが、実年齢よりも十も老けて見え、身なりをかまわぬむさくるしい男なので洽六が「シラミの将軍」という渾名《あだな》をつけた。

「日本座がシェークスピアやったんじゃ喜劇になってしまうだけだわ」

まるで何かの仕返しでもするような痛烈な返事が、ぼそぼそと陰気に返ってくる。

自嘲的に笑うと、急にこみ上げてくるものに身を預けてしまったように、高い大声になった。

「世間がまた何やかや、取沙汰するわ。面白おかしく……」

「世間のいうことなんか気にしていたら何も出来ないさ」

「コブつき女優なんて、誰も見にこないわ」

「それを見に来させるのが、ぼくらの力じゃないか。女優は舞台を見せるものだ。私生活は関係ないよ」

「こっちでそう思っていても、世間は通用させてくれないのよ」

そして話題はハムレットから逸れて、いつもの失意の苛立ちと愚痴に入っていくのである。

「女はね、子供を一人産んだあたりが一番きれいになるんだよ。子供も産まないで器量だけを恃《たの》みにしてきた女優が年をとると、遣手《やりて》ばばあしかやれなくなる。だいたい女優が男知らずのような顔をしていなくちゃならないところが日本の演劇の遅れているところだね」

「先生はわたしがこれから、女優として成功していけるとほんとうに思ってるの？ほんとうに？一時の慰めはいやですよ」

「そう思ってるからこそ、こうしているんじゃないか」

うんざりする気持を抑えて、洽六は努力して笑ってみせる。

シナの再出発の時を洽六は来年の十月に置いていた。しかし日本座の座員たちを今から十月まで仕事のないままに拘束しておくわけにはいかなかった。彼らの大半は貧乏で、住居も定まらない旅烏《たびがらす》だ。日本座の興行がないとなれば、どこか他の劇団を捜して身体を預けるしかない。ただでさえ売れない日本座から三笠万里子が抜けては、興行主がつく望みはないのである。

そうなると、折角集まった座員は四散して、来年の秋の公演に頭数が揃うかどうかわからなかった。思い屈しているシナの様子を見ると、洽六は是が非でも何とかしなければならないと思う。座員を四散させないためには、座員に小遣いを与え、食と住を保証する以外に方法はない。

そのことに思いが及ぶと、洽六は茗荷谷の家族に金がかかり過ぎることを負担に思わずにいられない。あの家では倹約しようと考える者など一人もいないのだ。幸次郎だけが洽六から送られてくる金が湯水のように消えていくのに胆をつぶしているが、そうかといって彼にはいくら考えても倹約の方策がつかない。

だいたい、女と子供だけであんな大きな家に住んでいることに問題があるのだ、と洽六は考える。家が大きい上にハルが無能だから女中や書生が必要になってくる。喜美子のために看護婦がついているのも、ハルが看病も満足に出来ないためだ。いったいあの女は今の事態をどう考えているのか。何も考えずのんべんだらりと毎日を過していれば金が送られてくる。金が送られてくればそれでいいと思っている。こうなったのは何もかも夫が悪いと思っている。自分には何の落度もないと思いこんでいる。

――オレがどんな思いをして金を稼いでいるか。福士を督励して仕事先を捜させ、金を取ることだけを目ざして夜も昼も机に向っている。それに対する犒《ねぎら》いの気持が奴らに一片でもあるのか……。

懊悩の余り彼は自分の身勝手を忘れた。

「喜美子さんの卒業祝いの着物はやはり先生のお見立がほしいそうです。それ位に思うことはよくよくのことです。どうぞこのお願いお聞き届け願います。

着物の表の図案と色は先生の考案がほしいのだそうです。なるべくハイカラな華やかなもので、胸のところまでその模様がくるものと申します。どうぞよろしくお願い申します。つまり先生にお願いする分はその図案と色と京都の染めと、それからこれは是非お願いするのですが帯です。着物は表だけあればよろしいのです。図案は野蛮人の裸踊りでもよいという喜び方です。よろしくお願い申します。先生はものの見立が上手ですし、お父様好きな喜美子さんは先生の声がかりを何よりの楽しみとしているのでしょう。その先生の一度目の通った着物が着たいのでしょう」

洽六は憮然として怒りを鎮め、喜美子の着物は作ってやらねばなるまいと思うのだった。

洽六が洩らす愚痴をシナは黙って聞き、内心で「そんな勝手な」と思っていた。シナはどんな時でも冷静な目を失わない女である。この騒動の当事者でありながら、彼女は常に対岸にいる批評家だった。

——先生におハルさんを非難する資格はないわ。

口には出さず、そう思っていた。ハルに対する嫉妬や敵意は何もなかった。そうかといってすまないとも思わなければ同情もなかった。ハルも自分も同じように、洽六という暴君の犠牲者だと感じているだけだった。

年も押し詰ってから、幸次郎の何通目かの手紙が届いた。

「先生
先日来、小生は下女仕事を致居候。奥様のあのお身体にてはと思い、専心相勤め申候。目下の世間の好景気にて下女払底《ふってい》致候うて女中を得がたく、ただただ奥様にもしものことありせばと思い、水仕事など引受けて致せしにて候。ご飯食べる時しか、夜の十時頃まで坐らぬ事、間々有之《これあり》候いし。奥様は衷心より小生に気の毒と申され候。八郎さんや節さんまでこのことありて以来、いう事をどこか聞くようになられ候傾きあり、小生も内心喜び居候……」

手紙に目を走らせているうちに、洽六の顳顬は怒張してきた。洽六は年内にどうでも離婚話をつけて、新しい気持で正月を迎えたいのだった。その洽六の期待に手紙は何も答えていない。それのみならずその手紙は彼が捨ててきた家の、気の滅入るような悲惨を描いているのだ。

「これじゃあ何もわからんじゃないか！　離婚話はどうなってるんだ。ハルは何といってるんだ。必要なことはいわないで、余計なことばかりいってくる奴だ。あれが福士の一大欠点だ……」

――福士さんは詩人だもの。福士さんにそういうことをさせる方が間違ってるわ……。

洽六の罵倒を聞きながらシナはそう思っていた。

――なんという人だろう。自分を何さまだと思ってるんだろう。福士さんの真情を何と思ってるんだろう……。

罵るだけ罵ると洽六は静かになった。興奮の涙が彼の目に残っていた。彼は罵倒することによってしか、幸次郎の手紙が突き刺した胸の傷から流れる血を止められなかったのである。

「おい、八郎、飲め！」

キャプテンの五木ライオンにいわれて、八郎は湯呑茶碗に注がれた酒をスッと飲んだ。

「おっ、飲めるのか」

五木ライオンがまた注いだので、またスッと飲んだ。

「水みてえに飲むね」

「参吉」の親爺がいった。

「同じ飲むなら、味わって飲んでもらいてえな」

味わいながら飲もうとしたが、またスッと飲んでいた。

七杯飲んだら、ライオンはもう飲めとはいわなくなった。

酒を飲めば愉快になるというものでもなかった。といって気持が悪くなるというものでもない。

うまいとも思わないが、まずいとも思わない。ただどんどん飲めば皆が驚いて騒ぐのが面白かった。

「ひとつ出たホイのよさホイのホイ」

皆と一緒に歌った。

「ひとも羨む東京の　ホイ

ワセダ中学　新入生

ホイのホイ」

「ふたつ出たホイのよさホイのホイ」

五木ライオンはキャッチャー特有の胴間声だ。

「ふたり娘とやるときにゃ　ホイ

姉の方からせにゃならぬ　ホイのホイ」

「みっつ出たホイのよさホイのホイ」

とショートの山岸がつづけた。

「三浦環《たまき》とやるときにゃ　ホイ

バッタフライでやるがよい　ホイのホイ

四つ出たホイのよさホイのホイ
与謝野晶子とやるときにゃ　ホイ
短冊片手にやるがよい　ホイのホイ」

手拍子をとりながら八郎は声をはり上げた。

「五つ出たホイのよさホイのホイ
五木ライオンとやるときにゃ　ホイ
上下《うえした》バットでやるがよい　ホイのホイ」

どっときた。

「ライオンのモノはバット並かい」

「参吉」の親爺がいった。

「太かないけどネ、長いんだよ」

「面白え子だな。名はなんというんだ」

「オレかい。オレはサトウだ。サトウのハッチャンだよ」

「ハッチャンてえと八郎か。わかった。八番目の伜だろ。だから八郎だ」

「ちがうよ。じいさんの八番目の孫だよ」

「じゃじいさんがつけたのかい」

「そうだよ。けどあとでよく勘定したら九番目だったんだ」

「参吉」の親爺は夕立に遭った山羊みたいだ。ショボたれた白い顎ヒゲを嬉しそうに慄わせた。

「気に入った。飲みな」

湯呑にドクドクと酒を注いでくれたやつを、またスイと飲んだ。

「ぼくのイトコにキネって名前の女がいるんだ。その女の子のおふくろ、ぼくの親父の妹だけど、それが太ってるのなんのって、臼みたいな女なんだ。それで生れた子が杵だ。臼に杵はつきものだってね。それもじいさんがつけたんだよ」

「ふざけたじいさんだな。芸人かい？」

「ちがうよ。津軽藩の武士だったんだよ。蘭学を勉強して殿さまに蘭書ナポレオン戦記を講義した人だよ。勝安房《かつあわ》の築地の海軍所に入って勉強したんだ。山鹿《やまが》流の兵法も学んでいる」

「ほんとかい。眉ツバもんだな」

「ほんとだってば。頼むべからず六つの心得ってのが遺言だよ」

「何だい頼むべからずってのは」

「神仏衆生、法理、官位、智識、富貴、宗教は世を欺《あざむ》く空言のみ。移り易きは人の心なり。法理は愚人を束縛する道具なり。真素面《ましらふ》で世は渡られず、位官は僥倖《ぎょうこう》の人。釈教智識は己を誤るのもとなり。富貴は順番、卑賤は廻り持ち、依頼心ある時は中正を失うものなり。独立自主もって天爵を全うせよ」

「何だい、それは」

「何だかよくわからないよ。とにかく憶えろって父さんにいわれたの」

「それにしても、よく憶えたもんだな。そんなわけのわかんないことを」

「オレ、記憶力抜群なの」
「そのわりには勉強できねえな」
福山がいった。知らねえな。オレはホントは頭がいいんだ。その気になったら、何でもすぐ憶える。問題はその気になるかならないかだ。
皆が笑ってる。何でもいい、どっとくる笑い声は楽しい。自分のいったことがもとで笑いが起る時は、もっと楽しい。「憂さを忘れる」とはこのことだ。
「チータカター　チータカター
チータカター　チータカター」
八郎は弾んで箸で皿を叩いた。
「せがれどこ行く青筋立てて
チータカター　チータカター
チータカター　チータカター
生れ故郷の赤門さして
チータカター　チータカター
チータカター　チータカター……」
「どうも呆れたね。いろんなことを知ってやがる、この野郎は」
こんな歌なら書生部屋で子守歌代りに聞いてきたから、小学校の時から歌っている。
八郎は声をはり上げた。
「きんたまよ

ゆうべのところへ行こうじゃないか
わたしゃ行くのは　よいけれど
中に入れる身ではなし
裏門叩いて待つ辛さ……」

これはノロセの得意中の得意だ。酒に酔ったノロセが、禿頭《はげあたま》のてっぺんまで赤くなって、この歌を歌う時はこれ以上の幸せはないという顔だった。だがもう長くノロセはこれを歌っていないなあ。

「こいつ……わかって歌ってるのかい」

とヤギ親爺がいった。

「わかってるさ。それくらい……」

わざとエへへと下卑《げび》て笑ってみせた。

「十四でわかってるのか。もっともオレが筆下ろししたのは九つだったからなあ。駄菓子屋のばあさんにやられたんだ。駄賃だよってなにくれたと思う。豆板とみじん棒だ……」

ばあさんでも何でもいい、一度女とやってみたかった。女の股ぐらの奥にはどんなものがあるのか、それをとっくり見たいのだ。

「男とちがってフクザツらしいなあ」

とモッチンも熱い吐息を吐いていた。

「こんなところに、どうしてアレが入るんだ？」

と絵を見ていっていた。

「それより赤ン坊が出てくるってのが信じられねえ」

「女もノビチヂミが利くんだな」

「やりたくなったら開くのかな」

そういい合ったことを思い出すだけでアイツがムクムクしてくる。ズボンの中に突っぱって、ズキズキして、ちがう生物《いきもの》がいるみたいだ。そいつがバクハツしそうだ。

「校長校長といばるな校長
コリャコリャ」

みんなが歌っていた。

「校長、生徒のなれのはて
ヨーイヨーイデッカンショ」

バクハツしそうなアイツを上から押えて、八郎はヤケクソの声をはり上げた。

「息子息子といばるな息子
コリャコリャ
息子、おやじのひと雫《しずく》
ヨーイヨーイデッカンショ」

もうすぐ正月がくる。

正月なんかこない方がいいが、やってくる。

お父さんはお忙しくてお正月には帰ってこられません、と福士さんはいった。

けれどもお年玉を奮発して下さるそうだから、それで我慢しようね、といった。
「おやじおやじといばるなおやじ
コリャコリャ
おやじ、息子のぬけのから
ヨーイヨーイ　デッカンショ」
お年玉なんか、ドブに叩きこんでやり……たいが、やっぱり貰うことにしよう。

長いトンネルをやっと抜けて日の光の中に出たと思ったら、不意打ちの懲罰が待っていた……シナはそう思っていた。こんな無理な出発が祝福されるわけがないのだ。進もうとして足を前へ踏み出しても、地面は後へ退《しさ》っていく。踏み出しても踏み出しても同じところにいる悪い夢の中にいるようだった。

それというのも、あの人に摑まってしまったためだ、とシナは思う。考えが行きつくところはいつもその一点である。

「先生も悪いかしらんけど、あんたかて、はっきりせんのがいかんわ」

と黒田民子はいった。それは民子だけでなく、大方の意見であることをシナは知っている。胸に抗弁が渦巻くが、無力感を覚えて口を噤《つぐ》み、沈黙の中に閉じ籠る。

――そんなにいうならあんた、いっぺん、わたしの立場に立ってごらん。あんたのいうように出来るもんかどうか、してみてごらん……。

何かいうとしても口下手なシナには、せいぜいその程度のことしかいえない。たとえシナがはっきり意思を示したとしても、相手が洽六では結果は同じなのである。シナはそういいたい。何をいっても洽六の鋼鉄の鎧《よろい》は撥ね返してしまうのだ。シナは猛獣の爪の下の兎だ。シナは絶望して洽六に従い、自分の貝の蓋を閉じる。洽六は貝の蓋をこじ開けて中からシナを引っぱり出そうと機嫌をとる。そうしてシナは妊娠してしまった。

「あんた、赤ちゃんが生れること、嬉しいないの?」

民子に訊かれてシナは口籠った。それから思い切っていった。

「嬉しゅうないわ……」

言葉に出していうと、この数か月、心の奥底に抑えつけてきたことが俄《にわ》かにあらわになった。

「口惜しいわ」

重ねていった。そういうと口惜しさがどっと広がった。夢が砕けて出発点に戻ったのならまだいい、と思った。妊娠したシナはもう「もとのシナ」ではないのだ。もとには戻れない。前にも進めない。だがこのことばかりは洽六に当るわけにもいかなかった。愚痴もこぼせない。三浦との同棲時代も含めて、シナはかつて妊娠の気配もなかったのだ。妊娠など他の女が関わることで、自分には無縁のことだと思っていた。何よりも口惜しいことは、これでもう「先生がいなくてもわたしは一人でやっていけるんです」とはいえなくなってしまったことだ。シナの運命の軌道は舞台への道へは向わず、どこまでも洽六とのよじれ合う生活に向って伸びているようだった。

「あんたはほんまに冷たい人やねえ」

民子はシナに向ってつくづくいった。

「わたしこの頃、先生《せんせ》が気の毒になってきたわ。はじめの頃は、なんやムチャクチャな人やなあと思《おも》てたけど、この頃は先生見てたら、可哀そうでたまらんわ。あんたかて先生が好きなんでしょう？　好きやからこそ、ここまできたんでしょう？　それやのにあんた見てると、まるでいやいやここにいるみたいやわ。何もかも先生のせいにしてからに。山賊の頭目に強奪されてきたお姫さんみたいな顔してからに。あんた、文句はいうけど、先生に感謝したことないでしょう？　先生の苦労、思たことないでしょう？　先生は好きで苦労してるんやから、しかたないて……そんな、まるっきり、あんた、自分らのことやのに、他人《ひと》ごとみたいに見てるだけやないの。あんたかてきっと、先生のこと愛してるんやわ。そうでしょう？　ねえ、そうでしょう？」

「愛している」という言葉は、いつもシナを当惑させる。それをシナは虚空《こくう》に懸っている月か星のように感じている。それはあることはわかるが、シナには摑むことの出来ない、あくまでも漠然とした抽象的なものだった。「愛する」とはどんな気持のものかシナにはわからない。三浦敏夫はシナを愛したか？　いや、あれは「愛」ではない。ただの情欲であり執着だったとシナは思い決める。なぜ人は「愛している」などと無造作に口にするのだろう。シナはその言葉を口にした時から、「愛」の風化が始まるような気がするのだ。それは簡単に口にする言葉ではない。簡単に口に出来るのは、それだけ「愛」というものを簡単に考えている証拠ではないか――。

——先生は二言目には愛してる愛してるというけれど、わたしの気持を少しもわかろうとしない。それが愛だろうか？　愛してることが本当なら、もっとわたしの気持をわかってほしい。わかろうと努力するべきではないのか？

だがたとえシナがそういったとしても洽六は、

「ぼくがわかってないと思うのか！」

と怒るだけだ。だからシナは黙っている。

「ここまできた以上、前に進むんだよ！　それしかないじゃないか！」

自分は今、幸福を目ざしているのか、不幸を目ざしているのか、それもわからないで洽六はいう。

自分の愛がシナにとって幸福でないとしても、洽六はシナを愛しつづけるしかないのだった。今に自分を愛するようにさせてみせると思っているわけでもなかった。そんなことは考えもしなかった。何ものの力か、まるで目に見えない怖ろしい意志が、洽六を摑んで引きずっているようだった。洽六はその力の意のままに草木をなぎ倒して進む壊れた戦車だった。踏み止まろう踏み止まろうとしながらシナは、その戦車に引きずられていくのをどうすることも出来ない。

ある朝、洽六の高い声がシナを呼びつつ廊下を近づいてきた。

「万里《まり》さん、ここに平塚らいてうの訪問記が出ているよ」

シナが髪を結っている鏡台の後ろに洽六は新聞を持って立った。シナは十九の時、奈良で平塚らいてうの女性解放運動の噂を聞き、それ以来らいてうを尊敬してきた。女優としての自立の道を選んだのも、らいてうに触発されたためであることを洽六は知っている。洽六は新聞を開いて、声高に読みあげた。

「茅ヶ崎の停車場で降りて、平塚さんのお宅はと聞くと、漁夫らしい男が南湖院《なんごいん》と白く記してある電柱を指して、この一本線をどこまでも辿って行けばひとりでに行かれると教えてくれました……。ああ、らいてうももう三十になるんだなあ。奥村と一緒になって何年になるだろう……」

「らいてうがどうかしたんですか？」

とシナは先を促す。

「うん、先を読むよ。玄関で先ず《ま》目についたは大きな乳母車で、取次の女中さんに抱かれてアア、アアいいながら出ていらしたのは、くりくり肥った可愛らしい曙生《あけみ》さんでした。『ほんとこの子は父さま似でして、ちっとも私に似ていないのですもの。何だか張合のないような気もいたします』とらいてうさんは愛の籠る瞳をじっと曙生さんのお顔に向ける。『もう大分この頃は親馬鹿になりかけまして、なんですか、そりゃあ自分の子が一番よく見えて仕方がないんです。原稿なんか書いていても次の部屋に子供がいたりするとどうも気になって仕方ありません。ですから真の自分という気分になれる時は子供の熟睡している間だけでございますの。子供が出来ない前までは私はそりゃあ神経質でして、人とお話するにもその座敷に子供が這《は》っていたりするとなんだか落着かないような気がいたしましたが、今では全くそんなことは考えられなくなりました。子供が出来ない以前の恋というものを考えてみますと、それは浮わついた派手な色彩のものでしたけれど、子供っていう楔《くさび》が出来ると質素な真面目なものに変ってきます』」

洽六が何をいおうとして、それを読んでいるかがシナにはわかってきた。それでシナは露骨に面白くない顔になって目を伏せている。

「恋人に対する愛と、子供に対する愛と、それは全然性質の異ったもので、どっちを強い深いというわけにはまいりません。しかし失われたということを考える時、それは子供が失われたのよりも恋人が失われた方がより深い空虚を感ずるだろうと思われます。もうこの頃の私の生活は大部分、子供のために費されているのですよ、らいてうさんはこうおっしゃって静かに微笑まれた。次の室で何か物を打ちつけるような強い音がすると思ったら、それはお父さまに抱っこされた曙生さんのお悪戯《いた》でした……」

洽六は新聞を畳みながら鏡の中のシナを見た。

「面白いなあ、新しき女がこういうことをいうようになったんだよ。男のマントを着て吉原へくり込んでいたらいてうがだよ。やっぱり女は子供を産まなければなあ……」

上機嫌に洽六はいった。

「これからはらいてうのいうことも信用出来るだろう……」

洽六の高笑いをシナはニコリともせずに聞いていた。

――らいてうもたいした女じゃなかった、と思っていた。恋が何だろう、子供が何だろう。シナは鏡の中の洽六の笑い顔を見ながら思った。らいてうは普通の女だった。けれどわたしは普通の女じゃない。普通の女が幸せに思うことなんか、わたしには一文の値うちもないわ！

口を結んだままシナは昂然とそう思っていたのである。

暮も押し詰ってから九州巡業の一行が帰ってきた。正月を控えて行き場のない彼らは、洽六とシナの仮住居の中になだれ込んできたまま、階下の三間に十数人が木賃宿さながら寝起きし始めた。

民子は食費を抑えるために豆腐汁とヒジキに油揚げの煮つけばかり食膳に出し、役者たちから「豆腐屋の廻し者」と呼ばれている。彼らは退屈しのぎに花札をいじったり、猥談をしたり、猥歌を歌って気らくに日を送っている。昼間は寝ていて、夜になると元気が出て芸術や演劇論を戦わせ、やがて摑み合いの喧嘩になる者もいる。

シナは目に見えて活気が出てきた。眠たがりやのシナが徹夜の演劇論に朝まで耳を傾け、人が変ったような大声で、幼稚だが真剣な質問をし、意見を述べ、気の張った笑い声を立てている。

その声を聞きながら洽六は二階で机に向っていた。いったい先生は何が楽しくて朝から晩までこんな連中のために仕事をしているのだろう、と民子が歯がゆく思うほど、眠る間も惜しんで仕事をしている。洽六はシナの機嫌がいいことが何よりも嬉しいのである。ぼくはね、万里さんが元気のいい顔を見せてくれさえすれば、どんな苦労も苦労と思わないんだよ、と肩を揉む民子にいった。

ある日、洽六はドタドタと音を立てて勢よく二階から降りてきた。

「おい、隣りを借りよう！」

と洽六は叫んだ。

「隣りの雨戸に大家が貸家札を貼っていた。あれを借りよう！」

洽六の顔はいいことを思いついた子供のように晴々している。

「この狭いところに、これ以上みんなで暮すわけにはいかんだろう……」

「隣りに住まわせるんですか、あの人たちを……」

思わず民子は口を出した。

「お金はどうするんですか。ただでさえもの入りなのに……」

「稼ぐよ、ぼくが」

すぐ洽六はいった。

「福士にいってやって、連載の口を二つ三つ捜させる……」

シナは何もいわず、大きく瞠《みは》った目を洽六に向けていた。呆れたように、嬉しそうに、その濃い黒目が光っているのが、民子には憎らしいほど美しく見えた。

八郎はもう一度、早稲田中学一年生をやることになった。

モッチンは八郎よりも成績が悪い。なのにモッチンは二年に進級して、八郎は落第した。

落第したのは勉強の成績のためばかりでない。無断欠席に遅刻、無断早退、つまり「平素の心がけ」が悪いからだと担任の焦《こげ》ダルマがいった。

だけど、落第したからといって、急に心がけがよくなるというもんじゃない。落第した奴は、たいてい前よりも心がけが悪くなる。そこんところが教師にはわからないんだ、と八郎は思う。

「オレ、落第だぜ」

家に帰ると八郎は威張っていってやった。

「まさか」

と伯母さんはいい、本気にしない。伯母さんは八郎のことを頭のいい要領のいい子供だと思っていた。勉強しなくても、いざとなると要領でやってのける子だと信じていたのだ。だが八郎はもう「要領よくやってのけよう」とは思わなくなったのだ。なるようになれ、と思っている。

八郎は悪びれずに落第を受け止めることにした。悪びれたり恥かしがったりすると、他人はそこにつけ込んでくる。こともなげに振舞っていればいい。面白がってるふりをすればいい。いっそ威張った方がいい。

「口惜しけりゃ落第してみろよ！」

そういえばいい。「落第する勇気もねえくせに、でかい面すんなよ！」と。

けれどもモッチンのいない教室はつまらなかった。新しい一年生はつまらない奴ばかりだった。どいつもこいつもパリパリの制服を着て真面目くさっている。垢じんでヨレヨレの八郎の制服はとびぬけて目立つ。

八郎は隣りの席の沼田に「ダブダブ」という渾名をつけてやった。制服が大きすぎて、肩が落ち、手の甲が半分隠れている。詰襟《つめえり》から細い白い首がニョロニョロと出ている。

ダブダブのニョロニョロの弁当にうまそうな卵焼きが入っていたから、くれよ、といったら、イヤだよ、といった。オレのタラコと取っ替えっこしようといったら、タラコなんて下等なものは食わないよといった。

ダブニョロは英語がよく出来る。叔父に外交官がいて、子供の時からそいつに英語を習ってたんだそうだ。

ダブニョロはばあさんのことを「グランマァ」という。

ダブニョロはろくな奴じゃない。

学校はつまらない。

今日もまたダブニョロと並んで坐るかと思うと泣きたくなり、暴れたくなる。

学校へ行きたくない。

肩に鞄を掛けたまま、伝通院の石段に腰かけてぼんやりしていたら、隣りの杉浦の鉄《てっ》

若《わか》さんが通りかかった。

「よう、ハッチャンじゃないか。何してるの、こんなところで」

「見ればわかるだろ」

といった。

といったら、

「サボってるのかい、学校」

といって鉄若さんは並んで腰を下ろした。

鉄若さんの父さんは杉浦重剛《しげたけ》といって、なんだか知らないがむやみに偉い人だということだった。なんでも皇太子殿下のご教育係りだということだが、皇太子の教育に熱を入れる余り、自分の息子の教育は手ヌキになっているらしい。いつも黒い憂鬱そうな顔をして、（伯母さんは鉄若さんって、暗闇から牛を引っぱり出したような人だねえ、とよくいっている）くたびれた小倉の袴を穿いて、足袋の親指のところが破れて黒い爪が出ている。爪が黒いのは、墨を塗って、足袋の破れをごま化しているからだ。

鉄若さんの父さんは偉い人かもしれないが、鉄若さんはどう見ても偉くなりそうにない。ひと頃鉄若さんは毎日遊びにきていた。だがこの頃はあまり来なくなった。

「喜美ちゃんはどうしてる？」

と鉄若さんはいった。

「だんだん悪くなってるよ」

と八郎はいった。鉄若さんは、「そうか」とだけいって暫く黙っていてから、

「メキシコへ行くことにしたよ」

といった。いきなりメキシコといわれてもどのあたりかよくわからない。とにかく外国だ。

「いつ帰ってくるの？」

と訊いた。

「一年か、二年か、三年か……行ってみなければわからんよ」

怒ったようにいった。

鉄若さんと喜美子姉さんは、好き合っていた筈だ。去年の夏の頃、喜美子姉さんと鉄若さんは出窓に並んで坐って、手を握り合っていた。大阪へ行く前、父さんは母さんに、喜美子のことは鉄若君によく頼んでおく、といっていた。父さんの留守に二人で二階へ上ったきり、なかなか降りてこないこともあった。二人はコーニンだからね、と岡田のボヤテキがいっていた。

公認なのに鉄若さんはメキシコへ行く。行ったら帰ってこないかもしれない。(帰ってこないような気が八郎はする)鉄若さんは喜美子姉さんが肺病になったから逃げるんだ。父さんがいなくなったことも、逃げる理由に入っているかもしれない。

「鉄若さん、逃げるのかい?」

といってみた。鉄若さんは腕組みの手先を脇の下であたためる格好のまま、暫《しば》く黙っていたが、

「そうだ」

性根を据えたように、ふてくされたように野太い声でいった。

「メッキが剝げそうだからね、このままじゃあ……」

「メッキって、何だい?」

「語学校を卒業したっていったって、所詮はメッキさ。このままじゃ兵隊に取られる。兵隊に行けばメッキが剝げる。だから……その通りだ……逃げ出す……」

いかつい、地黒の、ザラザラした鉄若さんの顔が、洗い晒《ざら》した習字の雑巾みたいに白

茶けていた。

「メキシコへ行ってなにするの？」

鉄若さんは答えない。答えないのは、何をするのか自分でもわかっていないからだろう。

「メキシコで世間というものを勉強してさ。一人前になって……帰ってきたらそれによって食っていけるというものを身につけてきたい」

暫く考えてから仕方なさそうに鉄若さんはいった。

「それによって食ってけるものって何だい」

「それは……行ってみなけりゃわからんよ」

鉄若さんは立ち上って、サヨナラともいわないでふらふらと歩いて行ってしまった。

みんな行ってしまう。

はなやも、コンチャンも、阿部も行ってしまった。どこへ行ったんだろう。

行く先のある奴はいいなあ。

父さんも行ったきりだ。

昼前の境内《けいだい》は犬の子一匹通らない。午前中はみんな何やかやして、忙しいのだ。おもらいだって、人中に出て、もの乞いするのに忙しい。

桜が咲いている。

ジワーッと寂しさがやってきた。いつかもここに坐って満開の桜が散るのを眺めたことがあった。あの時もこんな気分だった。あれはいつだったろう？　ずーっと昔のことのような気がするが、よく考えてみるとあれは去年のことだ。たった一年前のことだ。

桜って寂しい花だ。そう思ったことを思い出した。

いったいオレはどうなるんだ？　と思った。

「おいらは知らねえよ、どうなったって」

声に出していった。

父さんに向っていっていた。

六

徹夜明けの昼寝布団に横たわって、うつらうつらしている洽六の上を、生ぬるい晩春の微風が裏庭へ抜けていく。微風は懐かしいような下肥《しもごえ》の臭いを運んでくる。どこかの菜園で下肥を撒いているのにちがいない、そう思いながら、洽六は半睡半醒のくつろぎに身を委せている。

「この柄、見れば見るほど可愛《かい》らしわ。あっちの梅のんよりも、これに決めてよかったし」

民子の声がいっている。

「でんでん太鼓に犬はりこ。何やしらん野暮ったいように思たけど、こうして見たらほん可愛らしいねえ。色もええし」

シナの声は素直だ。

「あっちのより、安かったし」
「あんたは安うてええもん見つけるの、ほんまに上手やわ」
民子と話すのでシナは大阪弁を丸出しにしている。それはシナがくつろいでいる時だ。語尾の不明瞭な大阪弁を常々治六は嫌っているが、こんな穏やかな微風の中でうつらうつら聞えてくる大阪弁は悪くはない。
「おまん　こりゃなぜ飯食わん
ハラが痛いか　夏やせしたか
ハラも痛まぬ　夏やせもせんが
ハラに八月《やつき》の　お子がある……」
民子が低い声で歌い出した。
「いやらしい、そんな唄、歌わんといてよ」
「そやかて、あんたかてこの手毬唄、歌うて毬つきしたんでしょう？」
民子は歌う。
「もしもこの子が男の子なら
弓矢とらせて甲冑《かっちゅう》きせて
もしもこの子が女の子なら
琴や三味線縫針《ぬいばり》させて
育てあげるがお楽しみ……」
「チョイと百ついた」

とシナが後をつけた。

「おヌイちゃんをお守りする時、この唄歌うたら、なんでかいっつもすぐに泣きやんだわ」

「おヌイちゃん……ああ、貰い子の妹？」

「八月《やつき》で貰われてきたんやわ。ほんまによう泣く子やった。けど、この唄歌うたら、ふしぎと泣きやんだの」

「八か月で貰われてきたん？　可哀そうに。けどそらまたなんで？」

「おヌイちゃんの父親《てておや》いう人が赤痢で死んでしもうて……その人が横田のお父《と》ッつぁんの兄《あに》さんやったもんやから」

「そんならあんたとイトコになるわけ？」

「そうやない。わたしも貰われて横田へ来た子やもん……血はつながってへん。誰とも」

「二人貰い子したわけやね。横田さんの家は」

「おヌイちゃんを貰うことになるんやったら、なにもわたしが貰われていくことなかったんやわ」

「なんでまたあんた、貰われていったん？」

「うちのほんまのお父ッつぁんは西尾いうて、大阪の新川町で古物市場してたんやけど、同じ町内に北村いう表具師がいて、その北村の小父さんのヨメさんと横田のお母《か》はんが姉妹やったの。子供がないから女の子もろて女学校出して、ええとこから婿養子とって家を継がせたいいうて……それで西尾には六人の子供がいたもんやから、どうや、西尾はん、どれか一人、女の子、分けてやらんか、て、北村の小父さんがいいにきてね。お父ッつぁんもお母《か》はんも『女学校出す』と聞いて、気持、動かしたんやわ。西尾は子供も育てられんような貧乏やなかったけど、女学校まではやれんかったから……」

「けど、あんたはいややったんでしょう？」

「いやも応もないわ。小学校へ上ったばっかりで、いやと思うても親に行けといわれたら、どうでも行かんならんもんやと思てたの」

「おとなしい子やったんね？」

「おとなしいから、この子がええやろうということになったんよ」

まるで他人《ひと》の身の上を語るように、シナは淡々と話している。

養母のシズはもと吉原の花魁《おいらん》で、お職を張っていたというのがなぜか自慢の女だった。養父の由松《よしまつ》はその当時の幇間《ほうかん》だったという。シズは新井忠重という薩摩藩の侍に落籍《ひか》されて権妻《ごんさい》になっていたが、どういういきさつで由松と夫婦になったか、そこのところはいわないからわからない。由松は「豆腐を縄でくくったような人や」といわれて、本業は蚊帳《かや》の織屋だったが、シンガーミシンの代理店をしたり、「おっとせいの睾丸」を売りに歩いたり、キララの山を買ってひと儲けを企んだり、吉野の山奥で見つけたという竜のガイコツと、手を叩くとケキョケキョと鳴く鶯の欄間の買手を探し歩いたりして、何があっても「はアはアはアはア」と笑っていた。

シズは毎日大丸髷に結い、女中を置いていた。だが月末になるとシナは借金のいいわけを書いた手紙を持ってお使いに行かされた。シズは近所の歯医者と怪しい仲になり、地元の赤新聞に書かれたこともある。

「おヌイちゃんの母親はおはなはんていうおとなしい人でねえ。おヌイちゃんの父親が死んだ後、姑さんと暫く暮してたんやけど、その姑がきつい人で、おはなはんは裏で洗濯しながらいつも泣いてたんやて。ある時、おはなはんはぼた餅を作って飯台の上に置いといたんやわ。そしたらおヌイちゃんがそれ見て、這うて行って、食べようとしてぼた餅に手ぇ伸ばしたもんやから、おはなはんが『食べたらいかん！』いうて飛んでいったの……ぼた餅に猫いらずが混ぜてあったのね。鼠を殺そうと思て作ったんですいうて、いくら弁解しても姑さんは、ほんまはわたしを殺すつもりやったんやろというて……とうとう、おはなはんは里へ帰されてしもたんよ……それで横田でおヌイちゃんを貰うことになったの」

「ふーん」

民子は大きく溜息をつき、

「むごい話やねえ……けど、ほんまに鼠殺すのが目的やったんやろか？」

「姑さんが『わてを殺す気ィやったんやろ！』て詰め寄った時に、おはなはんは『すんません』って謝ったというのんよ。すんませんというたのは白状したと同じや、ということになってしもたんやわ……。けどおはなはんという人は、何をいわれてもすんません、すんませんと謝るのが癖になってて、『今日は寒《さぶ》いなア』て姑さんがいうたら、『すんません』と答えた、そんな話があるくらい。年中叱られてるものやから謝るのが癖になってたんやわ……」

「憐れな話やなあ……」

「おヌイちゃんはほんまによう泣く子やったけど、この毬つき唄歌うたら、ふしぎと泣きやんだん。わたし、子供心に思うたんよ。おはなはんがこの唄、歌うて寝かせつけてたから、それで泣きやむんやないやろか、って」

山に囲まれた擂鉢《すりばち》の底のような町。冬は底冷えがして夏は暑い。山の向う側のことには無関心で、ただ歴史の遺産に凭《もた》れて自足して暮す人たちの、饐《す》えて因循《いんじゅん》な空気の淀み。その町の暗い冬、死んだような夏。

「貰われていって一年ほど経った頃やったかしら、近所の人から、『シナちゃん、大阪の家へ去《い》にたいことないか？』って訊かれたもんやから、つい『去《い》にたい』て答えたんよ。そしたら翌日《あくるひ》、学校から帰ってきたら、お母《か》はんが顔ひきつらせてる。いきなり、『こんなに可愛がってるというのに、それでも足りないっていうんだからねえ』……かん高い東京弁でものいう人でねえ。頭痛がするいうて三日も起きてこんの。そしたらお父ッつぁんが『シナやん、お母はんにあやまり』ていうもんやから……」

「謝ったん？」

「布団の裾に坐って、『お母はん、すんませんでした。かにして下さい』て……」

「いやらしいお母はんやねえ、イケズやねえ……」

「わたしその時から、子供心に思うようになったの。これはうっかりしたことはいえん、って。『お父さんとお母さんとどっち好きや？』とか『お母さん可愛がってくれるか？』とか、お節介やきが仰山《ぎょうさん》いてねえ。そんな時でも用心して、『どっちも好き……』て答えたり……」

シナの摑みどころのない性格はこの町で作られた。シナが心のうちを見せない、人を信じない、自分を守ることだけを考える女になったのは横田夫婦のためだ——。寝物語りに聞く思い出話なのに憤怒がこみあげてきて、洽六は横田夫婦を思いっきり痛罵してやりたくなる。

横田夫婦はシナが女学校の修学旅行で堺へ行った帰りに大阪の西尾の家へ一泊したことを根にもって、シナを勘当すると威《おど》した。

「たいしたことでもないのにイチャモンつけるのが好きなお母はんでねえ。本当はその気はないのに何かというとすぐ勘当勘当と騒ぐんやわ。けど威してくれてよかったんやわ。そうやなかったら、今頃は奈良で小学校の教員かなんかの婿さんもろてるところやろねえ」

晒《さらし》で小さな枕を縫いながらそういう声は微かに笑いを含んでいる。

「面白いもんやねえ。人の一生て……」

「奈良へ子にやられなかったら……ずっと大阪の西尾にいたら、今頃は町内の職人か商売家《や》のヨメさんになってるとこやわ」

それから気を変えるようにシナはいった。

「ねえ、枕に入れるもの、何にしよ？　そば殻？　生綿《きわた》？」

「生綿は柔らかいけど、そば殻の方がええのとちがう？　そば殻は頭の熱、取るいうから……」

シナが今まで口にしたがらなかった過去のことを話すようになっているのは、気持が落着いてきたからだろう。赤ン坊が生れることがシナをなごませているのだろう。洽六はそう思う。すると洽六の胸にはしみじみと優しい喜びが湧き出てくる。彼を蔽《おお》っていた憂悶の一角が漸《ようや》くなごんで、曙の光が射してきたような気持である。洽六は思う。母親になることによってシナの強情の角は取れていくだろう。そう思い決めると洽六はシナの中に芽生えてきたもの、平塚らいてうをも変えた神秘の力に感動せずにはいられない。その芽を大事にはぐくみ育てるのが、男としての自分の務めだと思うのである。

八郎は学校へ行かなくなった。

「どうしたの？　学校へ行かないの？」

と母さんがいう。

「行かねえよ」

と八郎は答える。

「学校へ行かねえのはオレが悪いんじゃねえよ」

そういうとみんな黙ってしまう。

悪いのは父さんだ。

それにあの女だ。

父さんはバカかい？

そういうと、みんな黙る。

「ハッチャン、ハッチャン、人間というものはね」

と福士さんはいった。

「善人とか悪人とか、バカとか簡単に決めるもんじゃないんだよ。簡単に裁いてはいけないんだよ。裁いてしまったら、もうその人を理解することは出来なくなるからね」

理解？　そんなものクソくらえだ。

そんなものがなぜ必要なんだ。

理解したってしなくたって、同じだよ。

「それはね、理解しようとすることはね……」

福士さんは考え考えいった。

「それはね、お父さんのためじゃないんだよ、ハッチャン。ハッチャン自身のためなんだよ」

わかるかい、ハッチャン、といったから、わかんないヨとあっさりいってやった。安モノのメガネの奥で、福士さんの目が悲しそうにシバシバしてた。

福士さんは女のエプロンをして、頭を抱えて長いこと考えこんでいた。ロダンの「考える人」みたいに格好のいい考え方じゃない。福士が考える時ってのは、あれは借金取りに詰め寄られて途方に暮れているっていう格好だな、といつか父さんがいってた。

やっぱり父さんはうまいことをいう。

そう思って見ていたら、いきなり顔を上げて、

「津軽平野には岩木山という山があってね、弘前の人間はこの山をお岩木さまと呼んでいる……」

といい出した。福士さんは弘前をシロサギという。

「福士さん、ヒロサキだろ」

というと、

「そうそう、シロサギ」

といってアッハッハアと笑った。

「まず、津軽の自慢といえばこの岩木山だ。それはそれは素晴しい山でね、津軽平野にながーく裾を引いて、親しいような、重々しいような、怖いような、懐かしいような、愛《め》ごくてたまらねえような、その時その時の見る人の気持で、どんなにも見える神さまのお山だ。お父さんもこのぼくも、生れた時からずーっと、このお山を見ない日は一日もなかったよ……」

福士さんの話はいつも長いのが閉口だ。長くても面白ければいいが、福士さんがひとりで面白がっているだけで、聞く方は面白くも何ともないのが困る。

「面白くないよう、そんな話」

といっても平気で、まあ、まあ、まあ、聞きなさい、とつづける。

多分福士さんは岩木山について話すのが目的ではない。話そうと思っていることはほかにあるのだが、そこへ行きつくまでになぜかふと岩木山のことを話したくなったんだ。

「ああ、ハッチャンにお岩木さまを紹介したいなあ。そのうち是非ハッチャンを津軽へ連れて行くよ。そうだ、岩木山の山カケの時がいい。山カケというのはね」

「知ってるよ。旧暦の八月朔日《ついたち》にお山に登ってご来迎を拝むんだろう」

この前にもその話は聞いている。

「あちこちの村からお百姓が行列組んで、幟《のぼり》を立てて、五色の御幣《ごへい》を持って、薯《いも》だの大根だのを捧げて白装束でやってくるんだろう……」

知っているからその話はもういい、といいたいのだが、福士さんはかまわず、

「そうそう、そうだ、そうだ」

と頷いて、

「さいぎ　さいぎ
どっこい　さいぎ
お山さ八大金剛道者《はつだいこんごうどうさ》
一《いーつ》になのはい南無《なむ》帰命頂礼《きみようちようらい》」

と歌い出す。

父さんを理解しなければいけない。それは父さんのためではなく、ハッチャン自身のためだという話が、どうして「さいぎさいぎどっこいさいぎ」につながるのか、八郎にはわからない。

福士さんは唄をやめると、

「その岩木山から岩木川という美しい川が流れ降りている……」

ずり落ちてきたメガネを人さし指で押し上げた。

「その岩木川の支流で土淵川《つちぶちがわ》という川が町中を流れていたんだが、お父さんは少年の頃、一人で舟を漕いでこの川を溯《さかのぼ》っては、崖地の間の瑪瑙《めのう》を採って一日を過したことがよくあったらしいんだなあ……」

と顔を上げて遠くを見る目になった。それが話の本題か？

「一人ポッチでいることが嫌いで、陽気なことの好きな紅緑先生の性質を思うと、なにかしらん、寂しい気持を起させる話だなあ。そう思わないかい、ハッチャン……」

福士さんはしんみりした声になった。

「ぼくは先生からいろんな思い出を聞いているけどね。たいていは喧嘩の話ばかりでね、それだけに一人で瑪瑙を取って一日過していたという話はぼくの胸に染み入るんだよ」

だから何だというんだよ！

そんなことは福士さんに染み入るかもしれないけど、（オレだって、一人で伝通院の石段に坐ってた）オレには染み入らねえ。

この前も福士さんは父さんの母さんは、父さんが七つの時に死んで、お城勤めをしていたママ母が来たという話をした。このママ母はおとなしいばかりで、父さんを虐《いじ》めはしないが、可愛がりもしない人だった……。

父さんにも寂しいのを我慢した時があった、ということを福士さんは八郎にいいたいのだ。

だからハッチャンも寂しいのを我慢しろといいたいのかい！

それだけのことをいうのに、なぜどっこいさいぎの唄を歌わなくちゃならないんだ！

「オレは寂しくなんかないやい！」
八郎は喚いた。
「うるせえ、うるせえ、うるせえ」
福士さんはそれにとり合わず、
「世の中にはね、ハッチャン。苦しむ人と苦しまない人がいるんだよ。苦しむ人は不幸で苦しまない人は幸福かというと、必ずしもそうではないんだなあ。苦しみはないに越したことはないようなものだけれど……いや、待てよ。いや、やはりこういうことがいえまいか。人間、苦しまないよりも苦しむ方がいい。なぜというとね、苦しむことによって見えないものが見えてくるからだよ」
福士さんはいつも一人よがりで、しゃべればしゃべるほど何をいっているのかわからなくなる。わからないが、福士さんが八郎のために一所懸命になっていて、そのためにますますわからなくなることだけはわかる。それが八郎をますますいらいらさせる。
「一番の罪はね、何も感じないことだよ。鈍感ということだよ、ハッチャン」
それから急に気が変ったように福士さんは手拍子をとりはじめた。
「アア　津軽一面手にとるごとく
お詣りなさる人々は
さいぎ　さいぎ
どっこい　さいぎ
アア　水ごりとりて身を清め

白装束に身をかため
太鼓叩いて鉦《かね》ならし
アア　お山さ八大金剛道者
肩にはたすき　背に餅
首に陣立袋下げ……」
「うるせえやい」
と八郎は喚いたが、福士さんは平気で歌っている。立ち上って踊りながら、部屋の中をグルグル廻る。ヤケクソになって八郎は福士さんの後からついて廻った。わざとヘッピリ腰をして、顔をひょっとこにして踊った。
「アア　バタラバタラの掛声で
おかめの面や烏帽子《えぼし》で
踊り狂うてやれうれしやと
豊年満作お礼参り
ヨサレ　ソウラヨイ……」

六月、シナは男の子を産んだ。
大正六年六月六日に生れたので、六郎と名がつけられた。
母乳が出ないので山羊の乳が与えられた。山羊の乳は牛乳よりも栄養価が高いという理由である。元看護婦の経験を生かして、民子が六郎の面倒を見た。ハルとの離婚話は遅々として進捗しない。洽六が喜美子を托すつもりでいた杉浦鉄若は、洽六の無責任をなじる手紙をよこして、メキシコへ行ってしまった。

「——先生の家庭に光をもたらすものは、先生ご自身による外、ないと思います。喜美さんは決して私を得たことを以てすべての満足幸福は得られますまい。先生を父としてあたたかき家庭となり、しかる後、私を得て始めて満足を得、幸福を得ることと信じます。私としても今の喜美さんでなく、その時の喜美さんを得てこそ真の幸福だと思います。

先生の日本座経営が理想実現の一手段ならば、私の渡墨は正に同意義を持っています。先生は家庭を犠牲にして理想に向って突進せられ、私は喜美さんを犠牲として自分の向上のため渡墨せんとしています。而《しこう》して福士さんは自分の仕事、あるいは理想を犠牲にして先生のためにはその家庭を、私のためには喜美さんを、各々の犠牲を生かさんがため努力しておられます。

私はこれ以上、何も申しますまい。ただ福士さん以上に先生を信頼して渡墨したかったのです。

先生の芸術の発展を願う心よりして、日本座の成功を祈ります。同時に先生の家庭に曙光を見出すのは、先生ご自身の力にあって、到底、私の力では不可能なることを申し上げ、先生の理想実現と家庭復活とが速かに同時に来たらんことを切望します。

私は今、愛する喜美さんに対して、何ごともなし得ないことを恥じます。先生に対しては、托される喜美さんを（物質的援助を托されたとしても）如何《いかん》ともなし得ないことをすまないと思います。
乱筆でしかも暴言を吐きましたかもしれません。御海容下さい。
私は大いにベストを尽して働きます。
先生もその主義のため堂々と男らしく御奮闘あらんことを。　　　若拝」
喜美子への憐憫と鉄若への憤りと、しかし鉄若の身勝手を責める資格がない今の現実に、洽六は耐えるしかなかった。
福士幸次郎の手紙は離婚話の経過を報《し》らせずに、金が足りないという報告ばかりしてくる。
「金はこちらで、今月あるのはこれだけです。
東京毎日　七十円
函館毎日　三十円
婦人之友　三十円
計　百三十円です。このうち定まった支出は、
ピアノ　四十円
八郎さんの寄宿　二十円
お国のおじいさん　二十円

計八十円です。あとは先月の借金を幾らか穴埋めしました。近々、看護婦を雇わねばならぬのではないかと考えていますが、そうするとまた、支出が膨らむでしょう。

しかしぼくは先生に金を取ってもらいたくありません。先生がいろいろな田舎の新聞にまでお書きになると聞くと、顔がしかんできます。先生は休むこと、永らくの荷をおろしなさること、それが急務です。人間は休みがないということはいいことではありません。僕は去年来、つくづくそう思いました……」

そんなことはどうだっていいんだ。今更、そんな感想を聞いたところでしようがないんだ。

誰も彼も好き勝手なことをいっている。洽六はそう思う。ここまできてしまった以上は前に進むしかないのだ。錯綜して糸口の見つからなくなっているこの現実をほどくためにたとえ後戻りをしたとしても、そこに幸次郎のいう「休み」などあるわけがないのだ。

それでも六郎の誕生から夏にかけての日々は、洽六にとって戦場の兵士の休暇にも似て、完全な休養とはいえないまでも、戦闘の合間のくつろぎの時間であった。くつろぎの底には、苦痛への予感が潜んでいる。病の再発がいつかくることを覚悟している病人のように、洽六はその日のくることを思うまいとしながら、心のどこかでそれを待っていたといえる。

予期していたそれは、真夏の短か夜の白々明けにやってきた。洽六が徹夜仕事の机に向っていると、表の格子戸がガタンガタンと打ち鳴らされる音がして、若々しい配達夫の声が「電報！」というのが聞えた。

「キミコヤマイアッシ」

差出人の名を省いた十字に満たぬ片仮名は、その字数の少なさによって、のっぴきならぬ事態が迫っていることを告げていた。電報を二階へ持ってきたのはシナである。洽六が口を切るよりも先にシナはいった。

「梅田発の一番に乗れば、夜には着きます……今すぐ出れば、一番に間に合いますわ」

洽六が答えないのは、彼は早くてもその夜か、明日の夜行で上京することを考えていたからである。洽六は机の上に電報を置いたままじっと腕組みをしていた。「今すぐ出れば」というシナの言葉に、洽六は拘泥していたのである。

シナからそんなふうにいわれたくなかった。東京へ行けばいつ戻ってこられるかわからないのだ。出発を今日の夜か明日の夜まで延ばそうと思ったのは、シナと別れを惜しむ時間を作りたいからだった。だがシナは急いで降りて行った階下から戻ってくると、手に汽車の時刻表を持っていて、頁を繰りながらいった。

「えーとぉ……東海道線の上りは……」

頁を繰っているシナに、洽六はいった。

「お前はぼくが早く行ってしまえばいいと思っているのかい！」

シナはびっくりした大きな目を時刻表から上げて、洽六を見据えた。

「何をいってるんですか、こんな時に……」

瞠った瞳に強い非難の色が動いた。

「喜美ちゃんが重態だという時に……」

「そうだ、喜美子は重態だ……」

洽六は我慢出来ずにいった。

「重態だから、行けばいつ帰れるかわからないじゃないか。そうなれば留守中のことも元安たちによく頼んで指図しておかなくちゃならんじゃないか。第一、金のこともある」

「そんなことは心配いりません。わたしだって子供じゃない。お金くらい作れるわ」

――オレは一日だってこの女と離れていられないんだ。だがこの女は、オレがいなくても平気だというのか……。

そう思うと忽ち喜美子の重態はどこかへけし飛んでしまった。もどかしさと失望とシナを抱きしめたいという欲望が怒りの形をとってやってきた。洽六は叫んでいた。

「お前はぼくにいなくなってほしいのかい！」

シナの目の中の非難の色は、「バカバカしい」といわんばかりの露骨に呆れた色になった。

「いなくなってほしいとかほしくないとか、そんなことをいっている場合じゃないじゃありませんか。先生の大事な喜美ちゃんのことじゃありませんか……」

――先生の大事な喜美ちゃん？

それは何だ！　イヤミか！　当てこすりか！　喜美子よりお前の方が今は大事になっている。だからこそ、犠牲に目をつむってここにこうしているんじゃないか！

この数か月の平和は一通の電報で忽ち瓦解してしまった。なぜ、行ってはいやだといわないのだ。いつもはすぐに不機嫌を顔に出すくせに、なぜ今は不機嫌にならないのだ。子供を産んで肉付のよくなった丸い肩を黒っぽい薄物で包み、汗をかいているわけでもないのに、濡れたように薄光りしている薄桃色の胸もとに団扇で風を送りながら、シナは洽六を見ている。

「ねえ。早く行ってあげて下さい。みんな待ってるんでしょう。でないと、わたしが困るわ……。わたしが行かせまいとして、引き止めてると思われます……」

お前には、いつだって、己れ以上に大切なものはないんだな！

失望で洽六の頭はクラクラした。それがオレへの侮辱であることを、知っていっているのか、知らないでいっているのか。こんな時でもお前は何よりも先に自分がどう思われるかを考える！

「一緒に東京へ行かないか？　久しぶりにいろんな芝居を見るのも悪くないよ」

気をとり直していった洽六の言葉を、シナはまるで飛んできた灯虫《ひむし》をはたき落すようにいった。

「そんなこと、出来るわけがないじゃありませんか」

シナはいった。

「本妻のところへ帰る男にくっついていくなんて……そんなみっともないこと……」

オレはみっともないことを山のようにしてきた、と洽六は思った。恥知らずといわれ、罪人あつかいをされ、あいつは日本人じゃない、ダッタン人だ、マトモな人間じゃないといわれてきた。だがそれらの汚辱を投げ返そうとせず、黙って被《かぶ》ることもシナへの愛の証左だと思えば、恥と感じたことは一度もない！

洽六は呪縛を受けた人のように、机の前に坐ったまま身動きも出来ない。嘘でもいいから、行ってはいやだ、わたしも一緒に行きたいといってほしかった。せめて早く帰ってきて下さいね。いつ頃お帰りになる？　というべきだ。シナがそういいさえすれば、洽六は立ち上ることが出来るのである。

だがシナは何もいわずに洽六の絶望をじれったそうに眺め、

「向うに着替えは残ってるんでしょう？」

といった。

一刻の後、洽六は身体中にぶら下っている錘《おもり》を引き摺り上げるように立ち上った。しかめ面のままシナがさし出す上布《じょうふ》を着て袴を穿いた。

「ご飯は？」

「いらん」

立ったまま味噌汁をすすって玄関を出た。

「行っていらっしゃい。お気をつけてね」

洽六はシナを見た。門の前に立ったシナは今、大空に向って昇っていく夏の朝日の、刺すように鋭い光を全身に受けている。微かな愛想笑いを唇に漂わせて、寝不足の目を眩しそうに細めて洽六に向けている。

そのシナを、洽六はじれったさと悲しさの混った、そのために怒っているように見える細い目をつり上げて、ものいえぬ牛のようにただ瞶《みつ》めた。

洽六が行ってしまうと、シナは家の中に入って、ぼんやりと座敷の柱に凭れて団扇を動かした。

行ってしまった、と思った。

みぞおちのあたりが重苦しかった。洽六の顳顬に浮き出ていた太い青筋。裁判官に向って罪人が哀訴するような目。

「すぐに帰ってくるよ」

と洽六はいった。

すぐになんか帰れるわけがないのに。シナは思った。

――べつにわたしは、すぐになんか帰ってきてもらわなくてもいい……。

胸の中がムシャクシャしてきた。

――わたしはべつだん先生がいなくてもかまわないんだから……。

そう思いながら、団扇の手はいつか動きを止めて、目を庭に向けたままシナは呆然としている。

茗荷谷へ行く洽六の気持が、どんなに辛いものだったとしても、洽六は「本宅」へ帰ったのだ。「本宅」は彼を呼ぶ権利がある。そして呼ばれれば、彼は行くのだ。

それを不快に思う資格はシナにはなかった。シナはそれを知っている。資格がない以上、不機嫌を顔に出すのはシナの誇《ほこり》が許さなかった。追い立てるようにして洽六を出してやったのはそのためだ。だが洽六がいなくなった家の中は、大きな穴が開いたようだった。

「先生がいはらへんと、やっぱり寂しいねえ。灯が消えたようや」

と民子がいった。

洽六の独占欲の強さ、シナの一喜一憂を窺う目の煩わしさ、自由の束縛、干渉癖、心配性。そんなものから解放されたら、どんなにせいせいするかと思っていたのに、今、そうなってみると置き去りにされたような怨みがましさがシナを蔽っているのである。

――先生は行った。「オレは行かないよ」とはいわなかった……。

シナは自分が追い立てるようにしたことを忘れて、そう思った。

――なんのかんの、うまいことばっかりいいながら、やっぱり、行ったやないの！

いつの間にか洽六はシナの中に大きな座を占めていたのだ。それが愛というものなのか、執着というものなのか、シナにはわからなかった。何に対してかはわからないままに憤ろしさが胸に閊《つか》えていた。

うつらうつらしながら、どこか遠くで父さんが怒鳴る声を聞いたような気がした。夢か？　と思ってもう一度眠ろうとしたら、どしんどしんと足音がしたので、跳ね起きた。父さんが帰ってきたのだ！

走って行って、

「父さん、お帰り」

といった。喜美子姉さんの病室へ入ろうとしていた父さんはジロリと八郎を見て、

「今何時だと思ってるんだ」

と怒った。

父さんの細い目はつり上って、白目が真赤だった。

「夜行で眠れなかったんだよ」

弁解するように伯母さんがいった。

「大魔王の目だ！」

と八郎はいった。父さんは何かいうかと思ったが、無視して喜美子姉さんの部屋へ入ってしまった。

チャカは、「父さんの土産はどこだい」といい廻っている。

「そんなもの、ないよ」

伯母さんがつっけんどんに答えていた。

この頃、伯母さんは気が立っている。看護婦の由利さんが気が利かないから、何でもかでも伯母さんの肩に懸ってくるのだそうだ。由利さんは痩せて色が白くて白サギみたいな美人だ。八郎は由利さん、オッパイさわらせてくれよ、と頼んだら、あっさりさわらせてくれた。八郎は由利さんの膝に跨《また》がってオッパイを吸った。由利さんはいやがらずにいつでも吸わせてくれる。その間、怒ったように黙りこくっている。

「由利さん、いいキモチかい？」

と訊いたが、黙っている。由利さんのオッパイはやわらかくて、いくらかフナフナしている。由利さんは黙ったまま、だんだん強く八郎を抱きしめてくるので八郎の鼻孔はフナフナオッパイに押しつけられて窒息しそうになってくる。

由利さんは美人ですましていて、「冷たい人だ」と伯母さんはいっている。

父さんが帰ってきたら、母さんは急に仏頂面になった。久しぶりに帰ってきた時にあんな顔してるのがだいたいいけないのだ、と伯母さんはいっている。

「母さん、父さんが帰ってきて嬉しくないのかい？」

といったが母さんは何もいわなかった。面白くないので、

「金くれよ」

というと黙って五十銭くれた。夜になってまた「金おくれ」といったら二十銭くれた。どうして「昼間あげたじゃないの」といわないんだ。「何に使うの？」と訊かないんだ。

チャカに、

「母さんに金くれっていってみろ」

と教えた。

チャカは十銭もらったといっていた。

「オレは昼間は五十銭、夜は二十銭もらったぞ」

といったら、

「兄ちゃんは長男だもんな」

とチャカはいった。

父さんは喜美子姉さんの部屋に寝起きしている。

「喜美子姉さんがもう死ぬからかい」

といったら、伯母さんにぶたれた。

一日に何度も父さんは「おい、郵便はまだか」という。郵便は朝の十時頃に一度と午後三時の二度しかこない。午前中のがさっききたから、あとは三時まできませんとハンを押すように、愛想も何もなく伯母さんが答えている。なのに、

「おい、八郎、郵便を見てこい」

と父さんはいう。

「来てなかったよ、父さん」

見に行くフリだけしていってやった。

しまいに父さんは自分で郵便受を見にいっている。

「お百度まいり」

と岡田のボヤテキがいった。父さんは毎日、あの女に手紙を書く。一日に二通も三通も書く。それを岡田のボヤテキが、「まただよー」といいながら速達にしに行く。

八郎はチャカと喧嘩をした。それで父さんに殴られた。父さんは廊下の向うから足早につかつかと歩いてきて、ものもいわずに八郎を殴った。父さんは勝手だ。女が手紙をよこさないからといって、子供に八つ当りなんかしてほしくない。

「うるさくするんじゃない。少しは喜美子のことを考えろ」

と父さんはいった。

自分こそ、喜美子姉さんのことを考えろよ。

喜美子姉さんは死ぬんだ。

みんなそういっている。

「あとは時間の問題だね」とか、「思ったよりもつねえ」とか。

喜美子姉さんは死ぬ。今に死ぬ。この家にいなくなってしまう。喜美子姉さんの部屋は空っぽになる。

空っぽに。そう思うと、わーッと叫んで駈け出して、どこか遠くへ逃げていってしまいたくなる。だが遠くへ逃げていっても、どこまで行っても死ぬものは死ぬ。

「誰だっていつかは死ぬんだよ。どんなえらい人だってね」

伯母さんはいった。平気でそういうのがたまらない。どうして平気でいられるんだ。

「どんなにえらい人も」と伯母さんはいった。えらい人、正直な人、立派な人は死なないというのなら、それなりのやり方というものがあるんだけれども。

ああ、どうして人間は死ぬんだろう。

どうせ死ぬのなら、なにも生れてくることはないじゃないか。

チャカはバカだからいった。

「だって死ななきゃ、地球は人でイッパイになって、ハミ出して、こぼれ落ちてしまうじゃないか」

あんな奴は相手にならない。何の相談も出来ない弟なんていない方がマシだ。

ああ、人はなぜ死ぬ。死んだらどうなる。

土に埋められて、それからどうなるんだ！

「天皇陛下でも死ぬんだぞ」

バカのチャカはへんにえらそうに、物識り顔にいった。

「それがどうした。うるせえ！」

といって、いきなり殴ってやった。

天皇陛下でも死ぬ！

八郎は徹底的に打ちのめされた。

「わーん」とチャカは泣きながら台所へ行って、伯母さんに何やらいいつけている。

死んでいく喜美子姉さんのことを思うと涙が溢れてきた。手の甲で拭うと、どっと涙が湧き出てきて、胸が痙攣してきて嗚咽《おえつ》が洩れた。階段のかげの、へこみのところに入って、壁に顔を当てて泣いた。喜美子姉さんにした悪いことばかりが次々に思い出されてくる。喜美子姉さんにされたイジワルを思い出そうとしても、何も思い出せない。

やっと涙が止ったので風呂場へ行って顔を洗って出てくると、チャカがおこげのおむすびを食べながら、廊下を歩いていた。

七

家中で一番涼しい部屋を充てているのだが、それでも喜美子の病室は暑かった。部屋と部屋が奥に向って重なり合うようにつづいているこの家では、風通しのいい部屋といえば二階しかない。二階は上り降りが大変だというので、喜美子は庭に向いた八畳に寝かされている。そこは南と西が開いているのでいくらか風は入るが、西日もよく入る。午後になると病室は息詰るような暑さに晒《さら》され、雨の日は雨の日で薬と熱と汗の臭いが畳や襖や天井にまでむっと染みついて、もう永久に抜けることはないのではないかと思わせられる。

午後になると誰もこの部屋に一時間といられない。ハルはここへくると頭痛が始まった。看護婦の由利は何かと口実を設けて席を立っていく。だがその臭いは喜美子が生きつづけている印だったから、洽六はその部屋に入ったまま、食事のほかは殆ど部屋を出なかった。夜も喜美子の傍に寝た。

「お父さん……そこにいて？」

喜美子は時々、そういって洽六がいることを確かめる。

「安心おし。父さんはいるよ」

「お父さんがいてくれると、心強いわ」

と喜美子はいった。微笑したつもりだろうが、それが泣き顔に見えるほどの窶《やつ》れようだった。「父さんに似たんだねえ。黒くて真直で、なんていい髪だろう」とそれが口癖のように伯母さんが褒めている濃い髪が、病み疲れて小さく白茶けてしまった顔を包んでいる。毛髪だけが生々しく生気を帯びていて、枕の外に束ねられてくろぐろと流れ落ちているさまは、まるで喜美子の生気はその黒髪に吸い取られているのではないかと思われるほどだ。

「お父さん、鉄若さんはメキシコへ行ってしまったのよ」

「そうらしいね。だがじきに帰ってくるんだろう」

「当分帰ってこないわ」

喜美子は呟くようにいう。

「鉄若さんは正直だから……何でもはっきりいう人よ。向うへ行ったらいつ帰るかわからないって……お父さんが坐ってるそこに坐って……最後にお別れをいいに来た時よ。ぼくは駄目な男だっていって……兵隊に取られるのがいやで、メキシコへ逃げるんですって……」

微かに目と唇を歪めて笑うのが苦悶の顔に見える。

「だから弱虫ねっていってあげた……」

「なに、そのうち帰ってくるさ。メキシコへ行けば行ったで、面白くないことがあればすぐ、日本へ帰りたくなるよ」

「そうかしら？……」

「そういう男だよ、彼は。その頃は喜美ちゃんもよくなってるよ、きっと。この夏を越えればね。秋風が吹いてきたら元気になるよ。それまでの辛抱だ」

「そうね」

喜美子は素直に頷いた。子供の頃から喜美子は父のいうことは何でも正しいと思っている。

「よくなってるわね。秋には」

「よくなってるとも」

憐れさで胸がはり裂けそうなのを怺《こら》えて頷いた。

「さっきね、夢を見てたの。ほら、音羽《おとわ》の、どぶ川に木橋がかかってたでしょう。あすこを走ってるの。子供に戻って……。うちの前の掘ぬき井戸のそばにしだれ柳があったでしょう。あれが遠くに見えてるのよ。……目が醒めたら、懐かしくて……胸がいっぱいになるほど懐かしくて……もう一度あの家を見たいわ……」

貧乏のどん底だった音羽九丁目の棟割長屋。

「たべろや、たべろや」と近所の子供らが飴売りの声色で騒いでいた初夏の夕暮。

「お父さんよくシャチホコ立ちをしたわねえ。それから冬と夏の帽子をかぶって、屑屋の平さんの真似が上手だったわ」

「ああ」

仕方なく洽六は笑う。豆腐を買う金もないような暮しだったから、飴売りが来ても飴を買ってやれなかった。飴売りが長屋の露地を廻って出て行くまで、何かして喜美子と八郎の気を紛らせなければならなかったのだ。

「八郎と二人でお父さんのお馬に乗ったわ。お父さんはひどく駈け廻るものだから、八郎はすぐふり落されたのね」

「よく憶えてるね」

洽六はそういうしかない。右と左と色の違うベッチンの足袋に、つんつるてんの絣《かすり》の着物。寒そうな膝小僧。羨ましそうに隣りの子が飴をしゃぶる口もとを見ていた喜美子。

ハルから貰った焦げ飯のおむすびを半分、八郎に分けていた喜美子。

だがその代り茗荷谷へ来てからは不自由をさせぬばかりか、贅沢三昧を許してきたつもりだった。子供たちの誰よりも喜美子を愛してきた。女中や書生に囲まれて、茶碗ひとつ洗ったことのないお嬢さま暮しをさせた。女学校へも行かせた。風邪をひいたといえば人力俥で学校の送り迎えをさせた。ピアノも買った。外国のオペラにも行かせた。声楽がやりたいといえば、柳兼子《やなぎかねこ》に弟子入りもさせた。男の子は叱っても喜美子を叱ったことは一度もない。

いくらそう思っても洽六の胸には喜美子に幸福を与えてやれなかったという呵責の傷口に血が滲んでくる。喜美子に涙を見せまいとして顔を庭に向け、洽六は思った。神がもし喜美子の命と引き替えにお前の命を貰おうかといわれたなら、喜んで命をさし出すだろう。この気持に微塵も誇張はない。オレは四十三年の年月を十分に生きた。いいたいことをいい、したいことをしてきた。命は惜しくない。喜美子のためならいつ死んでもかまわない……。

長い夏の炎天が漸く翳りを見せはじめ、手入を怠ったまま鬱蒼と盛り上った樹々の上に赤い夕焼雲が一筋流れて、蜩《ひぐらし》が啼いている。

突然、シナの姿が浮かんだ。蜩の啼声があの小さな庭を思い出させたのだ。今頃シナは彼女の好きな白縮みの浴衣を着て、座敷の柱に凭れて（そこがシナは気に入っている）庭に顔を向けて団扇を使っているのだろう。

その姿が蘇ってくるのと同時に、激情が身体を貫いた。

――手紙が来ない――なぜだ！

茗荷谷へ来て四日目だった。その間に洽六の出した手紙は六通だ。だがシナからは何もいってこない。元安《もとやす》や日疋《ひびき》からの手紙が「三笠さんも元気にしています」といっているだけだ。

シナは何を考えているのか。出した六通の手紙のうち三通は速達だった。三通目の手紙からは、返事をくれ、そちらの様子を知らせてくれと繰り返し頼んでいる。

シナの真意がわかりかねた。怒っているのか、拗《す》ねているのか、ただ単に筆不精なだけか、冷淡のためか。それとも……と思う。心臓がキュウッと収縮して息が詰りそうになる。

――逃げる気ではないか？

無我夢中で立ち上ると、部屋の隅の小机の前に坐っていた。上に載せた茶道具を押しやって、原稿用紙を広げ、いきなり書き出した。

「万里さんのいない一日がこんなに長く、こんなに苦しいものだとは知らなかった。僕の手紙は届きましたか？　手紙を見たらすぐに返事を書いてくれ。一日中、喜美子の枕許に坐りながら、考えるのは万里さんのことばかりだ。今日はおハルに離婚問題を切り出した。こちらにいる間にその結着をつけて、それを土産に帰りたいと思っている。

東京は昼すぎに激しい夕立が降った。住吉《すみよし》は暑いだろうね。六郎は変りはないか。寝冷えをさせぬように注意しなくてはいけないよ」

出来るだけ穏やかに書こうと努力した。返事の来ないことを難詰したり、怨みがましく書いたりして却ってシナの機嫌をこじらせてはならない。最後に「愛する妻へ」と書いた。たとえ戸籍上はどうであろうとも、お前はぼくの妻だ、誰が何といおうと、どんなことがあっても。どうかその自覚を持ってくれという気持を籠めている。

しかし翌日も一日待って手紙が来ないと、不安が空想を呼んで洽六は頭が狂いそうになる。気もそぞろに小机の前に坐って書いた。

「万里さん。

別れてもう五日になる。その五日がぼくには業火に焼かれる百年に思える。

どうして手紙をくれないのだ。ぼくの最初の手紙が着いた時に返事を書いてくれれば、遅くとも一昨日には受け取ることが出来ると思っていた。それなのにどうしたというのだ。手紙は昨日も来ない。今日も来ぬ。万里さんにはぼくがどんな苦痛の中で我慢しているかがわからないのか。君からの手紙だけがぼくを苦しみから救うものだということがどうしてわからないのだ」

優しい愛情に満ちた言葉など、もう求めてはいなかった。「お元気ですか」の一言でいい。シナの心から洽六が閉め出されてはいないという確証さえあれば、こんなに不安に苛まれることもないのである。洽六は自分をなだめるために日記を書いた。

「八月三日

手紙来らず。憂鬱。

朝飯前に『孔雀草《くじやくそう》』を書こうと思ったが、『孔雀草』を書かずして手紙を書いた。元安より葉書。一日の日附なるが、消印は二日の午後八時とあり。書いてすぐ投函せぬは訝《いぶか》し。

男は終生女に苦しめらるるものか。

大阪へ行こうと思う。福士に止めらる。

電報を打つ。

喜美子朝飯なし。昼に粥二椀。

元安、日疋、松本に手紙書く」

「八月四日
目ざむれば暁色満つ。喜美子倦怠を訴う。頬と額に接吻してやれば、彼女涙を流す。

おハル昨日より下痢。病臥せるがため、看護するものなし。看護婦は化粧ばかりして用をなさず。

喜美子吐気に苦しむ。

余は疲労の兆《きざし》あり。余を疲らすものは恋なり。

それでも『孔雀草』三回書く。

手紙来ず。手紙書く。

電報を打たす。

夜、庭に出て福士と生活を議す。月明かなり。

何ごとも不徹底はいけない」

元安から来た速達には、シナが手紙を書かない理由をこう書いていた。

「『本妻さんのところへ行っている人に、手紙を出すなんて、そんなみっともないことは出来ない』と三笠さんはいっています。

三笠さんはそちらの奥さんに遠慮しているものと思えます。しかし、ぼくや日疋さんたちで、そんなことよりも先生のお気持に添うことが一番であることを申しましたので、今日明日には三笠さんも手紙を書くものと思います」

それでも手紙は来なかったので、洽六は電報を打った。

「テガミマツ　コウロク」

夜が明けるのを待って次を打った。

「ナゼテガミヲカカヌカ　ワケヲシラセヨ」

その後間もなく大阪から電報が来た。

「テガミカイタ　スグオクル」

手紙が着いたのは翌日である。洽六は興奮に慄えながら封を切った。

「毎日お暑うございますが、そちらの皆さまはお障りございませんか。喜美子さんのご病状は一進一退とのこと、この暑さでは健康な者でも病気になりそうなのですから、長いご病人は本当にこたえると思います。食欲がないとか、心配ですが、お父様がそばについておられるのですから喜美子さんもお心丈夫でしょう……」

真情の籠らぬよそよそしい手紙だった。しかしそれでも洽六はくり返しくり返しそれを読んだ。

「八月六日
夜十二時　手紙来る。心境釈然」
と彼は日記に書いた。

「万里さん
東京に来てから漸く今日、はじめて飯をうまいと思った。今夜はよく眠れるだろう。万里さんの手紙は赤児における乳の如きものだ。かくばかり僕を力づけてくれるものはない。秋になったら『孔雀草』をもって大阪で公演しよう。僕は毎日そのことを空想している。空想のために小説がはかどらぬくらいだ……」

「孔雀草」には二人の女が登場している。一人は女優の国子で、もう一人は成金の百貨店王が小間使いに産ませた娘小枝子《さえこ》である。シナの役は国子か小枝子か。国子は奔放に恋を獲得して滅びていく女、小枝子は逆境の中でも美しい心を失わずに健気に生きる娘である。洽六はシナに小枝子をやらせたいが、シナは国子をやりたがっている。

「もう偶像は沢山。先生の主人公は現実味がなくて、やってても面白くないんです」
とシナはいっていた。

「先生はどうしてあんな偶像を書くんですか？　あんな人間、実際にはいないのに」
シナは現実主義者だ。二度目には「それは理想にすぎないわ」とか「そんなの夢やわ」「そんな人間、ウソですよ」で片付けてしまう。美しく清らかで、正しく優しく純粋な人間——そんな人間は現実にいないとシナがいうのはその通りである。だが洽六はずーっとそういう人間に強い憧れを抱いてきた。自分はあまりにも粗野で醜悪で濁っている人間だと反省するにつけても、純粋で無欲な人間に憧れずにはいられない。だからこそ小説の中でそういう人間を創造せずにはいられない。彼には自分の醜い情念と闘い、それを克服しようと苦しんだ時代がある。釈宗演《しゃくそうえん》を訪ねて鎌倉で参禅したが何の悟りも得ず、一番町教会へ牧師植村正久《うえむらまさひさ》を頼ったこともあった。その頃、一晩に一升の酒を飲んでいた彼は、その時から禁酒し、野心を捨てて二十円の月給で福音新報の編集をした。しかし、キリスト教は彼には窮屈すぎた。どこへ行っても、何をしても彼は自分を矯《た》めることが出来ず、憧憬だけを痼疾《こしつ》のように身体の奥深くに抱えてきたのだ。

洽六の書く聖女のような自己犠牲の女は確かに現実にはいない。だがいないからこそ、洽六は書くのだった。理想を書くのが何がいけない、と洽六は思っていた。少くともそれを書いている時だけは洽六は救われているのだったから。そう書くことが彼には必要だったのだ。

喜美子の病状は一進一退のまま、じりじりと日が経っていった。腹が膨張《あわ》し、痰が咽《の》喉《ど》にからむ。ハルは下痢が治らず床に就いたままだった。床ずれには粟の布団がいいと聞いてすぐに粟の布団を作らせ、もう二度と起きて部屋を出ることもあるまいと推量して、病室を風通しのいい二階に移した。そしてその枕許で洽六はシナに手紙を書き、返事を待ちつづけた。

「八月十二日
喜美子は八月を過ぎれば治ります、ねえ、お父さんといった時、余の胸はつぶれた。余は万里子のため、我が子の死早かれと祈れり。

これ人道に反する心か。

喜美子の布団を替える。抱いてやる。これが最後の抱擁なり。骨だらけの熱のある手が余の首筋にかかれり。余は眩暈《めまい》を感ぜる故に二階を下る」

洽六の地獄につき合っているのは幸次郎一人だった。

「田川（大吉郎）氏は先生と三笠さんのことを認めています。それはやむをえぬことだといわれてます。道徳にも愛の道にも反したものではない。個人生活の要求であると。だから認めなければならないと……」

幸次郎はそういった。だが田川大吉郎が認めるといったとしても、洽六の地獄は変らない。

「人間というものは自分でどうすることも出来ないものを抱えているものです。それに逆らえばその人が滅びてしまう」

幸次郎は真情を籠めていった。

「福士には先生の心がよくよくわかっております。今、先生は赤裸です。もとは曖昧でした。色恋の時代は特に曖昧でした。そこから愛の時代に入り、今は生命の時代です。

三笠さんに対する心は、愛よりも更に進んで生命に入っているんです……」

そんな解説に何の意味があるんだ、と思いながら、洽六は幸次郎の言葉に慰撫される。

「この世には愛を知らずに生涯を終る人がいます。そういう人は不幸です。たとえ苦しむとも愛を知った人生は幸福です。福士はそう思います」

幸次郎はいった。

「確かに三笠さんは我儘です。しかし、あの人は純粋です」

洽六の苦悶はその一言で和らぐのだった。


八郎とチャカは夏休みの間、三浦三崎へ行くことになった。

三浦三崎にノロセの友達のゴンドウという人が釣宿をしている。そこへ行くのだ。

ゴンドウさんの家の裏の畑には西瓜やまくわ瓜がゴロゴロしていて、食べ放題だ、とノロセはいった。

それをゴンドウさんは庖丁を使わず、ゲンコツでバカッと割って食うのだそうだ。

「西瓜はゲンコツ割りに限る」

ノロセはまるで自分がゲンコツ割りの名人のような顔をした。

麦藁帽をかぶったノロセに連れられて、八郎とチャカは門を出た。父さんは門のところまで見送りに出て、(そんなことは八郎が生れてからはじめてのことだ)

「あんまりゴンドウさんに手を焼かせるんじゃないぞ」

といって一円ずつくれた。

少し歩いてふり返ると、父さんは炎天の下に、くたびれた浴衣を着て立っていた。八郎の方を見ずに、道の遠くへ目をやっていた。

――郵便屋を待っているんだ……。

直感的に八郎はそう思った。

「行ってまいりまァす……」

「行ってまいりまァす……」

八郎とチャカはかわるがわる手を上げて叫んだ。

「おう」

と父さんはいった。目は八郎と節《たかし》の頭を越えて、まだ道の遠くを見ていた。父さんは上の空だった。

医師は喜美子の命はあと一週間だといった。

――あと一週間！

洽六は思った。

――とうとう、あと一週間になったのか。

洽六はその日を怖れながら待っていた。怖れる心よりも待つ心の方がだんだん強くなっていって、どうせ死ぬのなら早く死んでくれればいいと思い思いしたことが蘇ってきた。どっと冷汗が噴き出した。父から与えられた不幸を背負ったまま、喜美子はこの世からいなくなってしまう。喜美子の不幸を補う時間はもうないのだ。

動こうとしても身体がいうことをきかなかった。女のように涙を出せれば硬直が取れたかもしれないが、声も涙も出なかった。凝然《ぎょうぜん》と立ったまま、「では」といって去って行く医師の後ろ姿を見詰めていた。

――あと一週間。

今日が何日だったか、思い出せなかった。とにかくあと一週間だ。その一週間の間に、洽六がしなければならないことがある筈だった。だがそれが何かがわからない。わかっていることは、一週間では間に合わないということだった。

――もう間に合わない。何も取り返しをつけることが出来ない……。

いても立ってもいられない。しかしその焦躁感の底に、薄ぼんやりした光が生れ、それが少しずつ広がっていくのを感じた。

――あと一週間。

それは洽六がシナを抱ける日だった。彼の解放を約束している日にちである。絶望と希望とが強い力でぶつかり合った。頭の中でガンと音がした。目が見えなくなった。彼は廊下の曲り角に卒倒した。

幸次郎に介抱され、布団に寝かされた洽六は短い夢を見た。

芝居が始まるというので、シナの草履を買いに行っている。草履屋にはねじ鼻緒がない。草履屋は鼻の尖った細目の中年男で、にべもなく「おまへん」という。仕方なく他の草履に決めようとしている時、目が醒めた。それほどの悪夢ではないのに、憂鬱が身体を押えつけていた。

――草履屋はオレを嫌っていた……。

天井を向いたまま洽六は思った。あの目はオレを憎んでいる目だった。ねじ鼻緒の草履はあるのに、わざと売らない――それを告げている目だった。その目には彼一人を除くすべての人の目が凝縮されていた。

起き上ると部屋いっぱいに西日が射し込んでいた。全身汗にまみれている。アブラ蝉が啼《な》いていた。つくつく法師も啼いていた。蝉の啼声の他は何の音も聞えない。

「ああ！」

洽六は絞り出すような声を上げた。孤独がわっと襲ってきた。

「どうすればいいんだ、どうすればいいんだ、誰か教えてくれ……」

すべての不幸の根源は洽六にあった。彼はそれを知っていた。だが彼の身体中に渦巻き沸騰するマグマ。抑制を撥ね退けて奔流してしまう欲望の力は（まるで魔性の者たちが取り憑いて彼を狂奔させるかのような力は）どこからくるのか。彼はそれに抵抗することが出来ず、無力な幼な子のように引きずられるばかりである。

――私のような男を、なぜ神は創られたのですか？　なぜ私はこんなに人を苦しめ、自分も苦しまなければならないんですか。私の生きている意味は何ですか？

その神がどんな神かは知らぬままに洽六は手を合せ、指を組んで頭を垂れていた。

――私にだって、正義を愛する心はあるのです。清らかで純粋な魂に憧れる気持は人一倍あるのです。けれども私が生きようとする時、それらはどこかへ消えてしまいます。自分で自分をどうすることも出来なくなります。どうか、私から私が生きようとする情熱を奪って下さい。才能も名声も金も何もいらない。死ぬことが許されないのならば、どうか私を涸《か》らせて下さい……。

洽六は懇願した。神は彼の死ではなく、喜美子の死をもって彼を罰しようとしているのだった。

――これは私の責任ですか？　私を動かす力はどこからくるのですか？　なぜあなたは、どんな意味があって、私を、このように創ったのだ……。

祈りは怒りに変っていき、洽六はいっそ命を絶って、自分を創った存在に刃向おうかと考え、その不遜を反省して神に赦《ゆる》しを乞う。

だがその翌日には洽六は憤怒《ふんぬ》に狂って日記を書きなぐっていた。

「彼らは余が築き上げたるまじめな城を破壊せり。

彼らは余の空巣を覗いて、余の神聖なる宝を汚せり。

彼らは余の苦境に同情する念一点だもなし。

彼らは余の妻に対する礼儀なし。

彼らが俗悪猥褻なる談話に涎《よだれ》を流しつつある時、余は遠く離れていかに『孔雀草』を脚色せんか、いかに月末の諸払いをすまさんか、いかに座員の小遣いを得んかに苦しみつつあるなり。喜美子の呻吟《しんぎん》を聞きながら、墓地の狭きを思い、火葬にせんかなどと思う。

大阪を出てより二週間、されど半年、牢獄にあるの思いあり。

憤恨。絶望。元安、日疋、妻に手紙を出す」

大阪からの座員の手紙に、望月という女優が遊びに来て、毎晩、猥談をして騒いでいる、「猥談の巧拙は芸の巧拙にも繋るものかと存じ候」とあったのが憤激のもとである。

怒りの余り治六はシナに宛てて書いた手紙を引き裂いた。

「妻には手紙を出さぬことに決す。『先生一流の文句』として読み流しにされるのでは余が大切な時間を割いて書く手紙は反古《ほご》に等し」

書き終えて彼は卒倒し、人々の介抱で生気づいてから書き足した。

「自己を反省せよと余の心は叫べり。人を怨むなかれ、人に叛《そむ》かるるは自己が足らざるためなり。

豁然《かつぜん》として悟る。余はまじめを主張すれども、余の行動力は座員を感化する力なきなり。余は妻を教育することさえ出来ず。況《いわ》んや座員をや。

彼らは余に同情なし。その筈なり、妻すら余に同情なきにあらずや。

彼らは余を尊敬せず。その筈なり妻すら余を尊敬せず。

彼らは妻に対して礼を知らず。その筈なり妻それ自身が野卑を喜ぶ傾向あるなり。それを感化せざるは余の罪なり。

大革命、大教育、新生活。余は妻と共に並行して自己を反省し、一座の長たる品位を作らざるべからず。元安へ詫びの手紙を送る」

反省を経て、静かな気持で治六は夜を迎えた。喜美子の枕許でハルと一緒に夕食をとった後、彼はハルに話しかけた。彼はハルに対してどれだけの同情と呵責を持っているか、しかしそれは心にあるばかりで表現が下手だったことを述べてハルに謝った。喜美子の枕許で話したのは、その真面目な気持を喜美子に知ってもらいたかったためである。自分は自分なりに苦しみ努力したつもりだ。だがどう考えても同情はあくまでも同情であって、愛ではない……。

聞いているハルの突き出た頬骨の奥の、鶏のような目に次第に力が籠ってきて、突然上ずったソプラノが響いた。

「努力してきたって……どんな努力なの？」

「ぼくはぼくなりの努力をしたつもりだよ。しかし力及ばずこうなってしまったからには、せめておハルがこの後、今の、こんな暮しよりは幸せだと思うような生活に入ってもらいたいと考えて……」

慄えるソプラノが遮《さえぎ》った。

「あなたはお芝居を書く人だから、ものをいうことはお上手よ。心にないことでもあるようにいうのはお手のものだっていってた人がいます。誰かはいわないけれど……。あたしはそれにさんざん欺されてきたからもう欺されやしないわ。欺されないようになさいって、三笠さんにもいってあげたいくらい……」

治六は思わずハルを打とうとして腰を浮かし、渾身の力で思い止まった。そこは喜美子の枕許だった。ハルは思いつく限りの罵言《ばげん》を洽六に向けて投げつけた。

「黙れ」

弱々しく洽六はいった。

「黙れ、黙れ……向うへ行ってくれ。行け！」

これ以上、ハルと憎み合いたくなかった。ハルに許されて別れたいと思うのは身勝手というものだったかもしれない。だがハルの心に憎しみを残したまま別れたくなかった。それは自分のためではない、この後のハルの心の平和のためだ。

その時喜美子は閉じていた目を開いて一言いった。

「母さんが悪いわ」

ハルを階下へ追いやった後、彼は眠れぬままに書き足した。

「喜美子は余を諒解せり。

福士は床に俯《うつぶ》しになり顔を上げず。加藤はうしろ向いている。姉は長大息す。

ああ、あの女は曾《かっ》て余の妻たりしなり。

余は二十五年間の辛抱強きに今更驚く。

余の苦悶は妻の心を動揺させまいために、いかに余が苦しみつつあるかを語ること能《あた》わざるにあり。

余の苦悶は妻が余の家庭のため、自らを潔くするために余の手を逃れはせずやと危ぶむにあり。

妻に向って苦悶を語る能わざるものは不幸なるかな。

金、家庭、劇団、恋、余の苦しみは今、絶頂に達す」

二日後、追い討ちのようにシナの手紙が来た。一読して彼は卒倒した。シナの手紙には「お手紙に妻と書くのはやめて下さい」とあったのだ。終りに冷たく「佐藤紅緑殿」と書かれていた。

「これを見ろ、これを！」

洽六は何もかも忘れて幸次郎に手紙を投げつけて叫んだ。

「すぐ大阪へ行く！　俥を呼んでくれ」

それでも「孔雀草」を一回分だけでも書かなければならなかったから、彼は机に向った。二、三行書いて再び卒倒した。

気がつくと幸次郎と加藤とそわがまわりを取り囲んでいた。洽六は声を上げて泣いた。幸次郎は洽六の頭を膝に抱えて泣いた。加藤も声を出して泣いた。

「ぼくは、もう何もいえません。先生は本当に真面目になったんだから、真剣なんだから、もう、何もいえません」

幸次郎はいった。

「三笠さんはどうして先生をこんなにしてしまったんでしょう……」

八月十五日、洽六は幸次郎に見送られて大阪へ向った。喜美子はもう四、五日はもつだろう、といいわけがましくいうと、幸次郎は苦渋を眉に刻んだまま、「大丈夫です」と祈るように答えた。

何ものをもってしても、もはやシナを一目見たいと思う洽六の欲望を抑えることは出来なかった。幸次郎はそれを知ったのである。
三日間シナのもとにいて、洽六は茗荷谷に戻ってきた。

「八月十八日
十二時、東京駅着。元安同行。
喜美子、見違えるほど衰弱。
牛込《うしごめ》の兄を訪う。兄に逐一を語る。
兄、やむを得ざることと認め、離婚に賛成。
尚、密蔵《みつぞう》兄と相談して善後策を講ずべしという。
妻へ手紙」

「八月十九日
喜美子睡眠多し。
『孔雀草』一回半にて眩暈。冷やす。
三時また書きつづける。
神村医師、一両日に迫るという。
喜美子を抱えて枕を替えてやる。
また眩暈す。冷やす」

三日後、喜美子は死んだ。


ノロセが迎えに来たので、八郎は東京へ帰った。

喜美子姉さんはいなかった。喜美子姉さんは死んだ。

八郎とチャカがいると厄介を起すから、いないうちに葬式をすませたのだ、とノロセがいった。

喜美子姉さんの寝ていた部屋へ行くと、ガラーンと片付いていた。唐紙が外され、南風が気持よく流れこんでいた。とても明るかった。

母さんは布団を敷いて寝ていた。いつ覗いても向うを向いて寝ている。

父さんは忙しそうに、大きな下駄を鳴らして出て行ったり帰ってきたりしている。

福士さんもノロセも忙しそうだ。

おそわ伯母さんもタスキがけをして一日中、働いている。

そのうちこの家から、みんないなくなるのだとノロセがいった。

母さんとチャカとキュウは新しい家へ行く。その家は台町にあって、とても小さい家らしい。

ワタルは西宮の密蔵伯父さんのところに預けられる。

八郎は早稲田中学の寄宿舎に入る。

父さんや母さんや福士さんや牛込の伯父さんや、西宮の伯父さんたち、みんなでそう決めたのだ。だが八郎は学校なんか行く気はないよ、と思っている。

父さんはあの女のところへ行く。

ワタルは何も知らないで、相変らずメエメエ泣いている。

キュウはギャアギャア泣いている。これでもか、これでもか、と泣いているのに、誰も相手にしないものだから、根負けしたように泣き寝入りしているのを見ると、可哀そうで、あんまり可哀そうだから虐めたくなってくる。

チャカはバカだから、新しい家へ行くというので興奮してはしゃいでいる。誰かがいっているのを聞き齧ったのだろう。ホーカイだ、ホーカイだ、と叫んでいる。

ホーカイは崩壊と書く。大言海を調べなくても、それくらい八郎はわかる。

第二章　崩壊の始まり

一

大正七年の正月を、佐藤家の家族は文字通りチリヂリバラバラに迎えた。
十五歳の八郎は父に勘当され、福士幸次郎《ふくしこうじろう》につき添われて小笠原諸島の父島へ行った。五歳の弥《わたる》は兵庫県鳴尾《なるお》村の密蔵伯父に預けられた。十三歳の節《たかし》と二つになった久《ひさし》の二人が、母ハルと共に茗荷谷から小石川台町の借家へ引越したが、節が元日を過したのは野《の》呂瀬《ろせ》芳雄の家である。そして彼らの父洽六は三笠万里子と日本座を率いて、十年ぶりという大雪の福井にいた。

ハルが引越したばかりの小石川台町の借家はたった四間しかなかった。茗荷谷の屋敷の四分の一にも満たぬ平屋である。それでもそわが郷里へ帰ってからは、ハルは二歳の久の面倒を見かねて、千葉から来た十六になるふみという小娘を置いていた。

「松の内には随分年賀のお客もおいでになりますから、親戚同士とか或はごく懇意のお客様方に家人のつくしとして喜びのひとさしを舞うのもまた時にとって一興でしょう」

ハルは読売新聞の婦人家庭欄に出ている節弥子という署名入りの記事に目を走らせ、二年前の正月を思い出すと大きな溜息が出てくる。

「私共ではよく初春の宴に私が長唄を歌って娘が舞いましたり、男の子たちがピアノを弾いて娘が舞ったりいたして、一同楽しく時を過しますが、新しい香りの漂うなかに、ゆったりとした三味や唄の声をたてながら年の初めを送るということは、まことに何ともいえぬ幸福な感に打たれるのでございます」

佐藤家の正月はそんな優雅なものではなかったが、それでも三が日は年賀の客が次々に訪れて、家の中は陽気な会話や笑い声で沸き返っていたものだ。喜美子も健在で、そわの二人の娘たちとかるたや福笑いに笑い興じ、ピアノを弾いたり歌ったりしていた。その賑やかさの上に八郎と節が喧嘩をして走り廻る騒動が加わって、その時はただうるさい、忙しい、ああ、静かなところへ行きたいとひたすら思うばかりだったが、こうなってみるとあの時が一番幸せな正月だったことがわかる。今年は正月がくるというので仕方なくお義理のように用意した鏡餅があるだけで、喜美子の喪が明けぬという口実で門松もしめ飾りもない。暮も正月も同じ、うす暗く湿っぽい寒い一日が暮れては明けている。

「ハッチャンはどうしているんでしょう」

ハルは野呂瀬の顔を見ると同じことを訊くのが癖になった。それから、

「チャカチャンはどうしてこう落着かないんでしょう」

という。

「弥はおとなしくしているかしら」

昨日いったばかりだが、またいう。

野呂瀬はこの家を訪ねる数少い訪問客の一人だが、それは洽六から頼まれているからで、それにここへ来れば安酒ながら二合ばかりにありつけるためである。

「まったく……うーん……」

不得要領《ふとくようりょう》に頷くと、その返事のいい加減さの申しわけのように禿頭につづく広い額に手を当てて、無意味に唸って頭を振る。

「先生は……」

最後にハルはいう。

「どこなの？　今は……」

「今は巡業中で……」

さて、どのあたりでしょうかな、と首をひねったついでに手酌で酒をつぐ。

「ねえ、野呂瀬さん。これを読んでたら、あたし、なんだか悲しくなっちゃって……」

ハルは読売新聞をさし出した。

「あたしだって、娘時代はこんなお正月を過したのよ」

「はあ」

といって新聞を受け取って目を走らせ、

「まったく……」

と酒を飲み、

「そうですなあ……」

といいつつ、徳利をとり上げる。

「巡業はうまくいってるのかしら……」

「さあ？……」

「どうせ苦労してるんでしょう？」

「多分そうでしょう」

「ねえ、野呂瀬さん、三笠さんてどういう人なんでしょう。うちの先生はあんなに一所懸命になってるけど、結局は捨てられるんじゃなくて？」

どういう返事がハルには一番好もしいかを知っているから、

「とにかく、冷たいひとですからね」

という。

「冷たくて、打算的だっていった人がいるけど」

「そう、功利的なひとです」

「子供を産んだんだって？」

「そうらしいです。去年」

「その子供を連れて巡業してるの？」

「いや、預けてるらしいです。三笠さんの父親が大阪で古物市場をやってるんですが、そこへ預けてると聞きましたが」

「子供にも冷たいのね」

「とにかく芝居一筋のひとですよ」

「どうなの？　上手なの？」

「容姿だけで勝負してる女優ですからね。華はあるけど小廻りは利かないんです」

「松井須磨子ほどにはなれないんでしょう？」

「まず、無理でしょう」

「もし須磨子ほどになったら、先生は捨てられるんじゃなくて」

「考えられないことはないですな」

「でも大丈夫ね、須磨子ほどにはなれないから……」

「ハハハ……」

野呂瀬は天井を向いて笑った。その笑い声をよそにハルは火鉢の灰をじっと見て上の空になっていた。奥深い丸い目が愈々《いよいよ》落ち窪んで、火箸を持った手が無意識に灰を掻いている。その痩せた手の甲に青筋が浮き上っているのを見ると気の毒だなあと野呂瀬は思い、しかしかなわねえなと思いつつ、手酌で酒をつぐ。酒がもうないことを知らせるために、徳利を振った。が、ハルはそれに気づかない。癖になった溜息をついて、口の中で呟いた。

「ほんとに……なんてお正月でしょう」

元旦の雑煮をそそくさと食べ終ると、節は玄関を飛び出し、そのまま四日間、家に寄りつかなかった。

正月はどこの家へ行っても浮き浮きと明るくてご馳走がある。女の子は着飾ってどの子も可愛らしい。追羽根やカルタの相手をして、わざと負けてやるとますます浮き立ってきて、チャカチャン、チャカチャンと寄ってくる。羽根を打ち損じて顔に墨を塗られ、八方から笑い声を浴びせられると、節はゾクゾクするほど嬉しくなった。

茗荷谷にいた頃、仲よくしていた友達の家や、可愛がってくれた隣り近所のおばさんたちは、節の身の上に同情してみんな親切である。

「ハッチャンの方は狸みたいだけど、チャカさんはおとなになったらなかなかの二枚目になるわよ」

佐久間のおばさんがいつかいったことを忘れないから、節は行き場に困ると佐久間さんの家へ行く。佐久間のおばさんは「おてかけ」だということだった。佐久間家の女中のおよねは、うちの奥さんはヒスで困ると始終いっていた。ヒスが起るのはこの三月《みつき》ばかり旦那が来るのが間遠になっているからで、奥さんも女盛りだからその気持はわからないことはないといい、

「チャカさん、あんた、子供なのにおとなと話が出来るのねえ。たいしたもんねえ」

とおよねはへんに感心した。節は佐久間のおばさんのところへ行って、

「おばさん、花盛りなの？」

といった。

「花盛り？　何のこと？」

訊き返されて女盛りと花盛りを間違えたことに気がついた。おばさんは、

「いやねえ、チャカチャャン、誰がそんなこといって？」

軽くポンと節をぶって、機嫌がよかった。

父とあの女の悪口をいうと、どこのおとなもとても熱心に聞いた。父親は悪い女に欺《だま》されて子供を捨てた。母は病気で寝たり起きたりしている。姉は肺病で死んだ。伯母さんはどっかへ行ってしまった。弟の久は二つなのにまだ満足に口が利けない。五つの弥は伯父さんに預けられて鳴尾という所にいる。兄貴は不良少年で、小笠原の父島へやられている。

そんな話をすると涙をこぼすおばさんがいる。菓子や蜜柑がどんどん出てきて、夕飯も食べてお行き、泊ってお行き、ということになる。敷いてもらった布団の中で蜜柑を食べていると、

「でも、チャカチャンは明るくしているからえらいわ、ねえ……」

という声が聞えてきて、「これからも明るくしよう」と節は思う。

弥は正月前に鳴尾へ行った。

野呂瀬に手を引かれて汽車に乗った。節のお下りの紺絣の筒袖に、小倉の袴だけは新しく買ってもらった。毛糸の手袋の人さし指は両方とも穴があいていたが、下駄は新し

かった。汽車に乗るとすぐに野呂瀬は弥のために弁当を買い、自分は酒を飲みながら、

「鳴尾はいいよ。うん、いい所だ」

といって一人合点に頷いた。

「あったかだし、海は近いし、川もあるし、それに苺《いちご》がハラいっぱい食べられるんだよ。伯父さん家《ち》にはお姉ちゃんが二人いるよ。一人はチャカチャンより一つ上でもう一人はハッチャンより二つ上だ。もう大きいからきっと可愛がってくれるよ」

「うん」

と弥はいっただけだ。何を聞いても弥は「うん」しかいわない。家を出る時、節が、

「よう、ワタル、行くのかい」

といった時も「うん」だった。

「お前はおでこが出っぱってるから、俯《うつむ》くとおでこの重みで倒れるからな、だから、いつもこうやって歩いてろ」

節がいったことは八郎の受け売りである。節は八郎がしたようにそっくり返って歩いてみせたが、弥はやはり「うん」といっただけだった。

「じゃあ、行っておいで。気をつけてね。伯父さんは厳しい人だからね。お行儀よくするのよ」

ハルがいったときも「うん」だった。

何をいっても「うん」というので、この子なら鳴尾にやっても大丈夫だと皆が思った。はじめは節が行く筈だった。しかし節では向うで手を焼くだろうという心配から、弥に

決ったのである。

佐藤密蔵は洽六の二つ上の兄で、この時四十六歳、大阪毎日新聞経済部長をしていた。五年前に恭子《きょうこ》と良子《りょうこ》という二人の娘を遺して妻に死なれ、二年前にゆきという後添えを貰った。ゆきは長年、女学校の習字と裁縫の先生をしていた人で三十七歳になっており、初婚だがもう子供を産むこともないだろうし、恭子と良子はなさぬ仲だから、行く行くは自分の老後を托すつもりで弥を引き取ることに賛成した。

弥なら反抗したり泣いて帰りたがったりすることはないだろうと皆が思った。八郎や節に虐《いじ》められるために生れてきたような子供だったから、どこへ行っても兄たちがいる家よりはいいと思うにちがいない。おでこの下からこの世を諦めたような老人くさい目で、じっと人を見るだけである。

そうして弥は見たこともなかった伯父のところへ預けられた。なぜ家族と離れて、そんな所へ行かなければならないのかわからなかったが、いやだということも、なぜかと訊ねることも弥には思い浮かばなかった。

正月の雑煮の餅を弥が八つも食べたといって二人の従姉《いとこ》はさんざん囃《はや》し立てた。二人の従姉のうち、下の方の良子は十四で、姉の恭子は三つ年上の女学生である。

「そんなちっこい身体のどこに入るのん！」

「この子身体中、胃袋なんや」

いいかけたら二人はしつこい。この家へ来て以来、弥の大食は二人の姉妹の格好のからかいの材料になった。だが弥は一向にこたえないで、黙々と食べる。

「もっと食べる？」

ゆきが訊くと、

「うん」

こっくりして、二人の従姉に見詰められたまま、おとな用のお碗に顔を突っこむ。からかわれたり虐められたりすることは、茗荷谷の暮しの中で馴れっこになっていた。食べている物をいきなり取り上げられたり、わけもなく殴られたりしたことに較べると、ずっとらくだった。いわれるままに幼稚園へ行き、夜はゆきの隣りで寝た。母や兄たちが恋しくて帰りたいと思うこともなかった。

ゆきは小さな声で穏やかにものをいう。大声で笑うこともない無口でおとなしい女だった。平らな丸顔にちんまりとつぼめた口、間が離れている小さな目は優しいのかそうでないのかよくわからない。

「お母さんの話は面白くないからキライ」

と娘たちにいわれても、ただ困ったように微笑していた。暇さえあれば夫や娘たちの着物を縫い、足袋のつづくりをし、花を活け一人で茶を点《た》て、あとはいつも行儀よくまるで置物のようにじっと坐っていた。

密蔵は毎日新聞社の中でも外でも頑固で強情者として知られていたが、その一方で学識の深さと、強烈な信念の持主として誰からも一目置かれる存在だった。だが、彼は家庭内のことは何の目配りも出来ない男だった。

「弥、どうだ、東京へ帰りたいか？」

普段は忘れているが、時々、思い出したように弥に声をかけた。

「ううん」

と首を横にふるのを見ると、

「よし」

と頷いて、それきり忘れた。痩せて骨ばった身体によれよれの背広を着て、青白い面長の顔に時代遅れの髭を真横にピンと伸ばしている。長すぎるほどの面長の顔に細い切長の目、高い鼻、広い額の形まで洽六と瓜ふたつといっていいほどだが、洽六にはない人を寄せつけぬ厳しさがその顔を貫いている。

弥を哀れに思って情をかける者はこの家には一人もいなかった。ゆきは弥に小ざっぱりした着物を着せ、かちかち山や舌切雀の話をし、「もっとお食べ。遠慮なんかしないでよ」と山盛りにご飯をよそったが、弥に親身な愛情を抱いているわけではなかった。生意気盛りの二人の継子に愛情を注ぎかねて、心のやり場を弥に向けているだけのようだった。

前の年の晩秋、八郎は福士幸次郎と一緒に横浜から小笠原へ向う船に乗っていた。東京から横浜行きの電車の中で見た寒い灰色の空は、八丈島に着いても変らずに暗い密雲に閉ざされたままだったが、黒い波がうねる海上を五日間かかって父島に到着した時は漸く晴れて、まるで無人島かと思えるほどに岩と緑が重なり合った島は深閑として明るく、その明るさが怖ろしいほど寂しかった。

父が茗荷谷の家を出て行った後、八郎は早稲田中学で二度目の一年生をやっていたが、ふと思い立って父のいる住吉へふらりと行った。日本座は浪花《なにわ》座で芝居をしていたので、毎日楽屋へ遊びに行って下っ端女優をからかっていた。東京へいつ帰る気だと父に訊かれたので、帰りたくないといったら、それならこっちで学校へ行けといわれ、神戸の中学へ入学させられた。仕方なく行ったが、十日ばかりでやめてしまった。

「お前、どこから来てん？　なんでここの学校《がっこ》へ来てん？」

と声変りのジャラジャラ声が大阪弁でいったのが気に障ったので、いきなり殴ったら騒ぎになった。それで今度は京都の中学へ行くことになった。神戸の学校もそうだったが、今度も金を積んで無理やり入れてもらったのだ。そのうち日本座の京都南座公演が始まったので、学校へは行かずに楽屋へ入り浸って女優の尻を追いかけ廻した。何さ、キモチ悪い。あんたコドモじゃないのと、あっちでフラれ、こっちでフラれ、面白くないので酒を飲んで、地元の不良と喧嘩した。下駄で相手の眉間を割って警察へ引っぱられた。幹部女優が泊っている部屋にこっそり入って、押入れの中に忍んでいて、夜中にそーっと女優の足を引っぱったら大騒ぎになった。「年増は何のかのいっても、やがてはオチるさ」と役者が話していたのを聞いてやってみたのだが、子供のくせに異常性欲だといわれた。それでまた酒を飲んで喧嘩した。金もないのに飲んで、オレは佐藤紅緑の息子だ、文句があるなら親父のところへ行けといったので、父は怒髪天を衝いて八郎を腰車にかけて撥ね飛ばした。

いろんな悪いことをした。朝起きたら、今日は何をしてやろう、と考えるようになった。洽六は洽六で今度悪いことをしたら、どうやって懲《こ》らしめてやろう、と考えていた。八郎の顔を見るだけで洽六の眉間に怒り皺が現れた。

シナは八郎と目を合せるのを避けていた。洽六が八郎を怒鳴り始めると、

「そんな怒ってばかりいたって……」

低い声でいった。

「ハッチャンの気持にもなってあげて下さいよ……」

それを聞くと八郎はもっと悪いことをしてやろうという気持になった。シナが何もいわず、じっと口を噤《つぐ》んで悲しそうに陰気に目を伏せている横顔を見ると、何ともいえない悩ましい気持になった。この女と笑って、仲よくしてみたいという気になった。

「ハッチャンはね、ハッチャンは悪い子じゃないんだよ。悪い子じゃないけど悪いことをしてしまうんだなあ」

と幸次郎はいった。

「悪い子だから悪いことするんだろ？」

「ちがうんだよ。悪い子じゃないんだけど、悪いことをしてしまうんだよ」

「悪いことをするのは悪い子じゃないか」

「ちがうんだよ。ちがうんだよ。悪い子じゃないのに、悪いことをしてしまうんだよ」

幸次郎はそういったが、洽六はあんな奴はダメだ、徹底的に懲らしめてやるといって勘当をいい渡した。

「帰れというまで帰ってくるな」といい、

「父島には感化院がある。丁度いい、そこへ入っちまえ！」

と叫んで、八郎を殴った。殴られることには馴れていたが、感化院という言葉は父の拳固よりも応えた。泣きながら福士幸次郎に訴えると、幸次郎はいった。

「ではハッチャン、こうしよう。ぼくも一緒に父島へ行こう」

「福士さんも感化院へ一緒に入ってくれるのかい？」

縋《すが》る思いでそういうと、幸次郎は笑った。

「感化院なんていうのはお父さんの威《おど》しだよ。ぼくと一緒に父島へ行ってみようじゃないか。きっといろんな発見があると思うよ。今までの生活とは違う生活に入ってみるというのも面白いものだ。そこには汚れていない自然、人の手が加わっていないありのままの自然がある。素晴しいじゃないか！　そこで原始の暮しを偲《しの》ぼうよ。きっと何か、素晴しいものが見つかるよ……」

福士さんみたいにぼくは楽天家じゃないんだ、と思いながら、仕方なく八郎は行く気になった。武士のハシクレだった頑固者の弘前のおじいさんの所に預けられるよりは、まだその方がましだと思ったのだ。

重い行李を担いで船を降りると、桟橋の脇に正覚坊《しょうがくぼう》の生簀《いけす》があって、一匹が水から頭を出していた。

「やあ、こいつ、珍らしそうにオレの顔を眺めてら」

わざと陽気にいったが、正覚坊の大きな目玉が濡れて光っているのを見るとジワジワと悲しくなってきた。涙を怺《こら》えて海に落ちていく赤い太陽をじっと見ている頭の上を、あほう鳥が忙しく啼きながら飛び交っていた。

「こんな奴は島流しだ！」

と父が叫んだときは高を括っていたが、本当に「島流し」の実感があった。正覚坊と目を合せて、

「おい」

というと、それまでは好きだなんて思ったこともなかった母やチャカが恋しくて、怺えきれぬ涙が溢れてきた。

五日ばかり桟橋の近くのたった一軒の旅館で過した。八郎が正覚坊を眺めに行っている間に、幸次郎は測候所の脇にたった二間の家を見つけてきた。そこは大村という三十軒ばかりの集落である。屋根は芭蕉の葉で葺《ふ》き、便所は外にある。便所の窓からパパイヤの木が二本見えて、実が幾つも下っている。チャカがいればなあ、と八郎は思う。あの実を取って頭に投げつけてやるのに。たまらなくチャカに会いたかった。

「弟よ、チャカよ、
感化院へ行けといわれて、ここへ来た。
えらいことになったと思ったが仕方がない。
見送り人は一人もなし。いっそさっぱりしていいや。荷物は柳行李二つと布団だ。
相棒は福士さんだ。察してくれ。
お前はマジメに学校へ行ってるかい。

そのうち野呂公に連れられて、ここへ来るようになるんじゃないだろうな。今のところオレは元気だ。そのうち暴れたくなるだろうけど、ここじゃいくら暴れても誰もいないからつまらない。福士さん相手じゃあ。わかるだろ?」

弟には書いたが、母にも父にも手紙は書かなかった。幸次郎は頻《しき》りに、「ハッチャン、お父さんに書いたかね。お母さんにも書いたかね」というがどうしても書く気にならなかった。親父やおふくろに改まって手紙を書くなんて、恥かしくてそんなことが出来るかい、と思った。

——お父さん、いろいろご心配かけてすみませんでした。ぼくはここで心を入れ替えて、毎日、勉強しています。昨日は英語のⅡを勉強しました。ここの生活はきびしいですが、自分のためになるのだと思っています……。

そんな心にもないことが書けるかというんだ。福士さんは思ったままを素直に書けばいいんだよ、というけど、思ったままを書いたらどうなるか。

——父さん、いろいろご心配かけましたが、父さんの方だってぼくらに心配をかけたんだから、アイコじゃないですか。ここの生活はきびしいです、父さんもいっぺんここで暮したらどうですか。父さんのためになると思います。ぼくは毎日ここですることがないから、マスをかいています。昨日は四回かきました。一日十回を目ざして一所懸命にやります……。

幸次郎と小さな机を挟んで漢字の書取りを勉強しながら八郎はそんなことを考えてい

る。

芭蕉の葉で葺いた屋根をゆさぶって西風が吹き過ぎていく。赤茶けた檳榔《びんろう》の茂った山が右に左に揺れる。ヒイヒイと山が泣く。どど、どーんと海が鳴る。

「ハッチャン、ハッチャン」

幸次郎は話しかける時、必ず名前を二度呼ぶのが癖だ。

「ハッチャン、ハッチャン。小笠原諸島を形成している島は、まず父島、母島、それから兄島、弟島、孫島があるのに、姉島、妹島はない。それはいったいなぜだろう……これは実に興味深いことだと思わないかい？」

どこにいても幸次郎は変らない。八郎がいらいらしていることがわからないのか。東京にいても父島にいても同じなのが八郎を苛立たせる。

「ハッチャンはなぜだと思うね？」

「知らねえよ、オレは」

嚙みつくようにいうと、さっきから抑えている兇暴な衝動がムラムラと上ってきて、幸次郎を殴り倒したくなった。

「ひとつ、考えてみようじゃないか……」

「勝手に考えろ」

プイと表に出て便所に入ると藁半紙が貼ってある。藁半紙には数学の問題が書いてある。

「便所というところは、ゆっくりものを考えるのに一番いいところなんだよ。排便はおもむろにゆっくりやるのがいいんだ。早飯、早糞というのは下郎《げろう》のすることでね。高貴な人間はゆっくり食って、ゆっくり出す。考えることに集中すると、これはいやでもゆっくり出すことになるからね。数学は便所でやるのが一番いいんだよ」

糞くらえ！　と毒づいて便所を飛び出すとどこへ行くという当もなく闇くもに走った。だが日が暮れてくると八郎は幸次郎の待つ家に帰った。帰りたくなくてもここではそこへ帰るしか行く所がない。

「やあ、お帰り。お腹が空いたろう。餅を貰ったんだよ。雑煮にしたからおあがり」

幸次郎は機嫌よく机の前から立ち上る。何をいってもしても怒らないのが、余計に八郎を苛立たせる。

八郎はやにわに机の上にあった金子薫園《くんえん》の「歌の作り方」を摑むと壁に向って叩きつけた。与謝野晶子歌集、北原白秋の「思ひ出」、アンデルセン童話集……手当り次第摑んでは投げた。それは幸次郎が八郎に読ませるために行李いっぱいに詰めてきた本だ。

「あッ、八郎君、何をする……」

よくよく腹に据えかねた時、幸次郎はハッチャンといわずに「八郎君」と呼ぶ。

「本を粗末にするのは、食べ物を粗末にするよりもいけないことだよ。そういうことをする人間はろくな人間にならないよ……」

「うるせえやイ！」

八郎は叫び、暴れた。暴れながらズブズブと底なし沼の中に沈んでいくような、自分で自分を殺してしまいたいような、どうすることも出来ない憤りに締めつけられていた。

「親愛なる弟よ、チャカよ、
どうしてる。元気かい。

オレは元気だ。

毎日カヌーに乗っている。昨日の生簀の正覚坊を出して、背中に乗っかって海の中へ入ったので大騒ぎさ。

オレには友達が出来た。ここには帰化人が十家族ほどいるので教会がある。福士さんはジョセフ・ゴンザレスというポルトガル人の牧師と友達になった。その牧師のところに十四と十三と九つの子供がいる。十四の女の子をクリス、十三のをビテヤ、九つの男の子をアンルと呼ぶんだ。それからイギリス人とアメリカ人の子供で、リーチル・ワシントンというのもいる。

オレはアンルにキャッチボールを教えてやった。グローブとミットはちゃんと持ってきてる。

バナナを盗むと一本足の島人が追いかけてくる。それが面白いから、退屈すると盗んでやるんだ」

節に当てて手紙を書く時は、どういうわけか楽しそうな手紙になった。虚勢を張るわけではないが、なぜかそうなってしまった。悲惨なことは筆にするのも口にするのもいやだった。楽しいことばかり書いていると、ここも悪くないという気分になってくる。

「ビテヤは可愛い女の子だ。

今日パパイヤの木に登って方々眺めていたら、砂糖キビ畑の向うに山羊を連れたビテヤが歩いて行くのが見えた。

オレは山羊の鳴き声で呼んでやった。

メェール、メェール……」

八郎は書いた。そんなふうに書いているとだんだんロマンチックな気持が高まってくる。

「ビテヤは山羊を連れてタマナの白い林を抜けてきた。ビィデビィデの花が咲いている草原に足を投げ出した。

夕陽がウエルカムロックの島影に沈んで、入江にあほうどりが舞っている。

ぼくは木の上でビテヤを見ている。

木の上でメェルメェルと啼いたら、下の草原で山羊がメェルメェルと啼いた……」

ウソを書くのは楽しかった。ウソを書くための言葉や情景ならいくらでも出てきた。悲しいことを悲しいと書くよりも、楽しくないことを楽しそうに書く方が八郎の気に入っていた。その方がらくに書けた。

「思ひ出せば神戸で先生と御別れしてから、既に五十日余りです。此の間《かん》八郎さんとの共同生活で、五十日と云へば見合ひで夫婦になった他人行儀の若夫婦もオイとお前さんで互ひ恥かし気もなく話が出来る時分、口で五十日でもその間にいろ〳〵な話があります。一時は朝から晩までのべつ小言の引続きで、私も恁《こ》んなにまで馬鹿にされて何の為に恁んな所へ来たかと思ひ、八郎さんも八郎さんで私に枕を投げつけられ、ハダシで逃げ出し一日帰らなかった事もありますが、妙な事から此の二十日ばかりといふものは大変仲がよくなり出し、私も実に可愛いと思ひ、此の人のためよく導きたいと思ふ様になりました。その枕を投げた時は私も悲観してしまってやり切れなくなり、その時此の島へ来て初めてビールをとって三、四本一度にあけました。そして八郎さんが何といってもロをききません。八郎さんも八郎さんで此の間私の此の島内で見識《みし》りになった青年の所へ毎晩泊って過しました。（皆その青年達は国枝さん風に邪気のないよい青年です）ところが其の青年たちと交ってゐる間に段々私を尊敬してくれる様になりました。私のご機嫌をとるのでなく正直私に何かよいものと思ふものでも認めたらしいです。

八郎さんはこの青年たちの間にあって誠によくなりました。実に無邪気で可愛くて自然です。これで考へても八郎さんは自由に拘束なしに一切当人の考へ次第にまかせて自発的に発育させるべき人です。そして力で督すべき事は遠くから国枝さんの様によい事も悪い事も心得てゐる人に護《まも》って貰ひ、間違った事があれば当人の誇りを傷つけない様にして上手にさとして貰ふのです。今となってはこれから京都に帰っても国枝さんの手に余る事はないといふ事は私が保証致します。

私は八郎さんと今ほど仲よくなった事がなく可愛いと思った事がありませんが、これを愉快な土産として、後々までのよい記念として此のよくなった無邪気な（大阪神戸時代には心に一種の荒れがありました。今それが何もなくなりました。唯《た》だ丸く、快活で毎日毎晩外に出て歩き、それから私がちっともせきつかないのに一生懸命一時間ばかり八郎式のどなったり唱ったりしながら英語の勉強をします。私のランプに油がないと縁側へ行って石油をついでくれる事は毎晩です。自分のをつぐと屹度《きっと》私のをついでくれます）八郎さんを三月《みつき》預ってお返し申します。愉快におかへし申します。

関西学院《かんせいがくいん》は三月十日頃に入学試験が行はれるといひます。さうすると其れに合ふ様に内地へ帰らねばならないのですが、それまでに汽船は二回しかまゐりません。つまり二月五日と三月一日の父島発の船であります。実際は之れは表面だけの規定で大たい之れより五日ばかり遅れます。八郎さんは始終ニコ〳〵外交を振り廻して『今度の船で帰ろう』と説くので、説得に骨が折れます。八郎さんは何も飽きたといふのでありません。ふさいでゐるとか、ホームシックにかかってゐるとかいふのでなく（寧《むし》ろ私が時々ホームシックにかかって遊びに来る人に笑はれて居ます）始終快活です。

先生よ、何時《いつ》此の生活から帰ったら宜しう御座居ますか。二月五日といふのは少し急なやうですが、矢張り其の次の三月一日に致しますか。此の点につき先生の命令と準備をお願ひ致します。此の島は物価も高く、最初三十五円で二人位と思ひましたが、どうしてもそれだけでは不足でもう十円位かかります。帰るとすれば又、汽船賃と汽車賃で五十円余分の仕度がいり、その月の経費四十円で又かれこれ百円ばかり要ります。早く帰れば其れが半分で済む事になります。

先生にばかり金の御負担をかけますのは誠に申しわけなく思ひますが、私も持って来た仕事は少しもやらず、ここへ来て以来耽読しましたのは仏語で大阪七百五十円というふ哲学の本で、読み疲れて島の男女の歌ガルタ会へ行って大声あげて読んでやるか、カヌーへ乗るかでなければ毎日毎日寝ても起きても字引と首引きの精根くらべをやりました。その代わりには之れは私にとって大変よいものを与へ、私の考へを明確にし判断を強め自信を得させてくれました。このふた月、一切のものと離れて休養した事は私の此の二三年来の掻き濁った激しい生活を非常に澄ませてくれ統一してくれして、丁度これから先の私の方向に大変有難い用を足してくれました。私は小笠原島といふものを永く忘れないと思ひます。恁んなわけで私は金取りの方は何もしませんでした。今になっては困りますが、自分の為に何も悪い事をしたわけではなし、御迷惑の事と思ひますが、この間《かん》のご心配、先生にお願ひしたいのです。自分の為に悪い事をしたわけ云々とは大変虫のよい考へですが、併《しか》し私は本当に恁う云はずにはゐられない位小笠原島では自分の中によいものを見つけ、よいものを作りました。どうぞ之れをめでて私のお願ひを聞いて下さい。二十の時より十年間お愛しになった此の福士の為に！

大正七年一月二十四日

小笠原島にて　　福士幸次郎

洽六先生」

その正月、洽六は日本座を率いて福井にいた。福井は十年ぶりという大雪で、客は全く入らなかった。鉛色の空からこれでもかこれでもかというように雪が舞い落ち、家並は埋もれ、正月だといっても街には人影がなかった。

若い頃に洽六が福井日報の記者をしていた時の知人が義理でかき集めてくれた見物人が、頭から黒いマントを被って泣きも笑いもせず、平土間のそこここに物の怪《け》のようにうずくまっているのが数えられるだけだ。

こんな福井にいつまでいるか。興行師にかけ合って幾らかの金を貰い、座員に与えて解散する日をいつにするか、洽六は毎日それを考えていた。

濡れ犬が身慄いして水を切るように、洽六は妻や子を振い落してここにいた。それは彼の新規まき直しのスタートだった筈だが、現実は何の変化もなかった。今までと少しも変らぬ巡業の苦労と失意がくり返されているだけである。

洽六の行動は中央劇壇の批判を浴び、帝劇での脚本使用が中止された。小説の注文も減っていた。ハルや弥の預け先に送らねばならぬ金の工面は片ときも洽六の頭から去らない。父島からの福士幸次郎の手紙はそんな彼を追って転送されてきた。八郎と福士を帰らせるために彼は更に金の工面をしなければならなかった。客が入っても入らなくても、巡業に出ていさえすれば、少くとも座員の食と住だけは興行元が責任を持つが、思いきって解散してもその後、以前のように住吉で座員を養いつづけることは不可能だった。

「佐藤紅緑自作自演
最近悲劇『三人妻』（全三幕）
　住吉侘住居《わびずまい》の場
　茗荷谷本宅の場
　下谷同朋町《したやどうぼうちょう》の場
　登場人物
　三笠万里子
　本妻　ハル
　芸妓　松吉
　米屋　升蔵
　薪屋　割助
　家主　金兵衛
　弁護士　森豊

新日本劇団の佐藤紅緑は、裾野《すその》劇を大阪と東京とで演じた。勢に乗じて岡山まで持ち込んだが、案に相違した散々のご難で、已《やむ》を得ず一座を解散した。それでも乳繰合っている三笠万里子だけは傍を離さず、この頃では大阪市住吉に家を借り受け、本年四十三歳の紅緑が、娘のような万里子とさし向いで観客謝絶の濡場を演じているが、おさまらぬは東京の本宅に子供を四人も抱えて取残されている妻君で、紅緑から一文の扶持《ふち》も送ってこぬばかりか、却って無心をいってくるので目下離縁を請求している。又、まめな紅緑は前から下谷松川家の初代松吉を妾として囲ってあるがその方にも子供が二人あって手当の催促《さかん》が盛に来る。それに又、岡本霊華などに代筆させていた諸雑誌の方は断られ、漸く時事新報の小説の原稿料だけであって住吉の生計にも足り兼ね、昨今四苦八苦の愁嘆場であるという。この大詰はどうケリをつけるだろう」

新年の演芸娯楽雑誌は面白おかしくそんな記事を載せていた。この大詰のケリはどうつくのか。洽六にも皆目わからなかった。

彼は家族を犠牲にして、自分一人の幸福を摑んだ筈だった。世間も彼の妻も子もそう思って疑わなかった。だが洽六の新生活には苦悩が増えただけだったのである。

彼の演劇に対する情熱はとっくに萎《な》えていた。しかしシナが幸福になることが洽六の幸福だとしたら、シナが舞台への執着を断たない限り洽六は日本座を捨てることは出来ない。

自分の力でシナに幸福の微笑を与えたい――。そのために彼は一家を犠牲にしたのだった。シナの表情にどこか不安や不足が漂うのを、彼は男としての自分の責任と感じた。だから彼はいつも惨めな結末を迎えるとわかっている巡業を、シナがそれを望む限りつづけなければならなかった。

二

三月、節は小日向台町尋常小学校を出席日数不足のまま卒業した。そして中学校へは進まずにぶらぶらしていた。誰も節に中学校へ行けとはいわないし、行きたいかとも訊かなかったからである。それに節自身、勉強が嫌いだから進学したいとも思わなかった。

節は父が大阪住吉を引き払って、あの女と浅草今戸に住むようになったことを知った。そこにはあの女が産んだ六郎という赤ン坊も来ているということだった。

八郎は小笠原から帰ってきて、四月から立教中学へ通学することになった。八郎は三度も四度も中学を出たり入ったりしているのに、また立教中学へ行くのである。そう思うと節はべつに中学なんか行きたいとは思っていなかったのに、自分も行きたくなる。

八郎は父島の楽しかった土産話をして家中を笑わせた。父島では兇暴になって福士幸次郎の手を焼かせ、仕方なく勘当が解かれて東京に戻って来たくせに、と節は思う。節が野呂瀬に聞いたところでは、父島というのはものすごく荒れ果てた島にちがいないということだった。節の目には黒いゴロゴロ石が転がっている海岸や、岩にぶつかる荒々しい波しぶきや、立ち枯れた樹木が浮かんでいる。だが八郎の話を聞いているとそこはまるで西洋の避暑地の絵のように美しい空が広がっていて、白サンゴの小径を歩いたり、カヌーを漕いだり、海亀に乗ったり、バナナやパパイヤが食べ放題の楽しい島のように聞える。

「パパイヤの木に登って、オレがビテヤを待ってるとね、ビテヤは山羊を連れてサンゴの小径をやってくるんだ」

八郎は節にいった。

「知ってるよ、ビテヤって牧師の子だろ？　手紙に書いてあったから知ってるよ」

「ビテヤ……いい名前だろ。本当はフローラ・ビアトリス・ゴンザレスてんだ。弟はアンドリュー・ゴンザレスことアンルだ。オレはアンルともよく遊んだけど、ビテヤが一番好きだった」

そういうと八郎は言葉を切り、感傷的な節をつけて、

「メェールメェールとぼくが啼くと
メェールメェールとビテヤが啼いた
それから山羊がメェールメェールと啼いた
メェール　メェール　メェール
三いろの山羊の声は空にのぼって三つの雲になった……」

といった。

「どうだい？」

「なんだい、それ？」

「詩だよ、いいだろ？」

「うん」

「うんじゃなくてさ、いいか悪いか、はっきりいえよ」

「うん、いい」

「ああ、ビテヤ、ああ、ビテヤ」

八郎は調子にのった。

「ビテヤとの別れがきた。ぼくが船に乗るとビテヤはカヌーを漕いで見送りにきた。ビテヤはアレキサンドルの花を髪に挿していた。ぼくは思った。おとなになったらこの島に来て、ビテヤと一緒に山羊と暮そう……」

節は質問した。

「ビテヤも兄ちゃんのこと好きだったのかい？」

「そりゃそうさ」

と八郎はぶ厚い小鼻をうごめかした。八郎が小鼻をうごめかす時は、たいていでたらめをいう時だ。節はそれを知っている。「嘘だろ」といっても八郎は「本当さ」という。

「嘘だ、嘘だ、嘘だ」

口惜しくなって泣き喚く。

「バカヤロー、本当だ」

と八郎はまた小鼻をヒクヒクさせた。

翌日、八郎はハルから、

「お父さんにご挨拶しておいで」

といわれて、

「うん」

そういって家を出て行ったきり、台町の家には戻ってこなかった。

節は野呂瀬の家へ行った。野呂瀬のばあさんは冬は炬燵で、夏は火のない瀬戸火鉢の前で、小刻みに首を振りながら刻み煙草を吸っている。

「兄ちゃんが父島から帰ってきたんだ」

節が話しかけると、

「そうだってね。これでまた苦労が増えたね」

とばあさんは天気の挨拶でもするようにいった。

「父島って、とってもいい所なんだってさ。嘘だよねえ？　おばあさん」

「父島？　どうだかねえ。知らないねえ。行ったことないから」

「バナナとパパイヤが食べ放題なんだって。そんなことないよねえ？　バナナが生《な》るのは南洋だよねえ？」

「ハッチャンがそういったんだろ。ならホントなんだろうよ」

「でも嘘だとボクは思う。白サンゴの道があるんだって、そんなのも嘘だよね」

ばあさんは答えずに首を振っている。

「ビテヤって女の子がいて、とっても可愛いんだってさ。山羊を連れて歩いてるんだってさ。帰るとき、その子がカヌーで見送りにきて、どこまでも兄ちゃんの乗った船を追いかけてきたんだってさ……。嘘だよねえ？　嘘だよねえ？　おばあさん」

「さあね？　いくらハッチャンだって、嘘ばかりいってるわけじゃないだろう。第一、そんな嘘ついたって一文にもなりゃしない」

「兄ちゃんは山羊の声で別れを惜しんだんだって。メェール、メェールって……」

「それはデタラメだね。山羊はメェールじゃないメエメエって啼くものだわ」

「嘘つきなんだよ、兄ちゃんは。それでね、メェールメェールっていいながら、船の上からビテヤの方へ身体を乗り出すものだから、福士さんが後ろから落っこちないように一所懸命に抱きかかえていたんだってさ……」

「なんだか活動写真みたいだね」

「嘘だと思うだろ？　嘘だよねえ？……」

「うん、そこんとこはまずデタラメだろうね」

節は納得し、野呂瀬の家を出て佐久間さんの家へ行った。

「兄ちゃん、帰ってきたんだ。父島から」

庭から廻って縁側に腰をかけていった。

「あらそうなの、元気で？　よかったわねえ」

おばさんは小さな擂鉢《すりばち》で鶯《うぐいす》の擂り餌《え》を作りながらにっこりした。

「いいかどうかまだわかんないよ」

「まあ、どうして？」

「ほんとにいい人間になったから勘当を許されたんじゃなくて、暴れてしようがないから仕方なく帰らせることにしたんだからね」

「そんなこというもんじゃないわ。お兄ちゃんが帰ってきたらチャカチャンだって嬉しいでしょ」

「兄ちゃんを善導するには警察とか感化院とか勘当とかじゃ駄目なんだよね」

「むつかしいことをいうのね。じゃあどうすればいいの？」

「父さんが生活を改めればいいんです。だけど父さんは、あの女優にたぶらかされてるから、子供が不良になっても目が醒めないんだ」

「まあ……。子供とは思えないことをいうわね、チャカチャン」

「ぼくは父さんの目が醒めるまで、母さんを守るよ。母さんは身体が弱いから心配をかけてはいけないんだよ。弟は二つでまだ手がかかるんだけど、前みたいに女中を雇えないの」

「ほんとう？　じゃあ、お母さん一人で何もかもしてらっしゃるの？　お洗濯もお炊事も？」

本当はふみやがいるのだが、その場の勢《いきおい》で「うん」といってしまった。

「父さんがお金を送ってこないからね。だからぼく、家へ帰ると久《キユウ》をおぶってお使いに行くの。二日に一度はお豆腐のおかずなの。お豆腐が一番安いし、滋養があるからって、うちじゃ豆腐ばっかり食べてるの」

「でもお父さんもひどいわね。お金、送ってこないなんて」

「うん、だからぼく、納豆売りしようかと考えてるの。母さんにいったら、許してもらえないから内証で……」

「えらいわねえ……」

おばさんはじっと節を見る。そばで聞いていた女中のおよねはつられて、

「可哀そうねえ」

と溜息をついたが、「サヨナラー」といって節が帰って行くと、ふと目が醒めたように、

「ヘンにマセてる。へんな子」

といった。

大分前から節は「父さんは兄ちゃんばかり可愛がる」と思っていた。野呂瀬にそういうと野呂瀬は、「長男だからね」といった。

「とにかくハッチャンは目から鼻へ抜ける悧口者だからなあ」

ともいった。長男でも悧口者でも不良じゃないか、と節は思う。

茗荷谷の家の子供部屋の本箱には、赤い表紙の世界児童文庫とアンデルセン童話集がズラーッと並んでいた。節がそれに触ろうとすると、

「こら、オレの本に勝手に手を出すな」

八郎は威張って、

「読みたきゃ、兄上様、どうかお貸し下さいといってお辞儀をしろ」

といった。もともと本を読むのは嫌いだが、本箱に並んでいるのを見ると羨ましくてたまらなかった。

どうして父さんは兄ちゃんにばかり、いろんな物を買ってやるんだろう、子供心に節は考えたことがあった。おそわ伯母さんは、それはね、ハッチャンが病気ばかりしていたからよ、と説明した。八郎が女中に負ぶさって水道橋の方へ坂を降りて行った微かな

記憶が節にはある。八郎は女中のみつやに負ぶわれて幼稚園へ通っていたのだ。負われている八郎の横を節はチョコチョコ歩いていた――。

それは記憶なのか妄想なのか、節にはわからなくなっている。

「兄ちゃんはおんぶされてるのに、ぼくは歩かされたんだよ」

と人にいっているうちにその情景はだんだん鮮明になって、今ではしっかりした差別の記憶として節の脳裏に刻み込まれてしまったのかもしれなかった。

三歳の時、八郎は煮立った味噌汁の鍋の鉉《つる》を足に引っかけて大火傷をした。一年半もかかって漸く全治したが、腰から尻にかけての筋肉がなくなったために長い間坐ることも歩くことも出来なかった。幼稚園へ行くようになっても、まだ歩行が十分でなかったので、まるで宝物でもあつかうように家中が大事にしたのだ。

「たわらのねずみが
米くって　チュウ
チュウ　チュウ　チュウ」

みつやの背中で八郎は機嫌よく歌っていた。その声を節は憶えている。

歩けるようになると八郎は喜美子について、幼稚園の前にあるキリスト教会へ行った。

そして家へ帰ってくると歌った。

「主は来ませり
主は来ませり
主は、主はァァ来ませりィィ」

八郎が歌うとみんなが拍手した。ハッチャンはなんて憶えがいいんでしょう、と口々にいった。節も負けずに歌ったが、誰も何もいわなかった。「主は来ませり」を節は「シュワキ、マセリ」と憶えていた。

教会ではお祈りと牧師のお説教があるというので節は行かなかった。だが八郎がクリスマスに綺麗なカードを貰ってきたのを見ると、羨ましかった。羨ましくてますます教会なんか行くもんか、と思った。チャカチャンは教会へ行かないの？　行きなさいよ、とは誰もいわなかった。

大火傷の後遺症が治った後も、八郎はよく病気をした。たいていは腸の疾患で、そのたびに治六は大騒ぎをしてハルを叱った。あたためろ、いや冷やせ、薬だ、医者だ、リンゴの汁だ、牛乳だ、半熟卵だ、さあ、おあがり、おいしいかい？　もう少し食べるかい？　よしよし、これでもう治るよ、明日は起きられるよ……。

そんな声を節は聞いていた。八郎の布団の足もとで、八郎が食べ残したものが廻ってくるのを待っていた。

「チャカチャンのいいところは丈夫なことだね」

とみんながいった。

「丈夫なのが一番の親孝行だよ」

とおそわ伯母さんがいったが、節は嬉しくなかった。

ずーっと節は、一度病気になってみたいと思っていた。病気になればいろんな物を買ってもらえるのだ。そう思いながら廊下をぶらぶら歩いていると、台所の天窓から流れ込んでくる午後の陽が光の筒になっていて、そこにミジンコのように埃が浮いているのに気がついた。

埃はバイキンだ、と節は考えた。節は光の筒の中に立って、深呼吸をした。バイキンを胸の奥の奥まで吸い込んで病気になろうとしていたのだ。だが何回やっても、節は病気にならなかった。

三

大阪住吉から洽六とシナは上京して来た。シナが浅草の観音劇場に出ることになったので、浅草の今戸に家を借りた。

雪に埋もれた福井での御難の後、住吉へ戻って暫くは六郎を挟んでの静かな日々がづいていたが、季節の変り目になると持病が起るように、シナはまた芝居がしたくなったのである。初期の日本座の立役者だった武田正憲が浅草の観音劇場で旗揚げをすることになり、洽六の当り狂言である「鳩の家」とその続篇である「虎公」を通しでやる企画を立ててシナに誘いをかけてきた。「鳩の家」と「虎公」はシナが女優としての地歩を固めた演《だ》し物である。福井から帰ってきた後、鬱々としていたシナが人が変ったように朗らかになるのを見ると、洽六は反対を唱えることが出来ず、渋々腰を上げて上京してきたのだった。

今、洽六は武田正憲一座に「鳩の家」と「虎公」の上演権を提供しているだけの立場である。シナはその一座の看板女優ではあるが、座長ではない。従って洽六は一座と何の関係もない。日本座を率いていた時のように、毎日楽屋に居坐って我がもの顔に振舞うことは出来なかった。

彼は毎日家にいた。昼頃起きてきて楽屋入りの支度をするシナをいらいらと見ていた。シナが付き人のチエ子を連れて劇場へ出かけるのを見送った後は、六郎と乳母のかめと小女を相手に過す。今は連載小説の注文も減少していて、午後の長い時間を洽六はもて余した。

八郎は四月から築地の立教中学の三回目の一年生になって寄宿舎に入った。日曜日になると遠くの方からカランカランと下駄の音を響かせてやって来た。カランカランと横丁を曲ってきたと思うと、キャンキャーンと悲鳴を上げる犬の声が聞えてくるのは行きずりに蹴飛ばしたためである。

「ただいまァ」

という大声と一緒に格子戸が力委《まか》せに開けられ、下駄が脱ぎ飛ばされて転がる音がして、

「父さん、ただいま」

つんつるてんの絣の着物の下からぬっと汚い太い脚が突き出ている。洽六はジロリと八郎を見て、

「なんだ、売れ残った今戸焼の狸みたいな面して」

「父さんこそドブにおっこちたロバだ。いい加減にもうよしなよ、そのどてら」

八郎は負けていない。

「学校はどうだ」

「うん、まああだ」

「今度はつづけろよ。お前は頭がいいんだから、真面目にやりさえすれば大モノになれるんだ。長男なんだから弟たちに模範を垂れてくれないとな」

「うん、わかったよ。わかったから父さんも模範を垂れてくれよ」

そんなやりとりの後で、おい、八郎に飯を食わせてやれ、と洽六はいい、八郎は時間かまわずたらふく食って洽六の昼寝布団で眠ってしまう。陽が暮れる頃漸く目を醒《さ》まして、

「また来らァ」

カランカランと帰って行く。

八郎がいなくなると忘れていた歯の痛みが戻ってくるように、シナへの気懸りが頭を擡《もた》げてくる。

「いったい何がそんなに気がかりなんですか」

ときどきシナは洽六の執着に業を煮やしたようにいうが、気にかかるものはしようがないじゃないか、としか答えられない。

今頃は楽屋に入った頃だろう、化粧を終った頃だろう、チエ子が二幕目の前に渡すハンカチを忘れなければいいが。あの場ではハンカチがないとうまく泣けないのだが、チエ子はよく忘れる、などと火の消えかけている長火鉢の前にあぐらをかいて頭の上の柱

時計ばかり見上げている。

――ドブにおっこちたロバか……。

ふと八郎の言葉を思い出して笑いもせずに思う。

――うまいな。あいつには才能がある……。

確かに汚れたどてらを昼も夜も着て、訪ねてくる者もなく、することもなく、シナが帰ってくるまでどうかすると口も利かないことさえある毎日は、ドブに落ちたも同然だと思う。

やっと陽が落ちて夜になる。夕飯はシナと一緒にするつもりで食べないでいる。そろそろ風呂を焚きつけた方がいいぞ、と台所へ声をかける。「わかってます」と答える声に「エイ、もう、うるさいな」という思いが籠っていることはわかっているが、それでもいわずにはいられない。長火鉢の埋《うず》み火をかき出し、何度も炭をつぎ足す。鉄瓶の水が湯になってチンチンと鳴り出すと表の足音が気になりだす。芝居は八時半にはねるから、家に着くのは九時すぎである。だがどうかすると十時になることもあるし、それより遅くなることもある。贔屓《ひいき》筋からの招待があれば無下に断れないことは洽六は百も承知である。今シナは座長ではないから、武田正憲に頼まれればいやといえる立場でないこともわかっている。

――いったいあの女は……、

待ちあぐねてシナが憎らしくなってくる。

――いったいどういう女なんだろう。子供も可愛くない。夫も愛さない。大事なのは自分の欲望だけだ。その欲望もただひとつ芝居をすることだけで、人気が出てちやほやされたいとも、贅沢したいとも、金がほしいとも思っていない。最初からいつも座長できた女優が、今になって他人の一座で働く女優になり下ったことに、あの女は平気だ。いったい、あんなくだらん連中と芝居して何が面白いんだろう。

洽六は自分もかつては演劇に情熱を燃やしたことも忘れて、芝居を憎んだ。役者はどれもこれも気に入らなかった。役者なんてどうせろくなもんじゃないんだ、と毒づいた。やつらは二言目には芸術芸術という。そういいながら金ばかりほしがる。女と見れば手を出す……。かつては自分も女と見れば手を出していたことを洽六は忘れた。

柱時計が九時半を過ぎると、洽六は怺《こら》え切れずに立ち上って下駄を突っかけた。表の道に出て前方を見ているうちに、いつか歩き出していた。どてらのまま曲り角まで行って、暫く立ち止って人力俥が近づいてくるたびに目を凝らす。少しずつ歩いているうちに馬道の通りまで出てしまった。いつか飛ぶように歩いていた。抑えようもなく湧き上ってくる心配をどうすることも出来ない。心配はやがて怒りに変る。毎日毎日これではたまったものじゃない、仕事も何も出来やしない、と思う。（本当は急な仕事など何もないのだが）

いつか六区まで来ていて、気がつくと観音劇場の前に立っていた。楽屋口から出てきた下っ端役者らしい中年の男に訊くと、三笠さんははねてすぐ帰った筈だといった。筈だじゃわからないじゃないか、と洽六は怒り、相手はオレは三笠万里子の番人じゃねえやい、と怒り返す。喧嘩をする暇もなく踵《きびす》を返した。シナはどこへ行ったのだろう？

そう思うと心臓が口もとまで突き上ってきた。顔に汗が滲んだ。招待の宴席に出なければならない時は報《し》らせがくる約束になっている。チエ子も一緒だろうか？　チエ子も帰ってこないところを見ると多分一緒なのだろうが、しかし男と会う間、チエ子をどこかで待たせておくという手もある。意味もなくひょうたん池のまわりを廻った。家へ帰ってみて、もしもシナがいない時のことを思うと、帰るのが怖い。

「岩にもたれた
　ものすごいひとは
　鉄砲片手に
　しかと抱いて」

　男が歌っている声が池の向うから聞えてきた。今、人気絶頂の田谷《たや》力三《りきぞう》の「ディアボロの歌」だ。洽六は田谷力三を嫌っている。なんだ、男のくせに女みたいな声を出して。絞められてる七面鳥じゃあるまいし。五日ばかり前、シナの楽屋に「ヤタ」という未知の男から呼び出しの言伝《ことづて》が来たとチエ子が話していた。

「ヤタ？　ヤタって何だ？」

　洽六が訊くとシナは、いつもの無愛想な顔で、

「知らんわ」

　といったが、その時チエ子が横合から口を出した。

「まさか、先生、田谷力三じゃないでしょうね？」

「田谷？　田谷が何だって名前をひっくり返すんだ」

「何だってっておっしゃっても……」

チエ子はさもおかしそうに笑い、

「そういうことってするじゃあありませんか。有名な殿方が女の人を呼び出すとき、わざと……」

シナは何もいわず無表情にお茶を飲んでいた。今から思うとあの無表情は怪しい。わざとらしい無表情だった。ヤタか……田谷力三か？　もしかして今夜の相手は……。

「歩むひたいは
帽子に見えねど
服はビロード
ひらとなびく……」

洽六は歌声に向って怒鳴った。

「うるさいッ！　やめろ！」

「怖《こ》わやァ
あらしが吹こうと
とどろくその名は
ディアボロ　ディアボロ　ディアボロ」

歌声はかまわずつづく。

「なにがディアボロだ！　この国賊めが」

歌声に向って猪のように走り出したが、途中でばかばかしくなってやめた。何も気づかず歌声は、いまや最高潮のテノールの絶叫を上げていた。

「ディィアボロォ……ッ……」

家へ帰ってくると玄関にシナの紫のねじ緒の草履が脱いである。それを見ると安堵と同時に憤怒が噴き上った。ガラッと唐紙を開けて、

「なにをしていたんだッ、今まで！」

「なにをしてたって……芝居をしてたんですよ」

また始まった、といわんばかりの口調でシナはいう。洽六の方を見もしない。

「遅いじゃないか。いつもより三十分も遅い。どこへ行ってたんだ」

「途中で俥を降りて、ぶらぶら歩いて帰ってきたのよ。朧月《おぼろづき》がよかったから」

「なに、朧月！」

洽六は怒鳴った。

「心配するじゃないか！　月なんか家からでも見える……」

シナの薄い唇の両端が軽蔑したように下る。

「家からでも見えるですって。小説でも書こうって人がそんないい方……」

両端の下った唇は「やきもちやき」という言葉を刻んでいる。

「心配心配って、子供じゃあるまいし。何が心配なのかしら。チイちゃんも一緒じゃありませんか」

と小声でぶつぶついう。

「お前のように冷たい女にはわからないんだ」

洽六は怒鳴った。

「想像力のない奴は幸せだよ。オレが心配するのは想像力があるからだ」

「ろくな想像力じゃない……」

面倒くさそうにシナは呟く。

「オレが心配性だということを知ってるだろう。知っていたら、心配してるだろうから早く帰らなければ気の毒だと思うのが人情というものじゃないか」

「いって下さいよ。いったい何が心配なんですか？　どんな想像をして心配してるんですか？　いって下さらなきゃわからないわ……」

「なに！　何だと……」

顔はひきつり、拳《こぶし》は汗を握って慄えている。

「ああ、息が詰りそうだわ」

シナは陰気にいい捨てた。別れましょう、お互いに別れた方がいい、という言葉がその口から出て来るようで、恐怖に洽六は言葉を失う。渾身の力で激情を抑え、「オレが悪かった」といった。

「機嫌を直してくれ、謝るよ」

そういってから、無理に優しい声を出して気を変えようと「風呂が沸いてるよ」といった。シナはわざとらしい溜息をついて立ち上る。洽六がやきもちを焼くのも腹が立つが、機嫌をとりにくるのはもっと腹が立つのだった。

それでもシナは好きな芝居が出来ることで満足しているのだった。満足しているから、時々顔を合せる八郎にも愛想のいい言葉をかけた。

「ハッチャン、学校面白い？」

「うん、面白いよ。入ってすぐ野球部のキャプテンがやって来て、野球部に入れってさ。オレのこと有名なんだよ」

「そう。それで入ったの？」

「うん、キャッチャーだ。試合の時にオレが出す声がライオンみたいだっていうんで、ライオンキャッチって呼ばれてる」

「そうなの。じゃ立教中学、強くなるわね。これから」

「うん」

八郎は嬉しくなって調子が出る。

「立教ってミッションだろう。だから、日曜日に礼拝があるんだよ。朝早いんだけど、礼拝の時だけ女学生と一緒になれるんだよ。だからオレ、真面目に出てるんだ。アーメン、ソーメン、冷ゾーメン」

八郎は胸のところでおどけて十字を切ってみせ、シナを笑わせる。

「女学生に可愛い子いるの？」

「あんまり沢山いるんで目移りして、どれがいいんだかわかんなくなっちゃうんだよ」

「お菓子屋の前に立った時みたいに？」

シナは滅多に笑わない女だから、たまに笑うと八郎はお天道《てんと》さまが顔を出したような気持になる。これまでの怨みを忘れてこの女と仲よくしたいと思えてくる。八郎が台町へ行かないのは、家の中がいつも陰気で面白くないからだ。それにハルはシナほど熱心に八郎の話を聞いてくれない。ハルは何を話しても上の空で、「そうかい、そうかい」というだけだ。「そうかい、それはおかしいねえ」というが、いうだけで笑ったことがないのが八郎は気に入らない。

「三笠さん、オレ、停学くらっちゃった」

と八郎はシナにいった。

「停学？　また……何をしたの……？」

「オレ、インキンになっちゃったの」

シナはぷっと吹き出して、

「また、ハッチャンたら……」

「ほんとだよ。キャッチャーのサポーターで毎日キンタマを締めつけてるだろ。だからインキンになっちまうのさ。それで風通しをよくしようと思って、英語の時間にフリチンで汗知らずをはたいて坐ってたんだよ。吉田甲子太郎《きねたろう》って若い先生なんだけど、いきなりリーディングの名指しをしやがんの。だから、先生、坐ったままで読んじゃいけませんかっていったんだけど、どうしても立てっていうんだよ。しようがないから立ったらね……」

シナは今からもう吹き出す顔つきになっている。

「教室は沸いたけど、オレは停学さ。二週間……」

「バカ者」といって洽六は苦笑した。シナが面白がっているので、洽六は八郎を叱らない。八郎はもっと面白い話をしたくなる。陰気な女だと思ってたけど、意外に話のわかる女なんだな、と八郎は思う。オレ、この人案外好きだ、と思う。シナが明るいのは洽六の干渉から逃れて芝居をしている楽しさのためだということは八郎にはわからない。

シナの機嫌は急に悪くなった。武田正憲が女優陣を強化するために村田エイ子を加入させるといい出したからである。村田エイ子はかつて日本座の看板女優だったが、シナのためにその地位を奪われてやめてからは、シナのことを快く思っていない。方々でシナの悪口をいい、武田さんに誘われているけれども、三笠さんと一緒じゃあ、考えてしまうといっている。そんなことが、シナの耳に入ってきたのだ。

「わたしのこと悪く思ってる人と一緒に芝居なんか出来ないわ」

シナが洩らした一言は、洽六にはまるで梅雨空に射した一筋の陽光のようだった。

「村田エイ子か……まったく無知な女だよ」

洽六は勢づいていった。普通ならば「役者同士というものは、表面は仲よくしていても胸の中は競争心を燃やしているのが当り前。その競争心が憎しみや嫉妬を産み、それがまた役者の励みのもとになって行くんだからね」などとなだめるところであるが。

「村田エイ子なんぞと日替りの主役をしてまであすこにいることはないよ。だいたい今までは三笠万里子といえばずっと座長を通してきた女優だ。それが武田正憲の座員だというだけでもオレには気に入らなかった。この上村田エイ子と並ばされては黙っちゃいられない」

そうしてシナは武田正憲一座をやめた。忽ち洽六は元気になった。そしてシナはまた元の、笑わぬシナに戻ったのであった。

夏、洽六は三たび日本座の残党をかき集めて北海道の巡業に出ることを決心した。彼はシナの陰気さに耐えられなくなったのだ。七月八月の二か月を、函館をふり出しに札幌、旭川、小樽と廻るのである。興行師の出した条件は苛酷だったし、日本座の残党といっても目星《めぼし》い役者は武田正憲一座に入っているので、残党ともいえないような名もない、ただ飯と宿にありつくために集まってきた役者ばかりだった。この巡業の結末は行く前からわかっていた。シナにもわかっていた。だがそれでもシナは行きたいと思い、洽六も行こうと決意したのである。

夏休みに入って立教中学の寄宿舎の生徒はみなそれぞれの家へ帰って行った。今戸の洽六の家はなくなり、台町の家へ帰っても面白くないので、八郎は寄宿舎に残って野球の練習に精を出すことにした。学校の西南を流れる掘割りと隅田川との間の三角洲が野球の練習場である。八郎は野球部の誰よりも早く来て、デルタの砂っ原でパン屋の息子である同級生がくれる売れ残りのジャムパンを食べた。練習のない日も一人で三角洲に寝転んでいた。雷雨の中でも寝転んでいた。わざとずぶ濡れになって台町の家へ帰った。

「なんだってこんなずぶ濡れになって……ムチャばかりしてると風邪をひいて肺炎になっちまうわよ」

ハルがいうと怒鳴り返した。

「うるせえ。オレの知ったことか！」

小台町へ帰るのは怒鳴ったり暴れたりするためだった。気がすむまで怒鳴りちらし、小遣いをせびりとるとプイと家を出る。友達のところへ行ったり、浅草をうろうろする。六区ではいつもどこかでオペラをやっているから、そのどこかに入る。洋風の衣裳をまとった女歌手の、太鼓饅頭みたいに平らで大きな腰や、盛り上った胸の線や、徳利のような脚を見ているとだんだん苛立った気持が鎮まってきて、気持のいい気の昂ぶりがやってくる。うまいのか下手なのかわからないが、強烈な音楽にのって、のども裂けよと歌う歌手を見ていると、身も心もリズムに乗って浮き上り、まわりのペラゴロに負けじと、

「田ー谷、タヤタヤタヤタヤ……」

我を忘れて叫ぶのである。風船売りからかっ払ってきた風船を飛ばし、花屋のゴミタメで拾ってきた花を投げた。

夜は遅くまで浅草で遊び、明け方近く公園で知り合った不良少年やペラゴロの部屋に泊ったり吾妻橋の下につないである一銭蒸汽の中で寝たりして、朝になると築地の三角洲へ戻った。

「デルタ

デルタ

デルタは三角洲……」

三角洲の砂っ原に坐って八郎は呟いた。

デルタは寂しい。デルタにはいろんな草が生えている。はこべ、おおばこ、ねこじゃらし、もんつき草、蛇苺、ほたる草、月見草……。誰にも知られずに勝手に咲いて、風にそよぎ雨に打たれ、勝手に枯れ、そして春になると勝手に茎や葉を伸ばす。誰に頼まれたってわけじゃねえのにさ、と八郎は思う。いったい何のためにお前らはここに生えているんだい、と訊いた。蛇苺のかげからトカゲがチョロリと顔を出す。お前だってそうだ、とトカゲにいった。なんだってお前はここにいるんだ？　何がよくてさ？　それとも何もよかないけど、仕方ないからそうしてるのかい？

「デルタ

デルタ

デルタは三角洲」

八郎はくり返して呟き、この切ないような気持、トカゲへの親愛感を何とか言葉に出来ないものかと考える。三角洲の頭の上いっぱいに真赤な夕焼雲が広がり、夏の一日が静かに暮れていく。隅田川の向うは昔の居留地で、古びた赤レンガの西洋館のバルコニイに盛り上った蔦が、今にも燃え出しそうに光っている。赤い空を黒々と鳥が飛んでいく。海猫が啼いている。

やがて空の赤味は薄れ、うす紫の雲が流れ、あたりは水の中のような色に包まれてくる。ふと気がつくと水色の空にまるで手品のように新月が薄白くぼんやりと浮き出ている。三角洲にぽつんと一本立っている古びたガス灯に灯はつかない。ガス灯のガラスは壊れている。

八月の小樽の海は紺碧のままに、もう秋の色だった。日本座は函館、札幌、旭川と廻ってどうにか小樽まで来た。本来ならばここを打ち上げて東京へ帰るのである。だが興行師から貰う金は一文もなかった。入りの悪いのを理由に興行師は契約条件を履行しなくなったのだ。一行が東京へ帰る汽車賃もない。金は貰えなくても座員の宿と飯がついていればいい。だが座員は宿屋を出されて楽屋泊り、飯だけは辛うじて洽六が賄《まかな》うという状態に陥っていた。

「金原がドロンしました」

といいにきた役者が、二日後には女優と一緒に消えている。座員が減れば残った役者に二役も三役もの負担がかかるが、いなくなった分だけ食費が助かると思えば、いっそその方がいいという気になると炊事係の黒田民子はいった。

役者たちはよれよれの浴衣を重ね着したり、舞台衣裳の軍服を着たり、印絆纏《しるしばんてん》や綿入れねんねこなどを羽織った姿で、楽屋に車座になって夜も昼も花札を打っていた。一円、五十銭が五銭十銭の賭金になり、ついには明日の朝飯を賭ける者も出てくる。薄汚い一枚の羽織があっちへ行ったりこっちへ行ったり、持主が毎日代っている。楽屋の風呂に女の幽霊が出た。何年か前にこの小屋で縊死《いし》した女座長だという。冬が来たような冷たい雨に三笠万里子の幟《のぼり》がしたたかに濡れて、それも幽霊のようだった。

宿屋に泊っているのは洽六とシナだけである。座員たちがどんなに二人の悪口をいっているか、洽六もシナもよく知っている。シナは下唇を噛む癖がついた。洽六は朝から晩まで機嫌が悪かった。怒ると鼻の奥をクンクン鳴らすいつもの癖が出る。

芝居なんかもうやめてしまおう、という言葉が口に出かけているのがシナにはわかっている。それを怺えているのはシナの機嫌をおもんばかってのことであることも。

「男が頭を下げる時は、しかるべき相手に対してのみ下げるものだ。だがオレは下げるべき相手でない奴に向って頭を下げてきた。品性下劣な役者どもにだ。口には芸術を唱え、腹は金のことばかり考えているああいう低級な奴らの機嫌をとって、小遣銭の心配までしてやって芝居をつづけてきたんだ。意味のないことに心身をすり減らしてきた……」

——オレはもう疲れた。もう芝居はやめよう、という言葉を洽六は呑み込む。シナはそれを知っている。洽六はシナの一顰一笑《いっぴんいっしょう》に引きずられて、ここまで来たことも。けど仕方ないやないの、とシナは思っていた。結局先生《せんせ》はそうするのが好きでそうしたんやから。わたしが無理やりねだったわけやないわ。いやなら先生は来なければいい。

今ここで役者たちの根性の下劣なことを罵っていてもしようがない、とシナは思っていた。それよりも興行師にかけ合って帰りの汽車賃を借りることや、座員に渡す涙金を工面することを考える時じゃないのか。怒ってばかりいたって何も進捗しないとシナはいいたい。いいたいが黙っているのは、洽六は怒り狂いながらもそのうち必ず打開の道を見つける男だと思っているからだった。

東京の野呂瀬が漸くかき集めた金が届いた同じ日、シナの父新太郎から電報が来た。

「二六ヒロクロー　シンダ」

北海道巡業に出る時、シナは漸く歩くようになった六郎を新太郎に預けて出た。巡業を渋った洽六が、

「六郎をどうするんだ」

といった時、シナはこともなげに答えたのだった。

「難波《なんば》のお父ッつぁんとこに預けるわ」と。

シナの目に難波の家の汚い台所が浮かんだ。古物市場を営んでいる新太郎の家は広いが、古道具や古障子、古襖、古畳までが乱雑に置いてある。六郎が這うてる頭の横に棚の上から壺が落ちてきてからに、もう三寸こっちやったらえらいことやった、と弟の義太郎がいっていたことが今更思い出された。母のきくえは暢気者《のんきもの》でだらしがない。暑い盛りに腐ったものでも食べさせはしないかと、巡業の間何度か思ったことも思い出した。だがそういう心配があることを知っていながらシナは六郎を預けてきたのだ。

大阪へ向う汽車の中で夜も昼もシナは泣き通した。あまり泣くので乗り合せた人が、どうなさったのですか、と心配するほど泣いた。

「しようがないよ。これが六郎の運命だったんだ」

洽六がいうのをシナは何という冷たい言葉だろうと思った。六郎の運命？　その運命はシナが六郎に与えた運命ではないのか。観音劇場で「鳩の家」をかけていた時、男との別れの場で泣き伏しているシナの耳に、

「アッパ、ブーブー」

という声が聞えてきた。「六郎の声だ」と思いながらシナは芝居をつづけていた。お

かめばあやは退屈すると六郎を背負って芝居を見に来ていたのだ。「アッパ、ブーブー」の声は今はっきり蘇ってきてシナの耳の底にこびりついた。それがどんなに大切なものであったかに今、シナは気がついた。失ってみてはじめてそれがわかった。

「難波に預けたのが悪かった……」

シナは泣きながらいった。

「わたしらで育ててたら、死なせなかったのに……」

「もう芝居はやめよう」

チャンスが来た、とばかりに洽六はいった。

「こんな犠牲を払ってまで芝居をつづける意味はどこにもない」

シナは何もいわずに泣きつづけていた。

秋、シナが妊娠していることがわかった。住吉公園の中に質素な平屋を借りて、洽六とシナは静かな日々を過した。長い病の予後のような、慵《ものう》い平和が二人を包んでいた。二人は秋の陽の下を散歩した。シナはぽつりぽつりと子供の頃の思い出話をした。洽六は大きな幸福が自分たちを包み始めたのを感じた。シナの中にはないと思っていた母性を見つけた喜びが洽六を満《みた》した。来年の春、子供は生れる。そうしたらもう芝居のことは忘れて小説に専念するよ。生れた子供と三人で静かに質素に暮そう――。洽六がそういうとシナは頷いた。

翌年四月、女児が生れた。四月生れなので早苗と名をつけた。すぐに乳母が雇われた。

洽六は二つの新聞に小説を書き、生活は安定した。住吉公園の樹々は穏やかに緑を深めて行った。何もいうことはない、と洽六は思った。これこそ彼が夢み、大きな犠牲を払って摑もうとしたものだった。残っていることは、ハルとの法的な離婚だった。それをしおおせれば完璧な幸せがくるのだった。六郎は私生児のまま死んだ。早苗はどうしても洽六の子供として育てねばならなかった。

八月のある夜、月があまりにいいので洽六とシナはわざと座敷の灯を消して縁側に坐っていた。

「わたし、お月さんを見てると、なんでかしら、シーンと寂しくなってくるの。その寂しい気持の中にじーっと沈んでるととってもいい気持になってくる。おかしいわねえ」

「そうか、オレは太陽が好きだな。大きな太陽が空に昇って行くのを見ると身体中が熱い感動でいっぱいになるんだよ」

「そう……」

シナは団扇《うちわ》を使いながら月を見ている。ふと、シナはいった。

「そろそろ、また、やろうかしらん……芝居……」

四

福士幸次郎が恋をした。

八郎はそれを知った。

相手はどんな女かわからないが、とにかく福士さんは恋をしたのだ。そう聞くと八郎は嬉しいようなふしぎなような、呆気にとられるような気持がした。

「裸ん坊のわたしの心に、ああ天よ、花の紋うつくしい緑の晴れ着を与へたまへ、わたしの真率な心はこの気高い『礼儀』にいままで心づかなんだ」

それが幸次郎の恋の詩だった。

ああ五月！　五月は野の林に卯《う》つ木《き》の白い花咲く月、
空には夏の威勢をはやも見せた雲のWarriors《ウオリアス》の兜《かぶと》のかげほの見えて、
初夏にふさはしい満目《まんもく》の軽げな装ひ、
その白皙人の瞳に似た青い空……
水色の絹地におなじ水色レエスの刺繡《ぬいとり》あるパラソルかざした彼女を先立てて、
その後影《うしろかげ》を見まもり進み、
青麦の畑路、垣根路、崖上の路をつつましく歩いてゆくとき、
この頃内《うち》しきりに思ひに沈み、言葉少なになつた吾が心は、いしくも此の「季節」
　の装ひに眼が触れはじめ、
徐々に感歎の胸をひらき、
幾度か立ち止つた、
ああ御ん身美しい五月の野よ！

これが福士さんの恋の詩だ、恋の詩だ！

福士さんが恋をするなんて、と思い、福士さんだって恋をするさ、と思い、きっと不器用な恋にちがいないと思い、ヘマをしなければいいがと思い、痛ましいようなおかしいような、何となくうまくいきそうもないような予感を抱いて見守る、といった気持だった。

思へばこの永《なが》の年月《としつき》いつも裸にして傷つき易く激し易かりしわが心の生地《きじ》、
その裸なるをよしとし、露骨《むきつけ》なるをよしとしたわが心の生地、
ああこのわが心に以後御ん身の緑の晴れ着を与へたまへ、
おお天よ、美しい五月よ、
御ん身の容《すがた》にあやかり、美しく心の装ひして御ん身にむかふのは、
人のなすべきよい「礼儀」である。
ああ、御ん身の容にあやかり、美しく心の装ひして御ん身にむかふのは、
人のなすべきよい「礼儀」である。

何という素直な純な情感だろう。あんまり素直で純なので八郎は、

「福士さん、恋をしてるんだって？」

といつもの調子でからかい半分にいうことが出来ない。

いつから幸次郎の恋は始まっていたのか。父島へ行く前か、後か。中学をサボって盛

り場をうろつく日々を送っていた八郎には何もわからない。福士幸次郎は佐藤紅緑の不良息子の面倒を見るために父島くんだりまで出かけて行った、今に佐藤家の犠牲になってしまう、と幸次郎の詩人仲間が口惜しがっていることくらいしか八郎は知らない。たまに幸次郎がいる谷中《やなか》の下宿屋臥龍館《がりゅうかん》へ顔を出すと、そこにはいつも大勢の詩人や画家や、一見芸術家風だが何をしているのかわからぬといった連中が集まっていて、わけのわからぬ議論にツバを飛ばし、好き勝手に自作の詩を朗読し、それをけなすもの、肩を持つものが入り乱れて議論はやがて喧嘩になり、その中で幸次郎の東北訛がひときわ大声を響かせている。

「三木露風《みきろふう》のようなまやかしものを見るとぼくは胸がムカムカしてくるんだ」

八郎は隅っこに小さくなって、幸次郎を眺め、吉田一穂《いっすい》を観察し、金子光晴につける渾名《あだな》を考えながら聞いている。

「露風の詩にはリズムがないんだよ。リズムを通して露風の精神が見えたことはかつてないんだ。ぼくにいわせると露風はセンチメンタリズムとフェータリズムに凭《もた》れて詩を書いているに過ぎない。臆面もなく、小綺麗にメソメソしている人間にぼくは反感を覚える。だいたいにおいて、リズムのないものを詩とはいえないよ。ぼくはそう確信する。あ君たちも知っているようにぼくはいいたいことをだらだらとしゃべるだけの人間さ。ある逼迫《ひっぱく》した心持をだらだらといっていくと必ずリズムが出てくるんだよ。詩とはそういうものだよ。そうでなくちゃいけないんだよ」

しゃべり出すととめどがなくなる幸次郎の、不精髭にメガネのずり下った長い顔を眺めて、これが恋をしている男の顔か、とつくづく眺め入ってしまう。恋は面《つら》とは関係ないんだな、と思って安心する。幸次郎が意気軒昂なのは、恋人を得たからなのだ。そう思うと八郎の目には、幸次郎は脱皮して舞い上っていく蝶のように思えた。

八郎の初恋は小学校三年の時のあの子「徳永とし子」、女組の級長だった。可愛いな、と思うととし子の顔をまともに見られなかった。とし子の姿を見ると、わけもなくむちゃくちゃに暴れた。八郎はとし子にラブレターを出そうと考えて、机の引き出しの奥に大事にしまってあった軍艦三笠の絵葉書を取り出した。絵葉書の右肩には尊敬する東郷大将の肖像が刷り込まれていた。一番大切な宝物だったから、それをとし子に貰ってほしかったのだ。

「徳永とし子さま。佐藤八郎」

それだけ書いて、とし子の家の郵便箱に入れた……。

それだけだ。それが初恋の思い出だ。

その次はお茶の木畑のある、父親がフランス人の混血の女の子だった。ボンジュールがお早うで、マメールがお母さんで、モンペールがお父さんだということを、その子が庭でしゃべっている言葉で知った。毎日、お茶の木畑へもぐり込んではその子の声を聞いて喜んでいた。小学校四年の時だ。

五年の時は隣りの陸軍大佐の二番目と三番目の娘を同時に好きになった。上は八郎より一級上、下は一級下だった。大佐の家では鶏を飼っていたので、その餌にするためにハコベを摘んで持って行った。人形遊びにもつき合った。

「ハッチャンはお姉さんのおムコさんになるといいわ」

と妹がいい、姉は、

「あらシイちゃんの方が似合うわよ」

といった。

「ぼくはどっちでもいいよ」

というと、姉妹は顔を見合せて吹き出した。

六年の時は唱歌の小林先生に恋をした。だが先生は下駄屋へ嫁に行った……。

恋は幾つ通り過ぎていったか、数えることが出来ないほどだったが、どの恋も実らなかった。

「あんな不良とつき合ってはいけない」

という父親や、

「あんなむさくるしい狸みたいな子、どこがいいの」

という母親や、いや、それよりもだいたい、女の子から好かれたことは一度もない。

わが露《あらわ》な胸が初めて君の赤い唇をうけ、君の唇を押しあてられた一瞬時、

わが二十幾年の孤独の境涯底ふかく秘められた黒い鉄櫃は、

奇しくも黄金の十字の紋章かがやきいだし、感激に眩《めくる》めく一使徒がパプ《ママ》テスマの河をよろめき足《あし》して岸に這ひあがるごとく、

わが多端にして光あふるる未来の陸地《おか》へとわたしはよろめき押しだされた。
敗残のわが旗を新しく染め、黄金の色燦《さん》たる十字の紋章をしるし、
今わたしは君の前へと敬虔《けいけん》にひざまづく裸のナイト、
恋は快楽でない、心の輝きである、ああわが胸よりこの神を放したまはざれ！
胸に感激のこの火花がひらめき出でたときわが鼓動の鳩尾《みぞおち》に、君の唇はこれを感じたまうたか。
全世界は黒い旗をおろし、青空の幕をかかげ、その中天に仰げとばかり、
破るるがごとき光こぼつ日を照らし出した、ああこの最初の接吻《くちづけ》。

これは幸次郎の「Knight《ナイト》」という詩だ。八郎はそれを読むと武者振いが出た。

「破るるがごとき光こぼつ日を照らし出した、ああこの最初の接吻」

くり返し暗誦して遣瀬《やるせ》なくなり、

「バカヤローッ！」

と怒鳴った。当もなく下駄を地面に打ちつけて街を歩き廻り、行きずりの酔っ払いと喧嘩して殴り飛ばされた。何ともいえない寂しさが、どぶ泥に浸《つか》った八郎を襲った。

その後、幸次郎は詩作をやめようとしているという噂が流れた。幸次郎は失恋したのだ。詩作を放棄する原因は失恋だといわれていた。幸次郎の恋の相手は奔放な文学少女で、その奔放さが魅力だった。要するに福士は翻弄されたのさ、と詩人たちがいっていた。飽きられたんだろ、いやはじめから女の方は遊び半分だったのさ、福士はからかわ

れたんだろう、そういう女なんだ、女で詩人に興味を持ったりするような奴は、どうせそんな奴だよ、などとさまざまな声が聞えてきた。彼女は詩人に興味を持っただけで、福士幸次郎を愛したわけではなかったのだ。

八郎が臥龍館へ行くと、幸次郎はよれよれの浴衣の長い背中を真直に立てて、一閑張《いっかんばり》の机に向いて坐っていた。

「福士さん」

というと、ふり返った鼻の先にメガネをずり下げたまま、

「おう、ハッチャンか。よく来たね」

といった。以前と少しも変らない人なつこい目だった。

「腹減っていないかい？　かぼちゃの煮たのが水屋にあるよ」

と幸次郎はいった。

「福士さん、もう詩は作らないのかい？　詩を作るのはやめたの？」

八郎がいうと幸次郎は意味のわからぬ高笑いをした。

「いいかい、ハッチャン。最近の時勢を見ているとね、どんどん左傾していってるんだよ。そう思わないかい？　思うだろう？」

「うん……思う」

「そうだろ。ハッチャンでもそう思うだろ。だからぼくは断然、詩作を放棄してね。これからは伝統主義の研究と運動を専一にしていきたいんだ」

八郎は「ふーん」というしかない。

「近いうちに大阪の先生のところへ行ってくるつもりだよ。先生ならぼくの気持にきっと賛成してくれると思うんだ」

――福士さん、失恋したから詩をやめるんじゃないのかい？

と訊きたかったが、いえなかった。

――あのナイトの詩を読み返す時、どんな気持になるんだろう、福士さんは。

そう思うとたまらなかった。

ある日、八郎が臥龍館を訪ねると、幸次郎の姿はなく、机の上に書き上げたばかりの詩が置いてあった。詩には「展望」という題がつけられ、六、七枚もある長いものである。

ああ吾が幾山坂《いくやまさか》の行路を踏みこえて、
今黒白《こくびやく》の霰《あられ》の岩地輝く断層《きりぎし》の上、
この峠路《とうげじ》より俯瞰《ふかん》すれば、
山河幾十里の展望、緑の平野白く真下にひろがり、
微かに眼《まなこ》開く蛇のごとき銀色の河、
彼方灰色の靄《もや》につつまれたる大都会の帯見えるかたに、
地の果てに、
底びかりして地の円い起伏、点在する森、群落する小都会の彩色図《いろどりず》を、
縫ひ縫ひ遠くとほく彼方の果てに走《は》せつつある……
ああ其《その》果て、銀灰の靄に包《つつま》れた地平の果て、

そこには吾らが祖国の若い首府あり、
目ざましい吾らの時代の紅《あか》い呼吸《いき》、
芽生えの青い感情、
さしのぞく華かな生の眼、
生を愛して心霓《にじ》なす宝石の胸、
若く雄々しく純《きよ》らかな青春のたましひ、
すべては今泥と襤褸《ぼろ》との大市街に包まれて、
未だ生れず、未だ叫ばず、
遥か彼方、地平の果てに、
黒煙《くろけむり》たち濁る地平の果てに、
おお海と平野、空と土地との別れ目に、
銀灰の靄のうへに黒い突点を見せ、黒い帯を曳《ひ》き、
遠くしづかに大都会は呼吸《いき》しつつある……

その詩の中に失意の傷手を八郎は探したが、痕跡はどこにもなかった。

――なんだ、つまらねえ……。

そう思って読むのをやめ、湿った畳の上にごろりと寝転んで幸次郎の帰りを待った。

別に用事があるわけでもなく、懐中が寂しいわけでもなかった。台町の家が陰気くさくて、一日いると身体にカビが生えそうな気がするし、学校をさぼって放浪するのにも飽

きた。それだけのことである。そのままとろとろとしてふと目を醒ますと、足もとに痩せたノッポが立っていて、

「福士はいないよ」

といった。

「大阪までの汽車賃を金子《かねこ》に借りに来たっていうんだけどね。金子はないから貸さなかったんだ。どこかで借りて行ったんだろ」

「大阪というと、親父のところだな」

八郎が呟くとノッポはいった。

「紅緑の不良息子ってのは君かい。しかしふしぎだねえ。福士はどうして、あんなに君の親父が好きなんだろうねえ。何かといえば喜んでいく。何がよくてさ、走狗《そうく》の如くにさ……」

いいながらノッポは部屋を出て行った。

ああわが半生の闘ひの地、汚れの地、
今この断崖《きりぎし》より遠く見て、
幾山坂の行路をかへり見れば、
するどい追想の情、わが眼の力を一層あざやかにし、
おお眼のまへを走る多数の襤褸《らんる》の市民、貧者《ひんじゃ》の酒場、灯《ひ》の町、灯《ほ》の影の暗い秘密の路地、

かつて吾もその仲間であつた生活の、
ああその肉親の思ひある共同の生活の、
過去一切の真と贋《がん》との姿を今ありありと捉《とら》へ得て、
わが未来の夢はまたこと新しく空《そら》に浮ぶ。

帰ろうとして起き上り、八郎は詩稿の最後の一枚を読んだ。

「過去一切の真と贋との姿を今ありありと捉へ得て、わが未来の夢はまたこと新しく空に浮ぶ」

そこだけもう一度声に出して読み上げた。

——親父に較べると福士さんは遥かに偉い。男らしい人だ。福士さんてのは、詩だけ読んでると立派な人らしいのに、ふだん、つき合ってるときはおかしな人になるのはどういうわけだろう？　いなくなると懐かしくなる。いると手古摺《てこず》らせてやりたくなる。八郎は自分が幸次郎を好きなのかそうでないのか、わからない。

幸次郎はずっと後になってから、詩作をやめた理由を、「ある女性との関係に破綻が生じ、別離を決行したが、女々しい感情の露出を怖れ、詩作を断然放棄し、専《もっぱ》ら思想の追索と批評に従う」と書いている。

秋になって幸次郎はふらりと臥龍館に戻ってきた。戻った翌日田端《たばた》に家を借り、八郎を同居させた。夏の間、大阪の洽六の家に滞在して気持の整理をつけたことを報告し、新しい理想に向う決心を語っているうちに、八郎を監督して真面目に立教中学へ通わせることを条件に、月々の生活費が保証される約束が出来たのである。


「親愛なるチャカよ。弟よ。

どうしている？

この前、着替を取りに行ったらお前はいなかった。その前に行った時もいなかった。いつ行ってもお前はいないが、何をしてるんだい。母さんは『どこで何をしているのやら』といってハナをすすっていたぞ。

あんまり母さんに心配をかけるんじゃない。

心配をかけるのはオレ一人で十分だ。

お前はあっちこっちで親父の悪口をいって世間の同情を買い、飯を食わせてもらってるという噂だが、そういうみっともないマネはやめろ。悪口は面白い悪口でなければいかん。

ぼくはまた福士さんと一緒だ。父島で懲りた筈なのに、また一緒だ。中学へきちんと行くという約束だが、この五、六日は休んでいる。腹がピーピーだといい体温計をサカサにふって七度八分の熱があることにしておいたので、学校を休めるのはいいが、にがい『せんぶり』を飲まされるのには閉口だ。

チャカよ。聞いてくれ。

ぼくは恋に破れた。（学校へ行きたくないのはそのショックのためだ）

ぼくの恋人は久保田正子さんという。今をときめく日本画家久保田銀銭氏の令嬢だ。この前、ぼくが中耳炎で神田の病院へ入院したことを知ってるだろう？ その時、正子さんは見舞いに猫の絵を描いて送ってくれた。猫が魚を食べている絵だ。そばにこう書いてある。

『アナタノ耳ノイタミハ、コノネコガトッテタベマシタ』

どうだい。いいだろう？ すばらしいお嬢さんだろ。ところがだ、正子さんのばあさんがいったのだ。

『不良少年なんかと遊んではいけません』

チャカよ。察してくれ。

ゼッタイ、ゼッタイ、口をきいてはいけないとババアがいったのだ。

オレはフンガイした。フンガイのあまり、ウンコを敷島のボール箱に入れて、正子さんの家の井戸の縁に置いといてやった。

福士さんは失恋したが、今は元通り元気だ。

元気になったのはいいが、モウゼンと勉強熱が湧き出てきて、父さんから金が届くと、その金全部で本を買ってしまうんだ。徹夜で読み終えると、ぼくにも大急ぎで読めというんだ。仕方なく読んだフリをすると、それを古本屋へ売りに行って、その金が生活費になるというわけさ。米や味噌が買えなかったりするのは毎度のことだよ。

仕方ないから、ぼくが『小鳥撃ち』に行く。弱そうな中学生をおどかして、十銭、

二十銭と巻き上げるんだ。その金で米を買ってこっそり米櫃《こめびつ》へ入れておくと、福士さんは何も知らないで、

『ハッチャン、ハッチャン、ないと思ってたが、まだあったよ、米が』

と喜んでいるんだから無邪気なものさ。

この前もね。福士さんはニコニコして、

『ハッチャン、ハッチャン。今日は新潮社から詩論の原稿料が貰える日なんだよ。これから行って金を貰って、何かうまいものを食べよう』

っていうんだ。電車賃はあるのかい、といったら、ないけど何とかなるだろう、といって田端の駅へ行った。福士さんはぼくに待っていなさい、といって駅長室へ入って行ったと思ったら、暫くしてニコニコ顔で出てきた。見たら手に切符を二枚、持っているんだ。福士さんは駅長にこういったんだ。

『実は新宿まで行きたいのですが、電車賃がありません。牛込《うしごめ》の新潮社という所へ行けば原稿料が間違いなく入りますから、それを貰いに行きたいのです。金が入ったら必ず払います』

そういって切符を借りて来たんだ。

新潮社で金を貰ってから、牛込でてんどんを食べた。あんまりうまくて水バナが出るほどだったよ。福士さんは駅長のために乾杯しよう、といって酒を一合注文した。

ぼくの生活はざっとそんなものだ。

お前は何をしているんだ。

ヒマなら図書館へ行って勉強しろよ。人間何もしないというのが一番いけない。何もしないよりは、不良をやってる方がまだイミがある」

何もしていないのが一番いけないといわれても、節《たかし》はすることが何もなかった。することが何もないということは、何かをしたいという気持がないということだった。なぜオレはこんなにしたいと思うことが何もないんだろう？　と自分で自分を不思議がり、そんな自分にひけ目を感じている。八郎が「小鳥撃ち」をしたり、失恋したりしていることが、節は羨ましい。

「親愛なる兄貴へ。

ぼくは元気です。母さんも久も元気です」

節は八郎に手紙を書こうとしたが、それだけ書くと、次に何を書けばいいのかわからなくなった。

「ぼくは昨日まで野呂瀬さんの家に泊っていました。野呂瀬のばあさんはぼくに仏だんにそなえたご飯を食べさせました。線香のにおいがして、カチンカチンです。梅干をのせて、あついお茶をかければいいよ、というので、そうして食べました」

それ以上、書くことがないので、そのまま出さずにおいてある。

八郎からはマメに手紙が来た。

「また書く。

お前に手紙を書くのは、べつに懐かしいからなんかじゃないぞ。机に向っていると福士さんが勉強をしていると思って安心するからだ。

オレは目下自主的に学校を拒否している。

学校は実にくだらない所だ。幾何や代数をやって、それが何になるというんだろう。金勘定さえ出来れば生きていくのにちっとも困らない。

『三角形の一辺は他の二辺の和より短い』

なんて当り前のことじゃないか。つまりこうだ。西田豆腐屋へ行くのに、寒川ヤブ医者の角を曲って行くよりも、いつもブルドッグが垣根にハナを押しつけている花井のばあさんの家の後ろの露地をハスカイに行く方が早いことは、お前のような学のない奴でも知ってるだろ。

学校は無駄だ。あんな無駄なことに縛られるよりは、オレはダンゼン独学を選ぶ。図書館で一人静かに本を読んだ方がよっぽどミになる。

学校にトビバコを飛ぶのがうまい奴がいて、そいつの、馬のクソがメガネをかけました、という面《つら》を見ると、オレはムカムカして踏んづけたくなるんだ。ただ飛び越えるだけでなく、そいつはトビバコに手をついてサカダチしながら飛ぶんだ。それが何がエライ？　とてもバカバカしくてつき合っちゃいられねえ。

オレなんかパン屋が自転車に積んで走ってるパンを、走りながらかっ払うのがうまいんだぞ。

オレは『魔法のマント』というやつを作った。平野イマオという、親父がフランス人の混血で暁星中学生だが、そいつと相談して、そいつの家の女中に作らせたんだ。

イマオは詩を作るやつで福士さんを訪ねてきたので、仲よくなったんだよ。その魔法のマントには裏側にポケットが幾つもつけてある。それを着てオレは山惣乾物店へ行く。店の中をひと廻りして、タマゴ、ノリ、カツブシなんか、す早くポケットに入れるんだ。山惣の長男の栄二郎という男は、帳場から売り上げを摑み出しては遊びに行っている奴だから、これくらいかっ払ってもいいんだ。かっ払ってきたタマゴでイリタマゴを作ったら、福士さんは『ほう、ほう』と喜んで、どうしたんだい、このタマゴはと訊くから、山惣へ行ったら栄二郎がくれたんだよ、栄公は売り上げを持ち出してるところをぼくに見られたものだから、というと、『ほう、ほう、口止め料かね』といって喜んでいたよ」

節は毎日がつまらない。野呂瀬のばあさんは、

「チャカさんはいいね。何もしないでぶらぶらしてればいいんだから」

といった。野呂瀬のばあさんのいうことには、いちいちトゲがある。

「母さん、カネくれ」

節は八郎の真似をしていった。

「やい、くれったらくれよ。母親なら小遣いくらいよこせよ」

「あげたいけど、お父さんから今月はまだ送ってこないのよ。お父さんはいったいどういう気なんだか。子供のことも忘れちゃったのかしら。お金がなければ家賃も払えないし、つるやの月給だって……」

「払えないんなら女中なんか置かなきゃいいんだ」

野呂瀬のばあさんがそういっていた。

「自分が飯炊きすればいいんだ。客がくるわけじゃなし、なんで女中がいるんだよ」

「そんなこといったって、久にも手がかかるのよ」

「母さんに甲斐性がないからだよ。そんなふうだから、親父に捨てられたんだ……」

それも野呂瀬のばあさんがいっていたことだ。ハルは怒りもせずに庭先に目をやっている。節は細い目をつり上げて部屋を見廻した。八郎なら茶碗か花瓶か、派手に壊れる物を投げているところだ。ハルは察して、

「やめておくれ。兄ちゃんの真似をするのはやめておくれ」

か細い声を上げる。その声を聞くと投げたくなくても投げずにはいられなくなる。しかし八郎のように思いきって高価なものを投げる勇気がないから、とりあえず久が手に持っている赤い積木をひったくって庭に投げた。久がわーんと泣く頭をひとつ殴って家を出た。

「どこへ行くの？」

「どこだっていいだろ！」

八郎なら格子戸を蹴飛ばして玄関を出、割れよとばかり下駄の音を立ててせかせかと通りを歩いていくところだ。節はその通りにした。

だが節の脚からはだんだん力が抜けて、勢がなくなる。どこへ行こうか、と思う。田端は遠い。電車賃もない。第一、家もわからない。こんな時、野呂瀬の家か佐久間さん

の所しか行く所がないのが情けなかった。

野呂瀬のばあさんは、

「先生のいいところはすっかりハッチャンが取っちゃったんだね」

といった。

「いいところだけじゃない。悪いところもすっかり……。だから先生はあんなに怒っていても、ハッチャンが可愛いんだねえ」

節はばあさんにいった。

「けど兄ちゃんはほんとは弱虫なんだよ。怖がりなんだよ。茗荷谷にいた頃、幽霊が出るって聞いてから、一人で便所へ行けなくなったんだから。ぼくなんかへーキさ。ぼくにチャカ、便所へ行こうよ、行こうよ、っていうの。順番じゃなく、一緒に並んでしようっていうんだよ。しまいに、雨戸の節穴を見つけてさ、そこからチンポコの先っちょ出して、ションベンしてたんだ。そしたら岡田のボヤテキがそーっと庭に廻って、そいつを引っぱったんだ」

野呂瀬のばあさんはにこりともせず、

「臆病なのは悧口者《りこうもの》の証拠だ」

といった。

父さんは兄貴ばっかり可愛がる。

母さんは末っ子のキュウが可愛いんだ。

ワタルとオレとなら、どっちが可愛がられてるんだろう?

ワタルは鳴尾《なるお》へやられたが、オレは母さんのそばにいる。だから多分、ワタルよりもオレの方が大事なんだろうな、と思ってみる。だが、ワタルちゃんはなまじいおとなしいばかりに鳴尾へやられてしまった、こうなるときかない子の方がトクだね、と誰かがいっていたことを思い出し、節は複雑な思いに落ち込む。

ワタルを兄貴とオレとでよく虐《いじ》めた。その分ワタルの方がオレよりも可哀そうだ。今いれば仲よくするのになあと思う。

——今に見ていろ！

節は野呂瀬のばあさんの顔を見る度にそう思うようになった。

——えらくなって兄貴を見返してやるからな！

しかし「えらくなる」といっても、どんなことなのか、節にはよくわからない。えらくなるとは金持になることか。大臣になることか、学者か、陸軍大将か。

そのどれを考えてもなれっこないな、と思ってがっかりする。ぼくがおとなになったらどんな奴になるんだろうと思いながら、何もしないでやっぱりのらくらしている。

五

相も変らず洽六とシナは地方巡業に出ていた。神戸をふり出しに広島、呉《くれ》と廻り、秋雨の中を呉から連絡船で道後へ渡り、別府、小倉と日を重ねるに従って客脚が落ち、興行師との間が険悪になっていくのはいつものことである。三等の夜汽車の疲れ、客の入りの心配、地元有力者への挨拶、日に日に不作法になっていく役者たち、足もとを見ていいたい放題をいう太夫元との条件交渉。今までも何度もくり返してきたことを、洽六はまたくり返していた。

演《だ》し物はかつての日本座の当り狂言だった「裾野」と「虎公」に新作「桃咲く村」の三本立である。日本座は来る年も来る年も「裾野」と「虎公」に頼って辛うじて客を呼んでいるのである。老けと仇役《かたきやく》専門の日疋重亮と二枚目の元安豊のほかは、台詞の受け渡しも満足に出来ないような役者ばかりになってしまった。日疋は芸達者だが、狷介《けんかい》な気性と自負心のためにどこの劇団に行ってもはみ出してしまう癖のある役者だ。この日疋とどう見ても二枚目の柄ではないサカラッキョの元安だけが離れずにいるのは、幹部としてあつかってくれる劇団はここしかないことを知っているからである。

二十名ばかりの一座が、例によって一人減り二人減りして行く。

「あんな役者がやめたからって、どうということはないさ。むしろ、ああいう下品な芝居をする奴はやめてくれてよかったよ」

役者がやめていくたびに洽六はそういってシナを慰め、自分をも励ます。一行には一つ半になった早苗をおぶった乳母のかめが加わっている。二年前北海道巡業の時にシナの実家に預けて行った六郎を腸の病気で死なせたために、今度は子連れの巡業になったのだ。

かめは芝居が好きなので乳母にきたという女だったから、ひとりだけ嬉々としていた。早苗を小屋へ連れて来てはいけないといくらいい含めておいても、きかずにやってきては花道の揚幕の蔭から舞台を見ている。胃拡張という病名の大喰いで、南京豆と塩煎餅を合せて食べるのが大好きである。かめが落花生の殻を一心に剝いている間に、揚幕の下から花道に這い出した早苗が、舞台のシナに向って、

「おかあたーん」

と呼んだ。

山陽道では秋雨に降りこめられた。雨に濡れしょぼたれた日本座三笠万里子の幟《のぼり》は、洽六とシナの日々を象徴しているようだった。

――こんなことをしていて何が面白い。何の意味がある……。

北海道巡業で思ったことを、洽六はまた思い始めていた。すべてが同じことのくり返しだ、今にどこかでトヤをせざるをえなくなり、そうして解散ということになるのは目に見えている。

洽六にわかっていることが、シナにわからぬ筈はなかった。だがシナは一度もそんな絶望めいたことを口にしたことがなかった。一度でも口にすれば、忽ち洽六につけ込まれて解散になることがわかっているからである。シナは殊更に不入りを気にかけぬ風を装った。この町の客にはこの芝居は向かないのだ、だが次の町では向くかもしれない――。それだけに希望を托して汽車に揺られて行く。シナが朗らかなのは、洽六の気持を惨めな現実から逸《そ》らせるためである。その思惑通り、洽六はシナの機嫌のよさに引かれて巡業をつづけた。

山陽道では秋雨にたたられたが、九州に入るとカラリと晴れ上って気持のいい秋日和

がつづいた。入りが悪いのは雨のせいだといういいわけは、秋晴れの空の下では通らない。別府の入りが散々で、次の予定地だった門司《もじ》の興行が立ち消えになった。洽六が解散を口にしはじめた時、地元の木口という遊び人の芝居好きが現れて、次の興行地を探してきた。大分県の臼杵《うすき》という、聞いたこともない田舎町である。臼杵の次はどこへ行くのか。波打つ稲穂の中を一行は木口に従って東へ行ったり西へ向ったりした。興行は五日間のこともあれば三日だけのこともある。あらかじめ立てられていた予定はすべて壊れて、木口委せのその日暮しだった。門司に近い大里という所で木口は次の興行地を探しに行ったまま、帰ってこなかった。

秋は晴れたり降ったりしながら、少しずつ冬に近づいていく。かめは柿を食べ過ぎて腹を壊し、早苗は岡田のボヤテキにおんぶされて泣いていた。楽屋泊りの役者は垢じんだ煎餅布団にくるまったまま、剝《は》げちょろけのお膳に向ってものもいわずに粗末な飯を食っている。芸は達者だが品性の卑しさが顔に出ている日疋重亮は食事の席に来ると必ず、立ったまま並んだお膳の菜の分量を見較べる。昨日は食事に遅れて来たために日疋の膳の菜が一番粗末だったというので、彼はものもいわずに膳を蹴飛ばした。その話題が役者たちの間を飛び交っているのを知って、洽六は殆ど吐き気を覚える。

――これはいったい、何なのだ……何なのだ……。何の意味があってこういうことをくり返すんだ……。

何度くり返しても答がない言葉を、洽六は又してもくり返す。その言葉を口にしているとは気づかないでいっていた。ここにあるものは惰性と懶惰《らんだ》と疲労だけだった。誰一人として希望を持っている者はいなかった。役者たちの関心は演劇にはなく、女や食い物や金や不満悪口をいうことだけになってしまった。洽六が日本座を結成した時に掲げた理想は影も形もなくなっていた。

オレは若い時から一度だって、惰性で生きたことはなかった、と洽六は思った。彼はなり行きによって生きることを屈辱に思う男だった。希望や理想に向って進んでこそ、世間の無理解や非難と戦うことが出来るのである。

洽六の不幸は、そのことを愛する者と共に語り合うことが出来ない点にあった。シナは洽六の心の動きを感知し、それを封じるために冷たく引き結んだ唇に無理な微笑をこびりつかせていた。洽六は役者たちの行儀の悪い冗談に、平気で笑っているシナに絶望した。

イマオはヴァイオリンを弾き、マンドラを鳴らし、バンジョーを奏でた。モーツァルトをやっているかと思うと、「ナンテ間《ま》がイインデショ」になっている。

イマオは緑色のメリンスの洋服を着、八郎は真赤なジャケツを着た。イマオはズボンの上に陣羽織を着てフランス語で詩吟を唸った。一日に五十篇の詩を書いた。

イマオと八郎は幸次郎が原稿用紙に不自由しているのを見て、神楽坂上の相馬屋へ原稿用紙をかっ払いに行った。相馬屋の原稿用紙はしゃれていて紙質がいい。下手な詩でも上手に見えるからこれに限るのさ、とイマオはいった。

イマオは走るのが速いが、歩くのも速かった。子供の時から、フランス人の血が流れている顔をからかわれたり、追いかけられたりした。それで逃げ足が速くなった。四季の中で冬が一番好きなのは、マフラーやマスクで異様に高い鼻を隠せるからだった。人の横には坐らず、いつも正面に坐った。正面から見ると混血児の特徴がぼやけるからだ。イマオは巻き舌のべらんめえ口調で話した。チャキチャキの江戸っ子に見せたかったのだ。

そんなイマオと八郎は気が合った。イマオは八郎より二つ年上で暁星中学校へ行っていたが、退学処分を喰ってから、転々と学校放浪をした揚句、代々木のヨタ学校といわれている名教中学へ行っていた。名教中学では詩人の正富汪洋《まさとみおうよう》が国語を教えていて、イマオは詩を書くことを教わった。

イマオは八郎に詩を書け書けと勧めたが、八郎は「詩なんかつまらねえ」といっていた。詩よりも落語や浅草オペラやウイリアム・エス・ハートの二挺拳銃の方がよっぽど面白いやといった。イマオに勧められて、八郎は萩原朔太郎《さくたろう》の処女詩集「月に吠える」を読み、

「イマさん、やっと少しばかり面白い詩集が出たね」

といった。

光る地面に竹が生え、

青竹が生え、

地下には竹の根が生え、
根がしだいにほそらみ
根の先より繊毛が生え、
かすかにけぶる繊毛が生え、
かすかにふるえ。

かたき地面に竹が生え、
地上にするどく竹が生え、
まっしぐらに竹が生え、
凍れる節節りんりんと、
青空のもとに竹が生え、
竹、竹、竹が生え

イマオと八郎は声を揃えてその詩を朗誦した。

「この詩がどうしていいかというとね、この人の切実な気持から出たものだからだよ」

八郎はイマオにいった。

「朔太郎って人は前橋に住んでるんだけど、便所でケツをまくってると、怖くてブルブル慄えてろくにクソが出ないんだってさ。便所のクソ壺からケツの穴めがけて、すくすくと竹が生えてくる。その竹にケツの穴が突き刺される、と思うとおちおちクソもしてられなくなるんだってさ」

「ほんとうかい、その話」

「恐竹病っていう神経衰弱なんだ。福士さんがそういってたよ」

「ほんとうだとしたら気の毒だな」

「見舞いに行こうか」

「行ってなんていうんだい」

「萩原さん、ケツの穴は大丈夫ですか……」

イマオは正富汪洋が主宰する「新進詩人」の同人だった。川路柳虹《りゅうこう》は日本詩壇を私物化している独裁者である、閥を作り、我々若者に冷淡だといって盛んに憤慨した。イマオと八郎は二人で柳虹をやっつけようと相談した。万世橋のミカドというレストランで詩話会という会を柳虹が開く。そこへ乗り込んであのマンドリンみたいな頭を、ガーンとやってやろう、と相談が決った。

イマオと八郎はミカドへ乗り込んだが、竹の詩の萩原朔太郎の顔を見て、意気が挫《くじ》けた。イマオと八郎は末席に坐って、三木露風や堀口大学や日夏耿之介《ひなつこうのすけ》、生田春月《しゅんげつ》、与謝野鉄幹、晶子の顔を眺め、渾名を考えながら帰ってきた。

八郎とイマオは毎日会った。八郎はまるでイマオの右手か左手になったようだった。イマオのフランス人の父は大金持だった。葉山の森戸海岸に別荘があったので、八郎はよくそこへ泊りに行った。夜になると二人でオイチョカブだのコイコイをした。夜が更けると八郎は女中部屋を覗きに行った。

二人は二人の不幸について話したことは一度もなかった。八郎についてイマオが知っているることは、あまりに不良ぶりがひどいので、勘当されて福士幸次郎に預けられているということだけだった。

イマオが田端へ来ると、幸次郎はあり米を引きのばすために芋飯を炊いて食べさせた。そして幸次郎はいった。

「文芸は男子一生の仕事にあらずなどという奴がいるがね、ぼくはそれは違うといいたい。文芸は婦女子のやるべきことではない。もしくは婦女子的な男性のすることでもない。なぜなら男性的であることこそ自己確立の真の歓びを感じることが出来るからだよ」

八郎は返事をイマオに委せて芋飯をかき込む。

「福士さん、この芋飯、少ししょっぱ過ぎやしないかい？」

「おかずがいらないように塩をきかせてあるからね」

そういって、幸次郎はすぐに話を戻す。

「文芸というものは公衆相手の仕事ではないんだよ。これは自分相手の仕事だよ。ぼくは詩のために詩を書いたことはなかった。いわんや金のために書いたりはしない。ただ一人の人間として生き、人間として詩を書くんだよ。いいかね、ハッチャン、イマオくん。実に詩は肉体的な力の充満によって吐き出されるものでなくちゃいけないんだよ。それは人間の毎日の活動から溢れてくる自然な、完全な犒《ねぎら》いなんだ。わかるかい？　芸術は悲哀の絶頂すら、それに没頭することによって慰められる……解放される……」

芋飯の茶碗を手にしたまま、幸次郎は昂揚して額を紅潮させ、イマオと八郎の顔をかわるがわる見て念を押す。

「ぼくのいうことがわかるかね？　このことだけはわかってほしいんだよ」

オレを相手にそんなむつかしいことをいってもしようがないんだよ、と八郎は腹の中でいう。

「芸術は悲哀の絶頂を慰めてくれるかもしれないけれど、腹の減ったのはどうしてくれるんだい？」

そういいたかった。あとでそのことをイマオにいうと、イマオはいった。

「オレもそう思うよ。だがそれをいうと話がますます長くなるからいわないんだ」

「ねんねんよ　おころりよ
坊やのおもりはどこへいたー
たわらのネズミが米くってチュウ！
チュウチュウたこかいなー
なんてん　かんてん　ところてん
てんじんさまの細道じゃー
ジャンケンポンよ　アイコでしょ
よめなにごぼうに　むかごになずなー」
それは茗荷谷にいた頃、おそわ伯母さんと合作したシリトリ歌だ。

「よめなにごぼうに、むかごになずな」まで作ったが、後はそのままになっているうちに喜美子姉さんは死に父さんはいなくなり、おそわ伯母さんは弘前へ行ってしまった。

幸次郎の芸術論が始まると八郎は「むかごになずな」のつづきを考えた。

「むかごになずな……なずな……なずな、なんきん、とうなすかぼちゃ……」

ダラダラとしゃべっているうちに、必ずリズムが出てくる。詩とはリズムだと幸次郎はいった。リズムのないものは詩ではない。シモンズは詩はひと息に吐き出せといっている、だから安心してずんずん吐き出せばいいんだよ、と。

だから、これでも詩なんだ。八郎はそう思って幸次郎の芸術論が始まると、なずななんきん、とうなすかぼちゃのつづきを考えた。

節《たかし》は玄関にほうり込まれていた「新進詩人」という薄っぺらな雑誌の中に、びっくりして息が止りそうな文字を見た。

「『父を見送った夜』、佐藤八郎」

何度見直しても「佐藤八郎」だった。同姓同名かもしれない、多分そうにちがいないと思いながら読んだが、それは間違いなく兄八郎の書いた詩だった。

「父を見送った夜」

佐藤八郎

弟と私とは歩いた。

父を見送った帰りの夜道を
街灯の光りも
木も、家も、人も、建物も
みんな、奇麗に見えた。
二人の心がぴったり合っていた。
いつもの弟と違って
たしかな、つかまえ所の
ある事のみしゃべった。
二人の鼓動まで同じようにひびいた。
父に対する感謝と
自分等の将来の話が
気持ちよく取りかわされた。
ほんとうに酔っていた。
感謝の酒だるの中につかっていた。
父の言葉の酒に酔っていた。
弟と私は歩いた。
肩をならべて
手をくんで
ぴったりと合った心を持って。

節は暫くの間頭の中が空っぽになった。それから、

「母さん、母さん！」

と呼んだ。

「この雑誌、これ、どうしたの？」

「なあに？　どれ？」

ハルは「新進詩人」を手に取り、

「知らないわ。どこにあったの？」

「玄関にあったんだ。上り框《がまち》に」

八郎が来て投げ込んでいったのだろう。この詩はあの時のことを書いたんだ、節は思い出した。父が大阪へ行くのを見送ったあの夜のことにちがいなかった。今から三年前だ。服部坂を下って行きながら父はいった。

「父さんはどこにいてもお前たちのことを心の目で見ているからね」

それから二人で力を合せて弥《わたる》や久《ひさし》を守ってくれといった。喧嘩はしてもいいが、芯のところでは仲のいい兄弟でいておくれ、といった。

芝居なんかしやがって！　なにが「父さんはどこにいてもお前たちのことを心の目で見ているからね」だ。心の目もヘチマもあるか。とっくに忘れてるんじゃないか。

「いつもの弟と違って
たしかな、つかまえ所の

ある事のみしゃべった。

二人の鼓動まで同じようにひびいた……」

節は混乱してどうしたらいいのかわからなくなった。へんに悲しく、八郎への懐かしさと嫉妬が入り混ってじっとしていられない。

チクショウ！　詩なんか書きやがって！

と思い、無性に八郎に会いたくなった。

「新進詩人」を握って表へ出た。野呂瀬のばあさんに見せたくもあり、見せたくもなかった。佐久間さんのおばさんに見せようか？　しかし、それもためらわれた。おばさんはこれで八郎に一目おくだろう。

浅草へ行けば八郎に会えるだろうと思った。市電に乗って広小路で降り、仲見世の人ごみの中をぶらぶら歩いて行った。晴れた秋の空をちぎれ雲が流れている。ちぎれ雲の影は観音様の境内に群れる鳩の上を動いて消える。また現れて、また消える。鳩に豆をやっている子供が光ったり翳ったりしているのを暫く眺めていた。それから公園に入ってひょうたん池の畔《ほとり》から、向うに聳《そび》えている十二階を眺めた。十二階やパノラマ館は田舎モンの行くところだと八郎がいっていたのを思い出して、十二階に上ってみたい気持を抑えた。

ダンゴを焼く匂いが漂ってきて、腹がグーッと鳴った。公園を抜けて木馬館に近づくと「煙も見えず雲もなく」のジンタが湧き起った。ダンゴの匂いと公衆便所の臭いが混って流れてきた。水族館の脇で風船をふくらませているばあさんの前に立って、暫く眺めていた。

「おばあさん、精が出るね」

　誰かと話をしたくなったのでそういってみた。ばあさんはジロリと節を見て、

「どこの子だい、へんにマセてるね」

　にべもなくいって、思いっきりほっぺたをふくらませて、風船に息を吹きこんだ。八郎ならすぐ、渾名をつけるところだ。節は考えたが、これと思うイメージが浮かんでこないので諦めていった。

「ぼくの家は台町だよ。父さんは佐藤紅緑っていうんだ。知ってるかい？」

「知らないね。稼業は何？」

「小説家だよ、芝居も書く」

「そりゃロクなもんじゃないね」

　節は失望してぶらぶら歩き出した。そうだ、今日は新嘗祭《にいなめさい》だった、と気がついた。木馬館にも水族館にも入口に国旗が立っていたのはそのためだった。小学生の時は、新嘗祭というと学校が休みになるから嬉しくて、これだけはよく覚えていたものだ。だが今は学校へ行っていないから新嘗祭とも関係がなくなった。学校へ行っていないから、節には友達もいない。小学校の時に仲よくしていた質屋の息子の田沢は中学校へ上り、剣道部に入って忙しくしている。布団屋の権藤は日本橋の呉服屋の小僧になって行ってしまった。仲のよかった同級生はみんな、それぞれに忙しくしていた。何もしていないのは節一人だ。警察署長の息子の大田黒はぶらぶらしているが、これは肺病のためだった。

いつも暇そうにしているから時々遊びに行くが、何かというとツルゲネフだのトルストイだのといい出すのが面白くない。トルストイは「カチューシャかわいや、別れのつらさ」という歌を作ったんだろ、といってバカにされて以来、節は大田黒には会いたくない。

花屋敷の前にぼんやり立っていると、向うから来たハンチングの庇《ひさし》を目が隠れるほどに引き下げた若い男が声をかけてきた。

「よお、ハチモクの弟じゃないか」

いつ、どこで会ったのかは憶えていないが、顔いっぱいにニキビを吹き出して腫れ上ったような丸顔に見憶えがある。

「兄ちゃん知らない？　ぼくの兄貴……」

「ハチモクか。ハチモクなら公園劇場の裏の川瀬って床屋にいるよ」

「ありがとう」

公園劇場の裏手の川瀬床屋はすぐにわかった。ドブ板に沿って嵌《は》められた汚いガラス障子が開け放されている。高下駄を履いた小柄な親爺が客の後ろで剃刀《かみそり》を磨《と》いでいた。

「ハチモクいますか？」

さっきのニキビが「ハチモク」といっていたから、その方がわかり易いと思っていった。

「ハチの字かい、二階だ」

親爺は無愛想に顎をしゃくった。

「上んな。いるから」

下駄を脱いで急な階段を上って行った。途中で立ち止って、

「兄ちゃん」

と呼んだ。唐紙が開く音がして、上から八郎の寝ぶくれた狸みたいな黒い顔が覗いた。

「何だ、チャカか。何しにきた」

「遊びに来たんだ」

八郎が何もいわないので、つけ足した。

「天気がいいから遊びに来たんだ」

「ジジイみたいなこというなよ」

八郎はいった。

「帰れ。お前と遊んでる暇なんかねえよ」

八郎は威嚇するように握り拳を上げた。

「上ってくると承知しねえぞ」

「何してんだい、兄ちゃん」

「今、詩を書いてるんだ」

あっ、詩！　と節は思った。

「詩作に耽ってるんだよう、バカヤロー」

八郎の大声が落ちてきた。

六

「われはフランソワア　残念也、無念也、
ポントワアズの辺《ほとり》なる　巴里の生れ、
六尺五寸の荒縄に吊りさげられて
わが頸《くび》は臀《いさらい》の重みを知らむ」
何かというと八郎はヴィヨンのその詩を口ずさんだ。
「われは佐藤八郎　残念也、無念也、
牛込薬王寺の辺《ほとり》なる　江戸の生れ」
というのが口癖になっていた。
八郎は青いルバシカに赤い長靴を履き、伸ばした髪をアルプスの案山子《かかし》が被《かぶ》っているような汚らしい帽子で押え、ギターを抱えて浅草をさまよって放浪詩人の気分を味わっていた。
オレは日本のフランソワ・ヴィヨンになるんだ、と八郎はいった。ヴィヨンは泥棒で人殺しで放浪の大詩人だ。そして嬉しいことに不良少年だ。二十五歳の学生の時、神学校に盗賊と一緒に潜入して、五百エキュの金を盗んだ。その一年半ほど前には喧嘩をして人を殺している。八郎はいった。
「ヴィヨンは泣きながら笑うのさ。そこが何ともたまらない」

節は八郎の後をついて歩き、一杯屋かコーヒー屋でとぐろを巻いている不良少年どもを相手に八郎がそういうのを聞いていた。節は飛白《かすり》の筒袖の短くなったのを着て、ちびた下駄を履いている。節は八郎のルバシカが羨ましい。古くなったらおくれな、と何度も頼むが八郎は返事をしない。八郎はギターをかき鳴らして、

「風の中の羽のように
　いつも変る　女心」

と歌った。やわらかな、気持よく響く丸いいい声だった。金龍館のオペラでコーラスの頭数が足りない時など、呼ばれて歌っている。声がいいし、音感も優れているから、本格的に歌をやってみないか、と田谷力三に勧められた。だがこの本格的というやつが、オレの性に合わねえんだ、と八郎はうそぶいている。真剣勝負てのは面白くないからいやだよ。

「だがオレの親父てのはおかしな親父でね、真剣勝負が好きなんだ」

八郎はいった。

「四十過ぎてから野球を覚えて熱中しちゃったんだ。茗荷谷クラブっていう草野球を作ってさ、あっちこっちで試合してたんだけど、負けてくると怒るんだよ。アンパイアに文句をつけるし、殴りつけるし。早稲田のグラウンドで試合前の練習をしていた時だよ、ノックのボールが飛んできて親父のキンタマに当ったんだ。親父の奴、ワーッて飛び上ってさ、まっしぐらに駈けて行っちまったんだけど、暫くすると向うの方で『こらーッ、汚いじゃないか、水が飲めないじゃないかーッ』てね、怒鳴る声がするんだよ。行って

みたらテニスコートの脇に井戸があるんだけど、そこで庭球部の学生が怒ってるんだ。親父のやつ、井戸の釣瓶《つるべ》に水を汲んで、そこでキンタマを冷やしてるのよ。オレが近づいて行ったら親父はいったよ、『キンタマに釣瓶とられて貰い水』……」

どっと上っていつまでも渦を巻いている笑い声の中で、節は羨望で身体が熱くなっている。

「茗荷谷クラブじゃ親父は総監督ということになってたんだ。打順は九番で守備位置はセカンドなんだけど、ゴロが来てもセカンドは動かないのさ。つっ立ったまま、『ショート、ショート、ショート』って叫ぶだけさ。セカンドへ真直ぐきても、横の方へ寄って『ショート、ショート、ショート』だ。永瀬のサンチャンてのがショートだったんだけど、くたくたになっちまってね。『こりゃ総監督じゃない、ショート監督だよ』……」

八郎は人を笑わせるのがうまい。八郎がいる所、常に笑いの渦が湧いている。同じ話なのに、何度聞いても笑ってしまう。節は八郎のいない所で同じ話をしてみた。だがそれほど相手は笑わなかった。野呂瀬のばあさんは、「キンタマに」の話には少し笑ったけれど、ショート監督の方は「そりゃ何だい」といっただけだった。八郎は話術の才も父からそっくり譲られているのである。

八郎になくて節にだけある才能といえば喧嘩だけだ。八郎は喧嘩は好きだが、弱い。強気なことをいっているが、本当は臆病なのだ。喧嘩が始まると、八郎は節を呼んだ。

「チャカ、行け、やっつけろ！」

そういわれると、節はここぞと暴れた。喧嘩の才能というよりは、向う見ずな気性のために強かった。殴られる痛さは殴った時の快感で帳消しになった。割られた眉間を手で押えると、指の間から血がしたたり落ちて、

「チャカ、大丈夫か、大丈夫か」

おろおろ心配する八郎を見ると痛さを忘れた。

「どんなもんだい！」

といいたかった。

喧嘩の時だけ八郎は節を弟らしくあつかう。節は喧嘩を探して浅草をうろうろした。不良同士の大きな喧嘩の時は節が現れると敵はひるんだ。そんな時八郎は包帯やアルコール綿やメンソレータムを入れた鞄を提げてどこからともなく現れ、

「怪我人はいないか。救護班だ」

と叫んでいる。

喧嘩のない時は八郎はたいてい、節に冷たかった。

節は時々、ワタルのことを思い出した。

「ワタル、どうしてるかな？」

と八郎にいったが、

「おでこが重くて転んでるんだろ」

と答えただけだった。

節はワタルに手紙を書いた。

「親愛なるワタルよ。どうしていますか。元気ですか」

と書いて、ワタルはまだ字が読めないことに気がついたが、かまわずつづけた。

「ぼくは元気です。

母さんもキュウも元気ですから安心して下さい。

そっちはいちごがたくさんとれる所だそうですね。こんど、食べに行きます。それまで元気でいて下さい」

「元気」という言葉が多すぎるように思ったが、ほかにどんな言葉も浮かばないのでそのままポストへ入れた。間もなく従姉の良子《りょうこ》から手紙が来た。

「ワタルちゃんへの手紙、届きましたけど、切手が貼ってありませんでしたので、不足を三銭取られました。気をつけて下さいね。ワタルちゃんは今、食べすぎておなかをこわしています。節チャンからの手紙を読んであげました。なにかいうことがあったら、代りに書いてあげるといいましたが、何もいいませんでした。げんのしょうこを煎じて、飲みなさいといっているのですが、いやがって飲まないので困っています。姉さんはむりに飲ませようとして、指を咬《か》まれました。おとなしいと思っていましたが、きかない時はうんときかないので困ります。では、ごきげんよう」

節は野呂瀬のばあさんから、父さんが芸者に産ませた子供が小石川の久堅町《ひさかたちょう》にいることを聞いた。子供は男の子で上をゆきお、下をよしおという。よしおとはどんな字を書くのかばあさんにはわからない。よしおは小学校の三、四年だろうから、節よりも五つくらい年下だろう。ゆきおはたしかよしおより二つ上だということだから、まだ小学校は卒業していないだろうが、このゆきおは先生のタネじゃないのさとばあさんはいった。子供たちの母親はおいねさんという芸者だが、ゆきおの方は前の旦那の子供で私生児になっていたのを、先生が「ついでだ」といって認知してやった。まったく、先生も変った人だと思うけど、子供をこんなに産んで自分は好き勝手をしてるんだから、一人や二人、自分のタネでない子供を認知してやっても別段どうってことはないんだろうねえ……。野呂瀬のばあさんは時々、節がまだ子供であることを忘れたようなものいいをする。

「じゃあ、その子はオレの弟になるのかい？」

節はばあさんに念を押した。

「そうだよ。こういうのを異母弟っていうんだよ」

「イボテイか……。でも弟だろ」

「異母弟は弟に決ってるさ」

節は「よしお」に会いたいと思った。どんな奴だろう？　オレに似てるのかな？　と思うと会いたくてたまらなくなった。

節は八郎にその話をした。

「知ってるか、そういうのを、イボテイっていうんだぞ」

「バカヤロー、それくらい誰だって知ってら」

そういって八郎は「よしお」は「与四男」と書くこと、「ゆきお」は「幸男」であること、与四男も幸男も伝通院の礫川《れきせん》小学校へ行っていること、幸男は六年、与四男は四年生だといった。

「どうして知ってるんだい、兄ちゃん……」

節が驚いて訊くと、

「オレは何だって知ってるんだ。これからも知らないことは聞きにこいよ」

と威張っていった。

「どんな奴だろう。二人で会いに行ってみないか？」

「バカヤロー、こちとらそんな暇はないよ」

にべもなく八郎はいった。

節は一人で与四男に会いに行くことにした。父が残して行った将校マントを紺絣の上に着て家を出た。それを着れば少しはおとなに見えるかと思ったのだ。マントは長すぎ、風のない暖かな日だったから、少し重苦しかったが。

礫川小学校は茗荷谷にいた頃、よく遊びに行ったから知っている。こんな所にイボテイがいたのか、と思った。校門の前に立っていると、間もなくガランガランと放課の鐘の音がして、鞄を肩に掛けた子供たちがどっと出てきた。

「おい、お前は何年だ」

すばしこそうなのに訊いた。

「オレ？　五年」

「四年の子はいないか」

「いるよ、あすこにいるのがそうだよ」

四人ばかり、かたまって帰って行く生徒に声をかけた。

「お前ら四年かい」

「そうだよ」

「じゃ、真田与四男って子、知ってるかい？」

「知ってるよ。二組だよ」

「二組はもう帰ったかい」

「二組は先生に説教くってたからまだだよ」

「何の説教だい」

「そんなこと、知らねえよ」

校門の前に文房具屋とその右隣りに軒が右下に曲った駄菓子屋がある。節はその前に立って校門を見張っていた。

ひとしきり男の子や女の子が出て来て右左に散って行った後、暫くして男の子たちがぞろぞろ出てきた。教師に叱られて泣き腫らした顔やふくれっ面がつづく。その一団から少し離れて、顔が妙に大きくて、ずんぐりした少年が一人で歩いてきた。

あいつだ、と節は直感した。どことなく父に似ている。面長に高い鼻、細い目がつり上っている。つかつかと近づいて行って声をかけた。

「君、真田与四男かい？」

少年は顔を節に向け、怒ったように、

「そうです」

と答えた。

「ぼく、誰かわかるかい？」

細い目が節を見て、

「わかりません」

「そうか……そうだろうな」

節はひとりで頷いた。

「君はオレのイボテイなんだよ」

与四男は返事をせずに節を見ている。

「君は佐藤洽六って知ってるかい」

「知ってます」

「誰だい」

「ぼくの父さんです」

「ぼくの父さんも佐藤洽六だ。だから、君はぼくのイボテイなんだよ」

与四男は無表情に節を瞶《みつ》めている。

「イボテイって知ってるかい？」

「知ってます」

何の感動もない声だったので、節は失望した。

「つまり、ぼくは君の兄だ。君はぼくの弟だ」

節はいった。

「兄弟なんだからこれから仲よくしよう。困ったことがあったら、何でもいってきなさい。何かあるかい？　困ってることない？」

「ありません」

「ハラへってないか？」

「へってません」

「学校で君を虐める奴はいないかい？」

「いません」

「いたらいいなさい。ぼくがやっつけてやるから」

節は与四男に帳面を出させて、その裏に住所と名前を書いた。

「節分の節とかいてタカシというんだよ」

与四男は帳面を鞄にしまい、肩に鞄を掛けると、

「さよなら」

といってスタスタと行ってしまった。


早苗は旅の途中で患《わずら》った腸の疾患が治らず、瘦せこけてピイピイ泣いてばかりいた。小さな身体にあんな旅は無理だったのだ。大里でトヤについた惨めな三日間の後、漸く工面した金を役者たちに分け与えて日本座は解散した。今度こそ、二度と旗揚げすることのない解散だ。治六はそう心に決めて住吉へ戻ってきたのである。

解散してよかった、下手をすると六郎ばかりか早苗まで芝居の犠牲にしてしまうところだったよ、と洽六はいった。

「早苗と三人で静かに暮そう。子供がいない時ならともかく、親になったからには少しは母親らしい気持を育てた方がいい」

シナは不得要領に首を傾けて遠くを見るような目をして、反対もしなければ賛成もしない。口を結んだまま、

――親になったからには、やて？……自分はどうやの？

心の中で反問している。九州巡業の苦しさは身に染みているけれども、いい興行主を選べばああいうことにはなりはしないと思っている。いい興行主を選べないのは、洽六が興行主の出す条件と折合おうとせず、注文ばかりつけて喧嘩別れをしてしまうためである。洽六がいなければ、（シナ一人ならば）舞台の仕事はいくらでもあるのだ。しかし話が持ち込まれてくると、必ず洽六が出しゃばってきて、法外な条件を持ち出して話を壊してしまう。

浅草の常盤座《ときわざ》は新派悲劇の常打ち小屋だが、そこで女優を探しているという話をシナの耳に入れたのは、もと沢田正二郎の妻であった渡瀬淳子である。常盤座の座長は立役者の水野好美《こうび》で、若手二枚目として大矢市次郎がいる。女優の大看板は茅野菊子だが、茅野だけではもうひとつ力不足である。新派悲劇の間に、サロメや復活など、翻訳劇を掛けたいという考えもあって、もう一人、洋服が似合う若い女優を入れたいという。

翻訳劇をやりたいというのは、かねてからのシナの願いだったから、忽ちシナの気持

は乗った。常盤座は右隣りの東京クラブで活動写真を、左隣りの金龍館でオペラを上演し、三館は館内で通路で結ばれ、一枚の共通切符でオペラを見たり新派悲劇を見たり出来る仕組である。

「常盤座へ出ようかしらん……」

しんねりとシナがいい出す時は、弱気のように見えていて、その底に強情な意志を潜めていることを知っている洽六は、忽ち顳顬《こめかみ》に青筋を走らせた。

「常盤座？　ふン！」

洽六は鼻を鳴らした。常盤座に出ることは三笠万里子が女優として身を落したことになる。洽六はそう考える。今まで洽六は日本座と三笠万里子の「格」を落すまいとしてどれだけ苦労してきたかしれないのである。いつも万里子の格づけを他の役者の上に置くことや座長、あるいは大看板としての待遇を要求しつづけてきたのは、誰のためでもない、シナのためだと洽六は確信している。たとえドサ廻りの劇団であっても、三笠万里子は一国一城の主《あるじ》であるべきだった。シナはすべての座員から挨拶をされる立場にいるべきだった。シナの方から挨拶に行かなければならないような位置にシナを置くまいとして、彼はずっとにくまれ役を引き受けてきたのだ。しかしシナは聞き取れぬほどの低い声に、強情な反抗を見せていった。

「身を落すというけど、浅草の常盤座に出られるのならドサ廻りの座長よりはよっぽどいいわ」

「痩せても枯れても三笠万里子は日本座の座長なんだ……オレが命がけで一所懸命に支

えてきた座長じゃないか。それを紙屑でも捨てるようにお前は捨てるというのか……」

「大袈裟な……」

シナは眉を寄せ、口の中でいう。

――サカラッキョにシラミの将軍、元安豊や日疋重亮にそんな渾名をつけたのは自分じゃないか。そんなろくでもない役者ばっかり揃えて、座長でございもあるものか……。

ああ、もう聞き飽きた、いい飽きた。何十回、何百回、同じことのくり返し。だが、もういうまいと思ってもいわずにはいられない。世間では三笠万里子が座長をしていられるのは、佐藤紅緑のおかげだといっている。まるで三笠万里子には女優としての実力なんか何もないかのように。座長になりたいために、紅緑を籠絡《ろうらく》して家庭を壊させたと……。

昨日も倉橋仙太郎が来て、松竹にあんたのことを話したんだが、三笠一人なら喜んで受け入れるけれど、あのウルサガタがついてるからなあ、と断られたと話して行ったばかりだ。三笠さんはえらい損してる、と渡瀬淳子もいった。松井須磨子が島村抱月を取り込んで大女優になったのを見て、自分も須磨子のようになろうとして佐藤紅緑を取り込んだと世間ではいってると。そのときシナは「ふふン」と笑って、

「島村抱月と佐藤紅緑とは力量がちがうわ、取り込んだって何の得もないわ」

冷然といい放った。しかし煮えくり返った胸は日が経つにつれ、治まるどころか、重苦しい怨みとなって冷え固まって消えない。

――わたしは先生のためにどれだけ損をしてるかわからないのよ！

洽六に向ってそう喚きたかった。だが、それをいったところで、洽六の憤怒の嵐に揉みくちゃにされるだけであることはわかっている。

「オレはいつだって、お前によかれと思ってやってきた。自分のことを考えたことなんか一度もなかった。明けても暮れても、来る日来る日、毎日、お前の幸福を考えてきた……どうしてわからないんだ。このオレの気持をどうしてわかろうとしないんだ……」

もうその台詞は聞き飽きた。不毛のいい争いが永遠につづくだけだから、シナは愚痴をいうのはやめようと思う。愚痴をいうくらいなら別れ話を持ち出した方がいい。わたしは一人で自由に生きたい。自由になりたい、自由になりたい。どんなに貧乏をしても、下っ端女優に落ちてもいい、自由になりたい。男の力を借りないで、自分一人で生きてみたい。

暫く何もいわずに静かな日をつづけた後で、シナは突然いった。

「別れましょう。お願いです、別れて下さい」

洽六が雷にでも打たれたように口を利けずにいるうちに、シナは急いでいい切った。

「わたし、先生の手から離れて一人で芝居をしてみます。一からやり直します。そうしたらわたしの実力もはっきりするでしょうから……一人で、誰にも頼らないでやりたいの、お願いです。わかって下さい……」

七

隅田川を見下ろす待乳山《まっちやま》に祀られた聖天宮の裾を、北東から山谷堀が隅田川に流れ込んでいる。その分岐点に懸けられた今戸橋にほど近く、聖天宮の裏の石段の上り口に、待乳山の崖を背負うように建っている三階建の倉造りの家。それが洽六とシナが借りた住居である。そこを金龍山瓦町《きんりゅうざんかわらまち》という。

ここを選んだ理由は、ここから常盤座まで二十分足らずで歩いて行けるからであった。シナが持ち出した別れ話は、洽六を憤激させ、狂気にしただけだった。洽六は幸次郎や野呂瀬を大阪へ呼んでシナの説得に当らせ、その説得が下手だといって怒り、男泣きに泣いて卒倒し、高熱を出した。その結果、シナの常盤座出演を認め、今後の演劇活動には一切干渉しないという一札を入れて、別れ話は有耶無耶《うやむや》になった。シナは三月から常盤座に出る。しかも念願の翻訳劇「サロメ」を演《や》る。そのただ一つの歓びのために、シナは妥協することが出来たのだ。

新しい住居に幸次郎の所から八郎が引き取られた。八郎は十八歳で、相変らず立教中学の二年生をやっている。この家は三階が十二畳一間に二階は四畳半と六畳の二間、階下は玄関と台所、風呂場に女中部屋だけというふしぎな建て方がされている。洽六とシナは三階にいる。二階の四畳半が八郎の部屋で六畳に早苗と乳母のかめが寝る。

洽六は毎日三階の十二畳から、向島《むこうじま》の土堤《どて》が連らなる川向うを眺めていた。ここは江戸末期から景勝の地として知られていて、広重の版画にも待乳山の図柄が多い。今に桜が咲くようになれば向島は錦絵そのままに春霞に溶けて、えもいわれぬ句材になりますよ、と訪ねてきた俳人がいうのに生返事をするだけである。洽六にはこれといった仕事もなく、昔の知己が訪ねて来て四方山話《よもやまばなし》をするのを上の空で聞いている。

シナは毎日常盤座へ出かける。早春の川風はまだ冷たいというのに、（冬のショールを掛けて行けという洽六の言葉を無視して）蟬の羽のような春のショールを婀娜《あだ》っぽく首に巻いている。シナはまだ二十八歳だ。洽六はもう四十七歳である。洽六は三階の窓から土堤を遠ざかっていくシナを伸び上り伸び上り見送っている。シナはそれを知っているが一度もふり返ったことがない。そんなシナに馴れつつも洽六は期待を捨て切れずに、姿が見えなくなるまで見送っている。

目下洽六が考えていることは、ハルの籍を抜いて正式に離婚をすることである。それを急ぐのは、私生児のままになっている早苗の戸籍のためだが、それと同時に一日も早くシナを正式の妻にして、シナを縛ってしまいたいからだった。

洽六が上京したために、野呂瀬と幸次郎は忙しくなった。野呂瀬はハルに離婚を承諾させる役目を帯びて、台町の家と瓦町とを往復しては話が捗《はかど》らないといって叱られている。ハルはクリスチャンなので、どんなことがあっても離婚はしないといっている。

「だからクリスチャンという奴はダメなんだ！　あの連中は観念に捉《とら》われて人間性を捨て、それを得意がってるウソつきだ。あの連中に較べれば少くともオレは己れに正直だよ！　正直がなにがいけない」

ここで洽六とクリスチャン論議をしても無駄なので野呂瀬は「はあ、はあ」といいつつ、出された酒を飲んでいる。

「しかし、先生、よくお考えになって下さい。先生と奥さまが別居でおられる限り、子供さんたちには、お父さまお母さまがいらっしゃいます。しかし、はっきり離婚ということに決り、先生が三笠さんと結婚なさった時には、八郎さんは十ちがい、節さんは十二ちがいの三笠さんをお母さんと呼ぶでしょうか。三笠さんはそれを承知でしょうか」

幸次郎はいった。彼はこの結婚によって、八郎と節が更に荒れることを心配しているのだ。

「そんなことは君、枝葉末節の問題だよ。枝葉に捉われていては何も出来ん。なにも万里子に母親として八郎の学校へ挨拶に行けというわけじゃなし、母さんと呼ぼうと何と呼ぼうと好きにすればいいじゃないか」

「それはその通りでありますが……ただささえむつかしい年頃の八郎さんや節さんですから、この上、ご両親がはっきり離婚ということになると、更に動揺が起きはしないかと……」

「すると君はなにか？　ハルの籍を抜いて万里子と結婚するのは不賛成だというのかね？　早苗はどうなるんだ。ハルとぼくが離婚しても八郎や節には父がいる。だが早苗は父なし子のままだ。それでいいというのかね！」

シナがいそいそと常盤座へ出かけて行く鬱憤を洽六は幸次郎と野呂瀬を怒鳴ることで

霽《は》らした。常盤座の楽屋には顔を出さない、シナの待遇についても一切文句をいわないと約束しているので、洽六は常盤座へ行きたいのを我慢している。

「お父さん、ぼく、見てきたよ。三笠さんのサロメ」

八郎が三階へ上ってきて、いった。

「お父さん、見に行かないのかい？」

「あんなくだらん西洋芝居なんか、見に行けるかい。どうせろくなもんじゃないだろう」

「けど面白いよ。なかなか面白いよ。ぼく、声かけてやった。マーリ、マリマリマリ、マリチャンッてね」

洽六は誰にも内緒で常盤座へ行った。オペラと映画と芝居の「三館共通」の仕組のために、客席は落着かず、ざわざわしている。シナは黒いジョーゼットのスカートをつけ、粗い網目の胴着に赤と緑のガラス玉を渦巻き様に並べた乳当てをつけ、腰のまわりに南京玉の下りを垂らして、ヨカナーンが入れられている井戸に身を屈めていった。

「静まりかえっている。不気味なほどに……。ああ……なにか土の上に落ちるような……。たしかに聞えた……何か落ちる音が……」

なんだ、あれは、あの格好は、あの台詞廻しは……洽六は思う。額の真中に、一つ目小僧じゃあるまいし、南京玉のかたまりをくっつけて、剝き出した肩や腕を隠そうともしないで、よくも恥かしくないものだ。肉襦袢《じゅばん》をつけるから、人の目に肌を晒《さら》すわけではないといっていたが、肉襦袢をつけると皺が出るのをいやがったためだろう、つけないで白粉でごま化していることは一目瞭然だった。ジョーゼットのスカートの下に脚が透けている。その格好でシナはあられもなく踊る。何だ、あの踊りは……胴長カブラ脚の日本の女がやれる踊りじゃない……。洽六は内緒で見物に来ていることを忘れて、楽屋へ文句をいいに行きそうになる。

それに何だ、あのヨカナーンは……。

予言者ヨカナーンはサカラッキョの元安が演っている。シナの演劇活動には一切口出しはしないと約束していたにもかかわらず、洽六は根岸興行に交渉して、シナと一緒に元安豊と日疋重亮をつけることを無理やり承知させたのだった。しかし洽六はその元安のヨカナーンを、自分がゴリ押ししたことを忘れてクソミソに罵《のの》らずにはいられない。

「ああ、お前はその口に口づけさせてはくれなかったね。ヨカナーン、さあ、今こそ、その口づけを……」

銀の楯の上に乗せたヨカナーンの首を摑んでシナがいう。

洽六は舌打ちをし、鼻を鳴らし、幕が下りる前に立ち上って常盤座を出た。黙ってはいられない。この鬱憤を誰かにいわずにはいられない。しかしどんなことがあってもシナにいうわけにはいかないから、仕方なく野呂瀬を呼んだ。

「君、見たかね。サロメを！　いったいありゃ何だ。オレはあれを見て、侮辱を覚えたよ……まったく、何という芝居だ、あれは……」

野呂瀬は身に覚えのないことで叱られる不運を、その埋め合せのように振舞われる酒で我慢した。

八郎が久しぶりに台町の家へ行くと、ハルはもう桜が散ったというのにまだ綿入れの半纏《はんてん》を着て、火鉢を抱えるように背中を丸くしていた。

「お父さんはどうしていて？」

八郎を見ると待ちかねていたようにいった。

「貧乏ゆすりをしながら、鼻を鳴らしてるよ」

「あの人はどうしていて？」

「常盤座へ行ってるよ」

「ハッチャンに優しくしてくれる？」

「顔を合せるのはたまだよ。冗談いってやると喜んで笑ってるよ」

「じゃあ仲よくしてるのね？」

窶《やつ》れて落ち窪んだ目が鈍く光った。

「だからさ、仲よくっていったって時々顔を合せるだけだからね。喧嘩のしようがないよ」

「暴れないの？　ハッチャンは……」

「時々暴れるよ。でも向うは三階だからね」

「女の子がいるんでしょう？」

「いるよ」

「なんて名前？」

「早苗」

「幾つ？」

「知らないよ。二つか三つだろ。赤いチャンチャンコ着てチョロチョロ歩いてるよ」

「お父さんは可愛がってる？」

「うるせえな。そんなことオレは知らないよ」

八郎の声が大きくなったのでハルは口を噤《つぐ》んだ。

「母さん、金くれよ。よう……おくれよ、金……」

「金、金って、あなたたちはいつだってお金のことばかり……」

ハルは肩を下げて大きく溜息をつく。今はシナが時々小遣いをくれるから、別段金に困っているというわけではなかった。だが母がか細い声でくどくどというのを聞くと、「金くれよ」といいたくなってしまう。

「ハッチャンはどう思う？」

「何がだよう」

「父さんが正式に離婚したいっていってきてるのよ。野呂瀬さんと福士さんがかわるがわる来て、どうするどうするってせっつくの」

八郎はムカムカした。

「知ってた？　ハッチャン」

「知らねえよ。オレが知るわけねえだろ。いつだって、おとなが勝手にいろんなことしてさ……」

「ねえ、どう思って？」

「どうも思わねえよ。そっちの問題だろ。オレは知らねえよ」

「知らないって……長男じゃないの」

腹の底から癇癪玉《かんしゃくだま》が上ってきた。そんな話はもうやめろ。やめないと暴れるぞ！

いいのか、いいのか、暴れるぞ！　いいのか！

「ハッチャンにも関係あることよ……わたしはもう佐藤ハルじゃなくなるのよ。鈴木ハルに戻るのよ。ハッチャンの母さんじゃなくなってしまうのよ……」

か細い声が慄え、ハルは洟水《はなみず》をすする。

「鈴木だって佐藤だって、いいじゃねえか。どっちでも！」

八郎は立ち上り、爆発した。

「さっさと離婚しちまえよ！　同じじゃないか！　親父から捨てられたんだろ！」

力委せに格子戸を開けてそのまま歩き出した。癇癪と涙がよじれて、胸の中は嵐が吹きまくっていた。何をいってもハルは怒らない。どんな情況になってもきれいな細いソプラノで嫋々《じょうじょう》と愚痴るのが、叩きのめしたいほど憎かった。

離れていると悲しく懐かしい。

だが会うといらいらして虐《いじ》めたくなる。虐めれば虐めるほど、兇暴になっていく自分を、八郎はどうすることも出来ない。

「——子供を何だと思ってるんだ！」

行きかけて急に後戻りをすると、開いたままの格子戸に顔を突き入れて叫んだ。

「もう来ねえよ、こんな家！　達者でな！」

喚くと盲滅法に走った。


浅草へ行くと節は花屋敷の塀によりかかって、サザエの串に刺したのを食べていた。

「ヤイ、チャカ！」

八郎はいった。

「なにやってんだ、お前」

「サザエ食ってるんだ。固いけどうまいよ」

「バカヤロー！」

サザエの串を奪って一口食った。

「お前、知ってるか、親父がおふくろに離婚をいい出してるってこと」

「離婚？　もうしてたんじゃなかったのかい？」

「バカヤロー。離婚はまだしてないよ。ただ別々に暮してるだけだ」

「そうだったのかい」

「野呂公が親父の使いでおふくろの所へ行っちゃあ、迫ってるらしいんだな。それというのも、女の子が生れたろ。そいつの籍を入れたいんだよ。親父はあの女の機嫌をとるのに夢中だ」

「ふうーん」

節は固いさざえをやっと呑み込んで、不得要領にいった。

「あの女が悪いんだな」

「そうだ」

八郎はいった。

「お前、やれ」

「何を？」

「どうせ暇なんだろ、お前は。あの女に仕返ししろよ。お前も男なら、サザエなんか食ってないで、それくらいのことしろよ！」

「うん」

節は串を地面に投げた。

「よし、やろう！　やっつけよう。……兄ちゃんも一緒だろ？」

「オレはまずい」

「どうしてさ」

「オレは一緒の家に住んでるんだ。小遣いも時々、くれるしさ。親父が殴りかかってくると止めてくれるしさ……。それなりに恩があるんだ。オレは専《もっぱ》ら小遣いをせびり取る方をやるからさ。お前は仕返しの方をやれ」

「そうか、わかった」

節は大きく合点した。つり上った目に向う見ずな光が点った。

「兄貴、まあ、見ていてくれ」

大人のやくざの口真似で節はいった。

節は毎日、瓦町へ行って待乳山に上り、崖から洽六とシナがいる三階のガラス障子に向って石を投げた。はじめのうちは仁王のような洽六が割れたガラス障子をガラリと開けて、

「誰だッ！」

と怒鳴っていたが、そのうち、いくら投げても誰も出てこなくなった。割っても割ってもガラスはその日のうちに新しく入っている。いくら割ってもシーンとしていてまるで無人の家のように静かだ。

その部屋では洽六とシナが黙りこくって向き合い、廊下に砕け散るガラスの音を聞いていた。飛び散るガラスの破片と一緒に投げられた石が音を立てて転がってくる。それを摑んで投げ返していた洽六は、もう動かずふり返りもしない。無視された口惜しさが節をますます逆上させた。

「これだけの根気があるのなら、勉強に向けろ」

洽六が叫ぶのを、様子を窺いに階段の途中まで上っていた八郎は聞いた。

石投げに飽きると節はシナの楽屋入りの時間がくる前に、常盤座の楽屋へ行った。子供だから無断で入っても誰も咎《とが》めない。鏡台前の牡丹刷毛や白粉皿や紅、白粉、眉墨、湯呑茶碗から座布団まで大風呂敷に包んで背中に背負って出た。

「兄ちゃん、持って来たよ」

床屋の二階へ八郎に見せに行くと八郎は機嫌よく笑いながらひとつひとつ検分し、

「大久保質屋へ持ってけ」

と顎をしゃくった。

「いいか。金はごま化さずに全部ここへ持ってくるんだぞ」

「うん、わかってる」

階段を降りていく節の頭の上で、八郎がひとり笑う声が響いていた。

ある日、節は空の大八車を引いて山谷堀の土堤《どて》を走っていた。シナは常盤座へ行き治六も留守であることを八郎から聞いている。大八車を土堤に置いて家の中へ入ると女中のミツを縛り上げた。そこへ、早苗を連れたかめが入ってきたので、かめもつかまえて柱に縛りつけた。泣き叫ぶ早苗をひとつ殴って箪笥を開けにかかったが、どの引き出しも鍵がかかっていて開かない。仕方なく箪笥を動かし背板を外して中の物を全部出した。着物、長襦袢、帯から帯揚げ、帯メ、足袋まで、すっかり大八車に積み込んだ時、どこからともなく八郎がのっそりと姿を現した。

「これで全部かい」

「うん」

「ひとまず大川を渡ろう」

節が大八車を曳き、八郎が後を押して今戸橋を渡った。涼しい川風が吹いてきて、西の空は夕焼けに染っている。節は嬉しくてたまらない。大成功だね、兄ちゃん、と車を曳きながら上ずった声でいった。

「兄ちゃん、どこの質屋に持っていこうか？　大久保？」

「大久保はダメだ。この頃、足もとを見やがる」

「じゃ、どこにする？」

「まあそう急《せ》くな。オレに委せろ」

古着屋に売らないで質屋へ持っていくのは、質札を野呂瀬のところへ持って行って買い取らせるためである。

「どうせ野呂公が受け出しに行くんだから、あんまり遠いと可哀そうだからな」

結局、気心の知れた大久保質店で換金し、金を折半する。ぼくの方が働きが大きいんだから余分にくれよ、とはいってもしようがないから節はいわない。折半した金を節は一日で使い果した。金を持つと節は浅草中の不良少年たちを集めて飲み食いさせる。勘定は心配するな、委せとけ、という時、何ともいえないいい気持になった。かつて味わったことのない、生れてはじめての優越感だった。


来る日も来る日もわたしは我慢している、とシナは思っていた。何のためにこうまで我慢しなければならないのか。わたしは好き好んでこうなったわけじゃない。なのにいいたいこともいえず、ただじっと口を結んで耐えている。

「わたしのためにハッチャンやチャカさんが不良になっているんだから、わたしがいなくなればいいんです。わたしさえいなかったら、すべてうまくいくんですわ……」

その言葉ももういい飽きた。洽六の方も聞き飽きた。そこから延々とつづく論争に疲れて、もう何もいうまいと心に決めると、つい暗く、寡黙になる。別れましょうという言葉が唇の縁まで来ている。だがそれを口に出したところで、騒ぎが大きくなるだけであることもよくわかっている。

沈黙に耐えられず、洽六は八郎を怒鳴りつけた。

「すぐチャカをつかまえて連れて来い！」

チャカさんを連れて来たところで、どうなるというものでもないのに、とシナは思っている。

「どこにいるのかわからないよ」

「わからなきゃ探してこい。首に縄つけて引っぱって来い！」

八郎はプイと出て行ったきり、何日も帰ってこない。野呂瀬が呼ばれる。

「八郎はどうした！　すぐ探してき給え」

と雷が落ちる。

「ああ、もう……もう……沢山！」

シナは低く、暗くいう。

「お願いだから、静かにものをいって下さい！」

結局のところ、洽六を静かにさせるためには、シナが感情を抑えて機嫌よくすることだった。これ以上疲れないためには、シナが我慢を重ねるほかに、我慢をする者は誰もいないのだった。

奈良の横田に貰い子になっていた時も、ずいぶん我慢したものだった、とシナは思う。

何かを耐えねばならない時に、シナは必ずあの頃のことを想う。秋になると水門町の家の裏の柿の木に夕陽が沈む。それを瞶《みつ》めて養母の仕打ちに耐えたものだ。生駒山脈のくらがり峠を眺めて、あの向うにお父ッつぁんやお母《か》はんや、兄や姉や弟や妹がいるのだと思っては、涙をこぼすまいと一心に怺《こら》えた。

隅田川を瞶めてシナは、あの時のように耐えるほかないと自分にいい聞かせた。世間ではあんなに洽六に大事にされているのに、それでも優しくしないシナは我儘者だと謗《そし》っている。シナはそんな世間の蔭口に馴れた。怒っても喚いても仕方のないことに対しては、黙って強情に耐えるしかないことを、子供の時からシナは知らされてきたのだ。

五月雨が降りつづく朝だった。洽六とシナが三階の居間で遅い朝食をとっていると、突然、バラバラと石がガラスに当る音がした。昨日からの雨がまだやまず、待乳山はぬかるんでいる。この雨ではいくら節でも投石は休むだろうと思っていたところだった。石は次々に投げられて庇や戸袋に当って転げ落ちていく。どこまで投げる気か、意地になったようにつづいている。

茶碗を持ったまま凝然と俯《うつむ》いていたシナは、突然、箸を置いた。ものもいわずに立ち上ると、洽六が声をかけるのにもふり返らず、一気に三階から駈け降りた。雨に濡れるのもかまわず表へ走り出た。崖の上を見上げると、石を摑んだ節が怯気《おじけ》たようにシナを見ている。

「節さん！」

崖をすべり降りて逃げようとするのを、高い声で呼び止めた。

「お待ちなさい、節さん！」

シナの見幕に威圧されて、ふり返ったまま、雨の中に動けずにいる節にシナは近づいて行った。

「何が気に入らないの？　節さん、どうして石を投げたりするの？　何が気に入らないのか、はっきり説明してちょうだい」

シナが一歩近づくと節は一歩退《さが》る。二歩近づくと二歩退る。

「気に入らないことがあるのなら、男らしく堂々とお父さんなりわたしなりにいいなさい。わたしがこの家にいるのがいけないの？　それなら『出て行ってくれ』っていいなさい。そうしたら出て行きますよ。してほしいことがあるのにそれをいわないで、こんな狼の遠吠えみたいなことしてるのは男らしくないわ」

節は光る目をつり上げたまま動かない。

「お小遣いがほしいの？　そうなの？」

節は怯えたように目を伏せた。それから頷《うなず》いた。

「いくら？」

シナは懐からがま口を取り出した。

「一円……でいい……」

シナは一円札を節に渡していった。

「これでいいのね？」

節は一円札を握って、ふてくされたように頷いた。

「じゃあこれからはもう、石を投げたりしないわね？　約束するわね？」

弱々しく節は「うん」といった。絣《かすり》の着物の肩も裾もびっしょり雨に濡れていた。

六月、洽六とハルの離婚が成立した。ハルは節と久を連れて、仙台の実家へ帰った。一か月百円の生活費を送るという条件だった。八郎は喧嘩が原因で立教中学を退学になり、洽六の知人の伝手《つて》で藤沢町の中学へ編入した。とにかく刺激の強い東京から離れた所へ出してしまい、シナとの平和を守ろうというのが洽六の狙いだった。

藤沢は昔の宿場町で、古い遊廓がある。転校して十日目に八郎は、仲よくなった野球部の五年生と遊廓へ上ったのが教師に知れて退学になった。

「──そこでぼくは朝早く起きて、学校へ行こうと思って、廊下で歯ブラシを使っていたのです。歯ブラシを使いながら表通りを見ていると、向うから中折帽をかぶって歩いてくる親爺と目が合ったのです。どこかで見たような顔だと思ったら、中折帽は数学の先生だったんです。その道は学校へ行くのに近道だけれど、遊廓の中だから通ってはいけないという規則になっていた道です。こっちも悪いけれど、向うだって教師のくせに規則を破っているんだ。目が合ったので仕方ないから、

『おはようございます』

とぼくは挨拶をしました。ぼくは礼儀正しく挨拶しただけなのに退学にするなんて、怪《け》しからぬ学校だと思いませんか？」

八郎は幸次郎にそんな手紙を書いて、幸次郎が駆けつけてくるのを待った。

もう中学へは行くな、と洽六はいって、八郎を勘当した。勘当した代りに、ある中学の卒業免状を百二十円とビール二ダースで買って与えた。だが卒業免状を貰ったからといって、何の役に立つというものでもなかった。八郎はその免状を友達に売って酒を飲んだ。瓦町には出入り出来ず、結婚した幸次郎の所には何となく居辛かった。仙台のハルの所へ行っても、二、三日ですぐ浅草へ帰りたくなった。

浅草が八郎の巣になった。浅草には泊るところがいくらでもあった。小遣い稼ぎの口にも不自由しなかった。床屋チームのコーチ兼捕手として、コーチ料月三円、捕手として試合に出場する毎に五十銭ずつ貰った。浅草の乞食は七、八銭の呼び金を箱に入れておき、後の金は竹筒に詰めて観音様の裏や共同ゴミ箱の蔭に隠している。よくよく金のない時はそこから失敬した。わざと歩いている人の下駄の下に足を入れて、「痛えッ」と騒いで医者代を取った。木蔭で抱き合っている男女を威《おど》して金を巻き上げた。

八郎の毎日は何となく忙しく、忙しいようで暇だった。八郎は観音様の豆売り婆さんと友達になった。三冊十銭の絵草子を売っている小母さんとも仲よくなった。伝法院の横で五目並べをしている大男、蠟燭《ろうそく》片手の占者、映画館のテケツの女の子、仲見世の人形焼屋の娘。杖を叩いて浪花節を唸っている盲目の乞食とも、六区の敷石道で紙屑と一緒に風に吹かれている淫売婦とも友達になった。

八郎は金があれば酒を飲み、酒を飲むと喧嘩をして警察の留置場に入れられた。退屈なのでかっ払いをした。交番の時計を盗みに入ってつかまった。殴られた仕返しに、巡査のいない間に交番に火をつけた。

八郎は浅草のことなら何でも知っている。万盛座の二階の喫煙室から、裏の観音劇場の楽屋風呂が丸見えであることも、春画まがいの「がせみつ」を売る男は花屋敷の脇の藤棚か、奥山のちょっとした茂みのそばに立っていることも、あいまい屋へ客を案内する車夫の源子屋は、雷門、観音劇場の横、吾妻橋の袂《たもと》、宮戸座のあたりか千束町の四つ角にいることも。

方々の警察の留置場のことも八郎は知っている。神楽坂警察の留置場の窓からは電車のポールが見えては消えていくこと。夜になるとそこで線香花火のように弾ける火花が見える。巣鴨警察の留置場の窓の向うには、いきなり鼻先にどす黒い塀が立って何も見えないこと。本富士《もとふじ》警察の窓からは署長官舎の門が見え、その門が開いている時は、帝大病院が見え、明るい芝生に日向ぼっこの看護婦の白いお尻がもくもく盛り上っている……。

富坂警察の窓からは使われていない古い郵便局の建物が見え、夜中に入れられた板橋警察の窓の外は暗くて何もわからなかった。朝早く肥車《こえぐるま》がゴロゴロと通る音が響いてくる。象潟《きさかた》署の窓からはトタン屋根の照り返し、雨の日はそば屋のだしの匂い。大塚警察の窓からは高い空に向って伸び上るように立っている坂の上の木が見え、車坂警察の留置場はまるで豚小屋だった。

恨めしや、色に狂った青春の
頃に勉強していたなら、

気持ち正しく暮したなら、今頃は
所帯も持てて、柔らかい寝床で臥《ね》ている。
ああ　それなのに、私は　不良の奴等が
するように　学校を怠けて休んだ。
思出《おもいで》のこういう言葉を書いていると、
心臓が張り裂けるほど悲しくなる

警察から釈放されると、八郎はきまってヴィヨンの詩を呟きながら歩いた。だが後悔と感傷に包まれているのは僅かな間だ。

「いい女がいるんだけどね。門跡《もんぜき》さまの裏手に。何なら案内するよ」

源子屋が足音も立てずに寄ってきて、口を動かさずにいう。

「どこだい。案内してもらおう」

男の後について歩いた。浅草という所はこうして、忽ち傷口が塞《ふさが》るように出来ている。

ニカワとどぶの臭いのする横丁に、源子屋は立ち止った。

「あの三つ目の軒灯の家なんですがね。ここでちょっとお願いがあるんでさ」

「何だい、金かい」

「そんなことじゃありませんや。実はね、ほんとにずぶ素人《しろと》なんでね。近所の手前もあるので、格子を開ける時に『ただいま』といってほしいんで」

「『ただいま』？　そういって入ればいいのかい」

の音は、トランプを切る音に似ていると思った。

時々、八郎は一人で氷の張ったひょうたん池の上に小石を投げた。氷の上を走る小石

といった。

「おかえりなさい」

八郎は「ただいま」といってその家の格子戸を開けた。奥から女の声が、

「近所の手前、ひとつ、『ただいま』と……」

八

たとえ他人の目にはどう映ろうとも、洽六は常に彼自身の真実に向って進んでいるつもりだった。愛する者に幸福を与えるために、どんな無理解にも苦痛にも耐える。それは彼には当然のことだった。彼の小説、脚本は行き詰り、糟糠《そうこう》の妻は罪人のように追いやられ、息子の二人は手に負えぬ不良少年になった。福士幸次郎はいった。

「先生の真面目な情熱は福士にはわかります。しかし先生の伸びるべきものが伸びずに終ってしまったことがあまりに多いのが残念です」

だが洽六はそれもやむをえないと思っていた。傷つけて捨てた妻や子供たちのことを思いやるには、彼自身、あまりにも不幸だったのだ。シナの一顰一笑《いっぴんいっしょう》がその日その日の洽六の幸不幸を決める。

「結婚式を挙げよう！」

と洽六がいったのは、シナを喜ばそうと思ったからだった。だがシナは口を結んで目を伏せ、

「そんな……」

と困惑を見せた。

――結婚式みたいなもの……とシナは思っている。洽六は「またはじまった」と思いながら、

「これでやっと正式の夫婦になったんだ。それを世間に知らせなくてはな。お前だって今まで肩身の狭い思いをしてきたんだからね」

と説得を始める。シナがもの喜びをしないことに洽六は馴れた。洽六がシナに何かしてやろうとすると必ずシナは、

「そんな……」

と浮かぬ顔をする。こういう女は強《し》いて押し切ってやることが必要なのだ、と洽六は思い決めている。シナは自分からひとに向ってこうしてほしいといったことは一度もない。自分が何を欲しているかも（芝居のほかは）よくわかっていない女なのだから、それを察してやらなければならないのだ。それがシナを愛する男のなすべきことだった。

――結婚式なんて、そんなことがどうして出来よう、とシナは思っている。長年苦労をかけたハルを、生皮を剝がすようにして離婚したのだ。そのハルのことを思うと、結婚式なんか挙げられるわけがないのである。

わたしはそんなことを嬉しがるような女じゃない！

シナはそういいたかったのだ。

洽六は鼻白んで、何という女だろう、と失望した。この女を喜ばせるために彼に出来ることは何もなかった。離婚が実現すれば喜ぶかと思った。だが喜ぶどころか、迷惑そうな顔をしている。日蔭の身という重荷を取り除いてやれば、その時から幸せな日々が訪れてくると思っていたのに、シナは笑顔も見せない。

シナを心から幸福にするには……と考えて、洽六は愕然《がくぜん》とした。「別れよう」といえば、シナの顔は輝くのだろうか？　シナを解放してやれば？……

洽六はめまいを覚え、誰もいない三階の十二畳が草一本ない広野のように広がるのを感じた。

――今までオレが戦ってきた苦労は、いったい何だったのだ！

洽六にはシナを幸福にするどんな力もないことがやっとわかった。むしろ洽六の存在はシナを不幸にしている。洽六がシナを愛すれば愛するほど、シナはそれが鬱陶しいのだ。ハルとの離婚は却ってシナに重圧をかけた。八郎が（まるで復讐のように）絶えず惹き起す警察沙汰は以前にも増して洽六とシナを脅《おびや》かした。

「わたしさえいなければハッチャンもおとなしくなるんです」

それがシナの口癖になった。以前、シナが別れ話を持ち出す時は、演劇活動が思うようにならぬことや、洽六の嫉妬や独占欲に疲れてのことだった。だが今は「息子たちのため」という大義名分によってシナは洽六を沈黙させる。それは洽六自身には改めようのないことだったから、洽六は八郎の不始末や仙台の節からの金の無心がくるたびに、

「勘当だ！」

と叫んだ。勘当したからといって、息子が改心するわけではなかった。だが洽六はそう叫ぶしかなかったのだ。

シナは自分を愛していない。

洽六は漸《ようや》くそれを認めた。この数年、彼は何十回となくシナにそれを問い詰めてきたが、シナは困り切った、曖昧な声でいうだけだった。

「愛してなかったら、なぜ一緒にいると思うんですか？」

こういうことを、いちいちいい合うことがいやなのだ、という気持をシナは露骨に見せて、

「先生はどうして言葉ばかり問題にするんですか。私のように表現力のない人間と先生みたいな人とは違うんです」

といい捨てた。表現力がないのではない。表現せずにはいられないパッションがないのだ、と洽六は思う。シナは芯から冷たい女なのだ。彼女が愛するのは自分自身だけだ。石は太陽の熱によって熱くなる。太陽が沈めばもとの冷たさに戻る。洽六はシナに熱を与えつづけることに精も根も尽き果てた。

大正十一年夏の終り、例によって八郎の警察沙汰がもとで別れる別れないのいい争いをした後、洽六はついに決心した。

「暫く旅に出て、よく考えてこようと思う。福士を連れて行くから、留守中は野呂瀬に泊らせよう」

「旅って、どこへ？」

「四万《しま》温泉へ行ってみようかと思ってる」

鏡台の前で常盤座へ出かける仕度をしていたシナは鏡の中の洽六を見て、

「そう」

といった。

「顔をつき合せていると感情的になるからね、暫く離れて、お互いによく考えよう」

「そうね」

シナはそういっただけで、賛成とも不賛成とも、その表情からは何も窺えない。翌日、

「行っていらっしゃい」

といって、シナは洽六を送り出した。

四万の温泉宿で洽六は幸次郎を相手にこれまでのこと、将来のことを語り合った。これまで彼は真心と情熱をもってことに当れば、必ず相手を動かし得ると信じて生きてきた人間だった。一旦、思い定めたが最後、刀折れ矢尽きるまで戦い進むのを主義として洽六は生きてきた。二十四歳の時、家庭文芸欄の主筆として厚遇されていた河北《かほく》新報を、不偏不党を標榜する社長一力《いちりき》健治郎と意見が決裂して退社した時も、急進党のオルグになって暴れたことも、藩閥打破という目標に情熱を賭けたからだった。高須賀淳平というい加減な山師と一緒になって、久慈海岸の石炭採掘事業に手を出し、貧苦の限りを味わったのも、政治の腐敗を糾弾するための新聞社を興す金がほしかったからだ。

彼は一度だって私利私欲のために動いたことはなかった。彼はそれを誇としている。

しかし彼は（物欲や権力欲に動かされたことはなかったが）自分の情念にはいつも負けた。一旦、彼の中にそいつが頭を擡《もた》げるや、忽ち彼はあらがう力を失い、征服され引き摺られた。子供の頃から純粋なもの、清らかで美しいものに憧れを抱きつづけていたにも拘らず、いつも人から不純で醜く自己中心の怪物に見られてきたのはそのためだ。

若い頃、そんな自分と戦うために鎌倉に釈宗演を訪ねて参禅したことがあったが、何の悟《さと》りも得ぬままに寺を去った。再び思い立って一番町教会の牧師植村正久に訓《おし》えを乞うた。大酒呑みだった彼は酒を断ち、野心を捨てて二十円の月給で福音新報の編集にたずさわった。しかしキリスト教は彼にはあまりに窮屈だった。信者間の嘘が目につき、このもろい信念の上で窮屈に暮すことの無意味を思って、植村正久のもとを去った。

彼の理性はいつも情念に負けた。彼は戦った。戦っては敗れた。敗れて引き摺られ、犠牲者の山を出しながら、それでも尚彼は少しでも自分の中に残っている美しいもの、純なものを消すまいと努力し、苦しんできた。だがそれを知っているのはこの広い世界に福士幸次郎ただ一人だった。

「福士君、もはやぼくの力ではどうすることも出来ないことがわかったよ。あれはあまりに冷たい。人への同情も感謝もない。子供への愛情も薄い。何をしてもらっても心を動かすということがない。ぼくらは別れた方がいい……ついにぼくもそう思うようになったよ……」

「わかります、わかります、……わかります」

幸次郎は頭を抱え、苦しそうにいった。

ません……」

「しかし……やはり……それは……やむをえないでしょうと、この福士も思わざるをえ

三日かかって洽六はシナに手紙を書いた。

「私は今までのような生活はつくづく厭になった。人間らしい正義の生活がしたい。夫婦らしい生活がしたい。もしお前が覚醒することが不可能なら、早苗は可哀そうだが、私たちは別れるしかない……」

そう書いた後で洽六は、あるいはこの手紙を読んで、シナはここへ駆けつけてくるかもしれないと一縷《いちる》の望みを抱いて、追伸を書いた。

「もし来るなら綿入の寝巻（早苗の分）。綿入か袷《あわせ》の羽織。ネル。水遊びのおもちゃ。靴と草履。洋服は冬服と夏服二組。毛布一枚。

箪笥はすべて土蔵に入れてくること。熊井とおかめに火の用心を注意すること。

食物。菓子、干物、味噌。

読むべき本はモウパッサン二、三部。その他お前の好きなもの。ユーゴーなどもよかろう。

来ると決ったら打電せよ。出発の時にも打電せよ。

八郎が困っているらしいから百二十円渡してやってくれ。

百二十円　八郎

百三十円　野呂瀬

二十五円　弘前の父
二十円　熊井
それだけ渡してくれ。

収入は新聞小説二つで六百九十円入る筈だ。

残りで月末の払いをすること」

間もなくシナから返事が来た。

「私はこの間流産しました。

すぐ今泉先生に来ていただいて処置をしましたのでもう心配はいりません。

常盤座の方は休みをとって明日から早苗とかめを連れて箱根へ行きます。

お手紙を読み、先生のお気持はよくわかりました。先生のいわれるようにするのがよいと思います……」

「流産していたんだ！」

頭の中に火花が散り、洽六は手紙を握りしめて叫んだ。

「流産をしていたのになぜ知らせないんだ！」

洽六は幸次郎に向っていった。

「すぐ仕度をしてくれ。箱根へ行く……」

翌朝早く、箱根湯本の常宿にしている福住《ふくずみ》旅館へ洽六は目を血走らせて入って行った。

驚いて走ってきた女将の挨拶に返事もせず、万里子の部屋はどこだと叫んだ。案内の女中を押し退けてつかつかと部屋に入ると、出窓に腰かけていたシナの顔を、ものもいわずに殴った。早苗がわっと泣いた。シナは声も立てずに打たれた頰を片手で押え、じっと洽六を見上げた。洽六は再びシナを打ち、愛する女を打ったことに逆上して髪を摑んだ。

「お前という女は……どうして……、お前は……」

シナは声を立てない。洽六は痙攣《けいれん》し、口をあぐあぐさせた。

「どうしてだ……どうしてお前は……オレをこんなに苦しめるんだ……」

洽六は人前もかまわず号泣した。

翌年、洽六はヨーロッパへ外遊する決心を固めた。外務省から情報局嘱託として一年間、ヨーロッパ各国の映画の研究に行く話が持ち込まれたのである。洽六は疲労のどん底から這い上って、最後の力をふり絞って行くことを決心した。この一年間の外遊は、洽六とシナの運命を決めるだろう。洽六もシナも幸次郎も、二人を知る誰もが暗黙のうちにそう思っていた。

洽六の干渉から放たれて自由になるシナは、どこまで羽を伸ばすだろう。一年後、二人がどうなっているか、洽六にもシナにもわからなかった。洽六はこれが別離になることを半ば覚悟している。彼は生れてはじめて、運命に己れを托す覚悟をしたのである。

もし別れることになったとしても、悲しむまい、騒ぐまい、と洽六は決意した。別れるのは自分のためじゃない。シナのためだ、それが真実の愛というものだ、と思った。

――悲しみの中の真の愛の悲しみは、相手の悲しみを思うことにある。

洽六はそう日記に書いた。

大正十二年二月十八日、洽六は横浜から鹿島丸に乗り込んだ。彼は粉雪の舞う甲板に立って、波止場を埋めている見送り人の中のシナを瞶めた。シナは黒い毛皮のオーバーを着て、黒革の踵《かかと》の高い半長靴を履き、大黒帽のような大きな帽子をかぶっていた。その黒々と光るシナの姿は群集の中から浮き出て洽六に迫り、後の人々は騒音と共にかき消えた。いつも冷静なシナの顔に次第に赧《あか》みが射していくのを洽六は見た。洽六に向って注がれているシナの大きな瞳は、目尻が裂けそうにつり上って濡れているように見えた。シナはハンカチを振りながら、無意識のうちに前へ前へと人を押しのけて進んでいた。いつも沈着で動作ののろいシナが、驚くほどの速さでハンカチを振っている。

その瞬間、憐れともいとしいともいいようのない激情が焰《ほのお》のように洽六を灼《や》いた。

――オレがいなくなったら、彼女はどうなるのだろう。

洽六は思った。

――人の助けがなくては何も出来ない女。しかし、それをいまだに知らないでいる女……。いいのか？　いいのか？

いても立ってもいられぬような思いが洽六を襲った。

――守ってやらなくてもいいのか？　離してやってもいいのか？

汽笛がなり、船は埠頭を離れた。群集はそのまま退《しざ》っていき、その中に毛皮のオーバーと大黒帽が恰《あたか》も濡れた大きな瞳のようにいつまでも黒々と光っていた。

第三章　彷徨《さまよ》う息子たち

一

兵庫県武庫《むこ》郡鳴尾《なるお》村は、東を流れる武庫川とその支流である枝川《えだがわ》との間に広がる農村で、苺の特産地として知られている。その鳴尾村の西の外れ、枝川の畔《ほとり》、西畑《にしはた》と呼ばれる百戸余りの集落は、大阪神戸への勤め人、銀行家や裁判官や新聞記者や役人など、この農村ではいわゆる知識階級と目される人々が集まっているが、その中でも特別に目立つ木造三階建の邸が、一年の外遊から帰って来た佐藤洽六が暫くの住居《すまい》として借りた家だった。

洽六《こうろく》がそこに住居を定めたのは、同じ集落に大阪毎日新聞の経済論説委員をしている兄の密蔵《みつぞう》が住んでいたためである。洽六は大正十二年、外遊先で関東大震災の報《し》らせを受け、予定を二か月早めて帰国した。たまたま夙川《しゆくがわ》に東亜《とうあ》キネマという映画撮影所が作られ、ヨーロッパの映画事情を視察してきた洽六に、撮影所長の話がきた。震災で壊滅した東京が復興する間の当座のしのぎとして洽六はこの仕事を受け容れたのである。

土蔵つき三階建の洽六の借家は、枝川に沿って海岸までつづく土堤の松林の真下にあって、間数は多いが間口の狭い、縦長の土地に従って奥へ奥へと部屋を重ねて建てられた風通しの悪い暗い家である。縦に長い家屋の先に、茶室風の離れと縦長の庭があって、それは小堀遠州《こぼりえんしゅう》に依る造園だといわれている。だが洽六がこの家を選んだのはただ、むやみに間数の多い大きな家であるという点だけだった。庭石や石灯籠や苔むした土橋のかかっている流れのある庭は、洽六の好みではない。

その家の二階の十畳と八畳の二間つづきの座敷を書斎にして、彼は精力的に依頼原稿をこなしていた。当座のしのぎとして引き受けた撮影所長の仕事は性に合わず、間もなくやめてしまい、今、彼は大衆小説の人気作家として新聞や雑誌の小説を書きまくっている。娯楽雑誌の王者を目ざしている講談社の各種の小説雑誌にとっては、洽六は欠けてはならぬ小説家であった。

結局のところ、小説を書いて暮しを立てることが彼の性に合っていたのだ。五十歳を過ぎて漸《ようや》く彼にはそれがわかった。人を相手にすると短気な彼は必ず衝突する。だが小説家ならば一人で机に向っていればいいのである。読者と洽六は小説で繋がっている。小説を間に挟んで読者と向き合っている限り、いくら短気な洽六でも喧嘩別れということになる心配はなかった。

彼は小説で大衆を感動させる自信を持っていた。小説はまず面白いことが第一だった。

面白くするには筋の起伏に富むだけではなく、登場人物が多彩であることが重要である。多彩なりに彼らは善玉悪玉に分けられる。悪玉は更に、根っからの悪玉と、どこかに善良さを残している悪玉に分けられる。善玉の中には理智派と感情派がいる。おおむね美しい心の持主は貧乏人で苦労の絶間がない。悪玉の筆頭は資本家（金持）で、官憲、役人、軍人は権力の権化《ごんげ》、政治家は下等な野心家、と図式は決っている。自由主義者は軽佻浮薄に描かれるが、コミュニストは屢々《しばしば》この社会を憂うる熱血漢として登場した。そして主人公は正義の士たらんとしている純真で誠実で無欲で、それゆえに世俗の汚濁に翻弄《ほんろう》されて苦しまねばならない男女である。理想を捨てさえすれば平和が得られるのに、あえて捨てず妥協を拒むので、貧しく不幸になっていく。読者はそれを見てはらはらし、悪を憎み、この世の矛盾を思い、主人公の苦闘に感動するのであった。またその悲劇には必ず、主人公の味方だが、力も才もない単純で善良で正義漢の喜劇的な脇役が配されていて、読者の涙を明るい笑いに変える仕組になっている。読者を泣かせるばかりでなく、「泣いたり笑ったり」させる。それが洽六の小説作法の骨子だった。

講談社は「面白くてためになる雑誌」作りを目的としていた。だがそうかといって洽六はその意図にかなおうとして書いたわけではなかった。社会常識に迎合したのでもない。彼が描く主人公たちを、彼は心から人はそうあるべきだと信じて書いていた。洽六の書く主人公、あんなものは偶像、作りものだ、という批判を聞くと彼はいった。

「作家は理想を書かずして何を書くんだ」

女の尻を追っかけ廻したことを得々と書いて、それが何になるんだ、と彼はいった。

放恣《ほうし》に生きてきながら、彼の中にはいつも「かくあるべき、かくありたい」人間像への単純で素朴な憧れがあったのだ。どこからやってくるのか、自分で自分をどうすることも出来ない怖ろしい情念の力に捉えられたが最後、自分を制禦《せいぎょ》出来なくなって彼はいつも負けてきた。我を忘れて欲望に走った後で、引いていた潮が満ちてくるように必ず後悔がきた。後悔しているにも拘《かかわ》らず、また時がくると我を忘れた。彼を引きずる欲望や情念の分、彼は清浄なものへの強い憧れを持っていたのだ。その思いを彼は真剣に情熱的に、小説の主人公に仮託したのである。

洽六の書斎の真下の十畳の座敷に、シナは来る日も来る日も終日、じっと坐っていた。土堤の斜面にまで生え降りている松林の松が、はすかいに家の方へ伸びていて、そのため土堤寄りの座敷は昼間でも夕暮のようである。雨の日は朝から電灯をつけている。

ああ、暗いなあ……。

そう呟くのがいつかシナの癖になっていた。十畳座敷の中央に真四角の大卓が置かれていて、床の間の前に、まるで横綱が坐るような紫八端《はったん》の大座布団が敷かれている。そこが洽六の坐る場所だった。シナの座はそれと直角に、廊下へ出る襖《ふすま》を背にしている。洽六とシナの間には唐かねの六角火鉢が置かれ、龍の頭の鉄瓶の口からは、絶間なく湯気が上っていた。時々シナは炭をつぎ足し、鉄瓶に水をさす。洽六が書斎から降りてくると用意してある菓子器を戸棚から取り出し、大ぶりの湯呑に鉄瓶の白湯《さゆ》を注ぐ。洽六は白湯が好きで茶は飲まない。菓子器にはたいてい、カステラかういろうが入っている。

シナは一日中そうして、洽六が降りて来るのを待っていた。

シナは遂に洽六に屈伏したのだった。大きいばかりで陽が入らぬ穴ぐらのようなその座敷は、そんなシナが坐っているのにふさわしかったかもしれない。台所には三人の女中が、書生部屋には二人の書生と居候がいる。居候は増えたり減ったりしている。シナは何もしない。膝元にある呼鈴を押せば、勝手もとから女中の誰かが走ってきて用事を訊く。八百屋や魚屋が荷を担いで来ても、シナは立って見に出たことがない。

「鯛のええのがあったら、先生だけお刺身に」とか、「鮎があったら先生に塩焼を」などと、洽六の好物を指示するだけで、後は下働きに委《まか》せる。顔を洗う時以外に、水に手を入れることはなかった。食事時になると合図の呼鈴を押す。膳が運ばれる。手盆を膝に給仕の女中がつく。

「奥さんはほんまにええ人や。先生はガミガミうるさいけど」

と女中たちの評判がいいのは、シナは家事一切を女中委せにして、何の口出しもしないからだった。女中たちは何を食べようと、掃除の手抜きをしようと、釣銭をごま化そうと何もいわれない。台所はいつも陽気で賑やかだった。

洽六が外務省の嘱託としてヨーロッパへ旅立つ決心をした時、シナも二人の周囲の者たちも皆、これで洽六との縺《もつ》れた関係に終止符が打たれると思ったものだった。一年間、冷却期間を置くためにヨーロッパへ行く、距離を置けばお互いに冷静になって、それまで渦に巻かれて見えなかったものが見えるようになり、素直に結論を出せるだろう。それに従うことにしようと決意して洽六はヨーロッパへ旅立った。

横浜の埠頭に洽六を見送った時、平素滅多に感情を出したことのないシナが突然、涙を流した。だがその涙が何であったか、シナにはわからなかった。洽六との別れが悲しくなったわけではなかった。かといって解放された嬉し涙というのでもなかった。それまでシナが耐えに耐えてきた日が、今去って行く。一切は終ったという感慨のようなものだったかもしれない。

住吉《すみよし》の家に戻ると、家はまるで空家になったようにガランと寒々しかった。シナは黒田民子と瀬戸の手焙《てあぶ》りを挟んでこれからのことを語り合った。洽六さえいなければ、行き詰っている舞台の仕事も開けるだろう、といい合った。

「役者連中がいうてるわ。これで天下晴れて三笠さんを口説けるって。一番はじめに手ェ出すのは誰やろ、て……」

と民子がいった。誰もが洽六とシナが別れるものと決めこんでいた。勿論シナもそのつもりだった。ここまできたからには、洽六の気持が元に戻らないことをただ願うだけだった。

だが、それから間もなく、シナは孕《みごも》っていることに気がついた。長いトンネルの出口まで漸く来たと思ったら、突然、出口を塞ぐ大岩が転げ落ちてきたのだ。

シナは今までに三度流産をしている。今度もまた流産するかもしれないと、シナはそれに望みをかけた。今度子供を産んだらもう、二度と舞台には立てないだろう。洽六に報らせずに始末してしまう方法がないわけではない、昔、看護婦をしていた時の産婦人科医に頼むことが出来ると民子はいった。

「自然に堕《お》りるのを待つやなんて、そんなことというてるうちに、堕ろすに堕ろされへんようになったらどうするの」

と民子はいった。

「別れようと決心してるんでしょう？　別れたいんでしょう？　それならさっさと堕ろしなさいよ。あんたもハッキリせん人やねえ。先生《せんせ》が強引やからどうすることも出来んと引っぱられてしまうといつもいうてたけど、あんたにもいざとなるとハッキリせん悪いとこがあるわよ。あんたがハッキリせんもんやから先生が強引になってくるのよ。それが今、わかったわ。先生ばっかり悪いんやない。三笠さん、あんたも悪いわ……」

そういわれるとそうかもしれない、とシナは思った。洽六を引きずるものは、彼の狂気ばかりではなく、シナの優柔不断な性格にも原因があったのだろう。そう認めながらシナは腹の子を堕ろしてしまう決断がつかず、ただ自然に流産することを祈っていた。たとえ別れようとしている男であってもシナは隠しごとを持ったまま別れるのはいやだった。シナはパリの洽六がもはや別れる決意をしていて、たとえここで何を聞いてもそれが動かぬことを願いながら洽六に手紙を書いた。

「――黒田さんは昔、看護婦をしていた頃のお医者さんに頼めば処置してもらえるといってくれています」

と書いた。すぐ洽六から電報がきた。

「イカナルコトガアロウトモ　コノコノタメニボクハハタラク　コレカラハフタリデマジメニイキテイコウ」

洽六の返事を予想していなかったわけではない。だが、期待していたのだろうと民子にいわれると、そうではないといいたかった。予想しながらそうではないことを祈りつつ、どこかで覚悟していたのだ。早苗を産んだ後、流産癖がついている筈なのに、今度に限って流産しないということは、どうしても生れるべき運命の子供なのかもしれないと思ったり、今になって洽六に報らせたことを後悔したり、洽六には散々苦しめられたのだから隠しごとを持ったまま別れたってよかった筈だ、と思ったり、もしかしたら自分には洽六に引きずられる習慣がついてしまっているのかもしれないと考えたり、シナは自分でもまとまりがつかないままにずるずると日を送り、大正十二年十一月五日、女児を産んだ。生れた子は愛子と名づけられた。この結果はシナの望んだものか望まないものか、もうシナにはわからなかった。ともあれこの末娘の誕生によってシナはしっかりと洽六に結びつけられ、死が二人を分つまで離れることはなかったのである。

愛子を産んだ翌年の十二月、シナは二日間の自主興行を行った。劇場は神戸の聚楽館《しゅうらくかん》。演《だ》し物はズーデルマンの「マグダ」である。

「どうだ、また芝居をしてみたら……」

ある日、洽六がそう切り出したのは、演劇への未練を口にしなくなったシナを見ているのが辛くなったためだった。シナを完全に掌中にしてしまうと、急に可哀そうになってきて何か慰めを与えてやりたくなる。シナは芝居見物、贅沢な呉服、物見遊山、何を勧めても関心を示さない。シナを喜ばせるには芝居をさせること以外に何もないのだった。

「自主興行にしよう。興行師がつくと儲けのことばかり考えさせられるからね。今度は好きなものを好きなように演《や》ればいい。金の心配はいらない。損が出てもいい。翻訳劇がいいんだろう？」

半信半疑といった浮かぬ表情が次第に消えていって、シナの顔が輝いてくると、洽六の胸にも灯が点ったようになって、この顔をもっともっと輝かせたくなる。

「今更『復活』でもないし、『人形の家』でもないなあ……何がいいかな。日疋《ひびき》を呼んで相談するか」

「また日本座の連中を相手にするの？」

「日疋は抜かすわけにはいかないよ」

「だけどわたし、もう、サカラッキョの元安《もとやす》さんはいやよ」

「わかってるよ」

早速日疋重亮《じゅうすけ》が呼ばれて案が練られた。演目と劇場が決り、俳優の交渉が始まった。二枚目として定評のある根津信と、関西演劇界で人気のある河原重実《しげみ》が招かれた。

聚楽館は十一年前、シナがその附属の女優養成所を出て初舞台を踏んだ劇場である。

「大衆の涙と溜息を呼ぼうという芝居はもう古い。それよりもより真実を求める演劇を作るべきだ……」

それは女優養成所の主任教師であった高尾楓陰《ふういん》がくり返しくり返しいった言葉である。

「誰がそれを作るか！　一部の愛好者だけではなく、真に大衆の魂を揺さぶる演劇を誰が築くか……島村抱月、松井須磨子、自由劇場、近代劇協会……どれも期待出来ない」

楓陰の情熱的でいささかオーバーな身ぶりから出てきた言葉を、シナは昨日のことのように思い出すことが出来る。

「……君だ……君だ……君だ……君らの一人一人がその使命を担っているんだ。東京にもないといわれるこの日本一の演劇の殿堂から新しい日本の演劇が生れなければならないのだ……」

そうしてシナの頭にはショルッ、ホフマンスタアル、ストリンドベルヒ、イプセン、ショウ、ワイルド、ゴルキイ、ハウプトマンなどの名前が植えつけられた。それらの作家と作品をすべて理解したわけではないが、それらはその時からのシナの憬《あこが》れ、理想になったのだった。

「マグダ」のテーマは新旧両時代の思想の衝突である。退役陸軍中佐のシュワルツェは旧道徳の遵法者《じゆんぽう》であり、娘のマグダは新しい思想である個人主義の信奉者だ。父は娘を親の権力で押えつけようとし、娘はそれに反発して故郷と父を捨てた。そして今十二年後、オペラのスターになって故郷へ帰って来た。

父の家に帰ってみると、そこは十二年前と何ひとつ変っていない。相変らず父親の権力と家庭の道徳が人間を縛っている世界である。マグダはそこで、昔の恋人であったフォン・ケラーに会う。十二年前マグダはフォン・ケラーとの間に子供を産んでいる。父シュワルツェはそれを知ってケラーとマグダを結婚させようとする。マグダはこの結婚に心が動くが、参事官になったケラーは、マグダに結婚したら舞台に立つことはやめてほしいという。女優を妻にすることは、参事官という職を捨てねばならぬことだという。ケラーは子供の存在が明るみに出て醜聞になることを怖れて、時機を見て養子にしようという。

マグダはケラーに失望し、結婚を破棄しようとしてそれを強要する父と争う。シュワルツェは憤怒《ふんぬ》のために発作を起して死ぬ。

シナは「マグダ」にとりかかった。早苗と愛子は乳母に預けたまま、顔も見ない日がつづいた。

「お父さん、あなたはわたしをどうしようと思っていらっしゃるの。あなたはわたしがあなたの許しを得ないで、自分の思うとおりの生活をしてきたことをお責めになる。けれどそれがどうして悪いんでしょう。わたしは誰を苦しめたでしょう。誰に対して罪を犯したでしょう……」

「お父さん」という呼びかけにシナは「先生」という言葉を重ね合せていた。洽六はシナに「マグダ」を勧めた。彼はこの悲劇をどう考えているのだろう？　シナはそれが知りたかった。彼はマグダの理解者なのか？　シュワルツェへの同情者なのか？

「そりゃ、マグダの味方だよ」

洽六はたちどころにいった。

「ぼくほどこの世の常識や道徳に反抗してきた奴はいないだろう？　いつだってぼくは己れの真実に生きてきたよ」

そういわれればそうかもしれない。だが「己れの真実」に生きた洽六は、シナにとってのシュワルツェだった。

「あなたはどうして、どんな権利があって、あたしを自分の思い通りにしようとなさるの！」

マグダがシュワルツェに向って投げつけた台詞《せりふ》を、シナは洽六に向っていいたかった。彼の「己れの真実」とは何なのかと迫りたかった。それはただの、洽六の欲望じゃないか。洽六はごま化しを行っている。多分、無意識に見るまい、考えまいとしている。もし誰かがシナにお前は己れの真実に生きたか、と訊けば、シナは即座に「いいえ」と答えるだろう。それを洽六は知っている筈だ。知っていて知らぬ顔をしている。マグダの理解者だなどといっている。オレが願うのは何よりもお前の幸せだよ、などという。シナは洽六に向っていいたいことがいっぱいある。しかしシナは何もいわなかった。そんなことをいってもしようがない。今は諦めていた舞台を踏めること、念願の翻訳劇をやらせてもらえることで洽六に刃向う力を捨てていた。

十二月二十五日。それはシナの三十一回目の誕生日である。その日聚楽館の客席は、洽六の力で一階席がほぼふさがる程度に客が入った。衣裳はたった二日間の公演にしては贅沢なものである。濃紺のビロードの長いスカート。頭の羽飾り。リスの毛皮でゆるやかな袖口から裾廻りを縁取った半コート。シナは栗色のかつらに目のまわりを黒く縁どり、眉を太く描いた。そのメイキャップは古い観念を踏み越えようとする意志の力を表現しているつもりである。子供を三人産んで三十一歳になり、贅肉のついてきたシナは、オペラのスターの貫禄を十分備えていた。

「お父さん、よく見て下さい。わたしは独立した自由な女です。自分の手で稼いで生きてきて、あの、家もない放浪の人たちと同じ道を歩いてきたわたしです。あなたはわたしから権利というものを奪おうとなさるのね。なぜわたしたちには男を愛する権利、幸福を求める権利がないのでしょう……」

洽六は誰もいない二階の貴賓席でそのシナを見ていた。甲高く張ったシナの声が次第に慄《ふる》えを帯びてくる。シナは苦しそうだった。長い間、舞台を遠ざかっていたために、発声の調節がうまくいかないのか。それとも息切れするほどに感情が迫っているのか。

――聚楽館のこけら落しの日……お仕着せの裾模様を着て……何べんもお便所へ行って……人という字を手のひらに書いて、何べんも呑む真似して……。

昔、シナから聞いていたことが思い出され、ハイヒールを鳴らして大股に舞台を歩くシナの姿と重なった。その舞台はシナの最後の舞台である。この二日間が終れば永久にシナが舞台に立つことはない。

彼女は彼が小鳥のように捕えて籠に入れた女だった。束の間、籠から出して庭で遊ばせているが、間もなく籠に戻らねばならない、それは彼が戻すのだ。たとえ今、彼女を籠から放ってやったとしても、シナが女優として成功する時期はもう過ぎていた。洽六に守られるほかにシナの生きる道はなくなっている。

彼は舞台のシナを見た。まるで初めて大役を貰った新米女優のように、シナは一所懸命にマグダを演じていた。あまり一所懸命すぎてゆとりを失って上ずっている。憐憫《れんびん》と呵責の混り合った感傷的な気持が、熱い塊になって鳩尾《みぞおち》のところで熱をもっていた。

二

かあさんが死んだ。

二月五日。久《ひさし》が学校から帰って来たら、一力《いちりき》のおばさんや鈴木のおばさんたちが来ていて、かあさんは死んでいた。

「洽六に電報を打った方がいいかねえ」

とおばさんがいった。

「打ったってどうせ来やしないよ」

と鈴木のおじさんがいった。

「でも、やっぱり一応、報らせるだけ報らせておいた方が」

「八郎には電報を打ったんだろう。それでいい……」

かあさんは瘦せこけて小さく小さく黄色く縮まって、お猿のヒモノみたいだった。怖くて久は泣いた。

「洽六」というのは父さんのことだ。父さんは日本人じゃない。ダッタン人だ。皆がそういっていた。写真を見ると普通の日本人のようだけれども。

かあさんは「父さんはアタマがおかしい」のだといっていた。「フツーじゃない」と一力のおばさんたちはいっている。一力のジロさんは「八郎とつきあってはいけない」とおとなからいわれている。

「久、お前も兄ちゃんのようになるんじゃないよ」

何度も久はそういわれている。

一力は大新聞の社長だ。飛ぶ鳥落す一力だ、カネ借りたっていいじゃねえか、と八郎兄ちゃんはいっていた。

「顔を見せればカネ、カネって、そのほかにいうことないの」

とかあさんは溜息をついていた。かあさんは夜、眠りながら溜息をついている。よく飽きないねえ、と八郎兄ちゃんはいった。かあさんはきっと、ウンコしながらでも溜息ついてるよ。あーあ、ウンコが出ちゃったよう、あーあ、ってね、キュウ、こっそり行って見ておいで。

八郎兄ちゃんはいつも面白いことをいうから好きだった。かあさんも溜息をつきながら笑っていた。家の中の電灯を明るくしたようにパーッと賑やかになるから、久は八郎兄ちゃんが来ると嬉しい。

八郎兄ちゃんがいなくなると、お日さまが急に雲の中に入ったようになる。八郎兄ちゃんが、

「また来らあ」

といって帰って行くとかあさんは「気をつけてね」といい、溜息をついて玄関を閉める。するとすーっと暗く寂しくなった。たまらない寂しさだった。

かあさんは黙りこくって四つん這いになって廊下を雑巾がけしている。

久は走って行ってパッと背中に飛び乗って、

「ハイシ　ドウドウ　ハイシ　ハイシ」

と髪の毛を摑んでゆさぶった。

「キュウちゃん、およし」

かあさんは溜息のような声でそういうだけだ。そのまま、四つん這いのまま、久を背中に乗せたまま、左手を床に突き、右手の雑巾で床板を撫でていた。久はそのお尻を平手で叩いた。

「駈けろよ駈けろ、どんどん駈けろ」

かあさんは何もいわない。されるままになって、時々、少し退《さが》ったりして、右手の雑巾で同じ所をこすっている。

かあさんはいつから寝たり起きたりするようになっていたのか、久には憶えがない。久は寝ているかあさんに、「かあさん、死んだのかい？」といった。かあさんは少し動いて、

「生きてるよ」

細い声で答えると、笑うような皺が口の脇に浮かんだ。

「かあさん、死なないでくれよ」

というと、

「大丈夫だよ」

といった。

かあさんは久が学校へ行っている間に死んだ。授業中に小使いさんが教室へ来て、先

生に何かいうと先生は「佐藤久君、家へお帰り」といった。いつもとちがってへんに優しいのがヘンだった。

懐手《ふところで》をして板塀に凭《もた》れていると、向うからマントを着た八郎兄ちゃんが、黒いお釜のような帽子の下から髪の毛を汚らしくはみ出させてやって来た。

「よお、キュウ！　そんな所でなにしてる」

八郎兄ちゃんがいったので、

「かあさん、死んじゃったんだァ」

といった。そういうと今の今まで泣きたいなんて思っていなかったのに、どっと涙が出てきた。

「泣くなよ。死んじゃったものはしようがないさ」

と八郎兄ちゃんがいう声がいつもとちがってあんまり優しいので、わーん、わーんと泣いた。

「泣くな、バカヤロ、泣いたってしようがねえよ」

久が顔を当てている八郎兄ちゃんの大きなお腹がボコンボコンと波打つように動いていた。そして久の絣《かすり》の着物の襟《えり》の内側に、ポトンポトンと生あたたかい雫《しずく》が落ちた。

夜になると八郎兄ちゃんはいなくなった。通夜だというのにいなくなった、といって伯母さんは怒った。その代りのようにチャカ兄ちゃんがやって来た。泣きじゃくりながら線香を立て、鉦《かね》を鳴らして拝んでいた。

「これをしおに心を入れ替えるのよ。あんたたちがいつまでもそんなふうじゃ、かあさんだって行くところへ行けないからね」

伯母さんがいうとチャカ兄ちゃんは「ハイ、ハイ」とかしこまっていた。あんたは返事だけはいつもいいんだから、と伯母さんはいった。

チャカ兄ちゃんは久に、

「キュウ、心配するな、兄ちゃんがついてる」

といった。伯母さんはフン！　という顔で横を向いていた。


久は東京の巣鴨へ行くことになった。巣鴨には八郎兄ちゃんのヨメさんと、ユリヤという二つになる女の子と、生れたばかりの鳩子《はとこ》という赤ン坊がいる。久には八郎兄ちゃんは大人に見えるが、「たった十九で子モチになったのさ」とチャカ兄ちゃんはさもバカにしたようにいった。ヨメさんのことを、「くみ子姉さん」と呼ぶようにといわれた。だが本当は「クラ」という名前なんだ、「くみ子」は女優時代の芸名だとチャカ兄ちゃんが教えてくれた。

「クラ……おクラ……なんていうと田舎の産婆さんみたいだろ。だから隠してるんだよ。兄貴はハイカラぶってクララなんて呼んだりしてる。笑わせるだろ」

くみ子のクラは女優といったって駆け出しで、三笠万里子《みかさまりこ》という女優の付き人をしていて、兄貴より三つも年上だ、とチャカ兄ちゃんはいった。

兄貴は女好きのくせにどういうわけか女に好かれないのさ。あのおくみさんくらいなものなのさ、なびいたのは。おとなしいだけであんまり頭のいい方じゃない。だが兄貴にはそれくらいの女がいいって親父がいってた。親父にしてみれば、嫁になってくれるというのなら誰でもいいという気持だったんだろうよ。しかし、兄貴のもてないことったら、驚くべきものなんだ。もてないものだから女の機嫌をとる。あんまり機嫌をとるものだからナメられる。キモチ悪いなんていわれてる……。

九歳の久にわかろうとわかるまいとチャカ兄ちゃんはペラペラとよくしゃべった。

「三笠万里子って知ってるかい？　知らない？　そうか。三笠万里子てのは父さんが今、一緒に暮している女だ。こいつが母さんを追い出した。母さんが死んでも父さんは来ないだろ。三笠万里子が来させないんだ。キュウが巣鴨に行かなくちゃならないのも三笠万里子のせいだ。父さんがいるのに父さんの所へ行けないのはヘンだと思わないか？　思うだろ？」

「うん」と頷《うなず》いたが、久は会ったこともないダッタン人の父さんの所へ行くよりも、面白く笑わせてくれる八郎兄ちゃんの所へ行く方がよかった。

「キュウ、覚悟しといた方がいい。巣鴨へ行ったら苦労するぞ」

とチャカ兄ちゃんはいった。

かあさんの葬式の翌日、八郎兄ちゃんが「ツケ馬」をつけて帰ってきたというので、大騒ぎになった。香典で払ってくれよ、と八郎兄ちゃんがいったので、伯母さんはまっさおになってものもいえずに慄えていた。

ツケ馬ってどんな馬だい？　と久はいったが、みんな興奮していて、誰も相手にしてくれなかった。

「夜更け」

お骨の入った白い箱を
お炬燵《こた》のなかで久が抱いています

「母ちゃんが寒いもの
いつしよにねんねするの」

おやすみ　久
おやすみ　母さん

夜と寂しさが更けて行きます
だまつて雪がつんで行きます

八郎兄ちゃんは久にそんな詩を見せた。
「どうだい」
と八郎兄ちゃんはいった。どうだいといわれても何もいえない。炬燵の中で骨壺を抱いて「母ちゃんが寒いもの、いっしょにねんねするの」といったオボエはない。仕方な

く、

「うん」

と久はいった。

三

大正十五年五月、洽六の所へ八郎から「爪色《つめいろ》の雨」という詩集が送られて来た。

「お父さん。

ぼくの生れてはじめての詩集が出来ました。

今東光《こんとうこう》さんの口添で金星堂という所が出してくれました。印税は五分です。

出版記念会をみんながしてくれ、東光さんをはじめ西条（八十《やそ》）さん、宇野（浩二）さん、北原（白秋）さんらが来てくれました。白秋さんは『爪色の雨』とは新しい色の発見だといって褒めてくれました」

洽六は手の中に入ってしまいそうな小型のその詩集を手に取って、パラパラとめくって拾い読みをして、吐き出すようにいった。

「爪色の雨とはなんだ！　爪なんてちっぽけなものに目を向けるとは……もっと雄大なもの、壮大なものになぜ目を向けないんだ！」

爪色の雨が降ります

あじさゐの花がけむります
誰にも知れないやうに
お風呂場の壁がぬれて行きます
鉛筆色の角《つの》出して
まひまひつぶろが見てゐます。

洽六は「チェッ！」といい、

「まいまいつぶろが見ています？……それがどうした」

といい、更に拾い読みをして呟《つぶや》いた。

「とにかく、こんなものでも出したのは、何もしないよりはいい」

それから「しかし」といい足した。

「出版社に損をさせたのを口実に、そのうち金を無心してくるんじゃないだろうな」

東京から野呂瀬《のろせ》が来て、先生は鳴尾におられてご存知ないんでしょうが、この頃、八郎さんの詩は売れ出しているんですよ、といった。ペンネームを片仮名でサトウハチローと書くことにしたなんざ、なかなか考えましたよね。群馬県に佐藤八郎という同い年の詩人がいるので、紛らわしいから片仮名にしたっていってましたが、そればっかりじゃないでしょう。童謡や童話の読者には漢字よりも片仮名の方が親しみ易くて、よく馴染まれるでしょう？　そういう所に気がつくというのが、やっぱりこれは才能なんでしょうな……といった。

「そういうくだらん所にばかり頭が廻ったってしようがないんだ」

洽六は油断すまいと自分を戒めるようにいった。だが八郎に嫁を持たせたのがよかったのだ、と心の中で思っている。子供が二人も生れれば、八郎といえども責任を感じて真面目にやる気になったのだろう。だがまだ安心はならん。今東光や金子洋文《ようぶん》のおかげで本が出せただけで、そういう有難い先輩友人がいなければ、こんなくだらぬ詩が出版されるわけがないのだ。

「こんなことで喜ぶのは早すぎる、とオレがいってたと八郎に伝えてくれ」

洽六は野呂瀬にいった。

「そして友達や先輩への感謝を忘れるなとな」

「爪色の雨」には母を偲ぶ三つの詩が載っていた。

「亡き母よ……」

足にくづれる白い砂
ゑりあしに

しみる松の匂ひ
あゝ
風は吹く　風は吹く
風ぞ吹く

子守歌は
二つとなきものぞ
亡き母よ

「想ひの庭」

母の乳を
心にまさぐり
――築山《つきやま》の影
こけむしたみどりは
夕闇を迎へたのに

あゝ
誰も古い石燈籠に
灯をいれる人もない
母の乳を
心にまさぐり
——泣きぬれる

「亡き母よ……二」

うらぶれて
たゞ　たゞ　悲しき想ひなり
松風を
遠くに聞くの想ひなり
秋の風ともなり

我にくちづけしたまへかし
亡き母よ

洽六はその詩を読んで、何もいわずに詩集を閉じた。シナはそれを取り上げて目を通し、

「詩いうものも、小説みたいに作るもんですか？」

思わず訊いた。

——ハッチャンとちがう人が作った詩みたいな気がするけど、これがハッチャンの本当の気持なんやろか？

——お母さんの葬式にお女郎屋のツケ馬つけて帰ってきたっていうのに……。

そういいたいのを抑えた。

——でも、よう考えてみたら、親不孝いっぱいしたから、こんな詩が生れたのかもしらんし……。

と思ったりもした。暫く沈黙していた洽六は、吐き出すように一言、

「小才《こさい》だよ、こんなもの」

といった。

ある日、福士幸次郎《ふくしこうじろう》から八郎の「爪色の雨」の出版を喜ぶ手紙が来た。幸次郎は関東大震災で罹災した後、生れ故郷の弘前に帰ったまま、地元の青年を集めて地方主義なる運動に打ち込んでいるという。

「かねてから考えておりました通り、私は八郎君は抒情詩の分野で大成して行く人であるという思いを強くいたしました。お父さまとしては文句をおつけになりたいこともおありでしょうが、お父さま譲りの感じ易さ、デリケートな感性が愈愈《いよいよ》芽生えてきたように思われます。何はともあれよろこばしいことです」

その手紙に添えて、幸次郎の近作が送られてきた。

「田舎唄の風景画」

郷里生活をした初めの年の夏、裏日本の北部でこの季節には特有の青い高い空から、すがすがしい微風が吹きおろされ、地上は寛《くつろ》いだ、幸せな、ひそまりかへつた空気を一杯に拡げるのであるが、わたしは此の頃の或る日、北津軽郡内の小都会の板柳で、いつまでも心に沁みてわすれがたい田舎唄の一とくさりを聞いたことがある。

それはボサマと呼ばれるこの地方特有のプロヴアンサアル、即ち漂泊歌唱隊が、とある門口に立つて、三味線のひなびた旋律のもとに、

　ながく咲くのは胡桃《くるみ》の花よ

とそれこそ声を長々と引つ張つて、号泣するやうに唄つた一と文句である。

わたしは山間の坂みちから、木の茂みや、屋根で重なりあつた谿底《たにそこ》の村が眼に浮んだ。そこには胡桃の大木が、田舎びた満枝の花を見せて咲きさかつてゐた。

　ながく咲くのは胡桃の花よ

純朴な田舎人《いなかびと》の見つけた感動すべき風景画である。

「八郎も八郎だが福士も福士だ。これを詩だというのかね」

洽六がいうのを聞いてシナはいった。

「けどこれを読むと福士さんの顔や姿が浮かんでくるわ。福士さんはほんとに津軽を愛しているのねえ、としみじみ思うわ。なんだかこの村へ行ってみたいような気がしてくるけど……」

けど八郎の詩を読むと、半信半疑という気持になってくる。この詩と、あのハッチャンとどこでつながってるのやろう、そういいたいのをシナは抑えた。何はともあれ、八郎が警察沙汰を起さなくなり、遊び呆けずに詩を書くようになったということはめでたいことにちがいなかったから。

八郎は毎日、忙しそうだった。せかせかと家を出たり入ったりしている。何がそんなに忙しいのか、くみ子にはわからない。訊くと怒るので訊かない。そのうち、出て行ったが最後、何日も帰ってこなくなった。どこにいるのかわからぬままに一週間も十日も経ち、いつ家を出たのかもわからなくなった。

ユリヤが生れたのは八郎が二十歳になるかならぬかの時だから、父親としての気持が固まらないのだ、と野呂瀬の妻初江《はつえ》はくみ子を慰めた。遊ぶといってもハッチャンの場合はお女郎相手だから、特定の恋人を作るわけじゃないから心配はいらない、と初江はいった。

「ハッチャンの女好きはお父さん譲りだからしようがないよ。お父さんは女に惚れられたけれど、ハッチャンはもてないからね。その点安心だわ。子供をしっかり育ててれば捨てられるってことはないわ。なにしろ後ろには佐藤紅緑《こうろく》がいるんだから、紅緑先生がほっときゃしないわよ。ハッチャンが何をしようと、子供がいればとにかく強いんだから。金庫を握ってるようなものなんだからね。そのうちハッチャンだってだんだん父親らしくなってくるわ。何といっても二十《はたち》じゃねえ。遊びたい盛りだもの」

そう聞けばそれもそうだと思ってくみ子は年上の妻らしく我慢をした。我儘勝手な男だけれども、優しい時はとことん優しい。機嫌のいい時は一日中、面白いことをいって笑わせてくれる。気軽に台所に立ってオムレツを作って食べろ食べろと御用聞きにまで振舞う。ユリヤを風呂に入れてくれる。歌って寝かせつけてもくれる。

「泣いて　泣いて　泣きぬいて
泣きくたびれて　ねむつたユリヤ
だまし　だまし　だましぬき
だましつかれて　ねむつたパパ

ユリヤはパパの出ないおっぱいを
パパはユリヤの　くびれたももを」

即興のそんな詩に節をつけて、マンドリンを弾いて歌った。

「小さい可愛いユリヤは、花のおねまを着せられて、私の枕の影にまるくねている。ユリヤは小さい。ほんとに小さくて目ばかりの子だから、夜その目をつぶってしまうと顔が何とも言えなく寂しい。まつげが長いので、髪の毛が濃いので、ユリヤの顔は私の枕の影にいつもくきっと浮いている。浮いていて寂しい」

八郎の朗誦の声は胸の底まで染み入るような柔らかさに満ちている。なんて優しい人なんだろう、としみじみ幸せを感じながら耳を傾ける。だがそうしているうちにユリヤが泣き出し、鳩子《はとこ》も一緒に泣き出すと、俄《にわ》かに雲行きが変る。いきなり八郎はマンドリンを投げつけて怒鳴った。

「うるさい！　泣かせるな！」

その声が大きいので、泣きやみかけていた子供はびっくりして火がついたように泣き喚く。

「こんな所にいられるか！」

散々、怒鳴り散らし、怯《おび》えて泣くのを庭に突き出し、後もふり返らずに家が壊れるかと思えるほどに玄関の戸を開け閉《た》てして、裏の牧場の柵に沿って歩き出すと少しずつ激情が鎮まっていって、やがて寂しい悲しい、何ともいえないひとりぼっちの、悔恨の思いが静かに湧き出してくる。理不尽で兇暴な激情に駆られた後、必ずやってくる寂しい優しさだ。少年時代、ハルを頭ごなしに怒鳴り散らして、格子戸が壊れんばかりに開け閉てして家を出た時の、あの気持と同じだった。

ユリヤといつしよに
眼をさます
雪解けのする優しい朝

ユリヤは
おめざのおせんべをたべる
わたしはだまつてみてゐる

おせんべの粉が
頬ぺたから　こぼれる——
敷布に粉のうすい紅味はたのしい
ひろつてあげよう
お口をお開き
　外では雀が口笛を吹いてゐる

神よ
毎日　このやうな朝をおあたへ下さい

悔恨の中でじわじわとそんな詩が湧き出てきて、八郎の目にポッチリ涙が浮かぶ。

くみ子は初江に訴えた。

「赤ン坊はあやせば泣きやむけど、あの人はいつ怒り出すかわからない。どうしたら機嫌がよくなるのかわからない。赤ン坊の方がよっぽど始末がいいわ」

初江の答はいつも明快だ。

「だけど、考えてごらん、有難いじゃないの。ハッチャンがいてもいなくても月々、鳴尾からきちんとお金が送られてくるんだから。赤ン坊だけじゃ五十円もこないわ」

「それはそうかもしれないけれど」

と答えながらくみ子は、まるで八郎さんはお父さんに月々のお金を送らせるためにあたしと結婚しているようなものだわ、と思わずにいられない。

ハルの死後、暫《しばら》く仙台へ行ったままになっていた八郎が、やっと帰ってきたと思ったら久を連れていた。

「キュウだ」

と八郎は、くみ子に久を引き合せた。

「当分、預かることになったんだ。面倒みてやってくれ」

久は絣の筒袖の上下を着て、首に黒い毛糸の襟巻を巻いて、破れた足袋を履いていた。

学校用品を入れたズックの鞄を提げている。下った目尻のあたりが八郎に似ている丸顔のチビだった。

「小学校何年？」

「二年」

キョロキョロあたりを見廻しながら元気よく答え、

「やあ、赤ンボが寝てら」

と珍しそうに次の間を覗いた。赤ン坊はひと月前に生れた次女の鳩子である。

「赤ちゃん好き？」

とくみ子はいったが答えず、鳩子の寝ている側にしゃがんでじっと見ている。

「無理よ。これ以上」

くみ子は久に聞えぬように小声で八郎にいった。

「小さいのが二人いる上に、お弁当持たせて学校へ行かせることなんて、わたし出来ゃしないわ」

「しようがねえだろう。親父の命令なんだ」

大声で八郎はいった。

「九つのキュウをいきなり鳴尾へ呼んで、三笠に育ててくれとはいえねえんだよ、親父は」

「そうかもしれないけれど、だからといって……」

なぜあたしが、といいたかった。

三笠先生も我儘なんだ。自分のために不幸になった人たちが沢山いるんだから、少しはその埋め合せをしたらどうなんだろう。そのくみ子の不満を押えつけようとするように八郎の大声がいった。

「その代り、これまでの金に二十円増やしてくれるっていうんだ。月、七十円だぞ」

くみ子は口を噤《つぐ》んだ。初江が聞いたらいうにちがいない。くみさん、それはなんたって引き受けるテだわよ。そうすれば先生だって三笠さんだってあなたに感謝するわ。貸しを作っとくことよ。どんなことがあったって、大事にするわよ……。

初江のいうことは説得力がある。それに月七十円という金額は魅力的だった。

「どんどん用事をさせればいいんだよ。世話してやるんだから、遠慮することはないよ」

八郎はいった。

「子守りをさせろ、子守りを」

鳩子を背負い、ユリヤの手を引いて買物に出かける厄介を思うと、久が子守りをしてくれるのは有難かった。

「いいね？　大丈夫だろ？　君は気がいいから、久だって鳴尾へ行くよりは幸せだよ」

そう優しくいわれると、とってつけたようにいう、と思いながら、

「ええ」

と頷いてしまう。

遠慮するな、と八郎がいったので、くみ子は久が学校から帰ってくるのを待ち受けて

いて、鳩子を背中にくくりつけて豆腐屋へお使いに出した。椿の花模様のねんねこ袢纏《ばんてん》を着ると、久はチビなのでねんねこの裾が踝《くるぶし》まできた。その格好で久は豆腐の入った小鍋を道端に置いて、ベイゴマをしている子供らの仲間に入った。むずかる鳩子を背負ったまま、斜に構えてベイゴマを投げた。

ある日「太平洋詩人」という詩誌を出している印刷屋の小僧が食客として転がり込んできた。その小僧の名は菊田《きくた》一夫《かずお》という。年は十八で印刷屋の主人と喧嘩をして追い出されてきたのである。天涯孤独の身の上で行く所がないという。

「おい、くみ子。こいつを家へ置いてやることにしたからね。飯を食わせてやれ」

そういうと八郎はオレはちょっと出かけてくる、といって出て行った。八郎は大塚に美術学校の学生たち五、六人と共同生活の家を借りている。画家の中村研一の所で知り合った画学生の吉邨《よしむら》二郎の下宿で酒を飲んでいるうちに、誰がいい出したともなく共同生活をしようということになった。家賃は割カンで生活費は金が入った者が必要に応じて出すという取決めである。画学生たちは皆貧乏だったから、そうした生活は経済面で利点がある。親から仕送りをしてもらって、居候まで置いて、学生でもないのにどうしてそんな仲間に入るのか、くみ子にはわけがわからない。わからないが、うるさくいうな、いってもしようがないことはいわない方がいい、と初江がいうので、その通りにしている。

菊田が来てから、八郎は大塚の共同住宅の方へ行ったきりになってしまった。菊田は律儀でよく働くし気が利くので、あいつがいれば安心だ、オレがいるより菊田の方がどれだけ役に立つかわかんねえよ、と八郎はいった。

八郎の仲間は安永良徳《よしのり》、宮地《みやじ》寅彦、後藤俊春、吉邨二郎たちである。彼らが美術学校へ行っている間、八郎は家でマンドリンを弾いたり詩を書いたりしている。だがそのうちに皆と一緒に学校へ行くようになった。

「お早う」

「お早うございー」

と学生たちの中に紛れて守衛の前を通り、仲間が教室に入っている間、花壇に寝転がって大空の雲を見ていた。そうしていると女房のことも子供のことも菊田のことも忘れてしまう。

ひと月ふた月と経って、寒さがやってきたので教室に入ることにした。実習の教室では裸体のモデルを使っているので、石炭ストーブをガンガン焚いている。教授は週に一度、制作品を見に来るが、他の日は生徒だけで実習している。八郎はストーブの前にアグラをかいて、火加減を見ては石炭をくべたり、モデルのポーズに注文をつけたりしている。そうしているうちに「煮沸式クリーニング」というのを考え出した。特大の洗面器に粉石鹸を入れてストーブにかけ、その中で汚れたシャツを煮るのである。

「染み込んだ垢《あか》、汗、脂、フケ、吉原で拾った淋しいバイキン。何だってきれいさっぱり落してしまう煮沸式クリーニングだよ。一枚たったの三十銭……」

そんなことをしていても、誰も文句をいわない。あまりにも堂々と振舞うので、守衛も本モノの学生だと思い込んだ。彫刻の教授の朝倉文夫は八郎と廊下ですれ違うと呼び止めていった。

「佐藤。君は入学してから一度も作品を出していないようだが、材料がないのならあげるから取りに来なさい……」

春がきて仲間が三年から四年に進むと、八郎もそのまま四年生のニセ学生になった。八郎は新入生を校庭に集めていった。

「諸君にいう。五十銭ずつ出し給え。これは諸君のために集める金だ。何に使うか聞きたいだろうが、昼休みにもう一度ここに集まり給え。その時にわかる」

昼休みになると新入生が集まってきた。八郎はいった。

「諸君、これから我が校の栄ある校歌及び準校歌を教える。これは踊りつきであるからよく憶えるように。まず歌から練習を始める」

そうして八郎は歌った。

「十五夜の晩に
アレせぬ奴は
地獄で鬼めが杵でつく
杵でつく
トコ　ショッショッパイ
ショッパイナー」

仕方なく新入生は歌った。

「十五夜の晩に

「トコ　ショッパイナー　ショッパイナー　アレせぬ奴は……」

歌に合せて八郎は踊り出した。踊りながら着ているものを一枚一枚脱いでいき、す裸になった。

「トコ　ショッパイナー

ショッパイナー……」

踊りつつ校門を出て逃げてしまった。新入生から巻き上げた金でたらふくビールを飲んだ。八郎は毎日が楽しかった。金がなければないで楽しく、あれば余計に楽しい。あまりに楽しいので妻子を忘れた。

共同住宅では、爬虫類を飼うことになった。仲間の宮坂普九《ふく》の友達の爬虫類学者が外国へ行くことになり、その間の預かり先を探していた。食費として六十円の金がつくというので皆は乗り気になった。オーストラリアの錦蛇は二メートルもある太い奴だった。これは大黒鼠を食べる。ドイツの足なし蜥蜴《とかげ》には蠅、縞蛇には蛙を与える。全部で六十五匹の蛇や蜥蜴が玄関に置いた箱の中から押入れの中まで、ウヨウヨいた。腹を減らした錦蛇が庇《ひさし》を伝って隣家に現れ大騒ぎになった。

そのうち受け取った六十円はとっくに人間の酒代になってしまった。

「仕方ない、食っちまおう……」

意見が一致して、一番安そうなのから蛇飯にした。蛇はあらかた食われてしまった。

夏が過ぎて蠅がいなくなると足なし蜥蜴も全滅した。

美術学校の器械体操場の裏の崖の下は上野動物園である。崖から真下を見下ろすと、そこは七面鳥の檻で二羽の七面鳥と十数羽のほろほろ鳥が同居している。

おかずを買う金がなくなり、毎日、豆腐ばかりつづくので共同住宅では崖の上から七面鳥を釣っておかずにしようと相談した。ためしに鯛を釣る太い針にみみずをつけて垂らしてみたら、簡単にほろほろ鳥がかかった。喜んで釣り上げて、崖縁に転がしてあった大きな土管の中にもぐり込んで羽をむしり、皆で焼いて食った。うまいので翌日もまたほろほろ鳥を釣った。

その翌日からどんどん釣った。

そのうちに動物園ではほろほろ鳥の数が減っていくことに気がついた。美術学校の生徒の仕業だとわかって、園長が正木直彦学長に手紙を出した。貴校のサルどもが、我が園の七面鳥を狙い、且《か》つほろほろ鳥を獲って困っている。厳重に取り締ってもらいたい、という趣旨の手紙である。正木学長はそれに対して返事を出した。

「貴園の猿は檻の中に入っているから問題はないでしょう。しかし我が校の猿は放し飼いであります。どうか、ほろほろ鳥と七面鳥はそちらで守っていただきたい」

そんなことがあったとは誰も知らない。ある日、八郎は後藤俊春と一緒に釣竿を担いで崖の上へ行った。竿を垂れようとしてふと下を見ると、下の檻にほろほろ鳥の姿はなく猪が寝そべっていた。

時たま思い出したように家へ帰ってくると、八郎はありったけの優しさをくみ子に見せた。ユリヤと鳩子にはお土産を、菊田には小遣いを用意し、遊んでばかりいたわけじゃない、詩だってちゃんと作っているのだといわんばかりにノートを開いて見せた。

いとしき人に
いと小さき泣きぼくろありき

まつ毛を伝うみぞれに
いつもぬれそぼちたりき

「どうだ、この詩は」

「いいですねえ」

と菊田は感心した。

なやみになやみを重ねて
芥子《けし》は散つた
可哀想に心臓ばかりふくれて残つた

女房子供をほっといてほろほろ鳥を釣り、蛇を食い、そんな詩を作っている！……

菊田はしげしげと八郎を眺める。坐りのいい大きな肉厚の鼻。厚い唇。それに較べて小さすぎる目。時々八郎の顔が可哀そうなほど悲しそうに見えることがあるのは、この目尻の下った細い目の、その下のポッチリと小さな泣きぼくろのためなのだと菊田は思った。

四

「拝啓
突然、手紙をさし上げる無礼をお許し下さい。常日頃、先生の作品を通じて尊敬を捧げて今日まで来た私でございます。それが尊敬しているだけの読者であった以上の、私以上の事をやろうとしたから今度のようになったとは存じますものの、田舎に生れ、今日まで廿九年、嘗《かつ》て知らぬ憤怒といいしれぬ裏切られたような寂しさを感じます。
九月上旬迄に『父から出金させて返済するから』との御令息節氏の言葉と、先生の署名押印とその実行を信じました故に、八月初旬、細々しい生活資金の内から（二、三百円の資金で私たち兄弟二人は商売しながら暮して居る者です。破産宣告になっている老父と八十二歳の祖母を養いながらです）丁度九月中旬までは商売も休み同様なので、その遊金を無利息でお立替致したのです。そして又この事は節氏が『五、六名の人間を助けるためだ』という人道的な事実を効果的にする原動力をなしたものと信じて、一人の弟の反対を押しのけてやったのでした。それなのに期日が来ましたので、毎日、明日は明日はと思って、遂に今日までお待ちしました。もう栗が出来ました。一円の金でも休ませておれません。一時間も休むことの出来ない日が来てしまいました。月末になると絶望です。弟からは『余計なことをするからだ』と皮肉られ、父は人をあまり信じ易い性格は駄目だ、といい、自分は家に落ちついていられぬ心苦しさでございます。貧乏をしておりますので、どこからも五円の金も借り入れる力もなし、夜も眠りえない思いです。

栗を買い集めて売らねばすぐ生活がとまります。ひとり立ちですると相当の利益があるものを、金が不足なので大半問屋に取られ、一日二人で一円三十銭くらいのものです。御返済下さいました日から、私たちは一日四円は働けるつもりです。先生も私たち一家の苦境をご推察下さいまして、一刻も早くご送金下さいますことをお願い申し上げます。

大正十五年九月廿三日

青森県三戸町八日町

米田伝吉

佐藤紅緑先生侍史」

節はどこにいるのかいつもわからなかった。洽六が撮影所長をしていた時は、若い女優と遊ぶのが面白くて西畑の家へ来ていた。そのうち洽六に叱られて家を出、神戸で一人暮しをするというので知人の離れを借りてやった。だがいつの間にかその家を出て東京の八郎の所へ行き、八郎と喧嘩をして仙台へ向った。ハルの方の親戚を廻って小遣いを貰い、旅廻りの一座を組んで弘前まで行き、佐藤方の親類を訪ね廻って金にした。「佐藤紅緑の息子」という看板を使えば金が調達されるだけでなく、敬意を払われ大事にされることを覚えたのだ。

「節氏、東北旅行中につき、代理にて申し上げます。借用の金額については節氏父君佐藤紅緑氏が責任を負われますので紅緑氏までご連絡下さいますようお願い申します」

送られてきた請求書にはそんな手紙が同封されていた。丸いような四角いような、小学生のように力んだ筆蹟は明らかに節のものだった。

「こんな奴は死んだ方がいいんだ。親のためばかりじゃない。世のため国のためにもあんな奴はいない方がいい……」

洽六の節を罵《ののし》る言葉は今はもうパターンになってしまった。ある限りの罵倒の言葉は使い果された。

「八郎にも散々苦しめられたが、八郎は節のような卑劣の徒ではなかった。少なくとも八郎は嘘はつかんよ。悪事をするのに親の名を使ったりはしなかった……」

今は洽六の希望は十二月の徴兵検査に節が合格することにあった。軍隊に行って性根を叩き直されてくればいいと思っていた。

「大丈夫、チャカさんは頑健ないい身体をしてますからね。目だって耳だってどこも悪くない。甲種合格ですよ」

と皆が太鼓判を押して洽六を慰めた。軍隊が節を矯正してくれるかどうかはわからないにしても、とにもかくにも二年間、節を兵営の中に閉じ籠めてくれることが洽六には有難かった。十二月、節は甲種合格して東京目黒の近衛師団に入隊したという報らせが野呂瀬から来た。治六は早速、中隊長に手紙を書いて節の矯正を頼んだ。

「厳しければ厳しいほどよく御座候」

と書いた。近衛輜重《しちょう》大隊第二中隊第三班に節は配属された。

「ぼくは毎日、輜重卒として馬の世話に明け暮れています。軍隊生活でぼくは汗を流して働くことの楽しさを知りました」

という手紙が入隊した節から来た。だが一か月後には金を送れという手紙が来、それからは手紙といえば必ず金の無心だった。軍隊生活を居心地よくするためには金が必要である。兵隊たちは殆どが農家の出で貧しかった。節は金で子分を増やし、上官を丸め込んだ。軍隊でも「佐藤紅緑の息子」の名を利用することを忘れなかった。中隊長は治六から手紙を貰ったことに感激して、節を特別あつかいにした。彼は一等卒のくせに軍曹よりも威張っていた。


「元気で暮しているか。酒など飲まずに真面目にやってくれ。金を送れとのことだが、今度は送れないから我慢しなきゃならん。

この四月頃からお前の生活は大変に荒《すさ》んできたようだ。お前がこの春帰省したときに驚くばかり真面目になったのを見て、私はどんなに喜んだか、私と共に万里子も涙をこぼして喜んだ。私も五十四になってはじめて大きな喜びを知ったのだ。除隊になったら家を持たそう。嫁を迎えようと万里子といつも話していたのだ。

今まで家庭にごたごたが起って万里子が離縁を迫るのはいつもお前の問題からであ

ったのだ。それが今度、お前が別人の如くよくなったのを見て、万里子も非常に安心し、風波は全く起らず、家庭は平和で私も安心して仕事が出来た。

ところが四月の末に送金がおくれたというのでお前から無礼千万な手紙が舞いこんでから、万里子は面色土のごとくになり、家庭は又しても暗くなってしまった。

お前はどうしてそう卑劣なんだろう。金を貰えば感謝やら喜びに満ちた手紙を書き、金を貰いそこなうと手の裏を返したように悪口罵言《あっこうばげん》をする。それではお前という人間は金のために生きている人間だ。親の愛よりも金が大切なのだ、金を送らないと親の愛を忘れてしまうのだ。

私はお前たちのために痛い腕を忍んで、毎日毎日一歩も外へ出ずに原稿を書いている。私はこの冬から右の腕が痺《しび》れて仕事が出来なくなり、宮富に筆記してもらっているが長くは続かない。金は規定通りのものだけは万里子は送るだろうが、それ以上は送らないことにした。

お前は演習のとき、金が遅れただけで散々失礼な文句を吐き、そうして金を送ったらすぐ、来月から十円でよろしいから、十円を減らしてくれと殊勝な手紙をよこした。しかしそれでも困るだろうと思うから、万里子が特別に十円を送った。すると今月の月末の金を二十日にくれといってきた。変な話だと思いつつも二十日に二十円送った。すると今度又、四十円送れとは何ごとだ。

お前は金で楽しみを得ようとしている。それが人間としてお前の一番劣等なところだ。金で得る楽しみは悉《ことごと》く不純なものだ。本当にまじめな人間は、金で買う楽しみを知らない。

忍耐しろ。忍耐すれば人間のまじめさがわかるようになる。卑しい考えは起さずに男らしく気をしっかりと持ってくれ。お前は余りに見栄坊だ。それを取り去らないと私は又してもお前を勘当しなければならなくなる。それが悲しい。

身分以上のことをせず、十円の収入があれば八円で暮すようにすれば後日、天下に雄飛することが出来る。貧乏は決して恥辱ではない。貧乏は天がその人に与える輝かしい冠だと思え。

金は精神の敵である。

それが解らないなら死んでしまえ。

父

節殿」


洽六がその手紙を投函した日、節は父が急病になったと中隊長を欺《だま》して特別休暇を貰い、神戸へ向う汽車に乗っていた。東亜キネマの女優で節の愛人だった女が他の男と同棲しているという噂を耳にしたためである。女は男と神戸にいるというので心当りを探しまわった。休暇の日数が過ぎたが女の居所はわからない。

神戸で節を見かけた、女を探しているといっていた、と報らせる者がいて、大騒ぎになった。一刻も早く帰隊しなければ脱走兵として捕縛され、重営倉に入れられるだろう。東京から野呂瀬が呼び寄せられ、書生や居候が手分けをして節を探した。

書生の宮富が神戸の新開地のマッチ工場の裏手に住んでいる女の伯母の家に節がいるのを見つけた。野呂瀬がとんで行って節を説得し、その場から東京へ発たせた。洽六は中隊長に手紙を書いて、日本刀を一ふり贈った。その手紙の中で洽六は、ただの大腸カタルを医師が赤痢と間違えたため騒ぎが大きくなったと嘘を書いた。

やっぱり無理だったのだ、こうなると思っていた通りになった、と思いながら、シナは気をとり直しては「洽六の妻」としての務めを果そうとしていた。「洽六の妻」は「節の母」という立場でもある。こうなった以上出来るだけのことをしなければならないと自分にいいきかせていた。

節が軍隊へ入るについての一切の仕度はシナがした。金の無心をいわれれば、洽六に内証の金を送ったこともある。十日に一度は節に手紙を書いた。「佐藤節」という名の封筒を見ただけでシナはぞっとする。封を開くのが怖くて、そのまま夕方まで読まずにおくこともあった。そんなシナの顔色を見て、洽六は敏感にいった。

「どうした？　節から何かいってきたのか？」

シナは口籠り、封の切っていない手紙に目をやる。

「また節か……」

洽六はいうが、手紙を手に取ろうともしない。夜になってやっと手紙の封を切る。中身をとり出して目を走らせ、ほうり出す。迷った末にシナはそれを拾って読む。吐き捨てるように洽六はいった。

「ほっとくがいい！」

しかし洽六はほっとくことが出来ても、シナはほっとくことは出来ない。そんなことをすれば、十倍百倍の不快を味わわされることがわかっている。この家の主婦としている限りは、するべきことをしなければならない。それがいやなら、ここを出る。そのどちらかしか道はないとシナは思っていた。

節の除隊が近づいてくる。それを思うとシナは地獄へ引きずられていくような気がする。それでもシナは自分を抑えて節に手紙を書いた。

「昨日今日は大変に冷や〳〵として、急に秋めいてきました。こちらはお父さんをはじめ子供らも元気ですからご安心下さい。

愈々、除隊の時が近づいてきましたね。二年間、ご苦労さまでした。

除隊の時の着物などのこと、くみ子さんに頼んでおきましたから、兄さんの懇意な洋服屋に注文して洋服をおこしらえなさい。靴も巣鴨へ出入の人に頼むように。お金は出来上った時に、こちらから直接送ります。

何やかや、いろいろありましたが、二か年の軍隊生活も無事にすまして、目出たく除隊出来ること、大変に喜ばしいことと思います。この上はどんな事でもいいからシッカリとした希望を持って進んでほしいと思います。

人間はいつも善きにしろ悪しきにしろ、『ハッキリ』しなければいけないと思います。いつもグラ〳〵しているという事は、自分としても大変に苦しい事ではないかと思います。

という私なども余り大きな事はいえませんが。しかし私たちの場合とあなたの場合とは大変に違うと思います。あなたなどは自分一人の事をきめれば、それで総てが決まるのですから、大変にたやすい事ではないかと思います。

私はあまり人の心持ちに立ち入る事は好みません。私自らが自由を欲しているのですから、人に対しても干渉がましい事をいうのは厭な事なのですが、あなたが自分自身にたいそう苦しんでいるようだから、つまらぬ事とは思いましたが、下らぬ事をちょっと申し上げたのです。

どうか、あなた自身のため、且つはあなたの良きお父さんのためにも今少し立派になって下さいますように。唯《ただ》それのみお願い致します。おからだを大切に遊ばせ。

万里子」

除隊した節は鳴尾へ来て小説家になるといい出した。オレはオレの孤独を書く、といった。子供の時から親に愛されず、家庭の温みを知らずに育って、不良といわれるようになった男を主人公にして書きたい、といった。不良にもいい分はあるんだ、良心の疼《うず》きもある。その寂しさを書きたい。そういって離れに閉じ籠った。だが小説は二十枚で中止になった。年上のカフェの女に惚れられて彼の孤独は消えたのだ。

小説は不健康だ。それよりも労働によって己れを鍛えたいと彼はいい出した。軍隊で輜重卒だった経験を生かして馬力屋をすることになった。東京深川で福士幸次郎の兄が馬力屋をしている。そこで働くことになって、上京した。甲斐絹《かいき》の裏をつけた紺の法被《はっぴ》を着て、いなせな若い衆を気取った。だが馬力屋は三月《みつき》とつづかず、浅草で役者になった。目が細いので、客席の後ろから見ると目なしに見えるといわれて役者をやめた。

洽六の所には月末になると節の借金のツケがどっときた。旅館、料亭、カフェ、タクシー会社のほかに芸者屋からのものもある。洋服を作るのは着るためではなく、金に替えるためだった。ある日、仙台から電報が来た。

「タカシサンシンダ、スグコイ、アズマリヨカン」

急遽、野呂瀬が仙台へ急行した。東旅館へ行くと、二階へ通された。部屋に入ると屏風の向うから寝巻姿の節が出てきた。

「すまん」

と節は手を出した。

「金……」

屏風の向うに芸者が寝ていた。

「ぼくは本当は金なんか、それほど欲しくないんだ。遊ぶのだってそんなに好きじゃないんだ。ぼくの欲しいのは親の愛情だよ。家庭の温みだよ」

節は野呂瀬の持ってきた金で酒を振舞っていった。

「それが得られないから、こんなことをせずにはいられないのさ。わかるかい？」

野呂瀬は感動し、鳴尾へ報告に戻ってきていった。

「先生、金で尻拭いをするのはやめましょう。もう絶対、金を出してはいけません。その代り、節さんをこの家に入れて、一緒に生活をして下さい。何よりも家庭のあたたかさを味わわせてあげてはどうでしょう。節さんにはそれが必要なんです。そして一からのやり直しを……」

野呂瀬の言葉が終るのも待たずに洽六は真赤になって怒鳴った。

「君はまだ節という人間がわからないのかい！　また君は酒でごま化されてきたな！　あいつは口を開けば嘘をつくんだ。そんな奴を相手に真面目な話が出来るわけがないよ！」

五

「友達が私に三羽のカナリヤを贈ってくれた。人の好意を無にする事が出来ないので私は飼養する事にした。元来、私は窮屈な事が大変に嫌いなので、子供の時に襟を深く合わせると頭痛がした。私は三十歳になるまで和服の時には襯衣《シャツ》を着た事がない。中年から襯衣を着たが今でも一番上の喉《のど》の処の釦《ボタン》は掛けた事がない。硝子や硝子戸を開け放して置くのが好きだ。恁《こ》ういう放縦な性質を持った私は何の因果か犬が好きで、犬と言えばどんな犬でも目がない程可愛い。私は随分と犬を飼った。だが犬を鎖で繋いで置く事は毎日々々の良心の呵責であった。秋になると空がかっきりと紺碧になる。夕日が赤く草を染めて北風がそろそろと薄ら寒く吹く、恁うなると猟犬は満々たる覇気に堪えられず、森の中、山の奥、谷又谷を済《わた》って鹿や兎や雉子《きじ》を追う快心の自由に憧れて来る。彼は悲鳴を挙げて此の大自然が促す生理的な野心を許える。だが私は其れを縛って置かなければならぬ。何という惨酷さだろう。私は夜に昼に泣き叫ぶ声を聞くと腸《はらわた》が千切れそうだ。其れで私はどうしても一年と犬を飼う事が出来ない。

小鳥が私の家へ来た時、私は先ず箱を見て胸を打たれた。箱の奥には幅三寸許《ばか》りの長方形の板があって、隅に穴がある。これは巣を入れるための穴である。其の前方の下に一本の横木がある。小鳥の遊び場所はこれだけだ。たった一尺四方位の家の中に押し籠められて自由に翼を伸ばして遊ぶ事が出来ないとは何たる因果だろう。

私は小鳥の箱を開いて天高き白雲の彼方へ放ちやろうとした。

『併《しか》し君』

と私の友が言った。

『籠の中に生れ籠の中に育ち、渺茫《びょうぼう》たる天地を知らず、荒い風に当らず、自ら餌を獲る事の出来ない此の小鳥に取っては自由にされる事が却って餓死の因になりはしまいか、鯨は大海に遊べども金魚は硝子球の中に活く。真の本質を慮《おもんぱか》らずに漫《みだり》に自由のみを主とすれば却って生命を損ずる事になる』

私は俄かに悟った。道楽息子に金を与える事は慈悲でない。精神の修養の乏しいモダーンガールに自由を与えると却って其の純潔を害する。

私は仕方なしに飼養する事となった。無論仕方がないと言っても多少の興味がないでもない。私の興味は私の惨忍性を煽《あお》り、私の慈悲心を麻痺さした。人間は自分の道楽のために随分惨酷な事をするものだと思った。

夜私は書斎に三つの箱を入れて原稿を書く。朝の六時まで私は大抵仕事を続ける。朝の四時になると彼等は必ず啼き出す。私は疲れた肱《ひじ》を机に置いて静かに其の声を聞く。彼等は朝を待ち兼ねて居るのである。光を迎えるための第一の讃美歌を唄うのである。唄が一遍だけで止む。其れから一時間ほど彼等は眠る。五時になると又啼き出す。これから彼等は眠らない。私は其れを窓の側に持ち出す。朝日は今や東の雲を破ろうとして居る。窓を開くと暁の色は朗らかに三つの籠に訪れる。彼等は声を揃えて日の女神を讃美する。黄色な翼は活気に満ち、其の薄紅い嘴《くちばし》は餌を拾う暇もない。

『喜べ〳〵』と私は彼等に言う。

『そうして毎朝お前達を朝日の前に紹介し、夜になると暖かい室《へや》へ入れてやる私の厚意を受取ってくれ』

六時になると私の幼《ちい》さい娘達が眼をさまして床の中で騒ぎ出す。四つになる子は乳母の懐から這い出して八つになる姉さんの床の中にもぐり込む。そうして二人は唄ったり笑ったり、用事もないのに女中を呼んだりする。私は書斎を出て彼女等の室の雨戸を開ける。朝の光がさっと室に入る。私は二人の頭を一つずつ撫でて其れから私の居間に入って眠る。カナリヤの声と子供の声は平和な調節《ハーモニー》をなして柔らかに流るる家の中の空気を心ゆくばかり呼吸しながら私はうと〳〵と夢に入る。

此《これ》は私の私生活である。貴重な頁を塞ぐべき事でない。併し私は其処《そこ》に教訓を得た。我等一小鳥にしろ子供にしろ保護するものがなかったらどうして生きて行かれよう。

とかどの大人にしても、保護してくれる人がなかったらどうして生きて行かれよう。

保護するものが其れに依って喜びを感ずると共に、保護されるものも喜びを感ずる。私は小鳥に御礼の一言も言われたくないが、小鳥が嬉しそうに唄っているのを見ると、其れで満足なのだ。私は子供から御礼を取ろうと思わないが、子供が自然に眼ざめた後の喜びを喜んで居れば、其れが何よりの私の喜びである……」


どんなことがあっても、約束した原稿だけは書かなければならないから、腹の中が煮えくり返るような思いを抱えて洽六は原稿用紙に向った。原稿用紙に向っている間だけ、憤怒や心配は遠ざかっている。その時彼は息子たちのことを忘れた。

居間にしている十畳の座敷は、土堤の松林と接しているために滅多に陽が入らないが、僅かに庭に面した一間《けん》幅の縁側には昼すぎまで陽が当る。天気のいい冬の昼間はたいていそこに愛子がいる。絵本を見るのが大好きな愛子は、ありたけの絵本を運んできて、積み上げた上の一冊から順番に飽きもせずに見ている。

乳母の編んだ肉色の毛糸の服に、あたたかそうな赤い太毛糸の靴下を履いた短い脚を投げ出して、うすべりを敷いた床にペタンとお尻をくっつけている。太った赤いほっぺたが搗《つ》きたてのお餅のように垂れてきそうで、それを見る洽六の目はしらずしらず細まった。

「可愛いなあ、なんて可愛いんだろう」

思わず言葉が洩れる。

「ごらんよ。こんなに可愛い子供はどこにもいないよ」

シナが苦笑によってそれに答えているのもかまわずに洽六はいった。

「この子がいると部屋が明るくなるよ。この子は光の子だよ……」

「また……お父さんは……」

仕方なさそうにシナはいい、横を向く。

誰が何と思おうと、こんな可愛い子はいない、と彼は思う。この子が嫁に行くまでは、どんなことがあっても生きていたいものだ、と思う。着膨れて丸まっちい、手毬《てまり》のような、まだ何も知らぬその姿を見ていると、洽六の目にわけもなく涙が浮かぶ。

六

弥《わたる》が母について知っていることといえば、母さんは赤ン坊と二人で仙台にいる、ということと、赤ン坊の名前は久《ひさし》、母さんの名前はハル、ということだけだった。

良子《りょうこ》は「これがあんたのお母さんやよ」といって写真を見せてくれた。へちま棚の下で片肌脱ぎで弓を手にしているのが父であることは、今までに二、三度せかせかとやってきて大声で冗談をいって帰って行ったことがあるからわかっている。

母さんは父さんの右横の籐椅子に、赤ン坊を抱いて腰をおろしている。大き過ぎるほどの廂髪《ひさしがみ》の下、痩せて目の落ち窪んだ細い顔が（廂髪を大き過ぎると感じるのは、頬が削げ落ちているためだ）陰気にこっちを見ている。

母の左側におさげ髪の娘が立っている。朝顔模様の長い袂《たもと》の浴衣を着て、頬の下の方がふくらんでいる。目尻がピッと上っていて舌切雀の絵本の中に出てくる雀のお宿のお姉さん雀に何となく似ていると思う。

これが死んだ喜美ちゃんよと良子はいい、

「まだ肺病になる前やから、まるまるしてる」

といった。母の膝の前に男の子が二人、不動の姿勢で直立している。これがハッチャン、こっちがチャカチャン、と良子は人指し指で押えた。

母さんが抱いている赤ン坊は誰や？　と訊いたが、良子はさあ？　わからんわ、と素気なくいった。

「このほかに毬《まり》チャンいう子と弓チャンいう子がいたんやけど、二人とも五つで死んでもうたん。ウラという女の子もいたらしいけど、赤ン坊のうちに死んだんやて。たんと産んで、たんと死なせてるんやわ」

この赤ン坊はぼくだ、と弥は思うことにした。そう思ったところで、べつだん、どうということもないのだが。

なぜ久だけが母さんと一緒にいて、ぼくはここへ来させられたんやろう？　そのわけを弥は知りたい。なぜ一緒に仙台へ行けなかったんやろう？

時々、その疑問が湧くことがあった。疑問の底に面白くない不満がくすぶっていた。だがこの頃は「つまりそれは、おとなの都合なんや」と思うようになっている。おとなの都合というやつは絶対の力を持っていて、泣いても喚いても太刀打出来ないことがわかってきた。

だから弥は反抗しない。泣かない。ぼくは将来、おゆき伯母さんの面倒を見るのだと思っている。その約束でおゆき伯母さんはぼくを引き取って世話をしているのだ。だからおゆき伯母さんが何かのことで機嫌を悪くして、何もいわずに弁当におかずを入れてくれなかったりしても文句をいわない。おかずが入っていない時は、菅沼におかずを貰う。

「くれよ」

というと、

「ああ、食え」

と菅沼は弁当箱をさし出す。菅沼はなんだお前、おかずないのか、などといったことはなかった。やさしいからではなく、気がつかないようだった。菅沼が箸に突き刺してくれるタラコを弁当箱の蓋《ふた》に載せると、このタラコとチンポコとどっちが大きいか、二人でズボンから出して較べた。

「弥ちゃん、仙台のお母さん、死なはったんやて」

ある日、良子がいった。弥は「ふーん」といって後は黙っていた。いう言葉が何も見つからなかった。密蔵伯父さんもおゆき伯母さんも何もいわなかったから何でもなかった。慰めをいわれたら悲しくなったかもしれないが、誰も何もいわなかったから何でもなかった。一人で部屋に坐ってそのことを思い、涙が出てくるかと思って待ったが、涙は一滴も出てこなかった。母さんが死んだことは菅沼にもいわなかった。

学校から帰ると毎日、菅沼と連れ立って喧嘩をして歩いた。

「ワタル、行け！　やれ！　やれェ……」

と菅沼がいうと、全身の血が滾《たぎ》って頭の中まで血が沸き上った。鳴尾村で一番喧嘩が強いのは上鳴尾《あげなるお》のガキらだった。上鳴尾ではおとなも喧嘩に強い。子供の喧嘩におとなが出てくる。知識階級の集落である西畑《にしはた》の子供は上鳴尾とは喧嘩をしない。

だが菅沼に「行け！」といわれると弥は我を忘れて走った。その時菅沼がどうしているのか、弥にはわからない。散々やられて血だらけになって帰ってくると、菅沼は枝川の水で手拭いを絞って拭いてくれた。

枝川の対岸の今津のガキらともよく喧嘩をした。これは喧嘩というよりも、集落対集落の戦争だった。西畑も今津も男の子は総出で戦った。川原の藪の中にゴザを敷いて陣地を組み、武器にするために竹を削った。「血沸き肉躍る」というのはこういう気持のことをいうんだろうと思った。川向うから鬨《とき》の声が聞える。

「それっ、行けっ」

気合の入った菅沼の声に何もかも忘れて突進した。その時、死んでもかまわん、という気持になった。殴られても突かれても痛くなかった。殴っていると恍惚としてきて、相手が性根をなくすまで殴りつづけたくなった。

弥が十一歳の春、父は西畑集落の外れ、弥が世話になっている密蔵伯父の家に近い、三階建の家を借りて住むようになった。父のところには三笠万里子という女と、その女が産んだ二人の女の子と、大勢の書生や女中がいた。だが弥はその家には行かず、相変らず伯父の許《もと》にいた。

三笠万里子は元女優だった女だというので、集落の人は一目見たいといっていたが、滅多に家の外へ出なかった。台所にも立たないので、ご用聞きもその姿を見たことがない。

「弥ちゃん、三笠万里子に会うたか？」

道を歩いていたら、呼び止めて訊くばあさんがいた。

「ああ」

というと目を光らせて、

「どんな人？　ベッピンさんか？」

と寄ってきた。

「どうか知らん」

とい捨てて弥は走り去る。

おゆき伯母さんに連れられて三階建の家へ行った時、奥の広い座敷に父と三笠万里子が坐っていた。

「こんにちは」

といってお辞儀をすると、三笠万里子は、

「よう来たわねえ」

といって、丸い塗りの菓子器の蓋を取って、中のカステラを半紙に包んでくれた。べつにベッピンとは思わなかった。太った女だなあと思った。口数が少く、微笑している。世間でいっているような悪い女のようには思えなかった。

「勉強してるか」

と父は無愛想にいった。

「伯父さんや伯母さんに心配をかけるんじゃないぞ」

弥もこの家へ住むという話になるのかと思っていたが、そんな話は出なかった。

「さよなら」

といって弥は座敷を出た。カステラを頰張りながら伯父の家へ戻った。

菅沼の家には菓子や果物がいつもふんだんにあった。見たこともないような珍らしいオモチャもあった。一番驚いたのは庭に敷いた線路の上を走る蒸気機関車だった。これはメイド・イン・ジャーマニイやで、と菅沼はいった。水の上を蒸気で走る船もあった。弥はそれらをまるで自分のもののように走らせた。菅沼を羨ましいと思ったことはない。菅沼と親友であることが誇だった。菅沼と一緒にいると心が浮き立ってきて、何でもやってのけた。田圃の畦道で女の子をつかまえると、穿いている袴を引き上げて、頭の上で紐で結び、

「ホオズキ、ホオズキ」

菅沼と二人、声を揃えて囃《はや》し立てた。そのうちムラムラしてきて、泣いている女の子のズロースを引き下げて、手で撫でた。スベスベして気持がいい。スベスベの奥はどないになってるのかと下から覗き込んでは二人で笑った。

空には雲雀《ひばり》。見渡す苺畑。れんげ畑の牡丹色に菜の花畑の黄色。春風にのって漂ってくる肥溜の臭い。阪神電車がその真中を風を切って突っ走って行く。弥と菅沼は電車に向って石を投げる。草むらに蛙を見つけて、後足を持ってま二つに引き裂く。お前は佐藤紅緑の子供やのに、なんで伯父さんの家にいるのやと、他の友達がいうようなことを菅沼は訊かない。

「弥、親友はいるか？」

と父に訊かれた時、弥は胸を張って、

「うん、いる。菅沼久弥《ひさや》！」

と答えた。

「そうか、うん、よし」

父は満足そうに大きく頷き、

「親友のいない人間はダメだ。友達を大事にしなさい」

といった。その「親友」と二人でしていることを知ったら父はどんな顔をするだろう。そう思うと愉快だった。

だがある日、楽しい日々は終った。

菅沼が西畑の家から引越してしまったのだ。行先は枝川の向うの今津だった。菅沼は川向うの「敵」の陣営に入ってしまったのだった。その上菅沼は森繁という苗字に変っ

た。なぜ森繁になったのか、菅沼は説明しないからわからない。菅沼と弥は、

「サイナラ」

「サイナラ」

といい合って別れた。それ以外に何をいえばいいのかわからなかった。

菅沼はあっさり行ってしまった。


密蔵が死んだので、弥は「三階建の家」に引き取られることになった。この集落の中で一番大きくて立派な家の住人になることは少し嬉しかった。

その家で弥は離れ家を与えられた。そこは六畳と四畳つづきで手洗いと縁側がついている。縁側の前には小さな池があり、紅葉や楠や椿などの木立越しに母屋が見える。

弥はそこが気に入った。そこにいれば誰からも干渉されることがない。伯父の所では良子が断りもなくいきなり部屋に入って来たり、留守中に机の中が掻き廻されていたりしたが、ここでは孤独の自由があった。

「母さん」は寡黙な女で、よくいえば控え目の、悪くいえば冷淡な、意地悪もしなければ可愛がりもしないといったタイプだ。その「母さん」について、弥は何の注文もない。前の暮しとどっちがいいかと訊かれれば、良べエがいないだけこっちの方がいい、といえた。

弥は楽しい家庭生活というものを知らない。だから期待もしないし望みもしない。おとなの都合であっちへやられたりこっちへ来させられたりすることに馴れっこになって

いる。

弥は尼崎《あまがさき》中学に入学して、毎日学校へ通った。一年から二年に進級し、その間、風邪で三日休んだだけで、きちんと学校へ行っているというので、父さんはとても喜んでいる。中学では田中作太郎という親友が出来た。作太郎は鉄工所の息子で勉強もそこそこし、のんびりしているが女好きだ。電車の中で出会う女学生に片端からネッツを上げ、つけ文をしてはふられている。作太郎は女学生の間で「ヌケ馬」と渾名されていた。あまりに顔が長く、その上鼻の下も長いので間がヌケているように見えるからだという。それを作太郎の妹が聞いて来た。

「あいつら、オレのことヌケ馬いうとんのやて」

そういって作太郎は落胆した。

弥が喧嘩をしようとすると作太郎はそういって止めた。

「喧嘩みたいなもん、やめとけや。負けたらソンや」

作太郎の父の工場の隣りにあるタバコ屋の娘が弥のことを「男前」だといっている、と作太郎が聞いて来た。作太郎の年子の弟の安二郎にタバコ屋の娘が、「あんたとこのお兄ちゃんと昨日歩いてた人、なんちゅう名前？」と訊ねたのだ。

「男前やねえ。脚がすらーと長うて、鼻が高うて」

とタバコ屋の娘はいったという。

弥ははじめて女から「男前」といわれた。弥は作太郎と二人でそのタバコ屋へタバコを買いに行った。娘はぽっちゃりした二重顎で、

「あの顎みたら、ムラつくで」

と作太郎はいったが、弥はなんや、こんなん、おばはんやないか、と思った。神社の裏手でタバコをふかしながら、女優の品定めをした。弥はオレは伏見信子みたいなんがええ、といった。作太郎は、女優ならどんな女優でもええ、といった。そう聞けばそうもいえる、と弥は思った。


久は八郎からお前はナルオへ行くんだ、といわれた。

「小学校を出るまでという約束だったんだからな、卒業したんだから親父のところへ行くんだ」

八郎にいわれて、久は、

「うん」

と答え、もうコキ使われなくてもすむと思って嬉しかった。

ナルオには父さんと三笠万里子というひとがいるのだ。これからはそのひとのことを「母さん」と呼ぶのだよ、と野呂瀬がいった。

久は野呂瀬に連れられて東海道線の夜汽車に乗った。ひと眠りすれば明日の朝は大阪だ、と野呂瀬はいった。五合瓶を膝に挟んで、久の水筒の蓋でチビリチビリやりながら、ナルオという所はいい所だとしゃべっていた。

「あったかくてさ、東京みたいに空っ風は吹かないし、どろんこ道もない。海は近いし川もある。ちょっと出れば苺畑だ。苺はいくらでも食べられるよ」

野呂瀬は酒で赧《あか》く染った丸い禿アタマを手のひらで撫で廻しながら、

「いつだっけかなあ……こうしてワタルちゃんをナルオへ送って行ったのは……」

と目を暗い窓に向けた。

「何年になるかなあ……キュウちゃんは幾つだい？」

「十三だよ」

「そんなら十年前か、いや十一年になるかな。あの時、キュウちゃんは赤ンボだったもんなあ、ワタルちゃんは確か五つだったよ」

野呂瀬は暗い窓ガラスにぼんやりと映っている自分の顔をじっと眺め、

「げに光陰は矢の如しだ、もう十年か……」

と首を振った。

「お父さんのところには女の子が二人いるよ。キュウちゃんの妹だよ。下は確か五つか六つだ、上の子は十くらいかな。キュウちゃんは子供好きかい？」

「うん」

と頷いてから、

「五つになってれば子守りはしなくていいんだろ？」

と訊いた。

「子守り？　そんなものしなくていいさ。向うにはばあやや女中がいるからね。キュウちゃんは虐めたりしないで可愛がってやればいいのさ。そうそれから弥ちゃんがいる。キュウちゃんと幾つちがいかな？　そうだ、三つちがいの十六か。中学三年か四年だよ。喧嘩をしないようにな。兄弟仲よくお父さんに親孝行するんだよ」

久は父さんの顔を知らない。

チャカ兄貴が仙台へ来た時、雑誌に出ていた写真を見せて、これが親父だ、と教えてくれた。

「親父は偉いんだぞ。有名な小説家だ」

チャカ兄貴は父さんを自慢にしているような口ぶりだった。だが別の時は、

「あれはダッタン人だ。鈴木の伯母さんがいってた。みんなそういってる。ロクなもんじゃないってさ」

といった。

写真の父さんは大きな机に肘《ひじ》をついて、「キング」という雑誌を見ているポーズをとっていた。顔が長くて口髭を生やしている。立派な人だなあ、と久は思った。

鳴尾の家には午前中に着いた。父さんはまだ寝ているということだった。奥座敷で「母さん」に会った。きれいな人だぞ、と野呂瀬はいっていたが、髪を無造作に結って化粧気のない、よく太ったただの女だった。

「よう来たわねえ……えらかったでしょう、夜汽車は」

と久の聞き馴れないアクセントでいった。死んだ母さんの声は高くてキンキンしていたが、こっちの「母さん」の声はとても低くて静かだった。

「お腹空いてない？　朝は何を食べたの？」

野呂瀬が昨夜の弁当の残りを食べたというと、「母さん」は呆れたように目を瞠《みは》って、

「お弁当の残り？　可哀そうに」

といって久を見てにっこりした。

「母さん」は座布団の下をまさぐって紐つき呼鈴を押した。襖が開いて敷居際に眠そうな白狐みたいな若い女中が、膝をついていた。

「おうどんでもてんどんでも、何でも好きなもの、よう聞いて奴《やっこ》から取ってあげて」

それから久の方を見て、

「そんなら久ちゃん、あっちへ行って、何でも好きなもん注文してもろておあがり」

そういってまたにっこりした。

「そんなら坊ちゃん、あっちへまいりまひょう」

と白狐は優しく手招きする。「坊ちゃん」といわれたのははじめてだった。

「うん」

といって立ち上る。悪い気はしなかった。

長い暗い廊下を二度曲って台所つづきの茶の間に入った。台所の土間で尻はしょりをして高下駄を鳴らしながら、洗い物をしていた女中が手を拭きながら近づいてきた。びっくりするような反歯《そっぱ》だった。八郎兄貴ならすぐに渾名をつけるところだと思った。

「久坊ちゃんやね？　わたし、ミヨといいますねん。あっちのおいどの大きいあの人はヒサさん。どうぞよろしゅう。仲ようしまひょなあ」

と快活にいう。白狐はヒサというのだった。その時、土間の右手の勝手口のガラス障

子が開いて、「ただいまァ」とかん高い子供の声がいった。

「あ、丁度ええとこへ帰ってきやはった。早苗嬢ちゃん。久お兄ちゃんが来はりましたで」

早苗は胸にボールを抱えて入ってくると、久をまじまじと見て、

「お兄ちゃんは中学生？」

といきなり話しかけた。

「うん、これから中学生になるのさ」

小学校の卒業式をすませてこっちへ来たのだ。中学へ行けるのかどうかわからないが、とりあえずそういい、それから忘れられないように、

「ハラ減ったなあ」

といった。

「あ、そうそう。何がよろし？　てんどん？　狐《けつね》うどん？　おかめ？　親子どんぶりもおまっせ」

「てんどんと……うどんも食っていいかな？」

「よろしおますとも。ほんならてんどんと、何うどん？　狐《けつね》？　おかめ？」

「けつねうどんってどんなのだい？」

「ケツネはケツネですがな。甘う煮《た》いたおあげさんが入ってますねん」

「そうか、じゃあ、キツネじゃなくてケツネ食うよ」

「いや、おもしろいことといわはる坊ちゃん！　そんなら、注文しィに行《い》てきます」

白狐は浮き浮きと勝手口を出て行った。

久はいい気持だった。中心人物になるのははじめてだ。スガモではいつも中心人物である八郎兄貴が人を笑わせたり、怒鳴ったりしているのを横合から見ているだけだった。

「早苗嬢ちゃん、これからは久お兄ちゃんに勉強みてもろたらええわねえ」

と反歯がいっている。

てんどんと狐うどんの出前と一緒に、白狐に手を引かれた小さな女の子が息を切らせて入ってきた。

「愛子嬢ちゃん、お帰り。久兄ちゃんが来てはりまっせ」

反歯がいった。

愛子は高い上り框《がまち》をよじ登るようにして上ってくると、恥かしそうに伏目になったま ま、早苗と並んで瀬戸火鉢の前にチョコンと坐った。

「この子が愛ちゃんかい」

久はすっかりくつろいで愛子を眺め、

「走って来たのかい？　鼻が真赤だよ」

愛子は久をちらっと見たが、視線が合うと急いで目を伏せて何もいわない。

「この子、恥かしがりやねんわ」

早苗がいった。

「恥かしがりの泣きミソやねん」

「泣きミソ？　泣き虫のことかい？」

「泣きミソ」

「味噌が泣くのかい。そんなの聞いたことねえや」

早苗は笑いこける。愛子は口を結んだまま、ニコリともしない。

「てんどん、食うか？　うまいぞ」

黙ったまま首を横にふる。

「よう、愛ちゃん、面白いお話してあげようか」

久はいった。

「こっちへ来る時にね、汽車の中でお煎餅《せんべ》食べてた田舎の親爺の話」

愛子ははじめて大きな目を上げて久を見た。

「その親爺がね、こんなにしてさ、お煎餅を少しずつ、さも惜しそうに齧《かじ》るんだよ」

久は前歯を見せてその真似をしてみせた。

「ちょっと齧っちゃ、齧ったところを惜しそうに眺めるのさ……。こうしてさ、齧っちゃ眺め、眺めては齧ってる……」

愛子の目にふと、面白そうな色が流れた。

「そんで、どうしたん？」

はじめて愛子は口を開いた。

「齧っちゃ眺め、眺めちゃ齧り……」

大きな煎餅を両手に持っているという思い入れで、齧っては眺めて首を右にひねり、また齧っては眺めて左にひねる。愛子の口もとがゆるんでミソッ歯が覗いた。

「そんで、どうしたん？」

「とうとう全部食べちゃったんだよ」

「そんで、どうしたん？」

「困ったな、それでおしまいさ」

もう一度、久はその真似をする。真似はだんだん大仰になる。愛子は笑い出した。キャッキャッと笑う。桃色の歯グキが丸見えになるほど大口を開けて、退《の》け反《ぞ》って笑っている。

「この子、泣きミソのゲラやねん」

と早苗が注釈を入れた。もっと笑わせたくて久は、大仰に煎餅を齧る真似をしてみせる。

その日、弥が勝手口を入って行くと、ヒサが待ちうけていたように飛んできた。

「久坊ちゃんが来てはります。もう離れにいてはります」

「うん」

といっただけで上り框を上り、廊下を通って奥座敷の襖の外で「ただいま」と声をかけ、そのまま渡り廊下を歩いて行った。離れに入り障子を開けると絣の筒袖を着た、クリクリ坊主の丸顔の弟が開けた行李の前から顔を向け、

「やあ」

と人懐こくいった。目尻の下った丸顔、丸い鼻に愛嬌がある。

「ああ……」

と不得要領にいって鞄を鴨居の釘に掛けた。何といえばいいのか、言葉に困った。久の方は見ないようにして、制服のボタンを外しながら、「お前が弟か」というのもおかしいし、「オレは弥だ」というのも喧嘩を売っているようだし、だといって「仲よくしよう」とか「よろしくな」なんててれくさい。仕方なく弥はいった。

「お前の荷物はそんだけか？　そんなら押入れの下の半分、使うたらええ。布団は上へ入れたらええ」

弥は押入れの中に頭を突っ込み、奥のトランクの後ろに隠しておいた春画をどこへ移そうかと迷う。五枚つづきの一枚が手からすべって落ちたのを素早く久は見ていった。

「スガモにもあったよ、そんなのが……」

「そうか」

弥は腹を据えてふり返った。

「そんならもっと見るか？　見たいか？」

「うん」

久は春画を手に取ってしげしげと眺めていった。

「スガモにはもっといろんなのがあったよ。絵じゃなくて、写真もあったよ」

弥は「ふーん」としかいえない。何というシャアシャアした奴だ、と思う。

「ぼくね、学校へ持って行ってみんなに見せてやったんだ。そしたら先生に見つかってさ。くみ子姉さんが呼び出されたの。八郎兄貴は笑ってたけど、くみ子姉さんに叩かれたよ」

こいつが弟なのか、と改めて正面から見た。妙に明るくてサバサバした奴だ。いやな奴やなさそうやが、こんな奴がそばにいたらゆっくりセンズリもかけへん、と思った。

三日後の夜、弥と久は喧嘩をした。並べた布団の上でバナナを食べていた久が、その皮を弥の枕許へ置いたのが原因だった。弥は黙ってその皮を久の枕許へ押しやった。久はそれをまた弥の方へ押す。弥は押し戻す。

「何や、なんでそんなことするんや」

「いいじゃねえか、そっちへ置いても」

「自分の枕許へ置け！」

押したり押し返したりしているうちに突然、弥は跳ね起きて叫んだ。

「お前、やる気か！」

「なんだ……」

と久は起き上った。どっちが先ということもなく組み合って、上になり下になり布団の上を転げ廻り、障子を倒して廊下へ転げ出た。

「表へ出え！」

弥が叫んで縁側から庭へ飛び降りる。久もすぐ後を追った。弥は物干の三つ叉《また》を取って久に向った。久は竿竹《さおだけ》で突きに出る。竿竹が長すぎてよろめいたので弥が高笑いをした。久はカッとなり、たまたま立てかけてあったシャベルをふりかぶる。

座敷の雨戸が開いて植込みの向うから「母さん」の声がいった。

「弥ちゃん？　キュウちゃん？　何してるの」

弥は三つ叉を突き出す。久はシャベルではたいた。

「やめなさい、喧嘩なんかしたらいかんわ」

「母さん」は庭下駄を突っかけて急いで出て来た。

「いったい何やというの？　こんな夜遅うになんで喧嘩みたいなものするの。わけを話してみなさい……」

「母さん」は声を殺していった。

「お父さんに知れたら厄介でしょ。どんなに怒られるかわかるでしょう……ねえ、やめてちょうだい……やめて、やめて……」

そういわれると二人とも余計やめられなくなる。久はこれ見よといわんばかりにシャベルをふりかぶる。

「キュウちゃん、いい子やから、それ、こっちへちょうだい。あんた弟でしょう。弟はお兄さんに刃向うたりしたらいかんわ」

ふり上げたシャベルに向って手をさし出してきたので、久は仕方なくシャベルを下ろした。

「そうそう、それでいいのよ。キュウちゃんは聞きわけがいいねえ。もう今度から喧嘩なんかするのやめてね。お父さんには内緒にしとくからね」

「母さん」は帯の間から財布を出して五十銭玉をとり出した。

「さあ、これあげるから」

久はふくれ面で手をさし出し、五十銭玉を受け取った。

「弥ちゃんもそんなもん振り廻したりせんと、あんたはお兄さんなんやから……」

弥は三つ叉をほうり出してさっさと離れへ向った。「母さん」が呼び止めるかと思いながら、渡り廊下の柱の裾で足の泥をこすっていたが、「母さん」は追いかけてこなかった。「母さん」は久に五十銭やった、と思った。

「弥ちゃん」

という声を聞いたように思ったが、そう思うのと同時に反射的に廊下に飛び上っていた。久が部屋に入ってきて、

「兄ちゃん、仲直りしよう」

といったが、弥は黙っていた。

七

節の結婚が決ったのは二年前の正月である。結婚を急いだのは節自身よりも洽六の方だった。何でもいい、どんな嫁でもいい、とにかく結婚させてしまえば身が治まるだろうと洽六は思い込んでいた。八郎は結婚してから警察沙汰を起すことがなくなり、詩を書いて（たとえ他愛のない詩であろうとも）落着いてきた。だから節にも早く嫁を持たせたい。それが洽六が考えついた唯一の打開の道だったのだ。

どっかにいい嫁はいないかね、と口癖のようにいい、節もその気になってきたが、下

話の段階で縁談はいつも壊れた。愛子が通っている枝川幼稚園の美世《みよ》先生は色白丸顔のしっかり者である。

「あれがよかろう」

と洽六はいって、早速人を立てて申し込んだが、言下に断られた。「身分がちがう」というのが理由だった。シナはそれを聞いて、

「身分やて？」

と皮肉に笑った。

「身分やの何やのといわれるような家やないことはわかってるでしょうが。やっぱり美世先生は賢い人やわ」

縁談という形でまともに話を持って行ったのでは、節の結婚はまとまるわけがないのである。

「チャカさんが自分で見つけてつかまえてくるよりしようがないでしょう」

断られる度にそういったが、洽六はまるでウワゴトのように人さえ見れば嫁を、嫁を、といいつづけた。

そうしてやっと決ったのが、神戸の、「水色」というカフェの看板娘の国井カズ子である。「水色」は福原遊廓の入口の近くにあって、はじめは喫茶店として開いたのだが、そのうち洋酒なども置くようになり、カズ子がシェーカーを振る姿が評判で、毎夜阪神沿線から京都あたりの客まで来るようになり、まことに繁昌している。

「水色」では三つのボックスの外に丸テーブルと幾つかの丸椅子を置いているが、宵の

口からこの椅子も塞がってしまうので、「水色へ行く時は、自前の椅子を担いで行かんならんな」といわれているくらいである。カズ子は五尺あるかなきかの小柄な女で、長い袂に胸高に帯を締め、大きな目をクルクルさせて艶のある高声で歯切のいい東京弁を駆使してよく笑う。もたもたとものをいう関西女しか知らない男たちは、そんなカズ子に魅せられた。

一時の遊び相手は何人もいるけれども、結婚の相手となるとなかなかこれはと思う女はいない、などと一人前の口を利いていた節が、カズ子と結婚したいといい出したので洽六は喜んだ。

カズ子は東京で育ち、父はなく、母と妹の三人家族である。母は神田で下宿屋をしていたが、神戸はいい所だと下宿人がいうのを聞いて、関東大震災の年に神戸へ来た。父親はなぜいないのか、何の仕事をしていた男なのか、わからない。家業は酒屋だったという話だが、本人が酒屋をしていたのかどうかもはっきりしない。だが洽六はいった。

「そんなことはどうだっていい。娘がよけりゃそれでいいんだ」

節は二十三歳である。カズ子はどうやら年上らしい。年を隠しているのでよくわからないが、四つくらい上ではないかという者がいた。だが洽六はとり合わずにいった。

「年なんか幾つだっていい。とにかく話を進めろ」

そういって福士幸次郎を仲人に立てて申し込みに行かせた。その頃幸次郎は東京を引き揚げて、洽六の家のま向いの二軒長屋のひとつにいたのだ。

カズ子にとって節は、東亜キネマの駆け出し女優を連れて来ては、派手に騒ぐ気っぷのいい客だった。それ以外に節への関心といっては何もなかった。佐藤紅緑のドラ息子だという風評を耳にしたことがあるが、金払いがよいので気にも止めていなかった。

だが母がこの縁談に心を動かしたのを見ると、カズ子の心も動いた。母が心を動かした理由は、それが仲人を立てた正式の申し込みだったからである。その頃、「水色」の客たちの中で、一番熱心にカズ子にいい寄っているのは京都下鴨《しもがも》から毎晩のようにやってくる阪東妻三郎だった。妻三郎は映画スターで魅力的な男だったが、彼が店で口説くことがカズ子にはもうひとつ気持が乗らない原因だった。きちんと道を踏んで、正式に結婚話を持ってくるような男でなければ嫁にはやれない、と母は始終いっていた。カズ子もそう思っていた。母は二人の娘を掌中の珠として育てた。母の夢は娘を玉の輿に乗せることだった。そのため、「蚤にも喰わせないように大切にはぐくんできた」というのが母の口癖だった。

「カズさん。いい返事をもらうまで、ぼくは我慢のいい子でいるよ」

節はいった。節は美男子ではないが、イナセな男だった。節の江戸弁はこの店では他の客を圧倒している。これが大阪の男だと、

——カズさん。ええ返事してエな。たのんまっさ。待ってるよって……。

もっと酷いのになると、

——どや、わいのヨメさんにならへんか。な？　ええやろ？　なってエな、な、な、な……。

と握りにくる手がアブラ手で、いくら船場の大店《おおだな》の若旦那だと聞かされてもカズ子は

ぞっとしない。

しかし、もうひとつ節に対して母娘ともに気持が進まないのは、彼には定職がないことだった。迷っているカズ子に節はいった。

「ぼくは今までいい加減なことばかりしてきた。自分で自分がいやになるくらい、荒れた暮しをしたこともある。けれどね、男らしくないといわれればそれまでだが、そうせずにはいられないいろんな事情があったんだよ。カズさんもうすうすは知ってるだろ？　親父と三笠万里子のことだ。三笠にぼくの家はメチャメチャにされたんだ。おふくろはそれがもとで死んじゃった。ぼくはね、親父と三笠に復讐してやりたかったんだ。少年時代から今まで、考えたことというのはただそれだけだ。ぼくは中学へも行っていない。勉強をしないことも親父への復讐だと考えたんでね……」

節は言葉を切り、タバコの煙を吐いて苦しそうに眉を寄せる。目を伏せ、暫く考えに耽《ふけ》った後でいう。

「だが、今になってぼくが考えちがいをしていたことがわかった。こんなこと……親を苦しめることを日々の目的にしてたなんて、なんてオレはバカだったんだろう、と思うようになった。そう思うようになったのはカズさんのおかげだよ。カズさんを好きになったおかげで、マジメに生きたいという気になってきたの。ぼくは幸福になりたい。今まで幸福になりたいと思ったことなんてなかったんだけれどね、今はちがう。幸福になりたい、マジメに一所懸命に生きたい、……そのためにカズさんが必要なんだよ。わかってくれるかい？　ぼくが悲しいのはね、ぼくがマジメになるといくらいっても、誰も信じてくれないことなんだ。だがそれはぼくが悪い。ぼくが信じなくさせたんだからね、だから信じない人を恨んではいけないと思ってるよ……だから……だからぼくは悲しいんだ……」

調子にのっていっているうちにだんだん「本気の気分」になってくる。節は真面目に暮す決心の表れとして、大阪毎日新聞の印刷局に就職した。

「一介の職工として出直すことにしたよ」

節はいった。

「もう背広なんか着ないよ。菜っ葉服は尊い労働服だ。それを着て弁当を提げて出勤するよ。カズさんが弁当作ってくれたら百人力だ。ぼくはモリモリ働くよ。弁当は卵焼きにタクアンと梅干があればそれで十分だ。酒は日曜日だけにする……」

カズ子は次第に節に心惹かれて行った。皆は嘘つきの詐欺師のというけれど、心は子供のようにきれいな人なんだわ。可哀そうな人なんだわ、と思うようになった。

「けれどカズちゃん、結婚は可哀そうだけじゃ保《も》たないよ」

と母にブレーキをかけられると、それもそうだと気を引き締める。だが母もそういいながら、はっきり断ってしまうという決断もつかず、なんといっても天下の佐藤紅緑がついているんだからねえ、と迷い、世間には二十一、二で通っているが、カズ子ももう二十七になっている。売り惜しみをしているうちに薹《とう》が立ってしまって、クズを拾うということになるかもしれないと思ったり、しかしカズ子のいつまでも若々しい美貌やこれまでの苦労の数々を思うと、店も繁昌しているこの時になにも安売りすることはない、とも思う。

迷いに迷った揚句に、ここは一応辞退の方針でいこうということになって、断りの口実は「家の格式がちがう」ということに決めた。福士幸次郎を仲に立てていては埒《らち》があかぬので、母と娘は西畑の洽六邸へ断りをいいに出向いた。だが気軽に応接間に出てきた洽六は話を聞くと磊落《らいらく》にいった。

「ぼくの親父は貧乏士族でしてね、ただ威張って暮しただけで格式なんて何もありませんよ。ぼくだって決して人に自慢出来るような生き方をしてきたわけじゃない。今はたまたま書くものが当ってるだけのことです。格式の何のっていっても、なに、大方の日本人はみな成り上りです」

焦茶のお召をゆるやかに着て、絞りの兵児帯《へこおび》を太目に腹に巻いた洽六は、今まさに脂《あぶら》ののりきった五十四歳の堂々たる男ぶりで、母も娘も気圧《けお》されて何もいえなくなった。

「カズさんはおそらく、大事に育てられた箱入娘なんですな」

洽六は親しみを籠めた砕けた口調でいった。

「箱入娘というものは未知の世界に対して本能的に不安を抱くものです。だが不安の正体なんて、よく考えると何もないんだ。思いきって飛びこんでみたら、何もなかったことがわかりますよ。正直のところ節は決して自慢出来る息子じゃありません。しかし今度、彼は生れてはじめて真面目に生きようと考えるようになった。カズさんとの結婚によって、人生をやり直そうとしているんです。親としてこんなに嬉しいことはありませんよ。散々、手古摺ってきた息子ですからね。彼にも純粋なところ、真面目なところがあったんです。カズさんによって、その眠っていたものが引き出された……ぼくも家内もどんなにカズさんに感謝してるかしれません。どうか節の心を汲んでやって下さらんか。節を扶《たす》けてやって下さらんか……」

流れるような能弁の前に母と娘はただ、はあ、はあ、と恐縮してお辞儀をしているほかなく、いつの間にか一方的にしゃべられ、押し切られて話は決ってしまったのである。

呆然として帰途についた母娘のところへ、二、三日すると仙台平《せんだいひら》の袴を穿《は》いた福士幸次郎が結納を持って来た。急いで結婚式を挙げてしまわなければ、気が変られては困る、という洽六の心配から、結婚式は一か月後の二月十一日、紀元節の日と決った。

結納を納めて暫くすると、節が洽六のところへ来ていった。

「お父さん、怒らないで聞いて欲しいんですがね、国井の方じゃ、カズ子がいなくなったら客がこないだろうから店を閉めるといってるんです。それで何というか、看板料というのもナンだけど、そういったものを欲しいようなことをいってるんですがね」

洽六は苦虫を嚙みつぶしたような顔でいった。

「いくら欲しいといってるんだ」

「いくらとははっきりいってませんが、二百円くらいでどうでしょう」

洽六は傍に黙って坐っているシナに向って顎をしゃくった。

「出してやれ」

二百円を懐に入れて節が帰って行くと、洽六は吐き出すようにいった。

「あのババアは上品に見せかけて、とんでもないごうつくばりだ……」

──これはウソだ。国井母娘がいってるんじゃない。お金はチャカさんが取るんだろう……。

シナはそう思っていた。だがシナはそれを誰にもいわなかった。

昭和二年二月十一日、節とカズ子の結婚式は神戸の湊川《みなとがわ》神社で挙げられた。二人の新居は大阪神崎川《かんざきがわ》の畔、ガスタンクのそばの貨物列車のような、横に並んだ十軒長屋の東の端だった。洽六からは月々三十円が生活費として送られた。

「お父さん、

いろいろ有難うございました。

早いもので結婚してもう二か月経ちました。

ぼくは今、とても幸福です。

この幸福はお父さんのおかげで得られ、カズ子によって高められています。ぼくは今、幸福をしみじみ感謝しています。

ぼくは生れ変りました。毎日、菜っ葉服に腰ベンで印刷局へ行っています。週に一度の休み、二度の早引(といっても夜の十時)のほかは早出と夜業ばかりです。早出の時は十時から出勤してサンデー毎日を刷るのです。夜業を終えて帰るのは明け方です。けれども少しも苦労に思いません。新聞社で一番働くのは何といっても工場員です。職工にくらべれば記者なんて遊んでいるようなものです。ぼくは職工になったことをよかったと思っています。この仕事に誇りを持って働いています。

今まで親不孝ばかりしてきましたが、これからはカズ子と二人で親孝行をします。今朝もカズ子とそう約束したばかりです。一度お父さまにもいらしていただきたいわね、とカズ子はいっています。

家の前は田圃や畠でその向うを神崎川が流れています。畑は今、菜の花で真黄色です。この間の休日は福士さんから結婚祝いに貰ったカナリヤが籠から逃げて菜の花畑にまぎれてしまい、カズ子は終日、菜の花の中でカナリヤを探していました。そんな暢気《のんき》な、無邪気な女です。カナリヤは黄色くて菜の花畑も黄色くて、あたし、困っちゃったわ、といって大声で笑っていました……」

節の手紙を洽六は眉間に皺を寄せたまま読み通した。差出人に節の名を見ただけで、反射的に渋面になると戻らない。読み終ると洽六は封筒に戻して、机の上に投げ出すように置いた。

——いつまでつづくか……。

と思い、

——欺されはせんぞ。

と思う。しかし洽六はこう返事を書いた。

「節。

手紙を読んだ。

愈々、お前も一人前の男になってくれたのだと思うと、この上なく嬉しい。万里子も涙をこぼして喜んでいた。

八郎にも散々困らされたが、結婚をしてから漸く人に迷惑をかけない人間になった。お前もカズ子という伴侶を得て、人生の何たるかを考えるようになってくれたのは喜ばしい限りだ。

手紙によると夜業のために明け方に帰宅するとか。身体に気をつけてくれ。労働は神聖だ。

額に汗して稼いだ金で、夫婦で食う飯はさぞかしうまかろう。お前の手紙のおかげで今夜の我々の飯もうまかった。

辛いこともあるだろうが、辛抱して一所懸命励んでくれ。

父より

節どの」

書き終えると洽六は机に肘をついてタバコに火をつけた。欺されはせんぞと思いながら、どこか心が和んでいた。この手紙で節の心も素直になってくれればいいがと思いながら、そのうちひっくり返しがくるだろうと予期している。それでもそんな手紙を書いたことによって、洽六の心は慰められていた。

「親父が小説を書いて徹夜をすれば、まず五、六百円。オレがくたくたになるまで夜業して一円二十銭。こいつはひとつ考え直さなくちゃなるめえなァ」

と節がいい出したのはそれから半年後である。

「夜中の三時に夜業が終っても家へ帰る阪急電車はまだ出ない。早く家へ帰ってカズさんの顔を見たい一心から、円タクに乗る。これが二円なり。夜業して一円二十銭もらって八十銭のアシを出してりゃ世話はないよ。これじゃあ休んで、カズさんと川でボートを浮かべてる方がなんぼかましだ」

そういう節に、カズ子はただ困った。

「今日は休んで一日、カズさんにつき合うよ」

そういって一日休んだのが二日になり三日になった。

「節さん、大丈夫なの？　そんなに休んでいいの？」

カズ子は心配になるが、そうかといってどうすればいいのかわからない。新婚だから大目にみてくれるさ、といわれるとそんなものかと思う暢気さだった。そよそよと神崎川を流れる五月の風の中にボートを浮かべたり、土堤で摘み草をしたり、昼間から雨戸を立ててカズ子を寝床へ引き入れたり、そんなことをして日を送っていた。

十日余り経つと工場から出勤を促す電報が来た。しようがねえなあ、明日から行くよ、といいながら二、三日ぐずぐずしてそれからやっと工場へ出て行ったが、手ぐすね引いていた仲間の工員達に忽ち取り囲まれた。

組長の大友は痩せて小柄だが力がある。

「そないに休むのが好きやったら、わいらが工場へ出られんようにしてやるわ」

そういうなり、節の鼻に鉄棒のような拳固の一発が入った。節はひっくり返り、立ち上る暇もなく十人ばかりがなだれを打って殴りかかってきた。喧嘩の強いのが唯一の自慢だったが、手も足も出ず、瞼をつぶされ、曲った顎に鼻血をこびりつかせてよろよろと帰って来た。

「べらぼうめ。十人でオレ一人にかかってきやがって卑怯な奴らだ……」

家へ帰ると新しい怒りが湧き上ってきて、縁側で飯を食っていた猫を思いっきり蹴落した。カズ子に瞼を冷やしてもらいながら、負け知らずの佐藤節《たかし》、一生一度の不覚だった、と思う。冷たい濡れ手拭いの下で口惜し涙が流れた。

だがそのままひと眠りすると元気をとり戻し、カズ子に酒の仕度をさせて、飲み始めた。

「そんなに休むのが好きなら、来られねえようにしてやる、なんていやがったから、ひょうろく玉め、やれるものならやってみろ、って……」

「そんなことというから節さん、やられちゃったんじゃないの」

カズ子が面白そうに笑うと節の口惜しい胸は晴れる。節はその胸を更に晴らすために大声でしゃべった。

「おう、見損うなよ、ってそこで啖呵を切ったんだ。オレァお前らみてえな年中、粥食ってるゼイロクたァわけがちがうぜ。憚《はばか》りながら観音様は浅草寺《せんそうじ》、その浅草の公園で、左を流れる隅田の水ほど血を浴びてきた兄ちゃんだ。手前らが殴れるような年はまだ越さねえや。生意気なことぬかすねえ、ってね、一息にまくしたててやったのさ」

いい加減にしゃべっているとだんだん調子が出てきた。カズ子は目を丸くしている。

「機先を制して早くも右手を振ったアッパーカット。これがうまく大友の鼻へ入ったかと思うと大友は鼻を押えてひっくり返った。おお、兄ちゃんらよ、やるならやろうじゃねえか。どうだ、不具になりてえ奴は遠慮なく前へ出てくんねえ。血を出す喧嘩もここ二、三年はごぶさたで、二つの腕がうなってらァな」

カズ子は嬉しそうに、

「そういったの、節さん……」

「そうさ、オレの声に監督の松田が出てきて、君は休んでばっかりいるさかい、皆が忠告しようと思たんやろう。休んだ者が制裁受けるのはこの工場の昔からの習《ならわし》やなんてぬかしやがるから、いってやった。オレがそんなに休んで悪いなら、なぜ早くクビにしねえんだ、ふざけるねえ、そんなに文句があるんならオレの方でやめらァな……」

「やめちゃったの？」

「ああ、やめてやった……」

「ほんとに？」

「駅から歩いてくる道すがら、思ったのさ。神崎川を吹くそよ風、光る川面、初夏の白雲、緑の若草。またとない青春をあんな油とゴミにまみれた工場の中に朽ち果てさせてはならない、とね。カズさん、ぼくの欠点は、あるいはロマンチストであるということかもしれないなあ。ぼくは現実生活を平穏にするために、自分の夢を犠牲にすることが……世間の男が何の疑いもなく、抵抗もなくしていることが出来ないんだよ、ロマンチストであるゆえにだ……」

しみじみとそういわれるとカズ子は、

「そうなの……」

と頷いてしまう。

「でも節さん。やめちゃうとお小遣いがなくなりゃしない?」

「なに、親父からの送金を増やしてもらうさ」

こともなげに節はいった。

八

来る日も来る日も洽六は書斎に籠って小説を書いた。二階の彼の書斎にしている座敷は、この家の西側を走る土堤の松林に接している。南に廊下が開けているだけの書斎に少しでも風が流れ込むようにと、シナは大工を呼んで西側の壁に丸窓を作らせた。ところが却って土堤の松の枝を越す西陽が容赦なく射し込むようになり、天気のいい日は前よりも暑くなった。その上に全国中等野球のシーズンである八月には、土堤の向うの甲子園球場の熱狂的な歓声がどっとなだれ込んでくる。

洽六は浴衣を脱ぎ捨て、越中ふんどしひとつになって机に向った。汗は首筋から背中を流れ、肩から腕を伝ってペンを走らせる机を濡らす。手首から腕にかけて、汗の皮膚がこすれて痛む。そこに汗止めの天花粉をふりかけては書いた。

今、彼は新聞小説の第一人者であるだけでなく、少年小説少女小説作家としても全国的に熱狂的な読者を持つ存在になっていた。彼がはじめて書いた少年小説「あゝ玉杯《ぎょくはい》に花うけて」は、少年倶楽部の編集部の予期以上の反響を呼び、少年倶楽部の発行部数は忽ち三十万から四十五万に飛躍した。

「俺は職人ではないから、原稿用紙の枡目に嵌《は》めこんだ字数や行数で原稿料を勘定することは許さん。何枚書こうが一篇いくらとするように」

彼はいい、一篇三百円と決めた。それは雑誌全体の稿料の半分を占める額である。

「豆腐屋のチビ公は今田圃《たんぼ》の畦《あぜ》を伝つて次の町へ急ぎつゝある。爽かな春の朝日が森を離れて黄金《こがね》の光の雨を緑の麦畠に黄色な菜畑《なばたけ》に紫雲英《げんげ》咲く紅《くれない》の田に降らす、畦の草は夜露から眼ざめて軽やかに頭を上げる、菫《すみれ》は薄紫の扉《と》を開き、蒲公英《たんぽぽ》は橙黄《オレンジ》色の冠を捧げる。堰の水はちょろ〳〵音立てて田へ落ちると、蛙はこれから啼き出す準備に取り掛つて居る」

「あゝ玉杯に花うけて」を洽六はそんなふうに書き出した。それは小学生に読ませる小説の書き出しとしては、むつかしく冗長な風景描写だったかもしれない。だが彼は構わずに書いた。舞台は浦和だが、その景色は故郷津軽平野の春の景色である。

「チビ公は肩の天秤棒にぶらさげた両方の桶《おけ》をくるりと廻した。さうして暫く景色に見とれた。堤の上に赫《かっ》と朝日を受けて浮き出して居る村の屋根々々、火見櫓《ひのみやぐら》、役場の窓、白い土蔵、其等は今眠《ねむり》から活動に向つて歓喜の声を挙げて居るかの様、ところ〴〵に立つ炊煙《すいえん》は長閑《のどか》に風に揺られて林を繞《めぐ》り、御宮の背後《うしろ》へ靡《なび》き、それからうつとりと霞む空のエメラルド色に紛れ行く。

其処《そこ》の畠には豌豆《えんどう》の花、蚕豆《そらまめ》の花が咲き乱れてる中に兀《こつ》として葱の坊主が突つ立つて居る。いつも此処《ここ》まで来るとチビ公の背中が暖くなる、春とは雖《いえど》も暁は寒い、奥歯を噛みしめ〳〵チビ公は豆腐を桶に移して家を出なければならないのである。町の人々が朝飯が済《す》んだ後では一丁の豆腐も売れない、どうしても六時には一と廻りせねばならぬのだ」

ここで漸く主人公の豆腐屋のチビ公が登場する。チビ公は小学校では柳光一《やなぎこういち》という秀才と首席を争う優秀な生徒だったが、父を亡くし貧しい豆腐屋の伯父の家に母と共に厄介になっている身の上であるために中学校へ行けず、向学心を抑えて豆腐を売って歩いている。チビ公を廻《めぐ》る登場人物には親友柳光一のほかに「生蕃《せいばん》」と呼ばれている向う見ずで乱暴者の阪井巌《いわお》、彼の子分の「シャモジ」などがいる。生蕃は豆腐桶を担いだチビ公を見つけると、腹が減っているからといって豆腐桶の中に手をつっこみ、焼豆腐を摑み出して食べてしまう。

どうしてあんな奴にこうまで侮辱されなきゃならないんだろう、とチビ公は口惜し涙をこぼしながら、ラッパを吹く。生蕃の父親は役場の助役である。だから生蕃は威張っている。学校の出来は悪くても金があるから中学校へ行ける、親があるから中学校へ行ける、とチビ公は思う。俺には金もない、親もない。撲《なぐ》られても黙っていなきゃならない。生涯、豆腐を担いでラッパを吹かなければならない——。

チビ公は昭和初年の経済不況の中で、貧しさを耐えさせられている子供たち、殊に親の貧困の犠牲となって向学心を捨てざるを得ない農村漁村の少年たちの代表ともいうべき少年である。はじめ少年倶楽部編集長の加藤謙一が、少年小説の依頼に洽六を訪ねた時、洽六は怒っていった。

「君はハナタレ小僧の読むものをオレに書けというのか！」

いわゆる文壇では洽六は大衆作家として低い評価しか受けていなかった。しかし彼は文壇の評価などには目もくれず、彼の小説に一喜一憂して彼の筆力に魅了される全国の読者によって、社会小説の第一人者としての自負を持っていたのである。

加藤謙一はいった。

「恋愛小説を書く作家は掃いて捨てるほどいます。しかし日本の将来を担うハナタレ小僧のために筆をとる作家はいません。ハナタレ小僧に正義と勇気を与える作者は、紅緑先生をおいてほかにはいません……」

洽六は忽ち説得され、書く気になった。

――チビ公。父のない貧しい少年。

――母と共に伯父の豆腐屋に厄介になっている……。

メモはそれだけだった。チビ公に配する登場人物は、必要に応じてその都度、ひとりでに現れた。柳光一は彼の理想とする少年像であり、生蕃は時として彼の分身だった。

彼は生蕃についてこう書いた。

「彼の胸はいつも元気が充ち満ちて居る、彼は毎朝眼が覚めると嬉しさを感ずる、学校へ行つて多くの学生を撲つたり蹴飛ばしたり、自由に使役したりするのが更に嬉しい。彼はいろ〳〵な冒険談を読んだり、英雄の歴史を読んだりした。そうしてロビンソンやクライブやナポレオンや秀吉は自分に似て居ると思つた。

『クライブは不良少年で親ももて余した。それで印度《インド》へ追いやられて会社の腰弁にな

って る中《うち》に自分の手腕を揮《ふる》って遂に印度を英国のものにしてしまった、俺も何処かへ追い出されたら、一つの国を占領して日本の領土を拡張しよう』」

そう生蕃は考える。彼はナポレオンになろうと思った時には胸に座布団を入れて反身《そりみ》になって歩いた。秀吉になろうと思った時には目をむき出して猿のように歯を出した。生蕃の子分の「シャモジ」は国定忠治や清水の次郎長が好きなので、巻舌でものをいい博徒の挨拶を暗記しているというので、生蕃はいう。

「俺はお前のような下卑た奴は嫌いだ。尻をまくって外を歩くような下卑た奴は俺の仲間には出来ない。俺は秀吉だから、お前は加藤清正になれ」

かつて治六は故郷の弘前で、知らぬ者はいないといわれるほどの乱暴者だった。東奥義塾に入学したが喧嘩がもとで二年で退校になり、弘前中学に替り、そこで覚眠社という不良少年の結社を作って再び退校処分を受けた。覚眠社の目的は因襲と権力への反抗である。教師、父親、上級生、町中のおとなども、すべてが彼には気に入らなかった。小説を読むことは柔弱者のすることだと確信している彼の父は、彼が「南総里見八犬伝」を読んでいるのを見つけて怒鳴りつけた。それを読むには物置きの中でしか読めない。彼はランプを提げて物置きに入り、時の経つのを忘れて西鶴や近松に読み耽った。

ある日、彼は教師と上級生の下駄を集めて焚火をし、芋を焼いた。教師と上級生がむやみに威張り散らして命令することに反発したのだ。別の日、学校が火事になると彼は誰よりも先に駆けつけて、もっとよく燃えるようにと羽織を脱いで煽った。学校を嫌ったのは学問をすることがいやだったためではない。規則や命令に服従し、妥協することが出来なかったのだ。彼は自分の欲するままに、渾身の血をたぎらせて力いっぱい生きたいと思っていた。家庭も学校も町も見るもの聞くもの、すべて気に入らなかった。慕わしく愛するものは岩木山だけだった。

「かくなる上は支那大陸へ渡りて馬賊にならん」

彼は日記にそう書いた。

洽六の権力嫌いと社会の矛盾への憤りは、おとなの読物子供の読物の区別なく、一貫して流れるモチーフである。不良少年といわれた彼の中には、常に正しいもの、清純なものへの強い憧れが流れつづけていて、彼の小説に情熱的な力を与えた。たとえ文壇の評価はどうであろうとも、彼にはすべての作品を精魂籠めて書いているという自負があった。善玉悪玉をあやつる勧善懲悪の作りものという批判を無視出来たのは、それが彼にとっての真実から出てくるものだったからである。

だが、奴らは何だ！　いったい何なんだ、と彼は息子たちのことを思った。確かに俺は我儘者だった。手に負えぬ乱暴者だった。息子と同じように喧嘩に明け暮れ、警察沙汰を起していた。だが、オレはぐうたらの甘ったれではなかった。我儘だがオレは怠け者ではなかった。努力を惜しんだことはない。無気力だったこともない。親の尻拭いを当にしたことは一度もない。自由に生きたいから親に頼る心を捨てた。（もっとも簡単に頼らせるような親ではなかったが）独力でここまできた。人間いかにあるべきかという理想を見失ったことはなかった。彼をつき動かす兇暴な力に押されて己れを見失ってしまう自分を省みては自己嫌悪に陥り、そんな自分と闘おうとしながら闘いきれずに情念に負かされてきたことを思うと、せめて小説の中でなりと理想を描こうという気持をいまだに持っている。

――いったい奴らに、男としてのどんな夢、どんな理想があるというんだ？

彼は考え、何もないという結論に達して憤怒し絶望した。

豆腐屋のチビ公は一日も休まずにラッパを吹いて豆腐を売り歩いた。そのチビ公を憐れんで伯父の豆腐屋は「黙々塾」という夜学の私塾へ行かせてくれる。黙々塾の月謝は五円もあれば五十銭もあり、米や豆や芋を持ってくる者もいる。黙々先生は生徒に向ってこう教える。

「力は凡《すべ》て腹から出るものだ、西洋人の力は小手先から出る、東洋人の力は腹から出る、日露戦争に勝つた所以《ゆえん》だ。学問も腹だ、人生に処する道も腹だ、気が逆上すると力が逆上して浮き立つ、だから弱くなる、腹をしつかりと落着けると気が臍下丹田《せいかたんでん》に収まるから精神爽快、力が全身的になる、中心が腹に出来る、人間の身体の中で一番大切なものは臍《へそ》だ。今の奴等は臍を軽蔑するから皆軽佻浮薄なのだ、臍は力の中心点だ、人間は凡ての力を臍に集注すれば、どつしりと落着いて威武も屈する能《あた》はず富貴も淫する能はず、沈毅、剛勇、冷静、明智になるのだ、孟子の所謂《いわゆる》浩然の気は臍を讃美した言葉だ、臍だ、臍だ、臍だ……」

こういう文章は小学生にはむつかし過ぎるのではないかという危惧を彼は捨てていた。わからなくても彼が黙々先生に投入した情熱は少年読者に伝わるという確信があった。確信通り少年倶楽部編集部には少年読者からの手紙が山を作った。それは月に一度、小包郵便として送られてくる。

「なんだ、こんなことをいってきてるよ。……紅緑先生、どうか氷水を飲み過ぎておなかをこわさないで下さい……これはなんだな、自分が親からいわれていることをいって寄越してるんだな」

天井を向いて大笑いをしている彼の目から、流れ出た涙が幾筋も頬を伝っていた。


節は印刷局をやめた。

長つづきするわけがないと皆が思っていたから誰も驚かない。

節は神崎川の借家を引き払い、神戸の福原にあった「水色」を再びカズ子に開店させることにした。

「ぼくの我儘でこういうことをするのですから、今度はお父さんには一文の負担もかけません。カズ子の母親はむしろ喜んで協力してくれていますから、ご安心下さい。よき妻の協力を得て、ぼくも今度こそ本気で人生設計を考えるつもりです。さいわい水色は前の客が戻ってきてくれ、繁昌する見通しがついていますから喜んで下さい」

ふン、勝手にやるがいい、と洽六は節の手紙を屑籠に捨てる。それでは女房のヒモではないか、恥じろ、とはいわない。何でもいい、迷惑がこっちにかからなければいい。懇願して貰った嫁には相すまぬと思いながら、結婚させたことでいくらか肩の荷が軽くなったことにほっとしている。「水色」が軌道に乗って暫くすると、節は大毎印刷工場で覚えた印刷技術をもとに印刷屋を始めたい、といい出した。

「男子たる者が女房の稼ぎのかげで、便々と時日を空費している——。小生はそういう生活を恥と思っています。父上の子としてまことに恥かしい限りです。

小生の過去はあまりにも失敗が多すぎました。そのため、父上にもどんなにかご心労をおかけしました。しかし、男一匹、妻を持ったからには過去の失敗を人生の失敗として終らせぬために、今度こそ乾坤一擲《けんこんいってき》、再起せんとの覚悟を決めました……」

眉間に縦皺を刻んで洽六はその手紙を読む。読み終ると黙って机の上にほうり出した。シナはそれを拾って読み、無言で封筒に納める。「ついては印刷屋を開くための金を出してもらいたい」という要求が書かれていることは、洽六もシナも予想した通りである。

「どうしますか」

「ほっとけ……」

怒りを籠めて、そう吐き出した。

一週間後、洽六が黙殺したことに対して、節からの手紙が来た。

「お父さんは八郎兄貴に月々五十円の送金をしています。

兄貴は今、詩が売れて収入があるのです。子分を連れて浅草で遊び歩いています。妻子をうっちゃって女を何人も作っています。その兄貴に父さんは五十円も送っている。

ぼくには収入がない。仕事をしていないぼくには、神崎川時代の三十円から一文も上っていません。お父さんのエコヒイキは子供の頃からでした。兄貴は買ってもらっかった世界少年文学全集を本棚に並べ、ぼくには読むはおろか、手を触れることも許さなかったのです。

お父さんはなぜ、そんなに兄貴が可愛いんですか？　兄貴だってぼくに劣らずお父さんに心配をかけていたじゃありませんか」

洽六はその手紙を破り捨て、書生の宮富に口述した手紙を出させた。折り返し節から速達がきた。

「親とも子とも思わぬというお言葉は宮富から聞きました。

それならそれで結構です。

ぼくが何をやらかそうと自由だということですね！

今まではお父さんの社会的地位、名誉を思ってぼくなりに自重していました。だがこうなればしたいことをします。承知しておいて下さい」

——何という下劣な根性だ！　性根まで腐っている！

いかなることがあろうとも、節には手紙を書かぬ、と宣言したことを忘れて、洽六は怒りに慄える手に万年筆を持った。

「我が子よ。お前は金をほしがる時にいつでも私を脅迫する。これは礼儀に背《そむ》き人倫に反する事だ。お前は出来るだけ多く金を取ろうとする。お前は父を単に金の支給者と見なしている。お前は父に対して一点の愛情も信義もない。いつでもお前は虚偽と脅喝を以《もっ》て父から金を取る。

お前は金を使うこと以外に楽しみがない。人間はもっと〳〵高い処に生きねばならぬ。精神を修養せよ。読書せよ。忍耐力のないのはお前の第一の欠点だ。お前の手紙はいつも金の事より他に書いてない。どうしてお前は金ばかりほしがるのだ。卑劣な考えは捨てろ」

何を書いても効果のないことを知りながら、洽六は書かずにいられない。

「金の亡者め！」

さんざん罵ってから彼はシナにいった。

「送ってやれ、金を」

彼はドブに投げ捨てるように金を送った。憎悪の力で彼は息子に金を投げつけた。

弥は父に対して、自分からは殆どしゃべらない息子だった。父に話しかけられれば返事をするが、自分から話しかけることはなかった。頼みごとはシナにした。といって別段、シナになついていたというわけではない。早苗や愛子を相手にすることもなかった。離れにいない時は、たいてい書生部屋で将棋を指したり、寝転んだりしている。食事の仕度が出来ましたと女中が呼びに来ると、奥座敷へ行く。黙って坐り、黙って食べる。洽六は自分にだけついている特別の菜を愛子の方へ押しやっていう。

「ああ、これはうまいよ。愛ちゃん、お食べ」

弥は横目でそれを見るが、べつに食べたいとは思わない。父はこの末娘を猫可愛がりに可愛がっているが、弥はそんなものかと思っているだけだ。

「あいつはどうしてああ気魄《きはく》がないんだろう」

と洽六はシナにいった。

「何を考えてるんだか、さっぱりわからん。面白くない奴だ」

「気魄があり過ぎても困るでしょう。チャカさんみたいに」

シナは弥が反発してこないことだけでも有難いと思っている。

「あんな雨気《あまけ》のお月さんみたいな女が育てたからあんな奴になったんだ」

と洽六はゆきのせいにした。

「おとなしいのは結構じゃありませんか」

あなたが育てたハッチャンやチャカさんの若い時よりはずっといい、とシナはいいたい。弥が外では喧嘩ばかりしていることを洽六もシナも知らなかった。「ガタル」「ガタルのアホ」という落書きが、土堤に沿ってつづいている土塀いっぱいに釘で彫られていた。大阪では河童のことをガタロという。ガタルはワタルをもじった渾名である。ある夏の夕方、弥は喧嘩相手の中学生五、六人にやられて、電柱に後ろ手に縛りつけられ、土佐犬をケシかけられた。愛子の乳母のスエが走って行って中学生たちを叱りつけ、弥の縄を解いた。

「兄ちゃん、なんで括《くく》られたん？」

と訊く早苗に返事もせずに土堤の松林の中に駈け上って、その夜の夕食には姿を見せなかった。事情を知って洽六はいった。

「なに、電柱に縛りつけられた？　話にならん」

「そんなこといわはっても、向うは五人もいますねん」

　スエがいうのにかぶせて、洽六は吐き出すようにいった。

「五人がなんだ。なんだ五人くらい。オレなんか七対一で戦って、全員やっつけたぞ。情けない奴だ」

　尼崎中学で弥は野球部に入った。野球をやるのはいい。スポーツによって心身を鍛え、強い精神力のある男になれ、と洽六は激励した。だが間もなく弥は、成績不良のために留年の心配が出てきた。野球部をやめたが成績は下る一方である。

「学校の成績なんてものは、ちょっと勉強すればすぐに上るもんだ。普通の頭を持っていれば努力すれば成果は上る。努力しろ、努力を」

　弥は、「うん」と力なく頷く。その頷き方が洽六は気に喰わない。したいこと、してほしいことがあるなら堂々というがいい。文句があるならはっきりいえ。しかし弥にはしたいことも、してほしいこともべつになかった。文句もない。弥はただ、何となくすべてが面白くないだけである。

「人生に目的を持たないから気力がないんだ。勉強に気が入らないんだ」

　洽六は一方的に決めつける。そういわればその通りだった。だが人生の目的なんか、ある方が弥には不思議である。得心したのでもなければ反発するのでもない、不得要領のぼんやりした顔つきで弥は離れへ引き下る。もしもはっきり文句をいうとしたら、なぜ五歳の僕を密蔵伯父さんのところへやったんだ、ということになっただろう。「雨気のお月さん」になぜ育てさせた。なぜ「女目付」みたいな良子の弟分にさせた……。

だが今更それをいっても始まらないから弥はいわない。

八郎は時々ふらりとやってきては少年時代の思い出話を面白おかしく聞かせた。

「茗荷谷にいる時さ、清明伯父さんが来てオレとチャカにお土産にミットとバットをくれたんだ。それがもとでオレは野球を覚えたんだけど、親父はそれを見て、どれどれ、オレにもやらせろって出てきてさ、病みつきになっちゃったんだ。茗荷谷の家ての は門から玄関まで三間ばかりの通り道があって、そこで親父は居候の高梨のリンさんてのと二人でキャッチボールを始めた。下手クソなの何のって、郵便受けのガラスは入れても入れても割れるんだ。二人ともどうしたらあんなに下手にやれるんだろうと思うくらいでね。たまにうまく捕れることがあると『ナイスキャッチ！』『ナイスキャッチ』なんて、お互いに褒め合ってやんのさ。なにがナイスキャッチだよ……それからユニホームを拵《こしら》えて、ピカピカのを着て早朝ランニングをやった。親父はその頃からヒゲを生やしてたんだけど、ヒゲ生やして真白なユニホーム着て地下足袋で走ってると、子供が見ていった。『やあ、ずいぶん年とった牛乳屋さんだなァ』……。その頃、東京じゃ牛乳屋は白い服着てたんだよ……」

八郎兄貴の子供の頃は楽しいことが沢山あったんだ、と弥は思う。今の父さんからは想像がつかない。

「父さんは今はあんな偉そうな顔してるけど、ほんとはおかしな奴だったんだよ。子供の頃、鳶《とび》を生け捕りにしたいものだと考えたんだってさ。鳶はタクアンを食うと聞いて、タクアンを餌にしようとしてね、そこで尻の穴にタクアンを突っ込んで、四つん這いになって、ケツを空に向けて待ってたっていうんだよ。いくら待っても来ないから、諦めてタクアン抜いてそのへんにほったらかしにしておいたら、おそみ叔母さんが赤ン坊でハイハイをしている頃だったんだけど、そのタクアンを拾ってしゃぶってたんだってさ……」

そんな話も父さんは八郎兄貴にしてたんだ、と弥は思う。チャカ兄貴は「親父は兄貴ばっかり可愛がった」といつもいう。オレは何だって兄貴のお古、お下りだった。兄貴は腸が弱くて病気ばっかりしてたから、病気になると何でも買ってもらえるんだ。だからオレは一度でいい病気になってみたいと思ったもんだよ……。

「弥、憶えてるかい、八郎兄貴は年中、お前を虐めて泣かせてたんだよ」

しかし八郎兄貴は八郎兄貴でいう。

「まったく、チャカの奴は弥を虐めることを仕事にしてたなあ……」

八郎や節の話を聞くと弥は、今日までの自分は穴ぐらの中で暮していたように思えてくる。久は久でいった。

「巣鴨じゃね、おかずが足りないと隣りの家へ行って訊くんだよ。お宅の今夜のおかずは何ですかって。気に入ったものだったら、それちょっと下さいっていって貰ってくるんだ。キュウ、お前は子供だから行ってこいっていうんだよ、兄貴は。おとながすればおかしいけれども、子供ならおかしくないことがいろいろあるだろ。そういうの、みんなオレがやらされるんだ。芋の煮ころがし貰ってきた時なんか、皿を返しに行く時、この次はもう少し砂糖を利かせて下さいっていうんだ、まったくマイったよ、あすこにいた時は……」

それでも弥はそこが、この上なく楽しい家のように思えた。そこではみんなが生き生きしている。辛い話のようだが、面白い。酷い目に遭っていたようだが、寂しくはなかったろう。弥にとって楽しいことといったら菅沼久弥とわるさをして歩いたことしかないのだった。

久はバカじゃないかと思うくらいものごとにこだわらない。「いつもニコニコして、ええ坊ちゃんやねえ」と裏の井上のおばはんがいつも褒めている。久は弥が行っている尼崎中学の編入試験を受けたが落第した。それでも平気で笑っている。

「久、どうする気だ？」

と父に訊かれても、頭をかいているだけである。そして午後まで寝ている。

「早寝をしろ。いつまでも起きているから朝、起きられないんだ。規則正しい生活をしろ。早起きをして町内を走ってこい……」

「うん。そうするよ」

素直にすぐ返事をするが、翌朝も起きずに昼過ぎまで寝ている。

「おい、キュウ、起きろ。また叱られるぞ」

弥は学校へ行く前に、そういって枕を蹴飛ばしてやるが、「うん、起きるよ」といいながら起きない。

「久はどうした、起きたか……」

徹夜明けの父が大声で女中に訊いている声が、台所で食事をしている弥の耳に入ってくる。

「まだ、お休みですけど」

ヒサは自分が叱られているように小さくなって答えている。

「起せ！　起し方が生ぬるいから起きないんだ！」

「そんなこといわれても、なんぼ起しても起きはらへんのやもん」

ヒサはブツブツいいながら離れに行き、途方に暮れた顔で戻ってきていった。

「そないにいうんなら自分で起しに行ってみはったらええのんや」

弥はそれを見物している。久の太々《ふてぶて》しさに呆れつつ、一目置くという気持だった。

二学期から久は神港《しんこう》中学へ入ることが出来た。尼中《あまちゅう》もたいした中学ではないが、神港はそれよりも下の中学だった。しかしそこに入れたのは神港中学の教師で久の家庭教師でもある倉橋という男が運動をしてくれたおかげである。洽六は入学の祝いに腕時計を買ってやった。久はその腕時計を手首に巻きつけ、霜ふりの制服に肩から黒いズックの鞄を掛け、毎朝、

「行ってまいりまァす」

と元気よく挨拶をして家を出て行った。なんだ、起きようと思えば起きられるんじゃないか、要するに気構えの問題だ、といって洽六は安心している。

「どうだ、学校は？　面白いか？」

　久の顔を見さえすれば、そう訊く。

「面白くないよ、学校の奴らみんな」

「面白くなければ自分で面白くすればいいんだ。喧嘩したければ大いにするがいい。父さんなんぞは中学の時、まるで喧嘩するために学校へ行ったようなものだったからな。家にいると喧嘩相手がいないからつまらなかったもんだ」

「うん」

　久は素直に頷くが、

「けど、まず無理だな」

「どうして無理だ？」

「へんな奴ばっかり揃ってやがんの。隣りの席の奴、大石って奴だけど、朝教室に入ってきて机の上に鞄を置くだろ、そしていうんだよ、ああ、しんど。何かというとああしんど、しんどいなあ、っていってやがんの。しんどいって何だいっていったら、お前アホかっていやがんの。しんどいなんてゼイロク言葉知らないからってアホだなんていわれることないよ」

「怒ることはない。面白いじゃないか。そいつはどんな面《つら》だい？」

「ぼーっとしててさ、ニキビがいっぱいで、ところどころニキビの親玉が出っぱってて、豆パンみたいな面だよ」

「豆パンか。面白い」

洽六はわざと面白がってみせ、

「もっとほかにヘンなのはいないか？」

「いっぱいいるよ。足の裏みたいな奴もいる。土踏まずが深い足の裏」

「うん、ウラテンか。わかるよ。いろいろいるじゃないか、面白い奴が」

「父さんは面白いかもしれないけど、ぼくはちっとも面白くないよ」

「ハゲはどうだ。ジャリッ禿、一銭玉、台湾坊主……」

「進藤て奴は三日月禿だ。階段からおっこちて怪我したんだってさ」

「そういうのはあまり面白くないな……」

久は少し気持が引立ってきて、

「明日、面白そうなのを見つけてくるよ」

「そうしろ。禿の研究をやってみろ」

「うん」

だが久はだんだん、学校を休むようになった。はじめは下痢が休む理由だった。それから頭痛になった。そのうち理由をいわずに休みはじめた。

「どうした、久は」というのが朝起きてきた時の洽六の口癖になった。奥座敷の床の間の前、洽六の居場所から庭の植込みを通して離れが見える。雨戸が閉っているのを洽六は睨みつけながら、女中が運んできた朝食の味噌汁を一口すする。彼は起きぬけに炊きたての味噌汁をすするのを習慣としている。味噌汁はだしを取らず、湯に味噌を溶かしたもので実も入れない。おろし大根か刻み葱を入れるだけを好んでいる。炊きたての味噌汁と飯。それに生葱に味噌をつけたもの、それだけで十分だと常々彼はいい、朝から干物や卵を食う奴は病人だ、と罵っている。

雨戸を睨みながら一口、二口味噌汁をすすると、洽六は猛然と立ち上り、縁側に仁王立になって怒鳴った。

「久！　起きろ！　起きろ……起きないと尻に火をつけるぞ！」

それでも離れの雨戸は閉っている。

「どこか、身体に悪いところがあるのとちがうかしらん」

怒号をやめさせるためにシナはいった。

「いっぺん、お医者さんに診てもらったら」

シナの言葉におっかぶせるように洽六はいった。

「悪いとしたらアタマだ。アタマにきまってるよ。あいつはおハルに似たんだ……」

翌年、久は神港中学を退校して、別の中学へ入った。又しても家庭教師の倉橋の世話である。その中学は兵庫県でも最低の成績不良が集まる学校といわれている。「行くか？」といわれて「うん、行くよ」と久は答えた。行くかといわれると、素直に行くという。それならと思って金を使い、頭を下げ、無理を重ねて入学させると、間もなく行かなくなる。

「学校へは行きたくないとはっきりいえば、なにも無理に行けとはいわないんだ！」

と洽六は怒った。しかしそうはいうものの、何の目的もなく、雨戸を閉めたまま離れでゴロゴロしている様子を見ると、洽六は久をどこかへやってしまいたくなる。「離れの雨戸」によって家中の空気は明るくなったり暗くなったりした。七歳の愛子までが、心配そうに離れの雨戸を見やっては、父の顔色を見ている。愛子は久が好きだったから、久が父に叱られるのを見るのが悲しいのだった。

時々、久は愛子を離れへ連れて行った。巣鴨から持ってきたカステラの箱の中に高等学校や大学の徽章やボタンがいっぱい入っている。

「これが早稲田だ。こっちが慶応……」

といって愛子に見せる。早稲田も慶応も知らないが愛子は「ふーん」と感心して眺める。

「ぎょうさんあるねえ。なんであるの？」

と訊く。改めて訊かれると久は答に困って、

「何となく集めたんだよ」

といい、

「兄ちゃんはいろんなオモチャをいっぱい持ってたんだけど、こっちへくる時、スガモの庭の柿の木の下に埋めてきたんだ」

愛子はその光景を想像しようとするように、顔を仰向けて目を輝かす。

「いろんなもの？　どんなもん？」

「水鉄砲とかさ。キューピー、セルロイドの猫、石ケリの玉三個、ベエゴマ……」

「それから？」

「のんきな父さんの人形。メガネかけて、チョビ髭生やしてるんだ」

「それ、アイちゃんほしい……」

「よし、そんなら今度、スガモに行ったら掘り出して持ってきてやるよ」

「ほんま？　ほんま？」

愛子のドングリ目玉はますます大きくなって、

「きっとよ、きっとよ」

「大丈夫だ。兄ちゃんは約束は必ず守る男だ」

「そんなら指キリしよ」

「よし」

愛子は久の小指に小指をからませにきた。

「ユビキリ、カマキリ、ウソだましたら針の穴、馬三匹つーれて通りんどう……」

「通りんどう、っていうのかい。おかしいなあ」

愛子はよく笑う子供である。それだけのことで笑いこける。

「東京じゃこうだよ。指きりゲンマン、ウソついたら針千本のーまーす……愛ちゃんのは針の穴、馬三匹つーれて通りんどう……」

愛子はますます笑いころげる。

「愛ちゃんは猿蟹合戦の話、知ってるかい」

「知ってる、知ってる。……ある日、カニのお父さんがおにぎりを拾いました。猿はそれを見て、柿の種をあげるからおにぎりをちょうだいといいました……」

「カニはおにぎりを食うと思うかい？」

「うん、食べる……そやかて、本にそう書いてるもん」

「じゃあ、おにぎりやってみようか？」

離れの前栽《せんざい》脇の手水鉢《ちょうず》のあたりは真赤な大きなハサミの弁慶蟹が何匹も出たり入ったりしている。

「台所へ行っておにぎりの小さいのを貰っといでよ」

「うん」

愛子は渡り廊下を走って行く。

「おにぎり、おにぎり……」

と歌いながら台所へ行き、握り飯を作ってもらって大急ぎで戻ってくると、障子が倒され、箱の徽章が散乱していた。学校から帰ってきた弥を久が壁際に押し詰め、その右手に手工用の光る小刀を握っていた。

女中たちは久のことを、「不断は可愛げのある人やけどカッとしたら何するかわからん人や」といっていた。あれはなんぞ、悪いもんが憑《つ》いてるのにちがいおませんと、スエはいった。怒る時は憑いてるもんが暴れるんやさかい、久坊ちゃんが悪いんやない。憑いてるもんがいかんのや、と心配していた。女中たちもふとしたことで、いきなりお盆を投げつけられたり、庖丁で追いかけ廻されたりする。道を歩いている時、往来の人が顔を見たというだけで喧嘩になった。

何かしたいことがあれば何でもさせてやるから、いってみなさい、と洽六は久にいった。久はマンドリンを習いたいといった。巣鴨にいる時、八郎がマンドリンを弾いているのを見て、羨ましく思っていたのだ。八郎は久がマンドリンに触ると怒った。「マンドリン」と聞いて治六は言葉を失った。情けなさに胸が慄えた。あんな女子供が喜ぶようなものをいじくりたいのか、それでも男か、といいたいのを抑えていった。

「よし、それではマンドリンをやれ」

マンドリンの教師が週に一度来るようになった。玄関脇の古風な洋間から、チリチリチリリと覚束ないマンドリンの音色が聞えてくると、早苗と愛子は覗きに行った。マンドリン教師に久は「キャッチミット」という渾名をつけていたからだ。だがマンドリンは三月《みつき》とつづかなかった。教師が来ても久は雨戸を閉めた離れから出てこなかった。

「そんなことでキャッチミットに申しわけが立つと思うか！」

治六はマンドリンで久を殴ったので、マンドリンは二つに割れてしまった。

九

治六の右腕は痛んで痺《しび》れがきていた。この痛む腕でオレは原稿を書きつづけなければならない、息子どものためにだ、と治六はいった。どいつもこいつも金喰い虫だ。八郎は詩が売れているというのに、まだ月々の送金をしてやらなければならない。息子どもさえマトモなら、こんなに書く必要はないのだ。あの親不孝どものためにオレは命を縮めている――。治六はそういいつづけた。

シナは黙って収入と支出のあんばいをしている。息子たちのために水が流れ落ちるように金は出ていくが、だからといって蓄えが出来ないわけではなかった。少しずつだが蓄えは増えていっている。締める所は締めているからこそ、「出してやれ」と洽六がいうのに対して困った顔もせずに出せるのだ。息子たちの愚痴悪口は一切いうまいと覚悟した日から、シナは何ごとがあっても表情を変えずに処理するようになった。顔色を変える時は思う存分彼らを罵《のの》る時で、その時はこの家を出ていく時だ、と心に決めている。そう心に決めることによって、シナの胸には僅かな灯が点《とも》る。いつか、いつか、きっと、と思っていた。それがいつかはわからないが。

冷然と為替《かわせ》を組み、八郎殿、節殿、と宛名を書いているシナを見ると洽六は心臓が押し潰されそうになった。シナの固く引き結ばれた唇は、今にも「別れましょう。わたしのためにこんなことになったんですから、わたしがいなくなればきっとあの人たちも気持が変るでしょう」といい出しそうだ。その怖れが息子への怒りを募らせた。

だが正直なところ、彼は必ずしも金のため（息子のため）のみに仕事をしているのではなかった。彼は気づかなかったが、彼の書くものによって慰められ力づけられている純真な読者がいるという喜びが、彼の痺れる腕を動かしていたといえる。勇気、正義、努力、忍耐、克己心。それらを彼は少年たちに教えようとした。正直勤勉な鈍才は、金持の鋭才に勝ることを力説した。彼は書いた。

「私は少年を愛します。

私は今でも諸君と野球をやりましょう。私は少年少女が大好きです。私は心の底から諸君を愛します。私のこの愛！　私のこの燃ゆるが如き熱情は何とかして諸君を喜ばせ、諸君に善い言葉を聞かせ、善い行ないをするように奮励させ、そうして諸君を立派な人物にしたいという希望を起こさせます、この希望がある以上は、私の材料は尽きません。私の愛が続く限り私の小説は続きます……」

小説というものは男と女の色ごとを書くものであるから、子女に読ませるとためにならないという考えの親や教育者も、洽六に関してはこういった。

「佐藤紅緑だけは別だ。紅緑の小説を読みなさい」

それらの読者によって彼は生気を蘇らせ、息子らによって穿《うが》たれた孤独の穴を埋めた。

少年倶楽部編集部が少年達に与える訓言を各界名士に依頼した時、大蔵大臣高橋是清は「正直第一」と書き、陸軍大将林銑十郎《せんじゅうろう》は「男らしい姿勢、男らしい言葉」と書いた。洽六が書いたものは、「陽気に元気に生きくと」だった。それこそは心から彼が少年たちに望む気持だった。

倉橋は久のために次の学校を探してきた。それはこの時代には珍らしい男女共学の中学校で、フランス帰りの男が校長をしている。制服はなし、長髪自由、極めて開放的な校風であるという。阪神間の金持のもて余し者を引き受けて、のびのびと教えている。試験もない。その代り授業料は高いが、ここなら久君の気に入るのではないかと思うと倉橋はいった。その学校には寄宿舎もある。

「寄宿舎か、それは悪くない」

洽六は乗気になった。

「寄宿舎に入れば自ずと規則正しい生活が身につくだろう」

そういったが、本気でそう思っていたわけではなかった。とにかくこの家から久がいなくなることが有難かった。久に話すと例によって、

「うん、行くよ」

あっさり答えた。

「女がいるんだぞ。男女共学だ。不良少女ばかりだから気をつけろ」

本気でそう思ってはいない。そういうことで久に希望を与えたつもりである。

久はシナが用意した布団と日用品を詰めた行李を担ぎ、「行ってまいりまァす」と明るく挨拶をして倉橋に連れられて出て行った。ひと月もつか、半年か、一週間か。とにもかくにも久は出て行った。洽六はほっとした。少くとも何日かは、離れの雨戸を睨んでは怒らなくてもすむ。それしか洽六の頭にはなかった。

息子たちはまるで、洽六の過去の罪を罰しようとする地獄の鬼の身代りのようだった。八郎の次は節、節の次は弥、そして久。一人としてましなのはいない、何たることだ、と洽六は腹を立てる。しかしそのすべては洽六自身から発していることだった。彼はシナという女に年甲斐もなく惹かれた。彼女の冷たさを征服したいという欲望にとり憑かれた。執着した。狂乱した。何が何でもシナを我がものにしたかった。なりふり構わず突き進み、妻を捨て子供たちを引き裂いた。すべてはそこから始まっている。

——オレは愛した。命がけで愛した。それが何がいけない?

そう強弁しつつ、漸《よう》くここまできたのだ。ここから幸福な結婚生活が始まる筈だった。しかし現実には彼の償いの時代が始まったのだ。

息子たちは彼の幸福を妨げる赤鬼青鬼になった。彼の生活は明日は何が起るかわからないという危険に満ちた旅路になった。それはどこまでつづくのか。八郎がどうにか一人前になったように、節、弥、久もいつかは並の男になるのだろうか？

だが彼はこの彼の「敵」（殆ど彼はそう感じていた）と戦うしかなかった。大戦車のように自分の前に立ちはだかるものを押しつぶし、薙《な》ぎ倒して進んできた洽六も、息子と戦い押しつぶすことは出来なかった。息子たちを「敵」にしたのは彼自身なのだった。

洽六に出来ることは、ただ「勘当だ！」と叫んでせめて目の前から遠ざけることだけである。だが遠ざけたところで、息子たちがしでかした乱暴や欺瞞《ぎまん》や警察沙汰の尻は、彼のところへくるのである。尻拭いをする者は彼しかいないのだ。洽六は溺れかけている人間が波間で叫ぶように、東京へ戻って行った福士幸次郎を呼んだ。

「ソウダンアリ、スグコイ、サトウ」

書生に命じて電報を打たせ、シナにいった。

「電報為替で汽車賃を送ってやれ」

幸次郎は夜汽車で駆けつけてくる。洽六は興奮すると必ず出る癖の貧乏ゆすりをしながら、まだかまだかと待っている。

「遅いじゃないか、君！」

それが幸次郎を迎える第一声だ。

「はっ、申しわけありません。実は出がけに金子光晴が来まして、それがそのう……何とか金の都合がつかないかというもので、つい、届いたばかりの先生からの汽車賃を与えてしまい、そのため、梅枝を質屋へやりまして金策を図りましたが質屋の親爺というのが、これが近江の人間でして、いやはや、まったく近江の人間が通った後は草も生えぬといいますが……」

洽六の顳顬《こめかみ》に青筋が膨れ上り、

「もういいよ！」

と遮《さえぎ》って洽六は事情を話す。相談ごとの内容は節のことだったり、弥、久のことだったりする。

「君、どうする……どうするね」

まるで幸次郎にすべての責任があるかのように青筋を立てて迫り、額に手を当てて沈思している幸次郎を睨み据えて、その返事が遅いことに苛立つ。

息子たちを救い、洽六自身をも救うものは何か、幸次郎にはわかっていた。それは「まことの母と父の慈愛」である。慈愛しかこの不幸を救えるものはなかった。だが幸次郎は洽六に向って、それをいうことは出来ない。ことここに至ってそれをいうことはあまりに無残だったし、また無意味でもあった。

「見ろ、オレはこの痺れた腕で昼も夜も書いてるんだ。書いて書いて、腕が折れるまで書かなくちゃならん。何のためだ。奴らのためだ……」

怒りはいつも洽六の言葉を誇張させる。幸次郎はいった。

「先生、金を与えるのはもうおよし下さい。尻拭いもおよしになった方がいいです。それよりも、愛を……いや、せめて節くんたちに同情を持ってあげて下さいませんか」

「君のいわんとするところはわかってるよ。しかし奴らはもう、愛も同情もいらないんだ。同情よりも金がほしいんだよ！　ここへきてそんな観念論をいったって何の解決にもなりはしない」

シナは冷然とそのやりとりを聞いている。

「はっきりいって、福士さん、わたしはあの人たちを可愛いと思えないんですよ。冷たいかもしれないけど自分の産んだ子じゃない人たちを、我が子同様に可愛がることは、わたしには出来ないんです。可愛いと思えないものを、無理をして可愛がるふりは出来ませんもの。だってそれは不自然ですもの。ウソですもの……」

シナは幸次郎にいった。

「でもわたしは母親という立場になってるんですから、母親の義務だけは果すつもりですわ。どんなに困らせられても悪口はいわないでいようと心に決めているんです。わたしに出来ることは精いっぱいしますけれど愛情がないのにあるふりをすることは出来ないわ……」

「正直なお言葉です。よくわかります。多分、おっしゃる通りでしょう」

幸次郎はそういうしかなかった。

洽六が息子たちのために使う金は、息子たちをますます懶惰《らんだ》にし、甘えを助長させる結果を呼んでいた。それを知りつつも洽六にはそうするほかに出来ることは何もなかった。彼にはもう後戻りは出来ない。たとえ息子の気持を理解出来たとしても、ここまできてしまった今、彼は何ひとつ変えることが出来ない。その時、その時、飛んでくる礫《つぶて》を打ち払い打ち払いして進むしかないのである。

久がいなくなって三月《みつき》、暑いが静かな夏がきた。弥は留年になった尼崎中学に居辛くて、これもすったもんだの揚句、東京の八郎の家に寄寓して二学期から目白中学へ行くことに決った。

この家に平和がきたことを祝うようにシナは縁側に岐阜提灯を吊し、障子や唐紙をすだれや葭戸《よしど》に替えた。洽六はシナが愛子を膝に早苗の宿題を見ている姿を眺め、食後の満ち足りた気持でタバコをくゆらす。弥は畳に夕刊を広げ、シャチホコのように尻を立ててうずくまった格好で読んでいる。夏の終りには東京へ行こうとしている弥にしみじみと話しかけ、東京での心構えなど教えておかねばなるまいと洽六は思った。

「弥……」

と呼んだ。弥は新聞に読み耽っていて、返事をしない。

「弥……」

もう一度呼んだ。

「うん？」

新聞にかがみ込んだまま答えたので、洽六には聞えない。

「弥……」

声が大きくなった。

「うーん？」

　やっと気のない返事が聞えた。うーん？　といっただけで身体を起さない。シナが気配を感じてはっと顔を上げるのと同時に、

「うーんとは何だッ、その返事は何だッ……」

　一瞬のうちに洽六は座布団を蹴って立ち、弥の襟がみを摑んでいた。弥は引きずられ父の腕力で否応なしに立ち上らせられ、打ちかかってくる拳固を防ごうとして両手を上げながら殴られた。弾けたように愛子が泣き出した。無言のまま、二人の男が揉み合う響きで座敷が揺れた。シナは立ち上り、台所へ向って叫んだ。

「ばあや、ばあや、来ておくれ……」

　台所からスエが走ってきて、夢中で洽六と弥の間に割って入った。わけもわからぬまま叫んだ。

「せんせ、せんせ、やめておくれやす。かんにんしてあげて下さい……どうぞ、どうぞ、ごめんして……弥坊ちゃん、謝りなはれ、お父さんに謝りなはれ……」

「親に向ってうーんとは何だ！　その腑抜けた返事は何だ！　返事も満足に出来ぬ奴に何が出来るか！……」

　洽六の罵声と愛子の泣き声の中で、弥はスエに押されるようにして座敷を出て行った。

「先生、どうぞ、かんにんしてあげて下さい。ばあやからお頼ん申します。どうぞ、どうぞ……」

　スエは畳に額をこすりつけて懇願する。

「うるさいッ！　下れ！」

　洽六は喚いたが、後は言葉にならず、唇を震わせ血走った目でスエを睨みつける。あたふたとスエが女中部屋へ下ると、沈黙の落ちた座敷に愛子のしゃっくりだけが聞えた。シナは黙って坐っていた。洽六が激昂した時、シナは反射的に沈黙に閉じ籠る。早苗は俯いてノートに落書きをしている。

　洽六はもとの座に坐り、手を目に当てたまましゃっくりをしている愛子を見た。そしていった。なめるように優しい声だった。

「おいで、愛ちゃん、ここへ……」

　彼はアグラを広げ、両手を開いた。

「さあ、おいで……」

　愛子は立っていた。大きな目にはまだ涙が残っている。その目を洽六に当て、まじまじと瞶《みつ》めた。洽六は笑ってみせた。

「お父さんのところへおいで、さあ……ここへ……」

　愛子は瞶めていた目を伏せた。

「いや――」

　睫《まつげ》を伏せたままいった。

十

八郎は毎日が楽しかった。

昨日も今日も一昨日もずっと楽しかった。明日も明後日もその次も次の次も楽しいに決っていた。金に不自由はなかった。誰に遠慮も気兼もなく、傍若無人にしたいことをやっている。

昭和四年、くみ子との間に三人目の子供が生れた。三人目は男の子だったから、洽六は佐藤家の嫡男《ちゃくなん》が生れたことを喜んだ。「忠《ただし》」と名をつけ、八郎に三人の子供の父親としての覚悟を促してきた。八郎は殆ど毎日、浅草にいた。家に帰ることは稀だった。

浅草水族館の二階でエノケンが軽演劇カジノ・フォーリーの旗揚げをしたのはその年である。カジノ・フォーリーとは「バカ騒ぎをする舞踏場」というような意味で、ジャズとレビューとボードビルをミックスしてドタバタ喜劇に仕立てた興行である。そのカジノの楽屋に入り浸って、八郎は踊り子を口説いたり、埒もない冗談をいって人を笑わせていた。八郎のおしゃべりは軽妙でそのままコントとして舞台で使えるので重宝がられていた。長年の放浪に近い生活、雑多なつき合いの中で蓄積したものがここへ来てどっと噴き出してきたようだった。新しいジャズソングのメロディに即席の歌詞を嵌め込むのもうまかった。毎日が面白くてたまらない。無責任で気軽で、現実生活の苦しさまで茶化してしまうような役者や歌手とのつき合いは底ぬけに気らくだった。一日いっぱい楽屋にいて、舞台がはねても家へは帰らない。役者たちと吉原へくり出したり、六区で拾った不良少女の下宿で一夜を明かしたり、田島町の豆腐屋の二階にいたエノケンの新世帯へ泊り込んだりして日を送っていた。

巣鴨へ帰るのはふと気が向いた時だけである。せかせかと帰ってくるとやにわにくみ子を抱き上げてクルクル廻り、仏頂面もかまわずキスの雨を降らす。ユリヤと鳩子の人形遊びの相手をしてやり、忠のおしめを取り替え、風呂に入れてやり、縁側に立って大声で歌い、裸踊りをして皆を笑わせ、家中に陽気な渦が巻き上ったところで、そそくさと浅草へ引き返す。家を出て十メートルも歩くと、もう妻子のことは念頭になかった。

子供たちは父がなぜそう忙しそうにしているのかわからなかった。幼稚園へ行っているユリヤはくみ子に訊いた。

「あたしのパパはなにをしているの？」

仕方なくくみ子は答えた。

「お歌やお話を書いているのよ」

「おじいちゃんみたいに？」

ユリヤは洽六が原稿用紙に向っている写真を雑誌で見て、おじいちゃんは小説というお話を書いているのだと知っている。だが八郎が家で原稿用紙を広げることはなかったから、（第一、おじいちゃんが向っているような机がこの家にはなかった）ユリヤは不得要領《ふとくようりよう》に、

「ふーん」

といってから、

「どこで書いてるの？」

と追及し、突然不機嫌になったくみ子から、

「訊いてごらん、パパに！」

突っけんどんにいわれるのだった。

八郎は尼崎中学にいられなくなった弥を、目白中学へ転校させる手筈を組んだ。お前の家で預かってくれという洽六からの頼みを、八郎は二つ返事で承諾した。面倒をみるのはくみ子であって、八郎には何の痛痒《つうよう》もない。しかも弥を引き受ければ父からの送金が増えるのだ。忠が生れたこともあって、今までの倍の百円送ると洽六からいってきている。

「いいだろ。百円来ればヘソクリが出来るだろ」

八郎はくみ子の渋い顔にいった。

「パラソルがほしいっていってたろ。新式の乳母車も買えるよ」

「その百円は全部、こちらへ下さるの？」

「無論だよ。ぼくは一文も取らないよ」

「そう……」

とくみ子の顔色はやわらいだ。その代り、今まで生活費の一部として月々八郎が渡していた金は出さずにすまそうと考えているとは気がつかず、くみ子は頷いた。

「いいわ。承知したわ」

「弥だってもう中学四年なんだから、自分のことは自分でするよ。させればいいんだ。鳴尾で甘やかされてきてるから、厳しくした方がいいんだよ。親父からもそういってきているんだから」

「でも鳴尾じゃ贅沢なものを食べてるんでしょうね。どんなおかずにすればいいのかしら」

「鳴尾と同じにすることはないんだ。オレから弥に心構えをよく説き聞かせておくよ」

「お願いするわ」

「心配するな。オレに委せろ」

弥が上京してきた日、東京駅へ出迎えたのは野呂瀬で、八郎の行先はわからなかったから、くみ子は無口で愛嬌のない初対面の義理の弟と三日間を過さなければならなかった。久を預かっていた時は、久はまだ子供だったからあつかいやすかった。八郎とはまるっきり似ていない細面に鼻筋の通った弥は、大阪弁を恥じているのか、殆ど話をしない。

「パパったらしようがないのよねえ。弥ちゃんが来たというのに、顔も出さないで、どこにいるんだかわかりゃしない。いつだってこうなんだから……」

愚痴とも弁解ともつかずに呟くのに弥は黙っている。

「弥ちゃんは何が好き？」

機嫌を伺うように訊くと、

「肉。スキヤキ」

一言で答えた。

「スキヤキねえ……」

といいながらくみ子は百円送ってもらったからって、毎日スキヤキを食べられてはたまらないわ、と思っている。この家で肉を食べるのは八郎が帰って来た時だけと決っているのだ。

「くみ子さん、お金だけはしっかり握っていなさいよ。ハッチャンみたいな旦那さまを持ったら、お金だけが頼りなんだから」

と野呂瀬の妻初江はいつもいう。その通りだとくみ子は思い、出来る限り家計を切り詰める算段をしているのだ。

弥が来てから四日目に八郎は帰って来た。

「よう、どうしたい」

せかせかと入ってきて弥を見、軽くいってから、

「親父はどうしてる？」

どっかとアグラをかいた。一緒に育っていないから、お互いに気心が知れていない。弥が伯父の密蔵の家に世話になっていた時に、二、三度八郎が立ち寄ったことがあるだけである。

「元気だよ」

そんな八郎を上目遣いに見て、弥は陰気に答える。

「相変らず鼻の奥をクンクンさせてるかい？」

弥の浮かぬ表情にはかまわず、八郎は洽六が怒った時の真似をして、鼻を鳴らした。

「お前はこのオレをいったい何だと思ってるんだ！」

洽六の声色で怒鳴ってみせてからいった。

「親だと思ってる、って答えるだろ、するとグッと詰るんだよ。それから口をモグモグさせて、『それなら親孝行をしろッ』っていうんだ。だからね、『ハイ、します』っていうんだ。するとまた詰る。向うはホントは逆らってほしいんだよ、チャカなんか何のかのと口答えするだろ。すると居丈高になって怒鳴りちらす。『そのいい草は何だ！　殴られたいのかッ』とかさ。チャカはバカだよ。ハイ、親孝行します、っていえば、向うは怒るに怒れなくなるもんだ。『本当にするんだぞ……』せいぜいそういうくらいで、あとは口惜しそうに黙ってるよ」

弥は気持をほごされて笑顔を見せる。一緒に育ったことのない兄と弟の話題は父のことしかなかった。

「相も変らずユルフンかい？　親父は？」

弥が少しずつ元気になってくるのを計りながら、八郎はいった。

「どうしてフンドシをああゆるく締めるんだろうなあ、親父は。夏になると昼も夜もフンドシ一丁になるだろ？　あれでうろうろされると気が散って困るから暇をくれといった女中がいるんだよ。だっていつだってユルフンの横からキンタマが覗いてるんだものな。すると親父の奴はいったよ。キンタマは常に悠々と遊ばせておかなくては大人物になれん……そこで、オレ、一句作ったんだ。ユルフンやタマにしみ入る秋の風……。じゃ、オレ、ちょっと出かけてくるから」

しゃべりたいだけしゃべると、八郎は旋毛風《つむじかぜ》のように家を出て行く。

「切れておくれといいだされ
　じっとこらえた　糸きり歯
　かむ唇に　にじむ血は
　あたしのまごころ　緋のしごき……」
一時間後にはカジノ・フォーリーの楽屋に寝そべって、そんな小唄を書いていた。
家では赤ン坊の泣き声や、ユリヤと鳩子が走り廻る足音や、隣りのラジオがうるさくて何も出来ないと散々文句をいって八郎は浅草へ出てくる。だがカジノの楽屋の猥雑な物音、歌声、台詞のやりとり、下手なヴァイオリン、舞台裏で釘を打つ音、客席のざわめき、爆笑、物売りの声や野次やかけ声は少しも気にならないのである。
「切れておくれといいだされ
　じっとみあげた　黒ひとみ
　しばたくまつ毛の　ひとしずく
　落ちてさびしく　にじみ行く」
踊り子同士の借金の催促や口喧嘩を聞きながら、すらすらと書いていく。
「切れておくれといいだされ
　じっとみつめた　爪のさき
　両《ふた》つにわれた三味線《いと》のすれ
　千々にみだるる　胸のうち」
家庭の雑音は気になるが、楽屋の騒々しさは気にならない。それはむしろ詩心をかき立てる音楽だった。「講談雑誌」に掲載されている八郎の小唄は、清水三重三《みえぞう》の挿絵の功もあって人気が出てきた。人気に委せて八郎は書きまくる。三重三の描く下町情緒、細い頸やくねらせた腰の女、スッキリと唐桟《とうざん》を着こなしたいなせな江戸前の男の姿、それらに合せる、「並木せんざ」というペンネームを八郎は考え出した。

「並木せんざ……いいでしょう？　江戸前の二枚目のイメージがあるでしょう？　どうもねえ、サトウハチローにはむくつけき男のイメージがあっていけねえや。ハチローとせんざは別人だということにして、サトウハチローの方でユーモア小説を書かせて下さいよ」

そううまく売り込んだ。

「向う通るは
せんざじゃないか
一本どっこの博多帯

並木せんざは
お江戸の生れ
しかも色街　柳橋

このところ羽左衛門《たちばなや》の声色となり

——十四の時から色修業
さす盃のうす情け
かわす言葉のかけひきも
紅とぼかしのしぼり染

ほろりほろよい
ほんのり染めて
鼻唄まじりの　日和下駄

橋を渡るは
せんざじゃないか
柳がまねくよ　向う岸」

ある日、カジノの踊り子が八郎にいった。以前何度か八郎はこの踊り子を誘ってすっぽかされている。

「ハッチャン、並木せんざって人、知ってる？」

「ああ、知ってるよ」

「どんな人？」

「江戸前のいい男だよ」

「今度、いっぺん会わせてよ」

「いいよ、そのうち都合を聞いておくよ」

「きっとよ」

「うん、きっとだよ」

「せんざは女心をよく知ってるのよねえ」

踊り子はいった。

「きっとよっぽど遊んできた人なのね。よっぽど女に惚れられてきたのね」

「うん、そうだね、羨ましい男だよ……ところでこんなオレの唄はどうだい？」

そういって八郎はすらすらと書き流した唄を見せた。

「こんなに変なつらつきじゃ
惚れ手はひとりもありません
美顔術など　見込みなし
なんとか生れ　かわりたい
　早く芽を出せ　このぼくよ
　出さぬと鋏《はさみ》で　チョンぎるぞ」

踊り子はキャッキャッと笑って、

「ハッチャン、可哀そう」

という。

「おせんこ花火はしめると火がつかない
ぼくもすっかり　しめっている
せめてしゃべるのがなぐさめだ
みにくく生れたものは不幸です……」

踊り子はまた笑う。人を笑わせるのは楽しい。八郎はもっと笑わせたくなる。

「ああ、赤黒くずんぐりしているぼく
四角のポスト……」

笑いながら踊り子が行ってしまうと八郎はいった。

「ざまあみろ！」

何が「ざまあみろ」だかわからない。今、八郎の気分は「頃合いの湯加減」といったものだった。

弥が東京へ行ったのと入れ違いのように、久が行李を担いで寄宿舎から出て来た。洽六は久が戻ってきたと聞くなりペンを投げ捨て、ドカドカと二階から駈け降りてきて、わけも聞かずに立ちはだかって怒鳴った。

「勝手にしろ！　お前のような奴はもうオレは知らん！　勝手にどこへでも出て行け！」

久は両膝に手を置いてうなだれたまま何も答えない。何も答えないのは拗《す》ねているわけではなく、言葉が見つからないからだった。

「いったい貴様は何を考えているんだ。貴様の考えをいってみろ。何をしたいんだ、どうすれば気に入るんだ。いってみろ……」

父の質問はいつも久を困惑させる。何が気に入らないのかと訊かれても、答が見つからない。

——何だか知らないけれども、イヤになるんだ……。

無理に答えるとしたらそんな言葉しかない。だがそんな返事をすると父はますます怒るだろう。

「何だか知らないとは何だ！　自分で自分のことがわからんのか！　それならわかるようにしてやる！」

そういって拳固が飛んでくるだろう。

「今はいい、親や兄がいるからそんなことをいっていても許される。だが一生、それでは通らないぞ。親がいなくなったらどうする気だ。依頼心を捨てろ！　学校がいやなら行かなくてもいい。その代り何か仕事を見つけろ……といってもお前のような奴を雇う物好きはいないだろうから、賃金なしで働け。生活の面倒は見てやるから、丁稚でも小僧でもとにかく働き口を見つけて働け……」

そんなことをいわれても簡単には出来ないことは父にもわかっている筈だった。わかっているのにムキになってそう迫る父に久は困った。黙っていれば客でも来ない限りいつまでも父の小言はつづく。何か父の口を封じることをいいたかった。だが考えれば考えるほど久はわからなくなった。頭の中に靄《もや》のようなものが立ち籠めて、密度がだんだん濃く重くなっていく。学校の教室でよくくるやつだった。靄の粒子が糠《ぬか》のようになってきて頭の中がいっぱいになる。今にも頭が割れて糠が噴き出しそうになる。思わず久はいった。

「父さん……」

「何だ」

待ち構えていたようにいい、洽六は次の言葉を待っている。久は後悔した。いう言葉が見つかったわけではないのに、「父さん」と呼んでしまった。なぜ呼んだのか自分でもわからない。

——父さん……苦しいよう……。

もしかしたら、そういいたかったのかもしれない。だがいえっこなかった。

「もういいでしょう。キュウちゃん、部屋へ行ってお休みなさい」

頃合いを計っていたようにシナがいってくれるのが有難かった。

「うん……はい」

といい直して立ち上る。母さんはいい人だ、と思った。

勝手にどこへでも行け、といわれたが、久はどこへも行かずに離れにいた。洽六は昼近く起きて来て座敷に坐ると、離れに目を向け、

「久はどうしている？」

といわずにはいられない。毎日、飽きずに、

「まだ寝てるのか、起してこい！」

と大声を上げた。

夜になると久は頭が冴えてくる。そして雀が鳴き出す頃に眠気がくるのだった。

「早く寝ろ。早く寝ないから起きられないんだ」

簡単に父はいうが、いくらそういわれても、眠くないものは眠くないのである。ある日、久はありたけの毛布を吊し、青い豆電球を一つだけ点して、その下にうずくまっていた。

久の中には説明のつかない鬱屈が淀んでいて、それはいわば巌窟王の気分なのだった。鬱屈の根にあるものは何なのかわからない。何もしたくない。日の光も見たくない。動きたくない。何も考えられない。こうしているのが楽だというわけではなかったが、とりあえずこうしてみた。父からお前は生れつきの怠け者なんだ、といわれると多分そうなんだ、と認めるしかなかった。

「久ちゃんの気持、ぼくはわかるな。久ちゃんは寂しいんだよ。寂しい気持が凝って固まっちまったんだよ」

女中に頼まれて巌窟王の地下牢へ食事の差し入れにきた書生の宮富はそういった。久は「なにをいやがる」と思っただけである。

「久ちゃん、人生はね、自分との戦いだよ。敵は外にいるんじゃない。自分の中にいるんだよ」

宮富は三十にまだ間があるというのに頭髪が薄く、弱々しい毛がポヤポヤと頭を蔽っているので誰がいい出したか「毛ショボショボ」という渾名がついている。度の強い近眼鏡をかけて、暇さえあれば書生部屋で本を読んでいる勉強家だった。

「久ちゃん、久ちゃんは今、真なるものを模索して苦しんでいるんだ。すべての芸術家がそうであったようにね。ランボーも苦しんだ、ボードレールも苦しんだ、かくいう宮富も苦しんできた、いや、今も苦しんでいるんだよ。苦しまない芸術家なんていやしないのさ」

宮富は離れの縁側にアグラをかき、毛布の囲いの中の久に切々と語りかけた。毛布の中で久は差し入れの握り飯を食べ、このカレイの煮つけは砂糖が利きすぎている、と思っている。

「ぼくは佐藤家の四人の男の子の中で、久ちゃんを一番買ってるんだ。八郎さんなんて、ああいうのはまことの詩人じゃないからね。センチメンタルな器用人にすぎない。だが久ちゃんはきっとホンモノの詩人になるよ。これはぼくの直感だ。自信を持ち給え……」

宮富はふと言葉を切り、少しの沈黙の後でいった。

「曇天の海港に、焦点を置く彼女！」

「何だい？　それ」

毛布の向うから久が訊いた。

「椿の花さ。椿の花がね、まるで曇天の港に真赤な洋服を着て立っている女のようにね、一輪、咲いてるんだ」

「それが詩かい」

「そうだよ。久ちゃん、そんなところにいないで出ておいで。椿が一輪だけ咲いている。実にあでやかだ。美しい。椿は一輪に限るね」

毛布の下から久が食べ終えた膳を出すと、宮富はそれを持って立ち上りながらいった。

「久ちゃん、君が偉い詩人になった時には今のぼくの言葉を思い出してくれ給えよ」

そういって、久が食べ残したタクアンをボリボリ齧りながら、渡り廊下を渡って行った。

ある日、久の姿は離れから消えた。誰もそれに気づかずにいるうちに、近くのアパートの主人が訪ねて来ていった。

「お宅の坊ちゃんがうちへ来はって、部屋貸してくれいわはって、入りはったんですけど、やっぱり一応、お報《し》らせした方がええのとちがうやろかと、家内とも相談しまして、ちょっとお報らせに参じましたんでっけど」

取次のヒサからそれを聞いたシナは、洽六にはいわずに宮富に金を持たせて迎えにやった。

「なんせ荷物いうたらリュックサックひとつだけでっしゃろ。悪いけど何が入ってるんかと思《おも》て、ちょっと見さしてもろたら、日本刀の折れたやつが一本だけ入ってますねん……」

とアパートの主人は宮富にいった。宮富がアパートへ行くと、久は隣りの銭湯から帰ってきたところで、ニキビの吹き出た丸い顔をテラテラと光らせて、

「やあ」

といった。

「帰ろうよ、久ちゃん、こんな所にいてもつまらんだろう」

「うん」

と久は素直に頷く。

「久ちゃん、どこへ行っても面白い所なんてないんだよ。どこにいても同じだよ」

「うん」

久は家へ帰って来た。宮富に促されて座敷へ行き、

「母さん、ただ今」

といった。

「おかえり」

何もなかったようにシナは久を見上げ、

「もうじき夕ご飯だからね、キュウちゃん、皆と一緒に食べに出てきなさいね。お父さんが喜ぶからね、いい？」

そういってからさりげなくつけ加えた。

「お父さんは今度のこと何も知らないんだからね」

久は無表情に、

「うん」

といった。

夕食の報らせに書斎から出てきた洽六は、珍らしく食膳に向っている久をジロリと見たが、何もいわずに坐った。

「今日は学校で何か面白いことはなかったかい？」

と早苗に話しかけた。

「放課後、キックボールの試合があったんよ。学級対抗で」

「そうか、早苗の組はどうだった」

「準決勝で負けてしもた……けど五点のうち二点はわたしが蹴って大井さんがホームインしたんと、もう一点はわたしがすべり込んで取った点よ」

「早苗は走るのが速いのかい」

「そうよ」

「走るのばっかり速うても……勉強もせんとねえ……」

とシナがいうのに、

「なに勉強なんてどうでもいいさ。早苗は学校好きかい？」

「うん、大好き」

「そうか。それでいい」

そういってから、さて、というように久の方を見た。

「久、どうする気だ。いつまで離れでゴロゴロしているつもりだ……」

シナが咎めるような、懇願するような視線を向けたのにかまわず、洽六はいった。

「小人閑居して不善を為《な》すという古語がある。小人、即ちくだらぬ人間は暇があるととかく自制自律の精神を欠いて不善をなす。ろくなことをしないという意味だ。わかるか、久」

久は黙々と箸を動かしている。久に向ってそんなことをいっても始まらないことは洽六にも重々わかっている。しかし久の顔を見ると、常時溜っている鬱憤を晴らしたくなるのだ。それが久の心を挫《くじ》くことになるのを知らないわけではなかったが。

「八郎も学校を転々とした。しかし八郎が転々とするにははっきりした理由があった。学校が嫌いなんじゃない。学校が退学を申し渡したからだ。八郎は我儘者だが怠け者じゃなかったよ。子供の時から本をよく読んでいた。野球に打ち込んだし、ピアノだってちゃんとやった。あいつは意欲というものを持っていたよ。だからどうにかモノになった……」

いい始めると勢がついて止らなくなる。

「節《たかし》もしようのない奴だが、頭は悪くない。あれだけ巧妙に嘘をつくんだからな。それも才能のひとつだよ。持っていきようによっては八郎のようになるかもしれないな。弥《わたる》は意気地なしだ。だがとにかく学校だけはきちんと行ってるよ。朝も起きて飯を食った。

夕飯にもきちんと出てきた……」

突然シナは愛子を叱った。洽六の言葉を逸らすためにはそうするよりしようがないのである。

「ああ、この子はご飯食べながら、どうして凭《もた》れてくるの。ちゃんと坐りなさい、ちゃんと……」

洽六はベソをかいている愛子を見て、

「脚が痛いんだよ。きちんと坐ってるから痛くなって凭れたくなるんだ。脚を前へお出し。いいからお出し……」

そういってすぐに話を久《ひさし》に戻した。

「だが久には何もないじゃないか。いったいお前に何がある？ 友達もいない、したいこともない、人を欺《だま》す才能もない。いったい何が面白くてこうしてるんだ。本も読まず、音楽も聞かず、スポーツもやらん。悪戯もしない……」

かつては八郎を、節を、弥を、それぞれに叱った。その都度精魂籠めて、最も痛烈な一撃を与えるための言葉を選んで吐き出したものだった。罵倒の言葉は四人の息子に対して四色である。それらは作家らしい豊富さと痛烈さに彩られている。その多彩な罵倒の才を駆使することで洽六は鬱積を放出した。

耐えているとは自覚せずに、久は耐えていた。彼は兄たちのように自分の欠点を父と「母さん」のせいにすることを知らなかった。父からお前は怠け者だ、ろくでなしだと決めつけられれば、そうだと思った。なぜ自分がこうなのか、わからない。だから父の叱責や拳固を「仕方ない」と思って受けた。いいか、明日から奮起しろといわれると「ハイ」と答えた。だが答えたものの何も出来ず、又しても父の拳固を受けることになった。

朝は定刻に起きて「おはよう」と座敷に入って行く。それだけのことでいいからやってみろといわれたが、出来なかった。したくないわけではないのだが、出来ない。夜になると頭が冴えて活力が出てくる。朝になると月見草のように凋《しぼ》んでしまう。なぜだ、と久は誰かに訊きたかった。久はそんな自分に耐えていたのである。

春、十五歳。久は東京に行くことに決った。東京へ行け、目白中学なら入れてくれるだろうと洽六はいった。オレは疲れた。オレの見えない所へ行け。東京に行って八郎の所で世話になれ。そこには弥がいる。弥と喧嘩でもしていろ、といった。久は、

「うん」

と答えた。宮富のいった通り、どこにいても同じだ、と思っていた。

シナは久の東京行きのための仕度をした。八郎の所に厄介になるのだから、くみ子に負担がかからぬよう、十分に仕度をしなければならなかった。久を連れて高麗橋《こうらいばし》の三越へ行き、下着を整え、袴と下駄を買った。布団も新しく拵《こしら》えた。制服は向うで新調するが、編上靴が必要だろう。久は弥のお古をずっと履いていたのだ。

「靴も買った方がいいわね、キュウちゃん」

「いいよ。今のでいいよ。それに向うへ行けば、きっと弥兄貴の小さくなったのがあるよ」

節や弥にはないいいところがこの子にはあるのに、とシナは思う。考えてみれば久はハルに掌中の珠のように育てられたのにちがいなかった。夫に去られ娘に死なれ、三人の息子と離れたハルの、手もとに残ったたった一人の子供が久だった。叱られたことなんか一度もなかっただろう。だから久は欲がなく、人懐こくて素直なのだ。そう思うとシナは久が憐れになる。

「キュウちゃん、お腹空いたでしょう？　食堂へ行こうか？」

「食堂？　うん……」

久は目を輝かせ、

「ぼく、デパートの食堂って、はじめてだよ」

「そう。なに食べる？　何でも好きなものおあがり。いろいろあるから」

食堂へ行ってシナは蒸しずしを、久はメンチボールを注文した。ああ、きちんと毎朝、起きて学校へ行ってくれさえすれば……いや、学校へ行かなくてもいい、何かしてやりたいことを見つけてくれれば、とシナは心の底から思う。シナは久のために何かしてやりたい。こうしてほしいといってくれさえすれば、仲よくやっていけるのに、と思う。おハルさんが死んで、幼い久はわけもわからぬままにほうり出された。久が悪いんじゃない。久は一番可哀そうな犠牲者だ。だが、その久にシナがしてやれることといえば、メンチボールを食べている久に向って、「おいしい？」と訊き、「もっと何か食べる？」といってやることしかなかった。

「キュウちゃん……」

「東京へ行くの、いやじゃない？」

「なに？」

「いやじゃないよ」

　いやだといってくれれば、打開の道は開けるかもしれないのに、とシナは思う。東京なんかへ行かせず、このまま家にいたら、とシナはいいかけて言葉を呑んだ。

　このまま家にいさせたとしたら、家庭の平和が失われることは確かだった。久がその気にならない限り、同じことがくり返されるだろう。そして久をその気にさせる方法は誰にも（久にも）わからない。

　やはり久は東京へ行くよりしようがないのだった。おそらくこの久への哀切な思いは、久が行ってしまうからこそ湧き出ているものだろう。シナにはそれがわかっていた。それゆえにいっそう久が可哀そうだった。


　その年の暮、カズ子が来て、もう二十日近く節の行方がわからないといった。節はカズ子の母から借りた金で始めた印刷屋をあっという間につぶし、山のような借金を残して姿を消した。カズ子は節に頼まれて方々の請《う》け判を押していたため、「水色」を手放さなくてはならなくなったのだった。

「請け判なんか押す方が悪いよ」

　にべもなく洽六はいい、

「そのうち金に困れば出てくるさ」

オレは関知しないぞ、といわんばかりに庭を向いてタバコをふかした。

「節と一緒になって何年になる？　もうたいてい、あいつがどんな奴かわかりそうなもんじゃないか」

「相すみません」

カズ子は素直に頭を下げ、

「里の母が、もしかしたら自殺でもしてるんじゃないかっていうんですけど」

「死ぬ気になるくらいならまだ見込みがあるよ。死んだ方がいいんだ、あんな奴は。だが人にそう思わせる奴に限って死にやしない」

「でももしかしたらそのうちタカシシンダって電報がくるかもしれないから、その時は用心した方がいいわ」

シナがいった。

「以前、仙台からタカシシンダって電報がきたのよ。とりあえず野呂瀬さんに行ってもらったら、ピンピンして旅館にいたの。旅館の支払いが滞って帰るに帰れなくなったものだから、そんな電報を打ったんだわ」

カズ子は大きな目をいっぱいに瞠《みは》って聞いていたが、「あらまあ、あらまあ」といって笑い出した。

「わたしがお風呂屋さんから出て来たら、節さんたら表に立ってて、カズさん、ちょっと和歌山まで行ってくるよ、っていって、金ある？　っていうんですけど、お風呂へ行

くのにお金なんか余分に持ってるわけがありませんものね。じゃいいよ、いいよ、って
いって、どんどん歩いて行ってしまったんですの」

　心配しているのに、楽天的な性分丸出しの、面白がっているようにさえ聞えるいい方
だった。

「和歌山？　和歌山に何の用があったんだ」

「さあ？」

「訊かなかったのかい」

「ええ。お風呂から出てきたところへ突然でしょう。呆気にとられてるうちに行っちゃったんです……」

　話にならん、というように洽六は横を向いてまたタバコをふかした。節も節だがカズ子もカズ子だ、と思っている。

「もしかしたら何かしでかして牢屋にでも入ってるんじゃないでしょうか」

「それはあり得る」

　洽六はカズ子の楽天的な語調を押し潰そうとするようにいった。

「しかし、女ということもあるぞ」

「そうでしょうか」

　カズ子は俄かに顔を引き締めた。

「二十日も沙汰がないということは、金には困っていないということだ。だとすると女に食わせてもらってるな」

洽六はカズ子の暢気さが癇にさわる。

「そうでしょうか……」

カズ子は暫く黙って考えていたが、気を取り直して自分を納得させようとするようにいった。

「でも……それなら無事でいるんでしょうから……牢屋に入れられているよりはいいですわ」

とにかく、もう少し様子を見ますといってカズ子が帰って行くと、早速、洽六はいった。

「何だ、あの女は。少し甘いんじゃないか、人間が。水商売をしてたんだから、も少ししっかりしてると思ったがね」

「人がいいんですよ。チャカさんにはああいう人じゃないともたないわ」

「ベターハーフか。チェッ！」

と洽六はカズ子に八つ当りをした。

年が明けたが節の行方はまだわからなかった。カズ子は丸髷を結い、藤色の小袖に黒紋付の羽織を着て、どこの幸せな若奥様かと思えるような風情《ふぜい》で年始の挨拶に来た。

「どうした、節は」

「なしのつぶてですわ」

朗らかに笑う。その笑い声に洽六は苦虫《にがむし》を嚙み潰したような顔になって、

「そんなに暢気なことでいいのか」

と怒りをむき出しにした。

「でも、しようがないんですもの、ほっとくしか。もう散々探したんですのよ」

「八郎の所へ問い合せたかい」

「訊きました。野呂瀬さんや福士さんにも手紙を出しました。水色のお客さんたちにも訊きに廻ったんですけど」

「もうひと月以上になるだろう？」

「はい」

「しようのない奴だ……」

洽六はだんだん心配になってきた。あんな奴は死んだ方がいいと思うが、死んだら死んだでまた煩わしいことが起きてくるだろう。それがまたシナを傷つけるもとにならないとも限らない。

その夜、洽六は殆ど徹夜して仙台から弘前の親戚筋、節の立ち寄りそうな料亭から質屋にいたるまで十数通の問い合せの手紙を書いた。

どこからもこのところ沙汰がないという返事が来た後、忘れた頃に八郎から手紙がきた。

「お父さん。

チャカのことはほっとかれるのがいいです。

心配してもし甲斐がない男です。

ぼくは今、とても忙しいので、チャカのことまで考える暇はありません。

父さんが心配するから、つけ上るんです。もうほっときましょう」

原稿用紙の真中に、丸い小さな字がチョコチョコとそれだけ並んでいた。

節分の夜、宮富が袴を穿いて、早苗と愛子を従えて豆撒きをしているところへカズ子が来た。節さんの居所がやっとわかりましたといった。節は東京の第一ホテルに逗留している。もと「水色」の常連だった東亜映画の監督が第一ホテルの食堂で節とばったり出会った。節は喜劇プロという演芸プロダクションを作ったので、よろしくといって名刺を出したという。

「そいつは女と一緒だな」

すぐに洽六はいった。

「女は女優だよ」

「そうでしょうか」

カズ子は困ったように目を瞠って洽六を見たが、でもともかく、これから夜汽車で上京してみます、といって立ち上った。

「行くのかい、女と一緒にいるところへ」

洽六がいうと、でも行くよりしようがありませんもの、とカズ子はいった。

十日ばかりしてカズ子から手紙が来た。

「お父さま

お母さま

ご機嫌いかがでございますか。私は築地の床屋の二階を借りて、やっと落着きました。ご心配になっていらっしゃると思いますが、節さんは第一ホテルで女優の中野かほると一緒に暮しています。喜劇プロを中野かほると一緒に作ったのです。

大阪を発った翌日、第一ホテルへ行きますと、西さんという若い人が節さんたちの部屋で留守番をしていまして、節さんたちは喜劇プロの仕事で仙台へ行っているというものですから、三日ばかりその部屋に泊っていましたけれども、西さんがホテルの人から、先月からの宿泊費の催促をされているのを見て、ここにいてはそれを支払わされることになりそうだと思い、出ることにして、築地に部屋を見つけました。いただいたお金は、お父さまに念を押されたように決して節さんには渡しませんからご安心下さいませ。私は節さんの帰りをただ待っているわけにはいきませんので、働くことにし、新橋のサロンハルという所で働いています。ここは良いお客さんばかりが来られる高級酒場ですから、決してご心配いりません。経験者ということで給料もよくしてもらい、お客さまのチップなども想像していたよりも沢山いただけます。

寒さはまだまだ厳しいですが、どうかお風邪など召されませんよう。近いうちに巣鴨のお兄さまの所をお訪ねしようと思っています」

「バカな女だ……」

無事とわかると洽六の心配は消えて、それまで心配の下に押し潰されていた怒りが俄かに噴き上ってくる。

「そんな所で女給なんかやってたってしようがないだろう。何を考えてるんだか、あの女は……」

「チャカさんが戻ってくるのを待ってるんでしょうかねえ」

カズ子を健気《けなげ》だとは洽六もシナも思わない。洽六はわけもなくカズ子に苛立ち、シナは節を見限ろうとしないカズ子に呆れていた。

次にカズ子の手紙が来たのは、吉野の桜の便りが新聞を賑わせ始めた頃である。

「お父さま
お母さま
すっかりご無沙汰いたしましたが、その後お変りございませんか。私はおかげさまで元気で働いております。いいお客さまが沢山ついて下さり、ご指名も多く、楽しく働いておりますからご安心下さいませ。

実は節さんこと、一週間前の日曜の朝、突然訪ねてきまして、喜劇プロは解散し、中野かほるさんとは別れたといい、それからこんな床屋の二階じゃしようがないなあ、といって愛宕《あたご》下に三間ばかりの小さな借家を探して来て、その日のうちに引越をしました。節さんの書生の西さんも一緒です。西さんが掃除やお洗濯をしてくれるのでとても助かります。

節さんは元気で、次の仕事にとりかかるといっていますが、どんな仕事なのか、話してくれないのでまだわかりません。

明日は節さんと巣鴨へ伺うつもりです。この前、伺った時はお兄さまはお留守でした。弥ちゃん、久ちゃんは二人とも元気でした。ユリヤちゃん、鳩子ちゃんに忠ちゃん。それに菊田さんという居候の人もいて、くみ子お姉さんはたいへんの様子でした。

その時は布団の綿入れのお手伝いなどして帰ってきました」

読みながら治六はシナにいった。

「節の奴、現れたらしい。女に捨てられたんだな」

冷やかにシナはいった。

「中野かほるにもやっと正体がわかったんでしょう」


カジノ・フォーリーは分裂を重ね、そのため、エノケンは玉木座でプペ・ダンサントという一座を作った。八郎は招かれて玉木座の文芸部長になった。月給はエノケンと同じ八百円という高給である。

玉木座では一か月三回替り、十日毎の公演に二本ずつ新作を出す決りである。八郎は居候の菊田一夫を文芸部に入れ、自分の代りに菊田に台本を書かせた。菊田は本来、詩を書いてきた男である。当座の凌《しの》ぎとして八郎の世話になっているが、ドタバタ喜劇の脚本など書く気はなかった。だが「菊田、書けよ」といって八郎に遊びに行かれてしまうと、書かないわけにはいかなくなる。玉木座の支配人佐々木千里《せんり》は八郎の代りに菊田を責める。仕方なく菊田は忠臣蔵のパロディである「疑士迷々伝」や「倭漢ジゴマ」などを次々に書いた。「倭漢ジゴマ」はサトウハチロー作として上演され、八郎は脚本料の半分を持って行ってしまった。

八郎は遊ぶのが面白くてたまらない。昔とちがって金を懐にしての遊びはまた格別に楽しい。八百円の月給のほかに、「並木せんざ」としての収入があるが、それでも足りずに「かちお」というペンネームも作った。同じ号に幾つも詩を載せたいために、ペンネームを増やしたのだ。

「このところ、八郎さんは順風満帆。まさにお父様から受け継いだ才能が今、噴き出てきたといえましょう」

野呂瀬からそんな報告が洽六の許に届いた。

「どんなものを書いているんだか。オレの才能と一緒にされては困るよ」

そういいつつ、洽六は満更でもなさそうにタバコをふかし、しかし、油断すまいと自戒するようにしかめ面を崩さない。

前の年に洽六が毎日新聞に連載した長篇小説「麗人《れいじん》」が松竹映画で映画化されることになり、その主題歌の依頼が八郎にきた。それを知って洽六はいった。

「大丈夫かね。八郎にそんなものが書けるのかね。ヘンなものが出来てもオレは知らないよ……」

やがて歌詞が送られてきた。堀内敬三がつけたタンゴの曲で曾我直子と川崎豊が吹き込んだレコードが、街に流れ始めた。間もなく映画館の入口に出来た観客の行列の写真や主演女優栗島すみ子のブロマイドなどと一緒に大入袋が送られてきた。洽六を喜ばせるつもりか、映画の大成功の半分は主題歌のおかげかもしれません、という手紙が添えられていた。

　ぬれた瞳と　ささやきに

ついだまされた　恋ごころ
きれいなバラには　とげがある
知ってしまえば　それまでよ
知らないうちが　花なのよ

洽六はその歌を聞いていった。

「何だい、これは……」

わざと大袈裟に鼻に皺を寄せた。

「なにが知ってしまえばそれまでよ、だ……」

息子のことに関する限り、それがたとえよい報らせであっても、にくにくしげにいう癖がついていた。

玉木座の支配人の佐々木は、八郎が八百円もの高給を取りながら、プペ・ダンサントの台本を書かずに遊んでいることに腹を立て、仕事をしないのなら文芸部長をやめてもらいたいと、エノケンを通していってきた。

「そうかい。いいよ、やめるよ」

八郎があっさりやめたのは、ポリドールから専属作詞家の話がきていたからである。彼はますます忙しくなり、浅草などでうろうろしていられなくなった。家へは殆ど帰らない。三年ほどの間に作った小唄、民謡、童謡は何百という数に上り、それは単行本となって売れている。

そうして彼は今、恋をしていた。それは彼にとって生れてはじめての真剣な恋である。相手は歌川るり子という映画女優で、洽六が東亜映画の撮影所長をしていた頃は東亜映画のスターだった。浅草広小路の電車道をほろ酔い気分で横切っている時、向う側からふらりふらりとやってきたのが歌川るり子だった。自動車がるり子の前をすれすれに走るのを見て「あぶない！」と声をかけたら、かけた方の八郎がよろけて転んだ。るり子が走ってきて助け起してくれたのがつき合いのきっかけだった。だがるり子は八郎に特別の関心を持ったわけではない。

「ハッチャンて面白いのねえ。ハッチャンといると退屈しないわ」

追っかけ廻す八郎をそういってあしらった。八郎はあせり、ますまするり子にのめり込んでいった。るり子の歓心を得たいために百円もする銀狐のコートを買った。高い酒を飲ませ、イタリアの靴や帽子を与えた。なめるような優しさと退屈させない話術とそして金。容姿に自信のない彼は、その三つでるり子を攻めるほかないと思い込んでいた。

ある日、洽六の所へ音沙汰のなかった節から、突然手紙がきた。

「すっかりご無沙汰してしまいました。カズ子からお聞き及びと思いますが、小生、このところ健康を害して咳と血痰に悩まされて休養を余儀なくされています。幸い、カズ子の献身的看護で小康を得ましたが、病臥中、つらつら考えるところあり、この後は菲才《ひさい》ながら筆一本で立っていこうと心に決しました。さいわい、ぼくには良い友人が数多くいます。出版界に、新聞社に、演劇界に、色々な男がぼくを応援しようとしてくれています。その友人たちの好意でぼくにも文筆家としての舞台が与えられそうです。紅緑の息子、ハチローの弟として恥かしくないものをこれから書いて行くつもりです。

勿論、お父さんやハチロー兄貴のような収入は今のところぼくには無理です。そこでお願いがあるのですが」

後は読まずともわかっていた。どこかに作った借金をこの際きれいにしたいというのだろう。洽六はそのまま手紙を屑籠に捨てた。

数日後、また節の手紙がきた。

「お父さん。

お返事をいただけませんでしたから、ぼくはいいたくないことをいわなければならなくなりました。

お父さん。

お父さんは八郎兄貴に月々百二十円の金を送っておられます。兄貴は弥と久がいるという名目で、それを当然のように受け取っています。

兄貴がその金をどんなことに使っているか、お父さんは何も知らないんです。兄貴は歌川るり子のために湯水のように金を使っています。るり子の歓心を買うためになんです。弥や久は干鱈ばかり食べさせられて、干鱈のようなツラになっています。ぼくはこの間の日曜日、弥と久にたらふく、ライスカレーを食べさせてやりました。ぼくは貧乏です。しかし弟たちの空腹を満してやるための金は惜しみません。

兄貴の収入は少くとも月に五百円は下らないでしょう。なのにお父さんからの送金を断らず、お父さんの汗の結晶を女のために使っているんです……」

洽六はめまいを覚えて手紙を投げ捨てた。いつもは投げ捨てるなり口を突いて出てくる罵《のの》りは出てこなかった。八郎の仕事が順調であるらしいことは野呂瀬から聞いて知っていたが、送金を断ってこないのは、詩の稿料など安いものだと頭から決め込んでいたからだった。

卑しさは洽六が最も嫌うことだった。女に惚れるのはいい。女のために金を使うのはやむを得ない。確かにオレも散々そんなことをしてきた。だがオレはいつだって自分の働きでやった。彼は思った。オレは親を当にしたことも他人に迷惑をかけたこともない。だがこの二人は何だ。恥知らずめ。

八郎は横着だが節は卑劣だった。いったい誰に似てこんな息子が出来たのだろう。ただ情けなく、口惜しくて洽六は憤ることを忘れた。

夜更けてから洽六は、漸く気を鎮《しず》めて八郎と節に宛てた手紙を書いた。

「筆を改めて二人の愛児に書き送る。この手紙は私の厳粛な申告書として敬虔《けいけん》の気持で読んで貰いたい。

私は今までお前達に対してどれだけの愛を注いだかはお前達がよく知っているだろうと思う。だが私がお前達に与えた愛はお前達を善くせずに却って悪くした。お前達は独立心を失い、贅沢に狎《な》れ、金銭欲が益々加わり、そのために自ら刻苦精励する奮発心に乏しくなった。若《も》し私が今日瞑目したならば、お前達はどうするか。

私がお前達に過大な補助費を与えたのは、少しでも生活苦を緩めて、その代りに健全な精神を養い、大きな人物となって貰いたいためであった。然《しか》るに実際はこれに反してお前達の精神は益々堕落し、百方術策を用いて私から金を取ろうとする。そうしてその人格は日に日に腐敗して行く。

私はお前達に毒を与えていたのだ。

実際私は疲れた。疲れた上に又疲れた。いくら仕事をしたところで、お前達の贅沢心を増長し、徳義心を堕落させる毒を稼ぐのでは実に馬鹿げたことになる。

更に考えるとお前達の次に弥があり久がある。世間の例に依ると長男は成人して次男の学資を補助し、次男は三男の学資を補助するのが当然である。私の兄は慶応を出てから親の世話にならずに食うものも食わず、北海道の寒村でビールを包む藁を作って労働したことがある。私は二十歳から父から一文の仕送りも受けず、二十七歳から毎月十円ずつを仕送りした。

既に二十五歳を過ぎれば親の世話になるべきものではないのだ。妻あり子あるものは尚更この覚悟でなければならぬ。

今日から私を死んだと思ってくれ。お前達は真剣に衣食の道を考えてくれ……」

書いても書いても書き終らなかった。いくら書いても何ほどの効果もないことはわかっていた。だがそれでも洽六は書かずにいられなかった。書くことで洽六は自分をなだめた。書くことは彼の祈りだった。

夏休みがきて、弥と久が西畑へ帰って来た。弥は背が伸びた分瘦せて、目尻がつり上った目と高い細い鼻筋が父によく似てきた。

「弥坊ちゃんは男前やねえ。お父さんによう似てきはった」

女中たちにそういわれ、

「よせやい。ヤなこというなよ」

と、すっかり東京弁が身についていた。

弥は帰省したその日から、小学校や尼中時代の友達と毎日遊びに出ていた。球突き屋に別嬪がいるというので、夜になると入り浸っている。

久は四か月ほどの間にニキビが吹き出し、右頰の真中にその親玉をつぶした跡が小指で押したほどの穴になっていた。久は遊ぶ友達もなく、ただ漫然と集落をぶらつき、行き当りばったりに喧嘩をしては息を切らせて帰って来た。

「久。奴《やっこ》から壊した椅子を弁償しとくれといってきたぞ」

洽六はこと喧嘩に関しては叱らない。青春の鬱屈を晴らすには喧嘩がいいと思っている。

「だってね、奴の小僧のやつ、父さんの悪口をいったんだ」

「何ていったんだ?」

「お前の親父は偉そうな顔してるけど、武庫川の土堤で自転車片手に二銭の冷し飴飲んでたぞっていやがんの。父さん、冷し飴飲んだのかい?」

「そんなもの、父さんが飲むかい」

「だから暴れたんだ」

「そうか」

と洽六は納得した。

その夏は珍らしくことのない夏だった。洽六は久と弥を連れて土堤の向うの甲子園球場へ中等野球を見物に行った。帰ってくると風呂に入って義太夫を唸《うな》った。最も機嫌のいい時、洽六は義太夫を唸る。洽六の次に弥と久が入り、シナが愛子と早苗を一緒に入れると、縁側から庭に向けて張り出した床几《しょうぎ》の上に夕食が運ばれている。ヒサが岐阜提灯に灯を入れて夕食が始まった。

洽六は酒を飲まないので、食事は早く進む。

「野球はどうだったの？　面白かった？」

シナが話題を出すと、

「父さんと一緒に野球を見るのはもうオレ、いやだよ」

と弥がいった。

「野球見てる時、父さんはいきなり隣りの人の脚を拳固で殴るんだもの……」

「殴ったの？　なんでそんなことを……」

シナの質問には答えず、久は面白くてたまらぬというようにいった。

「あの親爺、驚いてたね。今に怒るかと思ってさ、喧嘩になったらオレがやってやろうと思ったんだけど、『なにするねん』っていっただけだったね。大阪の奴って駄目だなあ」

「父さんの顔見て、やめたんだよ」

「でも、なんやってそんなことをしたんですか？」

「怯気《おじけ》づいたんだね」

洽六はいった。

「汚い毛脛《けずね》を出して、ガタガタ貧乏ゆすりなんかしやがるんだ。隣りにそういうのがいると気が散って見物に身が入らん」

「それで殴ったんですか？」

「甲陽が負けてきたもんだから、殴りたくなったんだろ。父さん……」

と久がいう。

「ぼくはもういやだ。父さんと野球見に行くのは」

弥がいうと久は、

「ぼくは行くよ。面白いよ」

といった。

弥と久は喧嘩ばかりしていた。離れの喧嘩の気配に、洽六は笑っていた。兄弟の喧嘩はこの家では平和のしるしである。久は愛子を従えて庭に打水をしながら歌った。

「ひとつ出たホイの　よさホイのホイ
人もうらやむ東京の　ホイ
目白中学新入生　ホイのホイ……」

久と愛子は歌うのが好きだった。

「砂漠に日は落ちて
　夜となるころ
　恋人よ
アラビヤの唄を　うたおうよ」
久は山桃の木に登り、葉の裏についているカナブンブンを叩き落しながら歌う。愛子はその下で落ちてくる虫を、バケツに拾いながら歌った。
「タバコに火がついて
　夜となるころ
コビトよ
アラビヤの唄を　うたおうよ」
洽六は書斎でその声を聞いている。
「お父さんがお仕事でっせ。あんまり大きな声出したらいけません」
たしなめているヒサの声が聞えると、洽六は立って行って二階の廊下の手摺りから叫んだ。
「かまわん！　子供らの歌を止めてはいかん！」

十一

「妙やねえ……もう木の葉が散り始めた……」

とシナはいった。

「一枚……また一枚……こうして散っていく。だんだん散っていって、風が吹いて、そのうち一枚もなくなってしまう……けどそれで終るんやなくて、また春がきたら若芽が出てくる……。すぐ若葉になって、緑がいっぱい盛り上って、蟬がきて、暑い暑いというてるうちに、ある日、ハラリと落ちるんや、葉っぱが……」

午下《ひる》り、子供部屋の畳の上に横になって、二つ折にした座布団を枕にシナは呟いた。居間にしている奥座敷は暗くて重苦しい。時々シナはそこから逃れてこの家では唯一、明るい子供部屋で憩いたくなる。母がここへ来て横になると、早苗と愛子は待ち構えていたように寄ってきて、シナの右左に同じように寝転んで、愛子はここぞとばかりシナの懐に手をさし入れた。乳母のスエが大工の後添として暇を取って行ってからは、来年は小学校へ上るというのに愛子はシナの乳房を触りたがるようになっている。いつもならすぐに叱って手を撥《は》ねのけるシナだが、こういう時だけは愛子のするがままに委せることを愛子は知っている。

「妙やねえ……」はここにシナが横になった時の口癖だった。早苗はそれが始まるとうんざりする。「一枚、また一枚、こうして散っていくんやなあ……」といい出すときのシナは、「お母ちゃん」ではなく早苗には別の女の人になったような気がするのだ。

「そんなん、当り前のことや！」

早苗は勝気に母の感傷を押え込もうとしていった。

「春の次は夏、夏の次は秋、秋の次は冬、冬の次はまた春や。春夏秋冬、くり返すんや

当り前のことを、そう重苦しくめそめそといってほしくない。だがシナは早苗の苛立ちに頓着なく、

「ふしぎやなあ……。そうして、何べんも何べんもくり返して、それから……どうなるんやろう？」

「どうもならんわ。くり返しがつづくだけやわ」

早苗はいうが、シナは溜息をつき、

「夢のようやなあ……」

と呟く。

——なんでわたしはここにいるのやろう？

と思う。それからじーっと目を閉じているうちに、ふと、

「北村のおじさん……なんでかあのおじさん好きやったなあ……」

消えかけている夢を追うように言葉が出てきた。

「北村のおじさんに連れられて畑の中を歩いて行ったんやった……八つのときやわ。シナやん、向うに見えるのんが三笠山《みかさやま》やで、その奥が春日山《かすがやま》やで、て指さして教えてくれてるのに、そっち見もせんと、うつむいて『ふーん』というだけやもんやから、『なにいうてもこの子はふーんふーんやなあ、しゃべらん子やなあ』というて、それから『ま、しゃべりはもめごとのもとやから、ものいわんのが一番ええわ』というた……。昔は猫の子でもやるように子供をやったり貰《もろ》たりしたもんや。『あんたとこ仰山《ぎょうさん》、子いるさか

い、一人やらんか』、『そうやなあ、どの子がええ?』、『シナやんがおとなしいからええやろ』、……簡単なもんやった。女学校へ行かせてやるといわれて、親はその気になったんやなあ……」

「イヤやといわへんかったん?」

聞いていないと思っていた早苗が突然、訊いてきた。

「そんなもん、いうたかてしようがないもの」

「なんでしようがないのん?」

「なんでて、親が決めたことやからなあ……」

「けどイヤやというたらええやないの。暴れて泣いてやったらええねん」

「わたしはおとなしい子供やったんやなあ……」

ひとごとのようにいった。

「それに賢い子やったなあ。奈良へ行ってからも、寝る時に風が吹いたり雨が降ったりすると、いつも心配して思たもんやった。大阪のお母《かん》は、二階の板戸、閉めたやろか?て、八つやのに心配ばっかりしてた。お母《かん》は暢気《のんき》もんで、もの忘れしてはお父ッつぁんに叱られてばっかりやったから……」

「泥棒が入ると思て心配したん?」

「そうやない。二階から物干台へ出る出入口の板戸や。風が吹くとバタンバタン音を立てるもんやから、お父ッつぁんが目、醒ましてお母《かん》はまた怒られる……」

奈良はいやな所だった。夏は町が死んだように暑さに沈み、冬は陰気な石版画のように冷え込んだ。

「十二月十六日の春日若宮のおん祭が終ったら北風が吹き出して、それはもうえらい冷え込みになるのや」

誰に聞かせるともなく、シナはいった。何のために子供らにこんな話をするのか、自分でもわからずにしゃべっている。

「何が辛いというて暮が押し詰ってから、借金のいいわけの手紙持って、お使いに行かされるほど辛いことはなかったわ……」

独り言のようにだらだらとシナは呟く。

「お使いに行く時は荒池の真中の道を通るのが近道やから、そこを通って行きなさいとお母《か》はんがいうもんやから、池の中の道を歩いて行くのやわ。右見ても左見ても、どよーんとした水が溜ってて、向うに高円山《たかまどやま》、春日山、三笠山が黒う見えてる。風が吹いたら枯葦がざわざわして、鳥がカアカア啼くのが寂しいやら怖いやら……。荒池はよう人が死んだんや。池の底が擂鉢になってて渦巻いてるから、はまったらもう浮かんでこんのや。荒池の道歩く時はまっすぐ前見て歩かないかん。池の方見たら、河童《がたろ》が呼ぶさかい、といわれるから、もう怖うて怖うて……まっすぐまん前に目ェ据えて、息つめて歩いたものやった……」

「そんな話、いややや」

突然、早苗は大声を上げ、

「アホぼんの話してえ」

と足をバタバタさせる。
「アホぼんかいな」
シナはふと我に返ったように小さく笑い、
「アホぼんなあ……どうしてはるやろなあ……」
と思いに沈んだ。
「朝顔へ
朝顔へ
朝は開いて
晩はすぼんで
草履はいてむーすんで
石垣もたれて
砂をなぶって
ぱあ　ぱあ　ぱあ」
シナが歌うのに合せて、早苗も歌った。それはアホぼんの増太郎と歌ったせっせっせの歌だ。増太郎はシナが女学校を出た後、行儀見習いに行かされた造り酒屋の樋口弥右衛門の一人息子だ。白絣を着て、ぶくぶく太って、女のように色白の十九歳の青年だった。
「おシナ、せっせっせしよ」
といって広い庭の奥の玉椿の傍の四阿《あずまや》へよく行った。

「おシナ、お前、わいの嫁はんになるんやろ？」

増太郎はいった。

「なあ、なるんやろ？　なるんやろ？」

「そんなもん、なりまへん」

無愛想にいうと、

「なってえな、そんなこといわんと、なってえな、なってえな」

と縋《すが》ってきた。

その話をすると早苗はいつもキャッキャッと笑って面白がる。それを見て愛子も大声を上げて笑う。

「石垣もたれて
砂をなぶって
ぱあ　ぱあ　ぱあ」

と二人は歌った。

あのアホぼんが起点だった。そこからシナは走り出したのだ。あぶら照りの午下り。人気《ひとけ》のない白く乾いたでこぼこ道を停車場に向って一心に走った。おシナ、餅買《あも》うてきてんかといわれて、貰った小銭が帯の間に入っていた。切符売場で夢中で叫んでいた。大阪難波《なんば》まで。早うして早う……。

シナはいった。

「どんな苦労をしてもええ、自分の力で思うままに生きたいと思たんやわ。学校《がっこ》の先生になろか、それともアメリカへ行こか……」

「アメリカへなにしに行くのん？」

「なにしになんて考えてへんよ。アメリカの土、握って帰ってくるだけでもええ……行きたいなあて、傘屋の美代ちゃんといい合《お》うたもんやったわ……」

「傘屋の美代ちゃんは今、どうしてるん？」

「どうしてるやろなあ……美代ちゃん……気の勝った子やったなあ……」

あの白いでこぼこ道を走り出して、そして今、シナはここにいた。自分一人の力で走りつづけるつもりだったのに、気がついたら洽六に引きずられて走っていた。ここがゴールだったのか？　ここから先はどんな道がついているのか？　ここが止りなのか？

——多分、そうなのだろう。シナにはもう、自分の走りたい道がわからない。そのことにシナは呆然とする。


その年の暮、野呂瀬がやって来た。正月を迎える仕度に何かと慌ただしい最中だった。生花の師匠が正月花を活けに来、呉服屋が晴着を届けに来、植木屋が門松を立て、台所では宮富が襷《たすき》がけでのし餅を切っていた。

洽六は年内の仕事をすべて終え、階下の騒ぎをよそに二階の書斎につづく座敷で横になっていた。

「野呂瀬さんがお見えになりました」

ヒサの声の後から、師走の寒さに毛羽立ったような野呂瀬の顔が現れるのを見た時、直感的にいやな予感を覚えて洽六はいった。

「何だ、どうしたんだ……」

「いやあ、さすが師走ですな。汽車が混んでましてねえ……」

そういう野呂瀬に性急にかぶせた。

「用事は何だ、節のことかい」

「それもありますが、八郎さんが……」

「何だ、八郎がどうした」

洽六は起き上って書斎へ行き、欅《けやき》のくりぬき火鉢の中に埋めておいた炭火を掘り起す。

その手先を見詰めて野呂瀬がいった。

「八郎さんが……くみさんと離婚したいといっていまして……」

一瞬、洽六の手は止り、みるみる額《ひたい》が紅潮した。そのまま黙って炭取りを引き寄せ、力まかせに火箸で炭を割った。茶菓子を持って来たヒサが出て行くのを待ちかねていった。

「何だというんだ、いったい……」

「八郎さんは例の、歌川るり子と今、一緒に暮していまして……」

いい終えるのも待たずにいった。

「歌川は八郎なんか相手にしていなかったんだろう。君はこの前、そういったじゃないか」

「それが……ほだされたんですかねえ。桜木町で同棲しています」

洽六は火箸を握ったまま言葉を探した。暫くの間考えていてからいった。

「なにも離婚することはないだろう」

「ぼくもそういったんですが、とにかくもう歌川に夢中でして……歌川の方も今は……」

「福士は何してるんだ。何といっている？」

「福士さんは津軽へ行くといって出たきり、もう三か月になるのにどこにいるのかわかりません」

「――幾つになっても変らん男だ……」

洽六は敷島に火をつけ、少し吸っては火鉢に投げ込む。投げ込んだ手で次のタバコを取り、炭火で吸いつけ、二、三度吸ってまた投げ込む。

「くみさんは別れないといっています」

「当然だ」

そういう声に力がなかった。野呂瀬が元気を失っているのは、この問題に関する限り、洽六には八郎を叱責する資格がないことを思うからである。それが、洽六にはわかっている。そういう事態に屈辱を覚えている。

「他の女ならいざ知らず、歌川るり子は最悪だよ」

洽六は気をとり直していった。

「東亜映画にいた頃、君も知ってるだろう。男の噂は多いし、異人とダンスに行っては醜聞を撒いていた。撮影時間にはルーズだし、人前で平気で腰巻を見せて坐るという女だよ、あれは……」
るり子とシナは違う——。洽六はそういいたかったのだ。
「第一、あれはナルコポンの中毒だろう？」
「はあ。しかし八郎さんは自分の力で治してみせるといって……事実、治りかけている
そうです」
「あてにはならんさ。中毒というやつはそう簡単に治らん。歌川はナルコポンがいくら
でも手に入るからといって、一度は上海まで流れた女だよ」
いっているうちに、次第に感情が昂ぶってきた。こんな問題を息子から投げつけられ
るとは思わなかった。これまで洽六は息子の起す心配ごとに対して、いつも優位の立場
で心ゆくまで怒号してきたのだ。洽六の罵倒に対して息子たちは一言も抗弁出来なかっ
たものである。だが今、八郎は洽六と互角の地点にいた。洽六が投げつける罵倒は、そ
のままそっくり洽六に戻ってくるだろう。
「いったい、あの女に人の女房になる資格があるのかね！」
今は歌川るり子を攻撃するよりしようがなかった。洽六はいった。
「くみ子には散々苦労をかけている。弥や久の面倒を見させている。そのくみ子を離婚
することは、オレが許さん！」
「仰せの通りです……」
力の抜けた野呂瀬の声は、洽六の苦衷を悼んでいるようだった。洽六は今自分に訪れ
た敗色に苛立ち、自分が何をしているともわからず、滅多やたらと炭をつぎ足しながら、

鼻の奥を鳴らしていた。やがて呻くように彼はいった。

「子供はどうするんだ、子供は……三人もいるんじゃないか」

それは十五年前、洽六が八方からいわれた言葉である。その時は三人どころか五人だった。だが彼にとってその子供らは、「急いで片付けなければならない厄介な荷物」以外の何ものでもなかった。彼は無我夢中でそれを片付けた。世の中の非難攻撃をシナへの情熱によって退けた。その時、血を吐くような思いで福士幸次郎に向って叫んだ言葉を、洽六ははっきり憶えている。

――いったいオレにどうしろというんだ！　オレにはこうするほか、どうすることも出来ないんだよ……。

「歌川は……」

野呂瀬は火鉢の中に山盛りになった炭火から顔を引きながらいった。

「歌川は子供を引き取るといっているんです。三人とも……」

「育てられると思うのかい、あの女に……」

洽六は真赤になって目を剝いた。

「オレは知らん！　勝手にしろといってくれ！」

洽六は握りしめた金火箸を灰に突き立て、階下まで届けとばかりに喚いた。

「勘当だ！　勘当する！」

襲いかかってきた怨敵《おんてき》を、がむしゃらに払い撃とうとするように、叫んだ。

「今度こそ永久に勘当だ！」

十二

「福士君。又しても君に心配をかけねばならぬ事が出来た。

八郎の近状は一体何だ。私は世間に顔向けが出来ない。此の年になって彼のためにこんな恥をかくとは余りになさけない。私はもう仕事が出来ない。此頃夜から朝の七時まで机に坐ってたった新聞小説一回、原稿紙四枚しきゃ書けない。医者も万里子も心配してもう仕事は止めろという。

思えばあまりに長い間の労力であった。其れは誰のためでもない、子供のためだ。然《しか》るに今度彼は公然通知状を出して歌川るり子と同棲するという。言語道断の事だ。一時の遊びなら人目を忍んで秘やかに恥を包むべし。谷崎と春夫が天下の物笑いになったのは恥ずべきことを恥じないからだ。世間の規律を余りに軽く見過ぎたからだ。八郎の今回の挙も其れだ。

るり子の如きは天下物笑いの売淫婦でモルヒネで中毒して居る女だ。全然、道徳も廉恥《れんち》もない女だ。私はどうしても承認が出来ぬ。

くみ子は私が見込をつけて貰ってやった嫁だ。くみ子は私の娘だ。私は断じてくみ子を棄てない。

何故にるり子如きものと同棲するのか、今まで私が骨身を砕いて毎月毎月、彼が二十八歳の今日も猶《なお》、金を送ってやるのは彼にこんな馬鹿をさせるためではない。

どんな風になって居るのか、何卒、ご苦労ながらくみ子と八郎に会って仔細を見究めて貰いたい。充分に懲戒して貰いたい。

今日大阪時事新報から突然その事を照会に来た。私は恥辱を受けた。

そんなものの処に弥や久を一日も置くことは出来ぬ。

私は今日も此の事で頭が乱れて仕事が出来ない。

彼は何故私を恁《か》くまで苦しめるのか、
私はもう世間へ顔出しが出来ない。

二月四日
福士君」

福士さんはこの頃、地方主義の推進を目ざして旅にばかり出ているらしく、時々は帰って来ますが、今はどこにいるのか梅枝さんにもわからないそうです、と野呂瀬はいった。福士幸次郎は詩作を放棄した後、「地方主義の行動宣言書」なるものを発表し、伝統主義の教理の実現を目ざして行動していた。即ち地方主義講演会を開催したり、民間伝承研究団体の設立を目論んで柳田国男に指導を求めたり、「地方主義」という月刊雑誌の発行を企図するなど、次々に計画を立てている。だが、資金のことを考えないで計画ばかり立てているので、どれも実現にはほど遠いようだという。

「今、福士さんは越後か越中あたりにいるらしいんですが」

野呂瀬はそういったが、かまわず洽六は東京上高田の家へ宛てて手紙を出した。この胸に火焔《かえん》を上げている憤怒を鎮めてくれる者は幸次郎しかいないのである。だが幸次郎の留守宅からは、越中方面にいるらしいということしかわかりません、という返事が来ただけだ。

「いったい何をしているんだ、あの男は……。幾つになっても尻の落着かん男だ！」

と洽六の怒りは拡大した。

自分たちには八郎の今回の行状をとやかくいう資格はない、とシナは思っていた。子供は親を見習うのだ。この問題に関する限り、父が怒るとは八郎は思ってもいないにちがいない。自分のことを棚に上げてそんなに怒るのはおかしい、とシナは洽六にいいたかった。お父さんだって同じことをしたじゃないかといわれたら、この人は何というつもりなんだろう、と醒《さ》めた目で洽六の横顔を見た。

「あれもこれも、みんなわたしらへの罰ですよ」

シナは低い声でいった。「わたしらへの」といいはしたが、本当は自分は洽六と共犯ではないという強い思いがシナにはある。「罰」という言葉に洽六は反射的に反発し、

「オレと八郎とは違うよ！」

といい切った。

「オレのは真剣な愛だ、八郎は遊びだ、それは万里さんとるり子の人間の違いを見ればわかるだろう」

シナは沈黙している。シナの沈黙は同意でないことを示している。（それがいつものシナのやり方だ）息子たちから与えられる不幸を、夫婦が同じ心で共に怒り悲しんだこと

は今までに一度もなかった。襲ってくる不幸は同一でも苦悩は同質ではなかった。洽六はシナの沈黙の中の苦悩を思いやって、それも背負い込まなければならなかった。だから洽六には幸次郎が必要だった。幸次郎はまるで糟糠の妻のように洽六を慰撫してくれる。幸次郎は理屈をいわない。批判というものを一切しない。彼は洽六の苦しみをそっくりそのまま受け容れて、同じ心で苦しんでくれる。

幸次郎からは何の連絡もないまま年が明け、松の内が過ぎた。ある日、新聞記者が訪ねて来て、八郎が方々へ出したという年賀状を洽六に見せた。

「私達にはじめていいお正月がきました。
オメデトウゴザイマス、
はい、ありがとうございます。
一月一日
下谷区上野桜木町二十六
サトウハチロー
歌川るり子」

洽六は一見するなり穢《けが》らわしいものでも手にしたようにテーブルの上にほうり出し、
「馬鹿者が」
といった。新聞記者は洽六の顔色を見い見い、

「これによりますと、ハチローさんは歌川るり子と結婚したように見受けるんですが、それは先生も公認されたことなんでしょうか」

洽六は声を大きくした。

「勘当した息子のことは、わたしに訊かれても何も答えられませんよ。公認もクソもない。八郎は勝手に何やらやってるらしいが、わたしは一切知らんです」

新聞記者はその見幕に怯えて匆々《そうそう》に帰って行った。

宮富が八郎さんがこんなものを書いてますといって、洽六に「新青年」を持って来たのはそれから間もなくのことである。それは「勘当を許して下さい」という題名の、手紙体の文章である。

「父上様

お前のようなものは今日限り親子の縁は切った、勘当するというお手紙を確かにいただきました。あなたからこのようなお手紙をいただくのは、中学の一年の時からこれで丁度五度目です。

父上様

ぼくは中学の時に学校を嫌ってあなたに勘当を受けました。その後、金のことで三度勘当されました。けれど女の事では今度の勘当がはじめてです。

はじめてだから許して下さいというのではありません。

父上様

るり子はあなたがすぎし昔、東亜キネマの撮影所長だったときの、あなたの幕下の一人の女優でした。そして一スターでした。あなたはその時のるり子の生活をごらんになって、

『とてもあの女じゃいかん』

とお思いになっているのにちがいありません。

るり子はナルコポン・スコポラミンの注射ばかりしていました。るり子はアブサンを飲みました。るり子はあなたの嫌いな異人とよく踊りに行きました。るり子はよく話題に上る女とされていました。世の人はるり子をヴァンプと称し、手に負えない女と評していました。又スクリーンの上の役もいつも妖婦型の役ばかりやっていました。それがるり子の表面であります。るり子くらい気が弱くて家庭的で姉らしくいたわってくれる女はないと思います。

父上様

あなたはぼくとるり子のことを『あんまりあらわにやらない方がいいのに、露骨にやってくれては困る』と誰やらにおもらしになったと聞きました。ごもっとものことと思います。けれどぼくは、本音を吐きますれば、るり子との生活は嬉しかったのです。嬉しさは人に分けたいのです。分けたいというより、知らせたいのです。あなたの前でのろけるようで具合が悪いのですが、るり子はきれいです。ぼくは新しいシャッポを買ってもらって、足音高く学校へ行く一年生のように、るり子を見せたかったのです。これは正直なぼくの言葉です。

ぼくは新しく仕事をするのだ、世間の人々よ見てくれ、といいたかったのです。その為に方々へ発表したのです。新しく商売をはじめるお店は、どんなお店でもみな広告します。景品こそぼくはつけませんが、『今までのハチローとはうって変って安く早く品物をおまにあわせいたします。るり子がおりますから夜遊びもいたしません。お酒もたんとはいただきません。したがっていつでも家におります。どんどんご注文のほどを』と世間におひろめしたわけです。あなたのご心配はごもっともですが、伜の商売が繁昌することですから目をつぶってよろこんで下さい。

父上様

あなたはぼくへの手紙の終りに『わしはお前に道楽をさせようと思って、今まで金を送ったのではなかった』と歎いておられます。ぼくはあなたからいただいている毎月のお金で道楽をしたことは一度だってありません。ぼくが今こうやってどうにかこうにか目鼻がついたのも、あなたの毎月の送金があったればこそです。ぼくは本所の下駄屋の小僧さんから『早く心を入れかえてお父さんのようにえらくなってくれ』と忠告の手紙をもらいました。ぼくは沁々《しみじみ》とその手紙を読みました。世間でもぼくがあなたからの送金を遊蕩費に使っていると思っているらしいようです。ぼくは街にいつも出ているので、そう思われているのでしょう。

父上様

ぼくは断じて道楽のためにあなたの送金を費してはいません。

これからはもう一文もいりませんから勘当を許して下さい。

これからは弟たちはぼくが全部めんどうをみます。ぼくは弟たちのためにあなたが今までぼくにして下さったように、死にもの狂いになって働きます。ぼくはるり子に話しました。苦しいことは二人で背負いましょう。よろこびはみんなに分けましょう。るり子は、『どんなに貧乏してもやりましょう』とぼくにキッスをしてくれました。このキッスはいいキッスです。へんなキッスではありません。この言葉からもるり子を知って下さい。おねがいいたします。

父上様

勘当を許して下さい。おねがいします。

勘当を許して下さい。

おねがいします。

一日も早く勘当を許して下さい。

そしてむかしむかし、ぼくが頭でっかちの子供だったときのように、

――おふねはぎっちらこ……

とぼくをゆすぶりながら、タバコくさいお話を聞かせて下さい。聞かせて下さい」

読み終ると洽六はものもいわずに雑誌を投げ出した。何をいってるんだ、と思った。「勘当を許して下さい」などと八郎が頼むのははじめてである。八郎は高を括《くく》っている。八郎はもう父からの勘当など、木の葉が散ったほどにも感じていない。だからこそこん

な連綿たる文章が書けるのだ。彼は父の怒りを「飯の種」にしたにすぎない。

「勝手にしろ！」

洽六はいった。勘当が効力を持つのは、息子に生活力がない場合だった。かつてはそれは息子への威しの言葉だった。だが今はそれはただの捨台詞にしかすぎなかった。


「ボクの春」

——これが僕の春の全部です。

ルリ子
お前を包む春
ルリ子
お前を包むボク
昨夜《ゆうべ》
誰かと一緒に
階段を下りて行った冬

今朝
チクオンキの針の先に
ちいさくちいさく廻る春

曲目は
MY BLUE HEAVEN
トランペットの春の呼吸《いき》づかい
ルリ子
僕は、はりきったトランペット

ルリ子
お前を包む春

八郎二十八歳の春だった。八郎の太った丸い身体は幸福ではち切れそうだった。八郎は女を征服したのである。長い忍耐の末にるり子の魂を摑んで漸く自分の方へ捩《ねじ》向けた。これまでの女たちのように性欲の上での関りではなかった。彼は生れてはじめて恋を知り、それを獲得したのである。

るり子は明治生れの女には珍らしく、すらりと伸びた長い脛《すね》をしていた。日本人離れしているといえば、顎のしゃくれ方ものびやかな鼻筋もそうだった。唇は薄く、両端がクイと上っていて笑うと華やかさが溢れた。

るり子の父は水兵だった。るり子は十六の時、女中奉公に出され、その家の息子との間に男の子を産んだ。嫁にするような女ではないといわれ、若干の金を渡されて子供を置いて里へ帰らされた。それから身をもち崩して女優になり、エキゾチックな雰囲気を珍らしがられて人気スターになったものの、女優仲間に誘われてナルコポンの陶酔を覚えて中毒になり、薬欲しさに上海まで流れて行った。上海でどんな生活をしていたのか、誰にもわからない。いつ、どうして帰って来たのか、八郎も知らない。洽六が東亜キネマの所長をしていた頃、八郎はそこのスターだったるり子に一方的な思慕を寄せていたことがある。るり子にとってその頃の八郎は、でぐでぐ太って手足の短い、女と見ればすぐに口説き寄るという評判の、二十《はたち》そこそこのチンピラ上りにすぎなかった。それが浅草広小路の電車道で六年ぶりに出会った。ナルコポンに酔ってふらりふらりと歩いていて、自動車に撥ねられそうになり、それを助けた八郎は酒に酔っていて足を取られ、逆にるり子が支えた。二人の関係はそれがきっかけである。

八郎はるり子のナルコポン中毒を治そうとして、一ときも離れずつきまとった。つきまとわれながらるり子は、僅《わず》かな隙に注射をする。八郎は便所の中までるり子と一緒に入った。それでもるり子はある限りの智恵を絞って注射器を手にする。八郎はるり子を殴り、蹴り、咽喉を締め上げ、半殺しの目にあわせた。顔も身体も痣《あざ》だらけになって腫れ上り、岸辺に打ち寄せられた藻屑《もくず》のようにるり子は畳に伸びている。

るり子はナルコポンの誘惑から逃れるために八郎から酒を飲まされ、酒好きになった。その代り、荒療治でるり子は漸くナルコポンと切れた。それまでの男はナルコポン中毒のためにみんな逃げて行った。一緒に苦しんで治そうとしてくれたのは八郎だけだった。その時からるり子は八郎を命の恩人と思い、彼の意のままになる女になったのである。

「詩人サトウハチロー氏が、かねて馴染の映画女優、歌川るり子と結婚して、下谷桜木町に新世帯、その挨拶状に曰く、『僕もるり子も、たくさん仕事をするつもりです。お天気のいい日は永く寝ています。遊びに来て下すっても、来て下さらなくても結構です』――だと」

そんなゴシップが雑誌に出たが、実際には八郎とくみ子の離婚はまだ成立していなかった。だが、たとえどんな形であっても二人の仲が囃されることは、八郎にもるり子にも嬉しいことだった。

巣鴨のくみ子は、洽六からの慰撫の手紙をくり返し読んではとつおいつしていた。八郎は歌川るり子ともう一年も夫婦気取りで暮している。自分は三人の子供を育てた上に、八郎の弟である弥と久の世話までさせられている。その分の十分な送金を洽六から受けているとはいえ、何ひとつ楽しいことのない暮しはどうにも我慢ならない。しかしといって八郎と離婚すれば、若干の涙金を貰っただけで一切合財サヨナラになってしまう。自由を求めて子供を手放せば、鳴尾からの月々の少なからぬ送金は中止されるだろう。

初江はいった。

「くみさん、どんなことがあっても佐藤家から出ちゃ駄目よ。何たって三人の子供がいるんだから……子供はねえ、くみさん、子供は宝物だわよ。子供がいる限り、鳴尾の先生はほっときゃしないんだから……」

その意見は正しい、とくみ子は思った。三人の子供、しかも忠《ただし》は佐藤家の嫡男だ。洽六は大切な嫡男を見捨てることはしないに決っている。ここが辛抱のしどころよ、一生の安全をいっときの気分で壊しなさんな、と初江はいった。とつおいつしながら、だが浮気者の八郎のことだから、いつかはるり子に飽きがきて戻ってくるかもしれないという望みを捨て切れずにいた。待っていればそのうち八郎は帰ってくる、と洽六もいい、初江もいっている。

しかしそのうち、八郎とプペ・ダンサントの踊り子の江川蘭子《らんこ》との噂がくみ子の耳に入ってきた。くみ子は江川蘭子をよく知っている。菊田一夫が蘭子に恋をして、巣鴨へも時々連れて来ていた。細い切長の目の冷たさと高い鼻が印象に残る小柄な美人だった。菊田は蘭子に執心していることを隠さなかったが、蘭子はまるで無表情で、いったいどういう気持でいるのか、既に身体の関係があるのかどうかもわからなかった。

その江川蘭子と八郎の仲が、頻りに取沙汰されている。今にるり子に飽きがくるとは誰もが予想したことだった。だが八郎と蘭子との仲はるり子よりも以前からのもので、焼棒杭《やけぼっくい》に火がついたのだと初江がどこからか聞いて来た。八郎は蘭子のために武島町に家を借りてやったという。その家は土蔵造りになっていて、一応、門構えのある二階建で家賃は二十五円だという。るり子はそれを知っているのかいないのか。八郎はるり子にピアノを買うと、蘭子のところにもすぐに買ってやった。るり子に毛皮のコートを買うと、同じ物をすぐ蘭子にも買ったという。蘭子はプペ・ダンサントをやめ、通ってくる八郎を待つほかは、八郎の命令でピアノのレッスンに通い、八郎の本を読む。八郎が歌うアニー・ローリーが好きだという蘭子を、八郎はアニイと呼ぶようになったという。

「アニイの疲れ」

あなたは帰って　行きました
それでもかすかに　枕には
あなたの匂いが　残ってる
　アニイは今朝も　泣きましょか

あなたは昨夜　弾きすぎて
ギターのEを　切りました
切れた糸では　鳴りませぬ
　アニイは泣くのを　やめましょか

あなたを帰した　そのあとで
御本の頁に　ぼんやりと
ペーパー・ナイフを　あてたまま

アニイはやっぱり　泣きましょか
あなたは紅い　灰皿に
タバコを残して　行きました
消えたタバコは　にがいもの
　アニイは泣かずに　待ちましょか

　くみ子は初江からその詩が載っている雑誌を見せられた。

「ともかくね、これでるり子に飽きがきていることはわかったわ。この調子で間もなく蘭子にも飽きがくるわよ。まあ待ってらっしゃい。必ずハッチャンは戻ってくるから……」

　と初江はいった。初江はくみ子に同情し我がことのように八郎を憎むあまり、くみ子が聞きたくないことまで耳に入れにやって来た。八郎はるり子、蘭子のほかにまゆみという芸者を浅草の仕舞屋《しもたや》の二階に囲った。るり子は慢性の腎臓病を患っていて健康体ではなく、八郎の要求を満たし切れない。八郎より二歳年上ということもあって自分よりも十一歳も若い蘭子に対して強い敵愾心《てきがいしん》を持っている。そのためまゆみに対しては寛大で、まゆみを落籍《ひか》せて公認の妾にしたのはるり子であるという噂もある。

「何しろ今じゃ飛ぶ鳥落すハッチャンだからねえ。何だって出来るのさ」

と初江はいった。

「あの人は女房だけじゃ足りないのよ」

くみ子は諦め顔で答えた。

「仕方ないのよ……」

「それはわかってるけど、だからといってこうお構いなしにやられたんじゃたまらないわ。本妻の立場というものを少しは尊重してくれなくちゃ……」

「しょうがないわ、これは遺伝だもの。鳴尾のお父さんがそうだったっていうもの……」

「そりゃあね、鳴尾の大先生も若い時分は随分とムチャをやんなさったっていうけど……」

――しかし三笠さんに打ち込んでからは、すっかり人間が変って真面目になった。三笠さんという人はじっと黙っている人だけれども先生を変えた。これは変えた三笠さんが偉いのか、変った先生が偉いのか、宿命的な出会いというのはこういうことなのか、興味のあるところだなあ、と夫がいっていたことを思い出しつつ初江は改めてくみ子を眺め、

「困ったもんだわねえ……」

と歎息した。少くともこのくみ子に八郎を変える力がないことは確かだった。

十三

目白中学を卒業し、早稲田高等学院に入学した弥《わたる》は、佐藤家では唯一人の「真面目に学業に励む息子」だった。洽六は弥の中学卒業免状と早稲田高等学院の入学証書を神棚に上げ、神の加護を感謝した。

「弥兄ちゃんは大学生でっせ」

「今度から帰って来はった時は勉強、見てもらえまっせ」

と女中たちもみな喜んだ。女中たちは高等学院と大学との区別がつかず、早稲田と名がつくだけで大学生だと思っている。早苗は友達に、

「うちの兄ちゃん、大学生になったんよ。早稲田大学——」

といい廻り、愛子もそれを真似た。それはいつも嵐を孕《はら》んだ暗雲に蔽われている佐藤家における唯一の朗報だったのだ。

夏になって弥が帰省してくると、家中が喜んで迎えた。

「どうだ、学校は。面白いか」

と洽六も機嫌がいい。

「うん、まあまあです」

「勉強は面白くなければいかん。いやいやしても身につかん」

「はあ……。けど学校の講義って、そう面白いものじゃないからなあ……」

「そりゃそうだ。今どきの教師なんて、知識の切売しか出来ないだろうからな。ところでキュウはどうしてる。なぜ一緒に帰らないんだ」

「だってお父さん、この前、勘当したじゃないか」

「そうか……そうだったな。四人も不良がいるとわからなくなるよ」

「お父さんの勘当は癖みたいなものなんだからすぐに忘れるのよ」

とシナがいい、久々で和気《わき》藹々《あいあい》という笑い声が流れた。

久《ひさし》はどこかの古着屋で見つけたラッパズボンの、引きずるほどに長いのを穿き、八郎のお古の真紅のジャケツを着てズボンの尻ポケットにジャックナイフを入れている。何かというとす早くそれを引き抜いて、ぱっと身構えてみせるのが得意だ。機嫌のいい時は素直で愛嬌がいいが、突然風向きが変って激情に捉われると我を失う。

「キュウはぼくと違って家の手伝いをよくするんだ」

弥は当り障りのないことをいった。

「八郎兄貴は人使いが荒いから、たまにやってくると夜中でも叩き起されて、酒を買いに行かされるんだ。泊り客の布団が足りないと、隣りを起して借りてこいっていわれるしさ。そんな時でもキュウはあっさり行くんだ。ぼくはイヤだけどね、キュウは平気なの」

「キュウちゃんは大胆なところがあるのよ」

とシナが口を挟む。

「八郎兄貴はずるいんだ。イヤなことはみんなぼくやキュウにさせるんだ」

「八郎はどうしてる？　やっぱり歌川と一緒にいるのか」

「ええ。何だか知らないけれど、忙しくてたいへんなもんだよ。レコードに浅草の軽演劇に、ユーモア小説に詩、小唄……どこで仕事をしているのか誰にもわからないくらいだよ」

誰にいわれたわけでもないが、父には蘭子のことやまゆみのことは伏せておく。

「くみ子は元気か？　子供らも」

「ええ、みんな元気です」

「元気ならいい。子供のためにも頑張ってくれなくちゃな」

「はあ……」

「そのうち、八郎も帰るさ。今はただ熱に浮かされてるだけだ。熱が下れば帰るよ」

「――うん……」

弥は目を伏せて曖昧な返事をした。

くみ子はこの春頃から、巣鴨のトゲ抜き地蔵の裏の空地に小屋掛けしている芝居一座に三日にあげず通っている。家にはいつか一座の役者たちが出入するようになって、人数が揃うと麻雀が始まる。一度などは突然八郎が帰って来たので、役者たちは逃げるやら麻雀テーブルを隠すやらの大騒ぎがあった。くみ子は一座の諸井《もろい》という役者にネツを上げている。角刈りにした耳の後ろが青白いのがへんに色っぽいのよね、とくみ子がいうのを聞いたことがあった。この頃くみ子は弥と久に桜木町へ行けと頻りにいう。弥と久は八郎の弟なのだし、八郎は歌川るり子と所帯を持っているのだから、るり子が弟たちの面倒を見ればいい――くみ子がそういうのは、角刈りの諸井のせいだ、と弥は思っている。だがそのことを弥は父やシナにいわなかった。

「兄貴、どうするんだ？　八郎兄貴のところへ行くのかい？」

と久に訊かれたが、弥は八郎の所へは行きたくない。八郎のいない巣鴨の家は自由気儘で居心地がよかった。ダンスホールへ行ってダンサーと外泊して来てもくみ子は何もいわない。くみ子にとっては弥が家にいない方が好都合にちがいなかった。鳴尾へ帰ったら、そのことお父さんと相談して来てね、とくみ子にいわれたが、当分は黙っていようと弥は心に決めている。

弥は夏休みを早目に切り上げて東京に戻った。友人の友野に誘われて始めたダンスが病みつきになっていた。シナから貰った小遣いがなくならないうちに東京へ戻って、早く「ユニオン」の冴子に会いに行きたかった。赤坂の「フロリダ」にも目をつけているダンサーがいる。弥はどこのダンスホールでももてた。佐藤家の男には珍らしく、頸も背筋もすっと伸びて、脚が長い。身ごなしのしなやかさを心がけ、厚かましくないように、いつも優しげに、慇懃《いんぎん》に振舞っている。そんなふうに振舞う自分が気に入ってもいる。彼が入って行くと、壁際に横に並んだダンサーたちに緊張が走る。それは職業的なものかもしれないのだが、弥には自分への憧憬《あこがれ》のように感じられてならないのである。

秋風が吹き始めるとダンスはますます楽しくなった。タンゴ、ワルツ、フォックストロット、ブルース、クイックステップ、何でも巧みにこなした。七三に分けた頭髪をポマードで固めて光らせ、幅広のズボンに赤い格子縞の派手目の上着を着る。それは質流れで買ったものだとは誰の目にも見えない。靴もテカテカに光ったエナメルの質流れだった。

日が暮れると弥はダンスホールへ向わずにはいられなくなった。それは弥が生れてはった。

じめて知った享楽だった。ダンスホールの入口に近づくと、中からはや彼を誘う音楽が甘く流れてくる。すると彼の踵には忽ち羽が生えて、恰《あたか》もフレッド・アステアがステップを踏むような（と彼は思う）気分で入口への石段を駈け上った。

そんな弥に久は無関心だった。くみ子に愚痴まじりの小言をいわれても、平気で学校をさぼって朝寝坊を決め込んでいる。夕方になるとゴソゴソと起き出して、八郎のお古のダブダブのズボンとジャケツを着て目深《まぶか》にハンチングをかぶり、どこへ行くともいわずに出て行く。金がないので漫然と盛り場をうろつき、些細なことで売られた喧嘩を買い、また自分の方からも売って出て、やっつけられることもあればやっつけることもあり、深夜になって帰って来る時はたいてい血を流している。

「弥ちゃんと違って、キュウちゃんは子供らを可愛がるし優しい素直なところも持ってるんだけれどねえ」

とくみ子は歎息した。久の感情は些細なことで急激に変化する。一旦、興奮に捉われるとあっという間に狂気に向って登りつめる。誰も久の心の裡《うち》がわからなかった。久自身もわからなかった。喧嘩相手が見つからない時、久は得体のしれない衝動につき動かされ、ナイフで自分の腕の肉を切った。

秋の終り、弥と久は巣鴨を出て桜木町へ移ることになった。教えられた通りに、言問《こととい》通りの上野桜木町でバスを降り、左の小道を入り更に右へ折れると野呂瀬がいった「屋根つきの門」があった。玄関の脇の洋間のガラス窓を覗くと、ピアノが置かれ、その上に真紅のドレスを着たフランス人形が坐っているのが見えた。

「ふン、ピアノなんか置いてやがら」

と久はいう。弥は玄関に立って、

「こんにちはァ」

と叫んだ。

「はァーい」

と嗄《しわが》れたアルトが答えて、ビロードの赤い部屋着を着たるり子が出て来た。

「あーら、弥ちゃんと久ちゃんね？　いらっしゃあい。よくいらしたわねえ。さあさあ、上って、こっちへ……」

るり子はくみ子よりも明るくて愛想のいい、気のよさそうな女だった。弥と久を受け入れたことで、八郎との仲を佐藤家に公認されたと思って喜んでいた。

巣鴨の家と違って庭はかなり広く、間数も多く二階もあった。二階にいてもらえばいいんだけど、二階はあたしたちの寝室なの、だからここで我慢してちょうだいね、といってるり子は二人を女中部屋の隣りの四畳半に案内した。

「二人じゃ狭いかしら。でも八郎さんがそう決めたのよ。我慢してね」

とるり子はいった。

弥と久には、どんな部屋でもかまわなかった。どこへ行っても行った先にはそれぞれの情況があって、気に入ることばかりあるわけではなく、かといって気に入らないことばかりでもないことを二人はよく知っていた。二人がすることはその情況に巻き込まれずに、己れのやり方を通すことだった。二階から聞えてくる八郎とるり子の痴話喧嘩の果《はて》の泣き声も、あるいは二人の性行為の気配も弥と久は聞き流した。巣鴨と桜木町とどっちがいいかを訊かれると、二人とも「どこだって同じさ」と答えた。

十四

小学校の六年生になった早苗は、母が子供部屋へ横になりに来たからといって、以前のようにそばへ寄ってくることはなくなった。学校から帰ったと思うと、もうどこかへ遊びに出て姿がない。早苗は遊び上手で走ること、飛ぶこと、縄とび、毬つき、お手玉、石けり、何をしても負けたことがない。ドッジボールは組一番の名手である。毎日のように近所の友達を従えて松林の中を駈け廻り、松の木に衝突して瘤《こぶ》を作って帰ってくる。内弁慶の外すぼみである愛子は何をさせても不器用で、早苗にとっては足手まといであるから、

「愛ちゃんも遊んでやりなさい」

とシナにいわれぬうちに家を抜け出して、夕方まで帰ってこない。松堤から面白そうな女の子たちの叫び声や呼び声が聞えてくる縁側で、羨ましくてベソをかいた愛子が松堤を見上げているのを見ると、シナは「愛ちゃん、おいで」といって子供部屋に横になりに行く。愛子はみるみる元気づいて母より先に畳の上に寝転がり、

「ねえ、アホぼんの話してエ」

と躙《にじ》り寄ってくる。

「またアホぼんの話かいな」

シナは小さく笑い、

「アホぼんがいなかったら、今頃は何してるかなあ……」

と呟いた。

「小学校の先生あたりの、おとなしい婿養子をとって、横田のお母《か》はんの機嫌みいみい、ちいそうなって暮してるんやろかなあ……」

「そんならアイちゃんは生れてへん？」

「そうやねえ。どうやろう……」

「アホぼんがいてよかったねえ、お母ちゃん……」

「そうやなあ……」

よかったかどうか。どっちにしてもわたしは我慢する運命に生れてるのだ。どっちがよかったか、と考えるとしたら、どっちの我慢の方がましだったか、それを考えるということだ。

暑い日だった、とシナは思い出す。後はどうなってもかまわない、何もかもふり捨ててしまいたいという衝動に駆られてシナは走っていた。昼下りの町は人気がなくシーンとしてまっ白だった……。

それは何年経っても色褪《あ》せることがない光景だ。必死で走った。走って走って、心臓が口から飛び出るかと思うくらい走った……。汽車の中でも今にも駈け出しそうに身体を前に乗り出した格好のままだった。河原町へ帰って来たら、日が暮れかけていて、へっついの前にお母《かん》がしゃがんでいた。火挟みで熾《おき》を七輪に取っていた……。

　シナは懐かしいメロディを口ずさむようにぽつりぽつりと話した。二人の娘に何度となく話してきたことだが、何度話しても飽きることがなかった。話していると思い出が次から次へとたぐり出されてきて、シナの乾いた心は潤った。

「『おかん！』……そういうて入って行ったら、火挟みに熾を挟んだままふり返って、ポカーンとこっち見てるんやわ……。『帰ってきてん！』というても、そのまま黙ってじーっと見てる。……腰巻の上に晒《さらし》の半襦袢着ただけで、布袋《ほてい》さんみたいにお腹つき出して……前髪は生え上ってるし、眉毛は薄うなってるし……何ちゅう人生やろなあ……、お父《と》ッつぁんに怒鳴られながら、次から次から子供産んで……その時も臨月やった。十人目の子供や……。何か楽しいことでもひとつはあったんやろか。『おかん、また子ォ産むのん？　ええのかいな、そんなにむくんで』というても『生れてくるもん、止めるわけにはいかんがな』というだけで……『そやかてしようがないがな』というては我慢してたんやろなあ……。お父ッつぁんはすらりと背が高うて、西尾はんは男前やとみんなにいわれてた。子供はみな父親似《てておやに》でよかった。お母《かん》に似てたらえらいことになってたやろなあ……お父ッつぁんは声もよかった。市《いち》を振らせたら、大阪広しといえども新太郎はんにかなうもんはおらんといわれて、自分でもそう思てたんか、市《いち》振るのがほん好きやった……」

　ここから市《いち》の話になっていくのが、いつもの道順である。新太郎は「大儀《だいぎ》」という屋号の古物定市場を営んでいた。骨董から簞笥、火鉢、机、古襖や古障子まで古物一切の競《せ》り市を開いて手数料を儲ける商売である。

「『さあ障子やで。中ガラス入りの障子やで。桟《さん》はしっかりしとる。折れとるとこはどこもないわ。一間半の四枚障子。さあ、なんぼ!』『五百目銀一枚』『はァ五百目銀一枚』『五百目小判一両』『小判一両銀二枚』……」

話に熱が入り、シナは競り市の男たちが次々に競り上げて行く様子を色々な声色で演じ分ける。競り市というものが十分に理解出来ない愛子がつまらなそうにしているのもかまわずにつづけた。

「『はァ、五百目小判一両銀二枚、ハァ、もうないか。ガラス入りの障子、はァ、てっぽの丸やで』『五百目小判一両銀二枚……』『ハァ五百目小判一両銀二枚』……」

愛子は大声を上げて母を遮《さえぎ》る。

「ねえ……ヘタはんの話してエ……ヘタはんの話やよう……」

「ヘタはんの話かいな、この間もしたやないの」

シナは我に返って笑った。ヘタはんは奈良から逃げ帰ったシナが、町内の美代子さんという友達に誘われて習いに行った琵琶の師匠である。流儀を錦心流といい、老母と二人暮しの独身の三十男で、本名は後藤朔太郎というが、あまりに歌が下手なので、美代子さんとシナは「ヘタはん」という渾名をつけていた。弟子は美代子さんとシナの他にヘタはんの家の家主の爺さんだけである。

「百夜《ももよ》の榻《しじ》のはしがきのォ」

シナはいつものように歌って鼻を縮め、口を曲げて洟をすすり上げる真似をする。

「君の情は思えどもォ闇のしがらみ固うしてェ……」

そこでまた洟をすする。そして、

「ここの先生《せんせ》はえろう上手やないけど、タダにしてくれはるよって来てますねん。わてはタダがえろう好きですねん」

と大家の爺さんの口真似に入ると、愛子は待ち構えていて大口を開けて笑いこける。その笑い声はシナを活気づかせる。

ある日、シナが風邪をひいて寝てるところへヘタはんが訪ねて来た。ヘタはんはシナを表に誘い出していった。

「わしなあ、えらい失礼やけど、西尾はんのこと、よう忘れまへんねん。嫁はんになってくれはらへんかと、ずうーと思てたんやけど、うちのお母《か》はんに相談したら、さすがにお前は目ェが高いというて、えろう喜んでくれましてなあ……」

シナは困っていった。

「うちは結婚みたいなもん、しませんのや」

「せえへんとは、そらなんでです？　まだ年が若いさかい早い、というのなら、なんぼでも待ちますがな」

「そやないんです。幾つになっても結婚はせえへんつもりです」

「へえ、そらまた、なんで？　女《おなご》の人が結婚せんと、なにしはりますねん？」

「なんぞ、します」

「なんぞて何ですか？」

「まだわからんけど……、結婚せんでも生きて行けるようなこと、したいと思てます」

するとヘタはんの声は突然ウラ声になって慄えた。

「つまり、おシナはんはわしが嫌いなんやな。嫌いとはっきりいいかねて、そんなこというてはるんやな」

面倒くさくなって、「うちも去《い》なしてもらいます」というと、ヘタはんは今にも泣き出しそうな顔になっていった。

「そうだっか、去《い》なはりまっか」

そのへんから愛子の目はもう笑う用意をし、口もとはひとりでにゆるんでいる。

シナが歩き出すと、後ろからヘタはんの声がいった。

「ほな、さいなら」

「風邪ひいてはるのにすんまへんでした……風邪、気ィつけとくなはれ……」

イケズ！と愛子は叫び、それから笑い出す。

「お母ちゃんのイケズ！　可哀そうやなあ、ヘタはん……」

「可哀そうやいうて、笑う人がいるかいな」

愛子は笑い転げる。愛子は昔話や童話よりもこういう話が好きである。

「それからヘタはん、どないしたん？」

「その後のことは知らんがな。こっちはヘタはんどころやない。こんなことしててもしようがない、したい、したい、何がええやろと思い暮してたんやから……」

「ヘタはん、どうなったやろ？　ねえ、どうなったと思う？」

「さあ……おとなしい嫁さん貰《もろ》て幸せに暮したことやろう。ええ人やったからなあ」

なまじいわたしみたいな女と結婚したりせん方がヘタはんにとってはよかったにちがいない、とシナは思うのである。

――結婚せんでも生きて行けるようなことしたいと思てます……。

ヘタはんにそういったのは十九の年だった。希望に燃え、しっかりと意志を持っていた。男みたいなもん、と思っていた。男ときたらまるで砂糖にたかる蟻みたいに女と見たら寄ってくる。アホらし。この男も。この男も。こいつも。うるさいなア……。顔を顰《しか》めるような気持で、そう思った。顔には出さずいつもバカにしていた。洽六が近づいてきた時もそう思った。

――ふン、この男もまた……と。

その、軽視が余計に男心を捉えたことが今になってわかる。佐藤紅緑は三笠万里子の野心に搦《から》め捕られた、と世間が取沙汰したことをシナはまだ許していない。そのことを思うと、「冗談じゃない」という言葉が声に出てしまう。洽六は勝手にのめり込んで来たのだ。シナの無関心が我慢出来なくて、深みに嵌《はま》ってしまったのだ。シナがいけないとしたら、男という男をすべてバカにしていたことだろう。

愛子を楽しませる思い出話は聚楽館に入った頃のことまでだ。試験に受かって寄宿舎に入った日は雨が降っていた。お母《かん》がお父ッつぁんに内緒でメリンス買うて縫うてくれた着物を着て、風呂敷包み持って……お母は寄宿舎まで送ってくれたけどお父ッつぁんは女優みたいなもんになったというて怒って、勘当や！　というたきり口も利いてくれなんだ。聚楽館第一期生は十人。一番嘱望されていたのは大橋美子《よしこ》で十人の中で一人だけ、女学校卒業、という肩書きつきなのが自慢で、聚楽館の幹部たちも「当館の生徒の中で最も学問教養識見ある女優は大橋美子であります」と折にふれ宣伝していた。その大橋さんが聚楽館開場式で生徒代表として挨拶をすることになったんやけど、なにせ神戸の金持やらエライ人やらが並んでる前やものやから、二言三言しゃべり出して、その後、何もいえんようになって立往生してからに……。

シナの思い出は尽きない。大橋美子の次に聚楽館一の美人として前評判が高かったのが山本操《みさお》というカマトトで、これも器量ばかりよくてもダイコンで、結局は無口無表情で目立たない女優だったシナが一番のスターになった……。その頃まではシナの未来は混沌としながら希望に満ちていた。

だが今はその未来は閉ざされてしまった。シナが思い出話をするのが好きなのはそのためだ。幼い愛子を相手にシナはいわずにはいられない。

「お父さんときたら……きっと、女優をつづけさせるからというて約束して……そんなら一緒になったら、何のかの何のかのというて、結局、やめさせられてしもた……あれだけ女優つづけさせるからと約束しといてからに……」

思い出話の終りはいつもここへ来る。だが愛子はいった。

「そんなもん、イヤやいうたらええねん。いわへん自分が悪い……」

かつて早苗がいったことを、愛子がいうようになっていた。

狭い間口に鰻の寝床のような奥行き。曲りくねった廊下と部屋部屋が蟻の巣のように奥へとつづいて、風も通らず陽も射さず、中廊下は辛うじて天窓から光を取っている。その家はシナの十年間の苦悩が淀んだ古池のようだった。

――ああ、ほんまに暑い家やなあ……ほんまに陰気くさい家やなあ……暗いなあ……。

そういう口癖がついていた。

そういいながらシナは古沼の主である大蝦蟇《がま》のように、奥の座敷に坐りつづけていた。楽しいことは何もなかった。楽しいことを求める気持を捨てた、といってもいい。シナが楽しもうとすると、必ず洽六の横槍が入った。洽六はシナが家にいないと落着かなくなるのだった。出かけようとするシナに帰宅の時間を訊き、雨が降るのではないか、雲行きが怪しくなってきた、今日は暑いよ、（あるいは寒いよ）風が吹く、地震でも来そうないやな日だ、子供が学校から帰って来たらどうするんだ、愛子は帰ってくると必ず「お母ちゃんは？」と訊くんだ、などといい立てる。外出するにはそれを聞き流すための辛抱が必要だった。たまに女優時代の友達の所へ遊びに行っても、話が佳境に入る頃に帰宅を促す電報が来る。

シナはそんな不愉快を抱えてまで外出したくなくなった。シナの楽しみといえば、呉服屋が来て座敷いっぱいに広げる反物を、女中たちと一緒にひやかすことくらいなものである。外出の習慣を断ち切るといつかすっかり不精になっていた。身だしなみに気を遣うこともしなくなった。運動不足のためにむやみに太って、一日中刻み煙草を吸って火鉢の縁に長煙管《ながぎせる》を打ちつけていた。庭はガラス障子越しに眺めるだけで、庭下駄を履くこともなかった。近所の人は噂に聞くばかりの「もと女優の別嬪さん」を見ようとしたが、ご用聞きでさえもシナの姿を見ることは出来なかった。早苗の小学校の卒業式にさえ出るのを億劫《おっくう》がって、女中頭のアキを代りに行かせた。

そんなシナが洽六は気にかかっていた。気にかかりながら、いつもシナが座敷に坐っていれば心は平和だった。

「ああもう……この家は、何ちゅう家やろ！　暑いなあ……」

暗い吐息と共にシナはいった。シナの不幸の根源はすべてこの家にあるかのように。

「ここを出ようか。気に入った家を見つけたらどうだい」

ある日、洽六はいった。シナの不満は家のせいだけではないことは承知している。だがシナがいつも口にしている「風通しのいい明るい家」を与えれば、少しはシナの不満も消えるだろうと考えたのだ。

もともと洽六は関西に永住するつもりはなかった。関東大震災で東京が壊滅したと知って、急遽ヨーロッパから帰って来た彼は、当座の凌《しの》ぎとしてこの地に居を定めたが、いつかは東京へ戻るつもりだった。だが気がつくと、それから十年経っている。東京へ戻るなら今だった。作家として生きるには東京にいる方が何かにつけて好都合であることはいうまでもない。だが洽六は上京を断念し、阪神沿線に永住の家を求めようと心に決めた。洽六はすべてに曖昧な表現をする大阪人が嫌いである。彼らは口を開けば損得の話をする、挨拶の第一声に「儲かりまっか？」という。ここでは金持が一番偉いんだ、品性よりも金だ、下劣きわまる、などといって罵倒するのが癖になっていた。しかし大阪はシナの生れ故郷である。両親は亡くなったが、兄も二人の弟もいる。東京よりも関西の方がシナには居心地がよいに決っている。まして東京には不良息子どもが揃っていた。東京へ行くことは、彼らの不孝の渦の中に入りに行くようなものだった。せめて息子たちと遠く離れていることが必要だった。それはシナのためであり、ひいては洽六自身の平和のためでもあった。

売家探しが始まった。洽六は仕事の合間を見てはシナの家探しにつき合った。だが気に入った家はなかなか見つからず、結局、土地を買って新築することに決定した。新築は売家を買うよりも予算が相当に超過する。

「いいさ、万里さんに委せるよ。好きな家を建てればいい。金のことは心配するな。まだまだオレも書けるよ」

と洽六はいった。

シナは活気づいた。精力的に土地探しを始めた。永住の家にするからには多少の無理をしても、あとあと悔のないような家にした方がいいと、洽六とシナの意見は一致した。

漸く土地が決った。同じ鳴尾村の北西の外れ、阪神電車が住宅地として開発しようと企図した高台の角地で、まわりにはまだ一軒の家もない。南は一望の苺畑、北は海へ向う路面電車との間に草っ原があるだけで、陽や風を遮るものは何もない。シナはそこに四百坪の土地をあっさり購入した。

土地が決るとシナは建築関係の資料を買い込んで研究し、それから家屋の設計に取りかかった。方眼紙を前に定規とコンパスを揃え、朝から暇さえあれば線を引いた。

「またやってるのかい」

洽六は呆れて苦笑しつつも、シナが精魂籠めている姿を見るのが嬉しい。

「あんたら、今度の家はどんな家がええ？」

とシナは早苗と愛子にいった。

「屋根は赤にしてね、西洋館ね！」

と早苗がいう。

「お庭は芝生で、噴水も作ってエ……」

「池で亀を泳がそう」

と愛子。

「亀みたいなもん！　田舎のお寺やあるまいし」

早苗は一蹴し、

「わたしは寝台で寝たい……ね、ね、お母ちゃん、寝台にしてエ」

「寝台にしてエ」

と愛子は真似る。シナはにこにこして、

「こんなんどう？　壁叩いたらチョコレートやキャラメルが出てくるというのは……？」

「わッ、それ、それ、それがええ！　そいからバナナにお団子もね！」

愛子が飛び跳ねると、

「団子みたいなもん、田舎くさ！」

早苗は妹をいつも小馬鹿にしている。シナの上機嫌は子供たちに伝わり、子供たちは陽気になって家中に活気が漲《みなぎ》った。建築請負の工務店が決り、シナの腹案を元に設計図が出来上った。工事費の折衝にシナは意外な手腕を発揮した。契約書が作成され、上棟式が行われた。すべてはシナの一存で運ばれた。

十五

その年、三月の声を聞いて間もなく、弥がそっちへ行ったかという問合せの電話がるり子からかかってきた。洽六は熱を出して寝込んでいる時だった。腹痛もある。本人は重病人のように唸っているが、締切日がきているのに原稿がはかどらないための腹痛であることはシナにはわかっていた。それでも一応呼んだ医師は気休めのビタミンの注射を打って、ま、安静にして柔らかなものを召し上って下さい、といって部屋を出た。玄関へ送り出したシナに向って、いつものお熱でしょう、心配いりません、と笑って帰って行った。

電話はその後すぐに鳴った。弥がいなくなってもう一週間になる。弥は学校の進級試験に失敗し、出席日数の足りないこともあって落第と決った。そのことを八郎から面罵され、ふらりと家を出たまま行方がわからない。電話をかけてきたのはるり子で、八郎はなにそのうち帰ってくるさ、と黙殺しているが、やはり一応、お耳に入れておいた方がよいのではないかと考えて、一存でかけたのだといった。

寝床でそれを聞いた治六は「ふン」と鼻を鳴らした後、横を向いて、

「そのうち、現れるさ」

といっただけだった。この家ではさして大事件ではない。心配ごとの中では比較的軽微な事件なのである。

だが一週間経ち、二週目も終りかけていることに気がつくと、治六はやはり気になってきた。滞《とどこお》っていた原稿がどうやらし上ると、熱が下り腹痛も治まった代りに、弥への心配が怒りとなって滾《たぎ》ってきた。四人の息子の中で曲りなりにも高等学院まで進んだのは弥だけである。何の見どころもない奴だが、おとなしく学校へ行っていることだけで、この家では親孝行の部類に入っていたのだ。安心していたその分だけ、裏切られたという思いが強くきた。オレは病気を押して仕事をしているんだ、何のためにこうまで働くか。弥や久のためだ。彼らが一人前になるまではと思って、こうして病身に鞭打って仕事をしているんじゃないか、その親の苦労も思わず……と例によっていい古した常套句が出てくる。

日一日と憤怒は高まっていき、最悪の心理状態になったところへ弥はひょっこり姿を現した。よれよれになったレインコートを学生服の肩に引っかけ、荒《すさ》んだ顔つきで勝手口を入って来た。驚いて声をかける女中たちに返事もせずに奥座敷への暗い廊下をふてくされて歩いて行く。いきなり襖を開けて、「ただいま」と陰気にいった。徹夜明けで遅い朝飯を食べていた治六は、敷居際にぬうと立っている弥を見上げ、

「何だ、弥か……」

不意を突かれて徹夜の疲労から立ち直れぬままにいった。

「何をしていたんだ」

瞬時に怒りがこないことに焦《じ》れながら、

「何を突っ立ってる、ここへ坐れ」

と声を大きくした。

「八郎から電話がきてる。大体のことはわかっている。落第をした理由は何なんだ」

弥はふてくされたように洽六の前に坐り、「すみません」といった。

「オレは落第の理由を聞いてるんだ。すみませんでごま化すな……」

そう怒鳴ると、身体の底からいつものわくわくするような熱いものが湧き上ってきた。

「お前は勉強もせずにダンスにうつつを抜かしていたそうじゃないか。女の尻を抱いて、音楽に合せて地団太を踏んで、何が面白い！　八郎も節も不良だったが、ダンスなんぞに耽ったことはなかった。そんなもののために大切な学業をないがしろにして、親の苦労に対して申しわけないと思わないのか！　一所懸命勉強して、それで落第したのならオレは許す。お前の落第はいったい何だ！」

今や憤怒は絶頂にきていた。洽六はエネルギーの復活を喜ぶように、力いっぱい怒鳴った。

「それでも男か！　恥を知れ！　恥を！」

終始弥は沈黙を守っていた。いうことは何もなかった。八郎の家を出てから馴染のダンサーの部屋に泊り込んだが、翌日男がいることがわかって別の女のところへ行った。その女と長野県の山奥の温泉で四日過した後、女と別れて東京へ戻り、友達の下宿を転々としているうちに持ち金を使い果し、質屋を拝み倒して辛うじて汽車の切符だけ買い、飲まず食わずで西畑に辿り着いたのだ。帰りたくなかったが、仕方なく帰って来た。その放浪の日々の情けない寂しい思いを父に語ったところで、ますます怒らせるだけである。

弥の無言は洽六を興奮させた。シナは石のように坐っていた。取りなせば興奮が高じるだけだ。冷たい態度のようだが、仕方がない。広い家の中が空家のように鎮まり返って、洽六の罵声だけが殷々《いんいん》と響き渡った。その罵言には、罵言《ばげん》は作家の才能の赴くままに次から次から湧き出て来て止まることがない。弥だけは他の兄弟とは違うだろうというはかない希望を絶たれたことへの口惜しさが籠っていた。

「そんな奴は生きている資格がない！　死んだ方がよほど世の中のためになる！」

そういった時、突然弥は立ち上り、洽六とシナに目もくれずに荒々しく襖を開けて出て行った。

「何だ、どこへ行くんだ！」

洽六の声が追いかけたが、荒い足音が廊下を遠ざかって行った。

「勝手にしろ！　勘当だ！」

洽六は足音に向って喚いた。おとなしいだけが取柄と思っていた息子だ。その息子が突然、無言のまま彼に逆《さから》った。彼に逆えば後々、困ることはわかっているので八郎も節も父の怒りの前には無抵抗だった。だが意気地なしの弥が逆った。彼の憤怒に慴伏《しょうふく》する筈の弥が。支柱が外されたように洽六は一瞬ぽかんとした。便所へでも行ったのか？　そう思って弥が戻ってくるのを待った。何だ、その無礼な態度は。便所へ行くなら行くと断ってから行くがいい——、戻ってきた時にいう台詞を用意していた。あの意気地なしがそのまま反抗をつづけるとは予想もしなかった。


その日は土曜日なので、愛子は正午過ぎに学校から帰って来た。

「弥兄ちゃんが帰って来てはりまっせ」

とミヨがいった。

「お腹空いてはりますやろ。ただいまはあとにしてまずごぜん食べなはれ」

と愛子をお膳の前に坐らせたのは、奥の騒ぎが急に鎮まって、不気味な沈黙が漲っている様子を察したからである。

「ふん。お腹空いた……」

と愛子はいい、膳の前に坐って箸を取る。

「宿題、ぎょうさんあるねん」

「明日は折角の日曜やのに宿題でっか」

「日曜やからあるねん。日曜は学校の勉強がないでしょう。そやから家で勉強せないかんのやわ」

「武庫川《むこがわ》の桜がきれいに咲きましたと。明日はお嬢ちゃんのお供してお花見に行かしてもらおかと思てたのに」

ミヨがいった時、レインコートを着た弥が現れた。

「あ、弥坊ちゃん、ごぜんは……」

というミヨの声を無視して靴を履き、そのまま何もいわずに出て行った。黙ったままそれを見送ってから愛子は、

「ごはん！　おかわりィ……」

と大声でいった。また父に叱られたのだろうと推測したが驚かない。

こういう騒ぎは佐藤家では珍らしいことではなかったから、その後、いつもと変りのない時間が過ぎた。愛子はシナに宿題の有無を聞かれ、そんなら早うしてしまいなさい、今日のうちにしといたら明日はらくやろう、といわれて宿題帳を机の上に広げた。愛子は算術がからきし出来ないので宿題をさぼり、学校へ行く前になって早苗にしてもらうという騒ぎをよく起している。

シナは算術の宿題を見てやるために傍に坐って、宿題帳に書く愛子の答を覗き込んでいた。

その時、「奥さん」といって宮富が入って来た。つかつかと近づき、弥さんがぼくの机の上にこんなものを……と一枚の紙切をさし出した。シナはそれを受け取って目を走らせる。ものもいわずにすっくと立ち上り、そそくさと部屋を出て行った。

「――お父さん、ぼくは不孝者でした。ぼくのような人間は、お父さんがいわれたように死んだ方がましなのでしょうから、死にます。

弥」

紙切にはそう書いてあった。

その日の深夜、弥が阪神電車の終点である神戸の滝道駅のプラットホームのベンチに倒れていたことを警察が報らせてきた。ベンチで昏睡しているところを終電車の乗客に気づかれ、駅前の佐野病院に担ぎ込まれたのである。

弥は家を出ると近くの甲子園薬局でアダリンを一箱買い、それを飲んでから尼崎にいる中学時代からの親友だった田中作太郎を訪ねようとして阪神電車に乗ったが、電車が尼崎へ着くまでに眠り込んでしまい、電車は大阪神戸間を何往復もした。神戸でそれに気がついた車掌が泥酔者だと思ってプラットホームのベンチに寝かせておいた。そのまま終電車が来るまで弥はそこに昏睡していたのだ。

手当の結果、生命は取り止めたと聞くと、それまでくすぶっていた洽六の怒りは、防火扉を外されたように爆発した。

「死のうとしたからにはなぜさっさと死なないんだ！　意気地なしめ！」

洽六はそこにいない弥の代りに、シナに向って喚いた。

「死のうとして薬を飲んだ奴が、なぜ田中の家へ行くんだ！」

手当を受けた弥は気がつくと、自分は佐藤紅緑の息子だといい「紅緑を呼べ」と叫んだ。新聞社からの電話でそれを知らされた洽六は、もはや憤怒のエネルギーも底を突いたというように絶句した。

「あれは幼い時分から大きな声でものをいわないほど気の小さな方でした。中学時代に野球中、デッドボールを頭に受け、それ以来ますます臆病小心者になってしまい、且つ頗《すこぶ》る変り者なんです。実は十八日に東京から帰宅して、学校を落第したという。甘い顔を見せては却って悪いと思って怒鳴りつけたところ、そのままプイと飛び出したので心当りを捜して心配していたところでした。少し薬が利きすぎたと実は後悔しています。家内にもほかの兄弟と同じように気の弱い者を叱るからだと小言をくったところですよ」

そう新聞記者に語った洽六の声は、気が抜けたように静かだった。

翌日の新聞は社会面三段抜きでこの事件を報道した。

「佐藤紅緑氏三男
毒を仰いで苦悶
落第を叱責されて
深夜阪神終点前で発見さる」

「小説家『傷心の春』
悲しみの佐藤紅緑氏三男
成績を心配して家出一か月
阪神電車で服毒す」

「落第を責められ
　紅緑氏子息自殺を図る
　　苦悩の弥君（早稲田高等学院生）」

その翌日から佐藤家は岩城《いわき》という役者くずれに悩まされることになる。岩城は滝道駅で弥を助けた男で麻薬中毒者だった。彼は洽六からの謝礼金の不足をいい立て、近所が寝鎮まる頃になるとやって来て面会を強要して大声を上げた。何がしかの金を得て麻薬を買うが、金が尽きるとまた来た。宮富が玄関から引きずり出そうとしたため、佐藤紅緑は暴力団を抱えていると町内を大声で叫び廻った。やむをえず警察を呼ぶ。巡査に引かれて行く男の罵声を聞きながら洽六は弥を罵った。

「まったくあいつはどこまでろくでなしなんだ。助けられる時まで疫病神に助けられる……」

程なく弥は回復した。退院してすぐに大連《だいれん》へ行くことに決った。従姉の恭子《きょうこ》は正金銀行の大連支店に転勤になった夫と共に大連にいる。恭子と弥は弥が五歳の時から十四歳まで一緒に暮した仲である。子供はなく夫婦ともに穏やかな性質なので洽六の頼みを承知した。弥のための少なからぬ経費を月々送ることになったことはいうまでもない。

それでもその夏、甲子園五番町の高台に新築の家は建ち上った。四百坪の敷地は淡路島から運ばれた大小の大石が積み上げられ、その上に緑がしたたるような貝塚伊吹《かいづかいぶき》が植え込まれた。南に広がる苺畑の果《はて》には武庫川の堤の松がま横に伸び、更に晴れた日には遥かな遠景に金剛山がうっすらと姿を現した。南庭には三つの築山《つきやま》、北庭は苔と竹林、十二畳に次の間つきの治六の書斎は三方を一間《けん》幅の廊下に囲まれ、夏は苺畑を渡ってくる南風が北庭へと吹き通り、冬は一枚ガラスのガラス障子越しに明るい陽がふんだんに溢れた。それは和洋折衷の、見るからに豪壮な屋敷だった。壁、柱、畳、欄間、建具一切、すべてに最高の材料が使われた。

八月、引越が完了した。それでもまだ植木屋や大工や家具屋が入っていて、シナの注文に応じて手直しをしていた。シナはまるで、今までに失ったものをすべて取り戻そうとしているかのように、あるたけの情熱をその家に注いでいた。廊下は朝夕、おからと豆腐の絞り汁で二度拭きをする。洋室の床は艶が出るまでワックスで磨く。そのために女中の数が増やされた。

治六は新築祝いに訪れる客を案内しながらいった。

「この家は家内が設計したものでしてね……」

そういうと彼は、客が感心の声を上げるのを見越して必ず高笑いをした。

しかし治六は必ずしもこの贅沢な家が嬉しいのではなかった。シナに思うままの家を建てさせてやれたことが嬉しいのだった。シナが設《しつら》えた書斎は十二畳の広さで、一間半の床の間につづいて右に書院窓、左に違い棚がついている。紫檀《したん》の大机が中央に置かれ、紫八端《はったん》の大座布団の上に治六はあぐらをかいた。それは必ずしも彼が欲した書斎ではなかったが、シナが彼のために心を尽して設えたものであること、シナの満足がそこに漲っていることが、彼には何よりも嬉しかった。息子たちがこの贅沢な家を見たらどんな気持を持つだろうということは、彼には問題ではなかった。

第四章　明　暗

一

「昭和九年二月十一日
二千五百九十四年の紀元節を迎う。

八時起床。天晴れたれども金剛山は一抹の雲に蔽われて見えず。あの山の見えぬ日は何となくもの足らぬ。

神前合掌。両陛下と皇太子殿下の万歳を祈念す。

愛子、感冒にて学校の式に欠席す。

野呂瀬君より日本政党罪悪史を贈らる。一気に読了。憮然たるもの久うす。此頃、政党の罪を鳴らすもの続出す。それ余は三十年前より絶叫せるものなり。

妻、五目鮓《ずし》を作りて今日の祝となす。

バジョットの英国憲政史を読む。随分古いながらも今日再び読めば別様の趣味あり。King reigns but never rules という事を知りしは此の書が初めにてありし。当時不思議な憲法あればあるものと思いしが、今日やはり不思議は失せず。こんな国の政治を謳歌した人の気が知れぬ。

夜、西村天囚《てんしゅう》君の日本宋学史を読む。君は漢学の造詣極めて深き人なるが、この書は其の蘊蓄《うんちく》を吐くべく余りに概念的なり。中に朱子学を修めたる者は概《おおむ》ね偏狭にして他の悪を憎む心強き傾向ありと論せる一節は首肯《しゅこう》すべき論なり。朱子学は徳川の政治に便なりしが、而《しか》も朱子学は徳川を滅ぼせりと喝破したるも卓見なり。読了三時に至る。就寝」

「二月十二日

十時起床。

午後元石調教師来訪。新馬購入のため五百円を渡す。

妻流感にて鼻洟と涙、淋漓《りんり》たり。臥蓐《がじょく》に及ばず。

王船山《おうせんざん》の宋朝史論を読む。字句壮麗流石《さすが》に支那の文章は面白し。左《さ》れども文藻の豊富のために内容を害せられたる点頗《すこぶ》る多し。支那人の通弊なり。慎まざるべけんや。三時半就寝」

「二月十四日

植村（正久）全集の終篇来る。計八篇、目出たく完結す。八巻の遺稿を通覧するも、一夕先生の音容に接するに及《し》かず。人と人と相接するや、筆紙に尽せぬ精神的の交感あり。特に先生の如き迫力の強き人に於ては、一分間の対座も千万巻の書に勝らん。キリストに接せし使徒、孔子に接せし使徒、釈迦《しゃか》に接せし使徒は幸なるかな。感謝す。余は植村先生に親炙《しんしゃ》せる事を、子規先生に親炙せる事を、羯南《かつなん》先生に親炙せる事を。

暁まで天使と格闘したヤコブの意気を以て一貫したる人は植村先生なり。

植村先生は日本的の牧師なり、武士的の牧師なり。

妻、病稍々《やや》癒ゆ。

報知新聞に直木三十五氏が政治家や実業家や富豪共が蘭を画き俳句をひねり、骨董の通《つう》を誇るなどは苦々しき事なり、知りもせぬ事を知ったか振《ぶり》するは片腹痛し、中嶋商相が尊氏《たかうじ》を論じて筆禍を買いしもこの為なりと論ぜるを読む。

至言というべし。自己の専門外の事に容喙《ようかい》して得々たるは小人の行為なり。人は誰にても敬畏《けいい》の念なかるべからず。聖人すら道を野夫に聴くといえり。倨傲《きょごう》なる者は万能を誇れども而も一能に達せざるなり。中嶋男は智者なりと聞く。而も小智を弄《ろう》して不測の禍を招く。真の智と言うべからず。而もそれ余も亦《ま》た鑑《かがみ》とせざるべからず。

世には故《ことさ》らに異を樹《た》て奇を起し正を邪となし、雪を墨となし以て衆人を驚かす事を好むものあり。堅白異国の徒、蓋《けだ》し余興芸人の類なり。尊氏の人格に傾倒すと言いし如きは恐らく中嶋男の本意にあらずして、只だ一時奇論を吐きて人を驚かさんとせるに外ならざらん。余は角《か》く信ず。されどもこれ大志あるものの為すべからざる悪戯なり。

ミラボー、国歩の艱難《かんなん》に遇い、志、事と合わず首を掻いて曰く、我が青春時代の不品行は今、仏蘭西《フランス》に禍せりと叫ぶ。其言や悲にして愴、切々として人を動かす。中嶋男十年前の悪戯は内閣に累を及ぼし自ら煢然《けいぜん》として身先ず退かざるを得ざらしむ。言の慎まざるべからざるや以て肝に銘じて自ら戒むべし。文章を以て世に立つもの片言隻句も亦た人心に及ぼす大ならん。

炭をつぎ炭をつぎ思定まらず
寒き夜ぞいつもの鼠来らざる

三時就寝」

昭和九年の紀元節の日から、洽六は新しいノートに久しく怠っていた日記をつけ始めた。本を読み、俳句を作った。日記をつけなくなってからもう十年になる。俳句を作らなくなってからは二十年経つ。西畑《にしはた》のあの穴ぐらのような家で過した十年間は、八方から飛んでくる敵弾に進むことも退くこともならぬ塹壕《ざんごう》暮しのようなものだった。息子たちが次々に惹き起す悶着が呼び込みでもするように、新聞雑誌からは引きも切らずに原稿依頼がきて、とても日記などつける余裕はなかった。金はどんどん入り、どんどん出て行った。四季の移り変りに心を慰められることもなく、寒さと暑さを凌ぐだけ、心配ごとの繰り返しのうちに月日が流れた。

弥が自殺未遂を起したのは去年の春である。弥を大連へやり、ほっと一息ついたところへ久の刃傷沙汰の報《し》らせが飛び込んできた。久は池袋警察に留置され、今回は四回目であるということから、警察は起訴に踏み切る方針を打出したという。そのことを洽六は福士幸次郎からの速達で知った。

「――斯《か》くなりては極力釈放方を運動せんと決意し、桜木町に電話をかけしもハチロー君不在。夜になりて桜木町に参り候が、ハチロー君、またも不在。歌川さんと面談。之により署の意向が何ものたるかを知り、愕《おどろ》き入り候。斯くなりてはハチロー君を待たず、私一人にて善処の方法を講ぜんと決心し、署の訪問は早朝が好時機とす。よって今夜は寝ねず払暁《ふつぎょう》家を出るつもりにて、只今、床中にて種々善後策を考え居候。

兎《と》に角《かく》極力釈放を努むるつもりにて、只今方策相立《あいたて》申候。初めは哀願、お百度、それでも駄目なら土地の最有力市会議員の手を借り申すべし。政友会の小生に好意を有する土地の代議士の手を借りてであります。ただし先生の御子息をヒトの手を借りて出して貰うのは恥と存じ居候。最後の最後のどうにも成らなければやる手段にて候。

兎に角今朝の運動は先方が処分手続きをせぬ内に右処分決行を控えて貰う事にて候。

さてお引取申せし後は色々の道講究致候が左の件より無御座《ござなき》様にて候。

小生は久さんと馴染み至って薄く、この為折角《せっかく》引取っても直《す》ぐ逃げられたりなぞしては途方に暮れ申候。よって十日ばかり旅行したく、行く先は小生所用を兼ね羽越線を廻って郷里にまいり、久さんにもまた祖先の土をも踏ましめ、御祖父弥六《やろく》様の墓に跪《ひざまず》かしめたく存候。恷《こ》うすれば御本人を逃がす事もなく共に貧乏旅行の中に親しみ合う機会を得べく、一石二鳥の結果もあらんかと考えられ候。以上今後の対策の第一段にて御座候」

その時洽六は殆ど思考力を放棄して、この事件を見送った。福士が救うならそれに委《まか》せよう。起訴されることになるのならそれでもかまわない、金が必要ならシナが送るだろう、とにかく自分はもう何も関わりたくない――彼は疲労困憊《こんぱい》し、久を怒る力も失せていた。

幸次郎の奔走で久は釈放されたが、どういう経緯で釈放されたのか、洽六は聞こうともしなかった。久を連れて旅に出るという幸次郎に金を送っただけだった。この旅行で久が変化する期待など全くなかった。

久はおとなしく幸次郎について北陸から奥羽を歩いた。だが旅に出て十二日目、汽車が青森駅に着いた時、幸次郎がプラットホームの水道で顔を洗っている間に、上り列車に飛び乗って東京へ舞い戻ってしまった。

無賃乗車で上野駅に着いた久は、仕方なく八郎の名前を出した。るり子が汽車賃を持って引き取りに行き、久は八郎から顔が歪むほど殴られた。一文なしなので仕方なく数日は八郎の家にいたが、ある日八郎の背広と外套を持ち出していなくなった。

八郎はカンカンになって、洽六のところへ電話をかけた。

「久を感化院へ入れましょう！　あんな奴は閉じ籠めるよりしようがないですよ！」

「よし、委せる。そうしろ！」

八郎の忿怒《ふんぬ》は忽ち洽六に乗り移り、洽六は八郎に負けぬ大声で呼応した。

「あんな奴は、いっそ監獄へやった方がよかったんだ！」

久は野呂瀬に護送されて巣鴨の感化院に入った。素直に入ったが十日後に脱走した。

八郎の所へは行けないので、節《たかし》の所へ行った。節はそれほど馴染んだ兄ではない。だが八郎の所も幸次郎の所にも行けないとなれば節の所へ行くしかなかったのだ。

「窮鳥懐に入らば猟師もこれを撃たず」

節はアグラの膝をゆすりながらいった。

「久にはいいところがあるんだ。それが兄貴にも親父にもわからないんだ。兄貴は自分も不良だった癖に不良の気持がわからない。オレはちがうよ。オレは不良だったから不良の気持がわかる。そこが兄貴とオレとの違いだよ。久、心配するな。兄ちゃんに委せておけ」

そういって節は洽六に手紙を書いた。

「省《かえり》みれば小生も今まで散々、親不孝の限りを尽して来ましたが、齢《よわい》二十八歳を数え、漸《ようや》く心定まり、このところ父上や兄貴には及ばぬまでもものなど書いて穏便に暮しております。暮しが落着けば過去の不孝の数々が思い起され、このへんで不孝の償いをし、父上に心安んじていただけるよう、カズ子にも店の勤めをやめさせて、二人力を合せて久を改心させようと考えました……」

洽六はそんな手紙に心を動かされはしない。しかしこの際、久を節に預けるほかに何の妙計もないのである。節に久を預けたところで何も解決しないばかりか、一層の厄介が起る可能性は大いにある。それでも洽六は一切を節に委せることにした。濡れた犬が身慄いして雫《しずく》を切ろうとするように、後先考える力を失って洽六は久をふり捨てたのである。

「久一身上ノ事ハ一切其方《そのほう》ニ委任ス。今後如何ナル事アリトモ余ハ無関係タルベシ」

洽六は半紙にそう書き、日付と名を入れて節に送った。

すぐさま節から久を引き取るについて、今の家では狭いから、愛宕下《あたごした》から四谷《よつや》舟町《ふなまち》へ引越したいという手紙が来た。そのための金を洽六はドブに投げ捨てるような気持で送った。

四谷舟町の新しい借家で、久はおとなしくしていた。朝、起きられないのなら、学校を夜学にすればいい、と節は簡単に解決案を出した。

「とにかく人間、無理はいけないよ。無理に無理を重ねて勉強して帝大なんか出た奴にろくな奴はいやしない」

アグラの膝をピシャピシャ叩きながら、節はいつも上機嫌の高い調子でいった。

「人間《じんかん》、到るところ青山《せいざん》ありだ。悠々と構えてろ。大器は晩成するんだ」

いわれるままに久は夜学へ行った。すべてが珍らしいうちは久は常に温柔である。節は八郎と違って自分勝手な用事をいいつけたりしない。八郎のようにその場その場の感情で、いきなり怒鳴り散らしたり殴ったりしない。八郎は自分だけうまいものを食って、他の者には食べさせない。ウィスキーの瓶に印をつけておいて、飲む前に必ず瓶を持ち上げて検分する。しかし節は気前がいい。うまいものがあると一人では食べず、誰にでも食え食えという。

節は書生とも居候ともつかぬ男たちを出入させ、自分は八畳の座敷の真中に一閑張《いっかんばり》の机を置き、原稿用紙を広げ、三流新聞に出す「演劇映画評」を書いていた。演劇評といっても芝居好きのカズ子が観て来て、感想をいうのを聞いてでっち上げるのである。戸籍調べの巡査に職業は？　と訊かれると、節はすまして「著述業」と答えた。

そんな暮しを支える金がどこから入るのか、久にはわからなかった。甲子園の父からはビタ一文貰ってやしないよ、と節はいつもいっている。久はそれを信じた。お前は目下勘当の身の上なんだ、勘当した息子に金をやる父親はいやしないよ、といわれるとそれもそうだと思った。

カズ子は不思議なほどいつも朗らかな女で、久がだらしないことをしても小遣いをせびっても、いやな顔をしたことがなかった。節の浮気を愚痴る時でもあっけらかんとして、なんだか面白がっているようにすら見える。

「真杉《ますぎ》静枝って小説を書く女がいるのよ。チャカさんは今その女とデキてるの。文学上のアミイだなんていってるの。節さん、文学ってどんなものなの？　って訊いたら、今にそれを書き上げて見せてやるよ、だって……」

そうしてさも面白そうに大声で笑った。

この家での暮しは悪くなかった。久は公園で知り合った不良少女を連れて来て泊めたが、カズ子は当然のことのように朝飯を食べさせ、節は冗談を連発して女を笑わせた。今までの暮しの中で、ここほど自由な所はなかった。しかし久はやがてこの家を出たくなった。

「キュウちゃん、どこへ行ってもキュウちゃんの気に入るような所はないのよ」

とカズ子はいった。だが、久はここを出たくなったのである。理由はない。ただ、出たくなったのだ。

久は新聞販売店に住み込んだ。だが朝寝坊の久が朝刊を配るためには、夜通し眠らずにいなければならなかった。久はひと月で音を上げた。公園で知り合った不良少女の家へ転げ込み、六日目に少女の父と喧嘩してそこを出た。節の家へ行くと丁度、節もカズ子も留守だったので、風呂場の窓から入って昼寝をしたが、目を醒ましても二人は帰って来ないので、布団と蚊帳を持ち出して売り払った。金のつづく限り放浪して、金がなくなったので喧嘩をして警察に連行され、カズ子に引き取られて節の家へ戻った。

そんな久の近況を節は治六に報らせなかった。久のことは一切責任を負うと証文まで書いて少なからぬ金を父から貰っているのだ。そんなことを父が知れば叱られることは仕方ないとしても、送金が絶たれることが困るのである。治六の平和はそういう形で保たれていたのだった。

秋のある日、節は意気揚々として甲子園へやって来た。仙台に「大仙台」という新聞を発行する傍《かたわら》、不良少年の更生に力を尽している井上啓治という人物がいる。井上啓治はそのための更生施設も作っているが、不良少年でも見所のある者は「大仙台」で働かせている。その井上が久の面倒を見てくれることになった。節が井上に会いに行くと、井上は不良少年を更生させることは親兄弟では無理です、肉親はただ怒るばかりですからねといい、豪快に笑って引き受けてくれたというのであった。

「仙台はキュウが育った土地ですしね。一力《いちりき》家や鈴木家もあることだし、キュウは喜んで行くといってるんです」

節はいった。

「しかしお父さん、ぼくはキュウを井上さんに預けて逃げるわけじゃありませんよ。キュウはぼくのところで自由にさせているからノビノビやってますがね、しかし、キュウを更に成長させるために大仙台の編集部で働かせたいんです。殊に井上さんという人は高潔でしかも寛容、実に立派な人物なんで、ぼくのそばにいるよりはキュウのためになると思うんですよ」

洽六は眉間に縦皺を刻んで黙って聞いていたが、

「久のことはすべてお前に委せたんだから、お前の判断でやればいい」

にべもなくいった。節が何といい繕おうと、洽六には大体の想像はつく。久の奴、また何か仕出かしたんだ、と思っている。

「久は勘当したんだからな。その井上という人には、オレは何も知らないことにしておいてくれよ。その人物に迷惑がかかるようなことが起きても、オレは知らないよ。とにかくお前に一任したんだ。それを忘れるな」

「はい」

節は畏まって帰って行った。久の仙台行きのための経費をシナから貰って。

年が改まって間もなく、節はまた甲子園へやって来た。

「お父さん、久はすっかり井上さんに気に入られてますよ」

坐るなり節は景気づけるような高い声でいった。久は「大仙台」編集部でよく働いている。朝もちゃんと起きて遅刻せずに行っている。

「何をやってるかといえば、驚きましたよ。校正をやってるっていうんですからね。久のやる校正っていったいどんなものか……。ま、それによって大仙台という新聞の内容がわかろうというものだけど」

と高笑いした。

節が持って来た用件というのは、久の結婚話である。久は「大仙台」編集部にいる大江輝子という女と恋仲になった。久よりも三つ年上の二十二歳だが、お互いに好き合っているのだから、この際、一緒にさせてしまうのが良策ではないか。節はいった。兄貴もぼくも結婚して、まあ、落着きましたからね……。

「よかろう。結婚させろ」

その女の氏素性も訊かずに洽六は答えた。

「しかし仰々しい結婚式などすることはまかりならんぞ。井上さんの前で偕老同穴を誓う。それだけでいい。久は勘当されているんだからすべてはお前が責任を持ってやってくれ。別れるの何のと、こっちへ尻を持ってくることはご免だぞ」

「わかってますよ」

打てば響くように節はいった。

「お父さんを煩わせることは一切しません。委せて下さい」

「お前たちへの親としての義務はこれを最後にしてくれ。金を渡す時、久によくいいきかせろよ」

洽六はそういって、結婚費用として三百円の金を渡し、来月から月々二十円の生活費を送ることを約束したのだった。

「二月二十一日

九時起床、天気快晴なれども寒し。

茶の間の窓より硝子越《ごし》に摂河泉《せっかせん》の山野が見える。遥かに一帯の黒緑は武庫川の松堤である。松の黒緑の彼方に二本の煙突が見ゆる。煙突よりも低く一抹の青黛《せいたい》屛風の様に長く〱横たわるは右は紀州の山々、中央は金剛山、左は双子山の連峰であろう。此の煙突の一つ、高い方はいつも黒い煙を吐いている。低い方はいつも白い煙を吐いている。煙は大抵黒いものだが、白いのは何の煙だろう。お天気の日はきら〱と日に輝いて、いかにも柔かそうに又、面白そうに見える。

二つの煙を見るといつも「物の生命」を考える。あの煙突は活きている。あの煙突の下には何十人、もしくは何百人が毎日働いている。人生の息吹は煙となって天に溢れているのだ。

煙も活きている。

活動は刻々に物を産む。

創作の煙を吐くには活動の力が内部に醞醸《うんじょう》するのでなければならぬ」

洽六にも漸く平和が来たようだった。新しい家は洽六を包む嵐雲を少しずつ払ってくれるようだった。その平和な時間をじっくり味わうように、彼は克明に日記をつけた。

「二月二十三日
天気晴朗、今日は皇子降誕祝賀の日なり。神前に御灯を捧げ合掌、皇室の万歳を祈る。早苗、学校の帰るさに余の好きなシュークリームを買い来る。菓子店の前で小さな蟇口を開いている姿が目に浮かぶ。五つ買い来りしを親子四人一つずつを食う。一つ残れるを余、復《ま》た食う。

直木三十五氏危篤の報、新聞にあり。氏は一度も話した事もなき人なれども、文章といい構想といい、三上氏と共に現文学界の双璧なり。十年前に映画なぞに深入して其の後を危ぶみしが、其後天与の才分に復帰して創作にいそしみ、為に彼の光芒一時に燿変せり。今、易簀《えきさく》するはいかにも惜しし、彼のために惜《お》しむと共に日本のためにも大なる損害なり。思うに彼の豪放なる其の放縦な日常生活より病を招きたるにあらざるか。

早苗に英語の下読してやる。彼女は此頃漸く余の発音にても我慢するようになれり。

愛子クラスの代表で葬式に行ったとやらにて四時に帰宅。怹《かか》る事は学校より一応父兄に通知し置くべきものなり。学校は父兄の心配を顧みず。

もの書くに手元の影や春浅し
凩《こがらし》や時計ぎいと鳴って未だ打たざる
炭ついで分ンに過ぎたる桐火鉢
髯長く雑煮に垂れし父なりし
縮蒲団父ましまさばと思うかな

久しく子供らより消息なし。不肖の子を多く有《も》てば手紙が来る度に慄然とすれども、来ねば来ぬとて又、案ぜらるるものなり」

家を取り巻く景色は日一日と春めいていく。長い苦しい航海の終りがやっと来た。馴れない安息は寂寥《せきりょう》に似ていた。西畑時代には何かにつけて顔を出していた日本座の残党は滅多に現れなくなった。治六もシナも演劇に対する情熱を失ったことを彼らは本能的に知覚して、寄りついても無駄だと踏んだのであろう。時代が軍国主義に向いつつあるため、かつては入れ替り立ち替り無心に来た社会主義者たちも弾圧に負けて姿を見せなくなった。書生の宮富が肺の疾患を苦にして暇を取り、北陸の温泉宿で自殺をしてしまった後は、夜学に通う三宅という書生が一人、玄関脇の三畳にいるだけである。数人いた女中も二人になった。

日々は何ごともなく、単調に過ぎて行く。シナの仏頂面は消えた。二人の娘は健やかに成長している。彼は競走馬に興味を持ち、サラブレッドやアラブを何頭か買った。それは近くの鳴尾競馬場の調教師中森と元石の両厩舎に預けている。執筆の合間に彼は人参を入れた風呂敷包みを持って厩舎へ馬の顔を見に行った。持馬の数は次第に増えて行く。馬たちは洽六の声が聞えると一斉に床を掻いて人参を催促する。彼は嬉しそうに笑っていう。

「ほう、ほう、待っていろ。今、順番にやるから」

佐藤紅緑は不良息子の代りに馬を可愛がることにしたらしいという世間の風評を耳にすると、彼は笑って「その通りだ」といった。

「三月一日

今朝六時に寝たので正午過ぎまで眠った。国防婦人会とかの女が大きな声で滔々《とうとう》と内玄関でしゃべっているので眼が覚めた。私は国防という二字は大嫌いだ。飛行機が百万台あっても、民に元気がなければ玩具のようなものだ。飛行機を造るよりも国民精神の涵養《かんよう》に力を入れねばならぬ時だ。昨年村長から電話で百円寄附してくれといって来たから、此の事を精《くわ》しく手紙に書いて教えてやったが、礼状もよこさない。無論手紙を読んでも解らないのだ。そんな者が村長だから他は推して知るべしだ。

三年前に甲子園ホテルで甲陽中学の校長というのに会った。此の校長は京阪沿線は開けて来たとか、野田の乗替場所は雑沓《ざっとう》するので危険だとか、そんな事ばかり話していたので藤岡文六という社会主義者に一喝された。そんなブルジョアヂーな話は詰らないと文六氏はいった。同感であった。此の校長は甲陽中学以外に大阪の方に女学校をもう一つ持ってやはり校長をやっている。中学生の教育でも全力を尽しても中々むつかしいのに、女学校と掛け持とは驚いた話だ。校長の職は商会の事務と同一だと思っているらしい。私は中学生に日本及《およ》び世界の歴史を第一番に吹込む事の必要と漢籍の必要とを説き、都合に依っては折り〳〵中学校へ講話に行ってやろうといった。其話は二人が便所に並んでシャア〳〵やりながらの話であった。其の後一度も講話を頼みに来ないところを見ると、あの先生は小便と共に流してしまったのだろう。

早苗も愛子も学校から帰るや否や、予習やら復習に取掛る。お茶を飲む暇もない。これでは子供が悠々たる神気を養うことが出来ない。夕飯がすむと直ぐに勉強だ。家庭の楽しみを味わい得ず、又父兄が学課以外の有益な趣味を教えてやる事も出来ぬ。凡ての児女をして学校の奴隷たらしむ、此の索莫たる苦しみに堪えざるものは自暴して不良少年になるのだ。

女学校の入学試験！　日本幾十万の子女をして競馬の馬たらしむ」

「三月三日

十一時起床、晴、雪ちら〳〵す。

此頃神棚の前に立って合掌礼拝する時、いろ〳〵な妄想起りて心気単純なる能《あた》わず。神に頼る心あればなり。神に対しては国家の安泰、皇室の隆運を祈る以外に私事を祈るべきものにあらず。

日活の渡辺恒茂氏より『潮』の件にて来状。『潮』を上映するに付き原作料いくらかという手紙なり。愚とや言わん。野卑とや言わん。彼等《しか》は作品を商品と心得居るものの如し。礼を失してその非を知らず。憫《あわ》れむべきかな。而も当世比々として爾《しか》るものの如し。


日活へ返書を書く。

選抜野球大会を讃うを稿す。

早苗風邪の気味あり。アスピリンを飲ます。


犬吼《ほ》ゆる暗《やみ》を思えば寒さかな」

「三月六日
地久節。仁慈貞淑なる皇后陛下に栄あれ。

曇。

早苗、半休にて帰る。妻と共に買物に行く。

三時、愛子帰る。

『今日は地久節なれば神様を拝みなさい』

『何といって拝むの？』

『皇后陛下がお達者でいらっしゃるように。そうして皇太子殿下も益々御身大きくならせられるようにと拝むのです』『愛ちゃんの試験が優等になるように拝んでもいい？』

『自分の事は自分で勉強なさい。神様に頼るものじゃないよ』『それじゃ拝んでくるわ。踏台がある？』『どうするの？』『神棚の戸を開けるのよ』『戸を開けなくとも神様にはお前のお願いが聞えます』

軈《やが》て小さな拍手の音が三つばかり聞えた。静かな日である。

マドロスパイプを出して刻煙草《きざみたばこ》を吸うてみる。フランス煙草の税関検印レッテルに、デスアンゼルスと英語の発音で御丁寧に書いてあるのに気が付く。税関吏の行為らしくて面白い。併《しか》し我等の生活も仏語を英語で発音するようなものではあるまいか。鵺《ぬえ》だ。今日の日本は鵺だ」

「三月八日

六時半起床、久し振で子供等と共に食事す。今にも雨が降りそうだから愛子に傘を持たしてやる。七時半頃、快晴拭うが如し。愛子に済まないことをしたと思う。

十時に小学校の展覧会を見に行く。校長に面会。図画は中々優れているが、書方は頗《すこぶ》る劣ると校長が心配していた。いかにもそうだ。鉛筆とペンに親しんで毛筆に疎《うと》くなった今の子供にはそれが当然かもしれぬ。

礼儀を教える事、言葉と動作をハッキリさせる事は教育の最も大切な点であるといったら校長は賛成した。

今までの校長の中に、今の校長が嶄然《ざんぜん》として秀でている。

理髪屋来る。愛子と共に理髪。

開かんとして莟《つぼみ》久しや八重椿」

洽六は彼の平和が軌道に乗ったことを感じていた。それを信じてもよさそうだった。この数か月の平穏（といっても僅か四、五か月だが）に彼の心は潤い、息子たちを呪《のろ》う気持は和らいでいた。彼は書いた。

「バイロン母と好《よ》からず。母亦《また》バイロンを嫌う。彼女薬舗に至りて我が子に毒薬を売るなかれ、我が生命を憐れめ、と注意す。バイロン亦、薬舗に至り、我が母に毒薬を売るなかれ、然らずんば我が命危しと注意す。母子の間柄恪《かく》の如く醜悪を絶す。恁《かか》る事は日本には絶無の事なり。これに比すれば我家庭、遥かに純なり。彼等の不幸は我儘にして依頼心強きより発す」

二

ある日、講談倶楽部の編集長から、短篇小説「怪僧文覚《もんがく》」の原稿は、掲載を見合して暫く保管させてほしいという手紙が来た。洽六にとっては、はじめてのことである。しかしその時はさして気にも止めずに承知した。

だがまたある日、四月から連載を約束していた少年倶楽部から、連載開始を八月か十月に延ばしたいという手紙が来た。

「四月の約束故その積《つもり》にて他の原稿を断わり筋立を急ぎしに、秋まで延ばされたるは迷惑至極なり。編輯者《へんしゅうしゃ》は作家の都合など考える暇なしと見ゆ」

洽六は日記にそう書いただけで、その時も胸を鎮めた。だが、それに引きつづくように、二年連載のつもりで去年から執筆している少女倶楽部の「桃太郎遠征記」は、連載を一年で打ち切ってほしいという要望が送られてきた。彼の作家生活にはかつてなかったことが起き始めたのである。しかし彼は現実を直視することを避け、日記にこう書いた。

「桃太郎遠征記は寧《むし》ろ大人の読ものとして面白からんと三上（於菟吉《おときち》）氏が言いしは尤《もっと》もの事なり。元《も》と〳〵多大の抱負ありて書き下ろせしものなるが少女達の学力を測りて書かねばならず、書きたいところを割愛せねばならず、頗《すこぶ》る窮屈を感じたり。其上に宇田川氏より一年にて打切れとの注文来る。余は一年半若《も》しくは二年と続ける所存なりし故、大なる興味を後半に残し置きしに急に短縮せるを得ずなりぬ。残念至極なるも致方《いたしかた》なし。此種の小説は欧にバンヤンの天堺歴程《てんかいれきてい》あり、支那に西遊記あり、天堺歴程はつまらぬ書なり。原書にて読めば多少の面白味もあれども訳書は乾燥無味なり。西遊記の含蓄津々なるに比して霄壌《しょうじょう》の差あり。西遊記は天下の傑作到底企及《ききゅう》すべからず。西遊記の趣味は迚《とて》も欧米人には理解し能《あた》わざるべし。蓋《けだ》し余の遺憾とする所なり。東洋趣味を理解すれば欧米の文学は一変せん」

そう書くことによって彼は、頭をもち上げる失意をなだめたのだった。

シナは洽六の衰えに気がついて、早苗と愛子にそれとなく訊いた。

「お父さんの桃太郎遠征記、どう？　面白い？」

「ぜんぜん面白うない――」

早苗はことも なげにいい切り、愛子は、

「けど雉が踊り踊るとこ、面白かったよ。『テテシャン、テテシャン』いうて踊るんや。面白かったんはそこだけ。テテシャン、テテシャン」

とふざけた。

洽六の小説が強く読者を摑んだのは、構想の逞《たく》ましさと複雑さにあるといわれていた。それは舞台の広さと登場人物の多彩さに繫がる。一つの小説に貴族院議員から裏長屋に住む大工、左官まで、あらゆる階層、職業の男女が登場して悲劇喜劇を紡ぎ出す。その登場人物とその背景は、彼の波瀾《はらん》の過去が吸収したものだった。

新聞の政治記者として大隈重信番をしていた時期、改進党の陣笠となって政界の汚濁を泳いだ時期、一攫千金を夢見て失敗、ドブ川の畔《ほとり》の六軒長屋で子供らの飴を買う金もなくなった時代、妻子を置いて俳句行脚と称して借金取りから逃げ廻った時代。支那の革命に加担して官憲に追われたこともあれば、新派の座付作者になって夏羽織に白足袋という格好で人力俥に乗って色街へ通った日々もあった。彼はその折々の自分を、喧嘩っ早い正義漢や、己れを抑制出来ず情念のままに身を持ち崩す青年や、裏長屋住いをしながら大ボラを吹いている貧乏人や、狂恋の伯爵や、革命を夢見る熱血漢として描いた。それまでに洽六が接してきた雑多な人々も、その奔放な想像力に操られて仇役《かたきやく》にされたり、粗忽者や強慾爺や意地悪姑や愛嬌のある智恵足らずや淑徳の夫人、温厚な紳士として登場した。

その小説の根底を流れるものは常に正義と人道、社会の矛盾への怒りである。それは通俗ではあるが単に風俗や恋愛や心理描写に止まらず、それらすべてをひっくるめたその時代と社会機構を描いている。小説というものは惰弱なもの、青少年にろくなことを教えないと毛嫌いしている教育者なども、佐藤紅緑だけは読むべきものとして推奨したのはそのためであった。

しかし今、シナを掌中にし、彼の生活は変った。大邸宅の十二畳の書斎に納まって、家庭の平和のみを願うようになった。才気縦横、談論風発、かつては人を集めては夜通し傍若無人に大雄弁をふるったものだった。賑やかなことが好きで寂しがりやだった彼が、今は書斎に籠って漢籍ばかり読んで、現代小説など目も通さない。新しい収穫がないままに穀倉の蓄えは減って行った。昔の蓄えをほじくり出し、反復して書くだけになった。登場人物は類型化し、正義人道のモチーフはパターンになった。想像力の衰えを彼は正義人道の衣の下にもぐり込むことで埋めたのである。

「お父さんの小説、アイちゃんどう思う？」

子供にいってもしようがないと思いつつもシナは愛子に訊かずにはいられない。シナは洽六の小説が硬化してきていることが気になる。女学生の早苗は父の小説など見向きもしなくなった。

「お父さんの小説には必ず悪い人とええ人が出てきて、ええ人は貧乏で、悪い人は金持やねん」

愛子はいった。

「金持の奥さんは金縁のメガネかけてる。笑う時、けたたましく笑うねん。そしたら金歯がむき出しになるねんわ。ええ人はいっつも可哀そうな目にあうねん。真面目にしてると不幸が次々にくるんや。悪い金持は金時計ぶら下げてる。金がつくとみんな悪人なんや。名前かてね、きん子とか、おきんとかいうたら、きっとイケズやわ。面白いよ」

シナは苦笑して黙ってしまう。愛子はいった。

「けどこの間、女中部屋できぬやが読みながら泣いてたよ。泣いてると思たら笑うてるのん。やっぱり面白いのとちがう？」


「玉には光がある。だが玉自身は自分の光を知らない。人が見て其の光を仰ぐのである。玉の光は玉の持っている自然の光で、外から着色したものではない。即ち玉そのものの身体から自然に発する光、内部から独りでに溢れる光である。聖人の光は聖人の人格から迸《ほとばし》り出る自然の光である。言葉の光ではない。行いの光である。行い即ち生活が純ならざれば光が露《あら》われない。我等の作品も生活が完全にならねば光は決して露われまい。それではいつまでも何も書けない事になり、書けなくても生活を充実せしめねばならぬのだ。それが根本だ」

洽六は日記にそう書いた。生活を正し、今までとは違う人間になることを志向するようになっていた。彼は疲れ、才能の迸りは涸《か》れつつあった。彼自身気づかなかったが、気力の衰えが彼にそう考えさせたのかもしれない。

三月初旬、雑誌「富士」の編集長林公平が訪ねて来た。林は「富士」に一挙掲載百枚の原稿を依頼に来たのだった。彼は夕飯を出させて林をもてなし、最近の自分の小説観などを語って依頼された原稿執筆を快諾した。

「今、ふっと思いついたんだが、林君、『不良少年の父』というのはどうだろう」

そう聞くと同時に林の顔はぱっと輝き、思わず膝を乗り出して、

「いいですなあ……結構ですなあ、それは是非、是非……」

といって感激のあまり涙ぐんだ。佐藤紅緑は愈々《いよいよ》、私小説で心情を吐露する気になったのだ。今までのようなフィクションの世界で空想力に委せて持駒を動かすだけの小説に飽き、紅緑は本音を洩らしたくなったのだ、ここで紅緑の新境地が拓かれるのだ——林は躍り出したいような気持で帰途についた。それにしても洽六が不良息子たちのことを書く気になったということは、漸く息子たちの非行が治ったためなのだろうと林は推測した。

「講談社の社員に一種の風格あり。丁重慇懃《いんぎん》、社運の隆盛を希《ねが》うの他は一切の世事を顧みず。熱心驚くべし。蓋《けだ》し社長の感化に由《よ》る深からん」

林が帰った後、洽六は日記にそう書いた。久しぶりで編集者が喜ぶ顔を見せたことが嬉しかったのだ。

昭和九年三月十五日は朝からどんよりと厚い雲が蔽って朝から電灯をつけなければな

らぬほど小暗い日だった。徹夜で机に向っていた彼は、原稿が仕上らぬままに一晩中点っていた電灯が煙草の煙に霞《かす》んでいる書斎を出た。「桃太郎遠征記」を中断させられた後、少女倶楽部からは新しい連載を依頼されている。桃太郎遠征記の失敗の後なので、今回は力を入れてとりかかったが、力み過ぎたためか書いては捨て書いては捨てして朝を迎えてしまった。

新連載の表題は「朝日の如く」とつけた。明治天皇御製「朝日の如くさわやかにもたまほしきは心なりけり」から頂戴したのだというと、少女倶楽部の岡田編集長は電話口で浮かぬ声を出した。「はあ、そうですか」といった気の抜けたような声が洽六の頭に引っかかっている。原稿が進まないのは、岡田のあの声のせいだ、と思う。

茶の間の柱時計は六時を指していた。その下で早苗と愛子が朝の食卓に向き合っていた。夜半過ぎまで洽六につき合って明け方床に入ったシナはまだ眠っている。

「今日は冷えるから暖かくしてお行き」

といった。

「愛ちゃんはシャツを何枚着てるんだい？」

「一枚よ」

「一枚？　風邪ひくよ。もう一枚、着なくちゃ駄目だ」

愛子と早苗は顔を見合せている。

「早苗も一枚かい？」

「そうよ。シャツ二枚着るやなんて、おばんやわ」

「おばん？　おばんて何だい」

「知らんの？　おばあさんのこと」

二人はキャッキャッと笑い声を立てて茶の間を出、愛子はランドセルを背負い、早苗は手提鞄を持って戻ってくると、

「行ってまいりまァす」

口々にいって廊下を走って行った。

二人の娘が出かけてしまうと彼は再び寝床に入って昼近くまで眠った。やがて起きて机の前に坐る。雪見障子から見える庭に粉雪がちらついている。漸く原稿を書き上げ、三宅に命じて航空便で送らせた。一仕事終えた後のほっとした気持で、書棚から李太白詩集を取り出して読み始めた。内玄関のガラス障子が勢よく開く音がして、「ただいまァ」という愛子の大声が聞えた。愛子の「ただいま」は元気があってなかなかいい、後で褒めてやろうと思いつつ李太白を読みつづける。間もなく早苗も帰って来た気配で、嬉しいなァ、積るやろか？　積らへん？　積ったらええのになァ、といい合う声がして、ゆうきやコンコン、あられやコンコン、と愛子が歌っている。やがて二人とも自分たちの部屋に入ったのか静かになった。犬も吠えず、女中たちも部屋に下っているのか、家の中は妙に静かだ。何げなく時計を見ると三時四十五分だった。日は早く暮れた。李太白を読みつづける。

「またお鍋かァ」

という愛子の声が聞え、女中のサダが食事の仕度が出来たことを告げに来た。縁側の

ガラス戸の外はとっぷり暮れ、庭の庭園灯に粉雪が舞っているのを見ながら茶の間へ行った。

「またお鍋か、て。そんなら何がええの。毎日毎日、おかず考える方の身になってみなさいよ。世間には白いご飯食べられへん人もいるのんよ」

シナが愛子を叱っている。

「今日のような寒い日は鍋に限るんだ」

洽六は取りなすようにいって箸を取る。

「いただきます」と早苗。

「いただきまァす」

愛子が張り上げる声にシナは、そんなに大きな声出さんでも聞えてるがな、と文句をいう。

「大声は景気がよくてよろしい」

と洽六はいった。

食後、子供らが風呂に入り、二階の寝室へ行ってしまうと洽六はゆっくり入浴し、いつもより早目に床に入ろうと思いつつ日記をつけた。

「三月十五日

昨夜徹夜。朝六時半就寝。十一時起床。

曇時々日光を見る。小雪霏々《ひひ》。寒さ甚《はなはだ》し。『朝日の如く』稿を次ぐ。書了。直ちに郵送。

李太白詩集を読む。詩経を読みて李詩を読めば頗る勝手がちがう。紅緑全集、第一巻麗人の月報に細田民樹氏が余に就《つい》て評せる一文あり。過褒当らずと雖《いえど》も三十年間、正義高唱のために全力を尽せし余の努力を多とせる点は恥かしながらも喜んで受けん。然《しか》り只《た》だ努力なり。我が作品を認むる人あるも我が努力を認めたる人未だこれあらず。細田氏に感謝す。

余は努力だけで一生を終らん、効果は知らざるなり」

ぐっすり眠って、呼鈴の音に目が醒めた。サダが起きるのに手間取っている。時計を見ると十二時を少し廻っていた。二階の子供部屋からではないか、と隣りの布団の中でシナがいって身体を起した。サダが呼鈴の識別器を見るために台所に電気をつけた。

「どこ？　子供部屋かい」

とシナが起きて行った。

「門です」

サダは勝手口から小走りに出て行った。暫くして戻って来ると心配そうな声で名刺をさし出しながらいった。

「読売新聞社の方が、こんな深夜になんですけど、お目にかかりたいとおっしゃっています」

読売新聞には来月から「絹の泥靴」の連載が始まることになっている。それについて火急に変更があったのかもしれない、それにしても非常識な時間に来たものだと思いつつ、応接間に通すようにいいつけた。応接間へ行くと新聞記者は肩に粉雪を積らせて立っていた。

「こんな時間に誠に申しわけないと思いましたが、実は、仙台支社から急報がありまして」

「仙台支社?」

悪い予感を覚える間もなく、記者はいった。

「久さんが、カルモチンで自殺を図られたということです」

その瞬間全身の毛穴が音を立てて一斉に開いたような気がした。

「確かな話ですか……まあ、お掛けなさい」

他人の声のように自分の声が聞えていた。確かな話ですか、といいはしたが、間違いがないことを彼は確信していた。

この数十日の平和は、今日のこの衝撃を効果的にするための前奏曲だったのか。平和がつづく筈がないと思いつつ、つづいていくことに心を許していた。だが今、来るべきものが来た。彼はまだ許されてはいなかった。

三

「夜十二時頃、読売新聞記者門を叩く。来月からの小説の件ならんと思い面会せしに、久が嫁と共にカルモチンを呑みて仙台停車場に倒れたりとの事なり。肌膚氷寒、全身硬直を覚ゆ。果して然るか。茫然。

次《つい》で大毎社より電話にて照会あり。仔細を語る。

昨年の今頃、弥が服毒して電車内に倒れ、八方に迷惑をかけたるが、右は学校怠慢の罪を叱責されたるに発憤して此《この》挙に出でしもの、以て諒とすべきものあり。久に至っては然らず。我儘の限りを尽して一婦女子のために親をも棄てて養子になろうとせるもの、其の心状の卑しき到底済度《さいど》すべからず。而《しか》も停車場にて醜を天下に曝《さら》す。何等の不孝児ぞ。

妻は八郎へ電話をかけ、節を直ちに仙台へ差向ける様依頼す。次で仙台の井上氏より電報あり。

一命だけは助かってくれゝば可《い》いという希望と寧《むし》ろ死んでくれれば可いという願望と相半ばす。余の死後、兄妹共の難儀を思えば彼の死を祈らざるを得ず。されどもそれを転機として改心するものなら生を祈らざるを得ず、懊悩《おうのう》の極、筆紙に尽しがたし。

舐犢《しとく》の愛は真の愛にあらざる事、犇々《ひしひし》と胸に迫る。

妻はせめて東京へ行きたしという。余は断じて行かしめず」

——李太白詩集を読む。詩経を読みて李詩を読めば頗る勝手がちがう——。

三月十五日の日記はそこで終る筈だった。だがそう書いた後、数刻にして洽六は日記のつづきを書かなければならなくなったのだった。

翌十六日の河北新報の朝刊は久の服毒をただの市井の情死事件として報道した。

「仰毒の男女
　夜の仙台番街で倒る
　　男はコック、女は女給風
十五日午後八時半ごろ、仙台市東一番丁露店街第一ホールの前で若い男女の劇薬情死事件あり。両人は街路に倒れ昏睡状態に陥ったので、警官馳せ付け一時同町伊藤医学士が応急手当を施し直ちに市立病院に収容し治療を加えたが両人とも生命危篤で身許は全然判明しない。男は年齢二十二、三歳、白のワイシャツ、黒サージのズボンをはき女は十八、九歳位、断髪美人で一見女給風、旅館に宿泊中カルモチン約三四百錠ずつを嚥下《えんか》し旅館を飛び出し一番丁露店街に現れたもので、カフェーのコックと女給ではないかと見られる。

　身元判明
　　女は自殺企図の常習者
別項、情死を企てた若い男女は仙台市立病院に収容、手当の結果漸次意識を恢復《かいふく》し生命は取《とり》止むる模様である。仙台署で身許調査の結果、男は兵庫県武庫郡甲子園五番町佐藤久（一九）と称し女は仙台市大仏前《おぼとけまえ》三五洋服店大江勇八郎の妹輝子（二一）と判明した。なお輝子は最近二三度八木山橋で自殺を計ったが果し得ずその都度仙台署の保護を受けたことがある。久と輝子は仙台市定禅寺通り某会社に勤務中で相思の仲となり真因は不明だが情死をはかって果さなかったものである」

河北新報は久が社主一力の従兄弟に当るために、故意に身許を伏せたのであろう。しかし中央の他紙は一斉に大きく報道した。

三月十六日読売新聞朝刊

「『歓喜』を吟《くちずさ》みつつ

街頭　死の散歩

佐藤紅緑氏の息《そく》心中

十五日午後八時ごろ、仙台市東一番丁大通り藤崎デパート前で人ごみの中に打ち倒れて苦悶し始めた若い男女があった、直《ただち》に仙台市立病院で手当を加え一命は取り止める模様である。取調べの結果男は兵庫県武庫郡甲子園五番町佐藤紅緑氏四男久（一九）女は仙台市大仏前洋服店大江勇八郎妹輝子（二一）と判明した。

二人ともカルモチン百錠を嚥下しており仙台目貫《めぬき》の大通りに最後の散歩を試みて打ち倒れたものらしい。佐藤は絹ワイシャツ紺サージの洋服に鼠色鳥打帽子を被り輝子はメリンス着物に断髪であった。

恋の古強者二人

輝子は昭和七年宮城県立仙台第一高等女学校を卒業後昨年六月ごろから日刊「大仙台」に事務員として入社し久が校正係として入社してから恋を囁く仲となり、今年一月久に求婚したが一度は刎《はね》付けられて悲観のあまり仙台市八木山橋から狂言自殺を図ったことがあり、久は輝子のあまりの執拗さに東京に逃げ出したが、輝子も後を慕うて上京し、切ない胸の内を打明けて再び久を仙台に連れ戻した。兄達の諒解を得て去る二月から仙台市二日町二に愛の巣を営み久は相変らず日刊「大仙台」に勤めていたが、親戚の反対で別れ話が持ち上ったゝめ輝子から誘い出して遂に心中を図ったものである。尚輝子は生来勝気で今まで屢々《しばしば》恋愛遊戯を繰返し評判となっていた女で、久は東京目白中学半途退学して仏語学校にも籍を置いていたが、軟派文学にかぶれ輝子に劣らぬ恋愛賛美者であった」

東京日日新聞

「佐藤紅緑氏令息

仙台で情死を図る

兄ハチロー氏に『泣くな』と遺書

仙台発　十五日午後五時ごろ仙台市東五番丁中屋旅館へ若い男女が投宿、夕食の後『一力次郎氏邸へ行って来る』とつげ外出したが、素振りが怪しいので番頭が後を追うと両名は東一番丁一力氏邸前で俄《にわか》に苦悶しはじめたので直ちに仙台市市立病院へ収容、手当を加えているが両名とも催眠剤をのみ危篤である。仙台署で取調べると男は兵庫県武庫郡甲子園小説家佐藤紅緑氏の四男佐藤久君（一九）女は仙台市大仏前三五大江輝子さん（二一）と判明。（中略）父佐藤紅緑氏は仙台市定禅寺通日刊「大仙台」井上啓治氏と親交ある関係から久君は昨年来仙井上社長宅に厄介になっているうち、久君は「大仙台」社に勤めていたてる子さんを見初め、かの女と結婚すべく紅緑氏を説き伏せ結婚費用として三百円もらったが、その金は全部遊興に使い果した事実がある」

久の死の詳細を洽六は新聞で知るしかなかった。久と輝子は服毒後街へ出て「藤崎デパート前の人ごみで倒れた」のか「一力邸へ向いその門前で倒れた」のが事実か。久は輝子に死の旅を誘われたのか、久が誘ったのか。だが洽六にはそんなことはどうでもよかった。久が女と心中したという事実だけは動かしようもなくある。今は穿鑿《せんさく》よりもそれを受け止めるだけで精一杯だった。

八郎に電話をかけると、八郎は興奮して父に突っかかるように喚いた。

「とにかくぼくは忙しいんです。とてもキュウのことで仙台くんだりまで行ってる暇なんかないですよ、これはチャカの責任ですからね、チャカが行くべきです。キュウのことは一切、節が引き受けるといったんだから、節が始末すればいいんです。お父さんは勿論行かないだろうけど、お母さんも行くことありませんよ。こんなことをした以上、キュウだってそれは覚悟してるでしょうからね。とにかくぼくは忙しいんですよ。仕事をこなすだけでも大変なのに、新聞記者どもが来て、何やかやしゃべらされるし、たまったもんじゃない……」

その興奮が目に見えるような談話が翌日の読売新聞に出た。

「実弟の自殺について文士佐藤八郎氏は語る。

久が自殺しましたか？　未だ私のところには通知はありません。私の弟達は皆んな不良ですが久は特に怠け者で金を欲しがる以外には能のない奴です。昨年四月ごろまで私の家にいましたが性格が合わないので同居を断って以来一度もあったことはありません。自殺といっても久のことだから狂言ではないでしょうか？　女があることは全然知りませんでした。久が死ねば親父（紅緑氏）も楽になるでしょうし私も気が楽になって仕事が大いに捗《はかど》りますよ」

引きつづきその記事には、どこから手に入れたのか輝子と久の遺書の一部が掲載されていた。

輝子の遺書

「四谷のお兄様

お許し下さい。

二人は幸福を求むるためですもの。左様《さよう》なら、皆様、左様なら。

＊　＊

無理なお願いですけれど、せめて二人の幸福のために一所に埋めて下さい、二人の小さなお願いをかなえて下さいませ。はるみちゃん、許してね、二人の幸福のため今まで随分迷惑をかけたわね……感謝するわ。今の二人の幸福はただ死だけのみ……母様によくつくしてね、体の弱いはるみちゃんには無理なんでしょうけど。左様なら。

＊　＊

母さんも、兄さんも、はるみちゃんも左様なら。出たらめの世の中に生きるよりも幸福を求めるために死んで行きます。今までの不孝は許して下さい。父様のもとへ行きます。久と二人で……」

久の遺書

「世の中は出たらめで埋まっている。この出たらめに僕達は埋まってしまった。昼間苦しんで働くより夜ねた方がよい、苦しんで生きるより死んでしまった方が良い。

輝子がボードレールの詩の喜びを歌う。

女が泣いている。僕も泣いている。幸福だから泣いている。僕のお母さん、輝子のお母さん。『天にいる』誰も邪魔しないようにお願いします。

薬を飲みましょうと女がいった。『ああ』と僕は小さく答え、お別れの歌を書いている。

兄さんへ

本当に地獄が存在するとは思わないけど、現世に地獄のあるのは確かだ。つまらない不良少年の僕が死んで行くことはハチロー家の人達に何の痛ヨウ（ヨウという字を忘れた）も与えないだろう。

肥った大詩人サトウハチローに。

兄さんは泣き虫の兄さんはまた泣くにちがいない」


洽六には久が死のうとした理由がわからなかった。久は漸く「大仙台」に職を得て落着き、社長井上啓治に可愛がられ、相愛の大江輝子と結婚した。親の祝福は得られなかったにしても、節を通して三百円の金を手にした筈である。この世は地獄かもしれないが、それでも久は愛する女と共に新しい人生に向って歩き出したのではないか。世の中には親兄弟の助けも受けられずに一人で地獄を生きる者もいるのだ。

いったい何が不足だというんだ！

洽六は久に向ってそう怒鳴りつけたかった。思わず知らず固めた拳固がうずうずした。談話を求める新聞記者に対して、取り繕う気持など持てず、投げやりに答えた。

「困った男です。二年前から勘当同様で、全然構いつけないことにして、次男の節に預けておいたのです。はじめは節も久を真人間にしてやるといっていたんですが、最近では諦めて仙台の井上氏の許へ預けたらしいのです。先日、節が来て、久を大江家へ婿養子にやるというので、三百円出したばかりです。なぜ自殺なぞしたのか、訊かれても私にはわからんですな」

節から電話がかかってきたのは、その日の夜半過ぎである。洽六が出ると節は、

「お父さん！」

といった。

嗚咽が聞えた。

「久、死にました」

洽六は黙って電話を切った。「駄目だったよ」とシナに一言いってそのまま書斎に入った。目の前に昨日の日記帳が開かれたままになっている。彼は夢遊病者のように万年筆を取り上げ、「三月十六日」と書いた。

「夜十二時、節より電話あり。彼、未だ仙台へ行かぬなり。行かれぬ事情ありしならん。彼曰く『久、死にました』嗚咽の声聞ゆ。自らの責任を感ぜしならん」

久を思う存分殴打してやりたいという気持は消えていた。今の今まで久は助かると思っていたことに気がついた。久は洽六の憤怒を受け止めまいとしてすり抜けて逝ってしまったのだ。

「然れどもこれ節の責任のみにあらず。八郎の責任なり。而して余の責任なり。節が彼を仙台へやりしは蓋《けだ》し久の猖獗《しょうけつ》につき幾度もくく烈しく悩まされたる結果なり。久は自業自得というべし。余も八郎も節も父兄として尽すべき事以上に尽したり」

彼は自分を励まそうとしてそう書いた。だが、そう書いたからといって慰められるものではなかった。彼の胸には新聞で読んだ久の遺書の中の言葉が突き刺さっている。

——つまらない不良少年の僕が死んで行くことはハチロー家の人達に何の痛ヨウも与

えないだろう……。

久は八郎が冷酷なエゴイストであることをよく知っていた。だがそれと同時に少女のようにセンチメンタルで、すぐに泣くことも知っていた。自分の死は八郎に何の痛痒も与えないだろうといいながら、泣き虫の八郎が泣くことを久は知っていた。久はそれだけ八郎と深くつき合っていた。久の念頭には父のことはなかった。憎悪の影さえもなかった。久は父を切り捨てていた。父について考えたこともなく、父を知ろうとしなかった。

「死んだと聞けば急に哀憫の情胸を圧す。

只だ恨む。久は遂に親の愛を理解せずに死したり。

死んでよかったか、生きてる方が可いか、判別が付かず、恐らくは終生解けざる問題ならん」

一旦そこで筆を置き、それから一行、書き足した。

「子の死に対する親の悲哀は自責の苦より来る」

福士幸次郎からの料金不足で附箋つきの速達が届いたのは三日後である。

「飛んだ事に相成りました、電報に接するまでもなく当日朝の新聞にてこれは仙台へ行かねばならぬと思いましたが、如何にせん、舎兄は一月中よりチブスにて入院、その後癒えて転地し目下房州にあり。小生は目下独りにて舎兄の肥料新聞を日日やって居ります事とて行くにも行かれず、兎《と》に角《かく》、兄の社にまいり、更に先程見し読売の記事以外、朝日や東日は如何書いてあるかと見ました処、でっかく先生の談話まで出ているので事件は愈々《いよいよ》本物と観念し、八郎君の処に電話をかけ見しに不通。河北東京支局これも駄目。更にカズ子さんの勤め先にかけ、これも駄目、よって兎に角仕事を早く片附けてと仕事に着手しているうちに午後に入り、梅枝が御打電の電報を持って参りました。よって梅枝には尚八郎君許へ電話かけ何らか情報を得よと命じ、小生は材料取りに市場へ参りましたが、何たる不運ぞこの日は銀価が突如と世界的に大崩落した日で市場は興奮と狂奔。ゴマかしもズルケも出来ぬ日で材料収集、社に帰ってみれば梅枝の報告に八郎さんの方の電話は不通なるも節さんから今少し先電話かかりまいり、助かっているのなら兎に角、駄目だとの報が来たので余人には頼まれず、『私』(節君の事)がジカに仙台に出向き、尚帰京すれば直ぐ知らせるからとの話があったとの事で、この点すまぬこと乍《なが》ら小生の仙台行きは中止致しました」

幸次郎の手紙は例によって本題に入るまでの説明がくどくどと長い。いつもならこのあたりで怒りの血が上ってくるところだが、今はそのくどい前置きの中に幸次郎の呼吸が感じられて、しみじみと懐かしい。

「あったら蕾《つぼみ》十九歳、まことに早まった事をしました。詩は慥《たし》かにあり向後二、三年も経ったら小生も今少し話しよくなると思い前途に多大な希望を有《も》ち居りましたのに、あの過度の興奮、矯激な心持が深い動機もなくやったものと思います。併《しか》し乍ら先生も夫人もお気を痛められませんよう様に祈ります。

この手紙、昨晩書き、とうとう出さずじまいでした。これから節君の処に行く処です。既に告別式もすんだかもしれません。

小生は刻苦相変らず元気で仕事しますが、昨年来ムリし疲れています。今一週間位で肥料記者も、恢復の兄と事務引つぎ、小生再び机辺の人間になれる予定です」

シナは洽六が渡したその手紙を読み、黙って大きな溜息をついた。

「いつまで福士さんはうちのために心配ごとを背負《しょ》わされるんでしょう」

そういった後、考えをまとめるように長火鉢に炭をつぎ足していたが、つぎ終るといった。

「キュウちゃんは不良やったけど、欲のない不良でしたよ。不良や不良やとみんないうたけど、ワルではなかったわ。お金にも物にも、女にも、執着することがなかったから……欲がなかったから、だから死んでしまったんでしょう。悪智恵もなかった。人を欺したりしなかった……」

シナは言葉を詰らせ、それから、自分に向っていうように呟いた。

「死んでしもうた今になって……美点ばっかり見えてくる……人間て、困ったもんやなあ……生きてる時は、見えてるのに……何も見てなかった……」

シナはいった。

「福士さんが偉いのは、あの人は人の美点とか欠点とか、いちいちこだわらないことですねえ。どんな目に遭うても、ただ困るだけで……悲しがるけど怒らない……」

洽六は腕組みをして長火鉢の中で静かに熾《おこ》っていく炭火を、ただ見ているだけだった。

三月十八日は日曜日なので、早苗の同級生が四人ほど、何も知らずに遊びに来た。早苗も愛子もまだ何も聞かされていない。早苗は神戸に住んでいる同級生たちを阪神パークへ案内する予定を立てていた。早苗はいつも友人間でリーダーシップをとり、愛子は邪魔にされながらついて行く。

愛子は正月に買ってもらった赤い本革のハンドバッグを持って行くといい、阪神パークへ行くのにそんな上等を持って行くのはおかしいと早苗にいわれてベソをかきつつ、やがて少女たちは賑やかに出かけて行った。シナはその夜、夜行で上京する。久の遺体はカズ子が仙台へ行って火葬にしたという電報が入っていた。葬儀は八郎宅で営まれる。当然のこととして洽六は行かない。シナは洽六の反対を押し切って上京を決めたのだった。

シナが出発するまでの僅かな時間に、仮眠を取ろうと思って洽六は書斎に入った。部屋の一隅にはいつでも仮眠出来るように常に寝床が用意されている。久の事件を知った友人や知己から届いた見舞いの手紙が机の上に積み上げられている。その返礼を書かなければと思いながら、洽六は寝床に入った。誰か来たのか茶の間から若い女の甲高い話し声が聞えてくる。

「気の毒になあ。久坊ちゃんは悪い悪いいうたかて、ほかの坊ちゃんにはないええとこがおましたわ。……けど死んだ後はみな、善人になるんやさかい、今は神さんのとこへ行かはりましたやろ」

　そして洟《はな》をかむ遠慮のない音が聞えた。以前いた女中のミヨの声だとわかる。不意に洽六の目尻から太い涙が流れ出て枕に染みていった。久が死んだと聞いてからはじめての涙だった。

　七時三十分、シナは、三宅に送られて大阪駅へ向った。洽六は二人の娘と夕餉《ゆうげ》の卓を囲み、早苗と愛子を代る代るに見ていった。

「今日はお友達とどこへ行ったんだい」

「阪神パーク」

　早苗と愛子が声を揃えて答えた。娘たちは母は何の用で上京するのかとは問わない。

「面白かったかい、阪神パークは」

「うん、面白かった。ロバに乗ったん。それから水族館に浦島太郎が乗ったんと同じ亀がおったわ」

「亀に乗ればよかったね」

「そんなん……」

　早苗と愛子は顔を見合せてクスクス笑い、

「そんな、乗れるわけないわ」

「そんなことしたら、パークの人に叱られるわ。亀かて怒るわ」

「アハハ、そうか」

　洽六は声を上げて笑う。早苗は柱時計を見上げていった。

「お母さんは今頃、どこらへんかしら」

「そうだね、京都あたりだろうな」

「もう、そんなとこ？　ひゃア……」

と目を丸くしている。

夕食がすむと洽六は早苗の英語の予習を見てやり、愛子を風呂に入れて寝かせた。十一時、二階の子供部屋へ二人の寝顔を覗きに行った後、書斎に戻り、日記帳に書いた。

「夢魂、母の傍へ飛びつつあらん。母の夢魂亦《ま》た彼女等の枕を護《まも》るならん」

ペンを置いて寝床に入り、眠ろうとしたが眠れない。今度の事件で一番反省しなければならないのは節だ。誰よりも先に仙台に走らなければならない節が、カズ子だけを仙台へやって後始末をさせ、自分は東京にいるとはどういうことか。久のことに関しては一切責任を持つといったその言葉に対してあのおしゃべりが一言も釈明をしないのは、釈明出来ない理由があるからに違いない。その理由はきっと金だ。金のために久を欺したのだ。そして久は追い詰められた……。そう思い到ると、じっとしていられなくなり、ガバと起きて机に向った。


「節よ、此の手紙は必ず丁寧に読んでくれ、読んだら火にくべろ。

万里子は今夜七時の汽車で発った。多分お前は万里子に会った後で此の手紙を見るだろう。

節よ。私は何もいうまい。ただお前はウソがいかに恐ろしい結果となるものであるかがはっきりと解ったろうと思う。親を欺《あざむ》いて金を取るために、弟をも欺かねばならなくなった。そうして弟は其のために死んだ。何という恐ろしい事だろう。

節よ。断然ウソは止めてくれ。お前はカズ子にもウソをついている。頭から足までウソで固めたお前には正しい道がわからないかも知れぬ。併《しか》し邪は必ず正に征服せらる。ウソは決して成立つものでない。お前は久に悩まされたという。そうだ、随分悩まされたろう。併しお前が私を悩ましたのに比べると久の不良はお前の百分の一にもならないのだ。お前は本当に改心すべき時が来た。

節よ、お前は小さい時には正直でまじめであった。だがどうかするとウソを吐く癖があった。それは学校が悪いのと八郎に圧迫されてウソでもつかなければ遣《や》る瀬《せ》がなかった為である。子供の時には少しばかりは誰しもウソをつくものだ。困るとウソをつくものだ。

それを矯正しようと随分骨を折った。それでお前のウソは癒《なお》った。私は安心した。だが成長してそれが復活した。慾のために復活した。お前はおしゃれで空威張であるが、勉強する忍耐力がない。今の世の中は実力の世の中である。お前に実力がないから、お前の慾を充たすだけの金を得る事が出来ない。そこでお前はウソを以て世間をごまかして行こうとしたのだ。

節よ、私はお前を罵るのではない。私は余命いくらもないから言いにくいけれども露骨にいうのだ。此の手紙はお前に加える刑罰の鞭ではない。涙と共に綴る私の遺言だ。

久は死んだ。その代りにお前が立派に改心すれば久の死は犬死でなくなる。私はそれをお前に望むのだ。罪は暗い過去に葬ろう。私は再びこんな恐ろしい事は想い出すまい。お前も今日から清い人間になって明るく朗らかに暮らしてくれ。人間は改心する時には男らしく改心すべきものだ。改心すれば善人だ……」

書いても書いても書き尽せなかった。その長い手紙を果して節が読み通すかどうかを彼は考えなかった。彼には書くことが必要だったのだ。書いて胸中に充満している毒気を吐き出してしまわねばならなかった。

「節よ！　お前が生れた年は私は貧乏のどん底であった。私は贅沢が好きで、うまいものが好きだった。だが私はウソを吐いて人を欺しても贅沢をしようとは思わなかった。私は新聞社の俳句選と自宅の俳句添削で僅かな収入を得た。それで親子五人で食べて行った。その時私には羽織というものがなかった。一歩も外へ出なかった。夏は木綿飛白《もめんがすり》の洗いざらしたもの一枚だけであった。蚊帳がないから昼は寝て夜はお前達の傍に坐って両手に団扇《うちわ》を持ってお前達を煽ぎながら夜を明かした。それでも私はウソをつかなかった。親にも兄にも一文の奉加も頼まなかった。そうして一生懸命に勉強した。選句料を貰いに音羽《おとわ》から読売新聞社へ行くのに電車にも乗らなかった。十銭を倹約してそれで以てお前達のおもちゃを買って来た。

まじめに暮らすのは苦しいが、その代りに私は今日でも大手を振って何処でも歩ける。そんな朗らかな生活はない。それはウソをつかなかったからだ。お前は今、現に過去のウソに苦しんでいる。久が死んでも仙台へ行けない様な状態になっている。どんなに苦しかろう。私はお前の苦しみを察する」

手紙は同じことをくり返しくり返し、十枚を数えようとしていた。彼は漸く疲れを覚え時計を見た。朝の五時に近かった。

「もういうまい、節よ。過去の事は思うなよ。前途に向って男らしく猛進せよ」

止めようと思いながらまだ書いていた。

「素裸になって、自分をさらけ出して、一点のごまかしもなく堂々と戦えよ。戦うに当り第一に自分の弱点と戦え、金と戦え、誘惑と戦え。

もう朝の五時だ。今一時間で万里子が其地《そっち》へ着くだろう。カズ子は久の遺骨と共に汽車の中で眠ってるだろう。恁《こ》う思うと眠れない。

私は疲れた。

十八日　朝　　　　父」

読み返さずに封筒に納め、それからもう一度開いて、未練がましく欄外に書き添えた。

「誓ってくれ、一文たりとも親から金を貰わないと。一文たりともウソをついて金を取らないと」

書いても書いても手紙は終らなかった。巻紙一本書き尽し、漸く筆を置いた。それから新しい巻紙を取り出して、少年倶楽部の加藤謙一編集長に宛て、少年の読物の執筆を今月から辞退する旨を書きつづった。自分の子も満足に教育することが出来ない者が、どうして平気な顔をして他の子弟を訓育出来るだろう——。加藤謙一に宛ててそう書くと、少女倶楽部の岡田編集長にも同様の手紙を書いた。それから野間社長にも書いた。もう暁近くどこかで鶏が啼いている。漸く疲れを覚えて気持が鎮まり、寝床に戻って眠った。

三日後、シナが東京から帰って来た。久の骨はカズ子が仙台から持ち帰り、葬儀はキリスト教式で桜木町の八郎の家で営まれた。葬儀は寂しいものになると思っていたが、福士、野呂瀬の他に講談社各誌の編集長が揃って参列してくれたこと、墓は喜美子の墓のある雑司《ぞうし》ヶ谷《や》の墓地に埋葬することに決ったとシナは報告した。

「節はどうした」

洽六はいった。何よりもそれが一番聞きたいことだった。

「チャカさんは顔出ししましたけどね、八郎さんの機嫌の悪い顔を見て、いつの間にかいなくなりましたよ」

「なぜ節は仙台へ行かなかったんだ」

「それをハッチャンも怒ってるんですけど、何か都合の悪いことでもあるんでしょう」

「都合の悪いことって何だ」

「それはわからないけど」

「なぜとっつかまえて訊かなかったんだ」

「だってお葬式の最中にそんなこと出来ないわ」

「カズ子は何といってるんだ」

「あの人はあんな人ですからねえ。何ごとも深う考えない人ですから……まあ深く考えたらチャカさんと一緒にいられるわけがないんやけど、ブウブウいうてました。厄介なことは何でもあたしにさせるんです、とかいうて。けど、カズさんは本当によくやってくれましたよ。いやな役目ですもんねえ。あっちで謝りこっちで謝り……でも根っから明るい人やし、人馴れしているから、いやな顔もせずにようやったと思いますよ」

「節はまた何か、一力家から金でも借りていて、顔を出せないようなことになってるんじゃないか。それで行けないんじゃないか」

「一力さんはそりゃあ迷惑ですよ。おハルさんと縁つづきだからというだけで、佐藤の息子が入れ替り立ち替りやって来ては面倒をかけるんですから」

　久はカルモチンを飲んだ後、輝子を連れて町へ出、一力家の門前で倒れた。門前で倒れたということは一力家へ行くことが目的だったのかもしれない。場合によっては一力家の家の中で死んだだろう。

「一力さんでは佐藤家のことは、魔モノのように思《おも》てるということですよ」

「うむ」

洽六は頷くしかない。そもそも一力家の迷惑はハルを無理無態に離婚したことに始まっている。河北新報創設者一力健治郎の妻はハルの姉だ。代は健治郎から息子の一力次郎に変ったが、仙台では飛ぶ鳥落す勢だといわれている一力家としては、離婚されたハルの困窮を黙視することは出来なかったから、洽六を仇だといいながら何くれとなくハルの面倒をみた。それをいいことに洽六の息子たちは次々に厄介をかけにくる。一力家では佐藤と聞くだけで身の毛がよだつ思いであろう。現に佐藤家は仇だとはっきりいい切っているという。それに対して洽六は何の陳弁も出来ない。

「キュウちゃんは一力さんに百円借りてるそうですよ。すぐに送らんと……手紙書いて下さいね」

「うむ」

としか洽六はいえない。

「それで女はどうした」

と話題を変える。

「助かったそうです。女はご飯を食べていたけど、キュウちゃんは朝から何も食べてなかったのね。それでキュウちゃんだけ死んで、女は助かったんだって。退院して、洋服屋の兄のところへ行ったということやけれど、そっちからはお葬式には誰も来ず……」

「当然だろう。向うは怒ってるんだろう」

シナは暫く黙って火鉢の灰を均《なら》していたが、

「女の兄が、慰謝料を要求するつもりらしいって……四百円だとか」

陰気な吐息をついた。

「ほんまにどうしてこう……いちいち附録がついてくるのかしらねえ。弥ちゃんの時は助けてくれた男がモヒ中で、いつまでも金をせびりに来たし、今度は今度で……輝子という女は死神が憑いてる女やというんですよ。キュウちゃんの前にも別の男と心中して、その時も男だけ死んでるんですって。なんだってまたそんな女に魅入られたのか……うちで起きる事件というのは、普通の悲劇やない……いつも特殊です。いったいなんででしょうねえ」

ほとほと疲れ果てたというようにシナはいった。


久が死んで初七日もきていないが、洽六は気持を鎮めて仕事を始めなければならなかった。仕事の量は以前よりも減っているといっても、講談倶楽部の連載のほかに近々始まる読売新聞の連載も書き始めねばならず、短いものも二、三あり、富士に約束した「不良少年の父」執筆に当っての「作者の言葉」も催促を受けている。

「不良少年の父」を林公平と約束した時は、数日後にこんな事件が起るとは夢にも思わなかった。編集部は当然、今回の久の事件が書かれるものと、舌なめずりをするような期待を持っていることだろう。しかし洽六は最初から、自分と息子たちのことなど書くつもりはなかった。いやしくも小説家といわれる者は、想像力を駆使して人間及び社会を描き切るものでなければならないというのがかねてよりの彼の持論である。自分の身辺のことしか書けない奴は、想像力が貧困だからだと彼はいっていた。人間に対する、社会や国家に対する情熱を持たず、己れの身辺の狭い穴の中にもぐり込んで、女に惚れた話や貧乏物語や女房を裏切った話を書いて得々としているなんぞ、文士の風上に置けぬと彼はいう。波瀾万丈のストーリーの中に人間や社会の矛盾を描き、正義と愛を説いていく――それを自分の文学の旗印としてきたことに彼は確信と自負を持っていた。

だがそのために善悪の色分けが鮮明に過ぎ、登場人物の美点も欠点も誇張されていく。シナはそれに気がつき、

「いくらなんでも、あんな聖人君子、実際にいるかしらん」

それとなくいうと洽六はむっとしたように答えた。

「実際にいるかいないかは知らないよ。オレは理想を書いているんだ」

シナは釈然としない。尚も何かいいたげなその顔に向って、洽六はいい切った。

「手前の愚痴や失敗をああだこうだと書いたところでそれに何の意味があるんだ。小説で愚痴をいうなんぞ志が低い奴のすることだ」

不良息子のことを書くためには、彼は彼自身を語らなければならなかった。息子の不良は彼自身から出たものである。彼自身から――彼のどこから出たものか。シナへの狂恋の結果がすべての始まりか？　しかし彼は思う。シナとの邂逅《かいこう》がなく、あのままハルとの家庭を維持して行けば息子たちは不良にならなかったか？　一概にそうとはいえま

い。彼の内部に潜んでいる激しい情念はどの息子にも伝わり流れている。彼は幼時から窮屈なことはすべて嫌いだった。シャツのボタンをかけただけで頭痛がする子供だった。厳冬でも素足だったのは足袋のコハゼに足首を締めつけられるのが耐え難かったからだ。父親も学校も嫌いだった。彼らは彼の自由を束縛したからだ。わけもなく血が荒れ狂ってどれだけの喧嘩、反抗をくり返したかしれない。彼は少年時代から欲望を抑制することが出来なかった。少しの我慢も出来なかった。まるで何ものか、目に見えぬ力に突き動かされ引き摺り廻されるようだった。

　その血が四人の息子たちにも流れている。

　いったいオレはなぜ、こうなんだ！

　若い頃から彼は今までに何度そう思ったことだろう。そう思って悔恨に突き落されるが、また次の力が悔のどん底から彼を引き起して突っ走らせる。

　己れの度し難さを思っては、彼は小説によって理想を描き自分を直そうとしてきた。凜々しい正義の少年や正しさゆえに苦悶する青年を書きながら、ひとりで感動した。時には我が主人公のために涙を流すことさえあった。矛盾相剋を抱えたまま、ひたすら理想像を書くことで彼は自分を矯《た》めてきたのだ。

　かつて彼の貧困時代、音羽のドブ川の傍の棟割長屋で十句三十銭で通信教授の俳句の添削指導をしていた頃、僅かな弟子の一人に千家《せんげ》元麿《もとまろ》がいた。千家家は代々出雲大社の宮司で、父は司法大臣をしたこともある千家尊福《たかとみ》である。元麿はその父と小間使いとの間に生れた庶子として、父のもとで育てられた十七歳の少年だった。由緒正しい千家家にはかつていたためしのない困り者で、何の理由もなく突然機嫌を損ねると、大刀を振り廻して暴れた。襖は蹴破られ金屛風は袈裟掛に切り裂かれ、簞笥はひっくり返され中のものは踏みにじられる。一旦嵐の暴力が起ると誰一人押える者がなく、いつも治六に人力俥の迎えが来た。なぜか元麿は治六を見ると仔猫のようになり、いうことを素直に聞いたからである。

「不良少年の父」を書こうと思った時、この元麿がヒントになっていた。元麿の矯激な性格、突然波立つ感情の嵐。それと裏腹に痛ましいばかりの感受性の繊細さ、傷つき易さのために彼は常時深い孤独の中に沈んでいた。元麿が治六にだけは従順だったのは、同類に対する本能的な嗅覚からだったかもしれない。元麿の激情は久にも八郎にも節にも弥にも通じるものだった。しかし彼には元麿と尊福は書けても我が子は書けない。我が子を書くことは治六自身を直視し、腑分けすることだったからだ。

『小説『不良少年の父』執筆について。

不良少年の父を起稿すべく富士編集長と約束をしたのは一月の末である。今日書こうか明日書こうかと考えているうちに、突然、私の一家に凶事が起った。それは私の四男が自殺をしたことである。そこで私は書けなくなった。

世に自己の体験を書く作家も多いが、私にはそれが出来ない。貧弱なる自己の体験を読者に提供するのは僭越であると信じているばかりでなく、実在の人物をモデルとしてそれを読者に想像せしむる事はその人物に対して礼を欠くと信じているからである。

私の子の自殺は何が原因であるか解らない。多少の想像はつくものとしても人の死については親と雖《いえど》も猥《みだ》りに想像を加えるべきでないと思う。最も善きものと最も悪しきものを有《も》って生れた彼は、善きものも悪しきものも育たずに、不図《ふと》した誘惑から脆《もろ》くも自殺してしまった。それだけ生に執着のない彼であった。我儘で無責任でいつも孤独な彼であった。だがそれ以上私としては何が言えよう。彼の兄弟は彼を不良だといった。だが彼の兄弟も亦彼ほどの不良性を豊富に有って居る。父たる私としても自己を反省すれば彼の不良は父の亡霊《ゴースト》であると自ら恥じねばならぬのだ。

私の一家の凶事に対して友人から懇篤な慰問を受けた。或新聞は此《この》ことに関して思う存分に君の感想を書いたら鬱屈が少しでも和らぐであろうと言ってくれた。併し私はその厚意を謝してお断りした。我子の死に就《つい》ては私自身、只一人の胸の中に悲哀を秘め置くべきもので、決して人に語るべきものでないと信じているからである。

だが富士の原稿締切は日一日と迫った。不良少年の父！　此の予約は箴《しん》を成した。世間では私が我子の事を書いたのだと推測するだろう。それは至当な推測である。或は我子の死を売物にしてこの物語の人気政策に供するのだと推測する人もあろう。私を知らざる者の推測としては無理からぬ事である。只私は断言する。此の物語は私が篇中の校長より聞いて身の毛が慄立《よだ》つばかりに感じたのは既に久しい前の年である。私は今日ほど父母《も》にとっての受難時代は又とあるまいと思う。私の家ばかりでない、男の子を有《も》てる凡《すべ》ての家庭は一斉に恐怖を感じているのだ。私はその警告として此の稿を起すつもりであった。然るに稿を起さざるに私の家庭に凶事が訪れた。先ず第一に私は世間への申訳として筆を折って謹慎せねばならぬのだ。昔は一家にこんな不都合があると藩主から閉門を仰せ付けられるのだ。仰せ付けられずとも閉門して抑々《よくよく》としているのが道である。此の理由を以て私は起稿の中止を講談社に訴えた。だが新聞雑誌には既に動かすべからざる予定が、計画があり、一私人の私事を以て計画を左右する事は出来ないのである。此《こ》に於て私は恥を忍んで筆を執らざるを得ない。

此の物語を読む人々がこれに依っていかに現代の青年子弟を導くべきかを研究して下されば、私が胸の痛手を堪《た》えて筆を運んだ甲斐があると思う。それだけのお願いである」

そう書き終えると肩の荷が降りたようにほっとした。彼は千家元麿と千家尊福に心を預けた。久と自分のことは脇の方へ押しやった。

「大仙台」の井上啓治から長文の手紙が来たのは、彼が「不良少年の父」の構想に取りかかって間もなくである。その手紙によってはじめて久の死の詳細がわかった。

井上によると久は生活苦から死に向ったのだという。久と輝子の結婚のために洽六が節に預けた三百円は、久の手には渡っていなかった。節は二十円だけを久に渡して、後の二百八十円を着服したのである。

その二十円で久は部屋を借り、僅かな家財道具を揃えた。勘当されている身なのだから、父が二十円くれただけでも有難いと思え、と節はいった。洽六は久の結婚後は毎月、生活費として二十円ずつ送ってやることに決めていたが、それを直接久に送ったのでは勘当の意味がなくなる。久の甘えを許さぬためにも、金は節の手を経て渡す方がよいと考えて、あくまで節を仲介人にすることにした。心を引き締め、一日も早く真面目な生活者になって勘当を解かれ、天下晴れて二人の結婚を父に認めてもらうようになれ。洽六はそういう願いを籠めていたのだ。

久は二十円が届くのを待った。だが金は来ない。久夫婦は困窮した。井上が見かねて節に送金を催促したところ、「甲子園の父より直接百円送った筈」という葉書が来たまま、金はついにこなかった。

「小生は久君が手のつけられぬ不良少年なりと断定を下す人々の真意が判断に苦しむくらいにて『人に金など借りに行ってはならぬ』と申し聞かせしに、どこへも足を向けず、感心致しおる始末に有之《これあり》候。小生宅に起居致し居り候ときも朝は午前八時より出社致し、夜は校正その他にて遅くまで立ち働くという有様にて、節君その他の申すようなことと相違せるものと思われる位、純情なるものにござ候いき……」

手紙には久が書いたという詩稿が同封されていた。

『ああ今日も生きている』
そんな毎日がつづいてゆく

ぼくはベソをかきながら
『マリアさま』
十字を切っている。
米櫃《こめびつ》の蓋を開いて
よろこんでみる。
『五合弱』
『ああ明日も生きられる』
そんな毎日がつづいてゆく。
ぼくはお腹をへらしてはならないと
少しも便所に行かなかった

すべてが明るみに出た。節が仙台へ行かないわけがこれでわかった。洽六の想像は当っていた。井上の手紙をシナにも見せず、洽六は日が暮れても書斎を出ずにじっと坐っていた。

「樹静まらんとすれば風止まず。我、今年漸く古聖の説義を解し、人の道を学び、心霊の安所を得たるに、俄然として暴風起りぬ。飄蕩《ひょうとう》何《いず》くにか安《やす》んぜん。我を亡ぼすものは節か」

洽六は書いた。この孤独はシナに理解を求めるべきものではなかった。

春寒く我が身の罪に泣く日かな

今はひとり机に向って書くことしか、慰めはなかった。

（上巻了）

上巻　引用文献

「現代詩人全集 第十巻　福士幸次郎集・佐藤惣之助集・千家元麿集」新潮社（昭和四年）
「あゝ玉杯に花うけて」佐藤紅緑著・講談社（昭和三年）
「佐藤紅緑全集 上巻　少年倶楽部名作」加藤謙一編・講談社（昭和四十二年）
「爪色の雨」サトウハチロー著・金星堂（昭和元年）
「萩原朔太郎詩集」三好達治選・岩波書店
「ヴィヨン全詩集」鈴木信太郎訳・岩波書店
（但し「遺言詩」はハチローの覚書に拠るものです）

参考文献は下巻に記載します。

出典　二六五頁「ディアボロの歌」訳詩・堀内敬三　作曲・オーベル

本書は二〇〇五年一月に刊行された文春文庫の新装版です。

単行本　二〇〇一年一月　文藝春秋刊

文春文庫

血《けつ》 脈《みやく》 上

定価はカバーに表示してあります

2017年12月10日　新装版第1刷
2022年12月15日　　　　第2刷

著　者　佐《さ》藤《とう》愛《あい》子《こ》
発行者　大沼貴之
発行所　株式会社 文藝春秋

東京都千代田区紀尾井町 3-23　〒102-8008
TEL 03・3265・1211㈹
文藝春秋ホームページ　http://www.bunshun.co.jp

落丁、乱丁本は、お手数ですが小社製作部宛お送り下さい。送料小社負担でお取替致します。

印刷・凸版印刷　製本・加藤製本
Printed in Japan
ISBN978-4-16-790978-9